केशव प्रसाद मिश्र

जन्म : 26 जुलाई, 1926; ग्राम–बलिहार, जिला–बलिया, उत्तर प्रदेश।

शिक्षा : एम.ए. अर्थशास्त्र, प्रयाग विश्वविद्यालय, इलाहाबाद।

कार्यालय ए.जी.यू.पी., इलाहाबाद में ऑडीटर पद से 1986 में सेवा–निवृत्त।

प्रकाशित पुस्तकें—उपन्यास : *कोहबर की शर्त* (इसी उपन्यास पर 'नदिया के पार' व 'हम आपके हैं कौन' नामक फिल्मों का फिल्मीकरण राजश्री प्रोडक्शन्स द्वारा हुआ है), *देहरी के आर–पार, काली दीवार, महुआ और साँप, गंगा जल, क्या रोशनी मौत है, उस रात के बाद, कसूर मेरा है* (शीघ्र प्रकाश्य), *दूसरा सत्य* (शीघ्र प्रकाश्य); **कहानी–संग्रह :** *समुहुत, कोयला भई न राख*। लगभग 350 कहानियाँ प्रकाशित।

निधन : 22 अक्टूबर, 1989

उस रात के बाद

केशव प्रसाद मिश्र

राजकमल पेपरबैक्स

राजकमल पेपरबैक्स में
पहला संस्करण : 2019

राजकमल पेपरबैक्स : उत्कृष्ट साहित्य के जनसुलभ संस्करण

राजकमल प्रकाशन प्रा. लि.
1-बी, नेताजी सुभाष मार्ग, दरियागंज
नई दिल्ली-110 002
द्वारा प्रकाशित

शाखाएँ : अशोक राजपथ, साइंस कॉलेज के सामने, पटना-800 006
पहली मंजिल, दरबारी बिल्डिंग, महात्मा गांधी मार्ग, इलाहाबाद-211 001
36 ए, शेक्सपियर सरणी, कोलकाता-700 017

वेबसाइट : www.rajkamalprakashan.com
ई-मेल : info@rajkamalprakashan.com

बी.के. ऑफसेट
नवीन शाहदरा, दिल्ली-110 032
द्वारा मुद्रित

मूल्य : ₹299

US RAAT KE BAAD
Novel by Keshav Prasad Mishra

ISBN : 978-93-88933-62-9

पर मैं जिया हूँ, और वृथा नहीं जिया :
मेरा मानस चाहे अपनी शक्ति खो दे, मेरा रक्त अपनी अग्नि,
और मेरा शरीर चाहे यातना झेलने में ही क्षरित हो जाय,
पर मेरे अन्तस् में वह है जो थका देगा,
यातना और काल को, और जीवित रहेगा
तब भी, जब मैं नहीं रहूँगा।

—बायरन

मार खाने से मुझे बचाने के लिए
बाबूजी की छड़ी का प्रहार जो अपनी पीठ पर झेल लेती थी,
मुझसे आठ साल बड़ी, उसी सहोदरा, श्रीमती रामसखी को,
जिसके कारण काशी से मेरा जुड़ना हुआ, और
जिसके मुँह से आज भी 'बबुआ' का सम्बोधन
नेह-छोह के सागर में डुबोकर,
कहीं बहुत दूर मुझे बचपन के अतीत में खींच ले जाता है।

'मन्तन'

लेखकीय

'उस रात के बाद' मेरा सातवाँ उपन्यास है। पिछले उपन्यासों पर पाठकों की अन्य प्रतिक्रियाओं के साथ बार-बार मुझसे पूछा गया है कि अमुक कथानक में आप कहाँ हैं? और क्या यह कथानक सत्य है?

यूँ तो लेखक। कथानक में हर जगह रहता है, हर पात्र और प्रत्येक घटना के साथ, फिर भी वह कहीं नहीं रहता। यह कहना अप्रासंगिक न होगा कि कथाकार का अपनी रचना से या रचना के किसी पात्र से लगाव या मोह ही कथा को कमजोर और अपने रचनाकार को छोटा करना होता है। रूस के एक महान लेखक ने लिखा है कि 'A writer has to kill his darling'। लिखते समय मुझे भी अपने मन के प्रतिकूल ही करना पड़ा है जिससे मेरी रचना के पात्र अपनी सहज गति पा सकें, उनका अपना स्वाभाविक विकास और प्रस्फुटन हो सके। यह काम बहुत आसान नहीं है। मंजे हुए सिद्धहस्त कथाकार कर ले जाते हैं। मुझे तो अभी बहुत सीखना है।

कहा जाता है कि सच अगर लिखना चाहे कोई तो उपन्यास उसके लिए सही विधा है। मैं भी इससे बहुत हद तक सहमत हूँ। किन्तु उस सच को थोड़ा समझना होगा। सच किसका, आपका या लेखक का? यह एक सापेक्ष बात है। निज की बात लेखक कब तक और कहाँ तक लिखेगा? वैसे लेखक, जब दूसरे के सच से जुड़ता है तो वह सच भी उसका अपना ही सच हो जाता है। और दूसरे के सच से जुड़ना हलाहल पान करना होता है, उस हलाहल को पचाना उसे आत्मसात् करना कितना दुष्कर होता है, उसमें लेखक का कितना रक्त ईंधन बन जाता है, यह, वह किससे कहे? किन्तु लेखक को यह करना पड़ता है, रचना में उसे जीवन का सत उड़ेलना पड़ता है। बिना आधार के कोरी कल्पना से किसी रचना में प्राण भरना पात्रों को जीवन्त बनाना असम्भव है। आपका सभी सच पूरी तरह आत्मसात् करने के बाद ही लेखक कलम उठाता है और उसे साहित्य के भिन्न-भिन्न विधाओं में, कहानी, नाटक या उपन्यास के रूप में आपके सामने रखता है, और यथार्थ से एक नए यथार्थ की रचना करता है। प्रत्येक लेखक, कथानक के कालखंड से जुड़ा रहता है यह बात आप न भूलें। समय के साथ लेखक को चलना पड़ता है, यह उसकी अनिवार्य विवशता है। तभी आप पढ़ते समय रचना के साथ न्याय कर सकेंगे।

इसी परिप्रेक्ष्य में आप इस उपन्यास के 'श्रीकान्त', 'छोटकी बबुनी', 'बहिना', 'गुरु आचार्य', 'गुरु पत्नी', 'मुख्य अभियन्ता' उनकी पत्नी और बेटी 'उर्वशी' को देखें। उन लोगों के साथ मैं कितना जुड़ा रहा हूँ, और उन लोगों को मैं यहाँ कितना पा सका हूँ, यह कथानक की सफलता ही बताएगी जिसके निर्णायक, अन्ततोगत्वा आप हैं।

अन्त में, एक बात और कह दूँ कि जिस समय यह कथानक मेरे मानस में उभरा, उस समय मैं अपनी नौकरी के काम सरकारी ऑडिट के सिलसिले में उत्तर प्रदेश के भिन्न-भिन्न जिलों में घूम रहा था।

ऑडिट, पी.डब्ल्यू.डी. सिंचाई विभाग, भवन, सड़क निर्माण विभाग, विद्युत उत्पादन केन्द्रों इत्यादि का था। इसलिए जंगल और पहाड़ों में होते हुए इन कार्यस्थलों को देखना, टिकना, वहाँ के मजदूर, ठेकेदार और सरकारी कर्मचारियों की कार्यप्रणाली को काफी हद तक समझना सुगम हो गया।

अब, 'उस रात के बाद' की कथा आपके हाथों में है। पढ़ने के बाद, यदि आप फिर मुझे इसमें कहीं खोजेंगे तो समझूँगा कि मेरी मेहनत सफल हुई।

—केशव प्रसाद मिश्र

'उत्तर मेघ'
128, बाघम्बरी गृह स्थान
योजना, इलाहाबाद-6

कुछ ही देर बातें हो सकीं। सूचना मिलते ही बहिना, सास के साथ बाहर वाले आँगन में निकल आई थीं। श्रीकान्त का नाम सुनते ही सास के चेहरे पर एक बेहद प्यारी मुस्कान उभर आई। श्रीकान्त को देखते ही उनका चेहरा खिल आया। हाथ में लम्बे बेंट वाला ताड़ का पंखा लिये, आँगन में बिछी चारपाई पर बैठी, श्रीकान्त ने पैर छुए, भीतर से गद्‌गद हो बोलीं—मेरा मन कहता था कि तुम आओगे।

—आपको देखे भी तो बहुत दिन हो गए।

बीच ही में बहिना कहने लगी—जहाँ से न्योते पर किसी के आने की आस न हो, वहाँ से तू आ गया, मेरे धन्य भाग। मृदुला की छोटी बहिन का ब्याह है और कन्यादान मुझे करना है, किन्तु चिन्तित थी कि मौके पर मैके से इमली घोटाने की रसम पूरी करने कौन आएगा? बाबू बीमार ठहरे। इस मौके पर कोई न आता तो उसके माँ-बाप जिन्दगी भर ओरहन देते। लेकिन, अम्मा जी कह रही थीं कि बबुआ होगा, तो जरूर आएगा। तू कब आया?

—परसों। बाबू ने इस ब्याह की बात लिखी थी। मुझे आना ही था तो सोचा ऐसे मौके से चलूँ कि ब्याह की रसम भी पूरी हो, तुम लोगों से भेंट हुए भी तो साल भर से अधिक हो गया। तुम लोग काशी से कब आईं?

सास बोलीं—हम लोग तो पन्द्रह दिनों पहले ही आ गए थे। पंडित जी कल आए हैं। रात में भोजन करते समय पूछ रहे थे कि न्योते पर कौन आएगा? मिसिर जी तो बीमार हैं, श्रीकान्त बिहार में कहीं बहुत दूर बरवाडीह जाने वाला है। क्यों, इधर की नौकरी पसन्द नहीं है क्या?

—है क्यों नहीं, बिहार सरकार ने तीन सालों के लिए मेरी नौकरी उधार ली है। वेतन भी ज्यादा है, वहीं जा रहा हूँ।

—इधर बहुत दिनों से काशी आए नहीं, हम लोगों की सुधि लेने वाला अब रहा कौन? तुम्हें देखके हिया जुड़ा गया। जन्मे मिसिराइन की कोख से, लेकिन बहुत दिन हो जाता है तो मेरी निपूती कोख तुम्हें खोजने लगती है।

—ऐसा न कहें, जहाँ भी रहता हूँ आपका ही होके रहता हूँ। बचपन से ही यहाँ और काशी। आने-जाने का जो सिलसिला लग गया, वह और कुछ सोचने ही नहीं देता। इस ब्याह का न्योता न रहता तो आप लोगों से काशी में मिलके ही बरवाडीह जाता। मुझे तो काशी में भी एक अपना घर लगता है, जिस जगह रह

के इंटर तक पढ़ा, वह जगह भूलेगी कैसे? आजकल तो लालघाट की संस्कृत पाठशाला बन्द होगी?

—नहीं, अभी दो-चार विद्यार्थी हैं, पर वे भी चले ही जाएँगे। परीक्षाएँ तो समाप्त हो गईं, पंडित जी से भेंट हुई थी?

—हाँ, बाहर के कुएँ पर स्नान कर रहे थे, पैर छू आया हूँ, प्रसन्न हुए, बोले, दो-तीन दिनों रह के जाना। अब तो एम.एल.सी. हैं। पूछा, तो कह रहे थे कि मुख्यमंत्री जी माने ही नहीं। कहने लगे मेरी यह अन्तिम गुरुदक्षिणा है स्वीकार कर लीजिए। करना भी क्या है थोड़े दिन लखनऊ, अधिक दिनों काशी ही तो रहना है। मैंने कहा, चार विषयों के आचार्य आप जैसा काशी में कोई दूसरा विद्वान भी तो नहीं है। उसके लिए एम.एल.सी. होना क्या महत्त्व रखता है तो पंडित जी हँस रहे थे—कि हाँ, पर लेखन में बाधा पड़ रही है।

—हाँ, बहिना की सास थोड़ा मुँह बिचकाती हुई बोलीं—काशी में आजकल लोगों से घिरे रहते हैं। पाठशाला में टेलीफोन लग गया है, सिल्क की मिरजई, सिर पर पगड़ी, ललाट पर भस्म लगा के चाँदी की मूँठ वाली छड़ी लेकर जब बाहर निकलते हैं तो देखते ही बनता है। कहने को काशी में निवास है पर, जब देखो तब लखनऊ।

—इसमें तो आपको कुछ होना चाहिए अम्मा जी—गुरु के साथ गुरुआइन जी की भी प्रतिष्ठा बढ़ी।

—मुझे इससे क्या मिलना है बबुआ। सास के मुँह पर एक निरपेक्ष भाव उभर आया, कन्ता जैसे घर रहा, वैसे रहा विदेश...।

तभी कटोरी में जलपान और गिलास में पानी ले बहिना आ गई। आगे रखती हुई बोली—तेरे लिए अम्मा जी काशी से आम का खटमिट्ठा अचार डाल के ले आई हैं, कहती थीं—ब्याह में बबुआ आ जाता तो ले जाता।

लड्डू खाते हुए श्रीकान्त बोला, अब खाने-पीने की वैसी सुविधा और सुख कहाँ रही—वे दिन तो बस याद करने को रह गए हैं अम्मा जी।

—कौन से दिन? बगल से गुजरने वाली एक औरत सहसा ठमककर बोली।

श्रीकान्त ने देखा, चुस्त ब्लाउज और सुवासित बनारसी साड़ी, सिर में काले घने बालों का सँवारा हुआ जूड़ा, कानों में हिलते हुए दो झुमके और दूर से गोचर होने वाली मांग में सिन्दूर की मोटी लकीर, ललाट पर गोरोचन का लाल टीका, मुँह को एकदम निखार रहा था। दोनों हाथ कमर पर, आँखें श्रीकान्त पर टिका के बोलीं—अरे, ये कौन है?

व्यंग्य भरी चितवन से मृदुला को देख मुस्कराती हुई बहिना बोली—इसे पहचानती नहीं हो बबुनी?

बेहद सहज ढंग से श्रीकान्त बोला—मेरा नाम श्रीकान्त है, ये मेरी बहिना है।

आँखों में पहले ही अतीत का सागर उमड़ आया था, अपने को संयत रखने के लिए ही कमर पर रखे दोनों हाथ खड़े कर बोली—तो?

—अब तो क्या? बहिना की सास बोलीं—आगे का कामधाम नहीं देखती। रस्सी जल गई ऐंठन नहीं गई?

—तुम हमेशा इनका पक्ष लेती रही हो चाची। इनको यहाँ से, काशी के लालघाट तक, जैसे गोदी में पाल-पोस के बिगाड़ दिया। हक तो हम लोगों का मारा गया।

सास के चेहरे पर एक हल्की सी मुस्कान उभरी—जैसे अपने माँ-बाप के लिए एक श्रवणकुमार है, हम लोगों के लिए भी अकेला है मृदुला।

—लेकिन अब तो इंजीनियर हो गए। मृदुला बोली।

—चाहे जो हो जाए, हम लोगों के लिए तो अब भी वही छोटा-सा श्रीकान्त है जो काशी के मकान के कमरे में जँगले पर बैठ नीचे गली में चनाजोरगरम वाले का साँझ को इन्तजार करता था। चार आने के चनाजोरगरम में अम्मा जी खाएँगी, बहिना खाएँगी—तब अपने खाएँगे। ऐसा लड़का कहाँ मिलेगा, कहाँ देखा है तूने, चल, चल अपना काम कर।

मुस्कराते हुए श्रीकान्त बोला—आज की दुनिया में किसी को भुला देने के लिए दो माह काफी होते हैं, तो दो-तीन साल का दावा कौन कर सकता है?

—हूँ, फुर्सत से मिलूँगी तब शायद अच्छी तरह पहचान सकूँ। घंटे भर में द्वार पर बारात लगने वाली है। द्वारचार के बाद ही फुर्सत मिलेगी। जाती हूँ।

—सुनो तो, जाती हुई मृदुला की साड़ी बहिना ने पकड़ ली—इसकी अटैची लेती जाओ, मेरे कमरे में रख देना। मैं मड़वे में बैठ जाऊँगी तो ब्याह तक फुर्सत नहीं मिलेगी, इसके खाने-पीने की सुधि लेती रहना। इसका सारा भार तुम्हारे ही ऊपर है।

—इनका भार सँभालने लायक अब मैं कहाँ रही भौजी? लेकिन लाओ, अटैची दे दो।

तभी नाउन की बुलाहट पर बहिना भीतर चली गई। उसी के साथ सास और तब पीछे से मृदुला। खाली खाट पर कमर सीधी करने के लिए श्रीकान्त उठंग गया। मृदुला हाथ में अटैची लिये बीच राह से लौट आई, लेकिन इस थोड़ी सी मिठाई से क्या होगा? कुछ पूरियाँ लाऊँ? खाना देर से मिलेगा भूख तो लगी होगी?

—लगी थी, पर अब शान्त हो गई। देह से अधिक आँखें भूखी थीं।

—बातों से पेट नहीं भरता इंजीनियर साहब, पेट में कुछ ठोस पहुँचने से भरता है, जल्दी बोलो मुझे कुछ काम है।

—न मैंने तुम्हें बुलाया, न मैं तुम्हें रोक रहा हूँ।

—तुम्हारे बुलाने न बुलाने से क्या होता है। भौजी सौंप गईं तो जिम्मेदारी मेरी है। भौजी से कन्यादान तक भेंट न होगी। मन हो तो गंगा जी में नहा आओ।

—हाँ, अभी जाता हूँ—थोड़ा आराम कर लूँ।

मृदुला चली गई। अतीत में खोया श्रीकान्त लेट गया। पाँच मिनट के बाद मृदुला फिर लौट आई।

—अब क्या हुआ?

—कह तो दिया था गंगा जी जाने को। इधर इमली घोंटाने की तैयारी हो रही है। कहीं तुम चले तो नहीं गए? वही देखने आई थी, अटैची ले आ रही हूँ, बढ़िया कपड़े पहनकर इमली घोटाना, गाँव भर की औरतें, भौजी के इंजीनियर भाई को देखने आ रही हैं।

—जो पहने हूँ वह कैसा रहेगा?

—यात्रा में गंदा हो गया है, अटैची ला देती हूँ—बढ़िया कपड़े पहन लो।

—तुम जो कहोगी, पहन लूँगा। लेकिन, तुम्हारे यहाँ से न्योते पर कौन आया है?

—कोई नहीं, मृदुला धीरे से बोली।

—क्यों?

—इसका जवाब मैं कैसे दूँ?

—तुम्हारे 'वो' नहीं आए?

मृदुला की सारी तेजी एकाएक तिरोहित हो गई—नहीं, छुट्टी न मिली होगी।

—आते समय सोचा था, आए होंगे तो परिचय भी हो जाएगा, अब तो डी.वाई.एस.पी. हो गए होंगे?

—नहीं, अभी तो दारोगा ही हैं। सब-इन्सपेक्टर। अब जाती हूँ।

—जाओ। श्रीकान्त फिर उठंग गया। थकी देह झपकी आ गई। नींद खुली मृदुला के जगाने पर—अरे, सो रहे हो। बारात दरवाजे लगने जा रही है। लो यह लोटे का पानी, हाथ-मुँह धो लो, कंघी-शीशा, ये तौलिया। कपड़े बदलोगे? नहीं चलो, इसी से काम चल जाएगा। मृदुला जल्दी-जल्दी करती जा रही थी—सोने की आदत पहले जैसी ही है। मैदान में काम क्या कराते होगे?

—मैदान से हट जाने के बाद मन निश्चिन्त हो जाता है, फिर बहिन के इस घर में...।

—तो और भी घोड़ा बेच के सोना होता है।

—सोना तो तुम्हारी इस फूल सी देह पर है, कितना चमक रहा है, बाप रे, यह अपरूप रूप दारोगा के नसीब को क्या कहना।

—और मेरे, मृदुला वैसे ही बोली।

—तुम्हारा नसीब तो दारोगा के साथ जुड़ गया, जहाँ राजा वहीं रानी। अगर एक गिलास पानी भी मिल जाता तो पी लेता।

—तो भीतर ही चलो। सुमित्रा और अम्मा तुम्हें खोज रही हैं। आओ, उठो चलो। मृदुला ने श्रीकान्त की कलाई पकड़ ली। आँगन में औरतें भरी हुई थीं। आगे-

आगे मृदुला, पीछे-पीछे कैदी की तरह श्रीकान्त—मझली भौजी बोलीं, आखिर यार को खोज ही लाई?

आँखें तरेरकर मृदुला बोली—अक्क-बक्क मत बोलो भौजी, सब छोड़-छाड़ दूँगी।

—हाथ पकड़कर छोड़ कैसे दोगी रानी जी। इंजीनियर है, कचहरी इजलास में दावा कर देगा।

मृदुला श्रीकान्त को सामने वाले कमरे में ले गई और अटैची देती हुई बोली—लो, अब बढ़िया कपड़े पहन लो।

श्रीकान्त अटैची खोल ही रहा था कि बहिना आ पहुँची—यह क्या? अरे बबुआ रुक, मृदुला के बहकाने में आ गया। पुरानी धोती देती हूँ उसे पहन के आधी ओढ़ ले। देह में औरतें दही-हल्दी पोत देंगी। तुम्हें तो मालूम नहीं, इमली घोंटाने में हँसी-ठिठोली होती है, गाँव है शहर नहीं।

—सब गुड़ गोबर कर दिया भौजी। सारा मजा किरकिरा। आखिर पक्ष भाई का ही लोगी?

—भाई मेरा, पक्ष तुम्हारा लूँ। इमली घोंटाने के लिए जो साड़ी ले आया है उसे और रुपये लेकर मड़वे में आ जाना। बहिना आँगन में निकल गई।

पुरानी धोती पहन, घर से लाई नई साड़ी और इक्यावन रुपये लेकर, श्रीकान्त आँगन में निकला।

मड़वे को घेरकर अड़ोस-पड़ोस की ढेर सारी ब्याहता, क्वाँरी, जवान लड़कियाँ खड़ी थीं। सबकी निगाहें श्रीकान्त पर टिकी हुईं। स्वस्थ, भरी-पूरी, गोरी मांसलदार-देह, आकर्षक व्यक्तित्व वाले मझली भौजी के भाई इंजीनियर, क्वाँरे श्रीकान्त पर।

साड़ी, इक्यावन रुपये बहिना के सिर पर रख लोटे से जल की धार बहिना की मुँहलगी अँजुरी में गिराने लगा तो पीछे से मृदुला ने दही-हल्दी का लेप श्रीकान्त के मुँह में पोत सिर पर सूप ओढ़ा दिया।

—यह क्या?

—इमली घोटाने की रसम है—कैसे याद करोगे कि बहनौरा इमली घोंटाने गए थे?

पानी पिलाने की रसम पूरी कर, जैसे ही दाहिनी ओर नजर दौड़ाई तो देखा, मृदुला खड़ी हुई मुस्करा रही थी। दाहिना हाथ, कलाई तक दही-हल्दी के घोल में डूबा हुआ। श्रीकान्त लपका, मृदुला की बनारसी साड़ी का आँचल पकड़ में आ गया।

—अरे बाप रे, मृदुला चिल्लाई।

—अब बाप रे क्या, बहिना बोली—सोने के तारों से कढ़ा आँचल, दही-हल्दी पुते हुए मुँह तक ले आते-आते श्रीकान्त रुक के मृदुला के मुँह की ओर देखने लगा—अब बोलो?

—क्या भौजी, दोनों हाथ जोड़ते हुए दीनता से मृदुला ने बहिना की ओर देखा।

श्रीकान्त ने आँचल तो छोड़ दिया, पर लेप लगा मृदुला का हाथ पकड़ के मृदुला के ही मुँह में पोत दिया। हँसी और तालियों की गड़गड़ाहट से मड़वा भर गया। रख दिया भाई ने सेर पे सवा सेर। दारोगाइन का जोश ठंडा हो गया। पद में मृदुला की भौजाई लगने वाली एक औरत बोली।

कमरे से कपड़े लाकर देती हुई श्रीकान्त से मृदुला बोली—अब गंगा जी में नहा आओ। नहाकर सीधे यहीं आ जाना।

कन्धे पर बनियान और धोती-अँगोछा रखकर श्रीकान्त बाहर निकला तो बारात की अगवानी के लिए लोग बाहर मैदान में जा रहे थे, जहाँ ऊँट, हाथी, घोड़ों की आदमियों से घिरी जगह में घुड़दौड़ हो रही थी।

थोड़ी देर यह सब देख, जब बारात द्वारचार को लगी तो श्रीकान्त गंगा जी की ओर बढ़ गया। गंगा के कछार की ओर बड़ी शान्ति थी। त्रयोदशी का चन्द्रमा पूरी तरह से उग आया था। दिन भर की हवा रुक जाने के बाद, जेठ की साँझ में वैसे ही एक खामोशी भर जाती है, फिर ऐसे निर्जन, दीयर के कछार में जहाँ बालू और झाऊ की झाड़ियों के सिवा और कुछ दीखता ही नहीं। बालू पर बने हुए छाती की ठठरी से लम्बे-लम्बे निशानों पर अपने पैरों की छाप छोड़ता हुआ श्रीकान्त गंगा के तीर पर जा पहुँचा। कई लोग नहा रहे थे, स्वच्छ, निर्मल जल ऊपर से बरसती हुई चाँदनी में गंगा पीत वसना हो गई थी। मंत्रमुग्ध श्रीकान्त, जल्दी लौटने की बात भूल-बिसारकर तीर पर जा बैठा। बहुत दिनों बाद इस ओर आना हुआ था। पहले गंगा थोड़ा हटकर दूर बहती थी। अब गाँव से सटकर बहती है।

न जाने कैसे बाबू बहिना के लिए वर खोजने इस दीयर में चले आए थे। विदाई के बाद, बहिना के साथ वह भी इस गाँव में आया था। छोटे परिवार में रहने का आदी श्रीकान्त जब इतने बड़े परिवार में आया तो उसका मन घबराने लगा। बहिना की तीन ननदें, तीन जेठानियाँ, उनके छोटे-बड़े लड़के-लड़कियाँ सास-ससुर-नौकर, लगभग बीस आदमियों का परिवार और बाहर दो नौकरों की सेवा में आठ बैलों की खेती। भैंस-गाय, दूध-दही, अनाज से भरा पूरा परिवार। दसवीं कक्षा में पढ़ने वाले संकोची श्रीकान्त के लिए एक सर्वथा नया अनुभव। न जाने बहिना को कैसा लगता होगा? तब, बहनोई सुधाकर काशी में पढ़ते थे, अपने चाची-चाचा, आचार्य इसी पंडित जी के साथ। पंडित जी सन्तानविहीन थे—बड़े भाई के बेटे सुधाकर को गोद लिया था—बहिना भी सास के साथ काशी में ही रहने लगी थी।

उसी समय देखा-देखी हुई थी। बहिना की इस मझली ननद बारह साल की इस बबुनी मृदुला से। आँगन के बरामदे में खम्भे से पीठ टेक पैर लटकाकर बैठी थी, साड़ी का उलटा पल्ला लिये। इस उम्र में भला कोई लड़की साड़ी पहनती है।

और इस बज्र देहात में साड़ी का उलटा पल्ला! इसलिए शायद श्रीकान्त की नजर पड़ी थी, बड़ी-बड़ी आँखों वाली इस गोरी अल्हड़ लड़की पर।

—क्या देखते हो?

—कि तुम इस घर की कौन हो?

—तुम्हारे पहुना की छोटी बहिन हूँ—मेरा नाम मृदुला है और तुम्हारा नाम तो श्रीकान्त है?

—कैसे जानती हो?

हँसती हुई बोली—जिसकी बहिन इस घर में आई हो, उसके भाई को जाना न जाए? यहाँ आओ, बैठो। पीढ़ा ले आऊँ, या मेरी तरह ही फर्श पर बैठ जाओगे—चिकना तो है? बैठो न।

इसी आग्रह ने मन में थोड़ी उत्सुकता जगाई थी, फर्श पर वह भी बैठ गया। आँगन में माँ, बड़ी भौजाई के साथ चूल्हे पर बैठी थीं।

मृदुला फिर कहने लगी—तिलक चढ़ाते समय यही श्रीकान्त परात के रुपयों को देखकर बिगड़ गए थे कि मैं इतने रुपये नहीं दूँगा। क्यों, याद है?

—हाँ-हाँ, मैं ही था।

—अरे! बहुत ढीठ होके बोल रहे हो। ससुराल में नहीं बहनौरा में आए हो।

—सेंत में नहीं आए हैं, तिलक दिया है। परात में गिन के।

—अरे बाप रे, सुन रही हो अम्मा?

—अम्मा क्या सुनें बहिना की जेठानी बोल पड़ी—पा गई न नहले पर दहला!

—आखिर तुम्हारे भी तो ये भाई ही लगेंगे, करने लगीं पक्षपात?

—पक्षपात की बात नहीं रानी जी, गया माघ दिन उनतीस बाकी, बस इसी साल-दो साल की देर है ससुर जी को लोटा व डोर उठानी ही पड़ेगी।

यही पहली पहचान थी। शुभारम्भ, फिर तो तीन-चार दिनों में न जाने कैसे, बहिना के इस घर-आँगन से मन बँधता चला गया था। वापसी में लगा, जैसे इस घर में कुछ छूट रहा है।

लौटा तो माँ बोली—साल-छह महीनों तक तुझे बहिना का मन बहलाने के लिए, महीने में कम से कम एक बार हो आना चाहिए। और आने-जाने का सिलसिला शुरू हो गया। दूसरी बार तो मृदुला की माँ कहने लगीं—हम लोगों के भाई-भतीजा आते थे तो कम से कम महीना-पन्द्रह दिन रहते थे और तुम हो कि आए नहीं कि वापसी की तैयारी। यहाँ तुम्हारा मन क्यों नहीं लगता? इतना बड़ा परिवार, दुलहिन की तीन-तीन ननदें—फिर हँसती हुई मृदुला की ओर ताक के बोली थीं, किसी को पसन्द करोगे तो ब्याह भी दूँगी। साले-बहनोई दोनों बराबर हो जाएँगे।

—बक। बहिना बोल पड़ी—मेरे भाई से इनका ब्याह होगा?

—हाँ, मृदुला बोली—तुम्हारे भाई के लिए तो समन्दर पार की परी आएगी। यहाँ कौन कोई भूखी-प्यासी बैठी है?

लेकिन इसी मृदुला के आदर-सत्कार के कारण इस बार पन्द्रह दिन कैसे बीत गए पता ही नहीं चला। एक दिन हँसी में बहिना ने कहा था—श्रीकान्त, तेरे आदर-सत्कार में तो बबुनी थोड़ा झुकने लगीं, नहीं तो भला घर के काम, बाप रे! फूटी आँखों नहीं भाते। तू यहाँ महीने-दो महीने और रह जाए तो बबुनी गृहस्थिन बन जाएँ। तेरा तो स्कूल खुल गया, नहीं तो अभी जाने नहीं देती।

—स्कूल खुल जाने से क्या होता है? बबुनी बीच में ही बोल पड़ीं।

—पढ़ाई का नुकसान नहीं होगा क्या? दर्जा चार तक तो पढ़ी तो तुम क्या समझोगी पढ़ाई का मोल?

—पढ़ के जैसे इंजीनियर बन जाओगे?

—और किसलिए पढ़ रहा हूँ? दसवीं में साइंस पढ़ता हूँ।

—देखूँगी तुम्हारी इंजीनियरी, लेकिन, अभी दो-चार दिन रुक जाओ। दो-चार रोज में इंजीनियरी छूट नहीं जाएगी?

लेकिन आगे रुकना नहीं हो सका। दूसरे दिन ही वापस आना था, दस बजे वाली गाड़ी पकड़ने के लिए घर से आठ बजे चल देना होता था। दूसरे दिन जब सारा घर सो रहा था, एकदम तड़के बहिना के साथ बबुनी उठी, और चौका-बासन करके सात बजे तक रसोई तैयार कर दिया। चौका के बाहर धुले बरामदे में पीढ़ा-पानी रख के चमचमाती फूल की थाली में दाल-भात-तरकारी परस के श्रीकान्त के आगे रख दिया तो आँगन में बैठी दोनों बड़ी भौजाइयाँ बोलीं—मृदुला बबुनी, श्रीकान्त में कौन-सा मोती जड़ा है, जो इसके लिए एक पैर पर खड़ी रहती हो, हम लोगों के भी तो भाई आते हैं, उनको एक गिलास पानी देने में तो लगता है तुम्हारी देह के हीरे-मोती झर जाएँगे?

—इस कारन नहीं भौजी, मृदुला गम्भीर होकर बोली।

—तब किस कारन?

—भूत-प्रेतों से डर लगता है। बबुनी ने भौजाइयों के कलेजे में बान मार दिया था।

—हम लोगों के भाई भूत-प्रेत हैं?

बिना उत्तर दिए, नीची निगाहों से बबुनी मुस्कराती रही।

भोजन के बाद, बहिन और उसकी सास के पैर छू जब श्रीकान्त स्टेशन चलने को हुआ तो सावन के उमड़े हुए घटाटोप बादल, टप-टप बरसने लगे। पानी बौछार में बदल गया। रुक जाना पड़ा। बबुनी खुश हो गई थी, जो मैं कहती हूँ होता वही है श्रीकान्त, लेकिन तुम्हीं मेरी बात नहीं मानते।

इसी से तो कहती हूँ बबुनी कि इससे मन मत लगाओ, अन्त में दुख ही होगा। छोटकी बबुनी मुस्कराने लगी तो बहिना ने पूछा, क्यों?

—तुम्हारे क्यों का जवाब क्या दूँ भौजी? एक तुम्हारे भाई, एक मेरा मन। अब इसको रोकूँ कैसे? चलो हम लोग भी खा-पी लें तो ऊपर झूला झूलें। बबुनी के आग्रह पर ऊपर के हॉल में जाना ही पड़ा था। बड़े कमरे में छत की कड़ियों में बँधा मूँज के रस्से से पीढ़ा बाँध, झूला बनाया गया था। ताल की ओर के बड़े-बड़े तीनों जँगले खुले थे। पुरइन के बड़े-बड़े पत्तों पर सावन के मेह, मोती बरसा रहे थे।

—पहले तुम और बबुआ झूलो—बाद में मैं।

—नहीं भौजी, तीनों साथ झूलेंगे पीढ़ा तो बड़ा वाला है। एड़ मारने पर धीरे-धीरे लम्बा पेंग मिल जाएगा—चाल अपने आप बढ़ जाएगी। अगल-बगल अपने और श्रीकान्त तथा बहिना को बीच में बिठा, बबुनी ने झूले में एड़ मारी। सावन की झरती फुहारों को चीरकर बहने वाली बयार में, कमरे को एक छोर से दूसरे छोर को छूने वाले झूले पर बैठी हुई बबुनी के मुँह से कजरी की अमृत धार फूट पड़ी—

मोरे पिछुअरिया, घनी रे बँसवरिया,
बिनु पुरवा रे घहराई...।

बबुनी के गले की लय, फुहारों के बीच से पुरइन के पतों वाले ताल के ऊपर से होती हुई, दूर बहुत दूर, जैसे कहीं सोये हुए राजकुमार को जगाने के लिए तैर रही थी, और श्रीकान्त उस सम्मोहन भरे स्वर को पीता हुआ, जँगले के पार, बरसते मेघ की फुहारों पर आँखें लगाए रहा। हर एड़ पर झूले की गति तेज हो जाती और मृदुला के कंठ से एक के बाद एक कजरी की अमृत धार फूटती रही, और ताल देने के लिए रस्सा बँधी छत की कड़ियाँ चर्र-चर्र करने लगीं तो बहिना बोली—बबुआ रे, कस के पकड़े रहना।

—डर लगे तो बहिन को अँकवार में भर लेना। ननद क्यों चूके।

तिरछी नजरों से एक बार बहिना ने बबुनी को देखा और तनिक सी झूले की गति कम हुई कि झटके से उतरकर बहिना ने झूले को ठेल दिया।

—अरे-रे। भौजी, ये क्या किया?

—कुछ नहीं, डर लगे तो बबुआ को अँकवार में भर लेना। बहिना ठेल-ठेल के झूले की गति तेज करने लगी। क्रमशः तेज होती जाने वाली झूले की गति में दोनों के आगे, एक बाँह से झूले का रस्सा और दूसरी बाँह से एक-दूसरे की देह पकड़ने के अलावा अपने को साधे रहने का दूसरा विकल्प भी तो नहीं था।

उस दिन देह की शिरा-शिरा में अजीब तरह की कम्पन हुई थी। तेज रफ्तार में झूलते हुए डर भी लगा था। किन्तु बबुनी को पकड़ के देह साधे रहने में आत्मविश्वास भी था कि गिरना नहीं हो सकता। लगभग आधा घंटा झूलना हुआ था। झूला रुका तो बनावटी खीज से बबुनी बहिना पर बिगड़ पड़ी—हर घड़ी भाई की ओर?

—चाहे भीतर से गुदगुदी क्यों न मची हो? चलो, आज ननद की साध तो पूजी। बहिना मुस्कराती रही।

लजाकर बबुनी ने बहिना को अँकवार में बाँधकर, उसके कन्धे में मुँह छिपा लिया था। यह सब कुछ वैसे ही याद है।

धीरे-धीरे वर्षा थम गई थी और द्वार के बाहर, चबूतरे पर नीम के पेड़ के नीचे, बैलों की चरन के पास किसी जोगिया भिखारी की सारंगी की धुन सुनाई पड़ी। बबुनी मचल गई।

—चलो भौजी, नीचे उतरो, यह जोगी तो सारंगी पर राजा भरथरी के गीत गाता है। सारंगी रुलाता है तो जैसे मन रोने लगता है। बहिना को खींचती हुई खुद आगे-आगे सीढ़ियाँ उतरती हुई बबुनी कह रही थी—सँभल के सीढ़ियाँ उतरना श्रीकान्त।

और बहिना बबुनी को समझाती हुई कह रही थी—पागल हो गई हो मृदुला बबुनी, मांग में अभी सिन्दूर नहीं पड़ा और राजा भरथरी का गीत भाने लगा, विरहिनी रानी पिंगला की कथा!

लेकिन बबुनी को यह सब सुनने-समझने की फुर्सत कहाँ थी? उनके कान तो दरवाजे पर खड़े, सारंगी बजाकर गाते हुए उस जोगी भिखारी पर लगे थे। जल्दी से सीढ़ियाँ उतर, एक आँगन के बाद दूसरा पार कर, मुख्य फाटक के पास एक पलड़े की ओट में खड़ी हो गई। बाहर जोगिया वस्त्रों में गोरखपंथी नौजवान भिखारी, सिर पर सँवारकर गेरुवा साफा कन्धे पर टिकी सारंगी के सहारे रानी पिंगला और योगी हो गए राजा भरथरी के गीत गाता रहा और बबुनी सारंगी की धुन और भिखारी के लय पर कान रोपे अन्तर्मन में न जाने कहाँ खो गई थी।

बहिना की सास ने डलिया में भीख का अनाज ले भिखारी के आगे बढ़ा दिया था। गीत और सारंगी दोनों एक साथ बन्द हो गए, लेकिन बबुनी वैसे ही पलड़े की ओट से सटी रही। सास के चली जाने पर बहिना ने बबुनी को झकझोरा—मृदुला बबुनी, कैसा है तुम्हारा मन, छन में खुश, छन में उदास। कजरी, झूमर के बाद ये सब! चलो, चलो, भीतर चलो।

बबुनी का कहीं लगा हुआ ध्यान जैसे टूट गया, बोली—रानी पिंगला की कथा जानती हो भौजी?

—हाँ, जानती हूँ, भीतर चलो बताती हूँ। बबुनी बहिना की बाँह पकड़ भीतर खींच ले गई थी। और अपने कमरे में पलंग पर दीवार के सहारे बैठकर, बहिना ने कहना शुरू किया था, संसार में हर बरबादी के पीछे औरत ही कारण होती है बबुनी, सृजन और नाश दोनों का बीज मंत्र औरत ही फूँकती है—भरथरी जैसे राजा को राजपाट त्यागने के लिए लाचार करने वाली उसकी अपरम्पार सुन्दरी रानी, पिंगला ही तो थी, जो ऐसे सुघर-सलोने पति, राजा भरथरी के रहते अपने धोबी पर रीझ गई थी...।

साँझ घिर आई थी। बहिना के साथ बबुनी रसोई, पानी में लग गई और

श्रीकान्त फिर उसी कमरे में ऊपर पहुँच, एक बड़े जँगले के चौखट के पास बैठकर, जँगले के सीखचों के बीच से, जलभरे खेतों के पार देखने लगा था। दूर-दूर पर, पानी की बौछार से झुके बबूल और नीम के पेड़, और यही गंगा का बालू भरा कछार। जाने कब तक देखता रहा था। कन्धे पर स्पर्श मिला, सिर घुमा के देखा तो बबुनी खड़ी थी।

—तुम तो बहिना के साथ चौके में थीं?

—लेकिन तुम यहाँ कब चले आए? नीचे कमरे में देखा, बाहर खंड में झाँका, तो वहाँ भी नहीं। इस कमरे में तुम्हारा भी मन लगता है, चुपचाप यहाँ बैठ के जँगले के पार देखना?

श्रीकान्त की बगल में बबुनी सटकर बैठी हुई बोली—कल ही चले जाओगे श्रीकान्त?

—जाना तो आज ही निश्चित था—पर इस मेह ने...।

उन बड़ी-बड़ी बोलने वाली याचक आँखों में अपार याचना भर आई थी—दो-चार दिन और रुक जाते?

—अब कितना रोकोगी बबुनी? इतना तो रह लिया।

—लेकिन मन तो नहीं भरा।

—क्यों?

—यही तो समझ में नहीं आता, पहले दो-एक बार आए थे तब उतना मोह नहीं लगता था, पर इस बार तो तुम्हें जाने देने का ही मन नहीं होता। बबुनी की छाती भाती की तरह फूलने-पचकने लगी थी। श्रीकान्त की हथेली दबाती हुई बोली—मन करता है श्रीकान्त...!

—क्या मन करता है रानी जी? बहिना की आवाज सुन पड़ी तो भीतर से मन सिहर गया।

—अकेले में मेरे भाई को फुसला रही हो?

—जिसने मन हर लिया उसे फुसलाना क्या भौजी?

—लेकिन तुम्हारा मन क्या कहता है?

—कहता है कि हर घड़ी ये मेरी आँखों के सामने रहें—श्रीकान्त की हथेली पकड़े हुए ही बबुनी बोली।

—जब इसका हाथ थाम लिया, तब तो तुम्हारा हक हो गया।

—बक—लो मैं जाती हूँ। बबुनी उठने लगी तो बहिना ने उनके दोनों कन्धे दबा बिठा दिया—कल तो चला ही जाएगा, बोल-बतिया लो, जाने फिर कब भेंट हो?

—भेंट, भाग में होगा तो भेंट होगी ही भौजी। बबुनी कुछ गम्भीर होके बोली।

—इसी से तो कहती हूँ कि बैठ के जी भर बोल-बतिया लो।

—नहीं भौजी, आग में घी डालने से क्या लाभ—चलो मैं भी चलती हूँ।

चलने को खड़ी हो चुकी ननद की आँखों में भौजाई ने स्त्रियोचित सहानुभूति से देखते हुए कहा—ले-देकर एक मेरा भाई, उसी पर तुम्हारा मन रीझ गया बबुनी? हम लोगों की साध कैसे पूजेगी? मेरी माँ की आँखों का तारा, अकेला बेटा...?

बबुनी कुछ नहीं बोली। आगे खड़ी भौजाई के कन्धे में मुँह छिपा लिया।

मन को जकड़े रहने वाले, अतीत के ये छोटे-छोटे टुकड़े हैं। सालों बाद आज फिर, इस निर्जन बालू के कछार में वह सभी कुछ आँखों में तैर आया है। जिन्दगी कहाँ से कहाँ पहुँच गई। इस नेह-छोह की आँखमिचौली में, इतना लम्बा वक्त, मुट्ठी के पानी सा फिसल गया और बबुनी कमलिनी के नाल में खिलकर ऊपर उग आई। देह के अंग-अंग निखर गए।

छोटकी बबुनी। नहीं! अब मृदुला!

—मृदुला, यह क्या, बबुनी ने इस नए सम्बोधन पर श्रीकान्त को टोका।

—तो अब छोटकी बबुनी कैसे कहूँ?

—क्यों?

—तुम अब बबुनी कहाँ रही?

—अब मैं क्या हो गई?

—अब तो यह काया खिल गई। एकदम उजागर, खिले गुलाब की पंखुड़ियों पर, मेह की बूँद पड़ने से, झुक-झुककर ऊपर उठने वाली। देखते-देखते, क्या से क्या हो गया। यह रूप, यह रंग, ये बोलने वाली आँखें, कि भर आँख देखने में संकोच लगे। बाप रे! यह अपरूप रूप। यह मृदुल देह, नहीं, अब बबुनी नहीं, अब तो तुम मृदुला हो। इन्हीं दिनों के लिए, बहुत सोच-समझ कर यह नाम दिया गया होगा।

इंजीनियरिंग के तीसरे साल में पहुँचते-पहुँचते, बबुनी का रूप श्रीकान्त की आँखों में ऐसा चढ़ा कि खाने-पहनने, पढ़ने-लिखने की भी सुधि बिसर गई। आपसी दोस्त पूछते कि तुम्हें क्या हो गया श्रीकान्त? किसे बताएँ कि उसे क्या हो गया है? संग-संग झूला झूलने वाली वह लड़की इस तरह हिया में समा गई है कि आँखों की नींद ही हिरन हो गई है। चिट्ठी छोड़ते ही जवाब पाने का इन्तजार शुरू हो जाता। फेल होते-होते बचे तो जैसे गालों पर तमाचा लगा, मोह भंग हुआ। इस माया-मोह के कारण, जिन्दगी की एकमात्र आकांक्षा ही दाँव पर चढ़ना चाहती है? पढ़ाई के अभी दो साल बाकी थे, श्रीकान्त सँभल गया।

किन्तु बात आगे बढ़ी। यह सब बहिना से सुना था।

मृदुला की माँ ने, पति से कहा कि मृदुला श्रीकान्त से ही ब्याह करना चाहती है। लेकिन यह सब कैसे होगा। पति ने कठिनाई रखी, एक बार जिसकी बेटी लाया, उसी को अपनी बेटी देने की बात कहूँ?

लेकिन तुम जाओ तो। श्रीकान्त की भी ऐसी इच्छा है। झिझको मत, प्रयास

करने में हानि क्या है? मेहनत और खर्च दोनों से बच जाओगे। ऐसा सुघर-सलोना लड़का जल्दी मिलेगा कहाँ?

प्रस्ताव लेकर मृदुला के पिता, बाबू के पास गए तो बाबू चौंके थे। तिवारी जी को एक खास नजरों से देखा था, उस आदमी को जिसने बेटी के ब्याह में उनकी कमर तोड़ दी थी। पाँच बीघे खेत तिलक के रुपये जुटाने के लिए रेहन रखना पड़ा था और बाद में श्रीकान्त की पढ़ाई के लिए पाँच बीघे खेत और। दस बीघे खेत वापस कैसे आएँगे? तिलक दिया है तो लूँगा क्यों नहीं, लेना ही होगा, किसने मेरे साथ रहम दिखाई है?

—यह सब कैसे होगा तिवारी जी? बाबू ने मृदुला के बाप से पूछा था।

—लड़के-लड़की का मन देखकर आया हूँ मिसिर जी, अपने लिए नहीं, दोनों का मन देखकर, उनके आपसी नेह-छोह के कारण, लाचार होके।

—इसमें लाचारी कुछ भी नहीं है तिवारी जी, कच्ची उम्र में कभी-कभी ऐसा हो जाता है, लड़कपन का खिलवाड़। किन्तु समय के साथ सब छूट जाता है, भूल-बिसर जाता है। शादी-ब्याह हो जाने के बाद सभी अपनी-अपनी जिन्दगी में रम जाते हैं।

—यह तो मैं भी समझता हूँ मिसिर जी! पर मैं श्रीकान्त की बहिन के कहने पर ही आपके पास आने का साहस जुटा सका।

बाबू मजे हुए खिलाड़ी थे, सो तो ठीक है तिवारी जी! घर आपका है, श्रीकान्त भी आपका ही है, लेकिन आप तो समझदार हैं, जानबूझकर यह अधर्म मुझसे क्यों कराते हैं?

—अधर्म कैसा मिसिर जी? विस्मय में मृदुला के बाप बोले।

—एक बार मैंने आपके पाँव पूजे, कन्यादान किया, अब आपसे पाँव पुजवाऊँ? ना, ना, ये नहीं होगा, और जहाँ कहिए श्रीकान्त को ब्याह दूँ—पर आपकी बेटी से नहीं, किसी भी कीमत पर नहीं।

बहिना के ससुर निराश होके लौट गए थे।

उसके बाद कॉलेज में बबुनी की चिट्ठी मिली थी। बहिना की चिट्ठी के साथ, लिफाफे में रखी हुई। बहिना ने लिखा था कि बबुआ रे, होली की छुट्टी में गाँव आना तो यहाँ भी भेंट करने जरूर आना। तुझे देखे हुए बहुत दिन हो गए। मैं तो अपने मन को समझा लेती हूँ, पर बबुनी के मन को कैसे बोधूँ? क्या जानती थी कि खेल-खेल का वह मोह, कहाँ से कहाँ जा पहुँचेगा? समझ में नहीं आता कि चौकड़ी भरने वाली इस हिरनी को क्या हो गया है? दिन भर घर के कोने में दुबकी पड़ी हुई, चुपचाप, उदास। सास-ससुर हमीं को दोष देते हैं कि दुलहिन अपने मैके पर इतना भी जोर नहीं डाल सकीं। यूँ मृदुला क्वाँरी तो नहीं रहेगी, कई जगह बातें चल रही हैं, शायद पांडेपुर तय भी हो जाए। लड़का दारोगा है, किन्तु

बबुनी की इच्छा है कि ब्याह तय होने के पहले, एक बार तुम उनसे मिल लो। एक दिन की होली यहाँ भी खेल लो।

और मृदुला ने भी लिखा था—दो लाइनों के छोटे से पत्र में कि—उस जनम में, जितना दिया होगा, इस जनम में उतना ही तो पाऊँगी। इस देह पर काँटे तो नहीं उगे, पर सब कुछ हो गया। लेकिन अन्तिम बार, तुमसे कुछ पूछ लेती तो मन में कोई कसक न रहती, हो सके तो एक दिन के लिए ही आ जाओ...।

और श्रीकान्त होली के पर्व पर जब गाँव आया तो बहिना के पास भी गया। घर में सुगबुगाहट हुई थी। बबुनी की माँ (बहिना की सास) खास तौर से खुश हुई थीं। खाना खाते समय बोलीं—मृदुला के बाप तुम्हारे बाबू के पास गए थे, पर उन्होंने तो कोरा जवाब दे दिया।

—मैं क्या करूँ, मालिक तो वे ही हैं। मैं तो अभी परवश हूँ। पढ़ रहा हूँ—हर तरह से लाचार!

बहिना की सास उठ गई थीं। खाकर चलने लगा तो बहिना बोली—ऊपर के कमरे में चल, मैं वहीं आती हूँ।

झूले वाले बड़े कमरे में श्रीकान्त आया। उसी में एक पलंग बिछी थी, बिस्तर पर लिहाफ रखा था। घंटे भर बाद बहिना के साथ बबुनी आई।

—तुम इसी घर में हो?

—दूसरी जगह अभी तक ठिकाना नहीं लगा तो कहाँ जाऊँ?

—जिसे देखने को सैकड़ों मील से आए हुए मुझे यहाँ चार घंटे हो गए, उसकी परछाईं तक न दिखी?

—पहले की बात और थी श्रीकान्त! बहिना कहने लगी।

—अब क्या हो गया?

—यह तो मेरी भी समझ में नहीं आता, मृदुला से पूछती हूँ तो कोई जवाब नहीं देती। गुमसुम, एकदम खामोश। मैं कहती हूँ, कोई किसी की तकदीर जानता है। सबको मनचाही चीज हासिल कहाँ होती है, पर इनका कहना था कि तुम एक बार श्रीकान्त को बुलवा दो, मैं देख लूँ, कुछ पूछ लूँ। मेरे मन को सन्तोष हो जाएगा। सो मैंने तुझे बुला दिया, अब भाई, जो जाने, जाँता जाने। तुम जानो, मृदुला जानें, मैं बीच से हट जाती हूँ, तुम लोग जी भरके बतिया लो, फैसला कर लो, मैं जाती हूँ तेरे लिए दूध लेती आऊँ। बहिना चली गई।

—क्यों?

—पूछते हो तो बताओ मेरा क्या होगा?

—मेरे वश में है क्या?

—फिर किसके वश में है, मैं तुम्हारे बिना रह नहीं सकती?

—दो साल और धीरज नहीं धर सकती?

—मैं तो पाँच साल तक धीरज धर सकती हूँ—घरवाले धरें तब न। सयानी बेटी घर में कब तक रहेगी? किसी-न-किसी का हाथ तो धराना ही होगा। लेकिन मैं कैसे किसी का हाथ पकड़ लूँ, जो देह-मन तुम्हारे लिए है उसे ले मैं दूसरे के पास कैसे जाऊँ?

तभी बहिना दूध का गिलास रख गई थी—उसे उठा वह कमरे के आगे की खुली छत पर निकल आया था। फागुन के शुक्ल पक्ष के चतुर्दशी की धवल, उजागर रात। श्रीकान्त रेलिंग के सहारे आ खड़ा हुआ—सिर पर दूधिया चाँदनी बरस रही थी। दूर-दूर तक, गंगा का कछार फसलों से भरा हुआ था। तीन साल पहले इसी छत से, ऐसी ही रात में, इस कछार को देखा था...आज फिर वहीं पहुँच गया हूँ।

बगल की जलधारा से एक मछली सतह से एक हाथ ऊपर उछली और जलधारा में गप्प से विलीन हो गई। पीछे की इन बातों में अब क्या रखा है। लेकिन मन तो बार-बार उसी अतीत की ओर दौड़ जाता है।

मृदुला धीरे से आकर श्रीकान्त की बगल में खड़ी हो गई तो खाली गिलास उसने मृदुला को पकड़ा दिया। जमीन पर गिलास रखती हुई बोली—लेकिन जो हम चाहते थे वह तो अब किसी तरह पूरा नहीं हो सकता। नूनू ने बड़ी लाचारी में तुम्हारे बाबू को पत्र लिखा था, पर उन्होंने साफ इनकार कर दिया।

—उनकी अपनी मजबूरियाँ हैं मृदुला, हमारी-तुम्हारी बात को वे भी मान-समझ लें, ऐसी उम्मीद लगाना भी तो उचित नहीं है।

—तब, मेरा क्या होगा? दूसरी जगह, ब्याह तय ही हो जाएगा, सुना है, तय हुआ तो तुरन्त बाद तिलक भी चढ़ जाएगा।

—इसमें मेरा वश ही क्या है? किया क्या जाए?

—करने को तो बहुत कुछ है, लेकिन तुम चाहो तब तो? सीधी उँगली घी निकलता कहाँ है?

—तुम चाहती क्या हो?

—हाँ कहो तो कहूँ?

—पहले सुनूँ भी तो, शायद सोच-समझ के आगे की राय आसान हो जाए।

—तुम मुझे यहाँ से भगा ले चलो, बाद में दोनों घर के लोग वही करेंगे जो हम चाहते हैं।

उस दूधिया रात के सन्नाटे को मृदुला का प्रस्ताव जाने कहाँ तक भेदता चला गया था...

...तुमने क्या कहा?

—मैंने, पूरी तरह से सोच-समझ के कहा—अब सामने यही एक व्यावहारिक रास्ता है। दो-चार महीनों के लिए मैं माँ के गहने ले लूँगी, बाद में तुम्हें कोई नौकरी मिल ही जाएगी। फिर जीतने वाले के पीछे दुनिया अपने आप ही चलने लगती है।

पल भर जलधारा की ओर ताक के श्रीकान्त, मृदुला को निहारने लगा था तो बोली—इस तरह से मेरा मुँह क्या देखते हो?

—मेरी बाकी पढ़ाई का क्या होगा? इंजीनियर होने के मेरे सपने का क्या होगा?

—पीछे हट रहे हो?

—तुम्हारी जैसी समझदार लड़की अपने थोड़े से सुख-स्वार्थ के लिए कुल की मर्यादा ताक पर रख देना चाहती है, यह कितनी छोटी बात है।

बात मृदुला को बेध गई थी। वह श्रीकान्त की ओर देखती रही तो बोला—अगर मेरी पहली बात का उत्तर दिए बिना ही तुम यह सोचती हो कि मैं पीछे हट गया तो सुनो, मैं इंजीनियरिंग की पढ़ाई भी त्यागने को तैयार हूँ, हालाँकि मेरी जिन्दगी का पहला सपना वही है, लेकिन तुम्हारे लिए वह भी छोड़ने को तैयार हूँ—तुम्हारे मन की करने को तैयार हूँ लेकिन पहले एक बात तो बताओ?

—क्या?

—कि कल को हमारे बेटे-बेटियाँ भी ऐसा ही करने लगेंगे तो हम किसे मुँह दिखाएँगे?

मृदुला चुप हो गई तो श्रीकान्त ने उसका कन्धा झकझोरते हुए कहा था, बोलती क्यों नहीं?

उत्तर में मृदुला ने अपना सिर श्रीकान्त की छाती पर पटक दिया था। ऊपर फैली हुई सारी चाँदनी उस छत पर बटुर गई थी। और, गंगा के उमड़े जल का वेग शान्त हो गया था। उसी समय बहिना आ गई थी—तुम लोग यहाँ खड़े हो, मैं कमरे में तलाश रही थी। समझा दिया ननद को?

—ये तो मृदुला से पूछ?

—तू भी पूछ ले, तेरे सामने ही तो कह रहा हूँ।

बहिना कहने लगी, सबके भाग में सभी कुछ नहीं मिलता बबुनी, मन के नेह-छोह के कारण दुख तो उठाना ही पड़ता है, लेकिन बबुआ का वश ही कितना है, ये क्यों नहीं सोचती...। फिर बबुनी की बाँह खींचती हुई बोली—अब नीचे चलो, घर भर सो रहा है।

बबुनी को लेकर बहिना नीचे उतर गई तो श्रीकान्त कमरे में जा पलंग पर उठंग गया। आँखों की नींद उड़ गई थी। झींगुरों के शोर के सिवा, सभी कुछ शान्त और खामोश था...। लगभग घंटे भर के बाद आँखें झिपीं कि उजबुजाहट से नींद खुल गई—देखा, ऊपर झुकी हुई बबुनी ने उसकी नाक दबा दी है।

—फिर आ गईं?

मृदुला ने उसके होंठों पर उँगली रख दी, धीरे बोलो।

—लेकिन तुम दुबारा क्यों आ गईं?

पागल, उन्मादिनी, मृदुला की आँखों में न जाने कहाँ की प्यास भर आई थी?

देह काँप रही थी।

—काँप क्यों रही हो?

—खामोश मृदुला क्या कहे कि वह क्यों काँप रही है?

ऊपर से काँपती हुई, भीतर से अतिशय ज्वाला और दहनशीलता लिये, चोरी-चोरी यह अभिसारिका किस तरह सीढ़ियाँ चढ़ आई है। रग-रग में बेचैनी और छटपटाहट भरे बोली, अब यह निश्चय हो गया कि तुम मुझे नहीं मिलोगे? तो, आज की रात तुम मुझे कुछ ऐसा दो कि जीवनपर्यन्त मैं तुम्हें भूल न पाऊँ।

विस्फरित श्रीकान्त, उसे देख ही रहा था कि काँपती हुई मृदुला उसकी लिहाफ में समा गई। कमरे के उस गहन अन्धकार में जैसे सभी कुछ तिरोहित हो गया। जीवन का शाश्वत सत्य ही उभरा...पुरुष और प्रकृति की दूरी एकदम समाप्त हो गई, देह की रोम-रोम से फूटने वाली ज्वाला कम होने लगी। युग-युग की आदिम प्यास बुझने लगी। देह शीतल होने लगी। गर्म तपे हुए तवे पर पानी की बूँद जैसे छन्न-छन्न करके जलने लगी...भूखंड सींचता रहा...। ठीक चार बजे शिथिल देह लिये मृदुला जब चलने को हुई तो श्रीकान्त ने पूछा था, अब तो नहीं भूलोगी?

बिना बोले—अन्तिम बार गले से लग कमरे से बाहर निकल सीढ़ियाँ उतर गई थी।

उसके बाद मृदुला का ब्याह हो गया था। ब्याह में न्योते पर कोई नहीं गया।

और वह अपनी इंजीनियरिंग की बाकी पढ़ाई पूरी करने में लग गया, इंजीनियर हो जब बिहार सरकार में जाने लगा तब यहाँ आने का फिर संयोग हुआ।

उस रात के बाद, ठीक तीन साल पर, उसी मृदुला से आज भेंट हुई है। इस बीच जिन्दगी कहाँ से कहाँ पहुँच गई। आने से पहले थोड़ा संकोच हुआ था। यह सोचकर कि जिन्दगी को पकड़ने वाले लड़के होते हैं, लड़कियाँ तो पीछे का सभी कुछ भूल-बिसारकर व्यावहारिक हो जिन्दगी में रम जाती हैं, रमना पड़ता है क्योंकि नई जिन्दगी के उत्तरदायित्व होते हैं जो देह-मन की आकांक्षाओं को मार देते हैं, उसने न्योते पर आना मंजूर कर लिया था...। लेकिन, आज भी लगता है, मृदुला वहीं खड़ी है, जहाँ तीन साल पहले खड़ी थी। देह में वही फुर्ती, वही लोच, वही चुस्ती, वे ही हाव-भाव, अंग के वे ही उतार-चढ़ाव, वही कसाव...। श्रीकान्त का सिर गर्म होने लगा,...कपड़े उतार गंगा के शीतल जल में वह छपाक से कूद पड़ा। आधा घंटा सिर बोर-बोर कर नहा लेने के बाद, मन थिरा गया, थकन मिट गई। देह पर की पुती हल्दी-दही धुल-पुँछ गई। वह बाहर निकला।

घर आया। जैसे ही आँगन में घुसा मृदुला मिल गई—नहाने में कितना समय लगता है, बाबा, कब से खोजवा रही हूँ, खाना नहीं खाना है क्या?

—भूख भी नहीं है, सोचता हूँ, थोड़ा बारात में घूम आऊँ।

—बारात में जाना जरूरी है?

—तो करूँ भी क्या?

—चलो न, मड़वे में बैठो, गुरहत्थी होने जा रही है। उसके बाद तुम्हें खाना खिला दूँगी। तब मन को चैन मिलेगा। नूनू बो और भौजी दोनों का आदेश है। मुझको एक जगह बैठने का भी मौका नहीं। भंडार देखो, मड़वा देखो, वह देखो...बोलते-बोलते गला बैठ गया है। श्रीकान्त की बाँह पकड़ती हुई बोली—आओ भीतर ही चलो, मेरी कुछ मदद करो, बाहर मत जाओ।

श्रीकान्त चुपचाप मड़वे में जाकर बैठ गया और मृदुला इस घर से उस घर में भाग-दौड़ करती रही।

दूसरे दिन बारात बिदा हो गई। दूसरे दिन श्रीकान्त को भी लौटना था पर मृदुला के आग्रह पर दो दिन और रुकना पड़ा।

तीसरे दिन लोगों को थकन मिटाने का मौका मिला। लोग, जहाँ-तहाँ खा-पीकर औंधे पड़ गए। मृदुला बोली—चलो। छत पर हम लोग ऊपर ही खाना खाएँगे—वहाँ एकान्त और एकदम शान्ति रहेगी।

श्रीकान्त, आज फिर उसी छत पर जा पहुँचा, उसी रेलिंग से टेक दे गंगा की उसी झिलमिल जल की धारा को देखने लगा। बीच में फैली हुई बालू की अपार राशि और दूर-दूर तक फैली हुई झाऊ की झाड़ियाँ। घर से सोचकर कुछ और चला था, मृदुला को वह हर घड़ी करीब पाना चाहता है। मृदुला की तेजी और चुलबुलाहट मन को और भी बेचैन कर देती है। छत की रेलिंग से टेक दे अतीत में डूबा श्रीकान्त खड़ा था कि परसी हुई थाली और पानी का गिलास ले मृदुला आ गई।

बिछी हुई दरी पर थाली रखती हुई बोली—यहाँ आइए इंजीनियर साहब!

बैठा तो हाथ धुलाने की जगह, रोटी और तरकारी का कौर श्रीकान्त के मुँह से लगाने लगी तो उसकी कलाई पकड़ के बोला—यह क्या?

—खाना खाओ।

—तुम्हारे हाथ से?

—मेरे हाथ में क्या काँटे हैं जो चुभ जाएँगे?

—तुम्हारे हाथ से खाने का अधिकार, अब मुझे कहाँ रहा? अब तुम ब्याहता हो।

अँगुलियों से पकड़ा हुआ कौर वाला हाथ उठते-उठते रुक गया—तुम ऐसा क्यों कहते हो? ब्याहता हूँ तो क्या हुआ, तुम्हारे लिए मैं आज भी वही मृदुला हूँ, जिसे एक बार देह-मन सौंप दिया तो सौंप दिया। वह देह आज भी तुम्हारे लिए भूखी-प्यासी है, जिसने उस रात के बाद, तुम्हारे कारण, क्या-क्या न सहा।

छत पर एकदम खामोशी थी। एक बार चारों ओर देखकर श्रीकान्त चैतन्य हो धीमे से बोला—उस रात कुछ हो गया था क्या?

—हाँ, उसी रात मैं तुम्हारी बेटी की माँ बन गई थी।

श्रीकान्त चौंक पड़ा—क्या कहा तुमने?

—जो कहा सो सुनो।

—तुमने मुझे कुछ लिखा क्यों नहीं?

—लिखकर तुम्हारे मन को डाँवाँडोल करने से मिलता क्या, तुम्हारी पढ़ाई का नुकसान हो सकता था, इंजीनियरी खटाई में पड़ सकती थी—मेरा जो होना था सो हुआ।

—उसके बाद, उस बेटी का क्या हुआ? श्रीकान्त ने खाना रोक के पूछा।

—बताती हूँ, खाते भी रहो।

—नहीं, पहले सारी बातें विस्तार से बताओ।

—ब्याह के चार महीने बाद बात खुली। तुम्हारी बहिना और माँ दोनों पूछती रहीं कि 'पेट' किसका है? लेकिन मैंने कुछ भी नहीं बताया।

—सन्देह तो मुझी पर होगा?

—यह मैं नहीं जानती। पर मैंने तुम्हारा नाम कभी नहीं लिया।

—फिर गौना कैसे हुआ?

—गौना हुआ कहाँ, ब्याह में ससुराल गई नहीं। पाँचवें महीने रात को बाबू, माँ के साथ मुझे ले छपरा चले गए। गाँव में खबर फैला दी गई—मैं छोटे भाई के साथ कलकत्ते चली गई। छपरा में किराए पर एक मकान ले हम लोग पाँच महीने रहे। रहना पड़ा, क्योंकि काफी देर हो जाने से गर्भ साफ नहीं हो सका। लड़की पैदा होने के पन्द्रहवें दिन, उसे वहीं के अनाथालय में दे दिया और उसके चार-पाँच दिनों के बाद हम लोग गाँव लौट आए।

—उस लड़की की कोई पहचान? श्रीकान्त ने बेहद उत्सुक हो पूछा।

—नाक-नक्श एकदम तुम्हारा, माँ ने एक बार कह भी दिया था पर मैं खामोश रही। अपनी जाया को जब तजना था तो माया-मोह क्या लगाना, भीतर-भीतर तो बहुत रोई थी। लेकिन उस रोने से लाभ?

—उसके देह-मुँह पर कोई पहचान का निशान?

—दाएँ गाल पर एक छोटा-सा लाल लहसुन का दाग, और बाएँ हाथ में पाँच की जगह छह उँगलियाँ हैं।

—यह किस माह की बात है?

—यह उस रात के ठीक दसवें माह की—नवम्बर के शुरू की, जाड़ा शुरू हो गया था।

—छपरा में कितने अनाथालय हैं?

—केवल एक।

—उसके बाद तुम्हारा गौना हो गया?

—हाँ, पर आसानी से नहीं। बाबू को अलग से रुपये खर्च करने पड़े—ससुराल वालों को शक हो गया था।

—लेकिन, अब तो जिन्दगी में रस-बस गई हो, सुखी हो?

—इसे पूछकर क्या करोगे? जितना मेरे नसीब में है, भोग रही हूँ। हाँ, जब से तुम्हें देखा है, पीछे का सब कुछ फिर से उमड़ आया है। वह रात, यह ऊपर का कमरा, वह लिहाफ और तुम्हारी सबल भुजाएँ, गुनगुनी देह और उसका सुखद कसाव...।

—लेकिन अब वर्तमान में जीना होगा। वह जो पहुँच के बाहर हो गया, उसकी याद करने से मिलेगा क्या? अब अपने पति की याद करो। यह सभी कुछ तो उसके पास होगा। वह पुलिस का अफसर है।

भीतर से आहत होती हुई मृदुला बोली—तुम ठीक कहते हो, मैं पुलिस के ऐसे अफसर की पत्नी हूँ जिसकी जीभ पर हर पल दो-चार गालियाँ रहती हैं, जो हमेशा दूसरे को शक की नजर से देखता है।

—अपनी स्थिति बताओ? आपसी प्यार की बात?

—शराब की बोतल के बाद आदमी औरत खोजता है—पत्नी नहीं, फिर मुझे प्यार कहाँ से मिलेगा?

—इस बीच तुम्हें कोई दूसरा बच्चा नहीं हुआ?

—नहीं।

—इस समय हो कहाँ?

—बनारस में।

—बनारस में। श्रीकान्त चौंककर बोला।

—हाँ, अस्सी के पास। एक दिन मैं लालघाट गई थी तो तुम्हारी चर्चा नूनू बो ने चलाई थी, तभी से यह आस लगी थी कि शायद तुम इस ब्याह में न्योते पर आओ, भेंट हो, एक बात पूछूँ?

—पूछो।

—तुम ब्याह क्यों नहीं करते?

इस बार मृदुला के चेहरे पर आँखें टिक गईं—ब्याह करके जैसी तुम हो गई हो—मेरी भी गति वैसी ही देखना चाहती हो?

—ऐसे कब तक चलेगा?

—पेट भरता रहे तो सब चल जाता है। फिर मेरे जैसा आदमी जिसकी जिन्दगी—नदी, नाले, जंगलों के सर्वे, पहाड़ों को खोदने-उड़ाने, सिर पर मोटा सोलो हैट, हाथ में छतरी और गले में बायनाकुलर लटकाए, मिलोटिन के सहारे पहाड़ों की ब्लास्टिंग करा-कराके, राह निकालने वाले, इंजीनियर के साथ—कोई औरत भला टिक सकती है?

—अभी कहाँ हो?

—ओबरा, मिर्जापुर—अब बिहार जा रहा हूँ, बरवाडीह।

—कभी काशी नहीं आते?

—इधर नहीं गया, अब जाना हो सकता है क्योंकि बरवाडीह जाते समय काशी होके भी जाया जा सकता है।

—मेरे यहाँ भी आ सकते हो?

—शायद, नहीं। जाना भी नहीं चाहिए।

—किन्तु यहाँ तो अभी दो-एक रोज रहोगे।

—नहीं, तब की बात और थी। अब बुझते हुए अंगारों पर पड़ी हुई राख की पर्त को फूँक मारकर फिर से हटाने में मुझे दाग के सिवा और क्या मिलेगा?

मृदुला ने श्रीकान्त को कसकर पकड़ लिया, किन्तु स्पंदनहीन श्रीकान्त, धीरे से बोला—पता नहीं, तुम्हारे घर के लोग, मेरे बारे में अब क्या सोचते होंगे। अब इस घर में मेरा कौन है?

—ऐसा तुम क्यों सोचते हो? मैं तो हर घड़ी देह-मन दोनों से तुम्हारी हूँ, पर तुम ठंडे क्यों पड़ते जा रहे हो। मृदुला ने श्रीकान्त की देह झकझोरते हुए कहा।

—पता नहीं, बेटी कैसी हो, कहाँ हो? श्रीकान्त अन्तर्मन में देखता हुआ बोला।

—अब उसकी चिन्ता करने से फायदा?

—वह मेरी जाया है मृदुला, तुम्हारी कोख से जन्मी हुई मेरी सन्तान, तुमने उसे छोड़ दिया, पर मैं कैसे छोड़ दूँगा। मैं कल ही छपरा जाऊँगा—अनाथालय में पता लगाऊँगा, खोजूँगा और मिल गई तो साथ ले आऊँगा, आज मेरा यह संकल्प है...।

निराश मृदुला, श्रीकान्त की ढीली-उत्तेजनारहित देह से अलग हो गई, तभी बहिना आ गई और थोड़ी देर के बाद, जूठी थाली और मृदुला के साथ नीचे उतर गई। श्रीकान्त वहीं सो गया।

2

श्रीकान्त बहिना की ससुराल से गाँव लौटा और दूसरे दिन भोर में ही बरवाडीह जाने के लिए छपरा होते हुए चल पड़ा। स्टेशन से छपरा के अनाथालय में सीधे पहुँचा। अहाते में कई बच्चे खेल रहे थे। खेलते हुए बच्चों को वह एक-एक करके गौर से देखने लगा। तभी लगभग तीन साल की छोटी-सी एक बच्ची, पीछे से आकर श्रीकान्त का पैंट पकड़कर खींचती हुई बोली—ऐ?

खाकी फ्राक पहने, घुँघराले बालों वाली इस छोटी बच्ची के ऊपर उठे हुए चेहरे को श्रीकान्त ने मुड़कर देखा, और देखते ही मन में एक खिंचाव हुआ, मन में एक करुणा जागी, जीवन में पहली बार आँखों के सामने यह खिंचाव आया। गोरा, धप्प-धप्प चेहरा, भौंहों के नीचे बड़ी-बड़ी आँखें, उन्नत ललाट, गुलाबी गालों पर छोटा-सा एक लहसुन का दाग! श्रीकान्त के दिल की धड़कन बढ़ गई। वह बैठ गया, फिर जल्दी से लड़की की दोनों हथेलियाँ पकड़कर देखी, बाएँ हाथ की कनिष्ठा के पास

लटकती हुई छठी उँगली। सारी देह में जैसे कँपकँपी भर गई। प्यार से उसका माथा सहलाते हुए बोला—तुम्हारा नाम क्या है?

—छिंगुली। बच्ची धीरे से बोली।

—तब तक दो-चार और बच्चे पास आ गए थे। उन्हीं के साथ अनाथालय का मैनेजर भी आया।

—श्रीकान्त ने पूछा—इस लड़की का नाम छिंगुली है?

—हाँ, देखते नहीं, इसके बाएँ हाथ की छठी उँगली? लेकिन आप कैसे आए? आपका परिचय?

—इस लड़की के भरती का ब्योरा बता सकते हैं?

—क्यों नहीं, रजिस्टर देखना होगा। आप कार्यालय के कमरे में चलिए। थोड़ा वक्त लगेगा। आइए! लड़की के साथ ही कार्यालय में गया। छोटा-सा कमरा, जिसमें कई जिल्ददार रजिस्टर रखे थे। अलमारियों में दस मिनट रजिस्टर खोजने में लगा। मैनेजर कह रहा था, तीन साल पहले नवम्बर में यह लड़की यहाँ आई है, पहचान के चिह्न, गाल पर लहसुन का दाग, बाएँ हाथ में छह उँगली। नाम इसका जयन्ती था पर सुविधा के लिए हम लोग छिंगुली कहते हैं, कहिए, क्या बात है? श्रीकान्त ने बेटी को गोद में उठा लिया, मैं इसे अपनाना चाहूँ तो?

—आपको फार्म भरना होगा—अनाथालय के मंत्री की अनुमति लेनी होगी। और दो सौ रुपये जमा करने होंगे। लड़की मिल जाएगी, किन्तु शाम तक रुकना होगा।

सारी खाना-पूरी करने के बाद, साँझ के पाँच बजे लड़की को लेकर श्रीकान्त अनाथालय के बाहर आ गया। भूखा-प्यासा, श्रीकान्त बाहर एक मिठाई की दुकान पर जा बैठा। मिठाइयाँ ली। बेटी के आगे रखी। अपने हाथ से खिलाया। खुद खाई। खिलाते हुए बोला—मेरे साथ चलोगी?

—हूँ! बेटी ने सिर हिलाया। फिर मिठाई खाती हुई बोली—तुम कौन हो?

—मैं तुम्हारा पापा हूँ। श्रीकान्त खुशी से बोला।

—पापा किसको कहते हैं?

—पापा माने पिताजी।

—तुम मेरे पिताजी हो?

—हाँ बेटी, मैं तुम्हारा पिताजी हूँ।

—और मेरी अम्मा?

—उनकी तलाश करनी है, वे मेले में खो गई हैं।

—तुमको अब क्या कहूँ?

—पिताजी! कहो!

—पिताजी!

—हाँ, एक बार और कहो। श्रीकान्त ने बेटी के चेहरे पर आँखें गड़ाई।

—और मैं तुम्हें क्या कहूँ?

—मेरा नाम तो छिंगुली है!

—छिंगुली! छी...छी...अब छिंगुली नहीं—तुम मेरी जाया हो—जाया। तो आज से तुम्हारा नाम जया रहेगा, अब मैं तुम्हें जया कहूँगा।

—हाँ, तुम जया ही कहना।

उसके बाद रेडीमेड कपड़ों की दुकान आई। श्रीकान्त ने सौ रुपये में फ्रॉक और चड्ढियाँ खरीदी—जूते की दुकान से सैंडिल और बेटी को गोद में लेकर स्टेशन के लिए चल पड़ा।

छपरा से वाराणसी, वाराणसी से मुगलसराय। वहाँ से देहरी आन सोन, और तब बरवाडीह पहुँचा था। दिन के साढ़े तीन बजे। पलामू जिला के बरवाडीह स्टेशन पर गाड़ी रुकी थी। लाल-लाल बजरियाँ बिछी प्लेटफार्म वाले पहाड़ी स्टेशन पर। कन्धे पर बेटी जया, सिर पर चटाई का फेल्ट हैट, दाहिने हाथ में थरमस, गले में बायनाकुलर लटकाए। पहचाने जाने में कोई दिक्कत नहीं हुई, फर्स्ट क्लास के डिब्बे से उतरते ही हरी वर्दी में विभागीय चपरासी, जे.ई., बड़े बाबू, कैम्प क्लर्क और एकाउंटेंट पास आ खड़े हो गए। वेशभूषा तथा व्यक्तित्व सभी से इंजीनियर दीखने वाले, पाँच फीट सात इंच के इस इंजीनियर को, अनुमान से ही लोग पहचान गए थे।

—क्या आप ही इंजीनियर श्रीकान्त मिश्र हैं? बड़े बाबू ने दोनों हाथ जोड़ते हुए सवाल किया।

—हाँ, और आप लोग?

तब एकाउंटेंट ने सभी का परिचय दिया। चपरासी ने जया को अपने कन्धे पर लिया। बाकी लोग सामान उतारने लगे। बिस्तरबन्द, चमड़े का बक्सा, अटैची, प्लास्टिक की टोकरी इत्यादि। आगे मिलिटरी की कोई स्पेशल खड़ी थी—उस पार जाने के लिए थोड़ी प्रतीक्षा करनी पड़ी। रास्ता किधर से है? श्रीकान्त ने पूछा।

अँगुली दिखाते हुए बड़े बाबू बोले—स्टेशन के पीछे पहाड़ी पर जो देवी का मन्दिर है न, उसी के थोड़ा बगल से सड़क गई है।

—ठहरने की जगह?

—अभी दस दिनों तक डाक बँगले में सरकार। आपका क्वार्टर अभी पूरी तरह रहने के लायक तैयार नहीं है बिजली की फिटिंग भर बाकी है। फिलहाल इस वन विभाग के डाक बँगले में इन्तजाम किया गया है। वहाँ से थोड़ी दूर पर साइट है, आना-जाना जीप से ही होगा। सरकार के साथ फेमिली नहीं आई?

—नहीं, अभी तो केवल बेटी आई है।

पन्द्रह मिनटों में ही जीप डाक बँगले पर पहुँच गई थी। अन्दर दाखिल हुए तो सबसे पहले सामने आई बीस-बाईस साल की आदिवासी लड़की कलसी। एकदम काली—पर समानुपाती उतार-चढ़ाव वाली हिरनी-सी लोच वाली देह की कलसी,

उसी के साथ था 25 साल का गठे बदन वाला उसका पति 'हरवा' जिसने मुड़कर नमस्ते किया था, दोनों हाथ जोड़कर। तब आया, 'दालू' कलसी का बाप, डाक बँगले का चौकीदार। इशारे पर दालू ने दो कमरों का सूट खोला। सामान उसी में रख दिया गया। बड़े बाबू कहने लगे—दालू थोड़ा बहिरा है, लेकिन हरवा और कलसी आपकी सेवा में बराबर रहेंगे। स्टेशन के उस पार बरवाडीह का बाजार है, रेलवे स्टाफ के कारण बसा है, छोटी-मोटी जरूरत की सभी चीजें मिल जाती हैं। जब जरूरत हो, हरवा को दौड़ा दीजिए। इसके अलावा सुबह से रात के आठ बजे तक आपका चपरासी भी तो आपके साथ रहेगा। लेकिन असली बाजार तो डाल्टनगंज में है। हर चीज मिलती है, कोर्ट-कचहरी, बड़ी-बड़ी दुकानें। पखवारे में एक बार भी जाना बहुत होगा। सुबह से शाम तक किसी भी ट्रेन से चले जाइए—गाड़ियाँ आती-जाती ही रहती हैं। जाने को तो जीप से भी जा सकते हैं लेकिन पहाड़ी सड़क ऊँची-नीची होने से हिचकोले बहुत झेलने पड़ते हैं। इससे अच्छी रेलगाड़ी ही होती है—हर पाँच-सात मिनट पर कोई-न-कोई गाड़ी मिल जाती है। अमृतसर-अम्बाला से हावड़ा वाली लाइन पर है यह बरवाडीह।

—अब तो नहाना होगा, पानी मिलेगा?

—हाँ, चौबीस घंटा डाक बँगला में पानी आता है सरकार। डैम के स्टाफ के लिए ऐसी व्यवस्था की गई है, थोड़ी दूर पर ही पानी ही टंकी है। डाक बँगले के पीछे से तो बनता हुआ बराज भी दिखाई देता है—वैसे ये इलाका बेहद गरीब, पिछड़ा हुआ है। अधिकतर आदिवासी ही इसमें रहते हैं। निर्धन लोगों का देश। पहाड़ियों के बीच जहाँ समतल जमीन मिली—दस-बीस के गिरोह बनाकर लोग बस गए। खेती लायक यहाँ खास जमीन भी नहीं।

—फिर यहाँ के लोगों की गुजर कैसे होती है?

—पलास, तेंदू के पत्ते बेचकर, तेंदू से बीड़ी बनती है। पलास से दोने-पत्तल। फिर महुआ, लाह और जंगली लकड़ियाँ हैं।

—महुआ। श्रीकान्त चौंका।

—हाँ सरकार, महुआ खूब बिकता है—खूब, खुल के इस्तेमाल होता है। कहते-कहते, 50 साल के उस हेड क्लर्क ने भेद भरी नजरों से श्रीकान्त की ओर देखा।

—मतलब आपका? श्रीकान्त ने बात आगे बढ़ाई।

—इधर लोग महुआ का रस खूब निकालते हैं, घर-घर चूल्हे और भट्ठियाँ मिलेंगी। खाना भले न मिले, मिलता ही कहाँ है। लेकिन भभके पर चढ़ा महुआ का रस मिल जाए तो रात कट जाती है। बाकी जिन्दगी तो बेहद सस्ती है सरकार! यहाँ के लोगों की कीमत मच्छर-मक्खियों से अधिक नहीं है। जब-जैसे चाहो हाजिर। इन्हें महुआ का रस दीजिए और जिस तरह चाहें इन्हें इस्तेमाल कीजिए, जितना काम चाहे लीजिए। सुबह से शाम तक करवाते रहिए, एक पैर पर खड़े रहेंगे, लेकिन

अफसोस है कि यहाँ इंजीनियर लोग टिकते ही नहीं, पैसा पाने के बावजूद यहाँ के लेबर बिदक जाते हैं।

—और ठेकेदार?

—ठेकेदार तो यहाँ जंगली लकड़ी सप्लाई करने वाले ज्यादा हैं, बाँध के काम के ठेकेदार कुल पाँच-छह हैं। इस इलाके के थोड़े हैं सरकार! सब बाहर से आते हैं, उन सालों में भी काम लेने की तमीज नहीं। वर्ना देखिए न, इस रिजर्वायर को महज एक ओर से घेरना है, लेकिन जो काम साल भर में पूरा होना चाहिए था, वह आज ढाई सालों में पूरा नहीं हो पाया। एक बार में जितना होता है, बरसात में पानी के दबाव-बहाव में सब दह-बह जाता है। यह तो आप 'साइट' पर चलकर खुद ही देख लेंगे। वहाँ तो अब कल ही चलना हो पाएगा। सरकार ये और बात है कि आपको किस काम पर लगाया जाए। क्योंकि नदी के तल में भी काम हो रहा है। सीमेंट कंक्रीट का।

—नहीं, बड़े बाबू कल चलूँगा। डाल्टनगंज अपने एस.ई. से मिलने ज्वायनिंग रिपोर्ट देने। यहाँ खाने-पीने का क्या इन्तजाम है?

—महीने भर के लिए चावल, दाल, गेहूँ-आटा, घी, तेल, चाय-चीनी सभी कुछ रखा है। उसकी चिन्ता तो आप छोड़ें। बनाने वाला आदमी भी है। ऊँची जाति का। आप नहाएँ-धोएँ खाना हाजिर, पीछे बन रहा है। दो-तीन दिन ही असुविधा होगी—पर गाड़ी जहाँ सरकी कि स्पीड आई। और सरकार यदि आपको छुआछूत का परहेज नहीं, तब तो किसी भी तरह की सुख-सुविधा की आपको कमी न होगी। श्रीकान्त बड़े बाबू की बातें चुपचाप ध्यानपूर्वक सुनते हुए बोला—मैं छुआछूत नहीं मानता। इस बाँध पर कितने ठेकेदार हैं?

—अभी तो छह हैं सरकार, लेकिन काम यदि जल्दी कराना है तब ठेकेदारों को बढ़ाना होगा। जितना अब तक काम हुआ है, उसी को फाइनल करने में अभी समय लगेगा। असली काम तो वही है, दूसरी और तीसरी कोटिंग के बाद, फाइनल करते-करते तो खर्च और वक्त दोनों लगेगा। समझ में नहीं आता, इतने कम बजट में यह काम कैसे पूरा होगा? नियोजन करने वालों ने इतनी कम राशि का बजट बनाया है कि उनके ज्ञान पर अचरज होता है। आप पहले साइट तो देख लें, सभी कुछ आईने की तरह आपको दिख जाएगा, सारा ज्ञान हो जाएगा। लेकिन मजदूरी की दर बढ़ाने के लिए सरकार से लिखा-पढ़ी करनी होगी। थोड़ी लड़ाई लड़नी पड़ेगी।

—तो आप कितने बजे आइएगा। श्रीकान्त ने पूछा।

—डाल्टनगंज चलना होगा तो सुबह नौ बजे आ जाऊँगा। कल दिन का भोजन आप वहीं करिएगा।

—हाँ, पर कल थोड़ा साइट भी देख लेना चाहता हूँ, तब चलूँगा डाल्टनगंज।

—बहुत अच्छा। हम लोग कल ग्यारह बजे आ जाएँगे।

—नहीं, दोपहर के बाद आइए।

—बातूनी, बड़ा बाबू चला गया। चाय पीने के बाद कलसी ने श्रीकान्त के आदेश पर जया को नहलाया। कपड़े बदले, पाउडर लगाया—कंघी किया। श्रीकान्त यह सभी कुछ देखता रहा। हरवा ने सभी सामान श्रीकान्त के आदेश पर सजा दिया था। कलसी और हरवा के काम से श्रीकान्त को सन्तोष हुआ। उसे लगा कलसी को थोड़ा सा निर्देश देने पर घर के कामों को वह ढंग से करने लगेगी। उसके चेहरे पर सुनके काम करने की अपार क्षमता दिखी।

खाना खाकर श्रीकान्त आराम करने लगा। जया सो गई थी। जया को निहारते हुए थका श्रीकान्त भी सो गया।

दूसरे दिन दो बजे आए बड़े बाबू। जीप रुकी, जीप से उतरे दो जे.ई., एक कैम्प क्लर्क। तैयार हो जया को गोद में ले आगे जीप पर श्रीकान्त बैठ गया।

—पिताजी, तुम चलाओ। जया मचली।

—नहीं बेटी—मेरी राह देखी हुई नहीं है, वापसी में मैं चलाऊँगा।

—अच्छा। बाप की गोद में बैठी, चुपचाप फाटक के बाहर देखने लगी। जीप चल पड़ी, हिचकोले खाती हुई, घने, छायादार जंगल के बीच से निकाली गई, ऊँची-नीची पहाड़ी सड़क से। लम्बे-लम्बे शाखू, शहतीर और गिटिंग के पेड़ों के बीच से जीप गुजर रही थी। साबुन से धुले हुए जया के रेशमी, रूखे बाल, हवा में लहरा रहे थे, बालों के उड़ने से मुँह और भी खिल रहा था। ताली बजा-बजा के किलकारियाँ करती हुई जया बोली, इधर आदमियों के घर नहीं हैं पिताजी?

—नहीं बेटी, यह तो जंगल है, हम लोग जंगल में चल रहे हैं।

—यहाँ काम कैसा हो रहा है?

—जिससे शहर में रहने वालों को बिजली भिजवा सकें।

—बिजली कहाँ रहती है?

—बिजली रहती नहीं है बेटी, उस पानी में से पैदा करेंगे, फिर दूर-दूर तक उसे तार के जरिए भेजेंगे।

—पानी तो ठंडा होता है पिताजी—बिजली गर्म, ठंडे से गर्म बिजली कैसे पैदा करोगे?

—मशीन से बेटी, तुमको वह जगह दिखाएँगे जहाँ बिजली बनाने वाली मशीन रखी है, वह मशीन भी दिखाएँगे, जिससे बिजली बनाई जाती है।

जया की बातें सुनता हुआ श्रीकान्त मृदुला के पास पहुँच गया था, देह कहीं, मन कहीं। बार-बार जया सामने देखते हुए श्रीकान्त की ठुड्डी पकड़ के अपनी ओर मुँह घुमा देती थी। जब कभी सामने से चौकड़ी भरते हुए हिरन, दौड़ती हुई नील गायें, या भागते हुए सियार, या पेड़ों पर झूलते हुए बड़े-बड़े लंगूर दिख जाते, जया किलकारी मार के चिल्ला पड़ती—पिताजी वह क्या है?

इस अबोध बेटी को सीने से चिपकाए, श्रीकान्त उसे समझाता, पहचान बताते हुए जानवरों के नाम बताता जाता—प्रसन्न, उत्फुल्ल जया, बाप के सीने से पीठ टेके गोद में खड़ी, जीप के शीशे के पार या बगल की खुली जगह से टक लगाए, बाहर का सब कुछ देखती जाती।

तभी जीप रुक गई। ड्राइवर उतरा तो श्रीकान्त ने पूछा—आ गए क्या?

—हाँ सरकार, दो-तीन मिनट पैदल चलना पड़ेगा, आगे राह पर ही एक पेड़ गिर गया है रास्ता साफ नहीं हो पाया।

लगभग पन्द्रह मिनट लगे? श्रीकान्त ने घड़ी देखकर कहा।

—हाँ, जीप से गोलाई में चक्कर लगाते हुए घूमकर आना पड़ता है—वैसे तो वह रहा डाक बँगला। पैदल आने की राह थोड़ी दुर्लभ है। अच्छी-खासी चढ़ाई चढ़नी पड़ती है। आप लोगों के बस की बात नहीं। खासकर उसके लिए जिसे खाली देह, अकेले, देर-सबेर से आना पड़ता हो। वैसे यह डाक बँगला, यह पावर स्टेशन, उसके बाद स्टाफ के क्वार्टर सब जुड़े हुए हैं।

—खाली वह माने? क्या लुटेरों का भय है? नहीं, जंगली जानवरों की बातें कर रहा था। लुटेरे यहाँ लूटेंगे क्या? रात में तो इस हलके से सधे हुए आदिवासी ही इधर से आते-जाते हैं, सबके बस की यह राह नहीं होती। आगे बढ़ते ही, सामने विशाल जलाशय शुरू हो गया। मीलों लम्बा-चौड़ा, प्राकृतिक पहाड़ियों से घिरी हुई जगह में अथाह जल का भंडार। गन्दा, मटमैला, लाल मिट्टी मिला हुआ जल। एक जूनियर इंजीनियर उँगली दिखा-दिखा के स्थिति समझाने लगे—इधर पहाड़ियाँ मिल जाती हैं। बस, दूसरी ओर के हिस्से पर बाँध बनाना है। दिन-रात काम हो रहा है। उस ओर से नदी का जल आता है, अभी तो इसके तल में काफी काम बाकी है। लेकिन इस मील भर की खाली जगह को पहले पाट देना है। आधी तो पट गई है, अब आधी लगभग चार फर्लांग की जगह पाटनी है उस पर भी काम हुआ है लेकिन बरसात के पहले पूरा हो नहीं पाता, और बरसात शुरू हो जाने पर जितना हुआ रहता है वह पानी में बह जाता है, कई ठेकेदारों की जमानतें जब्त हो गईं, वे भाग खड़े हुए। क्योंकि समय से काम पूरा नहीं हो पाया। गले में बायनाकुलर लटकाए, जगह-जगह रुक-रुक कर देखता हुआ। श्रीकान्त पूरी टीम के साथ इस बाँध पर चल रहा था। जहाँ तक बाँध बन पाया था। इसके आखिरी छोर पर जा खड़े हो, बायनाकुलर लगाकर देखने लगा। कुछ ऊँचाई से इस जलाशय में पानी भरने वाली, इस पथरीली कोयल नदी के पार।

—पाट की चौड़ाई तो कुछ भी नहीं है—मि. डबराल, श्रीकान्त ने दूसरे जे.ई.सी. से पूछा।

—हाँ, डबराल कहने लगे—दिखती तो ऐसी ही है, लेकिन जैसा इसका नाम है, वैसा ही इसका काम भी है, बरसात में औरंगा नदी का जल लेकर जब यह

उफनती है तो उसी वेग से इसका जल चलता है, जैसे मूड में आने पर देर तक कोयल बोलती ही रह जाती है।

श्रीकान्त हँस पड़ा—तो इसी से इसका नाम कोयल पड़ा क्या?

—नहीं, वह कारण तो मुझे नहीं मालूम, पर लगता है इसके पार के काले, चमकीले पत्थरों के कारण इसका नाम कोयल पड़ा होगा, या जैसे कोयल फुर्र से यहाँ, फुर्र से वहाँ उड़ के बैठ जाती है, उसी तरह से यह नदी भी इतनी टेढ़ी-मेढ़ी होकर बहती है कि कहीं-कहीं तो साँप के आकार की हो जाती है—एकदम नाले की तरह!

—लेकिन अभी तो पूरे बाँध पर, दूसरे, तीसरे और चौथे फाइनल कोटिंग का काम बाकी है?

—जी हाँ, मि. डबराल बोले—मैंने तो पहले के एक्सेन और एस.ई. से कहा था कि बन गए बाँध तथा दीवारों को पत्थरों से ढकने का काम भी साथ-साथ चलता रहे तो ज्यादा अच्छा होगा। वर्ना, कभी यदि पानी का उठान या दबाव तेज हुआ तो बना हुआ बाँध भी बीच में से दरक जाएगा। लेकिन मेरी बात पर किसी ने ध्यान नहीं दिया। हालाँकि ऑडिट वालों ने अपने पिछले ऑडिट नोट में यह प्वाइंट लिया था। लेकिन उस पर भी चीफ ने गौर नहीं किया, जवाब आया। यहाँ टेक्निकल काम उनका है, ऑडिट वालों का नहीं। ऑडिट फिजूल खर्चा की बात उठा सकता है। लेकिन चलिए, मैं आपको एक दरार दिखा सकता हूँ। अगर, इस बरसात के पहले, उसकी मरम्मत न हो गई तो निश्चय ही, इस साल बाँध यहाँ से फट जाएगा।

उस जगह पर पहुँचकर श्रीकान्त ने डबराल की बात सही पाई और काफी देर तक, बाँध के दोनों ओर नीचे उतर के सर्वेक्षण करता रहा।

सर्वेक्षण कर लेने के बाद जब आखिरी सिरे से लौटना हुआ तो दिन डूब चला था, इस निर्जन प्रदेश की खामोशी, वातावरण में चारों तरफ फैल गई थी।

श्रीकान्त ने सोलो का हैट उतार चपरासी को पकड़ाया। जेब से रोएँदार मोटी रूमाल निकालकर ललाट, गर्दन और बाँहों का पसीना पोंछा, बालों में कंघी किया। फिर बोतल का ढक्कन खोला, पानी बोतल से ही गट-गट पीने लगा। प्यासी जया चपरासी की गोद में पानी पीना देख रही है, यह पानी पीने के दौरान गर्दन ऊँची करते हुए श्रीकान्त ने देख लिया और पीना रोक के पूछा, पानी पियोगी?

—जया ने स्वीकृति सूचक सिर हिलाया?

बेटी को गोद में ले श्रीकान्त ने बोतल जया के मुँह से लगा दिया। बोतल का बचा हुआ पूरा जल जया पी गई। अचरज में भरकर श्रीकान्त ने बेटी से सवाल किया—पानी तो बोतल में था, तुमने पहले क्यों नहीं पी लिया?

जया कुछ नहीं बोली और बाप का मुँह टुकुर-टुकुर ताकती रही!

आसमान में सूरज तेजी के साथ एक छोटी पहाड़ी के पीछे उतर रहा था। उसके चारों तरफ का आकाश एकदम रक्ताभ हो गया। निर्जन वनप्रान्तर में एक अजब तरह की खामोशी चारों ओर से बटुरकर उस बड़े सागर पर छा गई। देखते–देखते सिन्दूरी चक्का क्षितिज में पहाड़ी के पीछे डूब गया। बाँध पर अपने पूरे स्टाफ के साथ गोदी में बेटी को लेकर खुश हो श्रीकान्त ठगा–सा, खोया हुआ, प्रकृति के उस नैसर्गिक सूर्यास्त का सुख ले रहा था कि जया ने एकाएक उसका ध्यान आकर्षित किया—पिताजी, चन्दा मामा! पीछे पीठ की ओर श्रीकान्त ने आँखें घुमाई। बाँध के उस सिरे पर जहाँ काम करने वाले सैकड़ों मजदूर बैठकर सुस्ता रहे थे। उन्हीं के पीछे आसमान में पीला–सुनहरा, पूर्णमासी का चाँद धीरे-धीरे ऊपर उठ रहा था। चारों ओर एक बेहद प्यारी चाँदनी की आभा फैल रही थी। एक साथ इस उदय और अस्त को देखते हुए श्रीकान्त अपने में खो गया। जीवन और मृत्यु, सृजन और संहार प्रकृति अपने आप करती रहती है। हम तो उसके हाथों के मात्र खिलौना हैं, कहीं न कहीं एक दिन फूट के बिखर जाना है! हो सकता है, इसी तरह अपने से सैकड़ों मील दूर, नितान्त अकेले, वनप्रान्तर की इस निर्जन, नीरव भूमि में—जंगली फूलों की गन्ध के बीच कब, कहाँ नींद आ जाए, आँखें मुँद जाएँ...।

और बराज पर पहुँचते-पहुँचते तो एकदम रात हो गई। बराज, पावर स्टेशन और पास के बने हुए क्वार्टरों की असंख्य बत्तियाँ जल गई थीं। दीपावली की तरह, दृश्य मन मोहने वाला हो गया था।

—पिताजी, बिजली के लट्टू। जया खुश होती हुई बोली।

—हाँ। श्रीकान्त ने बेटी को अपनी गोद में लेते हुए मि. डबराल से पूछा—इनमें क्या कोई क्वार्टर खाली नहीं है?

—है, आपके लिए ही एक खाली कराया गया है, उसमें थोड़ी बिजली की फिटिंग बाकी रह गई है परसों तक पूरी हो जाएगी, कल दिन में आकर आप उसे देख लें।

—आज तो देखना सम्भव न होगा।

—सम्भव क्यों नहीं होगा, पर देर हो जाएगी, बराज की सीढ़ियों से उतरकर, पावर स्टेशन के भीतर से होकर जाना पड़ेगा। पहुँचने में ही घंटा भर लग जाएगा। कल जीप से देखते हुए ही साइट पर आइए।

श्रीकान्त लौट पड़ा। ड्राइवर जीप में बैठा हुआ इन्तजार कर रहा था।

लोग जीप में बैठे। जीप वापस डाक बँगले के लिए मुड़ी। उसी तेज गति से, हेडलाइट जलाकर, अँधेरे को चीरती हुई। घने जंगल के बीच से, छायादार पेड़ों के नीचे से गुजरने वाली उस खूबसूरत सड़क पर।

सितम्बर बीत रहा था, मौसम में एक अजीब तरह की खामोशी आ गई थी। बरसात के बाद धूल दब जाने से हवा एकदम साफ हो गई थी। सोने के लिए

श्रीकान्त से पूछकर, बाहर के बरामदे में ही चारपाई निकाल के मच्छरदानी लगा दिया था। यहाँ मच्छरदानी के बगैर सोना असम्भव था। या तो सिर से पैर तक चादर से देह ढक लीजिए। रोज आठ-नौ बजे तक जया सो जाती थी, नई जगह में आज उसे नींद नहीं आ रही थी। छपरा के बाद तो सभी जगहें उसके लिए नई ही थीं। ओबरा में भी जमकर रहने को नहीं मिला। हाँ, ओबरा के फील्ड हॉस्टल में कई सहायक और जूनियर इंजीनियरों के परिवार थे, जया के लिए वह जगह मनसाय थी। बच्चों के साथ खेलने की सुविधा थी। किन्तु दस-पन्द्रह दिनों के बाद ही वहाँ से चलना हो गया था। आज पहली बार जया देर तक जगी थी, बाप की गोद में लेटी हुई, पूछने लगी—पिताजी, अनाथालय किसको कहते हैं?

—जहाँ तुम रहती थी!

—मैं वहाँ क्यों रहती थी?

सवाल का उत्तर देने में श्रीकान्त थोड़ा हिचका, फिर सोच के बोला—जिन बच्चों के माता-पिता खो जाते हैं, वे बच्चे वहीं रहते हैं, बाद में लोग अपने बच्चों को खोजकर ले जाते हैं।

—बच्चे कैसे खो जाते हैं, मैं कैसे खो गई थी? मैं खोई तो तुम कहाँ थे?

एक साथ इन तीन सवालों का उत्तर श्रीकान्त क्या और कैसे दे? लेकिन जिज्ञासु बेटी का मन रखना था, उसके एक-एक सवाल का उत्तर देना था, बेटी को समझाते हुए कहने लगा, बच्चे खेलते-कूदते समय असावधानी से खो जाते हैं, इधर-उधर भटक जाते हैं। लगता है तुम भी ऐसे ही खो गई थी जया। और जब तुम खोई थी, तो मैं तुमसे बहुत दूर था।

—कहाँ थे?

—रुड़की में था।

—रुड़की बहुत दूर है पिताजी?

—और क्या?

—फिर तुम्हें कैसे पता चला कि मैं खो गई हूँ और यहाँ हूँ?

—बहुत खोजा, तलाश किया, तब पता चला।

वह रुककर बोली—और मेरी अम्मा कहाँ हैं?

—तुमको उस दिन बताया तो था कि वे खुद ही कहीं खो गई हैं, तुम्हारे बाद। मैं अब उनकी तलाश कर रहा हूँ।

—लेकिन तुमने तो कहा था कि बच्चे खोते हैं, बड़े नहीं, फिर अम्मा कैसे खो गईं?

—मेरी असावधानी से जया, लेकिन अब तुम सो जाओ, रात बहुत हो गई, कल सुबह काम पर जल्दी जाना पड़ेगा। तुम यहीं रहोगी—या मेरे साथ चलोगी?

—यहाँ, अकेले में खो जाऊँगी तब?

—खोओगी कैसे, कलसी तो रहेगी, महाराज रहेगा, कलसी का बाप, दालू रहेगा।

—और हरवा ?

—हरवा तो मेरे साथ काम पर जाएगा। श्रीकान्त जया को थपकी देने लगा। थपकी पड़ते ही जया की आँखें नींद से भारी होने लगीं। धीरे-धीरे सो गई।

किन्तु श्रीकान्त की आँखों में नींद नहीं थी। बेटी के सो जाने के बावजूद वह बड़ी देर तक जागता रहा। शुक्ल पक्ष की उजली रात में जंगल के बीच बने हुए इस डाक बँगले पर चाँदनी भरपूर बरस रही थी। लेटे-लेटे मच्छरदानी में से ही श्रीकान्त बाहर देखता रहा, बरसती चाँदनी में सामने खड़े हुए लम्बे-लम्बे शीशम, साखू, महुआ और गिटिंग के पेड़। दूर-दूर तक पलाश की झाड़ियाँ, तेंदू के पेड़, और हवा में फैलती हुई रात-रानी की सुगन्ध सूँघते हुए जिसके बारे में दालू ने बताया था कि दो साल पहले एक इंजीनियर इसे लगा गया था, जब इस सागर और बिजलीघर बनाने के लिए जमीन की नाप-जोख हो रही थी। तब साहब लोग आकर इस डाक बँगले में महीनों रहा करते थे, इसी से तो सारी सुविधा पहले इस डाक बँगले को दी गई—रास्ता, बिजली और पानी की।

लेकिन इन सारी सुविधाओं के बावजूद इस बेटी को लेकर इस निर्जन, वन-प्रान्तर के डाक बँगले में कैसे और कब तक रहा जा सकता है, इसके लिए खेलने-कूदने, हँसने-बोलने को बच्चे चाहिए। श्रीकान्त ने तय किया कि सबसे पहले वह बिजली की फिटिंग होने वाला अपना क्वार्टर देखेगा। उसके बाद काम पर जाएगा।

हरवा बगल में जमीन पर लेटा था। नींद न आते देख बोला—अपनन का ऊँघाई नहीं आवत बाबू, पैर दबा दी।

—नहीं, नई जगह है न, नींद आ जाएगी, तू सो।

जया पूरी तरह सो गई थी, श्रीकान्त ने शव आसन आरम्भ किया। देह एकदम ढीली करके शिथिल कर दिया, और मन को शून्य में छोड़ आँखें बन्द कर ली, पता नहीं उसे कब नींद आ गई।

3

ज्वायनिंग रिपोर्ट देनी थी। प्रोजेक्ट इंजीनियर और एस.ई. से मिलना था। बड़े तपाक से हाथ मिलाया था, प्रोजेक्ट इंजीनियर मि. जायसवाल ने। पहला सवाल, श्रीकान्त से उसके रहने की व्यवस्था के बारे में किया। फिर उसके काम करने के अपने अनुभव सुनता रहा। जायसवाल तेज आदमी था, कहने लगा—आपकी बड़ी तारीफ सुनी है।

—यहाँ भी मेरी तारीफ सुनें तब तो ? श्रीकान्त बोला।

—काम करोगे तो तारीफ होगी ही श्रीकान्त, आदमी की ईमानदारी को संसार में आज तक किसने नकारा है ?

—मेरे काम करने की सार्थकता तभी होगी, जब ऑफिस और आप लोग मेरी सहायता करें। वर्ना, अकेला चना भाड़ नहीं फोड़ सकता?

जायसवाल ठठाकर हँसा—यार, आदमी तुम प्रैक्टिकल लगते हो। साल भर का मौका तो तुम्हारे पास यहाँ जमने के लिए है ही। परसों एस.ई. कह रहे थे कि उत्तर प्रदेश के चीफ इंजीनियर ने विशेष तारीफ से तुम्हें यहाँ भेजा है, उनके साथ काम करने का मौका तो तुम्हें मिला ही होगा?

—हाँ, वे मेरे एस.ई. भी रह चुके हैं। साल भर तो मैंने डायरेक्ट उनके चार्ज में काम किया है।

—यही बात है, फिर बात बदलकर बोला—यहाँ दफ्तर को जरा सँभालना होगा, साधना होगा, कुछ लोग बेहद बदमाश हैं, रोड़े अटकाते हैं, उनसे निपटना होगा।

—आप खुश रहेंगे तो सब निपट जाएगा, जायसवाल साहब!

—मेरी खुशी तो काम होने में है मि. श्रीकान्त!

—काम के अलावा और कुछ तो मैं चाहता ही नहीं जायसवाल साहब, यह बात शुरू में ही बता देना, मैंने मुनासिब समझा।

जायसवाल चुप रहा तो श्रीकान्त ने कहा—मैं काम का कॉन्ट्रैक्ट बांड देखना चाहूँगा, जहाँ फिलहाल मुझे काम कराना है।

पाँच मिनट रुको, वह तो मैं अभी दिला देता हूँ, साथ लेते जाओ, उसे पढ़ लेना बहुत जरूरी है। काम अभी डैम के तल में करो। पन्द्रह करोड़ का प्रोजेक्ट है। जिसे छह हिस्सों में बाँट दिया गया है, छह जॉब वर्क में तीन, असिस्टेंट इंजीनियर जॉब नं. एक और दो का चार्ज तुम्हें दिया गया है। एक तो अर्थ वर्क, बाँध के छोर को आगे बढ़ाना, दूसरा डैम के तल में बराज सम्बन्धित काम राउंड द क्लॉक हो रहा है। इसलिए सभी सहायक इंजीनियरों के आवास की व्यवस्था फिलहाल साइट के करीब ही की गई है। पावर हाउस के पास वाली कॉलोनी में। बस्ती से तो अलग है, पर है बड़ी खूबसूरत जगह। जंगल में मन लगा, तो रम जाओगे।

—लग ही जाएगा, जायसवाल साहब, मेरे आगे-पीछे तो कोई है नहीं! शादी की नहीं—बस एक लड़की गोद लेकर पाल रहा हूँ।

—सो स्ट्रेन्ज! इसी उम्र में लड़की पालने का शौक, पैदा करने का नहीं, दूसरे की सन्तान, अपनी नहीं!

—यह सब भाग्य की बातें हैं।

एस.ई. से तो मिलने जाओगे ही?

—अवश्य! पर आज नहीं कल। श्रीकान्त ने कहा।

—नहीं, बरवाडीह से आए हो तो आज ही मिल लो, क्योंकि कल वे बाहर चले जाएँगे। भेंट न हो पाएगी। पता नहीं कब लौटें। जीप तो तुम्हारी ठीक है?

—लगती तो है।

—तो ठेकेदार से बातें कर लेना—गया तो होगा!

—स्टेशन पर तो दो-तीन ठेकेदार गए थे। पर पहले पाला किससे पड़ेगा, यह तो अभी मैं जानता नहीं।

—जान ही जाओगे, वह खुद मिलेगा, तुमसे। ठीक है—कोई दिक्कत महसूस हो तो कहने में संकोच मत करना। आय एम योर एल्डर ब्रदर!

''थैंक्यू—थैंक्यू सर!

नमस्कार करके श्रीकान्त चलने लगा तो जायसवाल बोला—बैठो यार, चाय-वाय पियो। अपने बड़े बाबू सक्सेना, एकाउंटेंट तिवारी जी और रतन कुमार एस.डी.सी. से पहचान कर लो, बुलवाता हूँ सभी को।

सब आए, परिचय हुआ—बांड की कॉपी ली, चाय पी और तब श्रीकान्त सुपरिंटेंडिंग इंजीनियर से मिलने गया।

पर्चा भेजते ही एस.ई. ने बुलवाया और खड़े होकर तपाक से हाथ मिलाते हुए बोला—बैठो मिश्रा, बैठो, तुम आ गए, मुझे बड़ी खुशी है तुम्हारे सी.ई. शर्मा मेरे मित्र हैं। एक कुशल और ईमानदार और मेहनती इंजीनियर के लिए मैंने उन्हें पत्र लिखा था। क्योंकि यहाँ का काम बेहद सावधानी और मेहनत माँगता है। सावधानी यहाँ के आदमियों से बरतनी है। ऑफिस के लोग और ठेकेदारों से। उँगली पकड़ाया नहीं कि पहुँचा पकड़ लेंगे। तुम्हारे चीफ, शर्मा से मेरी कभी लखनऊ में भेंट हुई थी। मैंने उनसे एक इंजीनियर की माँग की थी, उन्होंने कहा था कि एक नौजवान मेरी निगाह में है। बिहार सरकार द्वारा, उत्तर प्रदेश सरकार से माँग करो, और डेपुटेशन एलाउंस अच्छा दो, तब मैं उसे राजी करके भेज सकता हूँ। मैंने सभी कुछ मंजूर कर लिया था। अगर एक साल पूरा कर लेने के बाद टिकना चाहोगे तो बिहार सरकार तुम्हें एब्जार्ब कर लेगी। किन्तु यह सभी कुछ तुम्हारे काम पर निर्भर करता है। फिलहाल, मुझसे जो सहायता चाहोगे, हमेशा मैं तुम्हारे साथ हूँ। मेरी लाज रखोगे, इसकी तो उम्मीद मुझे लगानी ही चाहिए।

—यह तो मेरा कर्तव्य है वर्मा जी, इसी के लिए मैं वेतन पाऊँगा। शादी मेरी हुई नहीं, एक बच्ची गोद ले ली है, इसी के लिए बीच-बीच में मुझे काशी जाना पड़ सकता है। वहाँ मेरी बड़ी बहिन है, उस परिवार से यह लड़की बहुत हिली-मिली है। इसके अलावा मेरे पास कोई खर्च नहीं है।

श्रीकान्त का उत्तर समझ के हँसते हुए वर्मा बोले—हाँ-हाँ, छुट्टी की जब आवश्यकता पड़े मुझे टेलीफोन कर देना। हाँ, अभी जो काम कराना है, वह पहले का ठेकेदार अधूरा छोड़कर भाग गया, इस काम को अगली बरसात के पहले पूरा करा लेना है। साइट पर गए थे क्या?

—जी नहीं! अभी तो ज्वायनिंग रिपोर्ट देकर आपको नमस्कार करने आया हूँ।

एस.ई. बेहद खुश हो गया। मुस्कराते हुए बोला, मुझे विश्वास है मि. श्रीकान्त, यू

विल डू वेरी वेल। कल तीन दिनों के लिए बाहर जा रहा हूँ। उसके बाद मैं साइट पर आऊँगा। तुमसे वहीं भेंट होगी, इस बीच कोई कठिनाई पड़े तो प्रोजेक्ट इंजीनियर जायसवाल से कहना वे तुम्हारी मदद के लिए हैं। मैं भी उन्हें विशेष रूप से समझा दूँगा। सुनना सबकी, करना मन की, जो तुम्हारा विवेक कहे। किसी के साथ कोई भी रियायत या मुरौवत नहीं, समझे। थोड़ी देर रुककर, वर्मा खुद बोले—एक बात और, सरकारी तंत्र को मैं खूब समझता हूँ। तुम यहाँ नए आए हो, और दूसरे प्रान्त से, सो तुम्हारी कठिनाइयाँ भी मेरे दिमाग में हैं। पर चिन्ता करने की कोई बात नहीं, जब कभी मेरी जरूरत समझो सीधा मेरे पास आ सकते हो, आ जाना। बेखटके, निःसंकोच।

—बस सर, यही मैं चाहता था। आपसे इतना आश्वासन मुझे बेहद बल देगा।

—ओ.के.।

श्रीकान्त चला आया।

कॉन्ट्रैक्ट बांड के साथ अन्य ठेकेदारों द्वारा दिए गए टेंडरों का नक्शा, कम्परेटिव स्टेटमेंट भी ले लिया।

जीप तक पहुँचाने एस.डी.सी. रतन कुमार आया। देह पर चमचमाता, एकदम साफ टेरीकाट की पतलून व कमीज। पाँवों में चप्पल। सिर पर घुँघराले बाल और मुँह में पान की गिलौरियाँ, लगभग चालीस सालों का रतन कुमार, पान की पीक गिरने से बचाने के लिए मुँह ऊपर करके बोला—सर, अभी तो आपका क्वार्टर कम्पलीट नहीं हुआ। हफ्ते भर के भीतर आपके रहने लायक हो जाएगा।

—फिलहाल तो डाक बँगले में हूँ। क्वार्टर मेरा कौन है, कहाँ है, कैसा है ? अभी तो मैं ये भी नहीं जानता।

—एक-दो दिन में जान जाएँगे। अफसरों के क्वार्टरों की कतार में तीसरा या चौथा है, यहाँ कस्बे में तो मकानों की बड़ी किल्लत है, हालाँकि यहाँ बाजार-हाट और गृहस्थी की सारी सुविधाएँ हैं, पर साइट से काफी दूर है। रोज इतनी दूर, देर-सबेर आना-जाना भी उचित नहीं है!

—गृहस्थी तो अभी मेरे पास कोई है नहीं रतन कुमार जी। तब तो ठीक है, फिर तो जंगल में मंगल मनाया जा सकता है। है वैसे बड़ी खूबसूरत जगह। आपका मन लगेगा। आपका ठेकेदार भी एक भला और बड़ा आदमी है। हर तरह से शरीफ, कहा मानने वाला। जायसवाल साहब उससे बेहद खुश रहते हैं।

—जीप में बैठे-बैठे श्रीकान्त ने आँखें तिरछी कर रतन कुमार को ताकते हुए कहा—अच्छा किया जो चलते-चलाते आपने यह बात बता दी। मेरे जानने लायक और कोई बात ?

रतन कुमार थोड़ा चैतन्य हुआ—अरे नहीं सर, मैं तो आप लोगों का सेवक हूँ, आप मेहमान के रूप में आए हैं, तो आपका एस.डी.सी. होने के नाते, आपकी सुविधा-असुविधा का ध्यान रखना मेरे लिए जरूरी है।

—आप लोग हैं तो मुझे असुविधा किस बात की है? लेकिन मेरे काम करने के तरीके को थोड़ा आपको भी समझ लेना होगा।

—वह तो जब, जहाँ, जैसे, हुक्म देंगे मैं हाजिर रहूँगा सर। हम लोगों के लिए फाइनल अथॉरिटी तो आप ही हैं, हमारा-आपका यहाँ-वहाँ, आना-जाना तो लगा ही रहेगा सर। परसों मुझे साइट पर आना है। कल ठेकेदार से आपकी भेंट होगी ही, आप जैसे चाहेंगे, वैसे ही होगा।

—अच्छा! श्रीकान्त जीप में बैठ गया तो रतन कुमार ने मुड़कर दोनों हाथ जोड़े। ड्राइवर ने जीप स्टार्ट कर दी।

रात देर तक, पन्द्रह लाख के काम का बांड और कम्परेटिव स्टेटमेंट, श्रीकान्त देखता-समझता रहा। तब उसने जाना कि उससे कम रेट में कोटेशन देने वाले अभी तीन ठेकेदार और थे। लेकिन उन्हें काम न दे, मौजूदा ठेकेदार को दिया गया है। तब रतन कुमार की इस ठेकेदार की सिफारिश का सन्दर्भ श्रीकान्त की समझ में पूरी तरह खुल गया।

तीन-चार दिनों में ऑफिस का काम अच्छी तरह समझ-बूझकर और प्रोजेक्ट से सम्बन्धित सारे कागजात कॉन्ट्रैक्ट बांड, और होने वाले कामों के ब्योरे (स्पेसिफिकेशन) देखकर, पाँचवें दिन श्रीकान्त साइट पर गया, जहाँ बराज बन रहा था। लगभग आधा किलोमीटर में फैले हुए सैकड़ों मजदूर काम कर रहे थे। गिट्टी, सीमेंट, बालू। मिक्सचर घरघराकर चल रहे थे और मसाला मिल जाने के बाद अपने आप उनके पीपानुमा कंटेनरों से मसाला बाहर निकलता जा रहा था। आदिवासी औरतें और मर्द, काले-काले, आधी से अधिक देह नंगी—सिर पर मसाला भरे तसले ढो रहे थे। कतार से कई खम्भे बन रहे थे। जिनके तलों में गड़े हुए मोटे-मोटे लोहे की छड़ें जैसे आसमान छू रही थीं। तल पक्का किया जा चुका था, केवल फिनिश बाकी था। जॉब नं. एक और दो के लिए, चार मिक्सचर चल रहे थे। पहुँचते ही उसके चारों जूनियर इंजीनियर पास आ गए। हाथ जोड़कर नमस्ते किया। एक मिक्सचर ने मसाला फेंटकर बाहर निकाला। जब उसमें नाप-नाप कर सीमेंट-बालू और सख्त पत्थर की गिट्टियाँ डाली जाने लगीं, श्रीकान्त ध्यान से मसाला पड़ने के अनुपात को देखने लगा। जब मसाला पड़ गया तो पास खड़े जे.ई. ललित मोहन से पूछा, किस अनुपात में मसाला पड़ रहा है ललित मोहन जी?

—आपने देखा तो सर! ललित मोहन कुछ हिचकिचाकर बोले।

—देखा तो—पर समझने में, या गिनने में भूल तो हो सकती है, इसी से पूछा।

—एक-चार-छह सर। ललित मोहन बोले।

श्रीकान्त ने अपनी डायरी में नोट किया, जॉब नं. एक और दो के बीच उस समय चार खम्भे बनाए जा रहे थे। बारी-बारी से हर खम्भे के पास जा उसने मसाले मिलाए जाने का अनुपात नोट किया। यहाँ भी 1:4:6 का ही अनुपात बताया।

अपने मातहत काम करने वाले चारों जूनियर इंजीनियरों को पास बुलाकर, श्रीकान्त ने पूछा—एम.वी. की (नापने की) स्टेज कब है?

ललित मोहन ही तपाक से बोले, स्टेज तो लगभग चार दिनों के बाद आएगी सर। लेकिन ठेकेदार को पेमेंट लेने की जल्दी नहीं है वह तो शाही तबीयत का आदमी है।

—होगा, और उसे जल्दी न भी हो तो आप क्या समय से एम.वी. नहीं करेंगे?

—क्यों नहीं सर, क्यों नहीं।

—और मसाले का अनुपात ठीक चल रहा है?

—एकदम ठीक सर। ललित मोहन बोले।

—लेकिन मुझे लगता है, यह अनुपात, 1:4:6 का नहीं, 1:3:4 का होना चाहिए ललित मोहन जी?

ललित मोहन ने सकपकाकर पास खड़े बाकी तीन जे.ई. की ओर देखते हुए बोला—कॉन्ट्रैक्ट बांड तो होगा ही आपके पास, देखकर इसकी पुष्टि कर ली जाएगी?

बांड में दिए गए कामों के स्पेसिफिकेशन का एक्सट्रैक्ट निकालकर श्रीकान्त ने चारों जूनियर इंजीनियरों को दिखा दिया जिसमें इस स्टेज पर 1:3:4 का ही मसाला अनुपात लिखा गया था।

पास खड़े ठेकेदार के कारिन्दों के कान खड़े हुए।

श्रीकान्त बालू और गिट्टी की जाँच करने के लिए बढ़ गया। काफी देर तक बेलचा से कई जगहों से बालू और गिट्टियाँ निकलवा-निकलवा कर तथा गिट्टियों को हथौड़ा से तुड़वा-तुड़वा कर वह देखता रहा।

—बालू तो ठीक है, पर गिट्टियाँ तो कमजोर हैं। श्रीकान्त बोला।

—लेकिन, ये माल तो पहले के ए.ई. साहब के जमाने का गिरा हुआ है सर।

—इससे मुझे क्या लेना-देना। माल की किस्म जो है, उसे मैं बता रहा हूँ।

आप लोग अपनी-अपनी एम.बी. दीजिए, केवल दो के पास एम.बी. थी। श्रीकान्त ने देखा, एम.बी. में अब तक हो चुके काम का ब्योरा 1:3:4 अनुपात के हिसाब से दर्ज था।

—जहाँ तक काम का मेजरमेंट (एम.बी.) हो चुकी है वहाँ तक तो 1:3:4 अनुपात दिखाया गया है और काम शुरू से एक नम्बर का है—एक स्पेसिफिकेशन का है, पर किया तो जा रहा है। 1:4:6 के रेशियो में! किसी जे.ई. ने जवाब नहीं दिया।

श्रीकान्त ने दोनों नाप-जोख दिखाने वाली किताबें (एम.बी.) में उस तारीख में लिखा—आज की तारीख में चल रहे काम का निरीक्षण किया। बांड के अनुसार इस समय हो रहे काम में 1:3:4 के अनुपात में सीमेंट, बालू और गिट्टी पड़नी चाहिए—पर पड़ रही है, 1:4:6 में, यद्यपि एम.बी. में 1:3:4 का ही अनुपात दिखाया गया है—गिट्टियों की जाँच के बाद पाया गया कि गिट्टियाँ कमजोर हैं और इनका प्रयोग इस जगह बेहद खतरनाक होगा। ले-दे कर काम स्तर के बहुत नीचे है, इट

इज कम्पलीटली बिलो स्टैंडर्ड। हस्ताक्षर करके तारीख डाल, जे.ई को एम.बी. लौटा दिया।

श्रीकान्त जॉब नं. 3, 4, 5, 6 की ओर बढ़ गया। उधर के ए.ई. और जे.ई. से परिचय करता रहा संयोग से सभी ए.ई. साइट पर थे, सिर पर चटाई और मोटा सोलो का हैट लगाए, आँखों पर धूल का चश्मा, कन्धों से थरमस लटकाए, और हाथ में छाता।

चार घंटे साइट पर रहने के बाद, श्रीकान्त लौटा। मन में इस काम की एक नई चिन्ता शुरू हुई, इस काजल की कोठरी की। दिन डूब गया था। दिन के शिफ्ट का काम बन्द हुआ। रात में आठ बजे से होने वाले काम की तैयारी होने लगी। मजदूर अपना-अपना भोजन बनाने में लगे। एकाएक फ्लड लाइट के बल्ब जल उठे। साइट पर घिरने वाला अन्धकार एकाएक गायब हो गया। रात, दिन में बदल गई, ऐसी रोशनी कि सूई गिरे तो दिख जाए। वनप्रान्तर का वह खंड, बड़े पावर के नीले और लाल बल्बों से निकलने वाली रोशनी से भर गई, मीलों तक रोशनी जगमगा गई।

श्रीकान्त जीप से लौट आया।

शनिवार की शाम को ही अभियन्ता जायसवाल ने, टेलीफोन पर श्रीकान्त को दूसरे दिन घर पर चाय पीने के लिए आमन्त्रित किया। यद्यपि श्रीकान्त ने इसका हल्के-फुल्के ढंग से विरोध किया था। पर, अपने ऊपर के अफसर के आग्रह को वह टाल भी नहीं सका। इतवार की शाम को निश्चित समय पर साढ़े चार बजे वह इंजीनियर जायसवाल के बँगले पहुँच गया। बैठक में जायसवाल, जैसे श्रीकान्त की प्रतीक्षा ही कर रहे थे। पहुँचने पर उठ के श्रीकान्त के कन्धे पर प्यार से हाथ रखते हुए उन्होंने कुर्सी पर बैठा घंटी बजाई तो उनकी पत्नी और दोनों लड़के तथा एक लड़की भी आ गई। परिवार से श्रीकान्त का परिचय हुआ। श्रीमती जायसवाल बोलीं, यहाँ के सभी ए.ई. से परिचय है, बस आपको नहीं देखा था, साहब आपकी बड़ी तारीफ कर रहे थे कि तुम्हारे मैके के पड़ोस का एक बेहद कुशल इंजीनियर, डेपुटेशन पर आया है। तो बड़ी इच्छा थी आपसे दो बातें करने की।

—आपका मैका कहाँ है?

—बनारस में, लक्सा मुहल्ला जानते हैं।

—खूब जानता हूँ। पर इतनी दूर कैसे ब्याही गईं?

—भाग्य की बात है श्रीकान्त जी, तीन साल हो गए। कभी जाने का मन भी करता है तो अकेली होने के कारण जा नहीं पाती।

—लड़के आपके सयाने हैं, अकेली होने की बात भी नहीं है फिर यहाँ से काशी जाने में क्या बाधा? यहाँ से डेहरी-आन-सोन, फिर मुगलसराय-काशी। परेशानी होती है डेहरी तक पहुँचने में।

—हाँ।

—साइट पर गए थे क्या श्रीकान्त? जायसवाल ने पूछा।

—जी हाँ, दो-तीन बार गया।

—काम कैसा हो रहा है?

श्रीकान्त चुप रहा तो जायसवाल ने फिर टोका—क्यों? खामोश क्यों हो?

—सोचता हूँ कि यहाँ टिक पाऊँगा कि नहीं?

—क्यों? विस्मयकारी भंगिमा बनाते हुए जायसवाल बोले।

—सिर मुड़ाते ही ओले पड़े। पहले दिन साइट पर गया और काम बिलो स्टैंडर्ड पाया। स्पेसिफिकेशन में कुछ है—वास्तव में काम हो रहा है दूसरी तरह। गिट्टी बेहद कमजोर किस्म की। और ऐसा केवल जॉब नं. 1 और 2 में है, जो मेरे चार्ज में है।

—हाँ, इसकी भनक मेरे कानों में पड़ी है। असल में उसमें के दो जे.ई. बेहद बदमाश हैं, क्योंकि लोकल हैं। हालाँकि मैं उनसे कहता हूँ कि दाल में उतना ही नमक डालो जितना उचित हो पर इनको सन्तोष नहीं होता।

—फिर आगे का काम कैसे चल रहा है?

—गिट्टी तो मैंने जॉब नं. 3 और 4 से ले ली है। और अधिक-से-अधिक समय साइट पर दे रहा हूँ। पर, मेरी गैरहाजिरी में जो काम होता है उसके बारे में मैं क्या कहूँ? तुम्हें तो कुछ कहना होगा। हम दोनों को कोई रास्ता निकालना होगा। अफसर आप हैं, आपके कान में मैंने बातें डाल दी, वैसे दोनों जे.ई. की एम.बी. पर मैंने अपना इन्सपेक्शन नोट दर्ज कर दिया है। जायसवाल चौंककर बोले—रेकर्डेड द इन्सपेक्शन नोट?

—यस, सर!

—तभी कॉल बेल बजी। नौकर बरामदे में भागा—बिल्लू बाबू आए हैं।

—आने दो।

श्रीकान्त ने देखा, देह पर खद्दर सिल्क का लम्बा कुरता, गले में सोने की जंजीर, कुरते के गले और बाँहों में सोने के बटन, हाथ की अँगुलियों में हीरे और पुखराज जड़ी अँगूठियाँ, साफ कलफदार खद्दर की बारीक धोती, पाँवों में चमचमाता काला पम्प-जूता, सिर पर नावनुमा पतली टोपी, मुँह में पान की गिलौरी और हाथ में चाँदी वाला पान का डिब्बा लिये पचपन साल का स्वस्थ, बड़ी काली मूँछों वाला, गोरे रंग का लाल होंठों वाला एक आदमी दाखिल हुआ। जायसवाल ने उठकर हाथ मिलाया और बैठने पर परिचय कराया, ये हैं मि. श्रीकान्त ए.ई. उत्तर प्रदेश से डेपुटेशन पर आए हैं, और आप हैं श्री बिल्लू कुमार जी—स्थानीय रईस।

नमस्कार के बाद जायसवाल बोले, रास्ता कैसे भूल गए बिल्लू बाबू? मुस्कराते हुए जायसवाल ने पूछा।

पान का डिब्बा खोलकर, जायसवाल की ओर बढ़ाते हुए बिल्लू बाबू बोले, बहुत दिनों से आपसे भेंट नहीं हुई थी। सोचा, देहरी तो छू आऊँ। घर का खाना खाते-खाते जी भी ऊब गया था, सोचा कोई सत्तू भरी लिट्टी-बाटी खिलाने वाला आज मिल जाता?

—सुन रही हैं! जायसवाल ने अपनी पत्नी से कहा!

—हम मामूली आदमी हैं—बिल्लू बाबू को सत्तू भरी लिट्टी-बाटी खिलाने की सामर्थ्य हममें कहाँ है? जो कुछ हमारे घर में बन सकता है, उसके लिए बिल्लू बाबू का स्वागत है।

—बिल्लू बाबू हँसे, देखिए ऐसा न कहिए, आप हमारे अन्नदाता की पत्नी हैं।

—आपसे बातों में जीतना कठिन है बिल्लू बाबू, फिलहाल आपको चाय भिजवाऊँ, खाना तो रात में खाएँगे न?

—मिल जाएगा तो खा लूँगा। अन्दाज से मुस्कराती हुई, अधेड़ श्रीमती जायसवाल भीतर चली गईं। दस मिनट के भीतर ही चाय आ गई। नौकर ने खाली कप-प्लेट-चायदानी, दूध और चीनी, अलग-अलग बर्तनों में रख, भीतर से खाने का सामान लेने गया तो श्रीकान्त केतली उठाकर तीनों प्यालों में चाय उड़ेलने लगा। दूध का बर्तन उठाया तो बिल्लू बाबू बोले—चीनी मैं डालता हूँ। उन्होंने चीनी-दानी उठा चम्मच से चीनी डालना शुरू कर दिया। पहले जायसवाल के कप में, दो चम्मच फिर श्रीकान्त के कप की ओर हाथ बढ़ाया तो उसने कप को हाथ से ढक दिया।

—पहले आप।

—क्यों?

आप बड़े हैं जो काम मुझे करना चाहिए, वह आप कर रहे हैं—यह कहाँ तक उचित है?

—इससे फर्क क्या पड़ता है यार, मैं तो तुम लोगों का सेवक हूँ।

—सो तो आपकी वेशभूषा और अन्दाज से ही जाहिर है बिल्लू बाबू, आप जैसे ही तो आजकल देश की सेवा कर रहे हैं। लेकिन हम लोगों को मौका कब मिलेगा?

—तुम लोगों को तो मौका ही मौका है श्रीकान्त बाबू। अपने कप में दो चम्मच चीनी डाल, फिर श्रीकान्त की ओर बढ़े—कितने चम्मच?

—महज दो।

—महज! कम्यूनिस्ट हो क्या यार? बिल्लू ने खास अन्दाज से श्रीकान्त को देखा—कम्यूनिस्ट लोग मीठा कम पसन्द करते हैं।

—उन्हें मिठाइयाँ मिलती ही नहीं—इसलिए नमक रोटी के साथ अधिक खाते हैं!

—जवान आदमी हो यार, मेरे हाथ से एक चम्मच अधिक ही लोगे, तो हर्जा क्या है?

—पचा नहीं पाऊँगा बिल्लू बाबू। जरूरत से अधिक लेने की आदत भी नहीं है। नमक-रोटी खाने वाला इतनी चीनी पचाएगा कैसे?

—आदत में वक्त के साथ परिवर्तन करना सीखो, श्रीकान्त बाबू, जमाने के साथ चलना ही उचित होता है।

—ऐसी कोई विवशता सामने नहीं है बिल्लू बाबू, और बिना जरूरत के आदतें बिगाड़ना अभी तक नहीं सीखा!

—कितने सालों की नौकरी है?

—महज छह सालों की!

—इतनी जल्दी डेपुटेशन पर निकल पड़े?

—हाँ, वनप्रान्तर में थोड़ा रहने को जी हुआ, चला आया।

—इनके चीफ की विशेष प्रशस्ति है बिल्लू बाबू, जायसवाल बोले—डैम, ब्रिज, बाँध बनाने के कामों में इन्होंने 'स्पेशलाइज' किया है।

—यहाँ का काम और यह हलका तो बड़ा दुर्गम है, टिकोगे?

—कोशिश करूँगा, आप तो अनुभवी व्यक्ति लगते हैं बिल्लू बाबू!

—लेकिन यह विभाग तो, लोग कहते हैं काजल की कोठरी है?

—कहने वाले गलत कहते हैं, ईमानदारी और मेहनती आदमी अपना रास्ता खुद बनाता है। श्रीकान्त ने उत्तर दिया। चाय की घूँट ले मुस्कराते हुए बिल्लू बाबू बोले, ऐसा करने से आपको रोकता कौन है?

—तब झगड़ा किस बात का? काजल की कोठरी का दाग लगने की सम्भावना क्यों?

—बात ये है मि. श्रीकान्त कि ईमानदारी से आज की दुनिया में पेट भरता किसका है? हर आदमी इधर-उधर हाथ मारता है। रुपये में तीन अठन्नी भुनाने के चक्कर में पड़ जाता है। तब उसके लिए ईमानदारी की परिभाषा ही दूसरी हो जाती है।

—दोष आदमी का है, न कि ईमानदारी का?

—पोखरे के बन्धे और नदी के बहते जल में फर्क क्या होता है श्रीकान्त बाबू। यद्यपि जल दोनों हैं, पर हम नहीं, दुनिया कहती है कि बहता पानी निर्मलता। इसी फर्क से मेरा तात्पर्य था, या है श्रीकान्त बाबू। क्यों जायसवाल साहब?

जायसवाल मुस्कराकर रह गए।

—किन्तु सत्य एक ही होता है बिल्लू बाबू। सत्य के अलावा जो कुछ भी होगा, असत्य ही होगा। रात और दिन, अन्धकार और प्रकाश! इन दो के सिवा और है क्या? जल, सरिता और जलाशय दोनों में है, दोनों जगहों के जल का गुण-धर्म एक है, जलाशय के जल को हम सीमित और संकीर्ण करके गन्दा न कर दें तो उपयोग की दृष्टि से वह सरिता के जल से कम कहाँ है? आप खुद अपने वस्त्र में काला

दाग लग जाने दें, विरोध न करें, बचाव न करें तो दोष मेरा या लगाने वाले का? सुर-असुर का संग्राम ही तो सत्य-असत्य की लड़ाई है बिल्लू बाबू। सत्य के प्रतिपालक को, धारक को, कीमत तो चुकानी पड़ती है, इतना तो मैं भी जानता हूँ। वह कीमत देने के लिए मैं तैयार हूँ। जहाँ तक होगा, सहूँगा, भोगूँगा और नहीं, टूट के छितरा जाना ही बदा होगा तो उसे रोकेगा कौन?

—ऐसी मान्यताओं के साथ इस विभाग में चल पाना दुश्वार होगा, श्रीकान्त जी, आपकी राह में बहुत रोड़े आ सकते हैं। मैंने देखा है, ऐसे सत्यार्थी प्राय: दूध की मक्खी की तरह निकाल के फेंक दिए जाते हैं। भगवान न करें, पर आपके साथ भी वैसा ही हुआ तो?

—तो आप जैसे नेता कब काम आएँगे?

—वाह! दर्द पैदा करें आप, दवा लेने डॉक्टर के पास जाएँ।

श्रीकान्त चुप रहा तो बिल्लू बाबू फिर बोले—कहिए, कहिए...कुछ कहिए?

—कहना नहीं, डॉक्टर और नेता में आपको एक बुनियादी फर्क बताना चाहता था।

—बताइए? जरा मैं भी तो सुनूँ। बिल्लू बाबू थोड़ा विस्मयकारी मुँह बनाकर बोले।

—डॉक्टर दर्द नहीं, दवा देता है, नेता, दर्द और दवा दोनों देता है। दर्द अधिक दवा बहुत कम, उसके लिए दौड़ाता अधिक है। जायसवाल उठाकर हँस पड़े।

—वह इंजीनियर साहब! आपकी इनसे सहमति है, होनी चाहिए, एक ही डिपार्टमेंट के आदमी हैं न!

—वैसे, आप करते क्या हैं बिल्लू बाबू?

—पान की गिलौरी मुँह में दबा के बिल्लू बाबू बोले, पूछिए, मैं क्या नहीं करता?

—तब तो आप खानदानी रईस मालूम पड़ते हैं।

—अरे नहीं श्रीकान्त बाबू! तारीफ स्वीकार करने के अन्दाज में झुककर सलाम करते हुए बिल्लू बाबू बोले, वैसे, आप लोगों का सेवक हूँ।

—हर अमीर यही कहता है, लेकिन खास करना क्या होता है?

—इधर का माल उधर।

—इसे तो तस्करी कहते हैं!

—अरे नहीं यार, उतनी दूर मत जाओ, वह अपने बूते का नहीं है! मैं तो मजदूरों की सेवा करता हूँ।

—कैसे मजदूर?

—अरे, मजदूर तो मजदूर, जैसे आपके डैम, बराज, बाँध में काम करने वाले मजदूरों का सेवक हूँ।

—ओह! तो आप ठेकेदार हैं। सरकार से पैसे लेकर मजदूरों में बाँटते हैं...और बदले में?

—थोड़ी मजदूरी मैं भी लेता हूँ।

—तभी तो देह पर यह कीमती लिबास है, हीरे-जवाहरात की अँगूठियाँ हैं, हाथ में चाँदी का पान का डिब्बा, मुँह में पान की गिलौरियाँ हैं, जीप है, कार है!

—यह सब कुछ बड़ी मेहनत से नसीब होता है श्रीकान्त बाबू!

—जाहिर है, आठ घंटा काम करने वाले उन भूखे-नंगे मजदूरों से भी अधिक मेहनत करनी पड़ती होगी।

—और जो मुझे मिलता है वह मैं अकेले नहीं रख लेता, आप लोगों में मिल-बाँट के खाता हूँ।

—फिर भी आपमें और उन मजदूरों में जमीन-आसमान का फर्क है—एक के पास तन ढकने को कपड़े नहीं, दोनों जून का भरपेट भोजन नहीं, आपके पास...।

—यह सब तो अपने-अपने नसीब की बात है श्रीकान्त बाबू।

—नसीब की नहीं, व्यवस्था की बात है बिल्लू बाबू? जिसकी जिम्मेदारी सरकार पर है? नहीं! आप पर है जिसने ऐसे लोगों के हाथ में देश की बागडोर दी है।

—सरकार में रहकर, सरकार का विरोध!

—विरोध नहीं बिल्लू बाबू, वस्तुस्थिति की बात है। जो सत्य है कि गरीब और गरीब होता जा रहा है, उसका पेट पचकता जा रहा है, अमीर का पेट फूलता जा रहा है, डकार और नींद आने के लिए गोलियाँ खाता है! ऐसी व्यवस्था में मेरे जैसा आदमी टिक ही नहीं सकता, आप लोग टिकने ही नहीं देंगे।

बेहद सावधानी और धूर्तता भरी तिरछी निगाह से श्रीकान्त को देखते हुए बिल्लू बाबू बोले—यार, आदमी तेज मालूम देते हो, एकदम कम्यूनिस्टों सी बातें कर रहे हो?

श्रीकान्त मुस्कराया। फिर जायसवाल से बोला—अब इजाजत दीजिए।

—अरे! तुम्हें खाने पर बुलाया था, तुमसे कुछ जरूरी बातें करनी हैं!

—फिर आ जाऊँगा, मैं तो आपके मातहत हूँ, बस चाय पीने का हुक्म मिला था, हाजिर हो गया। नौकर खाना बना रहा होगा, फिलहाल बिल्लू बाबू आ गए हैं, तो मेरे कारण इनकी शाम खराब न करें।

—अरे नहीं श्रीकान्त बाबू, नदी-नाव संयोग! तुम्हारे बगैर आज की शाम का क्या लुत्फ? आदमी तुम मजेदार हो। मुझे तो बड़ी गलत रिपोर्ट मिली थी।

—रिपोर्ट। कैसी रिपोर्ट।...जॉब नं. एक और दो के ठेकेदार आप ही हैं क्या?

बिल्लू बाबू ने सिर झुका के हामी भरी!

—तब तो आपसे बच कैसे सकता हूँ बिल्लू बाबू! भेंट तो होनी ही थी। हुई, आगे भी होगी, तब तक, जब तक दूध की मक्खी की तरह निकाल न दिया जाऊँ!

माहौल एकाएक भारी हो गया, जायसवाल ने समझा, ठेकेदार ने महसूस किया।

श्रीकान्त खड़ा हो गया तो ठेकेदार भी खड़े हो श्रीकान्त के दोनों कन्धे दबाते हुए बेहद नरम हो बोला, उस वाक्य के लिए मुझे अफसोस है जो मेरे मुँह से निकल गया, मैं माफी चाहता हूँ। और अगर तुम खाना खाकर नहीं जाओगे, तो मैं समझूँगा कि तुमने मुझे माफ नहीं किया। जायसवाल ने श्रीकान्त को आँख मारी।

श्रीकान्त थोड़ा नरम हुआ और मुस्कराते हुए बोला—लेकिन एक शर्त है?

—क्या?

—कि आप लोग खाने-पीने में किसी बात की जिद नहीं करेंगे?

—खाने-पीने में जिद किस बात की यार! यह तो संग-साथ देने की बात होती है श्रीकान्त, दो दिनों की जिन्दगी में भला क्या और बुरा क्या?

—नहीं बिल्लू बाबू, है?

—बोला, यार, गले से लगकर जो कोई पिलाए, तो उस वक्त इनकार करना बुरा है...

—अरे वाह! बेइन्तहा खुशी से ठेकेदार उछल पड़ा—यार! तुम तो नगीना हो श्रीकान्त बाबू!

—नगीना तो आपकी उँगली में है बिल्लू बाबू!

झट से उँगली की हीरे वाली अँगूठी उतार के ठेकेदार ने श्रीकान्त की उँगली में पहना दी। नौकर ने भीतर चलने की सूचना दी। खाने की मेज पर श्रीकान्त ने देखा, कटी प्याज और टमाटर, तले हुए काजू और 'व्हाइट हार्स व्हिस्की' की दो बड़ी-बड़ी बोतलें और चार शीशे के गिलास, स्टील के कटोरे में फ्रिज की बर्फ रखी हुई थी।

बैठते ही श्रीकान्त ने ठेकेदार की उँगली में उसके विरोध के बावजूद हीरे की अँगूठी वापस पहना दी।

जायसवाल के साथ, सामने उनकी पत्नी भी बैठीं। आमने-सामने ठेकेदार और श्रीकान्त। माहौल खराब न हो इसलिए स्वत: श्रीकान्त ने ठेकेदार और श्रीमती जायसवाल का इजहार मानकर काजू और पनीर की पकौड़ियाँ भर खाईं। पीने के बाद खाने का दौर, मुर्ग मुसल्लम, पुलाव, मोटी रोटियों के साथ शुरू हुआ। नौ बजे रात को लोग बिदा हुए, ठेकेदार, श्रीकान्त को उसकी जीप में बिठाने के बाद दोनों हाथ जोड़ के बोला—श्रीकान्त बाबू, मैं आपसे बाहर नहीं हूँ। आप जो चाहेंगे वही होगा, पर मेरी टोपी न उछले इतनी मेहरबानी करनी होगी।

—एक बात मैं आपको शुरू में ही बता देता हूँ बिल्लू बाबू, मैं क्वाँरा आदमी हूँ। मुझे आपसे कुछ नहीं चाहिए। मुझे सही काम चाहिए। आप पन्द्रह लाख के काम के ठेकेदार हैं, और अनुभवी हैं। मुझसे अधिक पाने वाले आपके कार्यकर्ता होंगे।

—आप ये क्या कह रहे हैं श्रीकान्त बाबू। आपकी कुर्सी अलग है। आपकी कलम मेरा लाखों का वारा-न्यारा कर सकती है।

—इसकी नौबत नहीं आनी चाहिए बिल्लू बाबू! महज यही ध्यान रखिएगा, मेरे-आपके बीच किसी भी प्रकार की गलतफहमी नहीं आनी चाहिए, हम दो के बीच में तीसरा नहीं आना चाहिए। अब इजाजत दीजिए।

—अच्छा नमस्ते! ठेकेदार ने हाथ भी मिलाया।

श्रीकान्त ने जीप स्टार्ट कर दी।

बिल्लू बाबू, श्रीकान्त को बिठाकर वापस जायसवाल के पास बैठते हुए बोले—लड़के ने तो पीठ पर हाथ ही नहीं रखने दिया।

—मैंने आपसे क्या कहा था? अपने काम में भी होशियार है!

—तब?

—देखो बिल्लू बाबू—ऐसे डैम, रिजवायर और बराज पर घटिया काम तो कोई भी बर्दाश्त नहीं करेगा। और आप जैसे ठेकेदार के लिए यह शोभा भी नहीं देता।

बिल्लू बाबू थोड़ा सकपकाए। दरअसल इसकी हमको कोई खबर ही नहीं थी इंजीनियर साहब, दो जे.ई. आपके बदमाश हैं, मैंने उनसे पहले ही कह दिया था कि नया इंजीनियर आ रहा है, समझ-बूझ के काम होना चाहिए। लेकिन वे लोग माने नहीं—गाड़ी अटक गई! लेकिन अब दूसरा रास्ता?

—अटक नहीं, बुरी तरह से अटक गई। राह कोई भी दूसरी मुझे फिलहाल नहीं दिखती, क्योंकि श्रीकान्त का इन्सपेक्शन नोट दफ्तर में आ गया है।

—ठेकेदार चौंके।

—तभी तो मैंने आपको बुलवाया। आपसे परिचय कराया कि बात आगे न बढ़े!

—फिलहाल क्या होगा?

—आपके लिए तो दस-बीस हजार की बात है बिल्लू बाबू। लेकिन उन चारों जूनियर इंजीनियरों का क्या होगा, देखना तो ये है। काम रोक दिया गया है। अब तक के कंस्ट्रक्शन को तुड़वाना पड़ेगा। सीमेंट की कीमत आपसे वसूल की जाएगी। इतना तो कुछ भी नहीं है। चारों जे.ई. निलम्बित न हो जाएँ, डर इस बात का है। और आपके खिलाफ एस.ई. कोई नोट न लिख दे, तब बात चीफ तक जाएगी, फिर तो कुछ भी हो सकता है।

—अदना-सा लौंडे की बात पर चीफ साहब मेरे खिलाफ कार्यवाही कर देंगे?

—इसे अदना लौंडा न समझिए बिल्लू बाबू! उत्तर प्रदेश के उस चीफ इंजीनियर का भेजा हुआ लौंडा है, जो डैम, ब्रिज और रिजवायर बनाने में भारत के इने-गिने इंजीनियरों में से एक है। उस आदमी का यह चेला है। अभी आपको यह नहीं मालूम कि उत्तर प्रदेश के चीफ इसे दामाद बनाना चाहते हैं।

—अरे बाप रे! बिल्लू ने दोनों हाथों से अपना माथा पीट लिया, तब?

—तब क्या, जो हुआ सो हुआ, अब आगे के लिए सावधान रहिए। श्रीकान्त को मिलाना होगा, पर दुश्मन बना के नहीं—देखिए बिल्लू बाबू, श्रीकान्त है बेहद होशियार, जो गिट्टियाँ इस्तेमाल हो रही थीं, मैंने भी देखा था, शक भी हुआ था। पर आपका मुँह देख मैंने खामोशी अख्तियार कर ली थी। इसने पकड़ लिया। फिर भी...फिर भी मैं देखूँगा।

—हाँ, इतनी उम्मीद तो मुझे आपसे करनी ही चाहिए, और बिल्लू बाबू ने पाँच हजार की गड्डियाँ, अपने ब्रीफकेस से निकालकर जायसवाल के आगे रख दिया।

—ये क्या? जायसवाल ने एकदम साधारण ढंग से कहा।

—आज की दावत तो मेरी ओर से थी।

—मेरा सभी कुछ तो आप लोगों का ही है बिल्लू बाबू।

—वह सब तो ठीक है, मेरा क्या भगवान का है, पर यह सभी कुछ तो आपने मेरे कहने से ही तो किया था। आपकी बात मैंने कभी टाली है बिल्लू बाबू?

—ये सब आपकी मेहरबानी है इंजीनियर साहब।

—फिर भी मैं इसकी जरूरत नहीं समझता, इसे रख लीजिए। बगल में बैठी हुई श्रीमती जायसवाल खड़ी हो, नोटों की गड्डियों को एक साथ सटाकर पकड़ के दोनों हाथों से उन्हें मेज पर ठोंकती हुई बोलीं—आपसी प्रेमभाव में इन रुपयों का क्या महत्त्व है, लेकिन बिल्लू बाबू के प्रेमभाव को तो समझना ही होगा। इनकी इच्छा है तो इनका मन न तोड़िए!

—ये यह! अब आपने मेरे मन की बात कही, आप इसे भीतर ले जाइए। श्रीमती जायसवाल गड्डियाँ लेकर भीतर चली गईं। तो चलते समय दोनों हाथ जोड़ ठेकेदार बोला, श्रीकान्त का इन्सपेक्शन नोट गायब तो हो सकता है?

—बस यही एक रास्ता है। लेकिन, यह आसान बात नहीं है। कोई भी बिल बिना श्रीकान्त के हस्ताक्षर के मेरे पास आ भी तो नहीं सकता, आप जानते तो हैं!

—हाँ, ये तो मैं भी सोचता हूँ। मैं भी श्रीकान्त बाबू को मनाने की कोशिश करूँगा। लेकिन मेरी शिकायत एस.ई. तक नहीं जानी चाहिए, उसे ही आपको सँभालना है।

—वह मेरे द्वारा ऊपर नहीं जाएगी—इतना ही मैं वायदा करता हूँ।

—बाकी मैं सँभालने की कोशिश करूँगा—अच्छा नमस्ते।

—नमस्ते।

बिल्लू बाबू ने टोपी सीधी की और ब्रीफकेस उठाकर अपनी जीप की ओर बढ़े तो देखा ए.ई. (मेकेनिकल) सक्सेना खड़े थे।

—नमस्ते बिल्लू बाबू! साहब हैं... ?

—हाँ, हैं जाइए—बिल्लू बाबू नमस्ते का उत्तर देते हुए जीप पर बैठ गए।

खाना खाकर रात में श्रीकान्त टहल रहा था। करीब आकर कलसी बोली—देह दबा दूँ बाबू?

—श्रीकान्त बोला, तेरे मन में ऐसी बात कैसे आई?

बेहद सहज भाव से कलसी बोली—अपनन को टहलते देखकर लगा कि अपनन को नींद नहीं आ रही है, सोचा, देह अधिक थक गई है, वह होता तो उसे भेजती, न होने से अपने ही आना जरूरी लगा।

—वह कहाँ गया रे?

—न जाने मुआ कहाँ भाग गया। किसी नाचने वाले दूसरे गिरोह में मिल गया, भाग तो गया, पर नागिन जब डस देगी—तब उसकी आँखें खुलेंगी? इधर के मर्द-औरतों का क्या ठिकाना सरकार, छोड़ते-थामते देर नहीं लगती।

दुबली-पतली, किन्तु तनी हुई देह वाली—इस काली कलसी को श्रीकान्त, इस सूनी रात में अपने इतना करीब पा देखता ही रह गया, वह चाहता था कि किसी से कुछ बातें करे कि मन का अकेलापन, अकेलेपन का तनाव, कम हो। भीतरी उथल-पुथल शान्त हो, लेकिन कलसी से बातें करके वह तनाव कम होगा, या बढ़ेगा। कलसी तो आग में पानी नहीं, घी का काम करेगी। लेकिन वनप्रान्तर की हर तरह से सहज उपलब्ध इन आदिवासियों के बीच रहना है तो अपने को साधना होगा। काबू में रखना होगा—अन्यथा, नौकरी कैसे होगी? आगे की जिन्दगी कैसे कटेगी?...

—तुम्हें पहले से तनिक भी भनक नहीं थी?

—थी तो सरकार, लेकिन मर्द, बच्चे को कब तक बाँधकर रखा जा सकता है? फिर यहाँ, जब जंगल-जंगल घूमकर पेट भरना है तो जोड़ने-टूटने में लगता क्या है, आज यहाँ, कल वहाँ। दिन भर जिसने संग दिया, रात उसी के साथ कट गई, माई भले नहीं, खाई भल सरकार, यह तो सकल जहान की बात है। हरामजादा, महुआ के रस के पीछे पागल हो जाता है। आप से क्या कहूँ, आप लोग तो पढ़े-लिखे आदमी हैं सरकार, लेकिन इस जंगल की दुनिया अलग है, यहाँ कोई अपना नहीं, कोई पराया नहीं—जिसका खाया, उसका गाया!

इन अपढ़-गँवार, जंगली औरत के मुँह से ऐसी बातें सुनकर श्रीकान्त कलसी का मुँह देखता रह गया, ऊपर साखू के एक पेड़ से टूटकर, एक पीला बड़ा सा पत्ता दोनों के बीच में आकर गिरा। ध्यान भंग हुआ। श्रीकान्त ने ऊपर आसमान की ओर देखा। तभी कलसी ने फिर पूछा, चली बाबू?

—हाँ, चल लेकिन मेरा पैर दबाने नहीं, मेरी खाट के बगल में बरामदे में सोने। कोई हर्ज तो नहीं। असल में नींद आ जाने पर, मैं बेसुध हो के सोता हूँ—बीच में कभी-कभी जया की नींद खुल जाती है तो पानी के लिए, पेशाब-टट्टी के लिए बैठ के रोने लगती है और मैं सोया रहता हूँ कभी-कभी बिस्तर खराब कर देती है...।

—चलती हूँ बाबू, आपने गलती की जो अकेली इस छोटी सी बच्ची को माँ से अलग करके ले आए। बच्चों को सँभालना मर्दों के वश की बात नहीं होती सरकार। मैं अभी अपना बिछावन ले आऊँ।

दौड़कर कलसी सामने की कोठरी में से अपना टाट का बिछावन उठा लाई, और बरामदे के किनारे पर खम्भे की आड़ में बिछाकर बोली—अब आपको बेटी के कारण तकलीफ न होगी सरकार। पर इनकी माँ ने इन्हें कैसे छोड़ दिया—क्या गोद में कोई छोटा बच्चा और है।

—नहीं रे! श्रीकान्त मच्छरदानी में समा गया। तब कलसी करवट लेकर लेट गई—सिर के नीचे बाईं बाँह दबाए, सिकुड़ के करवट लेट खुले आसमान से बरसती चाँदनी को देखती हुई, लोहे की तरह चमकती हुई रेल की पटरी सी, काली कलसी। कौन जाने कब नींद आई...

शायद कलसी के सान्निध्य से ही श्रीकान्त का मन अनायास सहज होने लगा, दूध का उबाल धीरे-धीरे बैठने लगा। हवा में थोड़ी सी तेजी आई। जंगली फूलों की गन्ध भरे झोंके आने लगे, एक के बाद एक, और साखू के पेड़ पर बैठी गुड़गुड़ी चिड़िया के बोलने की हल्की-हल्की आवाज निकलने लगी, गुड़-गुड़-गुड़। श्रीकान्त ने अब शव आसन आरम्भ किया, निश्चेष्ट शरीर को एकदम ढीला छोड़ चित लेटे आँखें मूँद, ललाट के ऊपर मन को केन्द्रित कर कुछ देर के बाद तन्द्रा आरम्भ हुई, पलकें भारी होने लगीं...।

वह सो गया।

उधर गुड़गुड़ी सन्नाटे को बेधती हुई बोलती रही—गुड़-गुड़, गुड़-गुड़, गुड़-गुड़...गुड़, गुड़, गुड़...।

4

कुछ वैसा ही हुआ, जैसा जया के बारे में पिछली रात, श्रीकान्त ने कलसी को बताया था। लगभग पाँच बजे ही जया उठ बैठी और धीरे से बोली—पिताजी? जगी हुई कलसी फौरन उठ बैठी और बोली—क्या है जया?

—छिद्धी! जया ने धीमे से कहा।

कलसी तेजी से उठी और श्रीकान्त के सिरहाने से ताली निकाल जया को गोद में उठा भीतर बाथरूम में ले गई—टट्टी-पेशाब करा, दाँत साफ कराया, फिर थोड़ी देर तक जया के साथ बैठक में खेलती रही, उसके बाद जया के कपड़े उतार, साबुन लगा नहलाया, बालों में कंघी भी किया, देह पर पाउडर मला, कपड़े पहना जब बाहर निकली तो श्रीकान्त अभी भी गहरी नींद में सो रहा था। प्रफुल्लित मन से जया बाहर निकली। बरामदे में आ खड़ी हुई। सामने कटीले तारों की फेंसिंग पर दस-पन्द्रह हरे

सुग्गों का दल एक जगह कतार से आ बैठा था। उन्हें देखते ही जया ताली बजा चहक पड़ी—कलसी, सुग्गे।

—हाँ। कलसी समीप जा बोली।

खुशी में ताली बजा-बजा के उछलती हुई जया बाप के सिरहाने पहुँची और मच्छरदानी हटा बोली—पिताजी! ऐ पिताजी! श्रीकान्त चौंककर उठ बैठा, सोचा, जया छिद्धी करने के लिए जगा रही है। करवट घूम बिस्तर में, बाईं तरफ देखा, पर बिस्तर तो खाली था। जया दाहिनी ओर खड़ी थी, नहा-धो के तैयार। अरे! तुम तैयार हो गई?

—और क्या?

—समझ गया, कलसी ने भार ले लिया। श्रीकान्त आराम से सुबह की प्रार्थना करने के लिए बिस्तर पर ही पलथी मार आँखें मूँद, पूरब की ओर मुँह करके बैठ गया। और लगभग दस मिनट के बाद, मुँह पर दोनों हाथ फेरते हुए जो सामने देखा तो पूरब का आकाश रक्ताभ हो रहा था। सूरज का लाल चक्का, धीरे-धीरे ऊपर उठ रहा था। और साखू के पेड़ पर न जाने कितनी चिड़ियाँ चहक रही थीं। चिड़ियों की चहचहाहट से डाक बँगला गुंजरित हो रहा था। कौन कह सकता था कि धरती पर सूई गिरने तक की आवाज सुनाई पड़ने वाला यहाँ का रात का सन्नाटा आज की सुबह में कहाँ विलीन हो गया? विस्मय में भरी हुई कलसी साखू के पेड़ पर बैठे हुए, उन पक्षियों को देखती हुई सोच रही थी। डाक बँगले पर रोज सबेरा होता था, पर किसी भी सबेरे, चिड़ियाँ आकर चहकती नहीं थीं। आज क्या बात है जो ये पक्षी यहाँ राह भूलकर चले आए?

नहा-धो तैयार हो, कपड़े पहन, लगभग घंटे भर बाद जब श्रीकान्त बाहर निकला तो महाराज ने चाय तैयार कर दी थी।

—आज तुमने अपने से नहा लिया जया? चाय पीते हुए श्रीकान्त ने पूछा!
—कलसी ने नहलाया।

चमकीले, सफेद, कतार से सजे बराबर दाँतों वाली कलसी, दीवार से पीठ टेक मुस्करा रही थी। श्रीकान्त ने उसके बाद दालू को बुलवा के पूछा, कलसी कोई काम नहीं करती?

—नहीं सरकार, नाच के गिरोह में हरवा के संग नाचती थी, सो हरवा तो भाग गया, पता नहीं अब इसका गिरोह रहेगा या टूट जाएगा?

—कलसी नाचती है?

—हाँ सरकार, बहुत अच्छा नाचती है। कई तरह के नाच, ब्याह-सादी तथा और दूसरे मौकों पर अड़ोस-पड़ोस के गाँवों में अपने गोल के साथ नाचने जाती है, कुछ मिल जाता है फिर मेरी तनखाह से दिन कट जाते हैं।

—इतने से चल जाता है?

—कोई दूसरा उपाय भी तो नहीं सरकार, देह अपनी थक चली। आँख और कान दोनों जवाब दे रहे हैं, पता नहीं यह नौकरी भी कब छूट जाए। लेकिन जब तक हूँ, कलसी को देख रहा हूँ—बेटी है, बचपन में ही इसकी माँ चली गई थी?

—चली गई माने!

—इसकी माँ मेरी चौथी बीवी थी सरकार! अधिक दिन मेरी थकती देह के साथ टिक नहीं सकी। कलसी को छोड़कर चली गई। बेटी को पाला-पोसा, कल इसका आदमी भी कहीं चला गया। अभागिन है।

—तो कलसी को बाँध पर काम करने को क्यों नहीं भेज देते?

—वहाँ काम मिल जाएगा सरकार? दालू कृतज्ञ हो बोला।

—क्यों नहीं मिलेगा। नहीं मिलेगा तो कलसी, जया की देखरेख में रहेगी, उसके लिए मैं तनखाह दूँगा—क्यों रे, चाय पी ले—तैयार हो मेरे साथ चल। कलसी भीतर से हुलस गई। अपनी उसी हुलस और उमंग में, हिरनी-सी उछलती-कूदती काली कलसी, अपनी कोठरी की ओर चली गई।

उसी समय, ए.ई. (मेकेनिकल) सक्सेना आए, साथ में था, बाँध पर मिट्टी फिंकवाने और सिरे को बड़ा कराने का ठेकेदार विजय बहादुर, हाथ में बँधे हुए दो नर-मादा अल्सेशियन कुत्तों की जंजीर पकड़े, काले, चितकबरे कुत्ते, लम्बी-लम्बी जीभ लटकाए जंजीर तोड़ देने को मचलते हुए।

—पिताजी कुत्ते! जया डर के दुबकी।

—डरो नहीं बेटी, काटेंगे नहीं, तुम्हारे साथ खेलेंगे। तुम्हारे लिए ही लाया हूँ। आओ, मेरे पास तो आओ। उतारिए श्रीकान्त बाबू, उन्हें गोद से उतारिए, कुत्तों को पहचानने दीजिए, सूँघने दीजिए।

—श्रीकान्त ने जया को उतार दिया। सहमी हुई जया बाप के दोनों पैरों से सटकर खड़ी थी। ठेकेदार ने जंजीर ढीली की। कुत्ते, श्रीकान्त और जया दोनों को सूँघने लगे। कलसी आई, उसे भी सूँघने लगे। फिर, स्थिर होकर खड़े हो गए तो ठेकेदार बोला—अब आप अपने हाथों इन्हें कुछ खिलाइए।

—दूध है कलसी?

—हाँ, रात का एक गिलास बचा है।

—ले आ! लेकिन इन लोगों को चाय कैसे मिलेगी?

—रहने दीजिए श्रीकान्त बाबू, दूध इन्हें आज पिला के लाया हूँ। इनके लिए उबला गोश्त साथ लाया हूँ, इनके खाने के बर्तन के साथ। आप इसी में अपने हाथ से थैले का गोश्त डालें। ठेकेदार ने झोला श्रीकान्त की ओर बढ़ाया।

झोले से बर्तन निकाल, श्रीकान्त ने दोनों कुत्तों के आगे छोटे-छोटे अल्युमीनियम के तसलों में लगभग एक किलो मांस परोस दिया। तब ठेकेदार ने जंजीर श्रीकान्त को पकड़ा दी। पूँछ हिलाते हुए कुत्तों ने श्रीकान्त की ओर ताकते हुए फिर सूँघा और मांस

खाने लगे। दोनों कुत्तों को श्रीकान्त ने पानी के हौज में लगे मुड़े छड़ों से बाँध दिया।

—अभी छह महीनों के हैं।

—लेकिन लगता है डेढ़-दो साल के हैं! सक्सेना बोले।

—वन मास्टर डॉग कहे जाते हैं। जिसे मालिक मान लिया तो उसके परिवार के बाहर का हर कोई इनका दुश्मन होता है। बाहर का हर दूसरा, आपका है, इन्हें मौके पर बताना होगा।

श्रीकान्त ने प्यार से कुत्तों पर हाथ फेरा। कुत्ते दुबककर पूँछ हिलाने लगे। तब जया पिताजी के पास गई, कुत्तों को उसने भी छुआ, कुत्ते उसे सूँघते रहे। पास खड़ी कलसी देखती रही। करीब आ, श्रीकान्त ने आदेश दिया। इसे ही इनकी देखरेख करनी है ठेकेदार साहब।

—सो निश्चिन्त होइए—इन्होंने पहचान लिया।

—कितने के हैं? श्रीकान्त ने पूछा।

—ये अभी नहीं बताऊँगा, दस-बीस दिन आपके पास रहके सकुशल बीत जाएगा तब बताऊँगा, और पैसे भी आप से तभी लूँगा।

—फिर भी—सौ-सौ की तीन नोट ठेकेदार की जेब में डालते हुए श्रीकान्त ने कहा, फिलहाल इसे रख लीजिए, जो कम हो, बाद में बता दीजिएगा।

ठेकेदार ने बहुत चाहा—पर श्रीकान्त ने रुपये वापस नहीं लिये।

—अब! एक रिवाल्वर या बन्दूक का लाइसेन्स भी ले लीजिए श्रीकान्त जी, सक्सेना कहने लगे, इस जंगल का क्या भरोसा? यहाँ तरह-तरह के आदमियों से पाला पड़ेगा। काटना भले न हो, पर साँप का फन निकालना भी बेहद जरूरी होता है।

—आप ठीक कहते हैं, मैं भी ऐसा ही सोच रहा हूँ।

—ये ठेकेदार मेरे पूर्व परिचित और मित्र भी हैं, इनकी समस्या सुलझाइए। इनका काम सरक नहीं रहा है, इन्हें कुछ बचना चाहिए।

—अगर मेरी बात पर ये ढंग से गौर करें तो कहूँ, जो इनके लाभ के लिए है। फिलहाल कुछ अधिक खर्चा करना पड़ सकता है पर वह तत्काल का खर्च भविष्य में इनके लिए लाभकर ही होगा। एक लगाओ—तीन पाओ, चरितार्थ करेगा।

—कहिए तो?

—मजदूरों की ये रुपये में बीस पैसा मजदूरी बढ़ा दें और छह दिनों का काम चार दिनों में करा लें।

—हाँ, यही तो मैं भी इनसे कह रहा था। सक्सेना बोला।

—ये गरीब, भूखे मजदूर, इन्हें भगवान मानेंगे। हर तरह से फायदा इन्हीं को होगा।

—ठीक है श्रीकान्त बाबू, आपकी इच्छा सिर आँखों पर।

—नहीं विजय बाबू, मेरी इच्छा नहीं। एक बात अपने मन में बहुत साफ रखिएगा कि मेरी अपने लिए कोई इच्छा नहीं है, न होगी। कभी मुझे गलत मत समझिएगा।

आप मेहनत करते हैं तो दो पैसे बचाने के लिए। मुझे मेरी मेहनत के एवज में सरकार वेतन देती है। जो मेरे लिए पर्याप्त है। इतनी कृपा रखिएगा तो मैं निबाह लूँगा।

पैंतालीस साल के ठेकेदार ने आदर से दोनों हाथ जोड़ श्रीकान्त के पैर छूते हुए कहा, मजदूरों का खयाल करने वाले आप पहले अफसर हैं और खानदानी लगते हैं। यह आज मुझे जम गया। आपके खिलाफ, बयार तो बहुत है पर आप चिन्तित न हों पर थोड़ा चैतन्य तो रहना ही चाहिए।

—चिन्ता मैंने अपने लिए आज तक नहीं की विजय बाबू। दूसरों से सद्‌भावना पाना ही मेरे लिए बहुत है। मजदूरों को उनकी मजदूरी तो मिलनी ही चाहिए। ये बीस पैसे की बढ़ोतरी के बाद भी अभी गुंजाइश है। पर यह आगे देखा जाएगा। फिलहाल कुछ तो हो।

—लेकिन...लेकिन—फिर धीमे से हाथ जोड़ बोला।

—अपने मातहत के जे.ई. लोगों से अधिक सावधान रहिएगा, क्योंकि इनकी जीभ का स्वाद बिल्लू कुमार के मुर्ग खा-खा करके बिगड़ चुकी है।

श्रीकान्त ठहाका मारकर हँस पड़ा।

—अच्छा तो मैं भी अब काम पर पहुँचने की तैयारी करूँगा।

—हाँ, हम लोग भी चलते हैं श्रीकान्त जी।

ठेकेदार के साथ ही सक्सेना भी चले गए।

ठीक आधे घंटे के बाद ड्राइवर जीप लेकर आ गया। कुत्ते, कलसी और जया को साथ ले श्रीकान्त जीप पर बैठ साइट के लिए चल पड़ा।

बाँध का सिरा और आगे बढ़ाया जा रहा था यह दूसरे ठेकेदार के जिम्मे था, पर था श्रीकान्त के ही चार्ज में।

उस समय दिन के नौ बज रहे थे। साइट पर काम शुरू हो गया था। सैकड़ों मजदूर, बाँध के दूसरी ओर से मिट्टी काट-काट कर, टोकरियों में भर-भर के सिर पर लादकर बाँध के सिरे पर बाँध को आगे बढ़ाने के लिए मिट्टी और पत्थरों के बड़े-बड़े टुकड़े गिरा रहे थे। बड़े-बड़े पत्थर और टोकरियों में मिट्टी ढोने वालों की कतार बँधी हुई थी। टोकरियाँ मजदूरों के सिर बदलती हुई आगे बढ़ती जा रही थीं। पत्थर के बड़े-बड़े टुकड़े भी इसी तरह कतार से खड़े होकर बोझ ढोने वाले मजदूरों के सिर बदलते हुए बाँध के सिर पर गिराए जा रहे थे।

छड़ी वाली कुर्सी पर टेक दे, सिर पर सोलो का मोटा हैट, गले में लटकता हुआ बायनाकुलर और आँखों पर धूप का चश्मा चढ़ाए श्रीकान्त काम करते हुए मजदूरों को देख रहा था। अल्सेशियन की जोड़ी पेड़ की छाया में बँधी हुई जीभ निकाल जैसे हाँफ रही थी, जया कलसी के साथ बाँध पर कुत्तों के पास खेल रही थी, कभी दूर बैठी, कलसी, कभी खड़े हुए बाप के बीच की दूरी, दोनों को दौड़-दौड़ के छूकर भाग रही थी। पीछे पचासों मजदूर बाँध पर बिजली के तार खींचने के लिए बल्लियाँ गाड़ रहे थे। काम करने वालों में आज एक अजब सी चहल-पहल और तेजी आ गई

थी। नया साहब आया है, काम अपनी आँखों के आगे करवाएगा। ठेकेदार का कारिन्दा घूम-घूमकर बाँध के ऊपर से नीचे तक, औरत-मर्द मजदूरों को डाँटते हुए लालच भरा आदेश देते हुए कह रहा था कि जो मेहनत से काम करेगा, परसों से उसकी मजदूरी बीस पैसे रुपये बढ़ा दी जाएगी। मजदूरों में खुशी की एक लहर दौड़ी। हर मजदूर के काम में तेजी आई, गति बढ़ी, यह खबर पहले से ही फैल गई थी कि दो दिनों के बाद दिन और रात दोनों में काम होगा तो आज से ही। आदिवासियों के मर्द और औरतों के झुंड काम पाने की लालच में बाँध पर इकट्ठा होने लगे थे। जगह-जगह बैठकर साखू के पत्ते की चिलम बनाकर तम्बाकू पी रहे थे। गन्दे, आधे नंगे, महकते हुए काले आदिवासी मर्द के सिर पर जटाजूट से बड़े-बड़े बाल भेड़-बकरियों की तरह। जिन्हें चपरासी ने जीप को रास्ता देने के लिए हॉर्न बजा-बजा के हटाया था।

छड़ी लिये श्रीकान्त बाँध के बाईं ओर नीचे जिस ओर मिट्टी खोदी जा रही थी उतर गया। मिट्टी के साथ मिले हुए पत्थरों के टुकड़ों को ठेकेदार का आदमी छँटवा देता था। श्रीकान्त ने रोक दिया। पत्थर भी मिट्टी के साथ ही गिराए जाएँगे तभी बाँध में मजबूती आएगी। जगह-जगह घूमता हुआ, मजदूरों की पीठ थपथपाता, उन्हें शाबाशी देता हुआ श्रीकान्त, दूर-दूर तक फैले हुए उनके समूह में घूमता रहा। विस्मय से भरे, चकित मजदूर, प्रसन्न मन से इस नए साहब को देखते रहे कि इतना प्यार से बोलने वाला यह देवता कहाँ से आ गया? भूखे, नंगे, काले-कलूटे आदमियों वाले कीचड़ में गुलाब का फूल कहाँ से खिल गया? यह नया साहब जिधर भी निकल जाता, काम करने वाले मर्द और औरत की चकित आँखें इस पर टिक जातीं। वे अपनी भाषा में न जाने क्या बतियाने लगते।

दोपहर को खाने की छुट्टी हुई, श्रीकान्त ऊपर बाँध पर, लगी अपनी छोलदारी में आ गया। देखा, जया खाट पर सो गई है, कलसी छोलदारी के बाहर बैठी हुई खम्भे के बाँस से पीठ टेके आँखें मूँद ऊँघ रही है। कलसी! श्रीकान्त ने आवाज लगाई। चौंककर कलसी खड़ी हो गई। जीप बगल में खड़ी थी बेटी को श्रीकान्त ने उठाकर कन्धे पर डाला तो कलसी बोली—हमें दे बाबू।

—चल तू जीप में बैठ, जया के कपड़े, खाने के बर्तन उठा ले। जीप तक पहुँचते-पहुँचते जया जग गई। श्रीकान्त ने उसे पीछे की सीट पर लिटा दिया। कलसी भी वहीं बैठ गई। इधर से श्रीकान्त ही जीप चलाकर डाक बँगले तक ले आया। देह थक गई थी। कपड़े उतार। सितम्बर की धूप में बड़ी तेजी थी, बदन में एक अजीब सी चुनचुनाहट भर गई थी। भोजन कर श्रीकान्त विश्राम करने लगा। उसे नींद आ गई।

लगभग पाँच दिनों में बाँध पर बिजली के खम्भे गड़ गए, लाइन दौड़ गई और जिधर से मिट्टी और पत्थर खोदकर बाँध पर गिराए जा रहे थे, उधर भी चार-पाँच खम्भे गाड़कर, बिजली के तार खींच, बड़े पावर के बल्ब लगा दिए गए।

बाँध पर सैकड़ों झोंपड़ियाँ कतार से खड़ी हो गईं। जंगली लकड़ी और बड़े-बड़े पत्तों को निकाल के तैयार की गई। दीवारें और छाजन वाली झोंपड़ियाँ। पहली बार जब ये बल्ब जले तो रात में दिन हो गया। बच्चे किलकारियाँ भर-भर के नाचने-कूदने लगे, वनप्रान्तर के अन्धकार में जिन्दगी गुजारने वाले इन नर-नारियों ने रात में अचानक दिन पाया तो वे भीतर से हुलस गए। पानी के पाइप में तीन-चार रोशनियाँ नदी की ओर लगा दी गईं। रात में भी काम शुरू हुआ। इस एलान के बाद कि आज से रुपये पीछे बीस पैसे मजदूरी अधिक मिलेगी, मजदूरों में खुशी की लहर दौड़ी, पहली रात काम शुरू हुआ नई गति और दुगने वेग से।

लगभग सात दिनों में श्रीकान्त का क्वार्टर बिजली की फिटिंग और अन्य आवश्यक उपकरण लग के तैयार हो गया। श्रीकान्त अपने नए क्वार्टर में चला आया, और साथ में आई कलसी। क्योंकि जया, इस बीच कलसी से इतना हिल-मिल गई थी कि वह कलसी को छोड़ने के लिए तैयार नहीं थी। लेकिन, अकेले दालू का क्या होगा यही सवाल, दालू के आगे रखा गया तो उसने सहर्ष अनुमति दे दी। कलसी के कारण उसे भी खाने-पीने को मिल जाया करता था। इस नए साहब के कारण दोनों को भरपेट भोजन मिलने लगा। इतना ही क्या कम था। मेरे पास इसके रहने की जरूरत भी क्या है सरकार, दालू कहने लगा—आपकी किरपा होगी तो मुझे कोई तकलीफ न होगी। कलसी दो रोटियाँ यहीं पहुँचा देगी।

श्रीकान्त डाक बँगला छोड़कर नए क्वार्टर में यानी डैम के स्टाफ के लिए कतार से बने क्वार्टरों की बस्ती में चला आया, अपने स्तर के लोगों के बीच। यहाँ जया को खेलने के लिए अपने स्तर के बच्चे मिले।

सात-आठ दिनों के बाद श्रीकान्त जया को लेकर घूमने गया। डाल्टनगंज कुछ सामान वगैरह भी खरीदना था। साथ में था ठेकेदार और दफ्तर का बड़ा बाबू! रसिया, चुहलबाज बड़ा बाबू, उसी ने सुझाव रखा कि एक दिन बाँध पर जलसा होना चाहिए, कलसी के दल का नाच। साहब लोगों को भी न्योतना चाहिए?

—और इसका खर्च? श्रीकान्त ने हँसी की।

—इसमें खर्च क्या लगेगा सरकार, बस थोड़ा सा महुआ का रस फिर देखिए इनका नाच और आपकी यह कलसी। बाप रे, जब तैयार होके नाचने के लिए खड़ी होती है तो बिजली हो जाती है सरकार, बिजली! और इसके गले की आवाज, जैसे कोयल का गीत। बस, सुनें तो सरकार!

उसी दिन साँझ को यह सब तय हुआ। दो दिनों बाद किसी खास त्योहार की छुट्टी थी। रात का काम बन्द था क्योंकि रात को ही वनप्रान्तर में आदिवासी अपने देवता की पूजा करते थे। उसी अवसर पर यह आयोजन हुआ। लगभग तीस मीटर चौड़े बाँध पर पच्चीस-तीस कुर्सियाँ डालकर आगे दरी बिछा दी गई। कुर्सियों पर बैठे, डैम और पावर स्टेशन के आमंत्रित सरकारी अफसर, कर्मचारी और उनका

परिवार, और घेरकर खड़े हुए मजदूर, आदिवासी औरत, मर्द, बच्चे, बूढ़े। उत्सुक, उत्फुल्ल मन से। जया को गोद में ले, बीच में बैठा श्रीकान्त अन्य अफसरों के साथ और तब बगल से उस भीड़ में आई कलसी, घाघरा और चोली पहन के सिर के जूड़े में मोर पंख लगाए। पैरों में घुँघरू बाँध, और पीछे-पीछे आए उसके दल वाले, डफ, झाल, शृंगी और बाँसुरी लेकर। ठीक आठ बजे नाच शुरू हुआ। पहले डफ से आवाज निकली ऐसे आयोजन पर पहनने वाला कपड़ा—लाल कपड़ा दो सींग जड़े मुकुट, गले में छोटे-छोटे शंखों की माला, कानों में सींग के उतरने, बाजू में शीशे की छोटी-छोटी गुरियों की माला घुटनों तक धोती, छाती पर बाएँ हाथ की कोहनी से टिका डफ, पैरों में ढेर सारे घुँघरू बाँधे लगभग चालीस साल का वह आदिवासी, झुक-झुक के, लोच लेने के गोलाई में थिरकने लगा। छम्म, छम्म, छम्म, गोलाई में नाचते हुए, भीड़ में नाचने का दायरा घूम-घूम के बड़ा करते हुए। उसके पीछे लगा कि जे.ई. और पगड़ी बाँधे बाँसुरी बजाता हुआ दूसरा मर्द। तभी नगाड़ा एकाएक तड़तड़ा उठा—उधर झम्म से बिजली की तरह मैदान में घाघरा, चोली और सींग के गहनों में कलसी कूद पड़ी। उसके पैरों के घुँघरुओं की आवाज रात्रि की उस खामोशी में तैरने लगी। नगाड़ा तेज होने लगा। कलसी के पैरों में तेजी आई। नाचती हुई वह एक सिरा से दूसरा सिरा छूने लगी। झुक-झुक के लच-लच के, देह तोड़-तोड़ के। लोगों से घिरी हुई बाँध की उस खाली जगह में, कलसी थिरकने लगी। मरियल-सी दीखने वाली कलसी की काया में इतनी फुर्ती। श्रीकान्त विस्मय में भरा था।

एकाएक नगाड़ा रुका। चंग की आवाज निकली। बाँसुरी से स्वर लहरी। कलसी की गति मंथर हुई, कंठ से गीत फूटा—

उठ अलबेली नारि झाड़ू लाओ अँगना! माथ में सोहे टीका बन्दी,
हाथ में सोहे कँगना
निहुरि बहारत, गोदी में सोहे ललना।
काहे का झाड़ू काहे का रे कँगना,
काहे का झरना,
झरत बिच अँगना, धर्म का झाड़ू सत्य का कँगना,
ज्ञान का झरना झरत बीच अँगना,

उठ अलेबेली...

कलसी का गीत रुका कि डफ वाला आगे बढ़ा। छाती बाएँ हाथ की कुहनी से डफ टिकाए, बाएँ हाथ से पतली लकड़ी और दाएँ हाथ से मोटी लकड़ी से डफ बजाता हुआ। आगे-पीछे चल-चल के डग रखता हुआ। पंजे को धरती पर ठोक-ठोक कर पाँव में बँधे घुँघरुओं से झन, झन की आवाज निकालता हुआ,

ठुमुक-ठुमुक के चलता हुआ और चेहरे पर बिखरी हुई हँसी, चमकते हुए धवल दाँतों की कतार दिखाते हुए वह एकाएक रुक गया और दाहिना हाथ कान पर रख, अलाप लेने लगा—

हो ओ ओ...ओ राजा तामें पंक्षी कौन
ता में पंक्षी कौन हो राजा, तामें पंक्षी कौन,

किस पंक्षी की बात कर रहा है? डफ पर नाचने वाला यह आदिवासी नौजवान कान पर हाथ रख के अलाप लेते हुए, जीवन का कौन सा भेद खोल रहा है? बैठे हुए लोगों की उत्सुक आँखें, डफ वालों पर लग गईं। और डफ वाला तो जैसे भोजन का एक टुकड़ा डाल लोगों की मन की भूख जगा, फिर अपने नाच में लग गया, हल्की लय में बस उतना ही गाते हुए, हो राजा, तामें पक्षी कौन। रहा नहीं गया तो सक्सेना ही बोल पड़े—इसके आगे?

नाचते-नाचते, डफ वाले ने खास अन्दाज से निगाहें तिरछी कर, सक्सेना की ओर देखा, फिर तो चले एकाएक पूरी तरह घूमकर गाने लगा—

रहने को अचरज भयो, अरे गयो अचम्भा कौन
हो राजा दस द्वारे का पींजरा,
तामें पंक्षी कौन हो राजा,
तामें पंक्षी कौन, हो राजा
गयो अचम्भा कौन, हो राजा
रहने को अचरज भयो...
गयो अचम्भा कौन हो राजा...
दस द्वारे का पींजरा...।

गीत पूरी तरह गा के, डफ वाला गोलाई में वहीं थिरकने लगा। घुँघरुओं के बोल, बाँसुरी की मधुर ध्वनि के साथ उस खामोश रात की हवा में तैरते रहे, उस निर्जन वनप्रान्तर के सन्नाटे को भेदते रहे।

मन भर गया। अब आगे कुछ भी सुनने को जी नहीं हुआ। पसीने से तर, नाचने-बजाने वाले भी गीत समाप्त कर सुस्ता रहे थे।

तभी बँटने लगा प्रसाद। पूजा का प्रसाद बाँध पर की गई जंगल देवता की पूजा का प्रसाद। पलाश के पत्तों के हरे-हरे दोनों में, मीठा रोट और एक-एक लड्डू अफसरों के लिए। खाली रोट, आदिवासियों के लिए। तीन-तीन, चार-चार बड़े-बड़े परातों में भरा हुआ प्रसाद बँट रहा था। हर कोई बार-बार प्रसाद लेना चाह रहा था। भीड़ की चहल-पहल में वह प्रांगण जीवन्त हो गया था।

उसके बाद नाचने वालों में बँटा, महुआ का रस, उन्हीं पलाश के पत्तों वाले

दोनों में भर-भर के। देह की नस-नस में आग भरने वाला, जीवन देने वाला रस, तन-मन को बेसुध करने वाला। आदिवासियों को पागल कर देने वाला, प्राणदायक रस, इसी के लिए तो वे कोसों चले जाते हैं, दिन भर कड़कड़ाती धूप में खटते रहते हैं। वही संजीवनी आज बँट रही थी। साहब की ओर से जिसे नाचने वाले, औरत-मर्द और मजदूरों के गोल के मर्द-औरत छककर पी रहे थे। समान रूप से आमने-सामने अगल-बगल बैठ के, कृतज्ञ मन से, खुशी में आकंठ डूब के। प्रसाद के बाद, पूजा का यह चरणामृत!

यदा-कदा अक्सर बँटने वाले इसी चरणामृत ने जादू का काम किया। तीन महीनों के भीतर जिस तेजी के साथ काम हुआ, बाँध की लम्बाई बढ़ी वह अप्रत्याशित था। श्रीकान्त उन आदिवासियों में देवता की तरह पूजा जाने लगा। मिट्टी की खुदाई पत्थरों की ढुलाई, और कहीं-कहीं तारों के जाल में पत्थरों को बाँध-बाँध कर, बाँध में रखना। कोयल घेरी जा रही थी, चार-पाँच महीने और थे, बरसात शुरू होने में, कोयल का बरसात का जल मिलने में, हाथ से बेहाथ होने में, बेकाबू होने में और इसलिए किए-कराए पर पानी फेर देने में। श्रीकान्त काम के सिवा कुछ जानता नहीं। दिन-रात अनवरत काम की देखरेख, निर्देश हर हालत में मार्च-अप्रैल तक काम पूरा हो जाना चाहिए। अपार साहसी लक्ष्य था।

काली चट्टानों के ऊपर से बहने वाली इस छलिया कोयल को देर कितनी लगेगी। इस अधूरे बाँध को बहा देने में। ऊबड़-खाबड़ पथरीले तल वाली यह नदी, जहाँ कहीं भी थोड़ी ऊँचाई से चढ़कर जब नीचे उतरती है तो इसका वेग देखने लायक होता है। मीठी बोली वाला कुछ भी कर सकता है कि दूसरा मन मसोसकर रह जाए। गा-गा कर पिया को रिझा-रिझा कर ही तो कोयल इस डाल से उस डाल, फुर्र से यहाँ फुर्र से वहाँ—चला जाता है और तब मादा कोयल उसे खोजती है। इधर-उधर, वन कुंजों के बीच यहाँ-वहाँ बिलकुल वैसी ही है यह कोयल नदी और उसका टेढ़ा-मेढ़ा पथ, अनोखे, अनदेखे घने, निर्जन भूमि से गुजरने वाला, माथे पर साखू, पलाश, केंद, महुआ के और बेरों के घने पेड़ों का छत्र लगाए। और उन डालों पर बैठे बनसुग्गे हरेदी, पड़की और गुड़गुड़ी के बोल सुनती हुई, इस निर्जन वनप्रान्तर में जैसे अलख जगाती हुई। इसी कोयल को बरसात से पहले-पहले एकदम से बाँध लेने का दृढ़ संकल्प लिये अदम्य साहसी, अपार आत्मविश्वासी श्रीकान्त के आगे कोई दूसरा लक्ष्य नहीं था। कब शाम हुई, कब रात हुई, कब सोया, कब जागा यह चार महीनों तक कुछ भी जान नहीं पाया। भोजन बनाने के लिए महाराज था। बाकी भीतर का सारा काम सँभालने वाली कलसी थी। सरल-दया-माया, ममता-स्नेह से भरी हुई कलसी, जिसने जया और इस घर का सारा दायित्व अपने सिर पर ओढ़ लिया था। कलसी के सान्निध्य से दिन-रात बाप का सान्निध्य चाहने वाली जया का मन अब अधिकतर घर में लगता। मन चाहे समान स्तर के पास-पड़ोस के घरों वाले

बच्चों में बहलने लगा। श्रीकान्त का बोझ थोड़ा कम हुआ, क्योंकि वह अब काम पर ही नहीं, दो-चार रोज के लिए जया को घर पर ही छोड़कर बाहर भी जा सकता था।

किन्तु एक दिन यही जया सहसा उदास हो गई थी। चार साल की वह खूबसूरत खिली हुई गुड़िया, जैसे मुरझा गई थी, चेहरा उतर गया था। खाना खाते समय पिताजी के साथ चहकने वाली गुड़िया आज चुपचाप खामोश हो—अपने जनक को रह-रह के निहार रही थी। श्रीकान्त ने इस परिवर्तन पर गौर किया, खाते समय वह कभी जया को देखता, कभी कलसी को कि समझें कि आज आखिर क्या हुआ? कलसी कुछ कहना चाहती थी कि खाना खाने के बाद, बाप की गोद में दूध पीने से पहले जया ने वही सवाल शुरू किया जिससे श्रीकान्त बचना चाहता था—पिताजी?

—हाँ बेटी?

—पिताजी आज मीना की अम्मा पूछ रही थीं कि तुम्हारी अम्मा कहाँ हैं, वे कब तक आएँगी?

—तो तुमने क्या कहा?

—मैंने कहा कि मुझे नहीं मालूम!

—ठीक कहा, लो दूध पियो। श्रीकान्त ने टालने के लिए दूध का गिलास जया के मुँह की ओर बढ़ाया, तो उसने हाथ से बाप का हाथ रोक दिया।

—पूरी बात तो सुन लो पिताजी?

—सुनाओ! श्रीकान्त थोड़ा चैतन्य हुआ।

—मीना की अम्मा कहने लगी—तुमको अपनी अम्मा के बारे में नहीं मालूम! कैसी लड़की हो? बिना अम्मा के रहती कैसे हो?

श्रीकान्त ने हँसकर टालना चाहा, बस, इतनी सी बात के लिए मेरी बेटी परेशान है, लो दूध पियो!

—नहीं, पहले बताओ कि मेरी अम्मा कहाँ हैं?

—तुम्हें बताया तो था बेटी कि तुम्हारी अम्मा एक दिन मेले में खो गई थी। हम लोगों ने बहुत खोज की, पर उनका कहीं पता नहीं चला, अभी तो खोज जारी है, शायद वे मिल जाएँ तो उन्हें ले आएँगे।

—लेकिन तुम तो यहाँ हो, बाँध बनवा रहे हो—उन्हें खोजता कौन होगा?

—उन्हें खोजने वाले कई लोग हैं बेटी, तुम्हारे नाना हैं, नानी हैं, दादा हैं, बुआ हैं।

—अच्छा! तब तो अम्मा जरूर मिल जाएँगी।

—और क्या? श्रीकान्त साधिकार बोला।

—लेकिन पिताजी, तुम भी छुट्टी लेकर जाओ, अम्मा को खोजो। तुम्हें जल्दी मिल जाएँगी।

—हाँ बेटी, यहाँ का काम पूरा हो जाए तो यहाँ से चले चलेंगे फिर छुट्टी लेकर, हम-तुम दोनों अम्मा को खोजेंगे।

—ठीक है, अब मैं मीना और उसकी अम्मा को समझा दूँगी, फिर बाप के हाथ में थमा दूध का गिलास मुँह से लगा घूँट-घूँट पीती हुई, जैसे वह कुछ सोचती रही। आखिरी घूँट पीकर वह एकाएक फिर बोली, लेकिन पिताजी, अगर अम्मा नहीं मिली तो?

—नहीं मिली तो सोचेंगे कि क्या किया जाए, अभी तो बेटी पहले कोशिश कर ली जाए।

—अच्छा तुम आओ अब मेरी गोद में, साहब को बहुत तंग करती हो।

एक बार जया ने कलसी की ओर देखा ध्यान से उसका कहना सुना फिर बाप की ओर ताकती हुई करुण भरे स्वर में बोली—पिताजी, मैं तुम्हें तंग करती हूँ?

श्रीकान्त भीतर से भर आया, उसने जया को गोद में सीने से सटा लिया और उसके रेशमी, घुँघराले बालों पर हाथ फेरते हुए, बेहद प्यार से कहने लगा—नहीं तो बेटी, बिलकुल नहीं, तुम तो मेरी रानी बेटी हो, पिताजी का हर कहना मानने वाली, फिर उसके हाथ-पाँव के गुलाब नेलपेंट से रँगे हुए नाखून देखते हुए बोला—वाह, तुम्हारे नाखून खूब चमक रहे हैं जया!

—और क्या, कलसी ने रँगा है पिताजी, उसने भी लगाया है।

—अच्छा! श्रीकान्त ने कलसी की ओर देखा तो कलसी लाज से आँचल में हाथ छुपा, उसी कोने में दुबक गई।

—ले पकड़ जया को, मैं भी दूध पीऊँ!

मुस्कराती हुई कलसी आई और जया को गोद में ले, पानी से, उसका मुँह पोंछने लगी।

उस समय रात के लगभग नौ बज रहे थे। हेमन्त ऋतु बीत रही थी। फिर भी इस वनप्रान्तर में सर्दी का अभी कोई आसार नहीं था। श्रीकान्त को सर्दी लगती भी कम थी। जया के लिए गर्म कपड़े तो सिले-सिलाए डाल्टनगंज से मिल जाएँगे। दूध पीकर श्रीकान्त उठा, जया को सो जाने के लिए कलसी बिस्तरे पर थपकियाँ दे रही थी। और बिस्तर पर गया तो साँझ से होने वाला बदन हल्का-हल्का दर्द, धीरे-धीरे बढ़ने लगा। उधर जया ने शान्त जल में ढेला फेंक दिया था। सरोवर का शान्त जल तरंगित हो गया था, लहरें उठ रही थीं, मन में बेचैनी बढ़ने लगी थी। एक अजीब-सी रिक्तता खालीपन का अहसास होने लगा था। थोड़ी देर लेटकर श्रीकान्त उठ बैठा।

थपकियाँ देती हुई कलसी रुक गई—क्या बात है सरकार?

—सिर में दर्द हो रहा है।

—तेल लगा के दाब दूँ?

—हाँ, पर तूने अभी तो खाना नहीं खाया?

—खाना तो मैं बाद में खाऊँगी। कलसी ने जया को छोड़ दिया, जया उठ बैठी,

फिर लेट गई। कलसी ने अलमारी से भृंगराज तेल की शीशी उठा ली, और तकिया पर एक और तौलिया रख, श्रीकान्त के सिर में तेल मिलाने लगी। पहले सिर, फिर ललाट और कनपटी पर, हल्के-हल्के हाथ चलाने लगी। इस कोमल सुखद स्पर्श से बड़ी राहत मिली। चित लेटा हुआ श्रीकान्त थोड़ी देर तक तो आँखें खोले रहा, फिर आँखें मूँद करवट लेकर लेट गया। लगभग आधा घंटा तक मालिश करने के बाद सिर पर का तेल जब पूरी तरह मिल गया तब वह उठी और झुक के तेल लगा हाथ श्रीकान्त की पिंडलियाँ, पंजे और तलुओं पर चलाने लगी। दिन भर का थका-माँदा श्रीकान्त पता नहीं कब सो गया। उसकी नाक बजने लगी तो पैरों के पास पड़ी हल्की सी चादर कन्धे तक ओढ़ाकर, कलसी दरवाजा भिड़ा चौके में जाकर हाथ-मुँह धोकर खाने बैठ गई। खाकर उठी तो ग्यारह बज रहे थे। चौके में बैठे-बैठे, आसमान दीखता था। कृष्ण पक्ष के दशमी का आकाश, चमकने वाले गझिन तारों से भरा हुआ था। और नीचे, बराज तथा पावर स्टेशन और कॉलोनी की बाहर जलने वाली बत्तियों की रोशनी, ऊपर की ओर भी वृत्ताकार उजाला फैलाए हुए थी। बाकी चारों ओर घुप्प अन्धकार और गहरी खामोशी खाने के बाद बाहर आ बरामदे के खम्भे को दाहिने बाँह से घेर उस पर अपना सिर टेक, कलसी थोड़ी देर तक असंख्य तारों से भरे हुए आसमान की ओर एकटक देखने के बाद, भंडार घरवाली अपनी कोठरी में सोने चली गई।

लेट गई, पर मन में आज जैसे कोई नई परेशानी भर गई थी। देह की नसों में जैसे फटन हो रही थी। बड़ी देर तक वह करवटें बदलती रही और इस नए साहब के आने से आज तक की सारी बातें चुपचाप याद करती रही, अतीत में जीती रही। जया के बारे में, जया के पिताजी के बारे में और छोड़कर चले गए हरवा के बारे में, क्रमशः बूढ़े होते जाने वाले अपने बाप के बारे में और तब अपने बारे में कि आगे अपना क्या होगा? अकेली वह कहाँ जाएगी? किसका साथ धरेगी? कहाँ रहेगी, किसके साथ रहेगी?

5

नींद खुली दिन के सात बजे, जबकि धूप की रोशनी घर-आँगन में फैल गई थी। जया उठकर, बहुत पहले ही नहा-धोकर तैयार हो गई थी। एस.ई. के कार्यालय से बुलाहट आई थी, डाल्टनगंज जाना था। पर देह में इस तरह का आलस्य था कि कहीं भी जाने को मन नहीं हुआ। बस, घर में ही बिस्तर पर पड़े रहने को जी चाहता था। उठा, नहा-धो चाय पी, तो तबीयत कुछ हल्की हुई। अपने दफ्तर का भी बहुत काम पड़ा था। बाहर से कई चिट्ठियाँ आई थीं। उनका जवाब लिखवाना था। आज साइट पर न जा, श्रीकान्त ऑफिस में पहुँचा। पावर-हाउस से

मिला हुआ इस्वेस्टेश शीट की छाजन वाला एक बड़े से कमरे में ऑफिस था, जिसमें तीन-चार मेजें और कुर्सियाँ पड़ी थीं। लगभग बारह बजे दफ्तर की डाक देख रहा था। उसमें उसके नाम से दो पत्र मिले। एक पत्र गाँव से बाबू का आया था।

प्रिय बबुआ,

पिछले महीने तुम्हारी चिट्ठी आई थी। घर में कोई नया समाचार नहीं था। इसलिए मैंने उसी समय जवाब देने की कोई जल्दी नहीं समझी। तुम्हारी माँ तुम्हें देखने को कभी-कभी मुझे परेशान करने लगती हैं। और तुम इतने दूर चले गए हो कि वहाँ तक पहुँचना ही बड़ा कठिन है। हम लोगों के बीच किसी के बहुत दूर होने का पर्यायवाची शब्द पलामू था। और तुम सचमुच को पलामू चले गए। इस समय एक खुशी की खबर यह है कि जो खेत तुम्हारी पढ़ाई के कारण मैंने रेहन रख दिया था, उसे तुम्हारी ही कमाई से मैंने छुड़ा भी लिया। ऋण से उऋण हो गए, मेरा पढ़ाना सफल हो गया। तुम्हारी भी मनोकामना पूरी हो गई कि तुम इंजीनियर हो गए। लेकिन अब मेरे-तुम्हारे बाद इस कुल की कड़ी और परम्परा का क्या होगा? प्रत्येक मास में भेजे हुए तुम्हारे चार सौ रुपये तो मुझे मिल जाते हैं, पर मैं सोच नहीं पाता कि इन रुपयों का अब मैं क्या करूँ? खेत खरीदने में भी मेरी कोई रुचि नहीं है, क्योंकि अकेला बेटा, जंगल-पहाड़ों के बीच में घूम रहा है तो यहाँ खेत देखेगा कौन? वह सम्पदा, एकत्र करने से क्या लाभ, जिसकी रखवाली करने वाला कोई न हो! अगले साल मैं भी अध्यापकी से रिटायर हो जाऊँगा। जब तक जीवित रहूँगा, पूर्वजों की इस धरोहर की रखवाली करूँगा, लेकिन मेरे बाद?

तुम्हारे ब्याह को लेकर बाहर के अलावा भीतर तुम्हारी माँ अब मुझे परेशान करने लगी हैं कि क्या बेटा बूढ़ा हो जाएगा, तब ब्याह होगा, क्या कहते हो? यदि कहो तो मैं कहीं ब्याह तय करूँ, यह इसलिए पूछ रहा हूँ कि बाद में यदि लड़की के बारे में तुम कोई शर्त लगा दोगे, तब मैं क्या करूँगा? अपने फजीहत होऊँ, तुम्हारा मन अलग से दुखी हो, अब ऐसा नहीं चाहता, क्योंकि एक बार तुम्हारा मन तोड़ चुका हूँ, इसलिए मैं सोचता हूँ कि दो-चार रोज की छुट्टी लेकर तुम आओ तो हम लोग आपस में बातें करके कोई रास्ता निकाल लें। लिखो कि तुम कब आ रहे हो?

यह सब कुछ मैं जाड़े तक तय कर देना चाहता हूँ। क्योंकि इस जिन्दगी का क्या भरोसा? आते समय काशी में लालघाट पर बहिना से मिलते आना, जिससे उसका भी समाचार हम लोगों को मिल जाए। विधवा बेटी का मन उदास न होने पाए।

सस्नेह

बाबू

पत्र पढ़ के चार-पाँच मिनट तक श्रीकान्त सोचता रहा। बाप और माँ की परेशानी उसने समझी। बहिना से भेंट करना भी जरूरी था। बाँध पर चल रहे काम का उसने मन-ही-मन सर्वेक्षण किया तो लगा कि वह पाँच-सात दिनों के लिए बाहर जा सकता है। उसने तुरन्त प्रोजेक्ट इंजीनियर को टेलीफोन किया और उनकी अनुमति से हफ्ते भर की छुट्टी के लिए प्रार्थना पत्र भेज दिया।

अपने जूनियर इंजीनियरों को काम समझा कलसी को कुत्तों के लिए उचित निर्देश दे जया को ले वह शाम की गाड़ी से काशी के लिए चल पड़ा। सोचा, जया यदि रह गई तो उसे बहिना के पास छोड़कर वह गाँव हो आएगा।

काशी में बहिना के घर लालघाट पहुँचा। मकान के ऊपरी हिस्से में बहिना रहती थी। ऊपर जाने के लिए दो सीढ़ियाँ थीं—एक भीतरी बरामदे से होकर, दूसरी आँगन से। आँगन की सीढ़ी से ही जाना उसे अच्छा लगता था। जया को गोद में लिये, दाहिने हाथ में अटैची थामे वह ऊपर चढ़ गया। जंजीर बजाई, लेकिन द्वार खोलने वाली को देख चौंक गया। आँखें उदास-उतरे हुए चेहरे पर टिक गईं, दोनों एकटक एक-दूसरे को देखते ही रह गए। विस्मय में भरी मृदुला, कभी श्रीकान्त को कभी उसके गोद की जया को देखती हुई बोली—कोई और है?

—नहीं!

—तो भीतर आओ।

श्रीकान्त ने जया को गोद से उतार के भीतर कमरे में खड़ा किया और तब झुककर, खुद उस बड़े हॉल में दाखिल हो देखा, गंगा स्नान से लौटने के बाद, बहिना गली की ओर खुलने वाले एक जँगले के पास सदा की तरह गले में रुद्राक्ष की माला डाल पूजा पर बैठी है, और आगे लकड़ी के टेक पर जिल्ददार रामायण की मोटी पुस्तक से पाठ कर रही है। और बहिना की सास पंडिताइन जी सामने बैठी हुई सुन रही हैं।

श्रीकान्त की आवाज पर ध्यान भंग हुआ। बहिना ने माला उतारकर, बगल की पुस्तकों वाली डाली में रखा और पाठ रोककर विस्मय भरे स्वर में बोली, बबुआ?

—कौन है? बहिना की सास की धीमी आवाज निकली। और उन्होंने गर्दन घुमाकर पीछे की ओर देख प्रसन्न हो बोलीं—श्रीकान्त! कहाँ से?

चप्पल निकाल, सास और बहिना के पाँव छुए, जया से सास, बहिना और मृदुला के पाँव छुलाया तब मृदुला ने श्रीकान्त के पाँव छुए।

दीवार के पास पड़ी तख्त पर जया को गोद में लेकर बैठा तो बहिना जया के गाल सहलाती हुई विस्मय में बोली, और ये कौन है?

जया मृदुला को ताक रही थी, मृदुला और बहिना, जया को निहार रही थीं। तभी श्रीकान्त ने कहा—अपना नाम बताओ।

—ये लोग कौन हैं? जया ने पूछा।

—ये मेरी बहिना है, तुम्हारी बुआ, और ये बहिना की सास हैं। श्रीकान्त चुप लगा गया तो जया मृदुला की ओर उँगली दिखाती हुई बोली—और ये?

—ये? श्रीकान्त ने पूछा।

—हाँ? जया ने सिर हिलाया।

श्रीकान्त थोड़ा हिचका, ये...ये...ये तुम्हारी मौसी हैं।

—मौसी! मौसी क्या होती है पिताजी?

—मौसी, मौसी माने, माँ की बहिना।

—ये मेरी माँ की बहिन हैं?

—तब तो ये जानती होंगी कि मेरी माँ कहाँ गई?

—ये सब बाद में पूछेंगे, पहले तुम इन लोगों को अपना नाम बताओ।

—जया। जया इस बार किलक के कुछ जोर से बोली।

—अब अपने बाप का नाम बताओ?

—बाप क्या होता है? जया ने सवाल किया।

—मेरे पिताजी का नाम है श्रीकान्त मिश्र, इंजीनियर।

—आयँ। बहिना चौंकी, मेरे भाई का तो अभी ब्याह भी नहीं हुआ...।

श्रीकान्त ने इशारे से बहिना को टोका कि इसे मैं बताऊँगा, पहले एक गिलास जल। बहिना आँगन की ओर भागी। मृदुला जड़वत् वहीं खड़ी रही, श्रीकान्त और जया को निहारती हुई, एकटक, निर्निमेष।

—और तुम? श्रीकान्त ने अपने में खोई हुई मृदुला से पूछा।

—मैं भी अब यहीं हूँ।

—कब से?

—दो-चार रोज से।

—मतलब कि अभी तुम लोग काशी में ही हो!

—हाँ, इसके दुलहा तो आजकल भेलूपुरा थाने में हैं, और इन लोगों ने उधर ही कहीं मकान लिया है। बहिना की सास बोली।

—ठीक ही हूँ—बुढ़ापे की देह तुम्हारी रोज चर्चा होती है, पता नहीं कहाँ चले गए, ऐसा लम्बा गोता लगाया?

—हाँ, क्या करूँ अम्मा जी नौकरी का मामला है। आने में देर हुई तभी बहिना ने लोटा में पानी और गिलास तथा कटोरी में चार मिठाइयाँ ले आकर रखते हुए कहा—हाथ-मुँह धोओ, जलपान करो।

प्यास लगी थी। एक लड्डू खाके कटोरी जया के आगे कर, दो गिलास पानी पी बोला—अब जरा गंगा जी में नहा आऊँ?

—नहीं, पहले पाठशाला में पंडित जी से भेंट कर आओ। नहीं तो छुट्टी का दिन है वे कहीं चले जाएँगे।

बहिना ने रोका—नहीं-नहीं, बिना भोजन किए बाबू जी कहाँ जाएँगे ? तू जा नहा ले।

तब सास को जैसे कुछ याद आया—हाँ, अभी तो भोजन करने आए ही नहीं, यह तो भूल ही गई थी, तो जाओ पहले गंगा जी में नहा आओ।

अटैची से कपड़े निकाल, नहाने के लिए चल पड़ा। बहुत दिनों बाद यहाँ आना हुआ था लेकिन सब कुछ वैसा ही था।

जया ने कपड़े उतारते समय, घाट पर सहसा पूछ लिया—पिताजी तुमने पहले क्यों नहीं बताया था कि मेरी मौसी भी हैं?

—यह मैं भूल गया था बेटी!

—मौसी क्या बुआ जी के पास रहती हैं?

—नहीं, ये अपने घर रहती हैं।

—उनका घर कहाँ है?

—चलो, पूछ के बताऊँगा। श्रीकान्त जया से बतियाते हुए भीतर से डाँवाँडोल भी हो रहा था कि मृदुला यहाँ कब से है? लगता है यह छोर लम्बा है। श्रीकान्त उस शान्त जल में छपाक से कूद पड़ा। दो-चार डुबकियाँ लगा, तैरकर किनारे आ गया। फिर जया को नहलाया। जया गंगा में बहते हुए बाँस पर बैठे कबूतरों को देख रही थी। तभी ऊपर गंगा जी की ओर से दिखने वाली पाठशाला की घड़ी ने ग्यारह बजाए। उसने जया को कन्धे पर बिठाया और सीढ़ियाँ चढ़ने लगा। घर पहुँच, अटैची से कंघी निकाल, जया के बालों पर फेरने लगा कि पास खड़ी मृदुला ने श्रीकान्त का हाथ पकड़ लिया, यह काम मैं कर दूँ तो कोई हर्ज है।

हाँ, लो कर दो—कोई हर्ज नहीं। श्रीकान्त ने आँखें ऊपर उठाकर मृदुला की ओर ताक के उठते हुए बोला अटैची में पाउडर की शीशी है।

खड़े हो खुद अपने बालों में कंघी करने लगा। मृदुला ने बड़े मन से जया के बालों में कंघी की, मांग निकाली, दो हेयरपिन लगाया। गले, हाथ, पैर में पाउडर लगाया। आँखों में काजल की डिबिया से, काजल रचा दिया। जया खिल गई, बैठी हुई जया के दोनों कन्धों पर हाथ रखती हुए बोली—तुम मेरी मौसी हो?

डबडबाई आँखों से मृदुला बोली नहीं—जया को निहारती रही। श्रीकान्त ने बीच में ही कहा, ये रोग भला मेरे वश का है?

बहिना की सास बोली—लेकिन ये रोग मिला कैसे बेटा? अभी बताता हूँ अम्मा जी, श्रीकान्त ने बात टाली। तभी बहिना ने पराँठे, आम का खटमिट्ठा अचार, आलू की भुजिया और चाय श्रीकान्त के आगे रख दिया। श्रीकान्त, जया के साथ जलपान करने लगा। खाते-खाते जया सो गई।

चौकी पर गद्दा-चादर बिछाती हुई बहिना बोली—बड़ी सुन्दर लड़की है, कहाँ से और कैसे मिल गई?

—बस पूर्व जन्म का सम्बन्ध था बहिना, ये मिल गई।

—किसकी बेटी है?

—हमारे साथ के ही एक इंजीनियर की बेटी है। साल भर पहले माँ चल बसी। बेटी को मुझे सौंप, अब बाप भी साधू हो गया। अब तो अपनी ही समझो। जया सुगबुगाई तो अटैची से मच्छरदानी का बड़ा सा चौकोर टुकड़ा निकाल उसे ढक दिया। हल्के विस्मय में, यह सब कुछ बहिना और उसकी सास देखती रहीं। श्रीकान्त उसे थपकियाँ देता रहा जब वह पूरी तरह सो गई तब पास खड़ी मृदुला से बोला—अब मैं पाठशाला में पंडित जी से मिल आऊँ?

बहिना की सास ने मना किया—बैठो, पंडित जी भोजन करने थोड़ी देर में यहीं आएँगे।

—अरे नहीं अम्मा जी, यह अनुचित होगा, पैर छूने पाठशाला में ही जाऊँगा। मैं इस घर का बच्चा हूँ। श्रीकान्त निकलने लगा तो सास मुस्कराने लगीं।

तीन मकानों के बाद पाठशाला थी, तीन मंजिला इमारत। ऊपर के दोनों मंजिलों में दो बड़े-बड़े हॉल थे। इन्हीं बड़े-बड़े हॉलों में शास्त्री और आचार्य कक्षाओं की पढ़ाई होती थी। नीचे विद्यार्थी रहते थे—बाहर से आए हुए विद्यार्थी जिनके आवास और भोजन का प्रबन्ध पाठशाला के मालिक सेठ जी ही करते थे। चार अध्यापक थे, सबसे बड़े अध्यापक प्रधानाचार्य गुरुजी या पंडित जी या आचार्य जी के नाम से पुकारे जाने वाले चार विषयों के आचार्य बहिना के ससुर थे। दूसरी मंजिल के एक बड़े कमरे में वे रहते थे। गंगा की ओर खुलने वाली दो आदमकद खिड़कियाँ थीं। वहीं आचार्य का बड़ा-सा तख्त था। साफ-सुथरे गद्दा और चादर पर संस्कृत के मोटे-मोटे ग्रन्थों से भरी हुई मेज और अलमारियाँ। आधे कमरे को लकड़ी से घेरकर पूजा का स्थान बनाया गया था। यहीं पूजा-पाठ, अध्ययन और रहना। घर वे केवल दो जून रात्रि और दिन के भोजन भर के लिए जाते थे। घर से केवल इतना ही नाता था। प्रतिमाह खर्च के रुपये भिजवा देते थे। आगन्तुकों के लिए फर्श पर बहुत अच्छी चटाई बिछी हुई थी। आचार्य काशी के इने-गिने संस्कृत के विद्वान में से एक थे। आयु लगभग पचास-पचपन की गोरी-दीप्तिमय देह, छोटा कद, किन्तु प्रभावशाली व्यक्तित्व। पाठशाला के मालिक सेठ के पिता देश के बहुत बड़े उद्योगपति, इनके गुरुजी कहते थे। ललाट और बाँहों पर भस्म लगाए, श्रीकान्त गया तो आचार्य दीवार के सहारे तख्त पर बैठे, पलथी मार के चश्मा लगाए एक चादर ओढ़े—पैड पर कुछ लिख रहे थे। कमरे के बाहर, चप्पल उतार वह भीतर दाखिल हुआ और पैर छू हाथ जोड़ खड़ा हो गया तो ध्यान भंग हुआ—श्रीकान्त! तुम कब आए?

—लगभग दो घंटे पहले।

—आजकल हो कहाँ? कुशल से तो हो?

—जी हाँ, आपका आशीर्वाद है, मैं तो आजकल बरवाडीह हूँ पलामू जिले में, डेहरी-आन-सोन से भी आगे, वहीं जंगलों में एक विद्युत-गृह के लिए जलाशय बन रहा है।

—लेकिन तुम तो उत्तर प्रदेश में हो, और यह जगह तो बिहार में है।

—जी हाँ, मुझे उत्तर प्रदेश सरकार ने विशेष तौर से इस काम को पूरा कराने के लिए भेजा है, बिहार सरकार ने एक इंजीनियर की माँग की थी।

—ओह! आचार्य प्रसन्न हुए, उत्तर प्रदेश भर में तुम चुने गए। यह तो तुम्हारे कार्यकुशलता का प्रमाण है।

—आप लोगों की कृपा और आशीर्वाद का फल है, एक दिन आपका नाम अखबार में देखा था एम.एल.सी. हो जाने की। प्रसन्नता हुई थी।

—हाँ, मुख्यमंत्री अपने शिष्य रह चुके हैं मैंने तो मना किया था—पर माने ही नहीं, मुझे भी ले लिया। एक दिन मुझसे पूछ रहे थे कि गुरुजी मेरे योग्य कोई सेवा? तब तुम्हारी याद आई थी, लेकिन मैं तब जानता ही नहीं था कि तुम हो कहाँ? एक दिन कभी दुलहिन से पूछा था तो पता चला कि तुम ओबरा में हो। ब्याह में आए थे तो पूरी बातें नहीं हुईं।

—जी हाँ, अभी हाल में तीन-चार माह से ही तो वहाँ जाना हुआ है।

—मृदुला यहाँ कब से हैं?

गौने में दस-पन्द्रह दिनों के लिए गई थी—उसके बाद से तो यहीं है, कभी गाँव, कभी यहाँ, अधिक यहीं है। अभी तो सहायक इंजीनियर ही होंगे?

—हाँ, हूँ तो सहायक ही पर बाँध का पूरा भार मुझे ही सौंपा गया है। वैसे कहने के लिए बिहार के ही एक अभियन्ता मेरे ऊपर हैं।

—अभी ब्याह तो कहीं तय नहीं हुआ? आचार्य ने पूछा।

—नहीं, श्रीकान्त और कोई बात चलाना चाहता था, पर आचार्य बोले जा रहे थे, एक दिन मृदुला के ससुर आए थे। तुमसे अपनी बेटी के ब्याह के लिए, चाहते थे कि मैं पहल करूँ, उनका कहना था कि मेरी बात तुम्हारे पिताजी मान लेंगे। लेकिन बिना तुमसे मिले इस बारे में कोई भी कदम उठाना मैंने कतई उचित नहीं समझा।

श्रीकान्त को मौका मिला—बाबू ने पत्र में लिखा था कि यदि आप अनुमति दें तो कुछ दिनों के लिए मैं बहिना को गाँव पहुँचा आऊँ?

—हाँ, यह बात मेरे सामने भी आई थी। लेकिन, इसमें मेरा जोर नहीं चलता, तुम्हारी बहिना की सास ही करने-धरने वाली हैं। मैं तो यहाँ विद्यालय में हूँ, उन्हें वहाँ अकेली रहना पड़ता है। इस उम्र का अकेलापन कुछ अधिक कष्टदायक हो जाता है। मैं तो बाहर रहता हूँ मन बहल जाता है, पर घर के भीतर रहने वाली औरतों का मन कैसे बहले? वह भी अकेले। पिछले वर्षों से जो साथ रहने की आदत हो गई, तो वे पूरी तरह तुम्हारी बहिना पर ही निर्भर हो गई हैं। रात को इधर रतौंधी होने लगी है, दीखता नहीं, बीच-बीच में मुझे लखनऊ भी जाना पड़ने लगा है। ऐसी अवस्था में, उनको अकेली रहना, कैसा होगा? हाँ, तुम्हारी बहिना की इच्छा हो तो महीने-पन्द्रह दिनों के लिए उसकी सास से पूछकर ले जा सकते हो। क्योंकि

आजकल मृदुला है, रसोई-पानी का काम चल जाएगा? किन्तु यदि वे नहीं चाहेंगी तो मेरा कोई वश नहीं चलेगा। छुट्टी कितने दिनों की है?

—सात-आठ दिनों की।

—अच्छा, किन्तु कोई विभागीय अवरोध या कठिनाई हो तो बताना, संकोच मत करना।

6

क्रीन्स कॉलेज से इंटर करते समय पहले छह महीने, लालघाट के इसी मकान में बहिना के साथ रहना हुआ था। शायद तख्त भी वही है जिस पर जया सो रही है। बाद में वह हॉस्टल चला गया था, उस समय से ही भोजन की जो गन्ध मन में बसी है, आज भी वैसी ही है। इस टीन वाला छाजन के चौके में बैठते ही अनायास भूख लग आती है। आज बहुत कुछ बदल गया है, जिन्दगी कहाँ से कहाँ पहुँच गई है। बहिना के विधवा हो जाने के बाद से घर में एक अजीब सा सूनापन छा गया है। सन्तानहीन आचार्य ने अपने सबसे छोटे भतीजे को गोद लिया था। बड़ी आस से, वंश चलाने के लिए—किन्तु वह आस भी टूट गई। बहिना विधवा हो गई। प्रधानाचार्य की अच्छी आय थी। पुस्तकों से रॉयल्टी, वेतन और अलग से सेठ से प्रतिमास प्राप्त होने वाला धर्मार्थ अनुदान। वैसा ही सुगन्धित भोजन परसकर बहिना ने श्रीकान्त के आगे रख दिया। दाल-भात, रोटी-सब्जी और आम को रेतकर चीनी में पकाया हुआ उसका खटमिट्ठा अचार।

श्रीकान्त दीवार से सटकर वहाँ बैठा था जहाँ से दाहिनी ओर बड़े हॉल के फाटक से तख्त पर सोई हुई जया दिख रही थी।

सास, पति की थाली में बैठ गईं और जब मृदुला के लिए थाली परसी जाने लगी तो उसने रोक दिया, भौजी मैं बाद में खाऊँगी, अभी भूख नहीं है।

—थोड़ा सा ही समय से खा ले? बहिना की सास ने आग्रह किया।

—नहीं चाची, अभी बिलकुल भूख नहीं है। मृदुला चाची से पंखा ले श्रीकान्त के आगे बैठ गई। और बहिना, दूसरी थाली में परस खुद खाने लगी।

मृदुला पंखा झलने लगी, नीची नजरें किए हुए, पलथी मारकर बैठा हुआ श्रीकान्त चुपचाप खाने लगा। बीच-बीच में वह जया की ओर कभी-कभी देख लेता। दूसरी रोटी का पहला कौर तोड़ा ही था कि जया जग गई और उसने तख्त पर बैठे हुए ही धीमे से पुकारा—पिताजी?

—आ जाओ, आ जाओ, यहाँ आ जाओ! श्रीकान्त ने खाना रोककर हॉल की ओर देखा। विस्मय में भरी हुई मृदुला कभी श्रीकान्त को तो कभी हॉल की ओर ताकने लगी तो जया की दूसरी पुकार सुन पड़ी, पिताजी!

—आ जाओ भाई! श्रीकान्त फिर बोला। और जया के आने की प्रतीक्षा करता रहा। जया नहीं आई तो श्रीकान्त ने मृदुला से कहा—उसे उठा लाओगी?

धरती पर ताड़ का पंखा रखकर, जया को उतारने के लिए मृदुला हॉल की ओर लपकी। पास पहुँच अनायास ठिठक गई। मृदुला और जया एक-दूसरे को अपलक गौर से देखने लगीं, जया धीरे से बोली, पिताजी कहाँ हैं? वह सहसा खड़ी हो गई। मृदुला ने उसे एक बार कमर से नीचे तक निहारा और एक अजीब से सम्मोहन से भर गई। उसने अनायास जया को गोद में उठा बाँहों में समेट लिया, जैसे भागीरथी उफनकर कछार में छोड़े हुए अपने जल से जा मिले, जया को चूमती हुई बोली—पिताजी खा रहे हैं?

—मौसी मुझे अपने घर ले चलोगी? तुम्हारा घर कहाँ है?

—हाँ, ले चलूँगी, आओ अभी बताती हूँ कि मेरा घर कहाँ है? वह जया को गोद में लेकर श्रीकान्त के पास जा बोली—तुम्हारी बेटी पूछ रही है कि मेरा घर कहाँ है?

—नहीं, अभी तो पिताजी के लिए व्याकुल है।

—तो लाओ। जया को गोद में लेने के लिए उसने दोनों हाथ बढ़ा दिए, पर मृदुला ने जया को दिया नहीं, उसे वह अपनी ही गोद में लिये हुए ही बैठ गई। तुम खाओ, इन्हें मैं खिलाती हूँ।

—लाओ मुझे दो, दूसरे के हाथ से ये खाती ही नहीं।

—अरे बाप रे! बाप की ही गोद प्यारी है? मृदुला ने थोड़ा हल्के ढंग से पूछा।

—जया को अपनी जाँघ पर बिठा, रोटी का टुकड़ा दाल के साथ जया के मुँह में डालते हुए श्रीकान्त बोला—तुम खुद इनसे पूछो।

मृदुला का मन थोड़ा बदला, हल्का-सा विनोद भर आया। पंखा झलता हुआ हाथ सहसा रुक गया। वह कभी जया को, कभी श्रीकान्त को देखती हुई बोली—तुम्हारे पिताजी इंजीनियर हैं?

—और क्या! मेरे पिताजी, नदी पर बाँध बनवाते हैं, वहाँ ढेर सारे मजदूर काम करते हैं।

—तुम कहाँ रहती हो?

—जंगल में!

—लेकिन तुम्हारी अम्मा कहाँ हैं?

—मेरी अम्मा मेले में खो गई है, लेकिन पिताजी कह रहे थे कि अब हम लोग उन्हें ढूँढ़ लेंगे। मृदुला पलभर खामोश हो गई। श्रीकान्त ने बेटी के मुँह में कौर डाला। जया मुँह चलाने लगी। थाली में दाल-तरकारी खत्म हो गई थी। मृदुला चौके में रखे भोजन के पास जा बोली—चाची कुछ लोगी?

—नहीं, मुझे कुछ नहीं चाहिए, श्रीकान्त की थाली देखो। तब वह भौजाई से बोली, और तुम भौजी।

भौजाई ने भी हाथ के इशारे से मना कर दिया तो कटोरी में दाल और तश्तरी में तरकारी निकाल मृदुला श्रीकान्त की ओर ले चली। तब तक रोटी भी खत्म हो गई थी। अरे बाप रे! दाल-सब्जी दे, मृदुला फौरन पलटी और चार रोटियाँ श्रीकान्त की थाली में डाल दी, तो श्रीकान्त बोला, जरूरत दो की थी डाल दी चार। नुकसान ही तो होंगी!

—बाप-बेटी मिलकर दो रोटी नहीं खा सकते? मृदुला फिर पंखा झलने लगी। अन्तर्मन में डूबी मृदुला की आँखें बेटी-बाप के चेहरों पर टिकी हुई थीं।

—थोड़ा जल भी दो।

तब ध्यान टूटा। भीतर से वह लज्जित-सी हुई। फुर्ती से उठ पीतल के साफ चमचमाते बड़े गगरे में रखा हुआ जल लोटे में ढालने लगी तो चाची ने टोका, लेकिन यह तो गंगाजल है।

—हाँ, हाँ, ले आओ, यही तो चाहता था, वहाँ कहाँ नसीब होता है गंगाजल। हम लोग तो देखने को तरस जाते हैं। अपने इस अनायास भीतरी बिखराव का कारण न समझ पाने से, परेशान मृदुला, पानी परसने तक, भीतर से कुछ सँभल गई थी, लेकिन जितनी बार वह जया को देखती थी, भीतर से टूटती जाती थी। मन की इसी परेशानी को, व्यग्रता को, अपनी नसों की फड़कन को, वह दबा नहीं पाई तो उसने जया को अपनी गोद में ले लिया।

—आओ, तुम मेरी गोद में बैठ के खाओ?

अनायास जया, मृदुला की गोद में बैठ गई। कनपटी मृदुला की छाती पर टेक के आँख मूँद ली। मृदुला, जया के सिर पर हाथ फेरती रही। भीतर से शान्ति और अजीब तरह का सुख पाती रही, खौलते हुए उफनकर गिरने वाले दूध में जैसे कोई शीतल जल के छींटे डाल दे। मृदुला की खौलती हुई विद्रोह के कगार पर आ खड़ी हुई आन्तरिक व्यथा के साथ भी कुछ वैसा ही हुआ। वह जया के मुँह, हाथ-पैरों की बनावट को जैसे आँखों से पी जाना चाहती है। बार-बार मृदुला उसे अपनी बाँहों में भींच लेती थी। हल्के से दबाव से कस लेती थी, इसे श्रीकान्त ने देखा-समझा-महसूस किया।

श्रीकान्त ने रोटी का कौर जया की ओर बढ़ाया जिसे मृदुला ने अपने हाथ में ले जया के मुँह की ओर बढ़ाया। अपने मुँह के आगे मृदुला की बढ़ी हुई कलाई, अपने बाएँ हाथ से रोककर जया ने आँखें मृदुला की ओर ऊपर उठा के पूछा—मौसी तुम्हारा घर कितनी दूर है?

—थोड़ी दूर।

तब जया बाप की ओर घूमकर बोली—पिताजी, मौसी के घर चलोगे?

—अगर मौसी ले चलेगी तो चलेंगे!

—हम लोगों को अपने घर ले चलोगी मौसी?

—हाँ, ले चलेंगे!

—मैं खा चुका। श्रीकान्त ने अपना हाथ धोकर, जया का हाथ-मुँह धोने के लिए हाथ बढ़ाया तो मृदुला ने कहा, तुम उठो, इसका हाथ-मुँह मैं धो देती हूँ।

अपना हाथ-मुँह धोकर श्रीकान्त खड़ा हो मृदुला द्वारा जया का हाथ-मुँह धोया जाना देखता रहा। जैसे ही मृदुला ने जया का हाथ-मुँह धो दिया, श्रीकान्त ने अपने कन्धे पर की तौलिया उसकी ओर बढ़ाया पर मृदुला ने अपने आँचल से जया का गीला हाथ-मुँह पोंछ एक बार उसकी आँखों में ताका, फिर कसकर जया के होंठ चूम लिए। खड़ी जया को अपनी दोनों बाँहों में भरकर गोद में उठा लिया।

श्रीकान्त चुपचाप, हॉल की ओर बढ़ गया। उसके पीछे आई बहिना की सास, बहिना और जया को गोद में चिपकाए हुए मृदुला।

श्रीकान्त उसी तख्त पर बैठ गया। सामने की छोटी खाट पर बहिना की सास बैठती हुई बोलीं—कैसा बाप था जो ऐसी बेटी को छोड़कर साधू हो गया?

—मर्द को बाँधने वाली औरत होती है अम्मा जी, माँ ही ऐसी फूल-सी राजकुमारी तज गई तो बाप किस आसरे रहे? आपने तो इतनी लम्बी दुनिया देखी है। श्रीकान्त ने तुरन्त उत्तर दिया और मृदुला जया को गोद में लेकर उसी खाट पर बैठी, इस प्रश्न-उत्तर का अर्थ समझने की कोशिश करती हुई बोली—इसके क्या मतलब?

—इतनी देर के बाद भी तुम्हारी समझ में यह छोटी-सी बात नहीं आई? इसमें गूढ़ बात क्या है? कहते-कहते सहसा श्रीकान्त रुक गया।

सास बीच में ही बोल पड़ीं, श्रीकान्त कहते हैं कि जया को जन्म देने के कुछ दिनों बाद ही इसकी माँ कहीं चली गई—और बाप भी वियोग में साधू हो गया। समर्थन के लिए मृदुला ने श्रीकान्त की ओर देखा, साधू हो गए राजा भरथरी की तरह यह एक और कथा है, लेकिन छोड़ो इन बातों में क्या रखा है? तुम्हीं से बहुत दिनों पर भेंट हुई है, तुम्हारा हालचाल कैसा है, यह तो मैंने तुमसे कुछ पूछा ही नहीं। कभी सुना था कि तुम भी इसी शहर में हो, कहाँ, किस मुहल्ले में रहती हो, कैसी हो?

मृदुला चुप रही, तो अम्मा जी बोलीं—यह सब न पूछो तभी अच्छा है श्रीकान्त, तुम्हारे बाप ने तो पंडित जी तक की बात नहीं रखी।

—लेकिन कमी किस बात की है, इनके पति भी तो दारोगा हैं!

—दारोगा होने से क्या हुआ। जिन्दगी नरक कर डाली है उस हरामी ने, नीचों की हालत, रोज-रोज मारपीट। इससे तो अच्छा होता कि किसी भिखारी से मृदुला का ब्याह हुआ होता। दिन भर भीख माँगने के बाद कम-से-कम शाम को तो दोनों एक साथ, सुख-दुख बाँटते, लेकिन, अपने भाग्य को क्या कहा जाए। इसे आए दो महीने हो गए, एक बार भी खोज-खबर नहीं ली। राम जाने आगे क्या हो?

—यह सब तो मुझे पहली बार समाचार की तरह सुनने को मिल रहा है।

—लेकिन ऐसा किस कारण?

—क्या कहा जाए बेटा, अभी हाल में एक औरत के पीछे हरामी चार महीने मुअत्तल रहा। बाहर लड़ाई, भीतर लड़ाई। पंडित जी के मारे सब मामला दबा हुआ है, नहीं तो अब तक नौकरी से भी निकाल बाहर होता। दो जगहों से बदली होकर इस नए थाने भेलूपुरा में आया है। यहाँ भी झगड़ा-फसाद, आए दिन बेनाम की चिट्ठियाँ आ रही हैं कि या तो तुम बदली कराके इस थाने से चले जाओ, नहीं तो किसी दिन तुम्हारी गर्दन कट जाएगी। कट जाती तो सब्र हो जाता। ठहरे हम लोग बड़े घर के, नहीं तो, मैं तो कहती हूँ कि इसका फिर से ब्याह कर दो। अच्छे हैं वे लोग, जो न पटने पर छोड़-छाड़ के दूसरा ब्याह कर लेते हैं। मृदुला की आँखों से आँसू टपकने लगे, और जब जया के सिर पर दो-चार बूँदें टप-टप गिरीं तो जया ने ऊपर आँखें उठा मृदुला की ओर देखा और खाट पर उसकी गोद में खड़ी हो बोली—अरे, तुम रो रही हो? वह मृदुला के आँचल से उसकी आँखें पोंछने लगी। मृदुला से कोई जवाब न पा उसने सामने मोढ़े पर बैठी बुआ से पूछा—बुआ जी ये रो क्यों रही हैं?

—तुम मेरे पास भी तो आओ। बहिना ने हाथ के इशारे से बुलाया। तब बाप की ओर ताक के बोली—पिताजी ये रो क्यों रही हैं?

—उन्हीं से फिर पूछो बेटी? जया ने, मृदुला के गाल पर हाथ रख के दबाते हुए पूछा—मौसी तुम क्यों रो रही हो? मृदुला ने अपनी दोनों आँखें पोंछ ली, और जया को गोद में लिये हुए ही स्नानघर की ओर चली गई—वहाँ, टब से पानी निकाल हाथ-मुँह धोया फिर जया को गोद में उठा वहीं खड़ी हो एकदम एकान्त में बार-बार उसके होंठ और मुँह चूमती रही। बार-बार उसे अपने अंग में दाबती रही। ललाट और माथे के बाल सहलाती रही और जया, इस ममता-स्नेह, इस अप्रतिम दुलार का अवर्चनीय सुख भोगती रही, जीवन में पहली बार इस ममत्व के सागर में आकंठ डूबती रही।

जया को गोद में लिये हुए जब वह वापस कमरे की ओर चलने लगी तो बरामदे में बहिना की सास मिल गई—कहाँ चाची?

—मैं जा रही हूँ थोड़ा लेटने, तुम लोग बातें करो! मृदुला हॉल में आ गई—सास के चले जाने के बाद, बहिना खाट पर आराम से बैठ गई थी। उसी की बगल में मृदुला, जया को गोद में लिये हुए ही बैठ गई।

—आज तुम खाने के बाद सोओगी नहीं? श्रीकान्त ने जया से पूछा।

—नहीं।

—कितने दिनों की छुट्टी लेकर आया है? बहिना बोली।

—छुट्टी तो दस दिनों की ली है बहिना।

—जंगल में खाने-पीने का इन्तजाम क्या है?

—एक महाराज है, वही बनाता है।

—वहाँ, बाघ-चीते नहीं होते?

—होते हैं, पर दूर रहते हैं सैकड़ों लोगों की बस्ती है, पचीसों क्वार्टर हैं, बिजली की मशीनें हैं, हजारों आदमी वहाँ काम करते हैं, रात में दिन हुआ रहता है। डर-भय की बात थोड़े है। सहसा बहिना को कुछ याद आया। वह उठकर जाने लगी तो श्रीकान्त ने पूछा—कहाँ जा रही हो?

—जरा सास की कमर दबा दूँ, आजकल उनकी कमर में दर्द हैं वैद्य का दिया हुआ तेल मलना पड़ता है, तुम लोग तब तक बातें करो।

—मैं भी चलूँ भौजी? बहिना चलते-चलते ठहर गई। नदी-नाव संयोगे बबुनी, अब इससे अधिक मेरे वश में क्या है?

—निझा गए आम के पेड़ पर से भी कभी-कभी पका हुआ आम टपक पड़ता है भौजी। पपीहे की हर रटन पर स्वाति की बूँद नहीं मिलती छोटकी बबुनी, भगवान हाथ पकड़कर दूसरी नाव में बिठा दिया तो अब कुछ भी दूसरा सोचना घातक ही तो होगा, कौन जाने यह उस जनम की कमाई थी, या इसी जनम में किसी का हरा-भरा खेत काटा था जिसका फल सामने आगे रख दिया।

—कारण में जो कुछ भी रहा हो भौजी, लेकिन इतना कहे बगैर भी तो नहीं रहा जाता कि हे राम! सबको हँसने-बोलने की उम्र दी, मौका दिया, लेकिन ऐसा कौन-सा अपराध मुझसे हो गया, जो सब कुछ आँखों को दिखाकर, दूर खींच ले गए, खींचते चले गए, सजा देनी ही थी, आगे की चीज खींच ही लेनी थी तो ऐसी देह क्यों दी? ऐसे नयन क्यों दिया, उसमें ऐसा कोमल मन क्यों दिया? तड़पा-तड़पा कर मारने से तो कहीं अच्छा है कि एक बार में ही मौत दे दो। पतंगे को सूई चुभो-चुभो कर मारने से तो कहीं अच्छा है कि उसे आग में ही झोंक दिया जाए।

—यह अपने स्वार्थ की बात है छोटकी बबुनी—लेकिन यह भोग-भोगाव न रहे तो सुख की महत्ता जानेगा कौन, राम याद आएँगे कैसे?

—यह तुम ठीक कहती हो भौजी, मृदुला ने एक लम्बी साँस खींचकर कहा।

—इतना ही सब कुछ नहीं है छोटकी बबुनी, इसके अलावा कुछ और है जिसका जानना भी हमारे लिए जरूरी है...। न समझ पा सकने के कारण मृदुला भौजाई का मुँह ताकती रही तो भौजाई फिर बोली—हम सदा अपने बारे में ही सोचते हैं, दूसरे के बारे में कहाँ सोचते हैं? मेरा मुँह क्या देखती हो छोटकी बबुनी मेरे भाई का मुँह देखो, जिसे सब कुछ सुलभ है, राम ने ऐसी सुन्दर-सलोनी देह, रूप, गुन और धन दिया बाप की कमाई, महल-अटारी दी लेकिन सब कुछ तजकर, जंगल में धूनी रमाए हुए है। इसे कौन समझाए छोटकी बबुनी, इस दुर्घटना के पहले बाबू तीन-चार बार वहाँ आ चुके, इसी तख्त पर बैठ के अम्मा जी के आगे आँखों से धार बहा के रोए थे कि आगे क्या होगा? और कल की कड़ी का है कि बेटे को क्या हो गया, मेरी सम्पदा और कुल की कड़ी का क्या

होगा? बेटे ने तो भरी जवानी में धूनी रमा ली, जंगल की राह पकड़ी, अब मैं क्या करूँ? कहाँ जाऊँ? तुम लोगों को लेकर मैं भी अपने को थोड़ा दोषी मानती हूँ। पर तुम लोगों का मन रखने के लिए, जितना मेरे वश में था, मैंने किया। मैंने ससुर को भेजा, पर बाबू को क्या कहूँ कि पीठ पर हाथ ही नहीं धरने दिया। बाबू मान गए होते, बात बन जाती, लेकिन तुम लोगों की आपसी बातों को बाबू भी क्या जानते थे? उनका भी क्या दोष, तुम्हारे बाप ने भी मेरे ब्याह में उन्हें दुह लिया था, उस कमी को पूरा करने के लिए, बाप ने अपने बेटे को देख सन्तोष किया...। अच्छा तुम लोग बतिया लो।

कमरे में आग धधकाकर बहिना चली गई। जिसकी प्रखर आँच में मृदुला और श्रीकान्त तपने लगे। भौजाई के जाते ही मृदुला ने श्रीकान्त से पहला सवाल जया के बारे में पूछा—ये कौन है?

इस बार श्रीकान्त ने मृदुला को गौर से देखते हुए कहा—ये एक ऐसी औरत की बेटी है जिसकी माँ, इसे पैदा करके छोड़ के गई थी?

—और बाप?

—बाप।...एक लम्बी साँस खींचकर मृदुला की आँखों में ताकते हुए श्रीकान्त बोला—बाप तो अब मैं ही हूँ! जया मृदुला की गोद में ही सो गई थी मुँह पर मक्खियाँ लगने से बचाने को मृदुला ने उसे अपने आँचल से ढक लिया था।

जैसे कुछ सोचती हुई मृदुला बोली—तुम्हें यह कैसे मिली?

—यह सब जानने में क्या रखा है मृदुला, मेरी किस्मत में थी, मिल गई?

—पर मिली कहाँ?

—जहाँ इसकी माँ, इसे छोड़ गई थी। मृदुला फिर खामोश हो गई...तुम ये क्यों नहीं कहते कि इसकी माँ मर गई?

—जब जानता हूँ कि वह मरी नहीं तो झूठ कैसे बोलूँ? जया तो कहती है कि वह मेले में खो गई है।

—जया अपने मन से तो कहती न होगी, तुमने इसे जो बताया वह दूसरों को बताती होगी?

—और क्या?

—ऐसे कब तक चलेगा?

—जब तक चला सकूँगा।

—ब्याह क्यों नहीं कर लेते?

—वह तो करना ही होगा—समय से वह भी होगा।

—वह समय कब आएगा?

—यही तो नहीं जानता?

—तुम्हें जानना चाहिए।

—इस तरह से समझने वाली भी तो कोई पास नहीं। कौन जाने वह जगह भरेगी भी या नहीं। जो चीज अपने वश से निकल गई उसके लिए अब क्या करूँ मृदुला। तब भी वश नहीं था, अब तो और भी नहीं। अब तो अपने लिए नहीं, इसके लिए चिन्तित हूँ!

मृदुला को लगा उसे चक्कर आ जाएगा। थोड़ी देर में सँभलकर उसने पलकें खोली। कुछ देर अतीत को देखती हुई धीरे-धीरे कहने लगी—एक दिन था, जब सभी कुछ छोड़-छाड़ कर मैं तुम्हारे साथ चलने को तैयार थी, लेकिन वैसा हो नहीं पाया।

मृदुला के चुप होते ही, कमरे की खामोशी और भी गहरी हो गई, दीवार से पीठ टेकते हुए श्रीकान्त रुक-रुक कर, एक-एक शब्द धीरे-धीरे कहने लगा—हाँ, आज की मेरी तनहाई उसकी बेबसी और इस देह-मन की पीड़ा और कभी-कभी भीतर जब एक अजीब तरह की होने वाली छटपटाहट होती है तो लगता है, पढ़ाई-लिखाई सब कुछ छोड़-छाड़ के, तुम्हारी इच्छानुसार तुम्हें लेकर कहीं निकल गया होता तो कहीं अच्छा हुआ होता। कम-से-कम, तुम तो सामने रहतीं, सब कुछ हम लोग मिल-बाँटकरभोग लेते। अकेले, ये सब अब सहा नहीं जाता। सोई जया का सिर सहलाते हुए श्रीकान्त बोला—तुम्हें लेकर मेरे भीतर जो एक आग सुलगती रहती है, उसमें अनायास कभी-कभी घी ही पड़ जाता है। लेकिन मेरी इस कथा को सुनने वाला है कौन? ये सब मैं किससे कहूँ? अब तो तुमसे भी यह सब कहना, अनुचित ही है।

—तुम्हारी आँखों में वह काम तब भी अनुचित था, आज तो शायद और भी अनुचित लग रहा है, क्योंकि तुम्हारी और समाज की नजरों में मैं ब्याहता हूँ, लेकिन मेरे लिए जो स्थिति तब थी उससे भी खराब अब है। उस रात तुम्हें जिस निगाह से एक बार देख लिया उसमें कोई बदलाव नहीं आया है, तुम हर समय, मुझे वैसे ही याद आते हो। हाँ, इस नरक की जिन्दगी से मैं मुक्ति पाना चाहती हूँ, लेकिन मुक्ति पाकर भी कहाँ जाऊँगी। इस जूठी औरत को कौन पूछेगा?

—अब उसका सवाल ही कहाँ उठता है मृदुला? अपनी आँखें पैनी करके श्रीकान्त ने मृदुला के चेहरे पर जमा दी। एकटक, कुछ देर देखते हुए बोला—सुनो मृदुला, धरती कभी जूठी नहीं होती, वह बार-बार जोती और बोई जाती है, और हर बार पूजी भी जाती है और मन पर कानून का कोई बन्धन नहीं होता। लेकिन छोड़ो, जो किसी भी तरह से सम्भव नहीं है, उसकी बातें ही हम क्यों करें। तुम्हें अपनी जिन्दगी में रचना-बसना चाहिए, मर्यादा और परम्परा को कायम रखने के लिए हर किसी को बहुत बड़ी कीमत चुकानी पड़ती है मृदुला, ये क्यों भूलती हो। जो अब व्यावहारिक है बातें उसकी करो।

मृदुला चुप लगा, जया पर निगाहें टिका बोली, लेकिन मुझे लगता है कि तुम मुझसे कुछ छिपा रहे हो?

—अब मेरे पास तुमसे छिपाने को रहा क्या? एक बार जिसे मन में बिठा लिया उसके साथ किसी भी प्रकार का छल, या दुराव कोई नहीं करता मृदुला। हाँ, यदि कुछ है तो अपनी चूक का पछतावा, उसकी पीड़ा, उसे बार-बार सुनकर क्या तुम्हें खुशी होती है?

—खुशी! मृदुला जैसे झुलसती हुई बोली—खुशी तो मेरे पास से कपूर की तरह उड़ गई श्रीकान्त। कभी-कभी अकेले में बैठकर तुम्हारी याद आती है तो सोचने लगती हूँ कि ऐसा न होकर, वैसा हुआ होता, तब कैसा होता? आज मैं क्या होती? अब क्या होना है, जो होना था सो तो हो गया, लेकिन तुम्हारी याद ही मेरे जैसे डूबते को तिनके का सहारा बन जाती है। अब इस लड़की को देखकर मेरा मन अस्थिर हो गया है, मेरे भीतर नए सिरे से एक छटपटाहट भर गई है। यह लड़की कौन है तुम बताते क्यों नहीं हो?

—बताया तो? श्रीकान्त बोला।

—उससे मेरा मन नहीं भरा?

—तुम्हारा मन भरने के लिए मैं क्या करूँ?

—तुम कहो कि...।

तभी द्वार पर थाप पड़ी। श्रीकान्त ने बढ़कर द्वार खोला-पाठशाला से एक विद्यार्थी आया था, श्रीकान्त जी आप ही हैं?

—हाँ कहिए।

—बड़े गुरुजी (आचार्य जी) पाठशाला में आपको बुला रहे हैं।

—अभी!

—हाँ, मेरे साथ चलिए।

श्रीकान्त ने मृदुला की ओर देखा तो वह बोली, जाओ, चाचा से भेंट तो कर आओ कि क्यों बुला रहे हैं।

कपड़े पहन, चलते समय श्रीकान्त बोला—अटैची में जया के ओढ़ने वाली जाली है, ओढ़ा देना, नहीं तो जग जाएगी।

श्रीकान्त की बातें सुनकर मृदुला चुपचाप जया का मुँह देखती रह गई। वह जब सीढ़ियाँ उतर गया तो भीतर से द्वार बन्द कर जया को अपनी गोद में कर, एक बार प्यार से चूम के, उसी खाट पर बैठ गई।

7

श्रीकान्त पाठशाला में बड़े गुरुजी से मिलने गया। फूल, अगरबत्ती और चन्दन की भीनी गन्ध कमरे में भर रही थी। सफेद मोजाइक वाली फर्श चमक रही थी, भागीरथी की ओर खुलने वाली जाली लगी दोनों आदमकद खिड़कियों से

छनकर आने वाली बयार, देह–मन को लहरा रही थी। गंगा का पावन प्रवाह सामने था। पार उसके कछार, जंगल और रामनगर था। पलथी मारे, एक पाँव पर दूसरा चढ़ाए तनकर बैठे हुए संस्कृत महाविद्यालय के प्रधानाचार्य (बड़े गुरुजी) गंगा की ओर ताकते हुए जैसे किसी चिन्तन में लीन थे। श्रीकान्त के कमरे में दाखिल होते ही, ध्यान भंग हुआ और फर्श पर बिछी चटाई पर बैठते हुए श्रीकान्त को उन्होंने रोका, नहीं–नहीं, आओ चौकी पर बैठो, ऊपर। कुछ सलाह की बातें करनी हैं। पलड़ों को मिला दो।

आज्ञानुसार, श्रीकान्त चौकी पर बैठ गया तो आचार्य बोले—उपयुक्त अवसर पर आए हो, मृदुला के पति दीनानाथ के कारण हम लोग अत्यन्त परेशान हैं।

—क्यों?

—दीनानाथ आजकल यहीं भेलूपुरा थाने में है, चारित्रिक दोष उसमें इतने हैं कि मृदुला का जीवन नरक हो गया है। अक्सर वह भागकर यहाँ आ जाती है। मदिरापान, परस्त्रीगामी और दिन–रात, चाल–फरेब में व्यस्त रहने वाला दीनानाथ, न तो खुद शान्त रहता है और न मृदुला को शान्त रहने देता है। कभी–कभी तो मृदुला दो–दो माह यहीं रह जाती है, जाए भी कहाँ? किन्तु इन बातों से ऊबकर यदि किसी दिन कुछ कर बैठी तब तो एक नई विपदा खड़ी हो जाएगी।

—तो आप चाहते क्या हैं?

—वही बताने के लिए मैंने तुम्हें बुलाया है। भेलूपुरा थाना के किसी दबंग व्यक्ति से वह उलझ गया है, पुलिस की दृष्टि में वह एक असामाजिक व्यक्ति है। किन्तु, पुलिस भी उसकी ओर से आँखें मूँदे रहती है। क्योंकि पुलिस को उससे आमदनी है। समझ में यही नहीं आता कि दीनानाथ ने उससे खुला बैर क्यों मोल लिया? पता नहीं कैसे, उस आदमी को यह मालूम हो गया कि मैं दीनानाथ का सम्बन्धी हूँ। एक साँझ वह मेरे पास आकर कहने लगा कि आप दीनानाथ को समझा दें, अन्यथा हम लोगों को कुछ भी करते देर नहीं लगती। मुझे मालूम है कि उसे अब यहाँ से जाना है। इसी से थोड़ी खामोशी अख्तियार कर ली है। लेकिन, दारोगा जी बेहद परेशान कर रहे हैं। फिर भी आपके समझाने से यदि वे समझ जाते हैं तो ठीक है, नहीं तो वे जानें उनका काम जाने। सुना है, वे आपके दामाद हैं—तो आपकी बेटी, इस बनारस की बेटी है, यही लिहाज मन को रोकता है वर्ना...अब क्या कहूँ पंडित जी...।

मैंने दीनानाथ को एक दिन बुलवाकर सारी बातें समझा दी लेकिन वह अपने पद के कारण, ऐसी जिद और घमंड में भरा हुआ है कि वह किसी का कुछ सुनता नहीं, और सदा अपने मन की करता है...। आचार्य पल भर को चुप लगा, गंगा के पार कछार की ओर देखने लगे। श्रीकान्त चुपचाप उन्हें आगे सुनने के लिए उनकी ओर ताकता रहा। थोड़ी देर के बाद बोले—फिलहाल मैं चाहता था कि उसका

स्थानान्तरण किसी देहात के हलके में कर दिया जाए। देहात में इस तरह के गुंडे होते भी नहीं और वहाँ अभी पुलिस का दबदबा है। यहाँ के एस.एस.पी. से तुम्हारी अच्छी पहचान है। मैं चाहता था कि तुम उनसे मिलकर यह काम करा लेते। मैं इस छोटे से काम के लिए उसके पास जाना नहीं चाहता। टेलीफोन से ऐसी बातें की नहीं जातीं। तुम्हें कोई आपत्ति तो न होगी?

—मुझे आपत्ति क्यों होगी? मैं अभी चला जाता हूँ—पर मृदुला की समस्या का स्थायी हल भी आपको निकालना होगा।

—हाँ, तुम जाओ और लौटकर आओ तो इस विषय पर मैं तुमसे सलाह करना चाहता हूँ। किसी अन्य व्यक्ति से कह नहीं पाता। तुम घर के लड़के हो। हम लोग खुल के इस पर बातें करेंगे।

एस.एस.पी. शर्मा से मिलने जाने की अपनी स्वीकृति दे श्रीकान्त पाठशाला के बाहर जैसे ही आया कि सामने वाले मकान की लल्ली बुआ दिख गईं। देह पर बगुले की सी सफेद साड़ी अब भी जँच रही थी। बहुत दिनों बाद देखा-देखी हुई थी—शरीर से कुछ मोटी हो गई थीं, पर चाल में अभी भी वैसी ही तेजी थी। बाप को कोई सन्तान न थी, इसलिए बेटी का ब्याह कर, दामाद को घर-जमाई बना लिया था। किन्तु बुआ को भी कोई सन्तान नहीं हुई। इसीलिए, स्वतंत्र रूप से दिन भर, इस घर से उस घर घूमा करती थीं। पति नौकरी भी करते थे, कपड़े-लत्ते के शौकीन, लल्ली बुआ, स्वभाव से मिलनसार और दूसरे की सहायता करने को सदा तत्पर रहती थीं—मुहल्ले के प्राय: सभी घरों में, सुख-दुख में समान रूप से उनका आना-जाना था। आरम्भ से ही वे लल्ली बुआ के नाम से प्रसिद्ध हो गईं। और प्राय: प्रत्येक घर से वे समान रूप से आदर-सत्कार पाती थीं। श्रीकान्त को देखते ही ठमक गईं—अरे श्रीकान्त!

झुककर उनके पाँव छूते हुए श्रीकान्त बोला—हाँ बुआ?

आशीष देती हुई बोलीं, बहुत दिनों बाद देख रही हूँ। तुम्हारी बहिना से घाट पर नहाते हुए पता चला कि तू आया है, कैसे रहे? और ब्याह कब करेगा?

—अभी तो जंगल-पहाड़ों के बीच धूल फाँक रहा हूँ बुआ, ब्याह की क्या जल्दी है?

—नहीं-नहीं, ऐसे बात नहीं बनेगी। वक्त किसी के लिए ठहरा नहीं रहता। समय से हर काम हो जाना चाहिए। देर करने से क्या फायदा? कोई लड़की देख-सुन कर ब्याह कर ले।

अच्छा चलो, घर आऊँगी तो विधिवत् बातें करूँगी, अभी एक काम से जा रही हूँ। बुआ को हाथ जोड़—श्रीकान्त आगे, घर की ओर बढ़ गया।

घर आया। देखा, जया को गोद में लिये अपने आँचल से ढककर, मृदुला खाट

पर सो रही है। रक्त का लगाव सहज था। मृदुला की पतली साड़ी के पार से देखा कि उसकी छाती में मुँह सटाए जया गाढ़ी नींद में सो रही है—और मृदुला के मुँह पर एक अजीब सी तृप्ति और शान्ति व्याप रही है। चारपाई की पाटी से सटकर खड़े हो श्रीकान्त, उस सौम्य चेहरे को एकटक देखने लगा। पीछे का अतीत आँखों के आगे घिर आया—देह में एक कँपकँपी-सी होने लगी। खड़ा रहना कठिन होने लगा तो धीरे से वह चारपाई की पाटी पर बैठ गया। उस समय दो बज रहे थे। सहसा उसे कुछ याद आया तो वह मृदुला को निहारते हुए उसकी देह हिलाकर बोला, सुनती हो, मैं दो-तीन घंटों के लिए बाहर जा रहा हूँ। मृदुला उठने लगी तो उसका कन्धा दबाते हुए श्रीकान्त बोला, तुम लेटी रहो—अन्यथा जया जाग जाएगी—फिर मेरा निकलना मुश्किल हो जाएगा।

श्रीकान्त आँगन की ओर बढ़ा, उधर से आती हुई बहिना मिल गई तो बोला—हो सकता है मुझे भोजन करके ही लौटना पड़े—लेकिन तुम दो रोटियाँ रख देना कि जरूरत पड़ने पर खा लूँगा।

श्रीकान्त की बोली सुन जया जग गई, पिताजी! वहीं से बोली।

—हाँ, श्रीकान्त ने उत्तर दिया और बहिना के साथ उस बड़े कमरे में दाखिल हो गया।

—कितने रुपयों में पिताजी को खरीदी हो। बहिना ने जया से सवाल किया।

—दो रुपयों में! जया बोली।

—पाँच मुझसे ले लो और पिताजी को दे दो।

—घूमने चलोगी? श्रीकान्त ने पूछा।

—नहीं, मैं मौसी के पास रहूँगी, तुम जाओ।

—वाह रे मौसी, इतनी जल्दी, ऐसा लगाव!

श्रीकान्त अकेले ही घूमने निकल गया। घूम-फिर के एस.एस.पी. शर्मा से मिलकर जब वह लौटा तो रात्रि के लगभग साढ़े आठ बज रहे थे। ऊपर आया तो देखा, आचार्य चौके में अपनी निश्चित जगह पर बैठकर भोजन कर रहे थे और पत्नी लम्बे बेंट वाला ताड़ का पंखा ले, हल्का सा घूँघट निकाल, आचार्य की थाली में हवा कर रही थी। जूता उतारते समय ही आचार्य ने श्रीकान्त को देख लिया था। चूँकि श्रीकान्त जानता था कि भोजन करते समय आचार्य बोलते नहीं, इसलिए, चौके के आगे की खुली जगह में, एक मचिया पर बैठकर वह सुस्ताने लगा। बहिना और मृदुला उसी खुली जगह में, तुलसी के चबूतरे के पास बैठी हुई थीं। मृदुला की गोद में जया सो रही थी। आचार्य के भोजन करते समय वहाँ का वातावरण एकदम शान्त रहा और श्रीकान्त निरभ्र आकाश में फैली हुई चाँदनी की ओर मुँह उठाए, चुपचाप देखता रहा। लगभग पाँच मिनट के बाद शान्ति भंग हुई, आचार्य ने पूछा, कहो, क्या हुआ?

—हो गया काम, शर्मा जी तो आपको खूब अच्छी तरह जानते हैं, बहुत ही सम्मानपूर्वक आपका स्मरण कर रहे थे। कह रहे थे कि गुरुजी टेलीफोन कर देते तो यह काम हो जाता, इसमें संकोच की बात क्या थी? यूँ कह रहे थे कि दीनानाथ से न तो जनता खुश है, न उसके मातहत सिपाही और न अफसर। जहाँ सूई से काम चल सकता है, वहाँ वह तलवार का प्रयोग करने लगता है। आजकल जनता को नाराज करके कोई भी पुलिस का अफसर चल नहीं सकता। मैं हफ्ते भर के भीतर ही उसका स्थानान्तरण किसी देहात के थाने पर कर दूँगा। पर वहाँ भी वह चैन से रह पाए तब न, वह अपनी आदत से लाचार है।

—हाँ, यही तो परेशानी है और यह सारी परेशानी मृदुला के कारण है। ऐसे दुष्ट व्यक्ति से इस लड़की का ब्याह हो गया है कि इसकी जिन्दगी नरक हो गई है, आचार्य चुप लगा जैसे कुछ सोचने लगे।

—और इस नारकीय जीवन का अन्त होने का भी कोई आसार नहीं दिखता। श्रीकान्त गम्भीर स्वर में ही कहने लगा, इसमें उत्तरोत्तर वृद्धि ही हो सकती है।

—हो रही है, तुम ठीक सोचते हो, मुझे तो कोई उपाय ही नहीं सूझता। पति-पत्नी का सम्बन्ध टूट भी नहीं सकता। काठ की हाँड़ी आग पर दुबारा चढ़ भी तो नहीं सकती? पलभर चुप लगा श्रीकान्त बोला—फिलहाल जिस आग पर जाने से वह जल के राख होना चाहती है, उससे तो बचाइए।

—अब क्या हो सकता है? आचार्य बोले।

—होने को तो क्या नहीं हो सकता? आप तो उस सरकार के सदस्य हैं जिसने ऐसे ही संकट में पड़े हुए व्यक्तियों को उबारने के लिए, कानूनी बचाव की भी गुंजाइश कर रखी है।

—तात्पर्य! आचार्य जिज्ञासुभाव से श्रीकान्त की ओर ताकने लगे।

—कि दोनों के बीच तलाक हो जाए। मृदुला के जीवन की रक्षा होगी। वह इस भयावह जानलेवा संकट की स्थिति से उबर जाएगी। जिन्दगी तो कहीं अध्यापिका होकर भी काटी जा सकती है। आप पर भार तो नहीं रहेगी।

आचार्य चुप लगा कुछ सोच लेने के बाद बोले—कानून अपनी जगह पर है, पर सिद्धान्ततः ये बात गलत है। पति-पत्नी के सम्बन्धों का आधार धर्म है, वैसे, व्यावहारिक दृष्टिकोण से वह गलत है।

श्रीकान्त छूटते ही बोला—किन्तु एक धर्म की रक्षा करने की आड़ में कई अधर्म किए जाएँ, क्या यह सिद्धान्ततः गलत नहीं है?

आचार्य कुछ नहीं बोले तो श्रीकान्त फिर कहने लगा—आप लोग काशी के उन पंडितों में से हैं, जो समाज में धर्म परम्परा और आचार संहिता स्थापित करने वाले कहे जाते हैं, किन्तु किसी धर्म का वह अंग यदि मानव मन में काँटे की तरह चुभ-चुभ कर दर्द करे तो उस धर्म में परिवर्तन अपरिहार्य है। मेरी समझ से दूसरी कोई राह नहीं

है। और यह सब कुछ आपके रहते, आसानी से हो जाएगा। बाँध-वन दोनों की रक्षा।

—कलंक का यह टीका मेरे ही माथे लगे?

—ऐसा आप झूठी मर्यादा के कारण कह रहे हैं। यह कार्य आप सब लोगों को अन्ततोगत्वा शान्ति ही देगा। अन्यथा, एक दिन वह घटित हो जाएगा, जो सबको दुखद और असहनीय होगा और आपकी मान-मर्यादा पर भी आँच आएगी। कलंक का टीका वह होगा। आचार्य चुप रहे तो श्रीकान्त फिर कहने लगा—अनुभव में आप बड़े हैं, पर कहाँ-कहाँ और कब तक आप दारोगा का स्थानान्तरण करवाते रहेंगे? अन्ततोगत्वा, मृदुला का कष्ट असाध्य हो जाएगा। सरकार ने यह कानून बनाया है तो ऐसे ही असाध्य रोगियों के रोग को दूर करने के लिए। और उस कार्य को आप कलंक का टीका कहते हैं। परिवार आपका है, मृदुला आपकी है, आपकी भी नहीं, उस दुष्ट दारोगा की है। वह जब जैसे चाहेगा, मृदुला को कष्ट देगा। आप कुछ भी न कर सकेंगे? मेरी समझ में जो आया कहा, करना न करना तो आपको है।

आचार्य उठते हुए बोले—इस पर फिर विचार करेंगे।

उस समय रात के साढ़े नौ बज रहे थे। शुक्ल पक्ष की रात का निरभ्र आसमान, चन्द्रमा काफी ऊपर चढ़ आया था, और चौके के आगे की एक दीवार से चाँदनी फिसलकर पूरी खाली जगह को उजागर कर रही थी। बहिना की सास अधिकतर रात का भोजन इसी खुली जगह में इत्मीनान से करती थीं, बातों का सुख लेते हुए! ससुर के जाते ही, बहिना भंडार घर से चौके में आई और उसके पीछे जया को गोद में लिये मृदुला।

—तुम अभी जगी हो? श्रीकान्त ने जया से पूछा।

उत्तर बहिना ने दिया, इसकी आँखों में नींद कहाँ है, ये तो बार-बार मृदुला का मुँह निहारती रहती है।

—माँ का सुख इसे मिला नहीं। बहिना की सास ने बात पूरी की, तो चलो दुलहिन बाहर आँगन में ही सभी लोगों को परसो।

बहिना ने पाँच पीढ़े गोलाई में रख दिए। उस खुली सुखद शीतल चाँदनी में सभी बैठ गए।

—चाची, तुम लोग खा लो तो मैं बाद में खाऊँगी। मृदुला बोली।

—दुत पगली, कब तक बैठी रहेगी—इत्मीनान से खाना है सभी सामान बीच में ले आके रख दे, घटी-बढ़ी ले लिया जाएगा, सब लोगों को थालियाँ परस दो दुलहिन। श्रीकान्त बनारस में पढ़ते समय जब कभी यहाँ आता था तो हम लोग खाते समय घंटों बतियाते थे। मृदुला, तुमने वे दिन कहाँ देखे, अब तो ये सयाना हो गया। धीर-गम्भीर, न जाने कहाँ की और कौन-सी चिन्ताओं ने इस लड़के को घेर लिया?

परसी हुई थाली आगे खींच, पीढ़े पर पलथी मारकर बैठते हुए श्रीकान्त जया की ओर देखते हुए बोला—आओ जया खाना खाएँ।

—तुम खाओ, मैं मौसी के साथ खाऊँगी।

—मौसी के साथ खाएगी! एक दिन में मौसी का जादू चल गया। खा लो, लेकिन ये मौसी बरवाडीह में नहीं मिलेंगी, वहाँ तो कहोगी, ऐ पि...ताऽऽऽजी!

बहिना की सास और बहिना दोनों हँस पड़ीं। मृदुला चुप रही। थाली में दाल-भात सानती हुई अप्रत्याशित रूप से जया ही बोल पड़ी—मौसी को बरवाडीह ले चलोगे पिताजी? इस वजनी प्रश्न को एकदम हल्का बनाने के प्रयास में श्रीकान्त कृत्रिम ढंग से हँस पड़ा—मैं कैसे ले चल सकता हूँ जया, मौसा जी दारोगा हैं, मौसी जी ने कहीं शिकायत कर दी तो वे हम लोगों को जेल में बन्द कर देंगे, हाँ, अगर तुम्हें मौसी जी अपने पास रख लें, तो रह जाओ!

—मौसा जी तो मौसी को मारते हैं, मुझे भी मारेंगे तब?

—तब, मौसी की गोद पाने के लिए तो मार खानी ही पड़ेगी बेटी!

—ये तो नम्बरी पुरखिन है श्रीकान्त!

—आप न कहती हैं अम्मा जी कि मुझे किन चिन्ताओं ने घेर लिया, अब इनकी साध कहाँ तक पूरी करूँ, हर सुख इन्हें कहाँ से दूँ? लेकिन जितना वश में है उतना तो दूँगा ही!

—लेकिन यह जंजाल तो तुमने खुद ही ले लिया!

—हाँ, पर इससे बच भी नहीं सकता था। किसी भी तरह से नहीं, सिर पर ओढ़ना ही पड़ा। और जब ओढ़ लिया तो इसे ढंग से किनारे लगाना ही पड़ेगा।

मृदुला से ब्याह हो गया होता तो आज ये नौबत न आती, सास कहते-कहते रुक गई। चाँदनी-भरे उस आँगन में पल भर को गहरी खामोशी छा गई।

रोटी का कौर तरकारी के साथ मुँह में रखते हुए श्रीकान्त बोला—किसकी ओर से उचित था, किसकी ओर से अनुचित था, इसका फैसला कौन करेगा? लेकिन इतना तो आप भी मानेंगी कि मार खाया हुआ आदमी, मारने वाले को कहीं भी देखकर भाग खड़ा होता है।

बात की गहराई पकड़ न पाने के कारण बहिना की सास, श्रीकान्त की ओर देखती रहीं तो वह फिर कहने लगा—बहिना की शादी के लिए आप लोगों की माँगें पूरी करने में ही बाबू को पाँच बीघे खेत रेहन रखने पड़े, वे खेत मेरी नौकरी के बाद छूटे हैं, ऐसे ब्याह के बाद सम्बन्धों का निर्वाह ही करने की कोशिश रहती है, फिर उसी घर में नया सम्बन्ध बनाने की बात कोई बाबू के मन से पूछे तो जाने! ये बात अपनी जगह पर है कि मृदुला के बाबू मेरे बाबू के पास मृदुला के ब्याह के लिए क्यों गए थे, इस बात का कारण मेरे बाबू जान भी न सके, जान भी कैसे सकते थे, मैं पढ़ाई कर रहा था। किसी भी कीमत पर, अपनी बात के लिए मुँह नहीं खोल सकता था। इतनी ही कमी मेरी थी अम्मा जी!

—कमी नहीं थी बेटा, तब तुम्हारी औकात ही क्या थी! लेकिन सब कुछ तो

उजड़ गया, तुम्हारे बहनोई होते तो और बात थी, और मृदुला तो ऐसे कसाई के हाथ पड़ गई है कि पता नहीं कब इसकी गर्दन पर छुरी चल जाए।

गिलास से दो घूँट पानी पी लेने के बाद, श्रीकान्त बोला—यही सोचकर मैंने आज आचार्य जी के आगे तलाक वाली बात रखी, क्योंकि तलाक देके मुक्त हो जाने के अलावा, मेरी समझ में इस मामले में दूसरी कोई राह नहीं है।

बहिना की सास कुछ सोचकर बोली—हाँ, तुम्हारी बात मुझे तो जँच रही है "जैसे कन्ता घर रहा, वैसे रहा विदेश।" जब मृदुला को अपनी जिन्दगी मैके में ही काटनी है तो यह दिखाने का सम्बन्ध बनाए रखने में क्या लाभ है? तलाक हो जाए—राम आगे कोई द्वार खोल ही देंगे—इस रोज की हाय-हाय से मुक्ति तो मिलेगी।

—इसमें कुछ दोष मेरा भी है अम्मा जी? श्रीकान्त बोला।

—नहीं बाबू नहीं, ऐसा तुम्हें क्यों लगता है, सबको अपने नसीब का फल मिलता है। कोई खाते-खाते मरता है किसी को दाना मयस्सर नहीं होता। जल में खड़े हो कपड़े धोते हुए धोबी यदि प्यासा मर जाए तो इसे नसीब के सिवा और क्या कहोगे? मेरी बात लो, मेरे बाप ने बहुत गुन-विचार के मेरा ब्याह किया था, लेकिन सोचो, गिनने-विचारने वाला क्या जानता था कि इतना बड़ा पंडित एक रात के लिए भी मेरी चौखट नहीं लाँघेगा। सुलग-सुलग के मैं इस घर में उबल गई, न कोयला न राख, बस धुआँ ही धुआँ, और ऐसा धुआँ, जिसे बस मेरा तन-मन ही देखता है...।

आँगन की चाँदनी जैसे ठहर गई। खाते-खाते श्रीकान्त ने हाथ रोक दिया। वह चुपचाप सास के निर्विकार और अवसाद भरे चेहरे की ओर ताकता रहा। वे बहिना की ओर ताक के कहने लगीं, दुनिया समझती थी मैं बाझिन हूँ, लेकिन यह निपूती कोख भरे कैसे? मैंने जेठ के बेटे को गोद लिया, पाल-पोस के पढ़ाया-लिखाया, लेकिन बीस साल का होकर वह हीरामन सुग्गा एक दिन उड़ गया। तब, तुम्हारी बहिना सोलह साल की थी—गर्भ में एक कन्या थी। पैदा होकर वह भी चल बसी—तब से यह विधवा बहू और उसकी निपूती कोख वाली सास दिन काट रही हैं।

हम लोग तरसते हैं कि इस घर में एक छोटा बच्चा हो, हम लोगों का उसमें मन बझा रहे, मन बहले, पर राम को यह मंजूर नहीं था। इसे अपना नसीब न कहें तो क्या कहें? अब मृदुला की दशा सामने आती है तो कुछ सोचते नहीं बनता। तीन साल इसका गौना हुए हो गए पर तीन महीने भी यह ससुराल नहीं रह पाई। ताली दोनों हाथों से बजती है, कैसे कहूँ कि दोष केवल उधर का ही है। मृदुला भी उतना ही दोषी है, लेकिन इस लड़की के मन को क्या कहूँ?

—हाँ चाची, मृदुला कहने लगी—मन की वही बात सच है, मन तो बी.ए., एम.ए. पास लड़की का देखा जाता है। मैं तो सातवीं तक पढ़ी, मेरी कौन सुनता, कौन कदर करता?

—तेरी ही कदर के कारण तो तेरे बाप श्रीकान्त के बाप के यहाँ गए थे। सास बोली—लेकिन इनके बाप ने लौटा दिया तो कोई क्या करे?

—कलेजा कड़ा करके गए होते तो कभी लौटना न पड़ता चाची!

—कलेजा...कितना कड़ा करते?

—उतना, जितना भौजी के ब्याह के लिए, तिलक के समय इनके बाप को धूप में तपाया गया था, दुहा गया था, लेकिन तुम्हारे घर की चलन कौन नहीं जानता कि लेते समय इस घर का मालिक मूँछों पर हाथ फेरने लगता है, और देने के समय अगल-बगल ताकता है।

—जिस पत्तल में खाती है, उसी में छेद कर रही है!

—छेद करने की बात नहीं है चाची, दुनियादारी की बात कर रही हूँ कि रुपयों से क्या नहीं हासिल होता। थोड़ा-सा कलेजा बाबू ने कड़ा कर लिया होता तो आज यह जो कुछ हमारे-तुम्हारे सामने घट रहा है—न घटता, और हम नसीब को भी कुछ न कहते। फिर, जैसे हारते स्वर में एक लम्बी साँस खींचकर बोली, यह तो सामने पड़ जाने पर आग में घी पड़ जाता है, नहीं तो इन बीती बातों में अब क्या रखा है?

आँगन का वातावरण एकदम भारी हो गया था, लेकिन सहसा बहिना की सास ने उसे मोड़ दिया—तू मृदुला की ननद से ब्याह करेगा। बहुत सुघड़ लड़की है, मैं तो उसका रूप देख ललचा गई—एम.ए. तक पढ़ी भी है।

—होगी, बीच में ही बहिना बोल पड़ी—उस घर में अब कोई भी सम्बन्ध न होगा अम्माजी, लड़कियों की कमी नहीं है, बड़े-बड़े लोग आ रहे हैं बी.ए., एम.ए. पास लड़कियों के लिए और मुँहमाँगा धन देने को तैयार, बाबू आपसे क्या कह रहे थे।

—हाँ, सो तो है ही, यह तो मेरे मुँह से बात निकल गई, मृदुला के ससुर भी एक बार आचार्य जी के पास आए थे।

—हाँ, पंडित जी मुझसे भी कह रहे थे, श्रीकान्त बोला, लेकिन यह कुछ कहीं भी अभी नहीं होना है।

—तो कब होना है?

—जब समय आएगा, कम से कम बिहार की नौकरी पूरी नहीं हो जाती, आने वाली गर्मियों के पहले तो हरगिज नहीं। फिर बहिना की ओर ताक के बोला—कल मैं दो रोज के लिए गाँव जाऊँगा। फिर लौट के पिपरी जाऊँगा—वहाँ मेरे सबसे बड़े साहब चीफ इंजीनियर आजकल डेरा डाले हैं। उन्होंने चिट्ठी लिखकर मुझे बुलाया है, उन्हीं से मिलने जाना है।

—ठीक है, तब तक जया हम लोगों के पास रहेगी, मृदुला से तो वह एकदम हिल-मिल गई है।

—हाँ, इसीलिए तो मैं और भी निश्चिन्त हूँ।

दूसरे दिन आठ बजे रात बलिया पहुँचा। बलिया से बाँध पर चलने वाली, छूटने को तैयार एक टैक्सी में बैठ गया। और साढ़े नौ बजे ढाला पर गाँव के लिए उतरा। वहाँ से लगभग दो किलोमीटर गाँव। अँधेरी रात, पर ब्रीफकेस में रखा छोटा टॉर्च काम दे गया। रामगढ़ से ही सड़क का ऊबड़-खाबड़पन आरम्भ हो जाता है। बनियों की दुकानें पार करते ही, करीम मियाँ दर्जी के ओसारे के बाद, सड़क पर ईंटें बिछी हैं। बिछने को तो बिछ गईं, पर उनकी मरम्मत सालाना नहीं हो सकी। बैलगाड़ियों के चलने से दोनों लीकें काफी नीचे चली गई हैं, और उन लीकों में जगह-जगह छोटे-छोटे गड्ढे हो गए हैं, तनिक भी असावधानी से उनमें पाँव पड़ जाने पर, पैर दुहरा हुआ, मोच आई। फिर काली-थान के बाद सड़क के घुमाव के पास बँसवारियों से सटकर जब सड़क गुजरती है, वहाँ की जगह खतरनाक समझी जाती है। प्राय: वहाँ के बड़े गड्ढे में से निकलकर जहरीले साँप रात में सूखी सड़क पर हवा लेने के लिए जा बैठते हैं। अँधेरे में गुजरने वाले के पाँव उन पर पड़े नहीं कि उन्होंने काटा। ऐसी कई घटनाएँ हो चुकी हैं, यह श्रीकान्त जानता था। इसलिए टॉर्च रहने से मन में बड़ी राहत थी। चौधरी का घर पार किया, अपने गाँव का बगीचा आरम्भ हुआ। बाएँ हाथ में नेटुओं की लगभग बीस झोंपड़ियों की बस्ती, उन्हीं में कहीं-कहीं चिराग जल रहे थे। दाहिने हाथ, अस्पताल की ओर, घुप अन्धकार था। वह एक बल्ब जलता था। पर लगता था लाइन नहीं थी। बिजली की आँखमिचौनी, फिर देहात में कौन पूछता है। वहाँ से सड़क और भी खराब है। श्रीकान्त लगभग डेढ़ सालों पर लौटा था। गाँव के बाहर चारों ओर आम, महुआ के पेड़ों के बीच काफी ऊँचे मिट्टी के टीले पर बना मन्दिर आया, मन्दिर के बरामदे में रोशनी थी। दीया जल रहा था, शायद दास जी बैठकर लोगों में प्रवचन कर रहे होंगे। गाँव के कुछ लोग रात में भोजनोपरान्त, नित्य रामदास जी का प्रवचन सुनने आते थे। वहाँ आगे एकदम अन्धकार में घनी बस्ती के कच्चे-पक्के मकान खड़े थे। घरों के आगे जानवर बँधे थे, बाकी चारों ओर अन्धकार फैला था। लोग क्या जलाएँ? किरोसिन का तेल मिलता नहीं, मिलता भी है तो तीन रुपये लीटर, कौन खरीदे। सही-साँझ खा-पीकर लोग सो जाते थे।

गलियों से होते हुए श्रीकान्त घर पहुँचा। नदी के तीर पर का अपना घर। दरवाजे के आगे की छोटी-सी दालान में जलती लालटेन टँगी हुई थी, बाबू एक बँसखट पर बैठ के शायद माला फेर रहे थे। मुख्य द्वार खुला हुआ था। खाट के नीचे झबरा बैठा हुआ था और आगे चरन के पास दोनों बैल और गाय खूँटे से बँधे हुए बैठ के पागुर कर रहे थे। आहट पर, झबरा बाहर निकला और दो बार भौंका—बाबू का ध्यान टूटा, वे जलती हुई टॉर्च की रोशनी की ओर देखते हुए बोले, कौन है।

—मैं हूँ, श्रीकान्त!

—श्रीकान्त! इस समय, अँधेरी रात में, टैक्सी से आए हो क्या?

—हाँ, उनके पाँव छुए। निकसार खुला हुआ था। आवाज सुनते ही भीतर से माँ आ गई। हाथ में आटा लगा हुआ था अचरज भरी खुशी में बोली—बबुआ।

—हाँ माँ। श्रीकान्त ने झुककर पैर छुआ।

—आओ भीतर ही चलो।

—हाँ चलो, माँ के पीछे श्रीकान्त और उसके पीछे बाबू घुसे। गलियारे से ही आँगन में बिछी बँसखट पर बैठ गए।

आँगन में चूल्हे पर, गोंयठा और बाँस के फट्टे धुआँ देते हुए जल रहे थे, शायद कड़ाही में तरकारी चढ़ी थी। ओरियाने के नीचे एक आले पर ढिबरी जल रही थी।

—दिशा-मैदान जाएगा? माँ ने पूछा।

—नहीं माँ, वह तो गाड़ी में ही हो लिया।

—खाना भी हो चला, चाय पीएगा पर...

—नहीं, रास्ते भर चाय ही तो पीता रहा, खाऊँगा ही। माँ के हाथ आटे में सने थे, बाबू ने घनौची पर से एक लोटा पानी लाकर पास रखा, तो श्रीकान्त ने आपत्ति की—मैं तो ले ही लेता।

—क्या हुआ, कपड़े उतारकर, सुस्ता लो, तब हाथ-पाँव धोना।

—अभी तो परसों ही चार सौ रुपये का तुम्हारा माहवारी मनीऑर्डर मिला, आना था तो मनीऑर्डर क्यों भेजा?

मितव्ययी अध्यापक बाप की ओर श्रीकान्त ने खास अन्दाज से देखते हुए कहा—आने की कोई उम्मीद नहीं थी, एकाएक छुट्टी मिल गई।

—कितने दिनों की छुट्टी ली है।

—सात दिनों की।

माँ ने दो पीढ़े और गिलास में पानी, आँगन में ही रख दिए थे, बाप-बेटा अलग-अलग पीढ़ों पर बैठ गए, माँ ने दो थालियों में सब्जी परसी और एक-एक रोटियाँ, सेंक-सेंक कर थाली में देने लगी। कंडे की आँच पर की मोटी-मोटी मीठी रोटियाँ, बहुत दिनों के बाद अपना भोजन सामने आया था।

आज थोड़ा नेनुआ ज्यादा टूट गया था, तुम आ गए तो प्रयोग हो गया नहीं तो बच ही जाता—फिर कम पड़े तो अब दूध ले ले, दूध-रोटी खा ले।

—हाँ, अब दूध ही दो।

—तुम ले लो श्रीकान्त अभी कड़ाही में तरकारी तो है।

—नहीं, मैं दूध-रोटी खाऊँगा।

—दूध-रोटी तो मैं भी खाऊँगा।

—तो तुम ले लो बाबू, नेनुआ तो तुम्हारे मन की तरकारी है। दूध-रोटी खाने

को मेरा मन भी कर रहा है, श्रीकान्त बोला। चूल्हे की लौ बुझ गई थी, माँ झुक-झुक के मुँह से फूँक मारकर सुलगा रही थी।

—पंखा क्या हुआ? बाबू ने पूछा।

भीतर घर में होगा, अब कौन जाए।

धुआँ लग जाएगा तब आँख दुखने की शिकायत करोगी। ऐसे ही कहती हो कि रात में कम दीखने लगा है।

—कोई दवा क्यों नहीं लाए? श्रीकान्त ने बाप से पूछा।

—दवा तो कई ला चुका। लेकिन डॉक्टर धुआँ से परहेज बताते हैं। वह कैसे हो? खाना कौन बनाए? आँख में धुआँ लगता ही है।

—ढाला पर अब पत्थर का कोयला भी बिकने लगा है क्यों नहीं एक-दो बोरा मँगवा के रख देते?

—ये तो मैं भी कह रहा हूँ लेकिन यही नहीं समझती, कहती है उसे सुलगाना मुझे नहीं आता। कोयला तो घर में रखा है।

—मैं कल सिखा दूँगा।

थाली में रोटी डालती हुई माँ बोली—जिन्दगी भर तो तुझे रोटी बना के खिलाया अब बुढ़ापे में मुझे कोयले का चूल्हा सुलगाना सिखाएगा? सीखे रह, मेम आएगी तो यह गुन काम देगा। माँ की बात कहीं घर कर गई, लेकिन विषयान्तर करते हुए श्रीकान्त बोला—एक छोटा-मोटा लड़का क्यों नहीं रख लेते?

—क्या होगा लड़का? बैल-गाय की सानी-भूसा, गोबर-पानी के लिए एक चरवाहा है ही। उसके बाद घर में काम ही क्या रह जाता है।

—काम की कमी क्या है? आपको नहलाना-धुलाना, चौका-बर्तन, घर में झाड़ू-बुहारू। बाबू थोड़ा हँसे—ढंग से जीवित रहने के लिए, अपना हाथ-पाँव चलाना भी जरूरी होता है बेटा, मैं साधारण किसान हूँ।

—लेकिन जो सुख आसानी से उपलब्ध हो सके, उसे भोग लेने में हर्ज क्या है? भगवान ने आपको सब कुछ तो दिया।

बाबू थोड़ा मुस्कराए, भगवान ने दिया तो है बेटा मेरी साध पूरी हो गई कि तू इंजीनियर हो गया। एक साधारण अध्यापक किसान का बेटा, इतने बड़े पद पर। तुम्हारे कारण इस जवार में मेरा मस्तक ऊँचा है, लेकिन बेटा, सुख भोगने की कोई सीमा नहीं होती, उससे तो आज तक किसी का मन अघाया ही नहीं। चादर लम्बी तो है, पर पाँव कहाँ तक फैलाऊँ, इस दिशा में मन दौड़ेगा तो राम भूल जाएँगे। बड़ी साध और लगन से बेटी का ब्याह किया था, उसमें धोखा खा गया, राम ने मेरे कलेजे में बाण मार दिया। बेटी विधवा हो गई। अब तो एक ही इच्छा है कि तुम्हारा ब्याह हो जाता, तुम ढंग से रस-बस जाते। हालाँकि प्रभु की इस लीला को कभी-कभी सोचता हूँ तो अजीब सा लगता है।

—क्या अजीब लगता है?

—कि हर पाने के पीछे कुछ गँवाना होता है, हर चढ़ान के नीचे ढलान होती है।

बाबू के इस अध्यापकीय अन्दाज को श्रीकान्त जानता था। समझ गया कि बाबू कुछ वह कहेंगे, जिस पर वे कुछ सोच चुके हैं। इसीलिए, बिना बोले, वह उनकी ओर ताकता रहा तो गिलास से पानी पीकर, खाली गिलास धरती पर रखते हुए बोले—गाँव की इस जगह-जमीन और सम्पत्ति का क्या होगा?

—इसका उत्तर मुझसे माँग रहे हो बाबू?

—उत्तर नहीं बेटा, मन की परेशानी बता रहा हूँ कि शायद तुम मेरी कुछ मदद कर सको। नौकरी किया, शादी-ब्याह होगा, पत्नी साथ में नौकरी पर रहेगी। तुम्हारी कोई सन्तान भी शायद अब इस धरती को देखने-भोगने न आएगी। कैसे कहूँ कि राम ने एक बेटा और दिया होता तो कम-से-कम इस बुढ़ापे में साथ तो रहता।

—एक आदमी की सभी इच्छाएँ कहाँ पूरी होती हैं बाबू, आप भाग्यवान, सत्पुरुष हैं। इसे ऐसे क्यों नहीं सोचते कि ईमानदारी से जीवन व्यतीत किया, गृहस्थ धर्म आपका सफल हुआ। बेटा-बेटी अपनी जगह चले गए, और क्या चाहिए आपको? जब यह धरती आप लेकर नहीं आए थे, तो इसके छूटने का दुख क्यों?

बाबू कुछ नहीं बोले। अन्धकार बरसने वाले उस आँगन में गहरी खामोशी भर गई। ऊँचे चबूतरे पर लगी हुई आँगन की तुलसी चुपचाप खड़ी थी। उस पर ढिबरी की हल्की रोशनी पड़ रही थी। तुलसी के उस बिरवे को देखते हुए श्रीकान्त ही कहने लगा—पीड़ा तो मुझे हो रही है कि मुझसे ही मेरा यह गाँव धीरे-धीरे छूट रहा है, मैं तट से कट रहा हूँ, कट जाऊँगा, आज नहीं तो कल...कल नहीं तो परसों...। आप लोग जब तक हैं, सब कुछ है। उसके बाद तो इस जोड़ से टूट जाना है, अलग हो जाना है।

—हरि इच्छा! लम्बी साँस छोड़ते हुए बाबू उठ गए और आगे की पलानी में अपनी खाट पर पलथी मार के सुमिरिनी लेकर बैठते हुए बोले, भीतर से बिस्तर ले खाट बगल में बिछा लेना, और अगर महतारी के पास सोना हो तो भीतर के ओसारे में भी एक खाट अधिक है।

—कहीं सो जाऊँगा। यहीं सोऊँगा, यहाँ खुली हवा है। श्रीकान्त भीतर से दरी-तकिया ला बिछाकर लेट गया, बाबू सुमिरिनी फेरते रहे। थका हुआ श्रीकान्त लेटा और नींद आई। सुबह उठा तो देखा, चौड़े चबूतरे के कोने में एक दीवार से सटकर बैठी हुई माँ गोबर पाथ रही है और बाबू बैलों को सानी चला रहे हैं। पल भर तक माँ का गोबर पाथना देखता रहा—फिर लोटा उठाकर शौच के लिए गाँव के बाहर पूरब के खेतों में निकल गया। लौटने में अपेक्षाकृत देर हो गई। गाँव के भाई-भतीजे, चाचा, दादा और पट्टीदारों से पाँव लगने से चिरजीवी होने का आशीष लेते-लेते ही काफी वक्त लग गया। गाँव का बेटा इंजीनियर, लोग गौरवपूर्ण आँखों से देख रहे

थे। मठिया के आगे वाले कुएँ की पक्की जगत पर लोटा माँजने तथा हाथ-मुँह धोने के लिए चढ़ा तो गाँव के कई नवही ढेकुल से पानी निकालने को बढ़ गए।

पाँच-छह नौजवान जगत पर खड़े थे। हँसते हुए श्रीकान्त बोला—कोई भी खींच दे यारो।

—वाह भाई जी वाह! इतने दिनों बाद तो गाँव में आपके चरन पड़े, अकेले कोई कैसे सब फल ले लेगा। थोड़ा-थोड़ा मौका सेवा का सबको मिलना चाहिए। उत्तर प्रदेश के अलावा बिहार में इस जिला-जवार और गाँव का नाम आपने जगमगाया। यह हम लोगों के लिए अभिमान-मर्यादा की बात है। बाकी इस गाँव के नौजवान तो टेरीकाट की बुशर्ट-पतलून के और रामगढ़ ढाला पर के चाय-पान-सिगरेट के आगे बढ़े ही नहीं, लेकिन आप धन्य हैं। कब तक रहना होगा भाई जी? वशिष्ठ ने पूछा।

—बस आज भर भाई! छुट्टी ही नहीं मिली—यह तो सरकारी काम से बनारस आया था, गाँव बढ़ आया।

—चलिए, इतनी ही कृपा इस गाँव के लिए बहुत है। छोटी सी लुत्ती (चिनगारी) क्या से क्या कर देती है, साल-छह महीनों में एक बार भी आपके चरन पड़ जाएँगे तो गाँव की धरती पवित्र हो जाएगी।

—वाह रे वशिष्ठ मुनि, वाह! श्रीकान्त कहने लगा—आज किसी नाटक का आयोजन है क्या? मजाकिया वशिष्ठ ने दाँव लगाया—है तो नहीं भाई जी, लेकिन साँझ को इस महावीर जी के चबूतरे के पास यदि आप थोड़ी देर बैठने की कृपा करते तो कुछ नवही लोग, माने इस गाँव के उगते हुए फूल-पौधा आपको सूँघकर यानी आपका प्रवचन सुनकर, अपने को धन्य समझते और आपके कर-कमलों से थोड़ा प्रसाद भी पा जाते। बात का उद्देश्य समझकर श्रीकान्त हँसा—भाई ठीक है, तो आज पाँच से छह बजे के बीच महावीर जी को भोग लगे, प्रसाद बँटे। लोगों से कह दो और दोपहर में आकर प्रसाद के लिए मुझसे टैक्स ले लेना।

खड़े हुए नौजवान हँस पड़े—देख रे मऊड़ वशिष्ठ, तुम्हारा मजाक, भाई जी ने सच कर दिया। तो भाई जी अभी असिस्टेंटी है या इंजीनियर हो गए।

—नहीं वशिष्ठ, अभी तो असिस्टेंट ही हूँ।

—माथे पर मौर कब चढ़ेगी भाई जी? वशिष्ठ हँसते हुए बोला, बाछा के पूरे दाँत निकल आए। हम लोगों को बरात का न्योता भी मिलेगा या नहीं?

—तुमको तो शहबाला बनाएँगे, बानर-सा मुँह, हाँड़ी की तरह कपार, अफसरों की बरात में भँड़ैती करने चलोगे? वहाँ प्लेट में भोजन मिलेगा तो प्लेट के भोजन से ये चमड़े की तुम्हारी थैली कैसे भरेगी भस्मासुर जी?

—सुन लो यारो, अपना बड़ा मुँह खोलते हुए वशिष्ठ बोला—ये स्वामी जी हैं, देखिए, देह पर जटा-जूट, गले में रुद्राक्ष की माला, लेकिन घर में प्रत्येक साल, बिना नागा एक जीव की बढ़न्ती हो जाती है।

जगत पर सभी लोग एक साथ हँस पड़े। वशिष्ठ फिर कहने लगा, और अगर पूड़ी काटने और गाँजे का दम लगाने को न्योता मिले तो स्वामी जी यहाँ से चार कोस पैदल धूक देंगे, एकदम सर पर पैर रख के।

—इस साल की भदई तो गई। जानबूझकर श्रीकान्त ने विषयान्तर किया।

—भदई तो भाई जी, राम ने इस साल मंजूर ही नहीं किया था बिना मंजूरी में लोगों ने खेत बो दिया तो फल मिल गया—अगाध वृष्टि, बरसते मेघ, थमने का नाम नहीं लिये, खेतों में पानी चढ़ता गया फसलें खड़ी-खड़ी सड़ गईं।

माल-गोरू चारा के लिए तरस रहे हैं, जिनके पास भूसा है उनके जानवर सुखी हैं। अब थोड़ा हरि नारायन बाबा उर्फ हरिना जी से पाँव-चिरंजी करिए, आ रहे हैं।

तभी हरि नारायन बाबा आ पहुँचे। श्रीकान्त ने हाथ जोड़ा। आशीष देते हुए बाबा ने खाली लोटा, वशिष्ठ के पास ढकेल के तीथा पर रख दिया।

—मैदान जा रहे हो बाबा? श्रीकान्त ने पूछा।

—हाँ इंजीनियर, कब आए?

वशिष्ठ बीच में ही बोल पड़ा, हावड़ा पुलिस के रिटायर आदमी बाबा के पास काम क्या है? दिन भर हगना और खाना।

बाबा बिगड़े, तेरी कमाई खाता हूँ कि तेरे बाप की कमाई रे हरामी!

वशिष्ठ हँसा, न मेरी, न मेरे बाप की, लेकिन कम अपनी ज्यादा अपने दूसरे बेटे की खा रहे हो बाबा और वह लग भी रही है। देह जस की तस सोना की ठोस गुल्ली की तरह चमक रही है। मालूम है भाई, बाबा 82 के हो गए, लेकिन आलम देख रहे हैं। दादी तो चल बसी, लेकिन बाबा, लगता है अमृत पीकर आए हैं।

—अरे वशिष्ठवा, सुअर हरामी, तेरा बाप मर गया, तेरी माँ मर गई अब तेरा नम्बर है।

वशिष्ठ हँसने लगा—चलो इसी बहाने मेरे श्राद्ध में एक जून पूड़ी काट लेना बाबा, हालाँकि तरकारी स्वादिष्ट तो पके कोहँड़े की होती है, मैं तो एकदम कच्चा हूँ चौबीस का।

—देखा, देखा श्रीकान्त, मुझको पक्का कोहँड़ा बनाता है? एकदम कुभाखा बोलेगा, जहाँ रहेगा, अशुभ बात। इसके बाप दूसरे के पेड़ पर चढ़े थे आम तोड़ने गिर पड़े। जिन्दगी भर लँगड़ाते रहे, बाप की टाँग लँगड़ी, बेटे की जीभ। हरामी, अपनी नहीं सोचता, हमेशा दूसरे के फिराक में, ये हमारे गाँव के नौजवान हैं। पच्च से खैनी थूकते हुए बाबा बोले।

लगता है कलिकाल लग गया बाबा, वशिष्ठ बोला। बाबा लोटा उठा के चल दिए तो वशिष्ठ बोला—देखिए, बाबा की चाल एकदम हिरन की तरह, अब भी आरम पुलिस के हवलदार के माफिक, लेफ्ट-राइट करते चलते हैं।

सब हँसने लगे।

श्रीकान्त लोटा उठाकर घर चल पड़ा तो वशिष्ठ बोला—भाई जी कितने बजे आऊँगा।

—जब तुम्हारा मन चाहे। टिकरी-मिठाई तो तुम्हीं लोगों को लानी है।

—इसी बहाने आपके हाथ से प्रसाद मिल जाएगा।

—ठीक है, तो अभी चलो।

दो-तीन नौजवानों के साथ वशिष्ठ पीछे हो लिया। घर पहुँच श्रीकान्त ने पचास रुपये का एक नोट जेब से निकाल वशिष्ठ को दिया तो वह विस्मय में मुँह ताकने लगा।

—ले जाओ, कुल की मिठाई लाना—लेकिन ठीक चार बजे मैं जाऊँगा। देर मत करना।

—नहीं भाई जी, देर कैसे होगी, मिठाई अभी लाके यहीं रख दूँगा।

आँगन में बँसखट पर बैठे हुए बाबू चाय पीने के लिए श्रीकान्त का इन्तजार कर रहे थे। जमीन पर, एक पीढ़े पर बैठते हुए बोला—कुछ लोगों ने घेर लिया था।

—स्वाभाविक है इतने दिनों बाद तो गाँव पलटे हो, बाबू कहने लगे, लेकिन सभी मन ही मन जलते हैं। असल में गाँव वाले दूसरे की उन्नति देख नहीं सकते? कैसे दूसरा आगे बढ़ गया? अरे बढ़ गया अपनी मेहनत और भाग्य से। तुम्हारा क्या लिया? लेकिन...खैर लो चाय पियो।

माँ ने दो गिलास में चाय बाप-बेटा के आगे रख दिया तो बाबू बोले—और तुम कब पियोगी, वैसे ही देर हो गई है।

—तुम लोग पी तो लो। माँ बोली।

—नहीं जी, तुम भी गिलास में निकालो। बाबू ने जोर दिया।

श्रीकान्त ने भी बाप की हाँ में हाँ मिलाया। अपने गिलास से एक घूँट चाय पीकर बाबू बोले—आज तो रहोगे न?

—हाँ, आज और कल रहूँगा। परसों दोपहर में जाऊँगा।

—काशी भी तो एक दिन बहिना के पास रुकोगे?

—हाँ, फिर पिपरी जाऊँगा। वैसे आते हुए एक रात रुका था, बहिना के ससुर पंडित जी से भेंट हुई थी, यह बताना भूल गया कि वे भी एक लड़की का जिक्र कर रहे थे।

—किस लड़की का?

—मृदुला की ननद के लिए, कह रहे थे कि उसके बाप पंडित जी को लेकर आपके पास आने वाले थे।

—यानी मृदुला के ससुर को लेकर।

—हाँ!

—नहीं, वे अकेले भी कभी नहीं आए, आते भी तो उससे लाभ क्या होता, अब तो सारी बात तुम पर निर्भर है, मैं तो इस सिलसिले में आने वाले सभी से बराबर

कहता जा रहा हूँ कि जो कुछ भी होगा श्रीकान्त की इच्छा से।

—तो अब मैं स्कूल जा रहा हूँ—नौ बज गए।

—बगैर खाए?

—आज एकादशी है, केवल साँझ को एक जून ही भोजन होगा, वे बगल की कोठरी में चले गए। खूँटी पर टँगी खद्दर की टोपी सिर पर रखा, कोने में खड़ी छड़ी लिया और बाहर निकल बरामदे के कोने में रखा, पैरों में चमरौधा डाल, माँ-बेटे की ओर मुँह कर बोले—जाता हूँ।

माँ के मुँह से धीरे से निकला, अच्छा।

तब तक गलियारे से बाहर निकल गए।

आँगन के पश्चिमी दीवार पर सूरज की रोशनी पूरी तरह पड़ने लगी थी, माँ बेहद धीरे-धीरे चाय पीती थी। श्रीकान्त, बरामदे में पड़े तख्त पर आकर बैठते हुए, माँ को भी चाय लेकर वहीं चले आने को कहा। तख्त पर बैठती हुई माँ बोली—अकेले, तेरा मन कैसे लगता है?

—अब लगने लगा है माँ?

—कैसे?

—आदत पड़ गई और इधर मन लगने का एक सामान भी मिल गया है।

—वह क्या? माँ उत्सुक हो देखने लगी।

हमारे साथ काम करने वाले एक आदमी थे। उनकी पत्नी अपनी दो-ढाई साल की बेटी को छोड़कर एक दिन अचानक कहीं गायब हो गई। मैंने उसे देखा था, बेहद सुन्दर थी वह पति उस दुख को सह न सका, उसका दिमाग कुछ खराब हो गया। एक दिन बेटी को मेरे हाथों में सौंप वह भी नौकरी छोड़ घर से निकल गया। शायद साधू हो गया। तब से वह बेटी मेरे साथ है, मैंने उसे गोद ले लिया है और जानती हो माँ, वह मुझे पिताजी कहती है।

—अरे! माँ विस्मय में भरकर बोली, यह भार तुमने कहाँ से ले लिया। उसकी देखरेख कैसे करता है?

—उस जंगल में आदमियों की कमी थोड़े है। बेहद सस्ते दर पर नौकर, नौकरानियाँ मिल जाती हैं। अब तो कुछ ऐसी आदत डाल दिया है कि मुझे अधिक कठिनाई नहीं होती, अपना बहुत काम स्वयं करने लगी है।

—इस समय वह कहाँ है? अकेली बरवाडीह में?

—नहीं, बहिना के पास काशी में छोड़ आया हूँ।

—वहाँ रह गई तो इसका मतलब कि तेरा अंग-लग्गू नहीं हुई है।

—कैसी है, कौन जाति की है?

—बड़ी सुन्दर है माँ, ब्राह्मण की ही बेटी है।

—दूसरी बार आना तो उसे ले आना। माँ सहसा कुछ सोचती हुई रुक गई...।

—क्या सोचने लगी माँ? श्रीकान्त ने सहज ढंग से माँ के मुँह के भावों को पढ़ने-समझने की कोशिश करते हुए बोला।

—सोचने लगी कि तेरा ब्याह हो जाने पर तेरी दुलहिन उसके साथ न जाने कैसा बर्ताव करे। खैर, उसे मैं रख लूँगी, मेरे पास भी तो कोई चाहिए, अब तो इस घर का सूनापन खलने लगा है, क्या नाम है उसका।

—नाम तो उसका जयन्ती है पर सभी लोग उसे जया कहकर ही पुकारते हैं।

—यह सब सोच-सोच कर, कभी-कभी ब्याह करने को मन ही नहीं होता...ब्याह नहीं किया है तो गाँव की याद आती रहती है, ब्याह कर लेने के बाद खाली समय तो घर-गृहस्थी को देना पड़ेगा। आगे चलकर, ऐसा न हो, जिसकी कल बाबू आशंका कर रहे थे, यह गाँव, यह घर, डीह-डाब, परती-परात, बाग-बागीचे-मैदान, धीरे-धीरे मन से भी दूर होते चले जाएँगे।

—अब तो तेरे बाप को भी पछतावा हो रहा है?

—किस बात के लिए? श्रीकान्त ने पूछा।

—मृदुला से ब्याह न होने के कारण।

—छोड़ो माँ, अब पछताने से भी क्या होता है, जो बात न हो सकी तो न हो सकी। भगवान जो कुछ भी करता है, अच्छे के लिए ही करता है।

—हाँ, यही मैं भी कहती हूँ, अच्छा ही हुआ जो मृदुला से तेरा ब्याह नहीं हुआ। सुना था कि चंचल लड़की थी ब्याह के पहले ही किसी से पेट रह गया था।

श्रीकान्त चौंकते हुए बोला, ये क्या कहा माँ?

—जो कहा सो सच ही होगा बेटा।

—तुमने किससे सुना माँ?

इस गाँव की एक लड़की मृदुला की ससुराल में ब्याही है, उसी पट्टीदारी में दो घरों के बाद। एक दिन मेरे पास आई थी। उसी से सुना था कि इस बात का सन्देह मृदुला की ससुराल वालों को गौने के पहले ही हो गया था, किन्तु मृदुला के बाप ने रुपयों से उन्हें पूज दिया, तब कहीं गौना हुआ। उसकी ससुराल वाले एकदम कसाई हैं, लेकिन रुपयों की मार बहुत बड़ी होती है। सुना है मृदुला भी शायद सुखी नहीं है।

—सुखी होने का सवाल ही नहीं है माँ, वह तो बेहद दुखी है।

—तुझे कैसे मालूम?

—काशी में इस बार बहिना के यहाँ भेंट हुई थी। उसका पति दारोगा है, काशी में ही है। बहिना और उसकी सास तो कह ही रही थीं, इस बार तो आचार्य जी भी इस बात को लेकर दुखी थे।

—हे राम, एक लम्बी साँस खींचती हुई माँ, आँगन की धरती पर आँखें गड़ाए धीरे-धीरे कहने लगी—मांग में पड़ा हुआ चुटकी भर सिन्दूर, औरत के हाथ-पाँव बाँधकर, न जाने कहाँ-कहाँ नचाता है, क्या-क्या तो भोगना पड़ता है।

—ये सब अपने-अपने नसीब की बात है माँ, सबको अपने-अपने नसीब के आधार पर सुख-दुख भोगना पड़ता है। एक से एक बदचलन औरतें हैं, इसी गाँव में जो पति के रहते हुए भी मैदान चर रही हैं।

—अच्छा तू जा पीछे के कुएँ पर नहा आ। क्या खाएगा?

—रोटी-तरकारी बना लो, श्रीकान्त उठ गया, और बाल्टी-डोर-लोटा लेकर, कुएँ पर नहाने के लिए निकल गया।

खा-पीकर जो गाँव में निकला तो लोगों से मिलते-मिलाते ही चार बज गए। मठिया पर नारायण दास जी को प्रणाम कर बैठा ही था कि वशिष्ठ खोजते हुए आ पहुँचा—अरे भाई जी, वहाँ सब आपकी राह देख रहे हैं और आप यहाँ। चलिए, चलिए प्रसाद ठंडा हो रहा है।

—चलो भाई, चलो। श्रीकान्त उठ गया।

महावीर जी के चबूतरे के पास कुएँ की जगत के नीचे पन्द्रह-बीस गाँव के नौजवान और लड़के जुटे थे। पचास रुपये की टिकरी मिठाई और बताशा आया था। गाँव में अपने ढंग की यह पहली घटना थी। एक बार किसने इतने रुपये प्रसाद बँटवाने को कभी दिया था? लोग कृतज्ञ भाव से प्रसाद ले रहे थे। श्रीकान्त दस-पन्द्रह मिनट खड़े हो बोलता रहा, सभी हँस-बोल रहे थे, देखते-देखते छह बज गए तब आयोजन समाप्त हुआ।

दूसरे दिन सुबह सात बजे नहा-धोकर, जब चाय पीने आँगन में बैठा तो चूल्हे के पास भरी आँखें लिये हुए माँ, बेटे को राह के लिए पूरियाँ छानती हुई गा रही थी—

एकल पुत्र जनि दीह रघुराई
के हो रहिहैं घरवा, के हो बने जाई...।

माँ के पैर छू जब श्रीकान्त चलने को खड़ा हुआ तो माँ ने भोजन का थैला पकड़ा दूसरा थैला भी आगे बढ़ाया।

—ये क्या है माँ?

—ये बहिना के लिए।

पूरियों वाला थैला अपने कन्धे से लटकते थैले में डाले और बाएँ हाथ से बहिना वाला थैला पकड़ एक बार माँ की भरी आँखों में ताक श्रीकान्त चल पड़ा।

ढाला तक साथ-साथ बाबू भी आए थे। बस आई, बाबू के पैर छू श्रीकान्त जब बस में बैठ गया तो गाँव को मन-ही-मन प्रणाम किया। बस छूटी तो उसने खिड़की से बाहर देखा, बाबू अपनी आँसुओं से भरी हुई आँखें पोंछ रहे थे।

शाम को काशी पहुँचा। बहिना, माँ-बाबू और गाँव का हालचाल पूछती रहे। बहिन के लिए माँ द्वारा भेजा थैला देख अम्मा जी मुस्कराईं, मिसिराइन जी मुझे नहीं

भूलतीं साक्षात् लक्ष्मी हैं। बहिना की सास प्रसन्न मन से थैला खोलने लगीं। रात भर रह के, श्रीकान्त अलसभोर में पिपरी जाने के लिए बस पकड़ने को घर से निकल पड़ा।

9

कुछ देर और हो जाने पर बस छूट जाती। कंडक्टर लम्बी सीटी दे चुका था। पिपरी मेल, धीरे-धीरे अहाते के बाहर सरक रही थी। झटके से रिक्शे से कूद, श्रीकान्त अगले फाटक से बस में दाखिल हो गया। बस पूरी तरह भरी हुई थी। ब्रीफकेस हाथ में लिये हुए, छत की छड़ पकड़ वह दो मिनट खड़े हो पूरी बस का भीतर से निरीक्षण करता रहा कि कहीं भी बैठने की जगह मिले। दो सीट वाली महिलाओं की बर्थ में से एक सीट खाली थी। दूसरी पर लगभग बीस-बाईस साल की इकहरे बदन की एक लड़की बैठी हुई थी। दो-एक बार श्रीकान्त की नजरें उस लड़की से मिलीं तभी कंडक्टर ने पूछा, आप कहाँ जाएँगे ?

—पिपरी !

—तो इस खाली सीट पर बैठ जाइए।

श्रीकान्त झिझका—ये महिलाओं के लिए है, कोई महिला आ गई तो मुझे उठना पड़ेगा।

—हाँ, पर यह मेल बस है किसी महिला के अब आने की सम्भावना है नहीं। आप बैठिए।

श्रीकान्त ने खिड़की के पास बैठी हुई उस लड़की की ओर जैसे अनुमति के लिए देखा, तो उस लड़की ने हाथ के इशारे से बैठ जाने को कहा।

श्रीकान्त बैठ गया। पैर के पास ब्रीफकेस और उसी पर कन्धे से लटकता हुआ थैला रख दिया। बस विशेश्वरगंज की भीड़ पार कर रही थी। धीरे-धीरे मन्दोदरी, बिरला अस्पताल के बाद चाल कुछ तेज हुई। अब गंगा के ऊपर राजघाट का पुल आ गया था। गंगा के तीर पर बसी अर्धचन्द्राकार काशी नगरी की यह शोभा खिड़की से देखना अद्‌भुत है। अपने तरह की। श्रीकान्त खिड़की की ओर आँखें घुमाकर देखने लगा, वहाँ से लालघाट पर बिरला का घंटाघर साफ दिखाई दे रहा था। श्रीकान्त आँखें टिकाए रहा, घड़ी पौने आठ बजा रही थी। यह सब कुछ पीछे छूटता जा रहा था। वह लड़की भी दाहिने मुड़कर यही सब देख रही थी। रामनगर की धरती से बस आगे बढ़ने लगी तो श्रीकान्त सीधा हो गया और चुपचाप सामने देखने लगा। कुछ देर बाद एक बस अड्डे पर बस रुकी, लोग चाय पीने लगे।

चाय पिएँगी ? उतर के खिड़की से श्रीकान्त ने लड़की से पूछा।

लड़की ने पलभर श्रीकान्त की आँखों में देखकर कहा—पी लूँगी। श्रीकान्त ने दो कुल्हड़ में चाय ली, और एक कुल्हड़ लड़की को पकड़ा सड़क पर खड़े चाय

पीने लगा। बस केवल सात मिनट रुकनी थी। जल्दी से चाय पी उसने सिगरेट सुलगा ली। जैसे ही सिगरेट सुलगाई कि लड़की ने पाँच रुपये की नोट खिड़की से बढ़ाकर श्रीकान्त की ओर इशारा किया। श्रीकान्त ने वहीं से चुपचाप बैठे रहने को हाथ से ही इशारा करके सिगरेट पीता रहा। आधी सिगरेट ही पी पाया था कि कंडक्टर ने सीटी दी वह आकर, तेजी से अपनी जगह पर बैठ गया तो लड़की ने पाँच रुपये की नोट श्रीकान्त के आगे बढ़ा दिया।

श्रीकान्त ने एक बार उस गोरी, नरम, पतली-पतली अँगुलियों द्वारा पकड़ी हुई नई पाँच रुपये की नोट की ओर देखा फिर लड़की की ओर एकदम निर्लिप्त भाव से देखते हुए बोला—इसका मैं क्या करूँ?

—चाय के पैसे?

—उसे तो मैंने दे दिया?

—आपने क्यों दिया?

—चाय मैं लाया तो देता कौन?

लड़की ने चुपचाप श्रीकान्त को पलभर ताका फिर धीमे से बोली—आप अजीब आदमी हैं।

—हो सकता है, पर किसी ने आज तक मुझसे ऐसा नहीं कहा।

अपने आस्तीन रहित ब्लाउज के चौड़े गले की नंगी-चिकनी त्वचा के ऊपर, सोने की चेन से जुड़ा लॉकेट को दाएँ हाथ से पकड़कर, सरकाती हुई लड़की बोली—आप कहाँ जाएँगे?

—बस में सवार होते ही, कंडक्टर के पूछने पर मैंने बताया आपने सुना भी था।

—मैं क्यों सुनने लगूँ? लड़की ने रोब से उत्तर दिया।

—क्योंकि मैं आपके बेहद करीब खड़ा था और मैं जब कंडक्टर से बातें कर रहा था तो आप उधर देखती हुई सभी कुछ सुन रही थीं इसलिए मुझे लगा आप बहरी नहीं हैं। इस बार लड़की थोड़ा झेंपी। श्रीकान्त ने फिर पूछा—और कुछ?

—मैंने कोई जरूरत नहीं समझी। श्रीकान्त सामने ताकने लगा तो इस बार लड़की थोड़ा चिढ़-सी गई।

बस तेजी में थी, लगभग दस मिनट के बाद वह फिर बोली—आप करते क्या हैं?

—क्यों?

—क्योंकि आप अपने बगल में बैठी हुई एक पढ़ी-लिखी और सभ्य लड़की की उपेक्षा कर रहे हैं।

श्रीकान्त ने लड़की को इस बार ध्यान से देखा, मैंने जो कुछ कहा उसमें उपेक्षा का तो कतई कोई भाव नहीं था, फिर भी यदि आपको वैसा लगा तो मैं माफी चाहता हूँ, लड़की के चेहरे का भाव एकाएक बदल गया, वह सहज हो आई, इसे श्रीकान्त ने देखकर पूछा, पहले आप ही बताइए कि आप क्या करती हैं?

—मैं काशी हिन्दू विश्वविद्यालय में सोशियोलॉजी से एम.ए. कर रही हूँ।

—अरे बाप रे! जैसे चौंकते हुए श्रीकान्त बोला।

—इसमें चौंकने की क्या बात है?

—मेरा खयाल था आप इंटर-विंटर में...।

—कमाल है, आपने मुझे अंडर एस्टीमेट किया, इसीलिए उपेक्षा दिखाई।

—अब लगता है आपको थोड़ा समझाना पड़ेगा?

—क्या?

—कि उपेक्षा उसकी की जाती है जिससे कभी कुछ अपेक्षा रही होती है यानी मैत्री-दुश्मनी होती है, प्यार-मुहब्बत, या नफरत होती है। आपसे परिचय क्या, कभी देखा-देखी तक नहीं हुई। आपकी उपेक्षा मैं क्यों करूँगा?

इस बार लड़की चुप हो श्रीकान्त का मुँह ताकती रही तो वह फिर कहने लगा—असल में लड़कियाँ बेहद भावुक होती हैं, इसीलिए बहुत जल्दी अपेक्षा करने लगती हैं।

—आप इंटरेस्टिंग फिगर मालूम पड़ते हैं।

—इतनी देर में आपने यह एक समझदारी की बात कही है, वैसे फिगर तो आपकी है।

—इस बार लड़की का चेहरा आरक्त हो आया। वह श्रीकान्त को घूरने लगी।

—आप जा कहाँ रही हैं?

—मैं भी पिपरी ही चल रही हूँ।

—क्या पिपरी की ही रहने वाली हैं?

—नहीं जी।

—तो फिर आप पिपरी क्यों जा रही हैं, पढ़ती आप वाराणसी हैं।

—जी मैं पिकनिक करने जा रही हूँ।

—अकेली! श्रीकान्त थोड़ा गम्भीर होकर बोला।

—अब तक तो अकेली थी—पर अब आप तो साथ हो गए?

—मान न मान मैं तेरा मेहमान? लेकिन मैं तो पिकनिक करने नहीं जा रहा!

—तो किसलिए जा रहे हैं? लड़की मुस्कराती हुई बोली।

—मैं तो रोजी-रोटी के सिलसिले में जा रहा हूँ!

—आप पढ़े कहाँ तक हैं?

—इंटर साइंस से किया है फिर...।

—लड़की बीच में ही बोल पड़ी, तब से किया क्या है, यानी इस समय कुछ तो करते होंगे।

—जी हाँ, सरकारी पुल-बाँध बनाने वाले ठेकेदारों के साथ काम करता हूँ।

—ठेकेदारी का चस्का है तो आप नौकरी क्यों करेंगे!

—रोटी कमाना चाहिए, चाहे जैसे मिले।

—पिपरी में कहाँ जाएँगे?

—एक आदमी से मिलना है?

—क्या आप पिपरी पहले से जानते हैं।

—जी हाँ, वहाँ मैं पहले रह चुका हूँ।

—वहाँ देखने लायक क्या-क्या है?

—कई स्थल हैं। 'म्यूहिल' है, 180 वर्ग मील में फैला रिहन्द का जलाशय है, बाँध है, इसका जल विद्युत स्टेशन है, वहाँ से लगभग तीस-चालीस किलोमीटर पर बिरला का अपना थरमल पावर स्टेशन रेणुसागर है, एशिया की सबसे बड़ी अल्युमीनियम फैक्टरी 'हिंडाल्को' है। रेणुसागर से हिंडाल्को अल्युमीनियम प्लांट को बिजली की कुछ आपूर्ति होती है—सिंगरी की कोयले की खानें हैं।

—आप साथ रहते तो मजा आ जाता। लड़की अपनी दोनों आँखें मूँदकर सिर हिलाती हुई बोली।

श्रीकान्त हँसा, जान न पहचान, मियाँ-बीबी सलाम। मेरा आपका संग-साथ कहाँ?

—है तो नहीं, पर इस दुनिया में कुछ भी हो सकता है, सम्भावनाओं से इनकार कौन कर सकता है।

इस बार श्रीकान्त ने लड़की को एक बार ऊपर से नीचे तक निहारा। हिरनी-सा चोखा नाक-नक्श, काले घने केशों की लम्बी मोटी चोटी, बिना आस्तीन वाले ब्लाउज के नीचे की खुली हुई मांसलदार गोरी देह, उस पर टिका हुआ लॉकेट के साथ ही जंजीर, उरोजों का उभार, बाईं कलाई में चूड़ियाँ, दाहिने में कोई विदेशी बड़ी घड़ी और खद्दर सिल्क की कीमती साड़ी।

—इतनी देर बाद इस तरह क्यों देख रहे हैं?

—ठीक कह रही हैं ये काम मुझे पहले कर लेना चाहिए था। वैसे आप सुरुचि-सम्पन्न लड़की लगती हैं, आपको साहित्य की छात्रा होना चाहिए था, वैसे आपका नाम क्या है?

—मेरा नाम उर्वशी है।

—वाह, क्या खूबसूरत नाम है, फिर सीट पर आगे-पीछे पसरते हुए बोला—मैं थोड़ा सो लूँ?

—और आपका?

—मेरा नाम इतना बोरिंग है!

—बोरिंग करके सूखी धरती से रस निकाला जाता है, आप तो स्वत: रस से परिपूर्ण हैं, एकदम सलिला, स्रोतस्विनी गंगा की धार सी, हर-हर बहने वाली। श्रीकान्त ने आँखें मूँद ली।

उर्वशी ने कन्धे से झकझोरते हुए कहा—आँखें खोलिए?

—खुली ही हैं, कोशिश करके भी बन्द नहीं कर पा रहा हूँ और बन्द करने पर भी आप ही दिखाई पड़ रही हैं, इसलिए बन्द करना बेकार है मैं इन्हें खोल देता हूँ।

श्रीकान्त सीधे होकर बैठ गया।

तभी बस की चाल धीमी हुई। बस दो-तीन मिठाई की दुकानों के पास रुकी।

श्रीकान्त ने उचककर बाहर देखा। बस रुक गई थी। वह उर्वशी से बोला, आइए, उतरिए।

—क्यों?

—आइए तो कमर सीधी करिए, यहाँ दस-पन्द्रह मिनट बस रुकेगी।

श्रीकान्त के पीछे-पीछे उर्वशी उतरी। पतली हाई हील की सैंडिल में साध-साध के कदम रखती हुई।

वह एक दुकान के पास खड़ा हो गया और दो उँगलियाँ दिखाई। दुकानदार ने मिट्टी की दो करई में दो बड़े-बड़े गुलाबजामुन लकड़ी के चम्मच रखकर आगे बढ़ा दिया। श्रीकान्त ने दोनों हाथ से अलग-अलग पकड़ के एक करई उर्वशी की ओर बढ़ा दिया।

—यह क्या?

—इसे खाकर देखिए, नायाब चीज, मुँह में पहुँचा नहीं कि गले के नीचे।

—ये तो बहुत बड़े-बड़े हैं।

—खाइए तो?

पहली बार मुँह में डालते ही प्रशंसा में उर्वशी की आँखें खिल गईं। मैंने गलत तो नहीं कहा था। जल्दी से खाकर श्रीकान्त ने पाँच की नोट दुकानदार के आगे बढ़ा दी। उसने एक रुपया लौटाया। अब थोड़ी नमकीन-चाय, उस दुकान पर। कुल्हड़ का जल उर्वशी को थमाते हुए श्रीकान्त बोला।

—फिर आपने पैसे दे दिए।

—मर्द के रहते औरत को पैसा नहीं खर्च करना चाहिए। यह तो पश्चिमी सभ्यता में भी स्वीकार कर लिया गया है।

—आप मेरे मर्द हैं?

—न हूँ, और न हो सकता हूँ। आइए चाय पिएँ। और चाय की दुकान पर पहुँच समोसे, दो चाय का आदेश दिया। दो समोसे और गिलास में दो चाय थमा दिया। चाय पीती हुई उर्वशी बोली—हैं आप इंटरेस्टिंग फिगर! हो सकता हूँ पर फिगर आपकी है अब मानना पड़ेगा।

—यह मैं पहले ही कह चुका हूँ। यहाँ फाइनल हो गया।

—पूरी तरह से यही देखने के लिए तो मैं आपको बाहर ले आया, बेहद कुशल हैं आपके कारीगर!

—कौन?

—जिसने आपको बनाया।

आँखों में मुस्कराती हुई उर्वशी चाय पीती रही। चाय पीते ही सीटी बजी, और वे दोनों बस में जा पहुँचे। बस छूटी।

इसके बाद चुर्क, चोपन, तब पिपरी। श्रीकान्त बोला।

—बड़ी राहत मिली, बाहर निकलकर। बैठे-बैठे कमर अकड़ गई थी, लेकिन आप खूब मिले। बायदवे, आपका नाम?

—खाली नाम या शुभ नाम?

—पहले खाली नाम ही बताइए, शुभ-अशुभ परिणाम तो बाद में आते हैं।

—सेवक को लोग, श्रीकान्त मिश्र कहते हैं।

—तब तो आपसे मिलकर खुशी हुई। उर्वशी ने हाथ बढ़ा दिया।

—क्यों? उसकी हथेली अपने दोनों हाथों के बीच में रख के सहलाते हुए श्रीकान्त बोला।

—क्योंकि आप सेवक निकले? और कृपया अब हाथ छोड़ दीजिए।

—लीजिए, छोड़ दिया, पर इच्छा तो नहीं थी। बस पूरी रफ्तार से दौड़ने लगी।

—यह कौन-सी जगह थी? उर्वशी ने पूछा।

—शायद सुकृति कहते हैं।

—अब उर्वशी का मूड बदल गया। वह धीमे से बोली—जब आप बस में बैठे तो कुछ और लगे। बैठकर न जाने कहाँ खो गए थे। मैं बड़ी देर तक आपको सोचते हुए देखती रही, चाहती थी आपसे कुछ बोलूँ, कुछ बातें करूँ, लेकिन सोच के सागर में डूबे हुए आदमी को भला अच्छा क्या लगेगा? हिम्मत ही नहीं पड़ी। सोचने लगी कहाँ का बोर नीरस आदमी आकर बगल में बैठ गया, लेकिन बाद में तो आप एकदम विपरीत निकले। जैसे कच्ची गरी का गोला? क्या पीछे कुछ बहुत प्यारा छोड़ आए हैं?

—छूटता उनका है जिनके पास कुछ रहता है, लेकिन जिसके पास कुछ रहा ही न हो, उसका क्या छूटेगा?

—नहीं, आप मुझे गुमराह कर रहे हैं।

—आप बालिग हैं, आपको गुमराह करना कम से कम मेरे लिए असम्भव है। उर्वशी खामोश हो गई। उसे जम्हाई आने लगी। बस के हिचकोलों ने मदद की, उसकी आँखें झिपने लगीं। नींद के झोंके में वह कभी बाएँ, कभी दाहिने झूलने लगी। सहसा वह बाईं ओर झुकी और सिर, श्रीकान्त के दाहिने कन्धे पर टिक गया। श्रीकान्त की नाक में एक अजीब तरह की मादक गन्ध भरने लगी। श्रीकान्त ने एक बार धीरे से सिर घुमाकर दाहिनी ओर देखा, फिर खुद भी आँखें मूँद ली। हालाँकि उसे नींद नहीं आ रही थी। पर वह उर्वशी का सिर अपने कन्धे पर सँभाले हुए चुपचाप आँखें मूँदे रहा।

काफी देर तक उर्वशी सोती रही। चोपन का पुल पार करते हुए एक झटका लगा, उसकी आँखें खुल गईं, वह सीधी होकर श्रीकान्त को देखने लगी जो सचमुच सो गया था। लगभग एक बजे बस पिपरी पहुँची गोल चौराहे पर खाकी वर्दी में एक चपरासी खड़ा था। बस के रुकते ही वह भीतर घुस आया और उर्वशी की अटैची तथा प्लास्टिक की बास्केट उतारने लगा तो देखा उसकी कमीज पर सिंचाई विभाग का बिल्ला लगा हुआ था। अब श्रीकान्त थोड़ा चैतन्य हुआ, वह कन्धे से थैला लटकाए और दाहिने हाथ में अपना ब्रीफकेस लिये, गोल चबूतरे पर खड़ा हो उर्वशी से विदा लेने का इन्तजार कर रहा था।

उर्वशी उसके पास आ बोली—आप बनारस आते रहते हैं?

—जी हाँ, वहाँ मेरे एक रिश्तेदार भी रहते हैं।

—तो वीमेन हॉस्टल के कमरा नं. 15 से उर्वशी को चाहें तो याद कर लीजिएगा, आपसे मिलकर खुशी होगी। आपके साथ की यात्रा बेहद सुखद रही अब आप कहाँ जाएँगे?

—यह संयोग की बात है कि जिनके पास जाना था, वे पान की दुकान पर खड़े हैं। आपको विदा कर, उनके साथ चला जाऊँगा, किन्तु बातचीत के दौरान कुछ भी अशोभन अगर मेरे मुँह से निकल गया हो तो आप क्षमा करेंगी। अच्छा नमस्ते।

—नमस्ते! कहती हुई उर्वशी पास के पेट्रोल पम्प के प्रांगण में खड़ी जीप की ओर बढ़ गई। श्रीकान्त, पान की दुकान के आगे खड़े अपने असिस्टेंट इंजीनियर मित्र श्रीवास्तव की ओर बढ़ गया, जो फील्ड हॉस्टल में रहता था।

10

श्रीवास्तव से जाना कि चीफ इंजीनियर दो दिनों पहले आए हैं और वी.आई.पी. डाक बँगले में टिके हुए हैं। श्रीवास्तव के साथ ही श्रीकान्त फील्ड हॉस्टल चला गया। रिहन्द के तीर पर, म्यूहिल से सटकर बना हुआ कतार से बड़े-बड़े कमरे और हर कमरे से जुड़ा हुआ बाथरूम वाली दो मंजिला, लम्बी इमारत, साफ-सुथरी, हर सुविधाओं से भरपूर थी। बाजार से थोड़ी दूर पड़ती थी। पैदल लगभग पन्द्रह मिनट की राह और उसी के ठीक सामने से थोड़ा बाईं ओर हटकर एक ऊँची पहाड़ी पर, वी.आई.पी. डाक बँगला बना हुआ था। विशेष व्यक्तियों के लिए, मंत्री, नेता, बड़े-बड़े अफसरों के टिकने के लिए। श्रीवास्तव के कमरे में ब्रीफकेस रख, श्रीकान्त ने वी.आई.पी. डाक बँगले को फील्ड हॉस्टल से ही फोन किया। फोन उठाया स्टेनो ने। श्रीकान्त ने चीफ से मिलने का समय पूछा तो स्टेनो ने कहा, इस समय वे कोई जरूरी काम देख रहे हैं। आप घंटा भर बाद फिर फोन करिए।

तब श्रीकान्त ने कहा, देखिए, साहब ने मुझे बुलाया है, मिलने मैं बिहार के बरवाडीह से आ रहा हूँ।

—तो मैं क्या करूँ? स्टेनो ने रूखा उत्तर दिया।

—आप साहब से इतनी बात बताकर पूछ लीजिए कि मुझे साहब कौन सा वक्त दे रहे हैं। मेरा नाम श्रीकान्त मिश्र है। मैं वहाँ असिस्टेंट इंजीनियर हूँ।

—अच्छा, आप फोन लिये रहिए, मैं कोशिश करता हूँ। तभी स्टेनो को बुलाने के लिए, बड़े साहब की घंटी बजी, फोन लिये हुए स्टेनो बड़े साहब के कमरे में दाखिल हुआ।

—कोई फोन है क्या? मुख्य अभियन्ता श्री शर्मा ने पूछा।

—जी हाँ, फील्ड हॉस्टल से कोई श्रीकान्त मिश्र बोल रहे हैं बिहार के बरवाडीह से आए हैं, आपसे मिलने का समय माँग रहे हैं।

चीफ सुनते ही बोले, लाओ फोन दो। शर्मा ने फोन ले लिया, हलो, मैं मुख्य अभियन्ता शर्मा बोल रहा हूँ।

—नमस्कार सर, मैं श्रीकान्त मिश्र हूँ, आपने मुझे बुलाया था, मैं मिलने के लिए कब हाजिर होऊँ? फील्ड हॉस्टल में रुका हूँ।

—तुम आए कब?

—बस चला ही आ रहा हूँ। अभी नौ नम्बर में सामान रखा और आपको तकलीफ दी।

—मैं जीप भेज रहा हूँ, तुम सामान लेकर चले आओ। स्टेनो थोड़ा घबराया। शर्मा ने स्टेनो को कहा कि जीप ले फील्ड हॉस्टल के नौ नम्बर से इन्हें अभी ले आओ।

इस तरह का उत्तर प्रान्त के मुख्य अभियन्ता से सुनकर श्रीकान्त थोड़ा चैतन्य हुआ। श्रीवास्तव को भी विस्मय हुआ। हाथ-मुँह धोकर श्रीकान्त बालों में कंघी कर ही रहा था कि हॉस्टल के पोर्टिको में जीप रुकी, जिसके आगे मुख्य अभियन्ता निर्माण विभाग उत्तर प्रदेश की प्लेट लगी हुई थी। 45 साल का स्टेनो, जिसके आगे पुराने अभियन्ता और अधिशासी अभियन्ता झुकते थे श्रीकान्त को आज अदब से नमस्कार कर रहा था।

—आप! पहचानने के सन्देह को दूर करने के लिए श्रीकान्त बोला!

—मैं चीफ का स्टेनो हूँ, आपने ही अभी साहब को टेलीफोन किया था।

—जी हाँ, श्रीकान्त ने बढ़कर स्टेनो से हाथ मिलाया।

श्रीकान्त जीप में, स्टेनो के साथ बैठ गया। जीप भरभराकर चली। फील्ड हॉस्टल के सामने से ही बराज पर जाने वाली सड़क की ढलान शुरू हो जाती है। गुलमोहर के पेड़ों की कतार भी। पहाड़ी पर बने वी.आई.पी. डाक बँगले तक जाने को, वृत्ताकार सड़क की चढ़ाई भी आरम्भ होती है। जीप पोर्टिको में पहुँची। आगे के लॉन में गुलाब और गुलहजारे के असंख्य रंग-बिरंगे फूल खिले हुए थे।

बैठक में चीफ प्रतीक्षा कर रहे थे। पचास-पचपन की उम्र के चीफ के बाल खिचड़ी हो चले थे, किन्तु देह अभी भी काफी स्वस्थ और तनी हुई थी। श्रीकान्त के कमरे में दाखिल होते ही चीफ खड़े हो दरवाजे तक बढ़ आए। यह स्टेनो ने देखा और चुपचाप वापस लौट गया। विस्मय से भरे हुए श्रीकान्त ने बहुत नम्रता से झुककर उन्हें नमस्कार किया और बगल के सोफा पर उनके बैठ जाने के बाद बैठा।

—आओ, चलो खाना खाएँ!

—जी, मैं तो खाकर आया हूँ, आप खाएँ।

—अरे चलो यार, चीफ ने श्रीकान्त के कन्धे पर हाथ धर अपनी ओर खींचते हुए कहा—तुम्हारी उम्र में मैं चार बार खाता था, आओ।

चीफ के पीछे-पीछे श्रीकान्त गया। डाइनिंग हॉल में चीफ की पत्नी लगभग पैंतीस-चालीस साल की श्रीमती शर्मा खड़ी थीं। बड़ी-बड़ी, खूबसूरत मादक आँखें, गोरा मुँह, सिर पर काले घने बालों के बीच निकली हुई मांग में सिन्दूर की एक बेहद पतली छोटी सी लकीर, कान में हरे-लाल छोटे-छोटे हीरे और पन्ने जड़े झुमके और नाक में एक बड़े हीरे की चमकती हुई लौंग मुँह के पान को और भी उजागर कर रही थी। पान से होंठ लाल थे, कीमती बासन्ती जार्जेट का सीधा पल्लू सिर से खिसक गया था समानुपाती उतार-चढ़ाव वाली कसी हुई छरहरी देह पर, कहीं से भी अधिक चर्बी नहीं दिखी। कुर्सी खींच बैठते हुए चीफ ने परिचय कराया—ये मेरी पत्नी हैं मालती शर्मा, श्रीकान्त ने नमस्ते किया तो प्रत्युत्तर देती हुई श्रीमती शर्मा बोलीं, लगता है, मैंने तुमको कहीं देखा है?

—हल्के से मुस्कराकर श्रीकान्त बोला, आपके मातहत हूँ, देखा ही होगा।

—देखा ही होगा नहीं, कभी लखनऊ में बँगले पर आए थे क्या?

—जी हाँ, पिछली सर्दियों के आखिर में गया था साहब से मिलकर ये निवेदन करने कि बिहार के इस डेपुटेशन का मौका मुझे दे दिया जाए।

—हाँ, मैंने तुम्हें वहीं देखा था। तुम्हारे बातें करने के ढंग से मैं प्रभावित हुई थी। जाने के बाद साहब ने तुम्हारी बड़ी तारीफ की थी, क्यों—पति की ओर देखती हुई बोली—याद है न आपको?

—एकदम! और तुम्हारे ही कहने से तो मैंने इनका प्रार्थनापत्र स्वीकार कर लिया था, हालाँकि एस.ई. ने किसी और के लिए संस्तुति की थी।

श्रीकान्त अभी श्रीमती मालती शर्मा को निहार ही रहा था कि एक चौड़े परदे के पीछे से, कन्धे पर रखे तौलिया से हाथ पोंछती हुई उर्वशी ने प्रवेश किया, श्रीकान्त से आँखें मिलीं, वह चौंका पर उर्वशी एकदम सहज रही।

—और ये है मेरी बेटी उर्वशी, काशी हिन्दू विश्वविद्यालय में सोशियोलॉजी में एम.एम. की स्कॉलर और बैडमिंटन की खिलाड़ी, और ये हैं मि. श्रीकान्त मिश्र, ए.ई. आजकल बिहार में डेपुटेशन पर हैं।

—नमस्ते। श्रीकान्त ही पहले हाथ जोड़ने की रस्म अदायगी की।

—नमस्ते, लेकिन मैं समझती थी कि आप कोई ठेकेदार या उसके कारिन्दा होंगे? श्रीकान्त की आँखों में ताकती हुई उर्वशी बोली।

चीफ बोले, वाह! जिसके अंग-अंग से तेज फूट रहा हो, उस लड़के को तुम ठेकेदार समझती हो। अरे ये अपने बैच का टॉपर है, हर साल का टॉपर, शुरू से आखिर तक। रुड़की यूनिवर्सिटी का इसने रेकॉर्ड तोड़ा है, पाँच साल की सर्विस में बाँध-डैम बनाने का एक्सपर्ट माना जाता है। एस.ई. लोग इससे सलाह लेते हैं।

—हो सकता है पापा, पर मैं जब दूसरों की निगाहों में इंटर-विंटर में पढ़ने वाली लड़की लग सकती हूँ तो मुझे थोड़ी गलतफहमी हो गई तो कौन बड़ी बात हो गई।

—लोगों की इस बात से कहीं मैं भी जुड़ सकता हूँ। चीफ बोले। श्रीकान्त चीफ के साथ ठहाका लगाकर हँस पड़ा। उर्वशी का चेहरा थोड़ा उतर गया तो चीफ हँसते हुए ही बोले—इसलिए मैंने इन्हें बुलवाया कि इस पर कम-से-कम पूछ तो लूँ कि कहीं इसकी इच्छा बिहार में जमने की तो नहीं है?

—आप भी तो शायद पिपरी मेल से आए हैं? उर्वशी बनती हुई एकदम साधारण ढंग से बोली।

—जी हाँ, श्रीकान्त बोला।

—मेरी निगाह आप पर गई थी, वहीं लगा कि आप जो कुछ और हों पर ठेकेदार तो नहीं ही हैं?

हाँ, निगाह तो मेरी भी आप पर पड़ी थी और आपका मेरे बारे में सोचना बहुत गलत भी नहीं है, श्रीकान्त गम्भीर हो कहने लगा, ठेकेदार तो नहीं, पर ठेकेदारों के साथ काम तो करना ही पड़ता है, उनके मजदूरों के साथ जूझना तो पड़ता ही है।

—लेकिन ये कह रहे हैं आज ही लौट जाने को, चीफ बीच में ही बोल पड़े, और मैं सोचता हूँ कि तुम आ गई हो तो थोड़ा तुम्हें ये घुमा दें, यहाँ दो साल रह चुके हैं, हर जगह से परिचित हैं।

—हाँ पापा, ये तो ठीक है। दरअसल घूमने के लिए ही तो मैं यहाँ आई हूँ। जब आपने मुझे लिखा कि मैं पन्द्रह दिनों के लिए छुट्टियाँ मनाने पिपरी कैम्प करने जा रहा हूँ तो मुझे तो मुँहमाँगी मुराद मिल गई। मैंने तो अपनी दो-एक गर्लफ्रेंड को भी आमंत्रित किया है, देखो वे कब आती हैं। किन्तु श्रीकान्त जी को, तुरन्त वापसी के लिए कोई विवशता हो तो इनसे रुकने का आग्रह कैसे किया जा सकता है।

—आप लोगों की इच्छा के आगे यदि विवशता भी हो तो महत्त्वहीन है। वैसे कोई विवशता है नहीं। छुट्टियाँ ही सीमित हैं, चार दिन और रह गई हैं, एक दिन के लिए गाँव भी जाना है पिताजी और माँ को देखे एक लम्बा अर्सा हो गया। अब आज तो लौटने का सवाल ही नहीं रहा, कोई बस नहीं रही। कल रुककर, परसों यदि आप लोगों की अनुमति होगी तो सुबह आठ बजे वाली बस से लौट जाऊँगा।

—हाँ, ये रही उचित बात! इस बार श्रीमती शर्मा बोलीं लेकिन खाते भी रहो।

—जी, पेट तो इतना भरा है कि क्या कहें। बस में खाते ही आया। यहाँ दोस्त श्रीवास्तव, ए.ई. हैं, उनके यहाँ खाना पड़ा फिर यहाँ ये सब देख मुँह में पानी आता है भरे पेट में जगह नहीं...।

अजब सी दयनीय विवशता श्रीकान्त के चेहरे पर छा गई तो उर्वशी हँसने लगी।

—देखा, चीफ ने व्यंग्य किया—मैं तुम्हारी साफगोई की दाद देता हूँ और ये लड़की हँस रही है।

—लो कुछ फल खाओ।

—श्रीकान्त जी, रास्ते में तो कोई दुकान भी नहीं थी जहाँ आप ने कुछ खाया-पिया हो। मालती शर्मा बोलीं।

—तो बरवाडीह में कैसा काम चल रहा है श्रीकान्त?

—काम तो ठीक वैसे ही चल रहा है, जैसे मैं चाहता हूँ। एकदम एसफिकेशन के अनुसार, पर ऑफिस के स्टाफ में कोऑपरेशन नहीं है। ऊपर से नीचे तक क्लिकबाजी है। 15 लाख के काम का ठेकेदार मेरे साथ है। पर मेरी सख्ती से ऑफिस की आमदनी मारी जा रही है। इसलिए हवा का रुख, मुझे अपने खिलाफ लग रहा है। यह काम लोएस्ट टेंडर को नहीं मिला, जबकि वह ब्लैक लिस्टेड भी नहीं है। मौजूदा ठेकेदार प्रोजेक्ट इंजीनियर का खास आदमी है। मुझसे तो प्रोजेक्ट इंजीनियर ने कुछ नहीं कहा, पर हवा में गन्ध मेरी खिलाफत की तो मिलती ही है।

मालती शर्मा श्रीकान्त का मुँह देखती हुई खामोश थीं। चीफ बोले—हाँ, वहाँ का स्टाफ बदनाम है। पर चीफ और एस.ई. तो ईमानदार हैं?

—हैं तो, पर नीचे वालों के मारे वे भी परेशान हैं।

—न टिक सको तो चले आना—यहाँ इंडिपेंडेंट चार्ज दे दूँगा। ढाई बजे तक यह खान-पान चलता रहा। फिर चीफ उठते हुए बोले—अच्छा श्रीकान्त तो यह तय हुआ कि कम-से-कम आज और कल तुम यहाँ मेरे साथ रुकोगे। बाकी, उर्वशी के साथ तुम लोग घूमने का प्रोग्राम बना लेना। मैं थोड़ा लेटने चल रहा हूँ। थके तो तुम लोग भी होंगे, थोड़ा आराम कर लेना। बस में बैठे-बैठे कमर अकड़ जाती है। चीफ उठकर चले गए।

पर श्रीकान्त को उर्वशी और उसकी मम्मी ने वहीं लगभग आध घंटा और रोक लिया। तीन बजे श्रीमती शर्मा ने श्रीकान्त को बगल वाला कमरा आराम करने के लिए बताया। सजे हुए कमरे के निवाड़ वाली पलंग पर श्रीकान्त की थकी हुई देह लेटी तो बड़ी राहत मिली। लेटे हुए, वह इस यात्रा और चीफ के बारे में सोचता रहा। विभाग में खूँखार आदमी के नाम से जो जाना जाता था आज इतना खुला और नम्र क्यों है? हायर सर्किल में बहुचर्चित, रूपसी, मालती शर्मा को इतने निकट से देखने का यह पहला मौका था। बिसात पर बिछी हुई शतरंज की मोहरे, चीफ,

मालती शर्मा, क्वाँरी आधुनिकतम बेटी उर्वशी और डेपुटेशन से लौटने के बाद प्रमोशन देने का शर्मा का एलान! आमने-सामने बैठे हुए श्रीकान्त देखता रहा, उर्वशी की कसमसाती, लचीली देह, देह के तने हुए उरोज, मांसलदार बाँहें और आँखों की भौंहें, पलकों में अथाह मदहोशी—चौकड़ी भरने वाली इस हिरनी से सावधानी बरतनी होगी। ठीक साढ़े चार बजे मालती शर्मा ही श्रीकान्त को जगाने कमरे में आईं। श्रीकान्त, बेसुध सो रहा था। सिर पर के बड़े रूखे बाल बिखर गए थे। बाएँ करवट, पंखे की हवा से बाल हिल रहे थे। बाएँ हाथ पर सिर टेके बेहद शान्त मुद्रा में श्रीकान्त चुपचाप सो रहा था। पलंग के पास मालती शर्मा पलभर ठिठककर खड़ी हो उसे देखती रहीं फिर झुक के धीरे से, कन्धा हिलाने लगीं।

श्रीकान्त ने आँखें खोली, तो वे मुस्कराती हुई बोलीं—बहुत थक गए हो क्या?

श्रीकान्त झटके से उठकर बैठ गया—जी नहीं।

—चलो चाय पीएँ।

—चलिए। श्रीकान्त उठते हुए बोला, आप चलें मैं अभी आया। पर वे गई नहीं। वाश-बेसिन के सामने खड़े हो श्रीकान्त हाथ-मुँह धोने लगा—फिर तौलिया से मुँह पोंछ शीशे के सामने बालों में कंघी करने लगा। मालती शर्मा खड़ी हुई उसे निहारती रहीं। कंघी कर बोला, चलिए, मालती शर्मा के साथ डाइनिंग हॉल की ओर बढ़ गया। चीफ और उर्वशी एक साथ आए।

—कोई प्रोग्राम बना? चीफ बोले।

—जी हाँ, चाय पीकर हम तीनों लोग बराज पर घूमने जाएँगे?

—नहीं-नहीं, मैं नहीं जाऊँगी। मालती शर्मा बोलीं, तुम लोग जाओ, मुझे बहुत काम हैं।

—अरे, तुम लोग जाओ, ये तो बहुत घूम चुकी हैं।

पाँच बजे चाय समाप्त कर श्रीकान्त, कपड़े बदलने के लिए अपने कमरे में चला गया और ठीक साढ़े पाँच बजे, डाक बँगले के आगे लॉन में खड़े हो उर्वशी की प्रतीक्षा करने लगा, अपने को एकदम से बदलकर, इस नये परिवेश में ढालकर, बॉस की बेटी की सेवा के लिए तैयार।

लगभग आधा घंटा के बाद साड़ी और स्लीवलेस ब्लाउज में सज-धज कर हिरनी आई, श्रीकान्त ने मुस्कराकर उसका स्वागत किया, प्रत्युत्तर में उर्वशी भी मुस्कराई।

—आइए, पहले किधर चलिएगा?

—जिधर आप ले चलें।

—'म्यूहिल' देखकर ही बराज पर चलना उचित होगा। लेकिन पहले यहीं से कुछ बातें समझ लीजिए। श्रीकान्त, लॉन के आखिरी छोर पर पहुँचकर, सामने नदी को दिखाता हुआ बोला।

—यहाँ से देखिए बराज को?

—'बराज' माने?

—बराज! बराज को अंग्रेजी में 'बैरज' कहते हैं, माने बैरियर, रोक, यहाँ नदी का बहाव एकदम रोक दिया गया है। बड़े-बड़े लोहे के फाटक लगाकर जिन्हें 'स्लूसगेट' कहते हैं। स्लूसगेट के दूसरी तरफ लगे जो विद्युत उत्पादन उपकरणों को जब जितना पानी की आवश्यकता होती है, उतना फाटक खोल लेते हैं, यानी, इस पावर स्टेशन में बड़े-बड़े लोहे के खम्भे लगे हैं जिन्हें 'टरबाइन' कहते हैं, पानी की धार से इन्हीं टरबाइनों को चलाया जाता है तो ये टरबाइनें गति पाकर पानी को मथने लगती हैं और बिजली पैदा होने लगती है। ये टरबाइनें ही जल-विद्युत पैदा करने की मुख्य साधन हैं। मैं दूसरे दिन आपको भीतर चल के टरबाइनें दिखा दूँगा।

—उस तरफ इतना चौड़ा सागर, यहाँ इतनी पतली नदी? उर्वशी ने पूछा।

—हाँ, नदी का यहाँ इतना पतला होना एकदम प्राकृतिक है आप एक पहाड़ी पर इस ओर खड़ी हैं, दूसरी पहाड़ी उस पार है, लगभग यहीं से, उस पार, तीर पर नदी का जल पीते हुए एक शेर को, एक अंग्रेज ने देखा और उस पर गोली दाग दी थी। निशाना तो चूक गया, शेर दहाड़ता हुआ उस पार के जंगल में भाग गया, पर गोली पहाड़ी में लगी चिनगारी, छूटी और गोली की आवाज इस पहाड़ी में गूँज गई। उसी अंग्रेज की सूझ थी जो यहाँ बराज बनाया गया। उस पार, जहाँ जलाशय देखती हैं, पहले सूखी धरती थी, जिसमें आदिवासियों की रानी का राज्य था, महल था, अंग्रेजों ने उसे खाली कराना चाहा, आदिवासियों ने इनकार किया, पर रातों-रात, ऊपर से नदी का रोका हुआ जल छोड़ दिया गया, पूरी आबादी ही उस बाढ़ में बह गई। यह अंग्रेज सरकार का एक अमानुषिक काम था। किन्तु, मरण के बाद ही तो जीवन आता है, और जीवन के बाद फिर मरण। लाखों लोगों को रोजी-रोटी देने की यह विद्युत उत्पादन की योजना कार्यान्वित हुई, जिसका फल आपके सामने है। यहाँ से बिजली मध्य प्रदेश को भी दी जाती है। फिर, टरबाइनें चलाने के बाद यहाँ का छोड़ा हुआ जल ओबरा चला जाता है। वहाँ, इसका फिर उपयोग होता है, यद्यपि वहाँ थर्मल पावर स्टेशन है।

—यही सबसे ऊँची जगह है?

—नहीं, तब आइए आपको पहले सबसे ऊँची जगह दिखा दूँ, या पहले रेणु सागर का थर्मल पावर स्टेशन देखना चाहेंगी?

—आपकी क्या राय है, दिखाना तो आपको ही है? उर्वशी बोली।

—है तो, पर आपकी रुचि का तो पहले ध्यान रखना है।

—दूसरे की रुचि समझने के लिए वक्त चाहिए श्रीकान्त जी!

—किन्तु मैं तो पूछ रहा हूँ उर्वशी जी, समझ जाने पर पूछने की कहाँ गुंजाइश रहती है।

चीफ की आज्ञा है, आपको घुमाने की, आप उनकी बेटी हैं, बिना पूछे जानूँगा कैसे? उर्वशी ने एक खास अन्दाज से श्रीकान्त को देखा।

—मैंने कुछ अनुचित तो नहीं कहा?

—नहीं, श्रीकान्त जी?

—आपके देखने के ढंग से मुझे कुछ ऐसा ही लगा।

—एक कथा याद आ रही है, एक बार रानी विक्टोरिया को अपने पति एलन से मिलने की इच्छा हुई रात को दस बजे। पति एलबर्ट उनसे अलग रहते थे, वे रात में अकेली गईं और दरवाजा खटखटाया। पति एलबर्ट ने भीतर से पूछा कि कौन है। विक्टोरिया ने उत्तर दिया कि इंग्लैंड की रानी विक्टोरिया। एलबर्ट कुछ नहीं बोला, पर द्वार भी नहीं खोला तो रानी ने फिर द्वार खटखटाया, भीतर से फिर आवाज आई, कौन नासमझ इस रात को मेरे विश्राम में खलल डाल रहा है। अब उत्तर का अर्थ रानी की समझ में आया तो उन्होंने कहा, आपकी पत्नी विक्टोरिया। इस बार एलबर्ट ने द्वार खोल दिया। विक्टोरिया ने मुस्कराते हुए क्षमा-याचना की और भीतर दाखिल हो गईं।

—किन्तु इसका सन्दर्भ उर्वशी थी?

—बड़े द्वार से आना, कभी-कभी हमें मिलने वाले स्वाभाविक सुख से वंचित कर देता है श्रीकान्त जी। पापा के यहाँ आने पर चीफ की बेटी हो जाना ही, सहज सुख पाने के सामने एक दीवार खड़ी कर देता है।

—किन्तु... ? श्रीकान्त ने चेहरे पर भी जिज्ञासु भाव बनाए रखा।

—किन्तु क्या? जिस खुले, सहज मन से आप मुझसे बस में बातें कर रहे थे, अपने दिल पर हाथ रखकर पूछिए क्या वही सहजता अब भी आपके बातों में है?

—वैसी ही सहजता होनी चाहिए क्या? श्रीकान्त धीमे से बोला।

—चाहिए तो, पर हो तब तो! थोड़ी देर की पहचान में वह सम्भव भी नहीं, उम्मीद लगाना भी बेमानी है और आपकी निगाह में मैं चीफ की बेटी भी हूँ।

—दोनों बातें तो आप ही कह रही हैं। खैर छोड़िए, आइए आपको रेणुसागर दिखाऊँ। दो घंटों में हम लोग बोटिंग कर लौट आएँगे। बराज पर टहलना तो बत्ती जल जाने के बाद भी हो सकता है। चाँदनी रात है आजकल तो और भी सुखद है, यदि आपके पापा अनुमति दे सकें, और आपकी इच्छा हुई तो वह भी कर लेंगे।

—पापा की अनुमति न पाने का सवाल ही कहाँ है? मैं तो घूमने आई ही हूँ, पापा के कैम्प करने की बात मालूम हुई तो चली आई?

—तो चलिए, ए.ई. इंचार्ज को मोटर बोट के लिए फोन कर दें। तब चलें।

—हाँ, चलिए!

यह सभी कुछ दस मिनटों में हो गया। ये लोग जब तीर पर पहुँचे तो मोटर बोट तैयार थी। उस समय लगभग पाँच बज रहे थे। नाव के अगले सिरे पर श्रीकान्त ने

उर्वशी को बिठा दिया और खुद बीच में बैठा तो उर्वशी ने आपत्ति की। उसने श्रीकान्त को पास बुलाया और बगल में बिठाया। फरफराहट के साथ जल को चीरती हुई नाव आगे बढ़ी तब सूरज पहाड़ी के पीछे उतर रहा था। ऊपर का आकाश और लगभग तीन ओर पहाड़ियों से घिरा हुआ नीचे सागर का शान्त ठहरा हुआ जल दोनों शान्त थे, चालक ने रफ्तार तेज कर दी तो उर्वशी ने उसे टोककर धीमा करवा दिया। लगभग बीच में एक छोटा सा द्वीप था, उसके पीछे सागर ने काफी बड़ा विस्तार ले रखा था। चालक कह रहा था, इस साल पूरी तरह बरसात न होने से सागर में जल कम है।

—अगर जल अधिक हो जाता है तो? उर्वशी ने सवाल किया।

—तो स्लूसगेट खोलकर, दूसरी ओर से जल निकाल दिया जाता है, स्लूसगेट बनाने का तात्पर्य ही यही है।

—आप भी तो कहीं ऐसे ही सागर का बाँध बनवा रहे हैं?

—जी हाँ, बिहार में।

भरभराहट के साथ नाव की रफ्तार फिर कुछ तेज हो गई। सामने बीच वाला द्वीप आ रहा था, चालक ने नाव को घुमाया। घुमाने से पानी काटने की गति कुछ तेज हुई और कुछ छींटे उर्वशी की देह पर गिरे। बचने के लिए वह तेजी से श्रीकान्त की देह से एकदम सट गई। अनायास श्रीकान्त का हाथ उर्वशी के दाहिने कन्धे पर चला गया। यद्यपि पानी के छींटे उठना बन्द हो गए थे, नाव अपनी सहज गति में आ गई थी, लेकिन उर्वशी अब भी जैसे सजग हो, श्रीकान्त से सटकर बैठी रही। अपनी स्थिति का भान हुआ तो श्रीकान्त ने हाथ एकाएक हटा लिया। उर्वशी ने नीची आँखों से ही श्रीकान्त की ओर एक बार देखा पर हटी नहीं, और उस सयानी, गुदगुदी देह से निकलने वाली आदिमगन्ध, श्रीकान्त की देह-मन में भरती रही। लगभग पैंतालीस मिनटों के चक्कर के बाद चालक ने कब नाव को मोड़ दिया था और कब किनारा आ लगा, इन लोगों ने ध्यान ही नहीं दिया। नाव के मशीन की आवाज जब बन्द हुई तो ये लोग चैतन्य हुए और उतरे। नाव से उतरते हुए श्रीकान्त बोला—नाव पर घूमने का असली सुख तो चाँदनी रात में है, पर ऐसी नाव पर नहीं, खुद पतवार से खेना और जहाँ चाहें बीच जल में नाव छोड़ देना...।

—कि नाव अपने आप बहती रहे और खुद नाव में लेट के आकाश में चन्द्रमा को निहारते हुए बरसती चाँदनी से नहाते रहें। आइए।

—एक कप चाय पीने की इच्छा हो रही है, अन्यथा अभी चली चलती। क्या जानती थी कि जंगल में मंगल मनाने वाले का साथ हो जाएगा। चलिए एक कप चाय पी फ्रेश होकर फिर लौटें, केवल बराज पर घूमने के मूड से।

—चलिए।

जीप में बैठकर दोनों ऊपर डाक बँगले के लिए चल पड़े। चाय पी, कपड़े बदल उर्वशी फिर निकली। थोड़ा अपने को फ्रेश करके, देह पर नए गन्ध की इत्र लगा, क्रीम

पाउडर से अपने चेहरे को नई कोटिंग दे, आइब्रो और सिर के बालों को सजा-सँवार, नया टच देकर। देह पर एकदम सफेद साड़ी और हाथ में बेहद छोटा सफेद पर्स लिये। इस बार जीप नहीं ली पैदल ही उतर गए। और गुलमोहर के पेड़ों के पास से, बराज की सड़क आरम्भ हुई। तो श्रीकान्त बोला—इस चाँदनी रात में बराज की शोभा देखिए।

उर्वशी बोली—असल में श्रीकान्त जी, एक साथ दो, या, एक के तुरन्त बाद दूसरा सुख भोगना मेरी सीमा-सामर्थ्य के बाहर की बात हो जाती है। एक के बाद तुरन्त ही मैं किसी दूसरे कार्य पर अपने को मानसिक रूप से तैयार ही नहीं कर पाती। कभी कन्सन्ट्रेट कर ही नहीं सकती। चाँदनी रात में इस बराज को देखकर लगा, इस पर टहलने का सुख भी अद्‌भुत है इसे छोड़ा नहीं जा सकता, खास कर के, जब आप जैसा व्यक्ति साथ में मिल गया हो। यह बराज, यह चाँदनी रात तो कल भी रहेगी लेकिन कल का भरोसा कौन करे? मैं तो वर्तमान में जीती हूँ। इसीलिए बीच में थोड़ी देर का ब्रेक देना मैंने जरूरी समझा।

—अच्छा किया, पर कानपुर, लखनऊ, इलाहाबाद छोड़कर पढ़ने के लिए वाराणसी आ गई कोई खास बात?

—हाँ, इंटर में थी तो पापा के साथ कभी वाराणसी आने का संयोग हुआ था। विश्वविद्यालय घूमने गई तो वहाँ की दुनिया ही अलग लगी। अपने में निराली, दूर तक फैली हुई, एक अलग व्यक्तित्व लिये, दूर पर सरस्वती मन्दिर के इस विशाल प्रांगण में आइए विद्या के अथाह सागर में गोते लगाइए। आकंठ डूबिए और बाहर निकल जाइए। अपना एक अलग व्यक्तित्व लेकर। इसी से यह जगह आकर्षक लगी। बी.ए. में ही मैं चली आई। एम.ए. भी वहीं से कर रही हूँ। डी.फिल. करने का इरादा है, लेकिन...देखूँ।

—लेकिन क्या? चलते-चलते श्रीकान्त रुक गया।

—चलते रहिए लेकिन मम्मी थोड़ा बाधक बन रही हैं, इसलिए पापा को भी झुकना पड़ रहा है।

—मम्मी का रुख ऐसा क्यों है?

—वे थोड़ा पुराने खयालों की हैं, भाई अमेरिका जा रहे थे, उसका भी उन्होंने विरोध किया था लेकिन वे पुरुष थे। वे पहली अम्मा से थे रुके नहीं, अपना भविष्य देखा, चले गए।

ये पापा की दूसरी शादी है।

—हाँ।

—रोका तो किसी को भी नहीं जा सकता है उर्वशी जी! चाहे पुरुष हो या नारी। सबको खुद ही राहें बनानी होती हैं, बड़े थोड़ा मार्गदर्शन का काम कर सकते हैं, किन्तु आयु के अन्तराल के कारण नजरिए भिन्न होते हैं। टकराव की स्थिति वहीं पैदा हो जाती है, समय तो सत, प्रवाहमय है, वह कहाँ ठहरता है?

—तब? उर्वशी बोली।

—तब सफल अभिभावक वही होता है जो अपनी सन्तान को साथ लेकर चलता है उसकी आँखों से भी संसार को देखता चलता है। मेरा खयाल है आपके पापा इस सन्दर्भ में काफी उदार हैं। हालाँकि, मेरा उनसे पहला साबिका पड़ा है।

बराज के बीच का हिस्सा आ गया था बराज पर दोनों ओर फ्लैश लाइट जलने वाले खड़े पावर के नीले बल्ब रात हो दिन किए हुए थे, जिसमें सागर का शान्त ठहरा हुआ जल, बेहद आकर्षक लग रहा था। उर्वशी सागर की ओर मुँह करके, मोटे-मोटे पाइप की रेलिंग से टेक दे खड़ी हो गई। ऊपर निरभ्र आसमान में खिला हुआ चन्द्रमा, उर्वशी की बगल में श्रीकान्त खड़ा हो गया।

एक बार उर्वशी को ऊपर से नीचे तक निहारकर बोला, इस सफेद परिधान में अप्सरा की तरह लग रही हैं।

उर्वशी खिलखिलाकर हँसती हुई बोली—बस में तो इंटर-विंटर की लड़की लग रही थी।

—हाँ, आपका वह पहनावा और परिवेश ही दूसरा था। दरअसल सलवार-कुरते में उम्र कुछ छोटी लगती ही है। आधी खिली हुई—कली के समान। और साड़ी में, जैसे तह किया कपड़ा खोल दिया जाए, देह खिल जाती है।

—ऐसा मेरी देह में क्या है?

—क्या नहीं है? समानुपाती तनी हुई सुडौल देह, देह के उभरे हुए अंग-अंग, मांसलदार, कोमल-नरम बाँहें, कलाकार की तरह पतली-पतली उँगलियाँ और खूबसूरत आँखों वाला कतिपय चेहरा, सिर पर रेशम से चिकने मुलायम घने केश, विधाता ने बनाने में थोड़ी रुचि ली होगी।

—अच्छी लगती हूँ?

—सच बोलने से मुझे मिलेगा क्या?

—आपका पौरुष और भाग्य जाने! उर्वशी धीमे से बोली।

—क्या आपकी देह छू सकता हूँ।

—छू लीजिए पर मुझे खुद को तो इस देह में ऐसा कुछ भी दिखाई नहीं देता।

—दे भी नहीं सकता क्योंकि आपके लिए इसकी कोई उपयोगिता नहीं। मोहे न नारि, नारि का रूपा!

—मतलब? उर्वशी नासमझ बनके बोली।

—मतलब ये कि पानी का वजूद इसलिए है कि उसे कोई प्यासा पिए, उसका उपयोग करे, स्वाद बताए।

—आप प्यासे हैं?

—आपको क्या लगता है? पलभर रुककर श्रीकान्त को ताककर उर्वशी बोली, मैं पानी हूँ?

—आप क्या नहीं हैं? आप धरती, आकाश, पानी हैं और आग हैं।

—आग! उर्वशी चौंकती हुई बोली।

—हाँ, सुलगती हुई भट्टी...लाल तपते अंगारों वाली...आग हूँ तो उससे खुद मैं नहीं जल सकती?

—वह तो पहली शर्त है, बिना अपने जले दूसरे को जलाया कैसे जा सकता है। श्रीकान्त ने व्यंग्य का रुख बनाए रखा।

—आपको जला सकती हूँ! उर्वशी श्रीकान्त के थोड़ा समीप खिसक आई, जला रही है आँच लगनी शुरू हो गई है। यहाँ कम लगती है, क्योंकि पास में पानी का अथाह भंडार है, उससे छन के आने वाली हवा और ऊपर से बरसने वाली शीतल, सुखद चाँदनी, उस ताप के असर को काफी कम कर दे रही है। कमरे में होता तो अब तक शायद जल-भुनकर राख हो गया होता।

उर्वशी हँस पड़ी—आप कमाल के आदमी हैं।

—आपने अभी मुझे पूरा जाना ही कहाँ? मुझे पूरा जान लेने पर कहिएगा, मैं आपके अनुमान से अधिक कमाल का आदमी हूँ। लेकिन तब भी मैं आपसे शायद जीत नहीं पाऊँगा क्योंकि आपका नाम भी गजब का है। इस नाम से जब पुरूरवा हार गया तो मैं कहाँ तक ठहर सकता हूँ।

—पुरूरवा! यह कौन था!

—सोम वंश का आदि पुरुष, प्रयाग के पास प्रतिष्ठानपुर का राजा।

—और वह उर्वशी कौन थी?

—देव लोक की एक अप्सरा, अप्रतिम सुन्दरी, राजा पुरूरवा की प्रेयसी, प्यार और वासना का प्रतीक, राजा पुरूरवा को मदान्ध करने वाली और अन्ततोगत्वा, विरहोन्मत्त पुरूरवा को छोड़कर चली जाने वाली। एक उर्वशी वह थी, दूसरी आप हैं, जो आप हैं वह नहीं जानती, तो क्या अपने नाम का अर्थ जानती हैं?

—नहीं, आपको बताना होगा।

श्रीकान्त चुप लगा, चाँदनी बरसते, उर्वशी के मुँह पर देखता रहा तो वह बोली—बताइए, ज्ञान दान की दक्षिणा मिलेगी।

—जिसके नाम का अर्थ ही उत्कृष्ट-अभिलाषा, अपरिमित-कामना हो उससे दक्षिणा पाने की आस लगाना ही बेमानी होगा।

उर्वशी धीरे-धीरे, साध-साध के बोलने लगी, काश आप मेरे भी गुण-धर्म जान जाते!

—मौका दिया गया तो जान ही जाऊँगा, लेकिन इस समय जो उर्वशी सदेह सामने खड़ी, दूसरे को विदेह कर देने की स्थिति में हो, उस रूप-राशि को क्या कहा जाए?

उर्वशी मुस्कराई—मेरा भ्रम तो टूटा।

—कैसा?

—मैं आपको शरत् बाबू के उपन्यास का श्रीकान्त समझती थी?

—अकर्मण्य, पंगु, कोढ़ी, एकदम आलसी, क्यों?

इस बार वह हँसी—जो केवल पाना चाहता है!

—अब आप साहित्य की बातें कर रही हैं, मैं विज्ञान का विद्यार्थी हूँ। अकर्मण्य न होते हुए भी पाना ही चाहता हूँ, हर घड़ी जोड़-भाग, गुणा और उसका फल। हर हालत में सही और तुरन्त। फल न मिला तो समस्या का हल नहीं, निदान नहीं। जहाँ अवरोध, वहीं गाड़ी ठप्प। आशा है आप इस मोटी बुद्धि वाले विज्ञान के विद्यार्थी की बात समझ गई होंगी, कि उनके पास देने को कुछ भी नहीं रहता, सदा पाने की कामना।

—एक बात पूछूँ?

—अब कब पूछिएगा?

—यदि इस समय मैं इस अथाह जल में कूद पड़ूँ तो आप क्या करिएगा?

पलभर, उत्तर पाने को ताकती हुई उर्वशी की आँखों में ताककर श्रीकान्त बोला—मेरा अनुमान सत्य था कि आपमें उर्वशी के गुण भी होंगे। फर्क इतना ही है कि आप जल में तिरोहित होने की बात कहती हैं, उर्वशी अपने पंख खोल, अप्सरा लोक को उड़ गई थी। ऐसी ही स्निग्ध, चाँदनी में पुरूरवा को विरही बनाके छोड़ गई थी। और अपनी प्रेयसी को खोजता हुआ, विरही पुरूरवा, प्रतिष्ठानपुर के जंगलों में मारा-मारा पागल-सा भटकता रहा...।

उर्वशी थोड़ा और आगे बढ़कर श्रीकान्त से एकदम सटकर उसका हाथ पकड़ अपना मुँह ऊपर उठाकर बोली—आपको भी कोई उर्वशी छोड़ गई है क्या, जिसे खोजने के लिए आप बरवाडीह के जंगलों में भटक रहे हैं?

अब स्थिति असहनीय हो गई। एक बार अपने चारों ओर के फैले हुए सन्नाटे को श्रीकान्त ने देखा—दूर-दूर तक कहीं कोई नहीं दिखा तो उसने उर्वशी को अपनी दोनों बाँहों से घेर लिया। साक्षी हो रेणुसागर का वह बराज, बराज पर बरसती हुई शीतल-सुखद चाँदनी और बरसती चाँदनी की वह खामोशी कि यह सब अपने आप होता चला गया कुछ अधिक वेग से तभी दूर के जंगलों में से मोर बोला।

श्रीकान्त ने उर्वशी को छोड़ दिया वह थोड़ा अलग खड़ी हो गई।

—सुनती हो, मोर की आवाज?

—सुनती भी हूँ, देखती भी हूँ। लेकिन आपने मेरी बात का कोई जवाब नहीं दिया।

—खोज रहा था बरवाडीह के जंगलों में।

—पाया रेणु नदी के इस बराज पर। उर्वशी ने वाक्य पूरा किया।

—इस पाने का कौन भरोसा? श्रीकान्त ने कहा।

—क्यों?

—मैं तुम्हें पंखों वाली अप्सरा से कम नहीं समझता।

—तो उत्तर प्रदेश में क्यों नहीं आ जाते? पापा तो आपको बहुत मानते हैं, प्रोमोट

करने पर तुले हुए हैं, उसके बाद भी जब तक पापा रहेंगे, आपको फायदा ही होगा।

—प्रोमोट कर देंगे तो आ जाऊँगा।

—मैं इन्तजार करूँगी।

—यदि कर सको! हालाँकि जिन्दगी को देखने का मेरा नजरिया थोड़ा भिन्न है।

—वह क्या है?

—कि कोई किसी का इन्तजार नहीं करता?

—क्यों?

—क्योंकि हम समय के मातहत हैं और समय किसके लिए ठहरता है? वह तो धारा की भाँति सतत प्रवाहमय है, प्रतिपल गुजरने वाला, चुकते जाने वाला।

—दोनों बाँहें अपने वक्ष पर बाँधकर, श्रीकान्त की ओर मुँह करके खड़ी हो बोली—तब तो लगता है, निश्चय ही आप कहीं बाजी हार गए हैं।...क्यों?

खामोश श्रीकान्त, आगे के शान्त, चाँदनी में दूर तक झिलमिलाते जल को देखता रहा।

—आप ने मेरी बात का जवाब नहीं दिया, हालाँकि यह आपकी बेहद व्यक्तिगत बात है, जिसे इतनी जल्दी मुझे नहीं पूछना चाहिए था।

—फिर भी पूछ लिया, हर बड़े बाप की खूबसूरत बेटी के दिमाग में और कुछ भले न आए, यह सवाल जरूर आता है।

—इस कारण, ये बेटियाँ आपकी नजरों में हेय तो नहीं हैं?

—यदि हों भी तो अपनी बिसात ही क्या है?

—क्यों नहीं, आपका, भविष्य है, आज इंजीनियर हैं, कल सुपरिंटेंडिंग इंजीनियर और तब किसी दिन चीफ इंजीनियर की बारी आएगी।

श्रीकान्त मुस्कराया—क्या होऊँगा, यह तो नहीं जानता, पर क्या रहा हूँ यह जरूर जानता हूँ। और जो रहा हूँ, उस स्थिति का यह आग्रह कतई नहीं है कि आपकी तरह सपने देखूँ। मैं एक बहुत ही साधारण किसान और प्राइमरी स्कूल के अध्यापक का बेटा हूँ, उर्वशी जी।

—तो वह साधारण किसान बाप क्या यही कहेगा कि उसका बेटा पुत्रवधू न लाए और लाए तो अपने मन से नहीं, बाप के मन से? मैं समझती हूँ कि नहीं!

—तुम ठीक समझती हो। लेकिन जिस धरती से यह यात्रा शुरू की उससे कट भी तो नहीं सकता।

—तब आपके मन में यदि कोई आग्रह है तो उसे लाँघने को कैसे कहूँ?

श्रीकान्त खामोश उर्वशी की आँखों में थोड़ी देर देखने के बाद बोला—अब चलें?

—नहीं, अभी तो मन नहीं भरा। आपने मेरे बारे में तो कुछ पूछा ही नहीं?

—तुम्हारे बारे में क्या पूछूँ?

—कि मैं क्या हूँ, कहाँ हूँ, कैसे हूँ?

—जो मैं जानता हूँ वह क्या पूछूँ? मैं जानता हूँ कि आज तक तुमने किसी को मन से प्यार नहीं किया है।

—आप ज्योतिषी हैं?

—बिलकुल नहीं, और तुम्हारे हाथ की रेखाएँ भी मैंने नहीं देखी हैं, थोड़ा-बहुत वह भी आता है। किन्तु किसी के भी गुण-धर्म को देखकर बहुत कुछ अनुमान लगा लिया जा सकता है, क्या तुम्हारे बारे में मेरा अनुमान गलत है?

—नहीं! किन्तु जंगलों में भटकने से बाकी बातें पूरी कैसे होंगी?

—क्या मन को शर्तों में बाँधा जा सकता है? या किसी से जुड़ने के लिए कुछ खानापूरी करना आवश्यक है?

—नहीं, एकदम नहीं, उर्वशी कहने लगी, यह सब पूर्व जन्म के संस्कार के कारण होता है श्रीकान्त जी, किसकी जिन्दगी का कितना हिस्सा किसके साथ जुड़ना है यह पहले से सही निर्धारित रहता है। इसीलिए हम एक और सत्ता को स्वीकार करते हैं जो हमसे बड़ी है, सर्वोपरि है, सर्वशक्तिमान है।

—मैं थोड़ा उससे अलग हूँ।

—अब तक की जिन्दगी के दौर से गुजरते हुए मैंने जिस सत्य को भोगा है उसे नकार नहीं सकता तुम्हें उस तरह का अहसास भी नहीं हो सकता, क्योंकि तुम्हारे सामने जिन्दगी की कोई भी ऐसी कठिनाई नहीं आई। सभी चीजें सहज उपलब्ध रहीं, हासिल करने के लिए कोई प्रयास नहीं करना पड़ा।

उर्वशी थोड़ा मौन रहकर बोली—इसमें मेरा क्या कुसूर? ईश्वर ने मुझे जहाँ, जैसे रखा।

—हाँ, यही तो मैं तुमसे सुनना चाहता था कि तुम कहो कि ईश्वर की निगाह में आदमी छोटा-बड़ा होता है?

—नहीं, उसका कर्म छोटा-बड़ा बनाता है! उर्वशी बोली।

—और उस कर्म का लेखा-जोखा रखने वाला?

—स्वतः हम, जैसा बोना, वैसा काटना। उर्वशी साधिकार बोली।

—और वह हम पंचभूत से बना पंचभूत में लीन हो जाने वाला, समय से जुड़ना और बिखर जाना एक यांत्रिक पद्धति, जिसे हम जीवन और मरण की संज्ञा देते हैं।

—हाँ, इसे भी स्वीकार करती हूँ।

—तब इसमें ईश्वर कहाँ और किसलिए आता है?

—इस जीवन और मरण, आवागमन से मुक्ति के लिए, इस बन्धन से छुटकारे के लिए?

—वह मुक्ति किसने देखी है? श्रीकान्त ने पूछा।

उर्वशी ने अपने को घिरा हुआ महसूस किया। वह थोड़ा रुककर बोली, आप कहना क्या चाहते हैं? कि समाज में आर्थिक विषमता है। उसके लिए मनुष्य दोषी है। एक ऐसा गलत दावा तैयार हो गया है कि हमारा समाज दो वर्गों में बँट गया है—

एक गरीब, दूसरा अमीर। स्थिति ये है कि गरीब और गरीब होता जा रहा है, अमीर और धनी, अमीर हमेशा गरीब का शोषण करता है। आर्थिक शोषण सारा वर्ग संघर्ष तो यहाँ है। पैसा पूँजीपतियों के हाथ में है। मजदूर, सर्वहारा वर्ग भूखों मर रहा है अमीर को धन रखने की जगह नहीं है...छोड़ो, यह तुम नहीं समझोगी। समझ ही नहीं सकती क्योंकि तुम्हारा वर्ग उस वर्ग से कोसों दूर है जो दलित है, भूखा है...रोजी-रोटी के लिए रोज लड़ रहा है।

—और आप?

—मैं तो एक किसान का बेटा हूँ, अदना-सा प्राइमरी स्कूल के अध्यापक का बेटा...मेरी बात छोड़ो। मैं तो उसी सर्वहारा वर्ग से यहाँ तक पहुँचा हूँ। उर्वशी चुप रही। श्रीकान्त ने घड़ी देखी नौ बज रहे थे आओ चलें, मम्मी-पापा चिन्तित होंगे।...

—वे तो चिन्तित नहीं होंगे? किन्तु आप चलना चाहें तो चलिए, मैं तो थोड़ा और घूमना चाहती थी।

—मैं तो तुम्हारे लिए ही कह रहा था।

—मेरे लिए! अपनी गर्दन ठोक, खिलखिलाके हँसती हुई उर्वशी बोली—मुझे तो आपसे बातें करने में मजा आ रहा है। यह सागर तट का साफ-सुथरा, सीमेंटेड, रेलिंग से घिरा बराज, दूध सी नहाई हुई यह सफेद रात, और आसपास की ऐसी गहरी खामोशी में आपकी बातें कहाँ सुनने को मिलेंगी? श्रीकान्त से लगभग सटकर उसकी आँखों में घूरती हुई उर्वशी बोली, आप तनिक भी दूसरे पहलू को नहीं देखते और कहते हैं, उर्वशी ही राजा पुरूरवा को विरहोन्मत्त बना के छोड़ गई थी...। उर्वशी की देह और चेहरे पर पुते क्रीम-पाउडर की गन्ध श्रीकान्त के मन-प्राण में कुछ अधिक भरने लगी थी किन्तु वह दाहिनी बगल में सटकर खड़ी उर्वशी के दाहिने कन्धे पर हाथ रखकर बोला, यह एक ऐतिहासिक सत्य है उर्वशी।

—पुरुष-स्त्री की देह से ही इतिहास बनता है श्रीकान्त जी, हवा में नहीं। रही होगी उर्वशी, अप्सरा लोक की। पर, राजा पुरूरवा को पहले उसके देह की आदिम गन्ध मिली। वह मनुष्य लोक में उतरी। राजा की आँखों के सामने पड़ी। राजा ने हाथ बढ़ाया किन्तु यहाँ...। कहते-कहते उर्वशी चुप लगा गई।

—अपनी कमर का बायाँ हिस्सा रेलिंग से टेक अपने दोनों हाथ वक्ष पर बाँध दृढ़ स्वर में श्रीकान्त कहने लगा—उर्वशी अप्सरा थी, पुरूरवा राजा था, मेरे अन्नदाता चीफ इंजीनियर की बेटी है। मेरा ध्यान रखना।

—अरे बाप रे! आपको समझाना, घेरना बेहद कठिन है।

—घिरे हुए को घेरना क्या? श्रीकान्त ने उत्तर दिया।

—मतलब? उर्वशी ने पूछा।

—तुम कुछ भी अपने पापा से कह सकती हो। और मैं उसके फलाफल से बच नहीं सकता।

—तो आपको मुझसे डरना चाहिए, इसलिए आइए समझौता कर लें। उर्वशी ने अपना हाथ श्रीकान्त की ओर बढ़ाया।

—किस शर्त पर? उर्वशी की हथेली थामते हुए श्रीकान्त बोला।

—कि अब से मैं जो कहूँगी आप पूरा करेंगे।

—मैं बनारस आता-जाता रहता हूँ। वहाँ मेरी बहन है। वैसे इंटर तक वहीं पढ़ा भी हूँ।

आप जब भी बनारस आएँ तो वीमेन्स हॉस्टल में आने की तकलीफ अवश्य करें और वहाँ आकर कमरा नं. 12 से उर्वशी शर्मा को बुलवाने की तकलीफ करेंगे।

—बस? श्रीकान्त मुस्कराते हुए बोला।

—और मेरे खतों का समय से उत्तर दिया करेंगे।

—ये भी मंजूर। किन्तु खत लिखना मुझे आता ही नहीं।

मैं सिखा दूँगी, वह सभी कुछ जो अब तक आपको नहीं आता होगा।

—और फिलहाल बस। उर्वशी हँसती हुई—श्रीकान्त की कमर में हाथ डाल घुमाती बोली—अब चलिए, चलें।

उर्वशी के दाहिने कन्धे पर रखे हाथ से घेरकर उसका कन्धा मसलते हुए श्रीकान्त बोला—तुम्हारे पंख कौन काटेगा?

—जब पुरूरवा जैसा राजा नहीं काट सका तो अब कोई क्या काटेगा। हाँ, जब तक सामने हूँ कसकर पकड़े रहिए।...

श्रीकान्त के साथ कदम मिलाकर चलती हुई बोली—काफी हद तक मेरे बारे में आपकी धारणा सत्य है। लेकिन जो मैं चाहती हूँ, हासिल भी कर लेती हूँ। दुनिया की कोई भी ताकत मुझे रोक नहीं सकती, मैं ऐसी माँ की बेटी हूँ...।

—और पापा?

—पापा तो केवल अपनी कुर्सी सँभालते हैं उसमें भी कभी-कभी मेरी माँ ही मदद करती हैं।...आइए चलिए, वैसे हैं वे भी जिद्दी, उनके झक में जो चढ़ गया, करके ही छोड़ते हैं। जैसे आपका प्रमोशन उनके दिमाग में चढ़ गया है। संसार की कोई ताकत अब उन्हें वैसा करने से रोक नहीं सकती, वे करेंगे अवश्य, बाद में चाहे जो हो।...आइए चलते रहिए रुक क्यों गए?

—तुम्हारी आवाज सुनते समय तुम्हें देखना बहुत अच्छा लगता है खासकर आज, इस सफेद परिधान में।

—आपकी रुचि का कुछ अन्दाज तो लगा। चलिए—उर्वशी ने श्रीकान्त की कलाई पकड़ के खींची।

—जरा बघनखे से बचाना। श्रीकान्त धीरे से बोला। उर्वशी अपने पंजे देखती हुई खिलखिलाकर हँस पड़ी...।

11

श्रीकान्त अपने कमरे में विश्राम कर रहा था। लगभग दस बजे, खाने को बुलाने नौकर आया। डाइनिंग हॉल में गया। खाने की मेज सुगन्धित भोजन से भरी हुई थी। एक सिरे पर अकेली उर्वशी की मम्मी बैठी थीं, उनके दाहिने चीफ और उर्वशी। चीफ के सामने श्रीकान्त बैठा। उर्वशी की देह पर स्लीवलेस, हल्के नीले रंग की पॉलिस्टर की नाइटी थी, जो बेहद खिल रही थी। पोनीटेल का उसने जूड़ा बना लिया था, जिसमें सफेद गुलाब की एक अधखिली कली खोंसी हुई थी। गले के हार के लॉकेट में जड़ा हीरा रह-रह के चमक जाता था। चीफ की आँखें लाल और चढ़ी हुई थीं, फिर भी चेहरे पर थकन के लक्षण साफ जाहिर थे। वे अपेक्षाकृत सुस्त नजर आए तो श्रीकान्त ने ही मौन तोड़ा—लगता है आप थक गए। मीटिंग में एजेंडा बहुत थे क्या?

—नहीं! चीफ मुस्कराते हुए बोले, हूँ छुट्टी पर, लेकिन लोग यहाँ भी पीछा नहीं छोड़ते। दो एस.ई. चले आए थे एक योजना के विस्तार और उसके कार्यान्वयन पर बातें हो रही थीं। एक एस.ई. उसका विरोध कर रहे थे कि योजना बेहद खर्चीली है। क्योंकि समय अधिक लगेगा। फिर एक तले हुए आलू को काँटे से छेदकर मुँह में रखते हुए बोले—तुम लोग कहाँ-कहाँ घूमे? क्यों बेटी?

—घूमे कहाँ पापा, आज तो सिर्फ बोटिंग की और थोड़ी देर बराज पर टहले, हालाँकि बोटिंग में आज बड़ा मजा आया, लेकिन डर बना रहता था कि बीच ही में यदि कहीं तेल चुक गया तो क्या होगा?

—तुम लोग कितनी देर नाव पर रहे।

—लगभग घंटे भर!

—बस! टंकी की औकात कम से कम, लगातार दो घंटे चलने की है। कल थोड़ा और बोटिंग कर लो।

—महज बोटिंग ही तो करनी है नहीं, सुना है रेणुसागर का स्थल और जाने की राहें बेहद मनोरम हैं।

—तो कल उसे देख लो। श्रीकान्त बोला।

—दैट्स राइट। चीफ मुस्कराते हुए बोले, घूमने में महत्त्व साथ का होता है। घूमने का आधा सुख तो मनचाहा साथी रहने से मिलता है, एंड उर्वशी लाइक्स योर कम्पनी, आई एम हैपी टू नो। यह तो दोहरा फायदा है, डबल गेन फार यू श्रीकान्त, यू आर लकी।

—आपकी कृपा है तो हूँ! श्रीकान्त धीरे से बोला।

पति-पत्नी ने एक-दूसरे को खास अन्दाज से देखा।

—तो अब मिठाइयाँ खाओ, उर्वशी की मम्मी बोलीं।

तभी बाहर से चपरासी टेलीफोन लिये आया, सरकार लखनऊ से मंत्री के पी.ए. का फोन।

—लाओ मुझे दो, मालती शर्मा ने फोन कान से लगाया।

—हलो...जी हाँ, मैं मालती शर्मा बोल रही हूँ—कहिए राय साहब, क्या बात है?...बाहर राय साहब! कमाल है! आप जानते हैं, मि. शर्मा हाई ब्लडप्रेशर के मरीज हैं, डॉक्टर की विशेष राय पर तीन हफ्ते की छुट्टी लेकर, भीड़-भाड़ से दूर यहाँ आराम करने आए हैं, आप लोग यहाँ भी चैन से नहीं रहने देते, कोई न कोई पहुँचा ही रहता है। क्या बात है मार ही डालिएगा क्या?...पहले विभागीय सेक्रेटरी से पूछ लिए होते...जी हाँ, अठारह दिनों के बाद मीटिंग की डेट रख लीजिए...नहीं-नहीं, मैं नाराज नहीं हूँ लेकिन, हम भी इनसान हैं, तीन साल और हैं, काट लेने दीजिए। अरे नहीं भाई, इसमें माफी माँगने की क्या बात है, आप मंत्री जी से कह दीजिए, या, वे चाहें तो मेरे विभाग के मंत्री जी से बातें कर लें...धन्यवाद। नमस्कार। मालती शर्मा ने क्रेडिल पर फोन रख दिया।

—क्या कह रहा था राय? चीफ बोले।

उल्लू के पट्ठे को ये नहीं मालूम है कि जो आदमी डॉक्टर की राय पर आराम करने गया है, वह रबर का खिलौना नहीं है। कह रहा था प्लानिंग मंत्री जी चाहते हैं कि मुख्य अभियन्ताओं की आज के पाँचवें दिन एक मीटिंग हो। तो मैंने कह दिया कि शर्मा किसी हालत में नहीं पहुँच सकते, माफी माँगने लगा कि मीटिंग पोस्टपोन कर दी जाएगी। टेलीफोन पर बातें करती हुई मालती शर्मा के मुँह के भावों का उतार-चढ़ाव श्रीकान्त ने ध्यान से देखा था, आज उसे स्पष्ट हो गया कि ऊपरी सर्कल में इस रूपसी मालती शर्मा की चर्चा क्यों है? सिर में उसके हल्की पीड़ा हो रही थी उसने बाएँ हाथ से दोनों कनपटियाँ दबा ली।

—क्या बात है, उत्सुक हो मालती शर्मा बोली।

—हल्की सी पीड़ा है।

—अरे! अभी दवा लाती हूँ बैठे रहो।

—नहीं, दवा रहने दीजिए, अब सोने जाऊँगा पीड़ा आप ही ठीक हो जाएगी।

—अच्छा, अपने कमरे में चलो, मैं यू.डी. क्लोनी भेजती हूँ।

श्रीकान्त कमरे में चला गया। उर्वशी अपने कमरे में सोने चली गई। चीफ के साथ श्रीमती शर्मा अपने कमरे में आईं तो लेटते हुए शर्मा ने पूछा—लड़का पसन्द आया।

—इतना खूबसूरत लड़का खिला हुआ, रोबदार मूँछों वाला चेहरा, देखने से ही अफसर लगता है, पर उर्वशी को पसन्द आए तब तो। इस लड़के को कब्जे में करना आसान नहीं है।

—मैंने तो अपने कार्ड ओपन कर दिए हैं। बात तय होती है तो न होती है तो, मुझे उसको प्रोमोट हर हालत में करना है।

—क्या चेहरा-मोहरा भगवान ने दिया है, असली मर्द लगता है? मालती शर्मा बोलीं।

—तुम मूँछों की क्रेजी हो? चीफ बोला।

—बिना मूँछों का मर्द कैसा? जैसा कि एक तुम हो?

—मुझसे उसका मुकाबला करती हो? पचपन साल का उतरता हुआ सूरज और 28 साल का उगता हुआ सूरज की आँच में फर्क होता है श्रीमती जी?

—लेकिन यह उगता हुआ सूरज तुम्हारी लाडली बेटी को पसन्द आ जाए तब तो? माँ-बाप का अकेला बेटा है, बैच का टॉपर, समझीं। इतना अच्छा कैरियर वाला लड़का जल्दी मिलेगा नहीं। मेरी नजर पर चढ़ा है, उर्वशी पसन्द कर लेती तो क्या कहना? एक्जीक्यूटिव इंजीनियर बनाके तीन साल में ऐसी इन्ट्री दिलवा देता कि पाँच साल में एस.ई. हो जाता, कोई ताकत रोक नहीं सकती!

—वह अपनी जगह पर है, यहाँ तो पहला सवाल उर्वशी की पसन्द का है। उसका तो दिमाग ही नहीं मिलता।

—'शी हैज विकम टू सोशल' चीफ कहीं दूर देखते हुए बोले—जो लड़की घर के बाहर निकल गई उसे रोका भी कैसे जा सकता है। लेकिन, उसको मैं बचाना चाहता हूँ। श्रीमती शर्मा के चेहरे पर एक हल्का सा हिकारत भरा भाव उमड़ पड़ा—हँसो भी और गाल भी फूला रहे। दुइ न होहिं एक संग भुआलू, देह में चींटी की ताकत नहीं, मतवाले हाथी की सवारी का शौक! चीफ बन गए, अब और क्या चाहिए?

—तुम तो तिल का ताड़ कर देती हो?

—तिल को ताड़ के पास लाए क्यों?

—मतलब?

—चुपचाप आराम करो, मतलब समझाने लगूँगी तो बात बढ़ जाएगी, मूड खराब हो जाएगा। बाहर का आदमी आया है। यह मत भूलना कि मैंने तुम्हें चीफ बनाया है। समझे।

—अच्छा बाबा माफ करो। चीफ ने आँखें बन्द कर ली। वे यू.डी. क्लोन की शीशी ले श्रीकान्त के कमरे की ओर बढ़ गईं। वह अभी जगा था, क्या हाल है?

—ठीक हूँ!

—लाओ यू.डी. क्लोन मल दूँ!

—नहीं, रहने दीजिए अब ठीक हूँ! श्रीकान्त उठके बैठ गया।

—नहीं-नहीं, लेटे रहो। मालती शर्मा उसके दोनों कन्धे दबाती हुई बोलीं।

श्रीकान्त लेट गया।

मालती शर्मा शीशी से यू.डी. क्लोन निकाल उसके सिर में मलने लगीं। सिर, ललाट और कनपटियों पर उनके नरम हाथों का दबाव श्रीकान्त महसूस करने लगा।

एक बार गर्म हो चुकी देह भीतर से फिर गर्म होने लगी। सिरहाने धरती पर पैर लटका बैठी हुई मालती शर्मा ललाट के कनपटियों पर तेल मलते-मलते कभी-कभी उसके गालों पर भी हाथ फेरने लगीं। उसने मालती शर्मा का हाथ पकड़ते हुए कहा, अब रहने दीजिए। गालों पर चलता हुआ हाथ रुक गया। उन्होंने उन्हीं हाथों से श्रीकान्त के होंठों को हल्के से दबाया, मूँछों पर हथेलियाँ फेरती हुई बोलीं—अभी रुक जाओ—थोड़ी देर कनपटियों में मल दूँ तो भीतर का दर्द निकल जाएगा। तभी डाइनिंग हॉल से उर्वशी ने आवाज दिया—मम्मी?

—झटके से श्रीकान्त का सिर तकिए पर रख के बोलीं—क्या है?

—मेरी काजल वाली डिबिया कहाँ है?

—कौन डिबिया। वे यू.डी. क्लोन की शीशी ले कमरे से बाहर निकल गईं।

—ड्रेसिंग टेबल पर काजल की डिबिया थी, कहाँ गई?

—ओह, वह मेरे कमरे में पलंग पर गद्दे के नीचे है कल मैं ले गई थी। बेसिन में हाथ धो तौलिये से पोंछती हुई उर्वशी के कमरे में चली गईं। वहाँ बैठकर बड़ी देर तक माँ-बेटी न जाने क्या बातें करती रहीं। बतियाती हुई उर्वशी सो गई तो मालती शर्मा सोने के लिए अपने कमरे में चली गईं।

सुबह चाय पीकर ही रेणुसागर के लिए चल देना था। नौ बजे चाय मिली—कुर्सियों पर पहले से चीफ, पत्नी और बेटी के साथ श्रीकान्त की प्रतीक्षा में बैठे थे।

पहुँचते ही श्रीकान्त ने एक-एक करके सबको नमस्कार किया।

प्रत्युत्तर के बाद उर्वशी बोली—आप नहा चुके हैं?

—जी हाँ, मुझे सुबह ही नहाने की आदत है, आठ बजे तो मैं अपनी फील्ड ड्यूटी पर निकल जाता हूँ। चाय की घूँट ले हँस के चीफ बोले—होनहार बिरवान के होत चीकने पात। समझी बेटा, जिन्दगी में कुछ हासिल करने के लिए इस देह को रगड़ना पड़ता है, तुम क्या समझोगी कि बड़ा बनने के लिए किन-किन अनिवार्य गुणों की जरूरत होती है?

—मैं तो भाग्य की बात मानती हूँ पापा, बस अपने से कोई गलत काम न हो, मैं यही जानती हूँ।

—हाँ, यह भी एक बहुत बड़ा गुण है, किन्तु इतना काफी नहीं है। किसी को भरपेट भोजन दो, पर पीने को जल न दो यह तो वैसा ही हुआ। जिन्दगी में कुछ पाने के लिए प्रयास न करो, और भाग्य के सहारे बैठी रहो, इसे कोई भी उचित नहीं कहेगा। ईश्वर उसी की मदद करता है जो स्वयं कुछ करते हैं, हाँ, इस करने के दौरान कुछ भी गलत मत करो, महत्त्वपूर्ण ये है।

—श्रीकान्त जी ईश्वर को नहीं मानते? उर्वशी बोली।

—ये तो मैंने कभी नहीं कहा, किन्तु इस समय महत्त्वपूर्ण ये है कि हम लोग यदि समय से निकल सकें तो समय से लौटने में अधिक सुविधा होगी। क्योंकि

रेणुसागर की सड़क पर जीप तेज नहीं चलाई जा सकती, कहीं-कहीं तो बेहद पतली पहाड़ी राह है।

—हाँ, तुम चाय पी चुकी तो उठो।

--अभी कहाँ पापा, अभी तो एक भी टोस्ट नहीं खाया, आप देख रहे हैं कि आमलेट सामने रखा है, जैम की शीशी खुली तक नहीं।

—लेकिन जल्दी करो बेटा, जैम खाओ, टोस्ट, आमलेट खाओ और दूध पियो श्रीकान्त को वापस लौटना भी है।

—लेकिन तुम्हारा भी तो दूध का गिलास वैसा ही धरा है श्रीकान्त, इसे खाली करो। उर्वशी की मम्मी बोलीं, ये लो।

—कमाल है, गिलास अपने आगे रखी है, शिकायत लड़के से कर रही हैं।

—नहीं, मैं टोस्ट खा चुका, चाय पी चुका—दूध नहीं पीऊँगा।

—ये कैसे होगा?

—मुझे सुबह दूध पीने की आदत नहीं।

—अब इनका कहना कर दो, चीफ़ बोले, औरतों के पास दूध और आँसू के सिवा क्या है? चीफ दूसरा कप भरते हुए निगाहें नीचे किए ही मुस्कराते रहे।

एक खरा, सिंके हुए टोस्ट पर मक्खन लगा के श्रीकान्त की ओर बढ़ाती हुई उर्वशी की मम्मी बोलीं—मेरे कहने से श्रीकान्त, ये टोस्ट खाकर दूध पी लो। वे उठकर श्रीकान्त के पास आ गईं।

—अरे, आप तकलीफ न करें, लाइए मैं खा-पी लेता हूँ। श्रीकान्त ने टोस्ट खाया, दूध का गिलास खाली किया और रूमाल से मुँह पोंछते हुए बोला, असल में अधिक खा लेने पर फील्ड ड्यूटी हो नहीं पाती। जितना ही पेट हल्का रहे, चलने-फिरने और झुकने-मुड़ने में आसानी रहती है।

सभी लोग उठ गए। अपने कमरे में जा चीफ पर्स में से सौ रुपये के दो नोट श्रीकान्त को देते हुए बोले—जीप में तेल डलवा लेना। शायद कम पड़ जाए। रुपये ले श्रीकान्त ड्राइविंग सीट पर जा बैठा। लगभग पच्चीस मिनटों के बाद उर्वशी निकली, जीन्स की एकदम चुस्त पैंट, बिना आस्तीन के ब्लाउज में। होंठों पर लिपस्टिक, आँखों में रचा काजल और ललाट पर छोटी सी काली बिन्दी, पैरों में हाई पतले हील की काली सैंडिल और चाँदी की पायल, एक हाथ में प्लास्टिक की टोकरी, दूसरे में प्लास्टिक की बोतल में भरा हुआ पानी। गले में लटकता हुआ कैमरा। यह सब कुछ पलक भर में श्रीकान्त की आँखों में छा गया। श्रीकान्त की बगल वाली सीट पर वह धीरे से जा बैठी। श्रीकान्त ने गाड़ी स्टार्ट की तो उर्वशी ने बरामदे में खड़े पापा-मम्मी को हाथ हिलाया, विदा देने के लिए कुत्ते भौंकते रहे। गाड़ी ढलान से नीचे उतरी—फील्ड हॉस्टल के आगे से पोस्ट ऑफिस की इमारत को छोड़ती हुई, बाजार में पेट्रोल पम्प पर रुकी तेल ले

श्रीकान्त आगे बढ़ा। कॉलोनी के बीच से गाड़ी बढ़ी। पूरे बाजार को बाएँ हाथ छोड़ती हुई कॉलोनी की आधी बस्ती को बीच में लेते हुए किनारे-किनारे, घेरकर, एकदम पीछे से सड़क घूमकर गई थी। पहाड़ी के किनारे-किनारे कुछ दूर चल चुकने के बाद, दोनों किनारे खुले हुए मिलने लगे, जिनके दोनों ओर बड़े-बड़े बेहड़ा के पेड़ लगे हुए थे। कहीं-कहीं दूर-दूर तक आँवले के पेड़ों की कतारें थीं। आगे, दाहिने-बाएँ देखता हुआ श्रीकान्त चालीस की चाल से जीप चला रहा था।

एकाएक उर्वशी बोली—आप चुप क्यों हैं?

—आँखों से बोला कहाँ जाता है, सामने देखना पड़ता है एक साथ दो चीजें तो नहीं देखी जा सकतीं?

—जिनसे बोला जाता है वह खामोश क्यों है?

—अभी नजर से पी रहा हूँ।

—वल्लाह! क्या कहने, लेकिन सब कुछ नजर से ही पी जाइएगा तो इस ठठरी का क्या होगा?

—चील-कौओं की कमी तो है नहीं!

—आप अपने को किस कोटि में समझते हैं?

—आप जिसमें रखें, लेकिन किसी न किसी में रखें अवश्य?

—मान लीजिए, मैं आपको चील-कौओं की कोटि में रख दूँ? उर्वशी ने तिरछा ताकते हुए कहा।

—तब आपको अपनी ठठरी के लिए चिन्ता नहीं करनी पड़ेगी, वरन् आपको मुझसे एक प्रार्थना ही करनी पड़ेगी?

—प्रार्थना! किसलिए?

—कि कागा चुन-चुन खाइयो, हाड़-चाम और मांस, दो नैना मत खाइयो, जामें पीउ मिलन की आस।

—मेरा कोई पीउ नहीं है! उर्वशी किंचित् तैश में बोली।

—यदि मुझे कौआ होना है तो आपकी आँखों में भी किसी पीउ को बसना है।

—मेरे मन की बात आप ही जानेंगे?

—मैं नहीं तो मेरी तरह कोई दूसरा मेरा भाई जानेगा, पर जानेगा जरूर, अन्यथा...।

—अन्यथा, इस उफनी हुई नदी का क्या होगा? इसे कगार के भीतर कौन रखेगा? एक कुशल चौकीदार तो चाहिए ही!

—आप करेंगे चौकीदारी?

—अब मैं खाली कहाँ हूँ, दो जगह तो अट नहीं सकता, जब कौओं के झुंड में मुझे डाल दिया तो अब चौकीदारी करने का सवाल कहाँ आता है। मैं तो अब ठठरी की ताक में रहूँगा। देहयष्टि पाने वाला तो कोई और होगा!

—जरा जीप रोकिए पानी पीऊँगी।

श्रीकान्त ने सड़क के किनारे जीप लगा दी। वह थोड़ा श्रीकान्त की सीट की ओर सट गई। प्लास्टिक की बोतल से पानी गिलास में डाल श्रीकान्त की ओर बढ़ाया, लीजिए?

—मुझे प्यास नहीं लगी है।

—श्योर?

—श्योर।

—पानी देखकर भी नहीं।

—नाऊ देखकर हजामत बढ़ने की बात सुनी थी लेकिन पानी देखकर प्यास लगना तो कहीं नहीं सुना!

उर्वशी ने पानी का गिलास श्रीकान्त की ओर बढ़ाए ही रखा, खैर, आप चाहती हैं तो पी लेता हूँ। श्रीकान्त ने गिलास ले लिया और पानी पी खाली गिलास हाथ में लिये हुए बोला, तब एक बार और भर दीजिए।

विस्फारित नजरों से देख बोतल से पानी उड़ेलती हुई बोली—आप भी कमाल के आदमी हैं? इतनी प्यास लगी थी और आप कह रहे थे पानी नहीं पीऊँगा!

—अपने लिए नहीं, आपका मन रखने के लिए पी रहा हूँ।

—इतने से ही मेरा मन रह जाएगा?

—कहा तो आपने इतने ही के लिए।

—मुँह खोलने में औरत की शोभा नहीं रहती। यह तो मर्द का काम है कि उसे पहचाने, उसकी जरूरतें पूरी करे। अब आप नीचे उतरिए।

श्रीकान्त गाड़ी से नीचे उतर आया, दोनों एक महुआ के पेड़ तले खड़े हो, सामने की ऊबड़-खाबड़ पहाड़ी को देखने लगे जिसमें जगह-जगह आँवले के पेड़ लगे थे।

—इधर आँवले के पेड़ दिखाई देते हैं।

—हाँ, इसीलिए तो इधर के निवासियों के बाल मरने तक काले ही रहते हैं।

—बड़ी सुनसान जगह है, कितनी दूर है अभी रेणुसागर। आगे के एक पत्थर पर दाहिना पैर रखती हुई उर्वशी बोली।

—बस, लगभग दस मिनट में हम पहुँच जाएँगे।

—ये सड़क चलती नहीं है।

तभी ऊपर बैठे हुए एक कौए ने बीट कर दी जो उर्वशी की दाहिनी जाँघ पर गिर के फिसलती हुई दोनों टाँगों के बीच धरती पर जा गिरी और जाँघ पर एक सफेद निशान बन गया। उर्वशी ने रुआँसा मुँह करके ऊपर देखा, श्रीकान्त ने भी देखा। उल्लू का पट्ठा कौआ है। उर्वशी बोली, जीप से तौलिया ले आइए। अपनी पैंट की जेब से रूमाल निकाल, श्रीकान्त मुड़कर उर्वशी की जाँघ पर की बीट पोंछने लगा, गुदगुदी, मांसलदार, जीन्स से ढकी हुई जाँघ। उर्वशी सिहर गई वह श्रीकान्त की झुकी देह पर हाथ रख के थोड़ा और आगे सरक गई। जीन्स साफ कर जैसे ही श्रीकान्त ने सीधा

होने के लिए सिर उठाया कि उसका सिर उर्वशी के दाहिने उरोज से रगड़ गया।

कम ऊँचाई वाले चौखट के दरवाजे से बाहर निकलते समय थोड़ी असावधानी वश जैसे सिर में चोट लग जाए और आदमी पूरी तरह सिर झुकाकर सिर मलते हुए चौखट की ओर ऊपर देखे, एकदम वैसे ही सिर पर हाथ रख के श्रीकान्त ने उर्वशी की ओर देखा तो वह शरारत भरी चितवन से देखती हुई बोली—क्या बात है?

—सिर में चोट लग गई?

—खून तो नहीं निकला!

—नहीं, अभी तो नहीं निकला, अभी तो गुमटा फूल आया है।

—लाइए देखूँ तो! उर्वशी ने फिर उसी शरारत भरे अन्दाज में कहा।

—नहीं, रहने दीजिए, आप छुएँगी तो खून बहने लगेगा। आइए चलें, थोड़ी दूर और चलना है। श्रीकान्त स्टीयरिंग पर बैठ गया।

उर्वशी भी पीछे-पीछे आई और उसकी बगल में बैठ उसे अपनी पूरी देह से ठेलती हुई बोली—अच्छा आप उधर चलिए, मैं ड्राइव करना जानती हूँ। चीफ की बेटी हूँ जीप चलाना भी नहीं जानूँगी?

—लेकिन आपने राह तो देखी नहीं, इधर की सड़कें पतली-चौड़ी होने का अन्दाज तो आपको होगा नहीं। यह बेहद खतरनाक सड़क है।

—आप किसलिए बगल में बैठे हैं? चलिए खिसकिए, उर्वशी ने श्रीकान्त की जाँघ के नीचे अपना बायाँ हाथ लगा उसके पाँव उठा, कन्धे को अपनी छाती से दबा ठेलती हुई बोली।

श्रीकान्त हटते हुए बोला—बदन में जोर नहीं, धकियाये चली जा रही हैं।

—हट क्यों गए? सामने देखती हुई उर्वशी बोली।

—चीफ की बेटी से जोर आजमाएँ?

—ऐसा मौका आ ही गया तो?

—इससे बढ़के अब कौन सा मौका होगा?

—यह तो शुरुआत है आगे की बात कौन जानता है? लेकिन आप तो मैदान छोड़कर भाग रहे हैं! आज रुकना नहीं हो सकता क्या?

तभी दूर पर किसी ट्रक के आने की आवाज सुन पड़ी। श्रीकान्त ने हाथ खींच लिया, पर देह में एक कँपकँपी भर गई।

उर्वशी ने जीप चालू कर दी। घरघराकर जीप आगे बढ़ी और जब सामने से ट्रक गुजर गई तो बोली, एक बार भी मेरी ड्रेस और फिगर की तारीफ नहीं की?

—लगता है मेरा धीरज छूट जाएगा। यह ड्रेस इसीलिए पहना है कि आ बैल मुझे मारो किन्तु यह छूट...।

—छूट मिलती नहीं, ली जाती है हजरत! ये आपको बताना पड़ेगा तो आज आप रुक रहे हैं न।

—यदि कोई फायदा हो तो रुक जाऊँ।

—कल मैं भी आपके साथ वाराणसी चली चलती। मेरा अकेलापन दूर होगा—बोर होने से बचूँगी।

—लेकिन मेरी यह स्वीकृति तुम्हें अपने पापा-मम्मी के सामने मुझे प्रेस करते हुए लेनी होगी।

—वह मैं कर लूँगी, मैं अपना काम जानती हूँ। वैसे ग्यारह बज रहे हैं—दो बजे के पहले लौटना होगा नहीं तो उसके बाद वाराणसी को कोई बस नहीं जाती। आपको रुकना ही होगा। जीप काफी तेजी से चल रही थी—रेणुसागर में कोई गेस्ट हाउस नहीं है? उर्वशी ने पूछा।

—है तो, लेकिन उसमें तो थर्मल पावर के इंजीनियर, या बिरला के मेहमान ही रुकते हैं। हम क्या कहेंगे? हर किसी को रुकने की व्यवस्था वहाँ शायद है नहीं। शहर का होटल तो है नहीं।

रेणुसागर आ गया था। पावर हाउस की ऊँची-ऊँची चिमनीनुमा प्लांट दिखने लगे। इतने ही दिनों में बस्ती काफी घनी हो गई थी। जीप एक जगह रोक वे लोग घूमते हुए छोटी-सी दुकान पर चाय पीने लगे, फिर थर्मल पावर प्लांट बाहर से देखने लगे उर्वशी ने लौटने की इच्छा प्रकट कर दी तो उस समय डेढ़ बज रहे थे।

जीप श्रीकान्त नहीं चला रहा था।

—भूख लग रही होगी?

—लग तो रही होगी पर मैं उसे दबाना भी जानता हूँ।

—स्लाइस मक्खन तो साथ में है निकालूँ।

—नहीं, अब तो डाक बँगले ही चलो। तुम्हारे पापा-मम्मी इन्तजार कर रहे होंगे। सोचें न कि कहीं बेटी को लड़का भगा तो नहीं ले गया?

उर्वशी हँसी।

—हँसी क्यों?

—पापा के बाल धूप में नहीं सफेद हुए हैं जनाब, और मैं कोई पोर्टेबल मशीनरी नहीं हूँ कि जो, जब, जहाँ चाहे लेकर चला जाए? भागने वाली लड़कियाँ तो उल्लू होती हैं, वह औरत क्या जो मर्द को अपनी मुट्ठी में न रखे।

—अगर मन किसी से लग गया तो? श्रीकान्त ने पूछा।

—मन क्या चीज होती है मि. श्रीकान्त! देह के भीतर मन रहता है, भूख-प्यास मिटती रहे मन साला जाएगा कहाँ? मन को बाँधकर रखो, हर आने वाला नया मौसम और उसमें होने वाले फल का इन्तजार करो।

—क्या बात कही तुमने। श्रीकान्त ने स्टीयरिंग पर से हटाकर अपनी बाईं हथेली उर्वशी की ओर बढ़ाई, उर्वशी ने अपनी दाहिनी हथेली श्रीकान्त के हाथ पर रखी। हथेली चूमते हुए श्रीकान्त बोला, एक ऐसे ही दोस्त की मुझे तलाश थी।

—यही सब तो मुझे अच्छा नहीं लगता?

—क्यों, श्रीकान्त ने पूछा?

—सीधी-सच्ची बातें बोलो—आज यहाँ हो, कल बनारस में रहोगे, परसों बरवाडीह के जंगलों में आदिवासियों के बीच—फिर उर्वशी की याद कैसे आएगी? गँजेड़ी-भँगेड़ी किसके? मैं यही ठीक समझती हूँ। यही बात मैं पापा से कहती हूँ कि ब्याह की जल्दी क्या है, लेट मी सर्च एंड ट्राय, मैं खुद खोज लूँगी। जल्दी क्या है? अभी तो एम.ए. करूँगी—फिर रिसर्च, यानी जहाँ मेरे नाम के साथ डॉक्टर लगा कि फिर देखिएगा कि चींटे किस तरह दौड़े चले आते हैं।

—इस समय भी तो चींटों की कमी नहीं है। एक तो साथ लगा है।

—नहीं, आप उनसे अलग हैं, आपको तो मैं कल से देख रही हूँ कि आपकी बड़ी-बड़ी इन आँखों में कहीं कोई गहरा सागर है, जिसकी थाह लगाना आसान नहीं है। अपने पर इतना जब्त करने वाला मैंने कोई मर्द नहीं देखा।

जीप पिपरी के पावर स्टेशन से सटकर गुजर रही थी। पहाड़ी से एकदम सटकर चक्करदार, कुछ खतरनाक मोड़ आ गया था। हॉर्न देते हुए रफ्तार कम करके श्रीकान्त जीप चला रहा था। जीप, बस्ती के बीच से गुजरने लगी। उर्वशी थोड़ा हटकर बैठ गई। कनोरिया केमिकल के गेस्ट हाउस के आगे से, हाथ डाल के दफ्तर के एकदम करीब, बाजार आया, सड़क की चढ़ान आई, गोला चौराहा आया तो उर्वशी ने जीप रोकवा दी। बाजार में कॉस्मेटिक्स की दुकान से कुछ खरीद कर लौटी तब जीप चली फील्ड हॉस्टल और तब वी.आई.पी. डाक बँगले की पहाड़ी पर जीप चढ़ी। पोर्टिको में पहुँचते ही अल्सेशियन का जोड़ा भौंकने लगा, उस समय दिन के लगभग तीन बजे थे। उर्वशी की मम्मी भीतर से निकलीं।

और पापा?

—पापा अपने कमरे में काम कर रहे हैं। तुम लोग देर से लौटे।

—ये तो इनके कारण जल्दी से लौटना पड़ा, इनके सिर में बेहद तेज दर्द होने लगा, मेरा तो मन अभी घूमने को था मम्मी, यू.डी. क्लोन तो रखती हो मम्मी।

—बेशक! लेकिन पहले तुम लोग खाना खा लो। खाते-पीते चार बज गए।

पाँच बजे चीफ ऑफिस से उठे और चाय की मेज पर आ गए। आमलेट, सैंडविच, सलाद, बिस्कुट से मेज भरी थी।

—आज मेरे कारण, मि. श्रीकान्त की बस छूट गई पापा! उर्वशी बोली।

—हाँ, इन्हें तो आज जाना था।

—क्या बताऊँ पापा, जगह इतनी खूबसूरत है कि आने को मन नहीं करता था, उससे खूबसूरत तो वहाँ पहुँचने का रास्ता, यह मिर्जापुर कितनी खूबसूरत जगहों से भरा है। मन करता है, बार-बार उस सड़क पर ड्राइव करूँ। आज मजा आ गया पापा।

—आप लोग लखनऊ कब जा रहे हैं पापा?

—हम लोग छुट्टी बिताकर ही जाएँगे, यदि बीच में कोई जरूरत न आ पड़ी तो।

—तो मैं भी कल इन्हीं के साथ वाराणसी क्यों न निकल जाऊँ। अकेले की बोरियत से बच जाऊँगी।

—हाँ, ये भी अच्छा रहेगा पर इसे बाद में फाइनल करेंगे, यूनिवर्सिटी बन्द है तो दो-चार रोज रुको।

—पर मैं तो सुबह जाऊँगा ही श्रीकान्त बोला।

—ठीक है तुम चले जाना।

असल में इन्हें एक-दो दिनों के लिए गाँव जाना था, उर्वशी बोली।

—ठीक है चले जाना सुबह वाली बस से।

चाय पीने के बाद, तबीयत हल्की हो गई। शाम को सात बजे बरामदे में कुर्सी-मेज लगी। चीफ ड्रिंक पर बैठे। बगल में उर्वशी की मम्मी बैठीं। व्हिस्की की बोतल, सोडा और बर्फ के टुकड़े। चार गिलास रखे थे, श्रीकान्त अपने कमरे में लेटा था कि चपरासी आया, साहब बुला रहे हैं।

—आओ श्रीकान्त बैठो! चीफ ने शीशे के गिलास में लगभग एक पेग शराब डाली, सोडा मिलाया, एक बर्फ का टुकड़ा डाल श्रीकान्त की ओर बढ़ाया—लो।

श्रीकान्त असमंजस में पड़ा, बेहद झिझक और संकोच से बोला—सर! मैं पीता नहीं।

—यहाँ पीता कौन है यार! उर्वशी की मम्मी नहीं पीतीं, उर्वशी नहीं पीती, लेकिन कम्पनी देने के लिए सब बैठी हैं, थोड़ा सा तो दिया है, तुम्हारे सिर में दर्द हो रहा था, सब ठीक कर देगा। और रात भर बढ़िया नींद आएगी। लो-लो, डोंट 'हेजीटेड', यू आर एन ऑफिसर, एन ऑफिसर विदाउट ड्रिंक्स! नो नो, हैव इट! ले लो थकन दूर हो जाएगी, चीफ ने आग्रह किया। तभी प्याज-पनीर की पकौड़ियाँ गर्म-गर्म महाराज ने सामने रखी। आप भी लीजिए, श्रीकान्त ने कहा।

—मैं भी ले रहा हूँ, एक पेग ले चुका हूँ। उर्वशी ने याद दिलाया, तब तुम्हारी याद आई। जहाँ मैं कोई महत्त्वपूर्ण काम भूलता हूँ, उर्वशी फौरन याद दिला देती है। शो इज ए ज्वेल, मेरी अँगूठी का नगीना।

चीफ एक ही घूँट में आधा गिलास खाली कर गए। वे तरंग में आ रहे थे, कहने लगे, मैं चाहता था कि इस लड़की को भी फॉरेन भेज देता, लेकिन बेटा तो चला गया, अब लड़की को भी भेज दूँ तो मेरी आँखों के सामने कौन रहेगा। लड़का अलग खूब कमाता है, और मेरे पास इफरात पैसा है, मेरी इस कमाई का क्या होगा? इसी से मैं इसे यहीं पढ़ा रहा हूँ। ये रिसर्च करना चाहती है, डी.फिल. लेना, मैं कहता हूँ डी. लिट्. करो! मेरी ओर से तुम्हें हर आजादी है जो चाहे करो, ये प्रोफेसर होना चाहती है—हो, ये एक गौरवपूर्ण जीवन है, मान-सम्मान, प्रतिष्ठा से भरपूर, ज्ञान देना भला साधारण बात है!

चीफ एकाएक चुप लगा गिलास की बाकी शराब खाली कर उसमें फिर डालने लगे। उर्वशी और उसकी मम्मी, सिप करती रहीं।

—इसे खाली करो यार तो और दूँ! जिन्दगी भोगने के लिए है ऐसे मौके बार-बार कहाँ आते हैं, हमने तो जिन्दगी देख ली, अब तुम लोगों के सामने है। इस भोगने में जिसने कंजूसी की, वह गया। खूब भोग लेने के बाद ही यदि गाड़ी पकड़ में आ गई तो आदमी अपने को जानने की कोशिश करने लगता है। मैं तुम्हें उपदेश नहीं देता, मैं तो एकदम साधारण आदमी हूँ पर मेरे अनुभव असाधारण हैं। जिन्दगी में मैंने वही किया है जो मेरे भीतर से करने के लिए कहा गया, झुकना तो मैंने सीखा नहीं, लेकिन अब, अब इन सफेद टोपी वालों के मारे नाक में दम है। आई हैव एचीव्ड द हाइएस्ट पोस्ट ऑफ माइ लाइन। तीन साल की नौकरी और है...कट जाएगी। खाओ, खाओ यार, आइ हैव लाइक्ड यू! तुम डेपुटेशन से लौटे नहीं कि मैंने तुम्हें प्रमोशन दिया—आइ विल मेक यू एक्जीक्यूटिव इंजीनियर! तुम पहले आदमी हो जिसकी प्रशंसा उर्वशी ने की है, यह मेरे लिए बहुत है...।

चीफ पूरी तरह शराब के नशे में आ गए थे। आँखें उनकी चढ़ गई थीं, उर्वशी की मम्मी ने गिलास खाली कर बोतल की ओर हाथ बढ़ाया तो उर्वशी ने बोतल से उनके गिलास में शराब उड़ेल दी।

—ज्यादा हो गया। उर्वशी की मम्मी बोलीं।

—नहीं, रहने दो, कल नींद नहीं आई थी।

—उर्वशी पकौड़ियाँ खाती रही, श्रीकान्त पकौड़ियाँ खाते हुए सभी का पीना देखता रहा। इसे भी लीजिए, अलसाई आँखों से उर्वशी ने पूछा!

—नहीं, धन्यवाद?

—हूँ! सिगरेट का धुआँ मुँह से छोड़ते हुए चीफ बोले, कैसे नौजवान हो, एक यंग गर्ल का ऑफर इनकार करना बुरा है। थोड़ा सा ले लो, बेचारी का मन टूट जाएगा।

—सर, दोनों हाथ जोड़ते हुए श्रीकान्त बोला, बरवाडीह में भी ऐसे कई मौके आए पर मैंने साफ इनकार कर दिया। वहाँ के लोग डरते हैं कि मैं यू.पी. के चीफ इंजीनियर शर्मा का भेजा हुआ आदमी हूँ। अब आप जो हुक्म करें, उर्वशी की बात रखूँ, या आपकी मर्यादा...?

—ओह! शर्मा खुश हो बोले—तब मत पियो—इनसान को मान-सम्मान बड़ी मेहनत से मिलता है। श्रीकान्त यू आर ए मैन ऑफ केरेक्टर।

श्रीकान्त ने उर्वशी को देखा—फिर मिसेज शर्मा को। दोनों की निगाहों में एक अलग मुस्कराहट थी।

साढ़े नौ बजे खाना लगा। मोटी रोटियाँ, गोश्त, पोलाव। पीने के बाद शर्मा डटकर खाना खाते थे। भोजन के बाद लगभग ग्यारह बजे वे पत्नी के साथ सोने के

लिए कमरे में चले गए। उर्वशी ने सामान रखवा के सब कुछ बन्द किया और अपने कमरे में सोने चली गई।

उसके ठीक घंटे भर बाद मालती शर्मा उठीं। बगल की पलंग पर पति नाक बजाते हुए सो रहे थे। बिना बत्ती जलाए ही वे धीरे से दबे पाँव बाहर निकलीं और उर्वशी के कमरे के बाहर खड़ी हो आहट लिया। कोई आहट नहीं मिली और वे आश्वस्त हो गईं तो वे धीरे से श्रीकान्त के कमरे की ओर बढ़ गईं। भिड़े पलड़ों को उन्होंने भीतर की ओर दबाया तो पता चला कि वे भीतर से बन्द हैं। दरवाजे से कान लगाए वे भीतर की आहट लेती रहीं। तनिक देर तक आहट लेने के बाद वे उर्वशी के कमरे के सामने फिर आके उसने दोनों भिड़े हुए पलड़ों को भीतर की ओर दबाया तो वे खुल गए। बत्ती जला देखा, पलंग खाली है। कुछ सोच के उन्होंने बत्ती बुझा दी और उर्वशी की पलंग पर लेट गईं। लेट तो गईं पर देह में बेचैनी और छटपटाहट भरी हुई थी देह कुछ और ही चाह रही थी। किसी बलिष्ठ भुजाओं का दबाव, अंग-अंग पर पुरुष हाथों का कसाव। वे करवट बदलती रहीं बात सहने के बाहर हो गई तो वे उठीं और अपने कमरे में जा गिलास में ढालकर लगभग डेढ़ पेग व्हिस्की गट-गट पी गईं। फिर उर्वशी के कमरे में वापस आ, उसी के पलंग पर लेट गईं पता नहीं उन्हें कब नींद आ गई।

ठीक साढ़े पाँच बजे उर्वशी जगी। अपने को श्रीकान्त की बाँहों से मुक्त कर, धीरे से दरवाजा खोल बाहर निकली और उसका द्वार भिड़ा अपने कमरे में आई तो दरवाजा खुला देखा, तो चौंकी, बत्ती जलाई तो पलंग पर मम्मी को सोते पा धक से हो गई। तुरन्त बत्ती बुझा दी और वापस फिर श्रीकान्त के कमरे की ओर बढ़ गई। उस समय बाहर हल्की सी सफेदी आ रही थी, दोनों कुत्ते जीभ लपलपाते हुए पास आ गए। कमरे में घुसकर उसने श्रीकान्त को तैयार होने के लिए उठा के अपने कमरे में लौट बाथरूम में घुस गई।

श्रीमती मालती शर्मा व्हिस्की के नशे में बेसुध सो रही थीं। जब मालती शर्मा की नाक बजने लगी तो उर्वशी के चेहरे पर मुस्कान आई। वह दौड़कर श्रीकान्त को बुला लाई और नींद में बेसुध मम्मी को श्रीकान्त से कन्धे की ओर पकड़ाया, खुद दोनों पाँव पकड़े टाँग के उनके कमरे में खाली पलंग पर आराम से सुला आई। श्रीकान्त ने देखा, चीफ दूसरी ओर मुँह किए बेखबर सो रहे थे।

राहत की साँस ले वह बाहर निकली, अगर जग जातीं तो?

—ऐसा अक्सर होता है, नशे में बेसुध सो जाती हैं तो एक जगह से उठाकर दूसरी जगह उन्हें बड़े आराम से सुला दिया जाता है, डोंट वरी, ये सब मैं जानती हूँ यू गेट रेडी।

हीटर पर चाय बना, श्रीकान्त को पिलाई, एक कप खुद पी और ठीक सात बजे उसने अपने पापा को जगाया। वे उठ गए तो बोली—श्रीकान्त जा रहे हैं पापा!

—मम्मी को जगाओ?

—वे तो बेखबर हैं!

चीफ ने हल्की सी एक नजर, बगल की खाट पर बेखबर सो रही पत्नी को देखकर कहा, सोने दो, लगता है रात घोड़ा अधिक कीमत पर बिक गया।

—तब तक श्रीकान्त कमरे में आ गया।

—जा रहे हो?

—जी, हाँ! डोंट वरी, मैं हूँ डेपुटेशन पीरियड खत्म कर चले आना पर हो सके तो थोड़ा-बहुत एडजस्ट करना। सभी जगह वही हाल है। जीप ले लो उर्वशी और बस में श्रीकान्त को बिठा आओ।

श्रीकान्त ने झुककर चीफ को नमस्ते किया और कमरे से बाहर निकलकर, अपने कमरे में, अपना थैला और ब्रीफकेस ले बोला, अब चलो।

दोनों कमरे से निकले। पोर्टिको में खड़ी जीप पर बैठे। जीप उर्वशी ने स्टार्ट की और ढलान पर उतर गई। गोल चौराहे के नीचे वाराणसी मेल खड़ी थी। श्रीकान्त उतरा, उर्वशी से हाथ मिलाया और बस में बैठ गया। पाँच मिनट में बस छूटी तो हाथ हिला के विदा दे उर्वशी लौट आई।

12

करीब सात बजे शाम को श्रीकान्त लालघाट पहुँचा। गाड़ी रास्ते में दो घंटे लेट हो गई थी। आँगन की सीढ़ियों से ऊपर चढ़ा। जंजीर खटखटाई। द्वार खोला मृदुला ने ही—अरे! चौंककर बोली।

श्रीकान्त के चेहरे पर मृदुला की आँखें अटक गईं। भीतर से जैसे अपने को अपराधी समझते हुए वह जल्दी से कमरे में दाखिल हो जूते खोलने लगा।

—गए थे दो दिनों के लिए, लग गए पाँच! मृदुला ने धीरे से कहा।

श्रीकान्त निरुत्तर था। क्या उत्तर देता उस अपनापा भरे प्रश्न का? लेकिन यह पूछना श्रीकान्त के मन को कहीं से छू गया। एक अजब सी उपालम्भ की डोर उसके चारों ओर घिर गई। जूते उतारते हुए बोला—जया ठीक है?

—आ गए, देख लो।

बड़े कमरे से निकल चौका की ओर आँगन में गया। बहिना की सास एक छोटे खटोले पर बैठी थीं। बहिना चौके में रोटी बना रही थी और जया उसके पास बैठकर आटे की गोलियाँ बना रही थी।

सास के पैर छू खाट पर बैठ गया तब बहिना ने देखा। और चौके से निकलने लगी तो जया का ध्यान भंग हुआ। उसने आँगन की ओर ताका और श्रीकान्त को देखा, चिल्ला के दौड़ी—पिताजी! और सरपट दौड़ श्रीकान्त की गोद में आ बोली—तुम आ गए?

—आ गया? उसका मुँह चूमते हुए श्रीकान्त बोला। इनका क्या हाल रहा? जया की ओर इशारा करते हुए बहिना से पूछा।

—ये तो रोज एक बार पिताजी के आने का इन्तजार करती थी। लेकिन मृदुला को पाकर, बाकी दुनिया से इनको कम मतलब रहता था, बहिना कहने लगी—मौसी आँखों से ओझल न हों, चाहे खाना मिले या न मिले।

—लो जलपान करो, बहिना ने बेसन के चार लड्डू कटोरी में आगे रख दिया तो एक उठाकर जया को खिलाने लगा।

—तुम खाओ, भूखे हो, मुझको तो बुआ जी ने अभी खिलाया है। आज मैं, मौसी और बुआ जी घूमने गए थे पिताजी। ये देखो, बुआ जी ने चूड़ियाँ पहिनाई है। जया ने दोनों कलाइयाँ बाप के आगे कर दी।

—अरे! ये तो बहुत रुचती हैं।

—और क्या, मौसी की पसन्द की हैं। मृदुला बोली—अच्छा तुम अब मेरी गोद में आओ, पिताजी को पानी पीने दो। मृदुला ने हाथ बढ़ाकर जया को अपनी गोद में खींच लिया।

तभी पड़ोस की लल्ली बुआ आ गईं—लल्ली बुआ ने बहिना की सास के पाँव छुए, बहिना-मृदुला ने लल्ली बुआ के। मृदुला के सिर पर हाथ फेरती हुई बोलीं, का रे, मृदुला, तोर का हालचाल है?

—ठीके-ठाक है बुआ।

—बहुत मुलायम बोल रही है, दरोगवा ने फिर कुछ किया क्या?

—अब उसके करने और भोगने से तो बच भी नहीं सकती बुआ।

—गलत आदमी का हाथ धरा दिया गुरुजी ने, जरा सी चूक, जिन्दगी भर का भोगना। आप सुस्त क्यों हैं गुरुआइन जी?

—सुस्त नहीं हूँ लल्ली, श्रीकान्त अभी बाहर से आया है, उसी का कुशल-मंगल सुन रही थी।

—हाँ, उस दिन के बाद तो आज ही ये दिखाई पड़ा है।

—दूसरे ही दिन बाहर चला गया था बुआ।

—हमरे घरे नाहीं आब का?

—कल सवेरे आऊँगा बुआ।

—तोहार बिटिया न देखली, अब बिआहो कई ला।

—हाँ बुआ, अब वही तो बाकी है, कवनो नीक लड़की होवे तो बताना बुआ।

—हमरे मने से बिआह करबा? तोहके त मेम चाही, तू त अफसर हवा, इंजीनियर।

—अफसर होने से क्या हुआ, ब्याह इधर ही तो करना है, मेम तो ब्याह होने के बाद बनती है लड़की।

—अच्छा, कई लड़कियाँ हैं हेरे के नाहीं बा! बुआ चलती-चलती बोलीं।

हाथ-मुँह धोने को जाने से पहले श्रीकान्त, जया से बोला—तुम अपनी मौसी के पास बैठो मैं अभी बाहर से कपड़े धोने वाला एक साबुन लेता आऊँ?

—साबुन मैं देती हूँ, बाहर कहाँ जाएगा? बहिना बोली, साफ क्या करना है?

—कुल दो सेट तो कपड़े लेकर चला था, सब गन्दे हो गए।

कल बरवाडीह जाना है रास्ते में पहनने के लिए भी कुछ नहीं है। कम से कम एक पैंट और बुश्शर्ट तो साफ कर लेता।

—तू जा पहले शौच हो ले। लौट के कपड़े साफ करना। श्रीकान्त शौच होने चला गया। लगभग बीस मिनट के बाद बाहर आया तो देखा, उसके सारे कपड़े लेकर मृदुला साबुन लगा रही है और उसकी पीठ पर जया पूरी तरह मुँह के बल झुककर जैसे झूला झूल रही थी। यह क्या? श्रीकान्त ने विस्मय से पूछा।

—कपड़ों में साबुन लगा रही हूँ।

—यह तो मैं कर लेता, नाहक तुमने तकलीफ की?

—पलभर को साबुन की बट्टी पकड़े चलता हुआ हाथ रुक गया। मृदुला के चेहरे पर एक अजीब सी कातरता छा गई और बेहद धीरे, पर करुण भरे स्वर में बोली—क्या इस लायक भी अब नहीं रही?

श्रीकान्त कुछ बोला नहीं और चुपचाप खड़े हो जया और मृदुला को देखता रहा। घर के उस हिस्से में एक अजीब तरह की खामोशी भर गई। पीठ पर झूलती हुई जया एकाएक सिर उठाकर बोली—पिताजी एक बात बताऊँ?

—बताओ।

—तुम पूछो।

—जया क्या कह रही है? श्रीकान्त ने मृदुला से पूछा।

—इन्हें लेते जाओ।

—आओ, चलो जया?

—ना...। जया चीखकर, मृदुला की देह से और कसकर चिपक गई।

—चलो, मौसी को कपड़े धोने दो। श्रीकान्त ने जया का हाथ पकड़ते हुए कहा।

—नहीं, चिल्लाकर जया ने बगल से अपना मुँह अब मृदुला की गोद में कर लिया।

—अच्छा रहने दो। मेरे हाथ गीले हैं और अपने आँचल का कोना श्रीकान्त की ओर बढ़ाती हुई बोली, इसमें कुछ बँधा है खोल लो।

श्रीकान्त ने कोने की गाँठ खोली—उसमें सौ-सौ के पाँच नोट थे। इसके पहले कि श्रीकान्त कुछ कहे, मृदुला स्वत: कहने लगी।

—तुम्हारी एक पैंट की चोर पॉकेट से निकला था। कमरे में देखा नहीं, भिगोने चली तो सहसा ध्यान आया। जेब में हाथ डाला तो ये मिले। लेते जाओ पर्स में रख देना, पर्स ब्रीफकेस में है।

श्रीकान्त कुछ बोला नहीं और रुपये ले कमरे की ओर बढ़ गया। बहिना की सास अकेली बैठी हुई थीं।

—लल्ली बुआ आई भी गई भी? श्रीकान्त ने पूछा। बहिना की सास हँसीं, उनका आना-जाना ऐसे ही होता है। मुहल्ले भर के घरों में ऐसे ही जाती रहती हैं। कहीं भी अधिक देर टिकें तो बाकी घरों की हाजिरी पूरी कैसे हो?

—पंडित जी ने कहा था मृदुला के दूल्हे को बुलवाने के लिए, आए थे क्या?

—वो कसाई यहाँ आएगा? लड़की की जिन्दगी तबाह करके रख दिया है। फिर रुककर बोलीं—जया क्यों चिल्ला रही थी।

—मृदुला कपड़े साफ कर रही है, जया उनकी पीठ पर झूल रही है। बोली कि इसे ले जाओ, बाँह पकड़कर ले आने लगा तो चिल्लाने लगी।

—बड़ी मायावी तुम्हारी बेटी है श्रीकान्त। पता नहीं, किस कोख-बूँद की है लेकिन तीन-चार दिनों में ही ऐसी हिल-मिल गई है कि क्या कहना। आके चुपचाप गोद में सो जाती है। कभी पंखा झलने लगती है, कभी खाते समय पानी का गिलास ले आकर रखती है। मिलाना और मन मोहना तो इसको इतना आता है कि पूछो मत, इस कमरे से उस कमरे, घर से आँगन, साँझ को जब तुलसी जी के पास दिया-बत्ती जलाने बैठती हूँ तो पुरखिन की तरह, बगल में हाथ जोड़ के बैठ जाती है। घर मनसायन किए रहती है। पता नहीं मृदुला में इसका क्या बसता है कि मिनट भर को भी आँखों से ओझल नहीं होने देती। जब देखो, तब मौसी। टट्टी-पेशाब जाने तक में मौसी कहाँ गईं? मौसी कहाँ गईं?

—और बुआ के लिए कुछ भी नहीं? श्रीकान्त ने पूछा।

—बुआ। बुआ जी पर तो अपना हक समझती है, कहती है, ये मेरे पिताजी की बहिन हैं। बुआ जी को हम अपने घर ले जाएँगे। पिताजी, बुआ जी के लिए साड़ी खरीदेंगे। तुम तो इतने दूर हो कि कैसे कहें, वरना पास रहते तो कहती दस-पाँच दिनों के लिए इसे हम लोगों के पास छोड़ जाओ, थोड़ा हम लोगों का भी मन बहल जाएगा।

—ऊधम मचा के रख देगी अम्मा जी, श्रीकान्त बोला।

—इस घर में वही ऊधम देखने के लिए तो हम लोगों की आँखें तरसती हैं श्रीकान्त। इस घर में तो किसी बच्चे के आगम के सारे द्वार भगवान ने बन्द कर दिए, यह नीरस, उदास जिन्दगी, कभी-कभी बहुत खलने लगती है।

—इसे कौन सँभालेगा? आप लोग गंगा-स्नान, पूजा-पाठ करने वाली ठहरीं। छोटी बच्ची है, ढेर सारे काम बढ़ जाएँगे?

खाते-पीते रात के दस बज गए। बहिना की सास कमर में दर्द होने के कारण उठ के अपने कमरे में चली गईं। श्रीकान्त उस बड़े से हॉल में बिछे तख्त पर चला आया, जिस पर जया पहले से सो रही थी। बहिना के साथ मृदुला भी आकर, चौकी

के पैरों के पास बिछी दूसरी खाट पर बैठ गई। बैठते ही बहिना को जैसे कुछ याद आया। वह एकाएक उठती हुई बोली—बताओ न, अम्मा जी की कमर में दर्द हो रहा है और मैं यहाँ बैठी हूँ। तुम लोग बतियाओ, मैं तेल लगाने जाती हूँ।

मृदुला को श्रीकान्त से बतियाने का मौका देने के लिए ही बहिना चली गई।

—मृदुला एकाएक उठी और चौकी के सिरहाने गली में खुलने वाले आदमकद जँगले की दोनों खिड़कियाँ बन्द करके पुन: खाट पर जा बैठी तो श्रीकान्त बोला—अब अगर पास आ जाओ तो कोई हर्ज है?

पलभर को मृदुला ने श्रीकान्त की आँखों में देखा और खाट पर से उठकर श्रीकान्त के पास चौकी पर बैठती हुई बोली—उधर मल्लाहों के घर के पीछे जो दो मंजिला मकान है, उसके ऊपरी कमरे से इस कमरे का सभी कुछ दिखाई देता है।

श्रीकान्त कुछ बोला नहीं और चुपचाप मृदुला की आँखों में ताकता रहा तो मृदुला बोली—बक, ऐसे मत देखो, कुछ कहो!

जिस आरत स्वर में मृदुला बोली, उसे सुनकर, श्रीकान्त भीतर से हिल गया। अंग-अंग से टूटी हुई मृदुला को देखते हुए, जी हुआ कि उसे अपनी देह के भीतर कहीं छिपा ले, या इस सूखते हुए थाले के बिरवे में, अपनी देह का सब कुछ उड़ेल दे। दीवार से तकिया लगा, उस पर पीठ टेकते हुए बोला—कल दोपहर को मैं चला जाऊँगा?

फिर कब लौटोगे?

—यह तो मैं स्वयं नहीं जानता, किन्तु तुमसे मिलने की आस होती तो दुबारा लौटने को समय निकाल पाना मेरे लिए आसान होता।

—नहीं जानती, मेरे बारे में नूनू (चाचा) क्या सोच रहे हैं, यहाँ रहने पर तो देखने-दिखाने की आस बनी ही रहेगी।

—तुम्हारा यहाँ रहना, नूनू (चाचा) पर तो निर्भर करता नहीं। तुम्हारी ससुराल और तुम्हारे पति पर निर्भर करता है।

—यह सही नहीं है?

—क्यों? श्रीकान्त ने पूछा।

—मैं खुद ही उस काल कोठरी में अब नहीं जाना चाहती।

—यह जानते हुए भी कि उसके अलावा, अब तुम्हारे लिए दूसरी और कोई जगह नहीं है?

—हाँ, बहुत अच्छी तरह से, क्योंकि उस कसाई से मैं कई बार धोखा खा चुकी हूँ। अब और सहने की शक्ति मुझमें रह नहीं गई श्रीकान्त। मन का भीतरी उल्लास खत्म हो चुका है। मैंने तो ललाट पर का टीका और मांग में सिन्दूर लगाना भी छोड़ दिया है—

—लेकिन इस समय तो दोनों हैं।

—हाँ, यही तो भौजी परसों कह रही थीं कि मेरे भाई को देखके एकदम खिल जाती हो छोटकी बबुनी। मन की सच्चाई और खुशी को, मैं छिपा भी तो नहीं सकती श्रीकान्त। इसीलिए लगा लिया कि...। मृदुला सहसा चुप लगा गई।

—श्रीकान्त ने बात आगे बढ़ाई।

—कि तुम्हें मेरा मुँह खाली और उदास न लगे।

—तब तो माथे का सिन्दूर एक सनद भर है, एक गहना, औरत के माथे और ललाट की शोभा?

—मेरी जिन्दगी का अनुभव तो यही है, औरों के लिए जो रहा हो। आज की दुनिया में मेरी तरह दिन काटने वाली औरत, शायद ही इसकी पवित्रता को कायम रख सकी होगी और सिन्दूर लगाना तो अब एक फैशन हो गया है। बनारस की गलियों में अक्सर विदेशी औरतों को देखती हूँ कि माथे में सिन्दूर, पाँव की अँगुलियों में बिछिया पहने रहती हैं, हालाँकि वे इस सिन्दूर का मोल क्या जानें?

मृदुला के इस बदले रुख पर श्रीकान्त को थोड़ा विस्मय हुआ। उसके मन की पीड़ा को समझते हुए भी वह ऊपर से निर्लिप्त होने का रुख अख्तियार किए हुए बोला—मान लो तुम्हारी ही बात रह गई, तुम्हें वहाँ जाने को नहीं मिला, तो तुम करोगी क्या?

—हाँ, तुम्हें शायद पता नहीं है, इतने सालों पर जब देखा-देखी हुई तो पता हो भी कैसे? मैंने इंटर की परीक्षा—प्राइवेट पास कर ली है। चाचा से कह रही हूँ कि मुझे सी.टी. या बी.ए. करा दें कि मैं अपने पैरों पर खड़ी हो जाऊँ। कम-से-कम इतना तो एकदम जरूरी है। चाचा बूढ़े हो चले, जब तक हैं चल जाएगा, पर आगे? इस देह का कौन ठिकाना!

मृदुला चुप लगा गई। कमरे में एक गहरा मौन भर गया। आगे बैठी हुई मृदुला के सिर पर से ऊपर देखते हुए श्रीकान्त की निगाहें सामने की दीवार पर टिक गईं न जाने वह कहाँ खो गया।

मृदुला अपने दाहिने हाथ से, खड़े-मुड़े हुए दाहिने पाँव के अँगूठे को कुछ देर तक सहलाती रही, फिर श्रीकान्त की ओर मुँह करके बोली—एकाएक चुप क्यों लगा गए, चुप मत रहो, जितनी देर सामने हो, बोलते-बतियाते रहो। क्या सोचने लगे?

—सोच रहा हूँ मृदुला, कि तब बात मेरी समझ में इतनी दूर तक नहीं आ सकी, बुद्धि ही इस लायक नहीं थी। अब तो यह सब कुछ जो देख-सुनके अपने मन में ले जा रहा हूँ, वह हर समय, मेरे भीतर की आग में घी का काम करेगा?

मृदुला ने एक लम्बी साँस छोड़ी और उसके मुँह पर एकाएक, एक हल्की करुणा भरी हँसी बिखर गई। धवल दाँतों की कतारें और नाक की कील, दोनों

चमक गए। एक अजीब सी भोली हँसी जिसे श्रीकान्त देखता ही रह गया। उसी स्निग्ध हँसी में मृदुला कहने लगी, लेकिन तुम मेरे नसीब को कैसे टाल देते श्रीकान्त! जितना मुझे इस तरह से भोगना था, वह कैसे भोगती, हर ओर से अपमानित और तिरस्कृत कैसे होती? इसीलिए तो कहती हूँ, मुझ जैसी के लिए, जिसके आगे-पीछे आग ही आग हो, अब फर्क क्या पड़ता है? मरे की देह पर, जैसे दो मन, वैसे चार मन! अब सहने की आदत पड़ गई है। मन भर गया है। देह भोथरी हो गई है। यह तुम्हें देखकर, मन में जैसे नए सिरे से कुछ समा गया है। नहीं तो उठना-बैठना, नहाना-खाना, सोना-जागना या कहीं आना-जाना भी जैसे अपने आप होता रहता है, जैसे चाभी भरके कोई मशीन चला दी जाए। और यह सब कुछ भी तुम्हारी बहिना यानी भौजी के कारण हो रहा है। धन्य हैं वे जो इस सूखे बिरवे में पानी डालती जा रही हैं, जिलाए हुए हैं। कौन जाने उनकी निरिव, इस जनम में दे पाऊँगी या नहीं। भइया होते तो बात ही कुछ और होती—लेकिन, उनके और अपने नसीब को क्या कहूँ? पलभर के लिए मृदुला फिर चुप लगा गई।

श्रीकान्त उसका मुँह निहार कुछ कहने ही जा रहा था कि मृदुला फिर कहने लगी—इतना सोचने के बाद भी, न जाने क्यों एक सवाल बार-बार मेरे मन को मथता रहता है जिससे अपने मन को समझा नहीं पाती।

—क्या?

—कि 'उस रात के बाद' यदि तुमने मुझे उबार लिया होता तो बाघ-बन दोनों रह गए होते, और मैं भी शायद इस तरह दूध की मक्खी न बन पाती!

श्रीकान्त दीवार से पीठ हटाकर सीधे पलथी मारकर बैठ गया। फिर, अपने दोनों हाथ मृदुला के कन्धों पर रखते हुए बोला—समझदारी की एक उम्र हासिल कर लेने के बाद भी तुम यदि एक ही रट लगाए हुई हो मृदुला तो मैं क्या कहूँ? किन्तु, तब भी मैं हाड़-मांस का एक स्वार्थी बल्कि नादान, पराश्रित मर्द था, क्या जानता था कि जिन्दगी की इस कर्मभूमि में और सब कुछ तज करके असमय ही बोझ उठाकर, शापित बन जाना ही तुम्हारे मन को सुखी कर सकता था। लेकिन...।

—लेकिन क्या? बात पूरी करो, मृदुला ने श्रीकान्त की दोनों कनपटियों पर अपनी हथेलियाँ रख दी।

मृदुला की आँखों में ताकता हुआ श्रीकान्त बोला, लेकिन उस रात जो भूल मुझसे हुई उसका दुख और पश्चात्ताप मुझे नहीं, ऐसा मत सोचो मृदुला। नहीं जानता अब मुझे कब और कहाँ खुशी हासिल होगी? जब समय के हाथों में खिलौना ही बनना बदा है तो खुशी होगी भी या नहीं कौन जाने? किन्तु ऐसा कुछ अब मत कहो कि जो इस प्रायश्चित्त करती हुई मेरी देह मन की समझ में न आए और इस दीवार पर मैं अपनी खोपड़ी पटक दूँ।

मृदुला के दोनों हाथ श्रीकान्त की कनपटियों पर से एकाएक गिर गए। उसकी

आँखें भर आईं। वह भरी हुई आँखों से चुपचाप श्रीकान्त की ओर ताकती रही। आँचल पर आँसू की बड़ी-बड़ी बूँदें टप-टप गिरती रहीं।

—यह क्या? श्रीकान्त ने उसके आँचल से उसकी आँखें पोंछते हुए कहा।

—दूसरे को दुखी करना ही मेरी किस्मत में लिखा है। समझ में नहीं आता इस मन की व्यथा किससे कहूँ, मृदुला धीरे से बोली—लड़ना-झगड़ना और हार-जीत का सुख-दुख किसी अपने से ही होता है, मर्द को अपनी औरत से, औरत को अपने मर्द के सिर के साये से, मैं अब किसे अपना समझूँ, किसके पास जाऊँ?

एक तो ऐसे ही नींद नहीं आती, चले जाने के बाद यह सब कुछ याद आएगा तो इन नयनों की बची-खुची नींद भी हराम हो जाएगी।

—जाओ, मुँह धो आओ और मुझे पीने के लिए एक गिलास पानी लेती आओ। मृदुला चौके की ओर गई। उधर एकदम सन्नाटा था। चाची के कमरे की बत्ती बुझ गई थी। किन्तु पीछे के खुले जँगले से सेठ के प्रांगण में जलते हुए बल्बों का प्रकाश कमरे में आ रहा था। मृदुला ने झाँककर देखा, चाची की बगल वाली खाट पर, भौजाई भी करवट लेट के नाक बजा रही थी। दूसरे कमरे में उसके लिए बिछी हुई खाट खाली थी। लोटे में पानी ढाल, खाली गिलास ले वह चुपचाप लौट आई और पानी का गिलास श्रीकान्त की ओर बढ़ाती हुई बोली—कितने बजे हैं?

—अरे बाप रे! साढ़े बारह बज गए। वह पानी गट-गट पीकर बोला, अब जाओ सोने, बड़ी रात हो गई।

मृदुला पूर्ववत् उसी जगह बैठकर, श्रीकान्त के पिए गिलास में पानी ढालकर पीने के बाद बोली—बड़े भाग्य से यह रात मिली है, थोड़ी देर और बोल-बतिया लो, कौन जाने फिर भेंट हो या न हो?

—तुम्हारी ऐसी ही बातें तो मेरी समझ में नहीं आतीं?

—मणिकर्णिका घाट पर जिस दिन पहुँचा दी जाऊँगी तो सब कुछ अपने आप ही समझ में आ जाएगा और वह दिन भी बहुत दूर नहीं लगता।

—अगर ऐसी ही बातें करनी हैं तो तुम यहाँ से जाओ।

—चली जाती हूँ पर एक बात पूछूँ, बताओगे?

—पूछो?

—कोई लड़की नजर पर चढ़ी?

श्रीकान्त ने तिरछी नजरों से मृदुला को देखा और कुछ सोचते हुए बोला, अभी तो जंगल में ऐसे आदिवासियों के बीच रहता हूँ जिनकी देह कोलतार की तरह चमकती है। मगर एक नौकरानी रख ली है और संयोग की बात है कि उसका आदमी भी उसे छोड़कर दूसरी के पास चला गया है।

मृदुला हँसी—उसकी उम्र?

—अभी तो अठारह-बीस की होगी।

—किसी अफसर-वफसर की कोई पढ़ी-लिखी लाडली बेटी नहीं है?

—हाँ है, जरूरत से अधिक लाडली, पर मैं उसके योग्य अपने को नहीं पाता।

—और दूसरी अभी दिखी ही नहीं। श्रीकान्त विनोदी स्वर में बोला, मैं जरा सीधा हो लूँ।

—हाँ-हाँ, क्यों, देह दुख रही है क्या?

—हाँ, दिनभर बस में बैठे-बैठे देह अकड़ गई है, कमर और सिर में हल्का-हल्का सा दर्द है।

—लाओ मैं दबा दूँ। श्रीकान्त की कमर पर हाथ रखती हुई मृदुला बोली, उस तरफ मुँह करके करवट घूम जाओ।

—और बहिना आ गई तो?

—तो क्या हुआ, कुछ अनुचित कर रही हूँ क्या?

—अकेले में पराए मर्द की देह दबाना...।

—चलो-चलो, सारी मूली खाकर, जड़ पर कहे कि तीती! जिसके कारण, ऐसी दुर्गति हो रही है, वह पराया कैसे? फिर अभी तो तुम किसी दूसरे के हो नहीं, या...। मृदुला ने हाथ रोक दिया।

दबाने से कमर की पीड़ा कम हो रही थी, देह को आराम मिल रहा था। श्रीकान्त बोल पड़ा—रोको मत, दबाती रहो, और हो सके तो थोड़ा जोर से।

लगभग आधे घंटे तक मृदुला ने श्रीकान्त की कमर और दोनों पैर दबा के उँगलियाँ बजा दी। फिर, पीठ और कन्धे दबाने लगी, अब थोड़ी देह की स्थिति भिन्न हुई, पर औंधा पड़ा हुआ श्रीकान्त अपने मन को काबू में किए रहा।

लगभग एक-डेढ़ बजे श्रीकान्त उठ बैठा—अब बस, अब मेरी एक बात मानोगी?

—ऐसे मत पूछा करो, जो कराना हो, बोल दिया करो।

—मेरी अटैची में से जरा पर्स तो निकालो।

मृदुला पर्स निकाल लाई। श्रीकान्त ने सौ-सौ की पाँच नोट मृदुला के आगे रखते हुए कहा—अपनी कमाई में से आज तक तुम्हें कुछ नहीं दिया। सबके सामने दे भी नहीं पाऊँगा, अपना समझ के इसमें से जितना चाहो ले लो।

मृदुला ने चुपचाप, श्रीकान्त की आँखों में देखा और उसकी आँखें भर आईं।

—नाहक कहती हो कि अब अपना किसको समझूँ?

—इन रुपयों के कारण ही तुम मेरे अपने बने रहोगे?

—यह तो मैंने कभी नहीं कहा, लेकिन अपनी कमाई पराए को दे भी तो नहीं सकता। आखिर, तुम्हारे मन में जो साधें उठ रही होंगी, वैसी ही साधें क्या मेरे मन में न उठती होंगी कि कोई मेरा अपना, मुझसे मेरी कमाई में से ले।

—लेकिन ये रुपये मैं क्या करूँगी?

—इस पर बहस मत करो, हार जाओगी।

—जीती तो मैं आज तक तुमसे कभी नहीं।

—तो फिर ले लो!

खामोश रहकर मृदुला ने श्रीकान्त की ओर फिर ताका—लूँगी पर एक शर्त पर!

—कहो, वह भी पूरी कर दूँगा।

—जाने से पहले तुम जया के बारे में बताते-बताते एकाएक रुक गए थे। क्योंकि तुम्हें बुलाने को पाठशाला से चाचा का विद्यार्थी आ गया था। तुमने यदि तनिक भी मुझे प्यार किया है, मृदुला ने श्रीकान्त की कलाई पकड़ ली, तो मेरी सौगन्ध है कि बताओ यह जया कौन है?

श्रीकान्त एकाएक खामोश हो गया और चुपचाप मृदुला को ताकते हुए मुस्करा के बोला—यह जान के तुम क्या करोगी?

—मुझे सन्तोष हो जाएगा। मृदुला ने श्रीकान्त के पाँव पकड़ लिये।

एक-एक शब्द को तौल-तौल के श्रीकान्त कहने लगा—जिसे नौ माह अपनी कोख में रखा तुमने, उसी रक्त-मांस के टुकड़े को तुमने पहचाना नहीं? बार-बार यह सवाल मुझसे करती जा रही हो।

—यही मैं तुम्हारे मुँह से सुनना चाहती थी, लेकिन जहाँ तक मुझे याद है, इसके किसी हाथ में छह उँगलियाँ थीं?

—हाँ, बाएँ हाथ में थी, मैंने उसे अस्पताल में कटवा दिया, देख लो अभी निशान है।

—वह मैं देख चुकी हूँ।

—तो तुम्हारी बात खत्म हुई।

—हाँ!

—अब मेरी सुनो।

—कानपुर विश्वविद्यालय से तुम बी.ए. का फार्म भरो, किताबें खरीदो। बी.ए. पास करो। ये रुपये उसी के लिए दे रहा हूँ।

—यह चाचा चाहेंगे तभी तो होगा?

—वे चाहेंगे, तुम कह के तो देखो, आगे के खर्च की चिन्ता मत करना, मैं दूँगा।

—फार्म भरने की फीस ही शायद तीन सौ रुपये है, हिम्मत नहीं पड़ती कहने की। भार उन्हीं को सँभालना होगा। पर अब कहूँगी। घड़ी देखी तो दो बज रहे थे—अब तुम जाओ, अपने कमरे में सो रहो।

—जाऊँ? मृदुला ने फिर धीरे से कहा।

—अभी मन नहीं भरा?

—जब तक आँखों के सामने रहोगे, मन नहीं भरेगा।

—अभी बत्ती बुझा देता हूँ आँखों की ओट हो जाऊँगा। श्रीकान्त उठा।

—अच्छा जाती हूँ। पर जया को लेती जाऊँगी।

—ले जाओ बाबा, पर मुझे सोने दो मेरा सिर फट रहा है। कल मुझे जाना है।

—कल कब जाओगे। सोती जया को गोद में उठाती हुई मृदुला ने पूछा।

—यह कल ही बताऊँगा। जाओ, जाते समय बत्ती बुझा देना।

जाते हुए जिस तरह से मृदुला ने श्रीकान्त को देखा, काश! उस चितवन को श्रीकान्त देख सका होता। बत्ती बुझाती कमरे से मृदुला निकल गई। घने अन्धकार में श्रीकान्त उसी तख्त पर लेट गया। थोड़ी ही देर में उसे नींद आ गई।

नींद खुली छह-सात बजे। उठकर बैठा तो देखा, आँगन में पाठशाला का नौकर बर्तन माँज रहा था और घर भर गंगा स्नान को गया हुआ था। शौच से लौटने के बाद जब वह दातून करने लगा तब बहिना की सास, बहिना, मृदुला और मृदुला की उँगली पकड़े जया लौटी। जया के ललाट पर चन्दन-रोली लगी थी। गोरे, उन्नत ललाट पर चन्दन की रोली का टीका खिल रहा था, सिर पर के खुले हुए केश, कन्धे पर लहरा रहे थे। पास आते ही बोली—पिताजी, हम लोग नहा आए, तुम अभी सोये हो।

—रात देर से सोया कि नहीं? श्रीकान्त ने समझाया।

—तो क्या हुआ! हम लोग जीत गए तुम हार गए। जाओ तुम भी नहा आओ, देखो मेरा चन्दन!

—आहा! किसने लगाया?

—बुआ जी ने।

बहिना की सास मुस्कराती रहीं, बहिना मुस्कराती हुई धीरे-धीरे कान में ही शायद हनुमान चालीसा का पाठ करती रही। मृदुला ने धीरे से पूछा—तेल-तौलिया दूँ।

—तेल तो आकर लगाऊँगा, तौलिया दे दो।

मृदुला ने कन्धे पर तौलिया लाकर रख दिया। सभी लोग बड़े हॉल में पूजा करने की निश्चित जगह पर जाकर बैठ गए तो जया, बहिना की सास की गोद में जा बैठी, जिसे प्यार से सास ने ठीक से अपनी गोद में बिठा लिया।

श्रीकान्त स्नान के लिए निकल गया। मृदुला जलपान बनाने में लगी।

मुगलसराय से दिन में तीन बजे मेल जाती थी, उसे पकड़ने के लिए काशी में दो बजे की गाड़ी पकड़ लेनी पड़ती थी—जलपान करते समय यह सूचना श्रीकान्त ने बहिना को दे दी कि वह ठीक एक बजे घर से निकल जाएगा। उस समय साढ़े आठ बज रहे थे। कपड़े पहन वह घंटे भर के लिए अपने एक स्थानीय डॉक्टर मित्र से मिलने चला गया। और लौटा ग्यारह बजे। चूँकि पंडित जी बारह बजे भोजन करने आते थे और ठाकुर जी को भोग लगने के बाद ही घर के लोग भोजन करते थे, इसलिए बहिना की सास ने पाठशाला में यह खबर भिजवा दी थी। ग्यारह बजे ही एक विद्यार्थी ठाकुर जी को लेकर आ गया और भोग लगाकर चला गया। भोजन करके

कपड़े-लत्ते अटैची में रखकर लगभग एक बजे श्रीकान्त चलने को तैयार हुआ। पच्चीस रुपये बहिना की सास के पैर पर, और पच्चीस रुपये बहिना के पैर पर रख श्रीकान्त पैर छू जब खड़े हो, जया को गोद में लिये खड़ी डबडबाई आँखों में मृदुला को देखा तो मन अजीब हो आया। वह खुद भी भीतर से भर आया। किन्तु अपने को दबाकर, वह दोनों बाँहें जया की ओर बढ़ाकर बोला—अब आओ जया, चलें।

बजाय बाप की गोद में आने के, पहले जया ने मुँह फेर मृदुला के कन्धे में मुँह छिपा लिया।

—आओ, चलें जया? श्रीकान्त ने अटैची रखकर जया की एक बाँह पकड़ के कहा। झटके से जया ने दोनों बाँहें, मृदुला के गले में डालकर कस लिया।

मृदुला की आँखों से टप-टप आँसू गिर रहे थे। जब जया की बाँहें पकड़ के श्रीकान्त ने खींच के अपनी गोद में लिया तो जया रोने लगी। श्रीकान्त ने उसे दुलार से समझाया।

—अब चलो जया गाड़ी छूट जाएगी। हम लोग फिर आएँगे तो दादी जी, बुआ जी और मौसी से भेंट होगी। उतरो और सबके पैर छूकर प्रणाम करो।

जया जमीन पर उतर गई उसने बहिना की सास, बहिना के पाँव छुए और जैसे ही मृदुला के पाँव की ओर बढ़ी तो मृदुला फफककर रो पड़ी।

जया ने रुककर बाप की ओर देखा! श्रीकान्त ने उसे गोद में उठाते हुए कहा—अच्छा रहने दो, आओ चलें। और फर्श पर से अटैची उठा कमरे के बाहर निकल आँगन की सीढ़ियाँ उतरने लगा। आँगन के बाहर निकल गली में आया तो ऊपर देखा, गली की ओर खुलने वाले बड़े जँगले के पीछे खड़ी हो बहिना और मृदुला दोनों चुपचाप ताक रही थीं।

13

काशी में भीड़ थी, चहल-पहल थी, भागती हुई जिन्दगी थी, उसका शोर था, तरह-तरह के लोगों के चेहरे थे। बरवाडीह में हरसिंगार के गन्ध भरे फूल थे, सप्तपर्णा का खिला हुआ वन था, वन-बल्लरियाँ थीं। पहाड़ी चट्टानों से निकले हुए झरने थे, इधर-उधर के पोखरनुमा छोटे-छोटे कुंडों में स्पाइडर और लिली के खिले हुए असंख्य फूल थे। खुला हुआ असीम आकाश था, शीतल, सुखद प्राणदायिनी बयार थी, शरद की स्निग्ध चाँदनी थी और चारों ओर छाई हुई अपार शान्ति थी। और, जया थी, कलसी थी, कोयल नदी पर बनते हुए सागर के बाँध पर काम करने वाले सैकड़ों आदिवासी मजदूर थे। साखू, तेंदू, पलाश और झरबेरी के वन थे, जिनमें पड़की, हारियल, तीतर और सुग्गों के भरे हुए झुंड थे।

और अपनी मौसी को याद करने वाला जया का उदास, उतरा हुआ मुँह था।

उसके भीतर की खामोशी तोड़ने वाली, दिन भर में कई बार वाराणसी की याद ताजा करने वाली जया की जिज्ञासाएँ थीं। जो श्रीकान्त के भीतर सुलगती हुई आग को और तेज करने के लिए पवन के झोंके थे।

चीफ इंजीनियर मि. शर्मा थे, जिनके साथ उसकी नौकरी का जुड़ा हुआ एक बहुत बड़ा अहं सवाल था, उनकी पत्नी श्रीमती मालती शर्मा थीं, आकंठ मदिरा में डूबी हुई अलसाई मादक आँखें थीं, आँखों को चकाचौंध करने वाली उनके नाक की कील थी और मुँह में पान के बीड़े दबाए, खिले गुलाब के फूल की पत्तियों से नरम, रस भरे होंठ थे। ऐसी माँ की बेटी उर्वशी को भुला पाना, न सहज था, न सम्भव था। उसके दिमाग और देह से जुड़ी हुई हिरनी-सी चौकड़ी भरने वाली उसकी कुलाँचों को, उसकी देह की तेजी और ताजगी को अकेले में याद करते समय, नासापुटों में अब भी उस देह की आदिम गन्ध भर जाती थी, जो देह-मन, दोनों को रह-रह के झकझोर देती थी, रस के सागर में डुबोकर सराबोर कर देती थी। स्वप्नलोक में पहुँचाकर शिरा-शिरा, रोम-रोम में एक कम्पन भर देती थी। एक दिन और एक रात भर के परिचय और सम्बन्ध ने जैसे मन को कहाँ से कहाँ पहुँचा दिया था। उसी उर्वशी का पत्र सहसा एक दिन मिला। खोला तो आँखों को विश्वास नहीं हुआ।

श्रीकान्त जी,

कमरा नं. 12
महिला छात्रावास, वाराणसी

जिन्दगी में वैसी ट्रेन पर सवार होना मैं कतई पसन्द नहीं करती जो किसी टर्मिनल पर समाप्त हो जाए, जिसके आगे की सम्भावनाएँ खत्म हो जाएँ। दरअसल, मुझे साहित्य पढ़ना चाहिए था, जिसकी सम्भावनाएँ अनंत हैं, पर ले लिया मैंने सोशियोलॉजी। जिन्दगी के हर पहलू को देखने के दृष्टिकोण से...। आप विज्ञान के विद्यार्थी हैं, गुणनफल की तलाश वाले, कर्म के तुरन्त परिणाम की उत्कंठा से प्रतीक्षा करने वाले, किन्तु हैं रचनाधर्मी। सृजनकार, क्या वह प्रतिभा बाँध, नहर या पुल के निर्माण में ही लगती है।

सोचती थी, आप मुझे कम से कम एक खत तो लिखेंगे ही, क्योंकि आपके दृष्टिकोण से मुझमें कई सम्भावनाएँ दिखनी चाहिए थीं। तुरन्त के निहित स्वार्थ की तो बात ही अलग है। मैं आपके चीफ इंजीनियर की बेटी भी तो हूँ...!

किन्तु यह कुछ भी आपके सामने नहीं आया। इसलिए, आज के मेरे इस गलत साबित हुए अनुमान के आधार पर मेरा वही अनुमान सही ठहरता है जो मैंने आपसे, उस रात पिपरी डैम के बराज पर कही थी। उस समय से लेकर वी.आई.पी. के डाक

बँगले की मेरे उस कमरे की उस पूरी रात तक आपको मैंने अन्तर्मन में कहीं बहुत दूर देखते हुए ही पाया है। नहीं जानती, आपकी आँखें कहाँ, किस पर अटकी हैं? जानना भी नहीं चाहती, हर किसी की एक अपनी दुनिया होती है। किन्तु मुझे लगा, पापा दो विरोधी दुनिया में रहने वालों को एक करना चाहते हैं। मुझे आपसे जोड़ना चाहते हैं। आपके चले जाने के बाद मेरे सामने ऐसा प्रस्ताव रखा गया था। मुझे बेहद हँसी आई थी। मैंने पापा-मम्मी से स्पष्ट कह दिया कि एम.ए. करने के बाद मैं रिसर्च करूँगी, किसी भी कीमत पर अभी मैं बँधना स्वीकार करने को तैयार नहीं हूँ। फिर भी मुझ जैसी लड़की को पत्नी बनाना आप भी नहीं चाहेंगे। चाहना भी नहीं चाहिए। मैत्री ही मैं अधिक पसन्द करती हूँ। आप मेरे एक अच्छे मित्र हो सकते हैं, आगे चलकर चाहे जो हो जाए! इस मन का कौन भरोसा?

उस रात, आपको इतने निकट से देख लेने के बाद भी मुझे यही लगा कि आप पिपरी की चट्टानों की तरह अभेद्य हैं। अपने में यह एक असाधारण बात है। आप जैसे पुरुष के मन को पहचान पाना मेरी जैसी औरत के लिए असम्भव ही है। तो कैसे कहूँ, मैं आपसे कुछ पा सकती हूँ। मुझे लगता है, कोई किसी को न कुछ दे सकता है, न ले सकता है। यहाँ का सभी कुछ अपने-अपने सुभीते का है। बहता पानी निर्मल...।

इस शाश्वत सत्य को स्वीकारने में कुछ भी हानि नहीं है। कभी काशी आना हो तो मिलने की कृपा करें। और भले ही न हो, आप से इतनी आस तो लगा ही सकती हूँ। मेरा ऐसा सोचना, अकारण और निराधार भी नहीं है।

क्यों, ठीक है न?

आपकी
उर्वशी

पुनः

सम्भव है अगले मास की पन्द्रह तारीख से दस दिनों के लिए मैं बाहर रहूँ। पाँच लड़के और तीन लड़कियों का एक स्टडी टूर बम्बई जा रहा है। उसमें से एक मैं भी हूँ। इतने दिन हो गए एक बार भी खत लिखने का मन नहीं हुआ, वैसे इस हॉस्टल में पत्र चुराए भी खूब जाते हैं।

पत्र पढ़कर श्रीकान्त ने लिफाफा जेब में रख लिया। बार-बार उसके मन में यही आता था कि यह जो कुछ भी उर्वशी के साथ हुआ या हो रहा है, न तो सहज है और न शुभ है, लेकिन यह सभी कुछ मन में एक अलग थ्रिल तो पैदा कर ही रहा है। एक अजीब सी उत्सुकता, अपने तरह की ताजगी।

पाँच-सात दिनों तक वह इसी ऊहापोह में पड़ा रहा कि आखिर उत्तर क्या लिखा जाए! काम की व्यस्तता बढ़ गई थी। सुबह से शाम तक बाँध पर निरीक्षण के लिए व्यस्त रहने पर, रात को थक जाने के कारण कुछ सोचने का भी मौका नहीं मिलता था। लेकिन अन्तर्मन के किसी कोने में मृदुला का पत्र पाने की आस लगाए

बैठा था। क्योंकि आते ही अपने सकुशल बरवाडीह पहुँच जाने का पत्र उसने बहिना को वाराणसी भेज दिया था। ऐसा विदा होते समय बहिना ने आदेश दिया था।

एक दिन अप्रत्याशित रूप से बहिना का लिफाफा मिला—

वाराणसी

प्रिय बबुआ,

तुम्हारे पहुँचने और कुशल-क्षेम की भी चिट्ठी मिल गई थी। हम लोग अच्छी तरह से हैं, जया की बार-बार याद आती है। उसके लिए छोटकी बबुनी की बात क्या लिखूँ। मेरी तो समझ में ही नहीं आता कि आगे क्या होगा? जया का भार लेने की तुम्हें क्या जरूरत थी दुनिया में क्या नहीं होता, कौन तेरा कान पकड़ने को तैयार खड़ा था। हर जगह लकीर का फकीर बनना भी तो व्यावहारिक नहीं होता? बिल्ली की तरह, बच्चे को मुँह में दबा के वन-वन तू कहाँ-कहाँ मारा-मारा फिरेगा?

बाबू की भी चिट्ठी आई थी उन्होंने लिखा है कि तुम्हारी नौकरी में सहायता करने वाला अफसर, तुम्हारा ब्याह करना चाहता है। यहाँ पर बाबू जी भी मृदुला की ननद से तुम्हारे ब्याह की बात एक दिन भोजन के समय चला रहे थे। इतने बड़े पंडित होते हुए भी व्यावहारिक दुनिया से वे एकदम अलग हैं। अम्मा जी तो भोजन कराते समय बाबू जी से कह रही थीं कि जिन चांडालों ने हमारी बेटी की जिन्दगी नरक कर रखी है, उस घर की बेटी भला लाई जा सकती है? सब कुछ सुनकर बाबू जी खामोश रहे। उनके मन की थाह कोई लगा भी तो नहीं पाता, हम लोगों से खुलकर बोलते भी तो नहीं।

तुम्हारे अफसर यदि ब्राह्मण हों और लड़की तुम्हारे पसन्द की हो तो तुम ब्याह करने की अनुमति दे दो। अब बहुत देर हो रही है।

तुम्हारी
बहिना

उसी लिफाफे में एक और पत्र था यद्यपि लिखत बहुत सालों के बाद देखने को मिली थी।

प्रियवर,

तुम्हारे चले जाने के बाद सोचने पर मुझे बार-बार ऐसा लगा कि इस सारे झगड़े की जड़ में मैं ही हूँ। न जाने कैसा मेरा भाग्य है कि जहाँ मैं जनमी वहाँ, या जहाँ के लिए दे दी गई वहाँ, किसी को भी सुखी नहीं कर सकी। अपने मन की मुराद पूरी होना न होना और बात है। इस एक मछली ने सारे तालाब का जल दूषित करके रख दिया। और तो और, तुम्हें भी साँपिन की तरह सूँघ गई। तुम्हारी सारी जिन्दगी में विष का वपन कर दिया। जया को लेकर तुम जंगल-जंगल भटक रहे हो? आखिर मेरे ही कारण तो? जिस नेह-छोह से जया को लिये हो, पाल-पोस रहे हो,

पत्नी आ जाने पर क्या उसका निर्वाह होगा? यह एक अपने में बड़ा सवाल है। लेकिन इस कारण तुम ब्याह नहीं करो, तुम्हारा यह रूप भी मेरी समझ में नहीं आता। हालाँकि, देह की माँग पूरी करने के लिए आजकल की दुनिया में साधनों की कमी नहीं है, लेकिन मुझे लगता है कि तुम जल बीच प्यासे खड़े हो। यही बात मन को साल रही है। रेत पर फेंकी गई मछली की तरह मेरे पास तो तड़प-तड़प कर तुम्हें याद करने के सिवा और कोई चारा भी नहीं है।

समझ नहीं पाती, मेरा अपराध कितना बड़ा था जिसके लिए भगवान ऐसी सजा दे रहा है! दे, अब तो भोगना ही है, सिर ओखली में पड़ ही गया। ऊपर वाले के दंड से भाग भी कैसे सकती हूँ।

लेकिन सुनो, तुम ब्याह कर लो, ब्याह कर लोगे तो मेरा दुख भोगना भी थोड़ा सरल हो जाएगा। मेरी इस बात को समझने की कोशिश करना। रोको मत अपने को, गंगा की धार की तरह प्रवाहित होते रहो, देखते ही हो इस जलधारा में कितना गलीज गिरता है, किन्तु बहता पानी निर्मल। तुमने ऐसा कुछ भी नहीं किया जिसकी इतनी बड़ी कीमत चुकाई जाए। जया को ले आना ही बहुत है। आज की दुनिया में ऐसा करता कौन है? जो तुमने किया है वह अनूठा है। जया के लिए मैं तो गूँगे का गुड़ हूँ—चाचा से मैंने एक दिन बी.ए. का फार्म मँगवाने को कहा था। फार्म उन्होंने मँगवा भी दिया। और उसकी फीस भी उन्होंने जमा करवा दी। कुछ किताबें भी खरीदी जा चुकी हैं, कुछ अभी खरीदनी हैं। लेकिन यह सब कुछ तुम्हारे कारण हो रहा है। तुमने उत्साहित न किया होता तो शायद इस बात के लिए मेरी ओर से साहस नहीं होता।

मैं आस लगाए हूँ कि बी.ए. पास कर लेती तो शायद यह जिन्दगी किसी रास्ते से लग जाती। कम से कम, अपने में थोड़ा और बल तो आ ही जाता। आगे और जो भी करना पड़े।

अगर हो सके तो जया के बारे में कभी-कभी समाचार भेज दिया करो। मैं तो चाहती थी कि इसे कुछ दिन को छोड़ गए होते, पर मेरा वह चाहना अपने स्वार्थ को पूरा करने के सिवा और किस आधार पर होता। कहती तो तुम शायद मान भी जाते, लेकिन फिर तुम बरवाडीह से वाराणसी की दौड़ में पड़ जाते। इसी से सोचा, जिसका बिरवा उसी के पास रहकर फले-फूले, फिलहाल वक्त की यही माँग है। ब्याह की बात आगे बढ़े तो भौजी को जरूर लिखना। अब और क्या कहूँ? क्या कहूँ, अपने इस बेसहारा, बे-आसरा प्यार भरे मन को, जो कभी-कभी आम के बौर-सा हवा में हिलने-डोलने लगता है। यह एकाकी, सूना, उदास मन, तब तुम याद आते हो, वह रात याद आती है, पर अब तो दुख भोगना ही मेरी जिन्दगी की कथा होगी। कहो न, कहाँ बहक गई? पास रहते तो तुम्हारे दोनों पाँवों पर अपना सिर टेक के प्रणाम करती।

मृदुला

पत्र पढ़कर मन अजीब हो आया, एक हल्का सा अवसाद भर आया। पत्र सुबह ग्यारह बजे मिला था। मुहर से जाना दो दिनों पहले ही डाल्टनगंज के अपने कार्यालय में आ गया था। चूँकि डाकघर से सारी डाक इस कार्यालय को जाती थी और कार्यालय सरकारी तथा व्यक्तिगत पत्रों को कार्यालय के चपरासी से सरकारी डाक के थैले में रख के जगह-जगह भेजता था। दो दिन की देरी इसमें कोई बहुत देरी नहीं थी।

काम की व्यस्तता के बावजूद श्रीकान्त, उर्वशी, बहिना और मृदुला, तीनों चिट्ठियों पर कई दिनों तक गौर करता रहा। अन्तर्मन में उत्तर देने के भार को महसूस करता रहा। काफी सोच लेने के बाद उसने पहले उर्वशी के पत्र का ही उत्तर लिखा—

प्रिय उर्वशी,

खत तुम्हारा मिला। तुम्हारी साफगोई की दाद देता हूँ। लेकिन उस तरह का खत लिखने को न तो मेरे पास भाव है, न भाषा। थोड़ा-बहुत जो कुछ भी है उसमें एक बहुत बड़ा भय बैठा हुआ है कि तुम मेरे चीफ की बेटी हो, कहीं कुछ अंट-संट लिख जाऊँ तो अर्थ का अनर्थ न हो जाए।

सच पूछो तो मेरी ऐसी कोई दुनिया नहीं जिसे अपनी कहा जा सके। दुनिया के असंख्य लोगों में एक मैं भी हूँ, बूँद में समुद्र की तरह। अपने लोगों तक सीमित जुड़ना और टूटना कौन निश्चय कर सकता है, वह तो अपने आप प्रकृति करती रहती है। इसमें परेशान होने की कोई जरूरत नहीं। हाँ, किसी के मन के खिलाफ उसे दूसरे के साथ जोड़ना नहीं चाहिए। फिर तुम्हारी जैसी पढ़ी-लिखी आज की लड़की को।

तुमने मुझे अपनी दोस्ती लायक समझा, इतना ही मेरे लिए बहुत है। बॉस की बेटी यदि सखी हो तो क्या कहने! सोने में सुगन्ध। किसी भी रूप में तुम मुझे याद करती रहोगी तो कृतज्ञ रहूँगा।

बम्बई तो एक टर्मिनस भी है। पर वहाँ से बाहर के लिए भी उड़ानें भरी जाती हैं। बम्बई का तुम्हारा स्टडी टूर सुखमय रहेगा, दोनों पक्ष हों तो बात बन ही जाती है। आदि से अन्त तक, सृष्टि का यही तो रहस्य है। इसमें कहीं से कोई तर्क की गुंजाइश नहीं रहती।

अगले मास के बाद एक बार काशी आने की इच्छा है—छुट्टी मिल गई तो हॉस्टल की देहरी पर एक बार जरूर आऊँगा।

तुम्हारा
श्रीकान्त

प्रिय बहिना,

सादर चरण स्पर्श। यहाँ आते ही मैंने अपने पहुँचने का पत्र तुम्हें डाल दिया था। उसके बाद तुम लोगों के समाचार के लिए मन उत्सुक रहने लगा। काम की व्यस्तता ऐसी रहती है कि कभी-कभी तो सवेरे सात बजे से लेकर रात के दस बजे तक एक

ही कपड़ा पहने रह जाना पड़ता है। कहीं किसी भी पेड़ की छाँह में खड़े-खड़े काम देखता हुआ रोटियाँ खा लेता हूँ, पानी पी लेता हूँ। मगर जया के मारे तुम लोगों को दिन भर में दो-चार बार याद करना ही पड़ता है। काम के समय भी ये जब कभी गोद में या पीठ पर सवार हो जाती है तो अपने पिताजी से पूछा गया उसका हर सवाल काशी, मौसी, बुआ जी और दादी जी के बारे में होता है। शायद इनके रूप के कारण ही हर कोई यहाँ पर इन्हें एक बार अपनी गोद में ले लेने को इच्छुक रहता है। इनके मन को तो शान्ति मिल जाती है, लेकिन जिस पिताजी के भूले-बिसरे मन को ये हिला के वापस लौटा लाती है, उन पर क्या बीतती है यह कौन जानेगा?

यहाँ काम करने में मुझे कठिनाई पड़ रही है। दफ्तर के लोगों का, छोटे से बड़े तक की आपसी खींचतान के मारे, काम होने में बाधा पड़ रही है। काम का एक हिस्सा तो मैंने पूरा कर दिया पर आगे राह में विभागीय रोड़े मिल रहे हैं। इसलिए यहाँ से मन ऊब रहा है, किसी तरह यहाँ रहने की अवधि बीत जाए तो मैं उत्तर प्रदेश लौट आऊँगा। साथ काम करने वाले अधिकारियों से मेरी पट नहीं रही है। बार-बार तू मुझे ब्याह करने को लिखती है, ब्याह तो मुझे करना ही है लेकिन कोई ऐसी लड़की सामने तो आए जो मेरे मन को भाए और जो मुझे ऐसी लगे कि मेरी स्थिति के सुख-दुख को वह बिना आपत्ति के भोग सकती है!

जिस इंजीनियर की बेटी की बात मैंने कही थी वह तो किसी भी तरह, हम लोगों के करीब नहीं पड़ती। तो क्या, जिस धारा से मैं निकला हूँ, उससे कटकर मैं अलग हो जाऊँ? तुम लोग यही चाहती हो?

दूसरी कोई भी लड़की अभी तक सामने नहीं आई। मृदुला की ननद की खूबसूरती की बात एक बार अम्मा जी के मुँह से भी निकली थी, आचार्य जी भी कह रहे थे। लेकिन उस परिवार की ओर से तुम लोगों का मन फट जाने के कारण, मेरा भी मन बहुत उत्साहित नहीं होता। किन्तु कभी एकदम दृढ़ मन से, जया को ध्यान में रखके इस बात पर विचार करना और लिखना।

अम्मा जी से मेरा चरण स्पर्श जरूर कह देना। साथ का पत्र मृदुला के लिए है।

तुम्हारा
श्रीकान्त

प्रिय मृदुला,

मुझे यह जानकर खुशी हुई कि तुम्हारे चाचा जी तुम्हारे बी.ए. कर लेने पर राजी हो गए। फार्म भर गया। फीस जमा हो गई। वे स्वतः चार विषयों के आचार्य, अपनी बेटी को बी.ए. कराने में तो प्रसन्न ही होंगे। तुम बस लगी रहो। इधर-उधर की सारी चिन्ताएँ छोड़कर, एक भरोसो, एक बल, एक काम विश्वास। अपने लिए नहीं तो दूसरे के लिए हमें तो झुकना ही पड़ता है।

मैं इस जंगल-पहाड़ों के बीच आजकल आते हुए जाड़े की सर्द क्रमशः सर्द होती जाने वाली रातों की चाँदनी के आँगन में बरसना देखता रहता हूँ—जया मेरी गोद में सोई हुई। जया को धीरे से हटाकर, कभी-कभी पिछले पहर की रात में उठता हूँ तो आँगन में हरसिंगार के फूल झरे होते हैं और आकाश का चन्द्रमा पीछे की पहाड़ियों में उतरता होता है। थोड़ी देर की ठंडी हवा से, इस तपते माथे को बड़ी राहत मिलती है और तब मैं भरपूर नींद में सो जाता हूँ, एक रात तो बाहर ही निकल गया था। संयोग से यह नौकरानी कलसी जग गई। वह दौड़कर आई और मुझे खींचकर भीतर वापस ले गई। कहने लगी, साहब, सोई रात में बाहर न निकला करें—यहाँ प्रेतसियाँ घूमती हैं—फिर आदमी हाथ नहीं लगता। हँसी आई थी, पर उसका मन रखने को लौट आया। बस्ती के चौकीदार ने इस बात की पुष्टि की तो मन में थोड़ा भय समाया। तब से सोई रात में बाहर नहीं निकलता। तुम्हारे लिए मैं और अलग से क्या लिखूँ। जो कुछ भी बहिना के पत्र में लिखा है, उसे तुम भी ध्यान से पढ़ना, सोचना और तब अपनी राय मुझे लिखना। तुम, बहिना और अम्मा जी, जो भी कहोगी, मुझे मान्य होगा। पर यह मत भूलना कि कभी-कभी आगे के लाभ के लिए आरम्भ में कड़वी गोली भी निगलनी पड़ती है।

तुम लोगों से चिट्ठी पाने के बाद ही मैं गाँव बाबू को पत्र लिखूँगा। अगर हो सका तो मैं अगले महीने या उसके बाद वाले माह को दो-तीन दिनों के लिए एक बार काशी फिर आऊँ, जया के प्रश्न के उत्तर में मुझे बार-बार यह वायदा करना पड़ता है जिसकी वह याद दिलाती रहती है।

स्नेहाशीष
श्रीकान्त!

14

श्रीकान्त आदिवासियों के साथ बाँध के काम में मजदूर बना हुआ था। अत्यधिक व्यस्तता थी। तभी काशी से बहिना के ससुर का पत्र मिला—

वाराणसी

प्रिय श्रीकान्त,

शुभाशीष

क्या यह सम्भव है कि तुम इधर दो दिनों के लिए भी अवकाश लेकर वाराणसी आ जाओ। बहुत सोचने के बाद, मुझे ऐसा लगने लगा है कि मृदुला की गुत्थी तुम्हीं सुलझा सकते हो। मृदुला के ससुर भी मेरे पास अन्य कई लोगों के माध्यम से सन्देश भिजवा चुके। मृदुला के पति से भी एक दिन सहसा चौक में भेंट हो गई। दस-पन्द्रह

मिनट तक जबरदस्ती मुझे रोककर वार्तालाप करता रहा। मैंने तुम्हारे पिताजी को भी एक पत्र लिखा था जिसका उत्तर, कृपा करके उन्होंने भेज दिया है। लेकिन तुम पहले एक बार यहाँ आओ तभी बात आगे बढ़ सके और हम लोग मिल-बैठ के कोई हल निकाल सकें।

बहुत पहले से आचार्य किस बात का हल निकालना चाहते थे यही समझ में नहीं आ रहा था। समस्या मृदुला के सिवाय और कोई नहीं थी। किन्तु उसे सुलझाने के लिए वह खुद इसमें क्या सहायक हो सकता है यह बात आचार्य ने स्पष्ट नहीं की थी। मन में उत्सुकता बढ़ी। जनवरी में जाकर उसे पाँच दिनों की छुट्टियाँ मिल सकीं। वह समय निकाल सका। इस बार उसने जया को बरवाडीह में ही छोड़ दिया। लालघाट पहुँचा, सुबह नौ बजे। सभी बेहद खुश, किन्तु साथ में जया को न पाकर, मृदुला उदास हो गई। कारण, बहिना और उसकी सास ने भी पूछा। फिर बहिना की सास खुद ही कहने लगीं, मृदुला के ससुर इस बीच चार-पाँच बार आ चुके। अब पता चल रहा है आटा-दाल का भाव। आचार्य जी के पाँव पकड़ रहा है कि बेटी का ब्याह तय करा दो। शायद तुम्हारे गाँव भी गया था, बाबू से बतिया भी आया है। उसके दिमाग में बैठ गया है कि पंडित जी के द्वारा ही यह तय होगा क्योंकि तुम हम लोगों को मानते हो।

—आप लोगों ने कुछ कहा क्या?

—नहीं, हम लोग पहले ही कैसे कुछ कह दें, हमारी बेटी ब्याह के बाद भी नइहर (मैके) में रहकर गुजर करे और उनकी बेटी इंजीनियर की पत्नी बनकर दूध-भात खाए! ना, ये कैसे होगा? हम होने ही नहीं देंगे।

जलपान करके नहा-धो लो, भोजन करने तो आचार्य जी आएँगे न, उसी समय बातें होंगी। मृदुला का ससुर तो कह रहा है कि लड़की जब, जहाँ, जैसे चाहें, देख लें, लड़की तो सुन्दर है ही, उसमें दो राय नहीं है, तुम्हें पसन्द भी आएगी। लेकिन तुम समझा-बुझा के देखना-सुनना। लेन-देन की बात तो तुम्हारे बाप से की होगी।

—हाँ, मृदुला का आदमी भी एक दिन कहीं चौक में पंडित जी से मिला था। बहुत झुककर बातें कर रहा था, अभी तक बच्चा मुअत्तल हैं। रहने दो, भले हैं, मैंने तो पंडित जी से कह दिया कि भूल करके भी उसकी बहाली के लिए कोशिश मत करिएगा!

—इतना भला-बुरा तो पंडित जी भी समझते होंगे अम्मा जी?

—हाँ, समझते क्यों नहीं हैं, बहिना की सास मुस्कराती हुई बोलीं—मर्द है न, तो मर्द का पक्ष लेगा, तेरे पास भी उनकी कोई चिट्ठी-पत्री गई थी क्या?

—हाँ, एक गई थी, बहुत दिन आप लोगों को देखे भी हो गया था...।

—और वह जया इस बार कैसे मान गई? बहिना ने पूछा, बुआ और मौसी की याद नहीं रही?

—नहीं-नहीं, ऐसे मत बोलो बहिना, इसका अपराधी तो मैं हूँ, बोलकर आया

हूँ, इसलिए कि कहीं राह में ठंड न लग जाए, रात भर का सफर होता है बीच में दो जगह गाड़ी बदलनी होती है। हम तो ऊनी कोट-पतलून में देह तोप लेते हैं उनके पास इतने कपड़े कहाँ हैं? देह भी अभी कोमल है...यही सोचकर...फिर सामने चुपचाप उदास बैठी हुई मृदुला को देखकर बोला, हालाँकि मौसी और बुआ में तो उनका प्राण बसता है, एक ही लगन एक ही रट, मौसी-बुआ, लालघाट, मौसी-बुआ लालघाट। बहिना की सास हँस पड़ीं।

पंडित जी दोपहर का भोजन करने आए। बहिना की सास ने चाहा कि यहीं पर कुछ बातें हो जाएँ, पर आचार्य टाल गए। कलकत्ते से बड़े सेठ जी आए थे, उन्होंने दो बजे से चार बजे तक के लिए पंडित जी को कोठी में बुलवाया था विश्राम करने के बाद। चूँकि पंडित जी का वहाँ जाना अनिवार्य था, इसलिए उन्होंने श्रीकान्त को सायंकाल, पाँच बजे, पाठशाला में वार्तालाप के लिए बुलवाया। कुशल-क्षेम की बातें कर लेने के बाद, एक पाँव पर दूसरा चढ़ाकर सीधा, तन के बैठते हुए कहने लगे—दुलहिन के पास तुम्हारा पत्र आया था, तुम्हारे बाबू जी का पत्र भी आया था उसमें उन्होंने इस प्रदेश के सिंचाई विभाग के मुख्य अभियन्ता की विशेष रुचि की बात लिखी थी कि उनकी कोई पुत्री है, उनसे वे तुम्हारा ब्याह करना चाहते हैं... !

—हाँ, उनकी एक कन्या तो है, पर उसके साथ ब्याह के बारे में उनकी तरफ से कोई प्रस्ताव मेरे सामने नहीं आया। हालाँकि वे लोग पश्चिम के ब्राह्मण हैं, हम लोगों से कहीं अधिक दकियानूसी, पर इस समय बेहद आधुनिक, आधुनिकतम... !

—लड़की तुमने देखी है?

—हाँ, वह तो यहीं के विश्वविद्यालय में पढ़ती भी है।

—क्या तुम्हारी रुचियों के अनुकूल है? आचार्य ने पूछा।

—इस दृष्टि से मैंने अभी कभी सोचा नहीं!

—तो तुम्हारे बाबू जी ने उसकी चर्चा मेरे पास भेजे गए पत्र में कैसे की?

—यह मैंने उनसे, पिछली बार जब गाँव गया था तो चीफ इंजीनियर की मुझमें रुचि लेने के कारण के उनके प्रश्न का उत्तर देते हुए, एक सम्भावना की बात बताई थी, बाबू ने सोचा होगा, शायद मेरी भी इसमें रुचि है इसलिए उन्होंने आपको लिखा होगा, किन्तु इस बात की चर्चा आपके और बाबू जी के पत्रों में आई कैसे?

—हाँ, यही मैं तुमसे स्वत: कहना चाहता था कि मृदुला के ससुर अपनी बेटी के लिए काफी पहले एक-दो बार मेरे पास आए थे, जिसका सन्दर्भ मैंने तुमसे पिछली बार दिया था। इस बीच वे कई बार आए तो मैंने उनको तुम्हारे बाबू जी के पास भेजा, तो उन्होंने मुझे स्पष्ट लिख दिया कि श्रीकान्त के ब्याह में उसकी रुचि के प्रतिकूल मैं किसी भी तरह आड़े नहीं आना चाहता। ले-दे कर एक ही तो बेटा है, वह जहाँ, जिससे ब्याह करना चाहेगा, मैं सहर्ष स्वीकार कर लूँगा। आगे उन्होंने ही लिखा था कि शायद उसके मुख्य अभियन्ता की कोई बेटी है, यदि उस तरफ लड़के की किसी

भी कारण से रुझान हो तो वह भी मुझे मान्य ही होगा। उसके बाद आचार्य एक लिफाफा श्रीकान्त के आगे बढ़ाते हुए बोले—यह है तुम्हारे बाबू जी का पत्र, चाहो तो पढ़ लो।

बिना पढ़े श्रीकान्त ने लिफाफा आचार्य की ओर वापस करते हुए पूछा—क्या आपने अपनी ओर से मृदुला के ससुर से कुछ कहा है?

—नहीं! मैं कौन होता हूँ कुछ भी कहने वाला, कहने की बात तो तब आ सकती है, जिसके लिए मैंने तुम्हें यहाँ बुलवाया है कि यदि तुम चाहो तो उनकी बेटी देख लो, यहीं शायद बी.ए. में पढ़ रही है—यदि पसन्द हो, तब लेन-देन तथा सौदेबाजी की जगह निकाली जाए!

बिना कुछ बोले, चार विषयों के आचार्य, पचास साल वाले व्यक्ति को तनकर सामने बैठे हुए देखता रहा, तो आचार्य फिर कहने लगे, शतरंज के खेल में मोहरों की चाल ही महत्त्वपूर्ण होती है श्रीकान्त, जिन्दगी को भी मैं अब वैसा ही मानने लगा हूँ। तुम चतुर और व्यावहारिक दोनों हो, यदि मुख्य अभियन्ता की लड़की में कोई विशेष रुचि नहीं है तो तुम मृदुला की ननद को देखो, जिससे मृदुला के लिए उन लोगों को दबाया जा सके। किन्तु यह तभी हो सकता है जब थोड़ा सा भी अधिकार तुम्हारी ओर से मुझे मिल जाए। तुम्हारी रुचि के प्रतिकूल या लेन-देन की हानि मैं कतई नहीं होने दूँगा।

—वह तो और बात है लेकिन यहाँ पर एक थोड़ी सी बारीकी है जिसकी ओर आपका ध्यान नहीं जा रहा है। श्रीकान्त ने कहा!

—वह क्या? आचार्य थोड़ा चौकन्ना हो बोले! बेटी के ब्याह का दायित्व बाप पर है, पर बहू के रखने न रखने का दायित्व तो उसके दारोगा बेटे पर है। बातचीत करने मृदुला के ससुर आ रहे हैं, न कि उनका बेटा! आप बेटे को कैसे मजबूर करेंगे? भेद भरी आँखों से आचार्य श्रीकान्त को चुपचाप ताकते ही रह गए।

श्रीकान्त फिर बोला—या मेरा इस तरह सोचना गलत है?

—नहीं, तुम ठीक कह रहे हो, मृदुला के ससुर तो किसी समय पूँछ झाड़कर खड़े हो जाएँगे, कह देंगे, बेटे पर मेरा क्या जोर? अच्छी बात है, मैं मृदुला के ससुर से मिलने पर बातें करूँगा कि यह सभी कुछ वह दारोगा के माध्यम से तय कराएँ किन्तु दारोगा तो मेरे पास आने से सदा कतराता है।

—उससे यदि यह कहा जा सके कि वह सीधे मुझसे बातें करे, मेरे पास आएँ भाई होने के नाते छोटी बहन के ब्याह का दायित्व उसका भी है, तो शायद आपको अभीप्सित फल मिले।

—हाँ, यही उत्तम है। तुम कब तक यहाँ हो?

—मैं परसों शाम को चला जाऊँगा? आपके बुलाने से केवल तीन दिनों की छुट्टी मिली है।

—यही निश्चय हो रहा है।

—तो मैं जाऊँ? श्रीकान्त ने पूछा।

—हाँ, जाओ। मैं अभी से उस प्रयास में लग जाता हूँ। आचार्य भी तख्त पर से उठ गए।

लालघाट पर उस दिन एक घटना घटी।

आचार्य के भोजन करके चले जाने के बाद, वह भी भोजन करके सोने ही जा रहा था, बहिना और मृदुला दोनों उसी बड़े हॉल में एक खाट पर बैठी हुईं, लेटे हुए श्रीकान्त से बतिया रही थीं कि आँगन की सीढ़ी के फाटक की जंजीर बजी। बहिना ने ही उठकर द्वार खोला, देखा, अपने बारह साल के भाई के साथ मृदुला की ननद लगभग बीस साल की दमयन्ती खड़ी थी। बहिना चौंकती हुई बोली, अरे मृदुला, ये देखो कौन आई हैं? आओ, भीतर आओ!

खाट पर से बैठे-बैठे ही मृदुला ने ननद और देवर को देखा और मन एकाएक जैसे कहीं खो गया। लेकिन ऊपरी मन से वह मुस्कराती हुई आगे बढ़ी। ननद का हाथ बेहद प्यार से पकड़, देवर के कन्धे पर हाथ रख खाट पर बिठाया।

—राह कैसे भूल गई दमयन्ती, हम लोगों की एकाएक सुधि कैसे आ गई। बहिना ने हल्के-फुल्के व्यंग्य से बातें आरम्भ की।

—बाबू भी आए हैं। लड़के ने कहा, वे पाठशाला में पंडित जी के पास गए हैं।

—ओह! तब ठीक है, मृदुला इन लोगों को जलपान ले आओ और चाची को भी खबर कर दो। चाची के सिरहाने वाली अलमारी में शीशे के मर्तबान में बेसन के लड्डू हैं ले आना, चुपचाप उठकर मृदुला चली गई। श्रीकान्त उठके बैठकर सामने बैठी हुई दमयन्ती को उत्सुकता से देख रहा था कि बहिना कहने लगी—इन लोगों को तुमने तो कभी न देखा होगा बबुआ!

—नहीं, मेरा तो ऐसा कभी संयोग ही नहीं था।

—यह दमयन्ती है, मृदुला की ननद, बी.ए. में पढ़ती है, क्यों दमयन्ती!

—हाँ, दमयन्ती ने धीरे से सिर भी हिला दिया।

—और ये, दमयन्ती का छोटा भाई है! फिर दमयन्ती की ओर मुँह करके कहने लगी—यह मेरा भाई है इंजीनियर श्रीकान्त।

दमयन्ती ने दोनों हाथ जोड़कर श्रीकान्त को नमस्कार किया, तो श्रीकान्त को भी प्रत्युत्तर में दोनों हाथ जोड़ने पड़े।

एक कटोरी में बेसन के लड्डू और लोटा-गिलास लेकर आगे-आगे मृदुला और पीछे-पीछे बहिना की सास आ रही थीं। सास के पहुँचते ही दमयन्ती ने उनके पाँव छुए और खाट के पास खड़ी हो गई।

बहिना की सास खाट पर बैठती हुई, मुस्करा के बोलीं—बहुत दिनों पर पलटी हो दमयन्ती बैठो।

बहिना ने फर्श पर चटाई बिछा दी थी। मृदुला ने चटाई के आगे जलपान और लोटा-गिलास रख दिया। दमयन्ती उसी पर बैठ गई तो बहिना की सास बोली—लो, जलपान करो।

—हम लोग घर से खाकर चले हैं चाची जी! दमयन्ती ने धीरे से कहा!

—तो क्या हुआ, खाने के बाद ही तो प्यास लगती है, लड्डू खाकर पानी पियो! फिर श्रीकान्त से इशारा करती हुई सास बोलीं—यही दमयन्ती है श्रीकान्त, मृदुला की ननद, बाप ब्याह के लिए व्याकुल है, वर खोज रहे हैं।

तभी आँगन के द्वार की जंजीर फिर बजी। मृदुला ने द्वार खोला तो एक विद्यार्थी खड़ा था, बड़े गुरुजी ने श्रीकान्त जी को पाठशाला में बुलाया है।

श्रीकान्त सिर खुजलाने लगा तो विशेष ढंग से उसे ताक के मुस्कराती हुई बहिना की सास बोलीं—जाओ श्रीकान्त, नदी-नाव संयोगे। तिवारी जी लगता है तैयारी करके चले हैं।

देह पर का कम्बल हटा, श्रीकान्त चारपाई से उठा। दीवार से लटकता हुआ ऊनी कुर्ता और सदरी पहनी, उसके ऊपर से सिरहाने रखा हुआ ऊनी शॉल ओढ़कर, पाठशाला के लिए चल पड़ा।

वहाँ देखा, आचार्य के सामने तख्त के एक सिरे पर लगभग पचास वर्ष का एक व्यक्ति पलथी मारकर बैठा हुआ था। सिर पर छोटे-छोटे रूखे बाल, देह पर ऊनी कुर्ता और कन्धे पर कढ़ा हुआ ऊनी दुशाला रखे हुए। गंगा जी की ओर खुलने वाली दोनों खिड़कियाँ पूरी तरह खुली हुई थीं सूर्य के दक्षिणायन होने के कारण, कमरे में इन दोनों खिड़कियों से धूप आ रही थी, जो कमरे के तापक्रम को गर्म बनाए थी।

—आओ श्रीकान्त! आचार्य तख्त पर बैठने का इशारा करते हुए, स्वयं थोड़ा सकपका गए।

तख्त पर, श्रीकान्त आचार्य के बाएँ, पलथी मारकर बैठ गया तो आचार्य बोले—आपको पहचानते हो?

—नहीं! श्रीकान्त ने एकदम सहज पर गम्भीर मुद्रा बनाकर उत्तर दिया।

—ये मृदुला के ससुर, श्री गया तिवारी हैं, तुम्हारे पड़ोसी गाँव के निवासी, आजकल काशी आए हैं। और ये दुलहिन के भाई इंजीनियर श्रीकान्त हैं, बरवाडीह में आजकल नियुक्त हैं।

—श्रीकान्त ने उन्हें नमस्कार किया तो बोले, उत्तर प्रदेश से बिहार में!

—जी हाँ, वहाँ किसी विशेष काम से सरकार ने बुलाया है।

—आचार्य बीच में ही कहने लगे—तिवारी जी तुमसे कुछ बातें करना चाहते हैं, इसीलिए मैंने तुम्हें घर से बुलवाया।

—कहिए? श्रीकान्त ने तिवारी जी से एकदम अनभिज्ञ ढंग से प्रश्न किया—किस सम्बन्ध में।

तिवारी थोड़ा अपने में सहमे तुम्हारी शादी के सिलसिले में!

—मेरी, श्रीकान्त थोड़ा विस्मय भरा भाव मुँह पर लाते हुए बोला—शादी की बातचीत क्या इस तरह राह-घाट होती है? इस बार गया तिवारी को थोड़ा बल मिला। बोले—राह-घाट तो नहीं, यह तो मेरे समधी का घर है श्रीकान्त। —किन्तु मैं तो आपके समधी के घर में, एक दिन का आकस्मिक अतिथि हूँ, यह घर मेरा तो नहीं है।

—हाँ, यह तो ठीक कहते हो? गया तिवारी थोड़ा घिरे! पर उन्होंने दाँव लगाया, लेकिन तुम्हारे घर पर तुमसे भेंट होना ही कठिन था?

—यहाँ की भेंट आपके लिए सरल कैसे हो गई?

—मुझे पता लगा था कि तुम आने वाले हो?

—कैसे पता चला? श्रीकान्त ने पूछा।

—पंडित जी के द्वारा!

—ओह! बात समझ में आ गई, लेकिन आप तो गाँव में रहते हैं?

—हाँ, पंडित जी का पत्र गया था कि तुम आने वाले हो, मैं हफ्ते भर पहले ही यहाँ आ गया था।

—पर इतना कष्ट करने की आवश्यकता क्या थी, आपके लड़के दारोगा जी तो यहाँ हैं ही, उनसे भी बातें हो जातीं!

—अरे दारोगा जी क्या बातें करते! घर का मालिक तो मैं हूँ, शादी-ब्याह की जिम्मेदारी मेरी है, ये बातें तो बड़ों से ही होती हैं।

—कैसे।

—तो मुझे क्या बड़ा और घर का मालिक समझते हैं?

खिलाड़ी गया तिवारी चिन्तित हो गए, वे श्रीकान्त का मुँह ताकने लगे, तो आचार्य बोल पड़े—लेकिन तिवारी जी आ ही गए हैं तो इनसे उस विषय में बात कर लेने में हर्ज क्या है?

श्रीकान्त गम्भीर हो गया, वह आचार्य की आँखों में आँखें डालकर धीरे-धीरे बोला—आप भी चाहते हैं कि मैं अपने पिता का अपमान करूँ?

—मैं तुम्हारे पिताजी के पास गया था श्रीकान्त? गया तिवारी बोले।

—किन्तु उन्होंने तो मुझे कुछ नहीं लिखा!

—असल में लिखने लायक कोई बात ही नहीं हुई। गया तिवारी कहने लगे—सब कुछ तो वे तुम्हीं पर डाल देते हैं, उन्होंने कहा कि तुमसे बात करके ही वे आगे कुछ कह सकते हैं वैसे इस बारे में, तुम्हारी बहिन की राय भी महत्त्वपूर्ण होगी।

—ये दूसरी बात है, किन्तु बिना बाबू से बातें किए हुए मैं आपसे इस बारे में कुछ भी बातें नहीं कर सकता!

—इसका कारण मेरी समझ में नहीं आया। तुम पढ़-लिख कर समझदार व्यक्ति हो गए हो। ब्याह तुम्हारे पसन्द से होगा। कोई बात हो तो मुझसे खुलकर कहो, लड़की शायद तुमने अभी देख ही ली होगी...।

—कौन सी लड़की?

—दमयन्ती, जो अभी तुम्हारी बहिन के पास गई है।

—क्या आप लड़की दिखाने आए हैं?

—नहीं, ये तो वैसे ही मैं उसे साथ लेता आया। गया तिवारी ने पैंतरा बदला।

—तो ठीक है आप मुझसे यदि कुछ सुनना चाहते हैं तो अपने बेटे, दारोगा जी को भेजिए मैं कल दिन भर हूँ बातें कर लूँगा।

—अब उसे भेजूँ, और मैं आया हुआ हूँ इसके ब्याह के बारे में सभी कुछ करना-कराना तो मुझे है।

—तिवारी जी, इस बेटी का ब्याह करना आपके वश में है नहीं, कम से कम अड़ोस-पड़ोस के दस-बीस कोस के गाँवों में भी आप नहीं कर सकेंगे।

गया तिवारी के कान खड़े हुए—आखिर क्यों, ऐसी क्या बात है।

—बातें आप सब समझते हैं, यदि आप ये समझते हैं कि थैली के जोर पर सब कुछ कर लेंगे, तो वह भी आजमा लीजिए।

—नहीं बेटा, थैली का जोर तो मेरे पास है ही नहीं, मैं तो एकदम दरिद्र आदमी हूँ। मैं तो तुम्हारी शरण आया हूँ, आचार्य जी की शरण आया हूँ।

—आचार्य जी की शरण जाइए, बात समझ में आती है। पर मेरे पास आपके लिए कोई जगह नहीं है।

आँखें पैनी करके, दोनों हाथ जोड़ते हुए खिलाड़ी गया तिवारी कहने लगा, ऐसा मुझमें क्या देखते हो?

—बेटी की चिन्ता तो है, पर बहू की?

झुककर बैठा हुआ गया तिवारी तनकर बैठ गया—हाँ, अब बात तुम्हारी समझ में आ गई। लेकिन बेटा, एक ब्याहता है दूसरी क्वाँरी! बेटी का भी ब्याह हो जाए तो बहू के मामले में हाथ डालूँ।

—इसी से तो कहता हूँ कि अड़ोस-पड़ोस के दस-बीस गाँवों में भी आप अपनी बेटी का ब्याह नहीं कर पाएँगे।

—बहू की समस्या पहले हल हो, तब बेटी के ब्याह की बात चले, यह क्या तुम्हारी कोई शर्त है?

—मान लीजिए?

गया तिवारी कुछ कहना चाहते थे, किन्तु श्रीकान्त...!

—इसमें किन्तु-परन्तु की कोई गुंजाइश नहीं तिवारी जी, मैं भी उसी देहात की मान-मर्यादा और परम्पराओं से बँधा हूँ। इस दाग को छुड़ाए बगैर, आपके घर में रोशनी हो नहीं सकती। कम से कम मैं कोई सहायता नहीं कर सकता?

मुझे भी अपने समाज को उत्तर देना है।

गया तिवारी थोड़ा खामोश रह बोले—तुम्हारा तात्पर्य मैं समझ गया श्रीकान्त,

लेकिन इस सबके लिए मैं या मेरा बेटा ही केवल जिम्मेदार नहीं हैं, मृदुला भी है!

—तो हाथ की एक उँगली में घाव हो जाने पर आप उँगली काट के फेंक देंगे? गया तिवारी दाहिनी ओर फर्श पर देखने लगे, कुछ देर वैसे ही देखने के बाद वे कहने लगे, तुम मुझे उस जगह ले जाना चाहते हो, जहाँ मैं एकदम निर्बल हो जाऊँगा। आपको बल देने के लिए ही तो कहता हूँ कि दारोगा जी को मेरे पास भेजिए। मैं आपके लिए कह रहा हूँ, यदि मुझसे इस ब्याह के बारे में कोई आप उम्मीद रखते हों तो?

—यह सभी कुछ तुम्हीं पर निर्भर करता है श्रीकान्त!

—यदि ऐसा है तिवारी जी, तो जरूरी है कि आप पहले अपनी बहू की वापसी का प्रबन्ध करें। असमर्थ पाते हों तो अपने बेटे को मेरे पास भेजिए, बहिन के ब्याह की जिम्मेदारी उनकी भी है। पल भर कुछ सोचकर तिवारी जी बोले—हाँ, तुम ठीक कहते हो, मुझे कुछ समय दो। मैं प्रयास करूँगा। काम तो वही होना चाहिए जिसमें सभी का कल्याण हो।

—हाँ, थोड़ा प्रयास करें—और आप चाहेंगे तो सभी कुछ हो जाएगा। मैं हर तरह से आपकी सहायता के लिए तैयार हूँ, उसके बाद बाबू के माध्यम से मुझे बुलाइएगा बाकी बातें तभी तय होंगी, लड़की तो मैंने आपकी देख ही ली।

तभी टेलीफोन की घंटी बजी। फोन आचार्य ने उठाया और सुनकर श्रीकान्त की ओर बढ़ा दिया—तुम्हारा फोन है।

—मेरा! अचरज में श्रीकान्त ने कान से लगाया, हलो! अरे अरविन्द कहो क्या बात है?...अभी आ जाऊँ! लेकिन बात क्या है?...नहीं-नहीं, मैं खाना नहीं खाऊँगा, यहाँ सब लोग बिगड़ते हैं, बहिना बहुत नाराज होती है, उसकी सास नाराज होती है।...

फिर भी मैं आ रहा हूँ—एक घंटे में पहुँचूँगा। श्रीकान्त ने फोन रखा।

—तब? तिवारी बोले।

—यह तो आप जानें, मैं कल भर हूँ। आप दारोगा जी से कहिए कि इस ब्याह के बारे में मुझसे बातें करें—यहाँ आने में उन्हें कोई हिचक या संकोच हो तो जहाँ कहिए मैं ही चला आऊँ। आप, हम, वे, तीनों कहीं बैठकर बातें कर लें—वैसे हम दोनों ही काफी हैं।

चालबाज गया तिवारी खामोश रहके बोला, जैसी तुम्हारी इच्छा।

गया तिवारी की आँखों में घूरते हुए श्रीकान्त बोला—सुनिए तिवारी जी, मेरी इसमें कोई इच्छा नहीं है, ब्याह के बारे में यदि आपको कुछ कहना-सुनना हो तो मेरे बाप के पास जाइए, आपको जाना ही होगा, दरोगा यदि मुझसे कुछ कहना चाहेंगे तो उनका मैं स्वागत करूँगा।

अपनी ओर गया तिवारी को ताकते हुए पाकर, श्रीकान्त ने फिर कहा—मेरी बातें आपकी समझ में आ गई होंगी?

—अगर आज्ञा हो तो चलूँ? श्रीकान्त ने आचार्य की ओर देखा—हाँ, तुम जाओ, घर से खा-पी कर जाना, अब तो लौटना रात में ही होगा?

—जी हाँ, नौ-दस बजे तक आ ही जाऊँगा।

—ठीक है।

श्रीकान्त बाहर निकल गया। ठीक नौ बजे श्रीकान्त वापस लौट आया था। आचार्य खाना खा रहे थे, आँगन का द्वार मृदुला ने ही खोला था, क्योंकि बहिना भंडार घर में घिरी थी। बिजली के प्रकाश में मृदुला का एकदम उदास, उतरा हुआ चेहरा देखा। द्वार खोलकर वह तुरन्त आँगन की ओर चली गई थी। कपड़े बदलकर श्रीकान्त आँगन की ओर गया तो आचार्य भोजन करके पीढ़े पर बैठे हुए ही दाँत खोद रहे थे। आँगन में मृदुला ने पीढ़ा रखते हुए पूछा, खाना परसूँ?

—अभी थोड़ी देर सुस्ता लेने दो, काफी पैदल चलना पड़ा है। वह पीढ़े पर बैठ गया तो आचार्य थोड़ा मुस्कराते हुए बोले—तुमने तो मेरी राह एकदम आसान कर दी। जो बातें कहने के लिए मैं अवसर खोज रहा था, उसे तुमने अत्यन्त उत्तम ढंग से कह दी। तिवारी जी का तो मुँह ही बन्द हो गया।

—मेरे चले आने के बाद आपसे कुछ कह रहे थे?

—हाँ, कि लड़का तो पीठ पर हाथ नहीं धरने देता, कहिए मैं क्या करूँ? तो मैंने कहा कि मैं ही क्या करूँ, यह अपना उसका एकदम व्यक्तिगत प्रश्न है, सच्चाई से मुँह भी कैसे मोड़ा जा सकता है तिवारी जी? सत्य तो सर्वथा सिर पर चढ़ के बोलता है, मैं जितना आपके लिए कर सकता था, वह कर दिया, उसे बुलाकर आपसे भेंट करा दी। अब आगे मैं कुछ भी करने में असमर्थ हूँ। शायद यहाँ घर भी आए थे। पता नहीं, इन लोगों से क्या बातें हुईं। तुम कब जाओगे?

—मैं कल शाम को जाऊँगा।

—देखें, कल तक शायद इसमें कुछ और प्रगति हो।

आचार्य चले गए तो आँगन में, श्रीकान्त इत्मीनान से बैठा। यद्यपि ठंडक थी पर चाँदनी में बैठना उसे सुखद लग रहा था।

—खाना परसूँ? मृदुला ने फिर सवाल किया।

श्रीकान्त ने सिर उठाकर मृदला की ओर देखा तो बहिना बरस पड़ी—लड़की पूछ रही है तो बोलता क्यों नहीं, खाकर तो नहीं आया है?

दोनों हाथ जोड़ते हुए श्रीकान्त बोला, बिगड़ो मत, खाकर नहीं आया हूँ। पहले ये बताओ कि गया तिवारी यहाँ क्या कह रहे थे?

—ये अम्मा जी से पूछो, मुझसे क्या पूछता है?

—उन्हीं से पूछ रहा हूँ। लाओ मृदुला खाना भी लाओ खाते भी रहें—तुम लोग भी बैठो।

सब लोग खाने के लिए बैठे, मृदुला परस रही थी सास कहने लगीं, तिवारी यहाँ

आया था, कहने लगा कि श्रीकान्त कह रहे हैं कि अपने दारोगा को बात करने के लिए भेजो, जिस घर की बहू तज दी गई हो, उस घर में कोई भी इस बात को जानकर सम्बन्ध करना क्यों चाहेगा? मुझे हाथ जोड़ रहा था कि श्रीकान्त को आप लोग राजी कर लें। पंडित जी ने तो कोरा उत्तर दे दिया। श्रीकान्त आप लोगों की बात मानेगा। लड़की तो श्रीकान्त को पसन्द है। मैं भी कहती हूँ कि लड़की तो सुन्दर है ही, वैसी लड़की भला किसे पसन्द नहीं आएगी, किन्तु उसकी लड़की से हम लोगों को क्या लेना-देना। मैंने तो जितना आचार्य जी और उससे सुना, उसे सुन के तो साफ-साफ कह दिया कि श्रीकान्त बचपन से इस घर में आता-जाता है, हम लोगों से विशेष नेह-छोह है, अब वह बड़ा अफसर इंजीनियर हो गया है, उसके मन के खिलाफ हम लोग कुछ कह भी तो नहीं सकते। फिर उसने कोई अनुचित बात भी नहीं कही तिवारी जी। मेरी बेटी मैके के टुकड़े खाए और आपकी बेटी अफसर की पत्नी बनकर दूध-भात खाए। ये भला हम कैसे सहेंगे! फिर तिवारी कुछ बोला नहीं, बेटी को लेकर चुपचाप चला गया। हालाँकि उस दमयन्ती को देखकर मन में माया उपजती थी, लालच लगती थी—कि लड़की दस में एक है।

श्रीकान्त कुछ नहीं बोला, वह सामने बैठ के खाना परसती हुई मृदुला को चुपचाप निहारता रहा।

तवा पर सिंके छोटे-छोटे, आलू के मोटे गोल पराँठे मटर-गोभी-आलू की सूखी सब्जी—आम का अचार थाली में परसकर मृदुला ने श्रीकान्त के आगे रखा तो हाथ धोते हुए वह बोला—लेकिन, पंडित जी तो रोटी-तरकारी खा रहे थे?

—उनको ये सब पचेगा भी तो नहीं। रात को तो बस दो रोटी खाते हैं। बहिना बोली, लेकिन बाबू जी आज बहुत प्रसन्न थे।

—श्रीकान्त के कारण। सास बोलीं। तिवारी तो जैसे जमीन सूँघ रहा था। अब बच्चू को पता चला है कि बेटी होने का मतलब क्या होता है? कहीं कल भी न दौड़ते हुए आएँ क्यों श्रीकान्त?

—आने दीजिए, गरज होगी तो आएँगे। मुझे क्या करना है, मेरी समझ में जो आया वह कह दिया, कि बाप तो मेरा गाँव में बैठा है, यहाँ राह-घाट मुझे क्यों घेरते हो।

इस बार आँखें मटकाकर, बहिना की सास हँसती हुई बोलीं—खुल गईं न बातें! मिसिर जी का बेटा है श्रीकान्त, यह फूल लोढ़ना तिवारी के बस का नहीं है। दौड़ें बच्चू! तब आटा-दाल का भाव मालूम होगा।

श्रीकान्त चुपचाप अपना प्रिय स्वादिष्ट भोजन खाते हुए बोला—आज महीनों बाद मन लायक भोजन मिला है बहिना, इसे बनाने की तेरी तबीयत कैसे हो आई?

—मैंने नहीं, मृदुला ने बनाया है। अम्मा जी ने कहा था कि मुझे आलू भरे पराँठे अच्छे लगते हैं, मृदुला ने बना दिया। पर थोड़ी मीठी वाली चटनी तो दिखाई नहीं देती।

मृदुला को भूल मालूम हुई। दाँतों तले जीभ दबाई और उठके भंडार घर की ओर भागी।

थाली में जब मीठी चटनी डालने लगी तो बहिना की सास बोलीं—इतने मन से भोजन बनाया इसके पसन्द की असली चीज ही देना भूल गई।

—सब माफ, भूल-चूक सब माफ अम्मा जी, इतना करने वाला भी वहाँ आगे-पीछे कोई नहीं है। एक जया है जो बस पिताजी-पिताजी, करती रहती है, लेकिन इतने से ही तो पिताजी का पेट भरने वाला नहीं, पिताजी के पेट में, उनके पेट में भोजन कौन डाले। एक महाराज था वह भी पाँच-सात दिनों से भाग गया।

—फिर कैसे चल रहा है? सास ने पूछा।

—एक नौकरानी है कलसी, ऊपर का काम वह कर देती है बाकी काम मैं करता हूँ या कोई ऊँची जाति का मजदूर मिल गया तो करता है।

—परदेस में बहुत अधिक नेम-धरम चलता भी नहीं, सास ही बोलीं। इसी से तो अब ब्याह कर लो। और नहीं तो जया को यहाँ छोड़ जाओ! उसकी बुआ हैं, मौसी हैं।

—हाँ, बुआ तो हैं लेकिन उसकी मौसी का कौन भरोसा, आज हैं, हो सकता है कल अपने घर चली जाएँ...। खैर, थाली में के सभी पराँठे खत्म हो गए तो मृदुला ने एक और डाल दिया।

श्रीकान्त ने मृदुला को ध्यान से देखते हुए कहा—अभी तक मेरी खुराक का अनुमान तुम्हें नहीं लगा।

—थोड़ा खा लो, बाकी छोड़ देना मैं खा लूँगी। मृदुला बोली।

—अपना जूठा दूसरे को खिलाने से, अपनी बुद्धि भी खाने वाले के पास चली जाती है। इसलिए अब इसे तो खाना ही पड़ेगा।

—तब चोन्हा क्यों करते हो, चुपचाप खाओ। अभी तुम एक और लोगे। बहिना के साथ सास भी हँस पड़ीं।

लगभग साढ़े दस बजे भोजन समाप्त। भोजन के बाद सास बैठ नहीं पाती थीं, इसलिए अपने कमरे में लेटने चली गईं। श्रीकान्त बड़े हॉल में तख्त पर सोने चला आया। बहिना रोज की तरह सास की देह दबाती हुई मृदुला से बोली—बबुआ तो चाय पिएगा न, बना के दे आओ!

रात काफी खामोश हो गई थी, सर्दी भी बढ़ गई थी। श्रीकान्त नम-नम अपनी पहली नींद के झोंके में था। मृदुला दो गिलासों में चाय बनाकर ले आई, श्रीकान्त रजाई ओढ़कर लेटा था। मृदुला ने मुँह पर से लिहाफ उठा, दाढ़ी पकड़कर हिलाया। श्रीकान्त ने आँखें खोली तो उसने चाय का गिलास आगे कर दिया। श्रीकान्त उठ बैठा, रजाई ओढ़कर, दीवार से पीठ टेक आराम से बैठते हुए गिलास पकड़ लिया।

—तुम नहीं पियोगी?

—पिऊँगी। तख्त के नीचे चाय भरा दूसरा गिलास उठा वह बगल वाली खाट पर पलथी मार के बैठ गई।

—कुछ ओढ़ लो! ठंड कितनी बढ़ गई है।

—मुझे ठंड अच्छी लगती है।

चाय की पहली चुस्की लेकर, श्रीकान्त ने मृदुला के चेहरे पर आँखें गड़ाकर पूछा—तुम्हारा चेहरा आज इतना उदास क्यों है?

—अब इस चेहरे की बनावट ही ऐसी हो गई है तो क्या करूँ? और उदासी का कारण क्या बताऊँ क्या है?

चाय पीना रोककर मृदुला के चेहरे को श्रीकान्त गौर से देखने लगा। कमरे में एक अजीब तरह की खामोशी भर गई थी, अजीब सा अकेलापन।

—लेकिन मैं चाहता था कि इसे जानूँ।

पल भर खामोश रहकर मृदुला बोली—आज ससुर से पाठशाला में तुमने क्या बातें की?

—दमयन्ती के ब्याह सम्बन्धी।

—या अपने ब्याह सम्बन्धी?

—यह बात तो उसके साथ जुड़ी हुई है ही!

—तुम्हें ब्याह के लिए और कोई लड़की नहीं मिलती?

—अभी तक तो नहीं मिली!

—तुम्हारे साहब की बेटी का क्या हुआ?

श्रीकान्त चुप रहा तो मृदुला ने फिर पूछा, उस लड़की के रूप की भी तो तुमने काफी बड़ाई की थी, बाप की अकेली बेटी भी है।

—हाँ, सब कुछ है, पर उस लड़की के लायक मैं नहीं हूँ, मेरे परिवार के रहन-सहन के अनुसार वह लड़की नहीं पड़ती?

—क्यों, वह एक अफसर की बेटी है, तुम भी एक अफसर हो, आज छोटे हो, कल और बड़े अफसर हो जाओगे, एकाएक कोई बड़ा अफसर तो हो नहीं जाता।

—फिर भी वह मेरे लायक नहीं है संक्षेप में इतना ही जानो।

—तब कोई और लड़की खोजो, लेकिन दमयन्ती के साथ अपने को मत जोड़ो।

—हर्ज क्या है?

—मैं किसी भी तरह उस नरक में जाना नहीं चाहती, और तुम मुझे वहीं भेजने पर तुले हो। तुमने जो ब्याह की शर्त लगाई है, मैं जानती हूँ उस शर्त में तुम हार जाओगे, और अन्त में पछतावे के सिवा तुम्हारे हाथ कुछ भी नहीं लगेगा।

—ऐसा क्यों?

—यदि तुम मुझे बलि का बकरा ही बनाना चाहते हो तो तुम्हारे लिए मैं वह भी बनने को तैयार हूँ बलि का बकरा तो बन ही चुकी हूँ। इस बार यह सिर धड़ से अलग होना है, यदि उसे अलग देखना चाहते हो तो देख लो, मैं कोई भी आपत्ति नहीं करूँगी, पर तुम्हारे मन को मैं जानती हूँ, बाद की स्थिति को तुम भी सहन नहीं कर पाओगे। कमरे की खामोशी और भी गहरी हो गई, झूलते हुए तराजू पर जैसे और बाट रख दिया जाए, श्रीकान्त ने इस भारीपन को महसूस किया।

कुछ देर मृदुला को देखते रहने के बाद वह धीरे-धीरे कहने लगा—मैंने तो तुम्हारे तलाक की भी बात उठाई थी—तलाक हो जाता तो मेरी राह आसान हो जाती, सुबह का भूला शाम को घर आ जाता। लेकिन, पंडित जी तो सुगबुगा भी नहीं रहे हैं। तुम्हारी चाची तो तैयार हैं, और वे आगे की बात भी समझती हैं, तुम क्या सोच रही हो?

—मैं तो हर तरह से तुम्हें पाना चाहती हूँ—लेकिन मेरे सोचने से होगा ही क्या, कचहरी-अदालत का काम तो चाचा के द्वारा ही होगा। मैं क्या कर सकती हूँ। दो जून का भोजन यहाँ मिल जाता है यही बहुत है, और यह भी तभी तक है जब तक चाचा जीवित हैं, उनके बाद तो राम जानें।

—इसीलिए मेरा ब्याह करना एकदम अनावश्यक है।

—नहीं श्रीकान्त, ऐसा मत सोचो और न ऐसी बात ही कहो। बीरबल की खिचड़ी के पकने का क्या भरोसा? मैं तो साँझ के भागते सूरज की परछाईं हूँ जिसका पकड़ में आना अब असम्भव नहीं तो कठिन जरूर है। मेरे साथ जो होना है, वह मुझे एकदम साफ-साफ दिखाई पड़ रहा है। तुमने जया को खोज-ढूँढ़कर साथ रख लिया। मेरी कोख जुड़ा गई। लगता है, जैसे मैं तुम्हें सचमुच को पा गई, आज की दुनिया में ऐसा कौन करता है श्रीकान्त, पर तुमने अपने दायित्व को समझा और निर्वाह कर रहे हो। मैं जानती हूँ, इन परेशानियों में तुम्हें डालने वाली मैं ही हूँ, यह सब कुछ, तुम मेरे कारण भोग रहे हो। इसलिए, मेरे लिए तुम अब और भी पूज्य हो—तुम परम-पुरुष हो। पर अब अधिक दुख मत सहो, अब ब्याह कर लो। अपने लिए नहीं तो जया के लिए। पर मेरी ननद से नहीं—कहीं भी अन्यत्र। घर में जया के लिए माँ के नाम पर कोई भी औरत चाहिए। तुम्हारे नेह-छोह में जया के दिन सुख से बीत जाएँगे।

श्रीकान्त को जैसे मौका मिल गया—तुमसे तो मैंने पहली बार ही कहा था कि किसी भी अनजानी लड़की को पत्नी-रूप में ले आना, जया को फिर से एक दूसरे अनाथालय में डालने से किसी भी तरह कम न होगा! लेकिन तब से बार-बार तुम इसी बात पर जोर दे रही हो कि मैं ब्याह कर लूँ, तो अब वैसा करना चाहता हूँ तो आपत्ति क्यों कर रही हो?

—दमयन्ती तुम्हारे लिए कब की जानी हुई है? उससे जया को सुख मिलेगा, यह आस तुम्हारे मन में कैसे समा गई?

—दमयन्ती से जया को सुख मिलेगा, इस आस से मैंने तो यह निर्णय लिया ही नहीं।

—फिर?

—दमयन्ती से ब्याह कर लेने पर, उस परिवार से जुड़ जाने पर जया को उसकी माँ मिलती रहेगी, तुम्हें पाने के लिए इसके सिवा अब मेरे सामने कोई दूसरी राह नहीं दीखती। मृदुला चुप लगाकर, सामने की धरती पर थोड़ी देर के लिए चुपचाप देखने लगी।

श्रीकान्त उत्तर पाने के लिए मृदुला की ओर ताकता रहा। हाथ का गिलास खाली हो गया था, श्रीकान्त ने सिरहाने के जँगले पर रख दिया तो मृदुला बोली—तुमने एक बार मेरी ओर से भी सोचा होता!

—क्या?

—कि मेरी आँखों के सामने तुम दूसरे के हाथ में चले जाओगे तो यह मुझसे सहा नहीं जाएगा? मैं अपनी कमजोरियों पर विजय कैसे पाऊँगी? तुम्हें देखकर श्रीकान्त मैं सब कुछ भूल-बिसर जाती हूँ, मन पागल हो जाता है।

स्थिति के इस पहलू की सत्यता श्रीकान्त की आँखों के सामने जैसे एकाएक साफ हो गई। वह मृदुला को गौर से ताकते हुए बोला—तब मैं ब्याह ही नहीं करूँगा?

—यह भी मैं नहीं चाहती!

—तब तो तुम्हें छाती पर यह वजनी पत्थर रखना ही होगा मृदुला!

—यह पत्थर तो इस छाती पर उसी दिन रख दिया गया, जिस दिन मैं इस कसाई से जोड़ दी गई लेकिन तुम तो इसे अब और भी भारी बनाना चाहते हो? श्रीकान्त चुप लगा गया। वह खामोश मृदुला को देखता रहा। कुछ सोचती हुई मृदुला बोली—इस परिवार से जुड़ने के सिलसिले में और बातों की ओर तुम्हारा ध्यान क्यों नहीं जाता?

—और कौन-सी बातें हो सकती हैं? मुझे समझाओ।

—मैं तो वैसे ही उन लोगों की निगाह में कलंकिनी, पतिता और हेय हूँ। जब आगे किसी भी मौके पर यदि यह भेद खुल गया कि जया हम दोनों की सन्तान है, तब क्या होगा? तब मेरे लिए, दमयन्ती के लिए और शायद जया के लिए भी यह स्थिति घातक सिद्ध हो जाए!

यह बात खुल के रहेगी, क्योंकि सत्य को छिपाया नहीं जा सकता। यह एकदम असम्भव हो जाता है, उसके लिए, जिसके रक्त के साथ कोई भी सत्य जुड़ा रहता है।...हाँ, किसी दूसरे परिवार की लड़की से ब्याह कर लोगे, बात मेरी आँख ओट रहेगी, मैं सब्र कर लूँगी, सह लूँगी। जया के भाग्य में जो भी सुख-दुख लिखा होगा वह भोगेगी। मैं देख तो नहीं पाऊँगी—आँखों से दूर हो जाओगे, धीरे-धीरे यह देह काठ-पत्थर हो जाएगी। तब शायद यह सब आगे चल के कथा-कहानी की तरह

भूल बिसर जाए। श्रीकान्त एकदम खामोश हो गया। लगभग दस मिनटों तक दोनों में से कोई भी कुछ नहीं बोला। कमरे का मौन क्रमशः गहराता जा रहा था। दीवार पर की घड़ी बारह बजा रही थी—श्रीकान्त ने अपने सिरहाने का कम्बल, मृदुला की देह पर फेंक दिया।

कम्बल एक ओर करती हुई मृदुला बोली—और नहीं, तुम्हें मेरी बात में कोई वजन न दीखता हो तो जो करने जा रहे हो करो, किन्तु मुझसे फिर किसी भी तरह की शिकायत मत करना कि मृदुला तुमने यह सब पहले क्यों नहीं कहा? इसलिए आज की रात दूसरी बात कह रही हूँ कि उन लोगों को मैं तुमसे अधिक जानती हूँ। इसलिए इस बारे में तुम्हारा कोई भी कदम जुए का ऐसा दाँव है कि जिसमें तुम्हारी हार के सिवा और कुछ भी नहीं है। कल भर तो हो?

—हाँ, अभी कल हूँ।

मृदुला चुप लगा के कुछ सोचने लगी। फिर एकाएक बोली—और मैं तुम्हारी हर इच्छा पूरी करूँगी, आखिरी साँस तक, क्योंकि अब इस देह को भी इसी में सुख मिलता है। अब जा रही हूँ।

चुप दीवार से पीठ टेक वह ताकते हुए भी जैसे भीतर कहीं बहुत दूर देख रहा था। गुमसुम अपने में खोया हुआ। मृदुला ने पलभर खड़ी हो उसे निहारा, फिर धीरे से उसके सिरहाने रखा चाय का खाली गिलास उठा कमरे से बाहर निकल गई।

दूसरे दिन का कार्यक्रम बहिना ने ही बना दिया कि दिन में खा-पी करके विश्वनाथ जी के दर्शन को मन्दिर चला जाए और उधर से ही मृदुला को चूड़ियाँ पहननी हैं। गली में एक जगह खड़ी हो आगे कलाई फैला के चूड़ी पहन रही थी। बहिना बगल में खड़ी हुई थी और श्रीकान्त थोड़ा हटकर बगल की दुकान पर लकड़ी के रंगीन खिलौने देख रहा था। वहीं मृदुला के दारोगा पति से भेंट हो गई। दारोगा ने ही देखा उसने बहिना को प्रणाम किया। बहिना उसे लेकर श्रीकान्त के पास आ बोली—अरे बबुआ, ये देखो, यह तो बड़ा अच्छा संयोग है, ये मृदुला के दूल्हा हैं। ये मेरा भाई श्रीकान्त है, बहिना मृदुला के पति से बोली।

—अरे वाह! एकदम बनावटी खुशी और नम्रता जाहिर करते हुए झुककर श्रीकान्त ने दारोगा से हाथ मिलाया।

—आप ही इंजीनियर श्रीकान्त जी हैं? कल बाबू से पता चला कि आप आए हुए हैं, आपकी इच्छानुसार भेंट भी हो गई।

—हाँ, मैं ही श्रीकान्त हूँ और आपसे भेंट करने की इच्छा भी मेरी ही थी, क्या आप समझते हैं कि वह अनुचित थी?

—नहीं-नहीं, ऐसा मैंने कब कहा, मेरा मतलब था कि बड़े मौके से आपसे भेंट भी हो गई शायद आप कल चले जाएँगे!

—हाँ, कल नहीं आज ही रात को चला जाऊँगा!

—भेंट हो ही गई है तो क्यों न हम लोग कहीं बैठकर कुछ बातें कर लें। दारोगा ने प्रस्ताव करते हुए कहा कि या किसी विशेष काम से निकलना हुआ था।

—नहीं, कोई विशेष काम नहीं था। इन लोगों को कुछ खरीदारी करनी थी। मुझे तो अपने एक डॉक्टर दोस्त के यहाँ जाना है, पर चलिए कहीं बैठते हैं। श्रीकान्त ने बहिना से दर्शन करके घर चले जाने को कह दारोगा के साथ गली से दशाश्वमेध घाट की ओर निकलने वाली गली से निकलकर मुख्य सड़क पर एक सिंधी चाय की दुकान में दारोगा के साथ जा बैठा।

—आप क्या वाराणसी अक्सर आते रहते हैं? दारोगा ने बैठते हुए पूछा—श्रीकान्त मुस्कराया—मैं बिहार के बरवाडीह में हूँ, एक डैम बनवा रहा हूँ, अक्सर आना कैसे सम्भव हो सकता है? आचार्य जी ने बुलवाया था। नवम्बर में ही आने की बात थी पर मुझे ही छुट्टी नहीं मिली। इधर दो सालों बाद आने का मौका लगा है। बरवाडीह जाने के लिए मुगलसराय हो के जाना पड़ता है, वाराणसी में न रुकना कैसे सम्भव हो सकता है, जब इस परिवार से इस तरह जुड़ा हूँ।

दारोगा चुप लगा गया तो श्रीकान्त ने जानबूझकर उसे देखना शुरू किया।

—तो आजकल आप मुअत्तल हैं?

—हाँ, पर इस पुलिस महकमे में बहाल रहना और मुअत्तल रहना कोई माने नहीं रखता?

—तो क्या ड्यूटी भी करते हैं?

दारोगा झेंपा, नहीं, मेरा मतलब था कि पुलिस की नौकरी में लगभग हर कोई दो-चार बार मुअत्तल होता ही है, लेकिन आपको कैसे मालूम?

—कल आपके पिताजी आए थे, आपकी बहिन के ब्याह के सिलसिले में बात चली थी। इसके पहले भी मुझसे आचार्य जी ने यहाँ के एस.एस.पी. से मिलकर आपकी बहाली की कोशिश करने को कहा था। शर्मा जी मेरे दोस्त के बड़े भाई हैं।

—एस.एस.पी. ने कुछ कहा क्या?

—हाँ, वे आपसे बेहद नाराज हैं कि हलके का जो आदमी पुलिस की मदद करता है उससे ही आप लड़ बैठे हैं। कायदा-कानून अपनी जगह होता है व्यावहारिकता अपनी जगह होती है। फिर भी आचार्य जी की बड़ी इज्जत है, शर्मा जी की निगाह में। विद्वान एम.एल.सी. हैं, मुख्यमंत्री जी के गुरु। शर्मा जी कह रहे थे कि आपको बहाल तो कर दूँगा पर स्थानान्तरण करके। कब करेंगे ये पूछना मैंने उचित नहीं समझा। ये उनका विभागीय उत्तरदायित्व होगा। यह आचार्य जी पूछ लेंगे, उन्हीं से मिलिएगा। खामोशी में थोड़ी देर सामने देखते हुए दारोगा बोला—इस शादी-ब्याह का क्या सिलसिला है?

—उसे तो आप जानिए, बहन आपकी है?

—नहीं, मेरी कोई शर्त नहीं है—आपके पिताजी मेरे पिताजी की जगह मुझी से

बातें तय करना चाहते थे, जो मेरे परिवार की मर्यादा के एकदम विरुद्ध है, उन्हें मेरे गाँव जाना चाहिए।

—सोचा होगा, आप पढ़-लिख गए हैं—नौकरी में लग गए हैं।

—तब तो मुझे अपने घर की मर्यादा का और भी ध्यान रखना चाहिए। कुल की परम्परा तो व्यक्ति से कहीं ऊपर है। आप लोग थोड़ा अलग हो गए हैं पर हम लोग तो अभी...।

—सुनने में आया है कि शादी की बातचीत तभी बढ़ सकती है जब मृदुला की बिदाई हो जाए। क्या आप भी यही चाहते हैं।

—ऐसा चाहना क्या अनुचित होगा?

—अनुचित तो न होगा, पर आप भीतरी स्थिति को जानते तो नहीं हैं। दारोगा बोला।

—मुझे जानने की जरूरत भी क्या है। मैं तो वह सुन-देख रहा हूँ, जो समाज कहता-सुनता है कि आपने अपनी पत्नी को छोड़ रखा है। तो जो बहिन की चिन्ता करे पत्नी को छोड़ के, इसे कौन अच्छा कहेगा?

—आप जब इस परिवार से इस तरह जुड़े हैं तब तो मृदुला के स्वभाव से पूरी तरह परिचित होंगे?

—उस परिवार से इस तरह जुड़े होने का मतलब यह तो नहीं कि मैं उस परिवार के प्रत्येक व्यक्ति का स्वभाव समझूँ। उससे मुझे क्या लेना-देना। आज की जिन्दगी में हर इनसान अपने में ही इतना केन्द्रित है कि दूसरे के लिए उसके पास वक्त कहाँ है? हाँ, बाहर-बाहर से एक बार मुझे भी लगता है कि जिस आदमी ने अपनी पत्नी त्याग रखी है उसकी बहन कैसी होगी? क्या उस घर में सम्बन्ध करना उचित होगा?

—इसमें मेरी बहन का क्या कसूर?

—भाई का तो हो सकता है और बहन-भाई रक्त से जुड़े हैं।

—क्या मृदुला में कोई बुराई नहीं हो सकती?

—हो सकती है, पर इस कारण कोई भी औरत अपने प्राकृतिक अधिकारों से वंचित कर दी जाए यह कहाँ का न्याय है? कमियाँ किसमें नहीं होतीं? लेकिन एक औरत को घर न पाना, आप जैसे समर्थ व्यक्ति के लिए कठिन नहीं है। आप तो हर तरह से योग्य और भरे-पूरे लगते हैं। यहाँ आपकी हार, आपकी ही हँसाई कराती है। थोड़ी देर चुप हो कुछ सोचते हुए बोला—दुनिया एक ही पहलू को देख रही है इंजीनियर साहब।

—इस मामले में यही होता है दारोगा जी—मर्द के जीवन को नर्क बनाने वाली औरत का पक्ष अदालत भी लेती है। औरत के खिलाफ कहीं कोई सुनवाई नहीं होती दारोगा जी। यह गाँठ बाँध लीजिए। मुझे मृदुला की वकालत नहीं करनी है किन्तु

अपनी मान-मर्यादा का ध्यान तो रखना ही है। मृदुला आपकी है—आप जानें—मुझे क्या लेना-देना? लेकिन, जब आप मुझसे सम्बन्ध करने की बात करेंगे तो वह सवाल सामने पहले आएगा।

—आप यहाँ कब तक हैं?

—मैं आज शाम को चला जाऊँगा।

—आपने मेरी बहन को देख लिया है।

—आपके पिताजी एक लड़की को साथ में लाए तो थे, पर मेरे देखने-दिखाने से कुछ होता नहीं दारोगा जी, जो कुछ करेंगे, बाबू करेंगे।

—ठीक है, आपके आश्वासन पर आपके बाबू जी के पास मैं अपने बाबू को भेजूँगा—और, कोई राह निकालने की कोशिश करूँगा। आइए अब चलें।

दारोगा से विदा ले वह गोदौलिया चौराहे की ओर बढ़ गया, मन में आया और वह उर्वशी से मिलने चल दिया।

वीमेन हॉस्टल पहुँचा तो लगभग छह बज रहे थे, स्थानीय मिलने वालों का समय समाप्त हो गया था। किन्तु उसने फाटक पर के चपरासी को एक रुपया दिया और अपने बाहर से आने की बात बताते हुए उर्वशी को बुलवाने की बात कही।

रुपया पाकर चपरासी गया और आधा घंटा के भीतर यह सूनना लेकर लौटा कि वे कल से ही तीन दिनों की छुट्टी लेकर लखनऊ गई हैं।

मन की एक उमंग ठंडी पड़ गई। वह लौट पड़ा एकदम सहज ढंग से, जैसे कुछ हुआ ही नहीं था। गोदौलिया के चौराहे पर श्रीकान्त कुछ देर खड़े हो आने-जाने वाले लोगों को देखने का सुख लेने के लिए पान की दुकान के सामने पान खाने के बहाने खड़ा हो गया। आठ बजने वाले थे, पर वहाँ की भीड़ अपनी तेजी से भाग रही थी। चहल-पहल से भरे हुए बाजार के इस हिस्से की दुकानें तेजी से बन्द होने लगी थीं—चौराहे पर...श्रीकान्त लीन था कि पीछे से किसी ने कन्धे पर हाथ रखा। घूमकर देखा तो कीमती सूट वाले इस व्यक्ति को पहचान नहीं पाया। ऊपर से नीचे तक निहारते हुए श्रीकान्त बोला, क्षमा करिएगा मैंने आपको पहचाना नहीं!

सामने खड़ा हुआ व्यक्ति गम्भीर बना हुआ श्रीकान्त को देखता रहा, फिर एकाएक ही जैसे गुब्बारा फूट जाए, धीरज का बाँध टूट गया, अबे स्साले पहचानता भी नहीं? बोलने से, उसके ऊबड़-खाबड़ दाँत दिखे तो याद आया, अरे साले, डॉक्टर अरविन्द, तू यहीं है। श्रीकान्त ने अरविन्द को बाँहों में भर लिया। लगभग दस सालों पर भेंट हुई थी।

—यहीं तो प्रैक्टिस करता हूँ। दो-तीन महीने पहले भी तुझे एक बार देखा था रास्ते में। सन्देह हुआ था, लेकिन एक रोगी देखने जा रहा था, बेहद जल्दी में था। इसलिए मेरे सन्देह की पुष्टि न हो सकी। तू कहाँ है? रुड़की से इंजीनियरिंग का कोर्स करने के बाद कहाँ गया—आजकल कहाँ है?

—उत्तर प्रदेश में पिपरी रहा, ओबरा रहा, अब बिहार में बरवाडीह के जंगलों में एक डैम का बाँध बनवा रहा हूँ।

—अभी ए.ई. है या ई.ई. हो गया?

—ई.ई. हो गया। ले पान खा। अपनी बहन के यहाँ आया हूँ।

—वही लालघाट वाली न! अरविन्द बोला।

—तुझे याद है! अचरज से श्रीकान्त बोला।

—एकदम, मेरी मेमोरी एकदम ठीक है। अब घर चलें, बाकी बातें घर पर होंगी।

—अरे, कल आऊँगा। आज तो बहिन के घर कह के नहीं आया। कुछ खाना-वाना भी खिलाना।

—खाना सड़क पर खाएगा या घर पर! चल, अरविन्द ने श्रीकान्त की बाँह खींचते हुए कहा—चल!

—चल भई चल। ऐ रिक्शा, श्रीकान्त ने धीमे से आवाज लगाई।

—रिक्शा! अरविन्द ने गम्भीर आवाज में बोलते हुए श्रीकान्त को तरेरा!

—अबे बनिया के बच्चे, अभी गली-कूँचे में ही रहता है, रिक्शा पहुँचने लायक भी आवास का इन्तजाम नहीं किया।

खड़े हो कमर पर दोनों हाथ रख के अरविन्द रुक गया, अबे इंजीनियर साले, रोब मत मार, तेरे बाप की वहाँ फियेट खड़ी है।

—वाह बेटा गुप्ता, कार ले लिया, लेकिन तेरे कूँचे में ये चलेगी कैसे?

—वह कूँचा भी बदल दिया, चल बैठ तो साले! अरविन्द ने सड़क की दूसरी पटरी पर नई खड़ी चमचमाती फियेट का फाटक खोलते हुए कहा।

फाटक बन्द हुआ। निशात सिनेमा को पीछे छोड़ती हुई कार आगे बढ़ी तो श्रीकान्त बोला—अब कहाँ रहने लगा?

—नई कॉलोनी में। अरविन्द बोला।

—वाह! वेरी गुड बच्चे? शादी तो कर ली होगी।

—अभी तक तो लव चल रहा था, साला, जरा सीरियस हो गया तो लड़की बोली, अब शादी करने की सोचो। मैंने कहा, हम लोगों के लव का क्या होगा? लड़की बोली—अब लव करने को फुर्सत कहाँ है? जहाँ तक हुआ, उसे वहीं छोड़ दो, ये बेवकूफी हो गई तो हो गई। अब दूसरा रास्ता अख्तियार करो। सुबह का भूला यदि शाम को घर आ जाए तो उसे भूला नहीं कहते, बात गुरु उसकी जम गई। बस मैंने अपने बाप से कहा, उसने अपने। मेरे पिताजी तो गद्‌गद हुए, एक दिन जैसे ही मेरे ससुर महोदय आए तो पिताजी खाली बाल्टी लेकर दौड़े।

—क्यों, गुरु?

—दूहने के लिए, इतना भी नहीं समझते। लेकिन वह भी एक चंट आदमी बोला, आपको गरज हो तो दस बार मेरे दरवाजे आइए। मेरी लड़की भी डॉक्टर है,

आपके लड़के से किसी भी तरह कम नहीं। दूध के उबाल की तरह पिताजी का जोश ठंडा हो गया। और मैं तो ठंडा था ही, साला 'लव' में यही तो होता है। लेकिन मैंने अपनी होने वाली बीवी को मिलाया कि देखो भई, जब इस घर से चलना ही है तो कुछ लेकर चलो। आखिर, प्रैक्टिस करोगी तो रोगी देखने कैसे जाओगी? कम से कम एक कार, और हो सके तो कुछ जेब खर्च। तो श्रीकान्त मुझे जेब खर्च के नाम पर तीस हजार और यही फियेट कार। पी.एम.एस. हो गई। आजकल मथुरा में है—लेकिन गुरु अकेले तबीयत लगती नहीं। कह दिया कि नौकरी छोड़ो और यहीं प्रैक्टिस करो, नहीं तो मुझे छोड़ो।

—अबे हट साले, बे पर की उड़ा रहा है!

अरविन्द हो-हो करके हँसने लगा। कार नई बस्ती की ओर मुड़ी। काफी आगे से घुमाकर ले आया, दुर्गा कुंड से होते हुए। पर तूने क्या तीर मारा?

—मेरा तो अभी ब्याह ही नहीं हुआ। ढंग की लड़की कोई दिखी नहीं पर तलाश में हूँ।

—सो बेटे, पूरब का पंडित इतनी देरी क्यों पोंगा राम?

कार हाते में घुसी जिसके ऊपर 'चिरंजीव नर्सिंग होम' बड़े अक्षरों में अर्द्धचन्द्राकार लिखा था—देखा, बरामदे में आठ-दस रोगी बैठे हुए थे। पोर्टिको में कार रोकते हुए बोला—चलो बैठो, तब तक इन लोगों को निपटा दूँ और लालघाट फोन कर दे।

—वहाँ फोन कहाँ है यार? आज जाने दो फिर दूसरे दिन कभी आऊँगा, बहिना इन्तजार करेगी।

—बेवकूफ मत बनाओ गुरु—तुम्हारी बहिना के ससुर एम.एल.सी. हैं मैं जानता हूँ उनके पास टेलीफोन है। एक दिन अपनी बीवी के ट्रान्सफर के लिए उनके पास गया था। भेंट ही नहीं हुई। चुपचाप कह दो, आज आ नहीं सकता।

—अरे ये क्या बोलता है!

—टेलीफोन मिला मैं कह देता हूँ साले, इतना डरता है। अरविन्द टेलीफोन लिये हुए ही अपनी कुर्सी पर जा बैठा और लालघाट टेलीफोन मिला आचार्य जी से बोल दिया—किन्तु श्रीकान्त ने खुद भी उनसे बातें करके पुष्टि करते हुए विवशता जाहिर कर दी। मरीजों को निपटाते-निपटाते लगभग दस बज गए। अरविन्द ने नेपाली चौकीदार को आदेश दिया कि फाटक की बत्ती बुझा—भीतर से ताला लगा दो। बाहर एकदम सुनसान हो गया था। नेपाली बत्ती बुझाने जा ही रहा था कि फाटक पर एक कार रुकी। नेपाली ने फाटक खोल दिया। कार की आवाज पर अरविन्द बाहर निकला। लगभग तीस वर्ष का एक क्लीन सेंड खूबसूरत मर्द गर्म सूट में कार से बाहर निकला।

—कहिए? अरविन्द ने पूछा।

—डॉक्टर गुप्ता। आगन्तुक बोला।

—आपको क्या तकलीफ है।

—तकलीफ मुझे नहीं, कार में जो महिला है उन्हें है।

—तो उन्हें मेरे कन्सल्टिंग रूम में ले के आइए।

—लेकिन वह आ नहीं सकती, बेहोश है।

—बेहोश! क्या हुआ? हव्ट इज रांग विद हर। ठंड लग गई, निमोनिया हो गया?

—आप खुद तकलीफ करके देख लें डॉक्टर।

—डॉक्टर ने टॉर्च और स्टैथोस्कोप लिया और कार के पास गया फाटक खोला, वमन के दुर्गन्ध से कार भर गई थी जिसमें शराब की दुर्गन्ध मिली हुई थी।

गुप्ता झटके से बाहर निकला।

—इन्हें उठाकर कमरे में ले चलना होगा। उसने नेपाली को बुलाया और बोला, इसकी सहायता से इन्हें भीतर उठाकर ले चलिए हर केस इज सीरियस। शी इज डेड ड्रिंक। श्रीकान्त अरविन्द की चेयर के पास उत्सुकतावश चला आया था। स्लीवलेस सलवार के रूखे बालों में, शराब के नशे में बेहोश उर्वशी को देखकर वह धक हो गया, फटी आँखों से देखता ही रह गया। वमन सलवार-कुरते पर भी लग गया था। नेपाली ने ही तौलिये से पोंछकर साफ किया। लम्बी टेबल पर लिटाई गई बेहोश थी, डॉ. गुप्ता परीक्षण करने लगा, नाड़ी-दिल-आँखों की पुतलियाँ—ठीक सब थीं पर गुप्ता ने छिपाया। कंडीशन इज सीरियस। आप इन्हें अस्पताल ले जाइए।

—नहीं डॉक्टर, इस समय मैं अब अस्पताल कहाँ ले जाऊँ, वहाँ कौन सुनता है?

—तब इन्हें इस नर्सिंग होम में भर्ती करना होगा यहाँ थोड़ा खर्च ज्यादा पड़ेगा—पूरी रात के पहले इनको छुट्टी नहीं मिल सकती।

—आप भरती करिए, खर्च की कोई चिन्ता नहीं। डॉ. गुप्ता ने मेज की दराज से एक रजिस्टर निकाला और सवाल करने लगा—वाइफ का नाम? आदमी झिझक के बोला, आरती सक्सेना। उम्र लगभग 25 साल।

—आपका नाम?

—दामोदर सक्सेना!

—पेशा? गवर्नमेंट कंट्रैक्टरी!

—पता? गुप्ता ने पूछा।

—फोर्थ लेन, न्यू कॉलोनी?

—कार नं. यू.टी.सी. 3993 अरविन्द ने उसमें जोड़ दिया और कलम बढ़ाते हुए बोला आखिरी कॉलम में हस्ताक्षर करिए।

सक्सेना ने हस्ताक्षर कर दिया तो गुप्ता बोला, एक हजार रुपये जमा करिए। ये नर्सिंग होम की भरती की फीस इत्यादि है इसमें कम से कम तीन दिनों का किराया डेढ़ सौ रुपये, काशन मनी या सिक्योरिटी सौ रुपये, बाकी सम्भावित दवाइयों का दाम जो मरीज ले जाते समय बिल से समायोजन होगा।

दामोदर सक्सेना ने चुपचाप एक हजार रुपये जमा कर दिए। गुप्ता ने रजिस्टर में एक हजार अग्रिम लिख लिया। उसके बाद स्टैथोस्कोप से आरती की परीक्षण करने लगा।

—शी इज डेड ड्रिंक, ताज्जुब है। आपकी लव मैरिज है मि. ?

—हाँ डॉक्टर ? क्यों ?

—ए ब्यूटिफुल गर्ल ऑफ फाइन आइज एंड फेस। डॉक्टर गुप्ता, नासिका पकड़कर, छाती पर जगह-जगह स्टैथोस्कोप लगाकर लड़की की जाँच कर रहा था, और श्रीकान्त ठगा-सा खामोश फटी आँखों से चुपचाप गुप्ता के बगल में खड़ा हुआ देख रहा था। एकाएक गुप्ता ने धीरे से औरत को करवट लेटाकर पीठ पर आला लगा देखने के बाद बोला—ए सीरियस केस, पल्स इज इरैगुलर, हार्ट वीटिंग हाई।

—बड़ी जिद्दी लड़की है डॉक्टर, असल में दो-एक दोस्तों को खाने पर बुलाया था उसी सिलसिले में ये भी ज्यादा पी गई।

डॉक्टर ने एक इंजेक्शन लगाया, आँखों में दवा डाली, लगभग आधा घंटा में उर्वशी ने फिर ढेर सारा वमन किया। नेपाली के हाथ का पॉट भर गया। शराब की दुर्गन्ध से कमरा भर गया। डॉक्टर ने इशारा किया। नेपाली ने पॉट हटाया। तौलिया से हाथ-मुँह पोंछा। डॉक्टर ने फ्रिज से थोड़ी व्हिस्की निकाली और उर्वशी को पिला दी। शराब पीकर फिर सो गई, गहरी निद्रा में।

—अब ये रात भर सोएगी, क्या आप घर जाना चाहेंगे ?

—आप जैसा कहें !

—तीन-चार घंटों के बाद ये होश में आ सकती है, उस समय शी मे नीड यू। पर आपको भी तो कपड़े-लत्ते बदलने होंगे। आप जाना चाहें तो जा सकते हैं, पर सुबह एकदम सात बजे आ जाना होगा। अगर रहना चाहें तो मैं आपको सारी सुविधाएँ दे सकता हूँ, सोने के लिए पायजामा, इसी कमरे में सोने का बन्दोबस्त भी हो जाएगा।

—मैं जाना ही चाहूँगा डॉक्टर !

—आपके यहाँ टेलीफोन है ?

—हाँ है, आप नोट कर लें, कोई बात हुई तो मुझे इत्तला कर दें मैं किसी भी समय आ जाऊँगा नं. 53741।

—लीजिए रजिस्टर में लिख दीजिए। गुप्ता ने रजिस्टर दामोदर सक्सेना के आगे कर दिया जिसमें उसने टेलीफोन नम्बर लिख दिया।

गुप्ता के ही आदेश पर नेपाली चौकीदार ने फाटक खोला और सक्सेना कार लेकर बाहर निकला। उस समय रात के साढ़े ग्यारह बज रहे थे। श्रीकान्त एकदम गम्भीर हो गया था। खाना खाने बैठे तो गुप्ता ने टोका—क्यों बे, इतना सीरियस क्यों हो गया इंजीनियर की दुम ?

—बहुत पैसा लिया तुमने! जरा सा अधिक पी जाने का इतना महँगा इलाज? श्रीकान्त ने बात का रुख दूसरी ओर मोड़ दिया। अरविन्द ठठाकर हँसा—न तुम गांधीवादी हो, न साम्यवादी। कैसे इस भ्रष्ट विभाग में खपे हो, अचरज है?

—दुनिया में कौन अवसरवादी नहीं होता बेटा, जो अवसर से लाभ न उठाए वो उल्लू है।

—ये कौन सा अवसर था कि जरा सा पी लेने के लिए एक हजार ऐंठ लिया। इस ठेकेदार के पास पैसा था दे दिया, गरीब आदमी होता तो कैसे देता।

—देने ही के लिए तो साला पी.डब्ल्यू.डी. का यह ठेकेदार यहाँ आया था। गरीब ऐसे कुकर्म में फँसता ही क्यों? तुम समझते हो यह लड़की उस साले ठेकेदार की बीवी है?

—फिर? श्रीकान्त जिज्ञासु मुँह बनाकर बोला।

—यह बुलबुल है बुलबुल, साला रात भर के लिए कहीं से उड़ाकर लाया था। पीने की लत वाली लड़की ज्यादा पी गई। साला ठेकेदार की सारी प्लानिंग खटाई में पड़ गई। फँस जाने के डर से अस्पताल जा नहीं सकता था। मेरे पास आया, मैं तो देखते ही समझ गया कि असामी मोटा है, वसूल लिया।

—सुबह आएगा? श्रीकान्त ने पूछा।

—एकदम आएगा। वह जानता है कि मैं जान गया हूँ कि सारी बातें वह झूठ बोल रहा है। अपना मुँह बन्द करने के लिए ही तो मैंने इतने रुपये लिये हैं। अभी सुबह और देगा?

—वह किसलिए? श्रीकान्त ने पूछा।

—उसे 'शुकराना' कहते हैं, यानी धन्यवाद स्वरूप। साला मिलिटरी का ठेकेदार है, खूब शराब पीता है मिलिटरी कैंटीन की। शादी हुई नहीं—पैसे पानी की तरह बहाता है पर लौंडिया है जोरदार।

—चलो एक बार और देख आएँ! श्रीकान्त ने हाथ धोते हुए कहा।

—लेकिन इंजीनियर तुम इतना क्यों रुचि ले रहे हो, तबीयत हो तो जा गोद में लेके सो रह। ऐसा मौका फिर नहीं मिलेगा। मैं हँसी नहीं कर रहा, क्या समझे?

—साले घिसो मत, चलो एक बार देख आएँ।

—चल। कन्धे पर तौलिया लिये ही डॉ. अरविन्द श्रीकान्त के साथ कमरे में चला आया। अरविन्द ने उर्वशी के चेहरे पर से कम्बल हटा दिया, ले देख ले, शी इज ए ब्यूटि!

शराब के नशे में सोई हुई उर्वशी को श्रीकान्त देखता ही रह गया। अचम्भित, ठगा हुआ। बगल की मेज पर एक खाली कम्बल था सिकुड़ी हुई उर्वशी के देह पर उसने डाल दिया।

—ए ज्वेल, अरविन्द हँसा। तैयार, बनारसी लँगड़ा। चलता हूँ, तू यहीं लेट।

डॉक्टर अरविन्द के पीछे-पीछे, श्रीकान्त भी चला आया। श्रीकान्त डॉक्टर अरविन्द की बगल में बिछी खाट पर लेट गया तो डॉक्टर ने पूछा—वह इलाका तो बड़ा खतरनाक है। बीवी-बच्चे हैं नहीं, अकेले तेरा मन कैसे लगता है?

—अल्सेशियन की एक जोड़ी है—खाना बनाने को एक आदिवासी औरत है।

—बिस्तर-खाना दोनों का काम चल जाता है? अरविन्द हँसा।

—अबे साले?

—तो ब्याह क्यों नहीं करता? किसी चक्कर में फँस गया है क्या?

—क्या बताऊँ अरविन्द!

—पी.डब्ल्यू.डी. में हो या डैम पूल बनाने वाले विभाग में?

—हाँ, इसी में।

—तब तो खूब पैसे मिलते होंगे? कितना कमा लिया?

—मैं वेतन के अलावा कुछ नहीं लेता डॉक्टर! शराब मैं पीता नहीं!

—तब तू वहाँ टिका कैसे है?

—डेपुटेशन भत्ता तो मिलता है? श्रीकान्त बोला।

—अबे साले कम्युनिस्ट बनता है, दिखाने को यहाँ से कम्युनिस्ट विदेश में खाता खोले बैठे हैं, तू डेपुटेशन भत्ता का तिलक लगाकर अपने को धन्य समझ रहा है। साले मर-खप जाएगा, कोई जानेगा भी नहीं। जंगली इलाका है, मार-काट के फेंक देंगे सब! वहाँ से हट जा। यू.पी. में आकर नौकरी कर, ब्याह कर, पैसे कमा। जैसी बहे बयार, पीठ वैसी कर दीजो। जिन्दगी को भोग, बहुत मारलिस्ट मत बन, एक हाथ से ले, दूसरे से खर्च कर। जिन्दगी भोगने के लिए है। मूँदो आँख कतौ कोउ नाहीं। समझे। और नहीं तो सब कुछ छोड़-छाड़ के नित्य शाम को दशाश्वमेध घाट पर तिलक लगा के प्रवचन दे साले! ढोंगी!

—हाँ, अब लौट आऊँगा—डेपुटेशन पीरियड समाप्त होने वाला है।

—अच्छा, मैं तो सोता हूँ—तबीयत करे तो जा मन बहला आ, ऐसी कच्ची गरी फिर नहीं मिलेगी? रात भर का मौका है।

मुँह फेर के डॉक्टर सो गया। एक बज रहे थे, लेकिन श्रीकान्त को नींद नहीं आई। आधा घंटा के बाद वह फिर उर्वशी की खाट के पास आ खड़ा हुआ। झुक के उसके चेहरे को देखता रहा। आम की फाँक-सी आँखों की बन्द पलकें...पिपरी डैम के बराज पर की उर्वशी और वी.आई.पी. के डाक बँगले की हमबिस्तर मछली को! कुछ देर उसे निहारने के बाद वह अपनी खाट पर आकर—गूँगे की तरह लेट गया।

सुबह आँखें खुलीं तो डॉक्टर शेव कर रहा था।

—बिना मेरे आए, उसे जाने मत देना डॉक्टर! बाथरूम जाते हुए बोला।

—जा साले, इम्पोटेंट इंजीनियर! मर्द बनता है।

—तू क्यों चूक गया। श्रीकान्त बोला।

—मैं पेशे से डॉक्टर हूँ—एक प्रतिष्ठित क्लीनिक का डॉक्टर, अपनी प्रतिष्ठा का डर है और ब्याहता हूँ वरना, मैं भी आदमी हूँ। तू क्वाँरा है श्रीकान्त! मुझमें-तुझमें इतना तो फर्क है ही।

चाय समाप्त करते हुए नौ बज गए। आज देर हो गई। मरीज आ गए हैं। चलो, उस लौंडिया को देखें। श्रीकान्त को लेकर अरविन्द अपने चेम्बर में दाखिल हुआ। श्रीकान्त ने देखा, उर्वशी के साथ ठेकेदार पहले से भीतर बैठा हुआ है।

श्रीकान्त को देखते ही उर्वशी चौंककर खड़ी हो गई। देह उसकी एकदम पीली पड़ गई—मि. श्रीकान्त! तुम यहाँ कैसे?

—श्रीकान्त नाटकीय ढंग से बोला—डॉक्टर से कुछ काम है, लेकिन तुम यहाँ कैसे? तुम तो तीन दिनों के लिए लखनऊ गई थीं?

डॉक्टर मेरे मित्र हैं। फिर अरविन्द से मुखातिब हो बोला, डॉक्टर! इनसे खूब भेंट हुई। इनका नाम उर्वशी शर्मा है डॉक्टर!

—उर्वशी शर्मा या आरती सक्सेना? डॉक्टर ने ठेकेदार और उर्वशी की ओर एक साथ देखा। नौजवान ठेकेदार और उर्वशी के चेहरे उतर गए। पल भर उन दोनों की आँखों में निहारकर श्रीकान्त से अरविन्द बोला—रात ही मैंने तेरे चेहरे को देखकर समझ लिया था कि तू मुझसे कुछ छिपा रहा है। इसीलिए मैंने तुझसे कहा था श्रीकान्त, कि औरत और पानी की हरकत का कभी एतबार मत करो। और तुम थे कि रात भर सोए नहीं। बार-बार इन्हें उठकर देखने जाते रहे...। फिर एकाएक डॉक्टर अरविन्द ने मेज पर रखा टेलीफोन का रिसीवर उठा नम्बर डायल करके बोला—हलो, पुलिस स्टेशन!

तभी ठेकेदार ने तेजी से टेलीफोन के बटन दबा टेलीफोन काट दिया और हाथ जोड़ बोला—थोड़ा मुझ पर रहम खाइए डॉक्टर साहब!

डॉक्टर थोड़ा चुप रह बोला—तो कहिए श्रीमती आरती सक्सेना, आपको तो रुकना पड़ेगा जब तक आपके हॉस्टल की तुम्हारी सुपरिंटेंडेंट न आ जाएँ। मैं उन्हें टेलीफोन कर रहा हूँ। उर्वशी ने आँखें नीची कर लीं।

—लेकिन अभी आपकी जाँच फिर करूँगा, तभी यहाँ से जाना हो सकेगा। आइए, इस मेज पर लेटिए।

उर्वशी लेट गई, डॉक्टर ने नाड़ी, ब्लड प्रेशर, पीठ-पेट सभी की जाँच करके कहा—सब तो ठीक है पर इस उम्र में इतना पीना ठीक नहीं।...

—डॉक्टर, अब आप इन्हें रिलीज कीजिए, मुझ पर और इन पर मेहरबानी करिए। ठेकेदार ने फिर हाथ जोड़ा और डॉक्टर के आगे सौ-सौ के दस नोट रखते हुए बोला, देखिए, कम हो तो पूरा करूँ।

—मिस्टर सक्सेना! यह लड़की मेरे दोस्त की परिचित निकल गई। ये कौन है, क्या है, पूरी तरह मेरे इस दोस्त ने मुझे बताया नहीं, पर आपने काम बहुत गलत

किया है, एक भले घर की लड़की को गुमराह करके आपने शराब पिलाई है और पता नहीं क्या-क्या किया है। द मैटर शुड बी रिपोर्टेड टू पुलिस...।

ठेकेदार ने पाँच सौ और अरविन्द के आगे रखा, आपकी कृपा के लिए कृतज्ञता ज्ञापन कर रहा हूँ। आपसे पहचान तो हुई। मेहरबान रहिए, कमाता हूँ तो खर्च करना भी जानता हूँ। आपसे फिर भेंट हो सकती है। मैं समझ गया—आप मेरे एक अच्छे दोस्त हो सकते हैं। मौके पर फायदा लेने वाले ठेकेदार ने मिलाने के लिए हाथ बढ़ाया। हाथ मिलाकर अरविन्द मुस्कराते हुए बोला—अच्छा, ले जाइए इनको और रजिस्टर पर हस्ताक्षर कर दीजिए।

उर्वशी को लेकर ठेकेदार चला गया तो डेढ़ हजार रुपये जेब में रखते हुए बोला, इंजीनियर के बच्चे, बता साले ये कौन थी?

—यही तो मेरे बॉस, चीफ इंजीनियर शर्मा की बेटी है यार!

—लौंडिया तो जोरदार है डियर, पर ब्याहने लायक तो नहीं रही!

—हाँ, बड़े मौके से तेरे यहाँ आया, वर्ना मैं तो फँस गया था। बाल-बाल बचा। खैर, अब तो चीफ से निपटना पड़ेगा।

—फँसे कैसे?

—यह बाद में बताऊँगा, फुर्सत से। फिलहाल जान तो बची। वरना बहुत बड़ी गलतफहमी में पड़ गया था यार। मेरी तो आँखें खुल गईं।...अब मैं भी चलता हूँ अरविन्द, कल लखनऊ जाना है चीफ से मिलने। रुका तो साँझ को मिलूँगा, वर्ना दूसरी बार...।

श्रीकान्त, अरविन्द से हाथ मिला, बाहर निकल आया।

15

कार में पाँव रखती हुई मालती शर्मा ने अहाते के गेट पर, रिक्शा से उतरते हुए श्रीकान्त को देख लिया। पैर बाहर खींच, दोनों हाथ कमर पर रख वे तनकर खड़ी हो गईं, चेहरे पर स्वागत भरी मुस्कराहट फैल गई। दाहिने हाथ में ब्रीफकेस लिये अपनी गरिमा भरी चाल से मालती शर्मा के पास आ उसने झुककर आदर से नमस्कार किया।

—चाल-ढाल, वेश-विन्यास से भी आज इंजीनियर लगते हो। बिहार का पानी लग रहा है! कहाँ से आ रहे हो, बरवाडीह से?

—नहीं, बनारस से। वहाँ मेरी बड़ी बहन हैं!

—हाँ, यह जानती हूँ किन्तु तुम्हारी गाड़ी तो ग्यारह बजे तक आ जाती है—तुम डेढ़ बजे चले आ रहे हो!

—कुछ गाड़ी लेट आई और मैं दफ्तर होते हुए यहाँ आया। वहाँ पता चला, साहब दिल्ली गए हैं।

—हाँ! आओ भीतर चलो।

—लेकिन आप कहीं जा रही थीं?

—अब नहीं जाऊँगी!

—लगता है आप किसी आयोजन में तैयार हो के जा रही थीं? हो आइए, मैं प्रतीक्षा करूँगा। मालती शर्मा ने एक बार अपने को ऊपर से नीचे तक निहारा, नहीं जी, अकेली बोर हो रही थी तो सोचा गंज से कुछ सामान ही खरीद लाऊँ अब फिर लाऊँगी!

काली चमचमाती सैंडिल, गोरी देह के ऊपर कांचीवरम की पीली कीमती सिल्क की साड़ी, दोनों हाथों में भरी हुई चूड़ियाँ पहने, समानुपाती देह वाली आगे-आगे चलती हुई पाँच फिट पाँच इंच वाली मालती शर्मा को वह देखता ही रह गया। मांग में हल्की सिन्दूर की रेखा और अपेक्षाकृत, काले-घने चमकदार केश पीछे क्लिप से दबे हुए, बड़ी-बड़ी आँखों में रचा हुआ काजल, मुँह में दबा हुआ पान, और देह से निकलने वाली इत्र की भीनी गन्ध से उनका व्यक्तित्व और भी आकर्षक लग रहा था।

बैठक में पहुँचते ही पूछा—किसी आयोजन में जाने की बात तुमने कैसे कही?

—कभी आपको इस तरह से सज-धज के बाहर जाते हुए देखा नहीं था, इसी से पूछ बैठा।

—इतने दिनों तुम रहे कहाँ?

—जहाँ आपने वनवास दिया है।

—अपने मन से गए हो, मैंने वनवास नहीं दिया है।

डेपुटेशन की अवधि तो बीत ही गई, दूसरा साल चल रहा है, आज उसी मन से कहने आया हूँ कि अब मुझे वापस बुला लीजिए!

—यह बात हुई काम की, और अपनी आँखों पर से धूप का चश्मा उतारो ताकि तुम्हारे चेहरे का भाव मैं समझती रहूँ—यहाँ कौन सी धूप है?

—आप तो हैं, मेरे बॉस की बीवी!

—धूप की तरह मुझसे भी बचना चाहते हो?

—आपसे कोई कहाँ तक बच सकता है। लेकिन यह गलत भी नहीं है कि अफसर के आगे और घोड़े के पीछे बहुत सतर्कता और होशियारी से जाना चाहिए!

मालती शर्मा मुस्कराईं—तुम शरारती हो, मैं समझती हूँ बच्चू! अब बताओ, नाश्ता करोगे या खाना ही खाओगे?

—फिलहाल तो प्यास लगी है!

मालती शर्मा ने सोफे में लगा बटन दबाया। बूढ़ा नौकर रामलाल आया तो बोलीं—पानी की बोतल और थोड़ा मीठा दे जाओ। उसके बाद खाना लगाओ। मैं भी खाऊँगी। एक दिन तुम्हारी चर्चा आई थी, साहब कह रहे थे कि बहुत दिनों से श्रीकान्त का कोई समाचार नहीं मिला, पता नहीं बिहार सरकार में खप जाएगा या वापस आएगा।

—फिर ?

—मैंने उनसे कहा कि अपने प्रदेश के ऐसे कुशल इंजीनियर को बिहार में क्यों खपने दे रहे हैं ? उत्तर प्रदेश में क्या काम की कमी है ? प्रमोशन देकर उसे बुला लीजिए ?

श्रीकान्त ने मुस्कराते हुए हाथ जोड़ा तो मालती जी बोलीं—हाथ मत जोड़ो, मैं तुमसे बहुत नाराज हूँ। डेपुटेशन पर गए और मुझे एक मिठाई तक नहीं खिलाई ?

—मुझे उस लायक समझती हैं ?

—तुम्हीं मुझे कुछ नहीं समझते! इसी बुद्धि से इंजीनियर बनने का सपना देख रहे हो ?

—इंजीनियर तो मुझे अपनी बुद्धि से नहीं आपकी मेहरबानी से बनना है।

इस बार मालती शर्मा की आँखों में विशेष खुशी भरा भाव भर आया। पान से लाल होंठों के बीच से सफेद बतीसी दिख गई, शर्मा जी कह रहे थे कि अभियन्ता की दो जगहें खाली हुई हैं—श्रीकान्त मेरिट के हिसाब से तीसरे नम्बर पर है, इस समय हो भी नहीं सकता ?

—आप चाहें तब भी ?

—मैं क्यों चाहूँगी ? तुममें कोई खास बात है ?

—आपने उस समय क्यों चाहा कि मैं डेपुटेशन पर भेज दिया जाऊँ ?

मालती शर्मा चुप हो मुस्कराती हुई श्रीकान्त की ओर ताकती रहीं तो वह फिर बोला—अब उसी खास बात के कारण मुझे प्रमोट कराना होगा।

—तो अब आप इसे अधिकार समझते हैं ?

—कतई नहीं, पर इतने साधिकार से और किसी से कह भी तो नहीं सकता! यह मैं जानता हूँ कि आपको समझने में मैंने रंचमात्र भी भूल नहीं की है...।

—तुम्हारी इच्छा से भी तो मैं जानकार नहीं थी कि तुम उत्तर प्रदेश में वापस भी आना चाहते हो। एक पोस्ट क्रिएट करनी पड़ेगी। दो रिक्त स्थानों के लिए तुमसे दो सीनियर मौजूद हैं, तीसरे के लिए मंत्री के सचिव ने शर्मा जी को फोन किया था—प्रमोशन तीन का होना है दो सीनियारिटी से एक मेरिट से हालाँकि अभी कम से कम छह महीनों की देर है, पर मौके से आ गए हो, शर्मा जी से मिल लो। अब उठो—खाना लग गया है।

खाने की मेज पर बैठते हुए श्रीकान्त ने ही शुरू किया और शर्मा जी आएँगे कब—आज शाम को ही आने वाले हैं, नहीं तो कल सवेरे ?

—लेकिन करना-धरना तो आपको है ?

—मेरी भी अपनी सीमाएँ हैं श्रीकान्त, कोशिश करने वाले अपना दबाव डालते हैं, डाल ही रहे हैं...! तुम्हारी छुट्टी कब तक है ?

—परसों तक।

—तब तो भेंट हो जाएगी।

—साहब की गाड़ी कितने बजे आती है?

—शाम को साढ़े पाँच बजे। खाना खाकर थोड़ी देर आराम कर लो फिर स्टेशन चलेंगे। मालती शर्मा के कमरे से लगा हुआ एक दूसरा कमरा था। जिसमें आराम करने के लिए मालती शर्मा ने श्रीकान्त को पहुँचा दिया। बारह गुणे बारह का, साफ-सुथरा कमरा जिसमें एक बड़ी मेज, दो कुर्सियाँ पड़ी हुई थीं, कमरा हर तरह से साफ-सुथरा और हवादार था। एक दरवाजा बाहर के बरामदे में खुलता था, इसके पीछे तीन-चार यूकलिप्टस के पेड़ लगे थे। जिनकी झूलती हुई टहनियाँ साफ दिखती थीं। इस कमरे से लगा हुआ बाथरूम इत्यादि था। कपड़े बदल, सफेद पायजामा और कुरता में, एक कुर्सी पर बैठकर दिन का अखबार पढ़ने लगा। लगभग पन्द्रह मिनट के बाद परदा हटाकर मालती शर्मा ने झाँका, आइए!

—तुम लेटे नहीं? बैठो। मजदूर आदमी, दिन में लेटने की मेरी आदत नहीं है दोपहर का भोजन प्राय: साइट पर ही करता हूँ।

कुर्सी खींचकर बैठती हुई मालती जी बोलीं, खाने की व्यवस्था क्या है?

—एक बूढ़ा आदमी है, वही सब कुछ करता है।

आप लेटी नहीं? अभी तो कपड़े तक नहीं बदले?

—इन कपड़ों में तुम्हें अच्छी जो लगती हूँ। वे हँसती हुई बोलीं।

—अच्छी तो आप किसी भी कपड़े में लगोगी? हर कपड़ा आपकी देह पर खिलता है।

—क्यों?

—ईश्वर ने आपको ऐसा रूप दिया है, देह दी है। स्वास्थ्य दिया है। उसकी आपने रक्षा की है। वैभव और सुख-सुविधाओं में पलती हुई कहीं से भी देह पर अधिक चर्बी नहीं है।

इस उम्र में भी आप इतनी स्मार्ट हैं!

—अरे मेरी उम्र ही क्या हुई यार! तुम्हारी उम्र क्या है?

—कुल अट्ठाइस साल!

—और मेरी पैंतीस साल, तुमसे केवल सात साल बड़ी हूँ।

—कमाल है, देखने में आप तीस से अधिक नहीं लगतीं।

—यह तो मैंने तुमसे बता दिया और किसी से तो चालीस-बयालीस बताती हूँ।

—क्योंकि तुम्हारे चीफ की उम्र इस समय तिरपन की है।

—आप उनसे अठारह साल छोटी हैं? लेकिन...।

—लेकिन, लेकिन ऐसा क्यों? यही न पूछोगे? यह भी कभी बता दूँगी कि हर किसी की जिन्दगी में कहीं न कोई कैसे समझौता करना पड़ता है। खैर, ये सब छोड़ो—ये बताओ कि शादी कब करोगे?

—अभी तो जंगलों में भटक रहा हूँ कहीं व्यवस्थित हो जाऊँ तो सोचूँ।

—व्यवस्थित होने में अब देर क्या है, पत्नी तो जहाँ रहते वहीं साथ रखते हैं, या कोई लड़की निगाह पर चढ़ी है?

—नहीं! अभी तक तो कोई चढ़ी नहीं!

—बनारस आते-जाते हो, उर्वशी से भेंट होती ही होगी।

—हाँ, एक बार ऐसी जगह इतने अप्रत्याशित ढंग से भेंट हो गई कि उसके बाद से फिर भेंट करने की नौबत ही नहीं आई!

—उससे ब्याह करने के बारे में तुम्हारा क्या खयाल है?

—आप लोगों की ओर से ऐसी बात तो कभी उठी नहीं और मेरे लिए उर्वशी से ब्याह करने की सोचना तो बौने का चाँद पकड़ने की कोशिश होगी मालती जी?

—क्यों?

—क्योंकि मैं अपनी औकात जानता हूँ, मैं बहुत ही मामूली एक किसान अध्यापक का बेटा हूँ मालती जी। उर्वशी के लिए सर्वथा अयोग्य। वे खुद ही मुझसे ब्याह करना नहीं चाहेंगी।

—श्रीकान्त! तुम्हारा तर्क मेरी समझ के बाहर है। लगता है, तुम मुझसे कुछ छिपा रहे हो, जो अब बिलकुल उचित नहीं? क्योंकि पिपरी की उस रात जो कुछ भी तुम लोगों के बीच हुआ उसका एक चश्मदीद गवाह मैं हूँ।

—क्या आपने उन्हें वैसा करने की छूट दे रखी थी?

—नहीं?

—तो क्या आप ये समझती हैं कि उर्वशी ने उस रात जो कुछ भी किया, आगे मुझे पति रूप में ग्रहण कर लेने के लिए किया?

—मेरी तो यही समझ है!

—मेरी भी समझ यही थी, लेकिन, उसके बाद जिस तरह से मेरी और उर्वशी की भेंट हुई, उसे देखकर मैंने अपनी धारणा ही बदल दी। अब मैं यही समझता हूँ कि जिस समाज में उर्वशी पल रही है उसमें ऐसी घटनाओं का कोई मोल नहीं है?

—तुम्हारा ऐसा सोचना, बहुत ठोस आधार माँगेगा। मगर कुछ तो मुझसे कहो, तुम्हें अपना भविष्य देखना है...।

श्रीकान्त ने पलभर उन्हें ताकते हुए देखकर कहा, लेकिन मालती जी, चूँकि वे चीफ की बेटी हैं, इस लालच में, अपने मन के प्रतिकूल उनसे अपना भविष्य जोड़ लूँ?

—यही तो मैं जानना चाहती हूँ कि आखिर क्यों?

—यह सवाल आपने उर्वशी से क्यों नहीं पूछा, अब भी वक्त है पूछ तो लीजिए।

—लेकिन तुम्हारी निगाह में उर्वशी कैसी लड़की है। इसमें संकोच की क्या बात है? आखिर तुमने उस भेंट में क्या देखा? तुमसे ही जब सारी बातें मालूम हो जाएँ तो आगे बढ़ने की जरूरत ही क्या है?

श्रीकान्त धीरे-धीरे दब के कहने लगा, दूसरी सन्तान के अभाव में आपने अपनी बेटी पर अंकुश नहीं रखा। उसे एकदम खुली छूट दे रखी है...वह औरत जो अपने पति के विभाग को अपनी मुट्ठियों में रखे हुए है, अपनी कोख से जन्मी सन्तान को काबू में न रख सकी! क्या यह सब कुछ आपके व्यक्तित्व को छोटा नहीं बनाता? यह सब कुछ रेशम की साड़ी में टाट का पैबन्द समान लगता है मालती जी! कि चिराग तले अँधेरा! पर करूँ क्या, सत्य को मैं झुठला भी तो नहीं सकता। और श्रीकान्त ने बनारस के डॉ. अरविन्द के क्लीनिक में उस रात शराब में बेहोश उर्वशी की सारी कथा मालती शर्मा को इत्मीनान से बता दी। अपने पति को चीफ बनाने वाली मालती शर्मा ने अपना सिर झुका लिया। खामोशी लम्बी हुई तो श्रीकान्त ने टोका, मैं बहुत बहक गया मालती जी? बेटी की बुराई माँ से? जानता हूँ, इसी की सजा भोगनी पड़ेगी! मेज पर कुहनी टेक, दाहिनी मुट्ठी पर ठोढ़ी टेक श्रीकान्त की आँखों में आँखें गड़ाकर मालती शर्मा बोलीं—तुम्हें उर्वशी मेरी बेटी लगती है?

—क्यों?

—मालती शर्मा की आँखों में एक हल्का सा खिंचाव आ गया। खिली हुई आँखें एकाएक सिकुड़ गईं। पिपरी की उस रात को जिसके तुम एक मुख्य साक्षी रहे हो श्रीकान्त, तुम्हें अब भी यह जानने की जरूरत महसूस होती है कि उर्वशी मेरी बेटी है या नहीं। कोई भी बेटी अपनी माँ के साथ वैसा व्यवहार करती, जैसा कि उसने तुम्हारी सहायता से मेरे साथ किया? और कोई भी माँ उस घटना को बर्दाश्त कर लेती?

—किन्तु आपने किया, इसके पीछे जो बात थी, उसे आप भी तो जानती होंगी? और तब तो मुझसे भी आप नाराज होंगी?

—नहीं, कोई भी नौजवान हमबिस्तर होने वाली औरत की उतनी सहायता तो करता ही जितनी तुमने की और करनी भी चाहिए। मुझे इस बात को पोशीदा रखना चाहिए। मुझे कह देना चाहिए कि उर्वशी मेरी बेटी है, लेकिन मैं जानती हूँ कि तुमने यह बात बहुत सोच-समझ के बेहद चतुराई से कही है। मैं भलीभाँति समझती हूँ कि उर्वशी तुम्हारे लायक नहीं है, न तुम उसे अपने लायक समझते हो। और तुम, इस बात पर किसी प्रलोभन के आगे समझौता भी करने वाले नहीं हो। मैं तुम्हारे साहस की कायल हूँ तो ऐसे नौजवान को जिसके अपने सपने हैं अँधेरे में रखकर गुमराह करना मेरे लिए कहाँ तक उचित होगा?...थोड़ी देर रुककर मालती शर्मा फिर कहने लगीं—धीरे-धीरे एक-एक शब्द को तौलकर, उम्र में मैं तुमसे अधिक से अधिक सात-आठ वर्ष बड़ी होऊँगी और जहाँ मैं हूँ, वहाँ से अच्छे-अच्छे मर्दों को मैं रास्ता बताती रहती हूँ पर तुम्हारे बारे में मैं कुछ और ही सोचती हूँ—वातावरण में एकदम खामोशी भर गई। दोनों थोड़ी देर एक-दूसरे को देखते रहे। श्रीकान्त ने ही खामोशी

भंग की, सुना था पहली पत्नी से जन्मा लड़का विदेश में बस गया है, लड़की उर्वशी आपसे होगी!

—हाँ, पहली पत्नी से जन्मा उनका लड़का विदेश में है। उसने वहीं अपना ब्याह कर लिया है। उसके दो बच्चे हैं। उनकी दूसरी पत्नी मैं हूँ और मुझसे तो कोई सन्तान ही नहीं जन्मी, इस चुके हुए पैसिव पुरुष के साथ बाँध दिए जाने का प्रतिफल, मेरी कोख को निपूती रहना था।

—तब उर्वशी किसकी बेटी है? श्रीकान्त विस्मय में भर गया।

—पिता कौन है नहीं जानती, किन्तु इसकी माँ नौकरानी थी। यह शर्मा जी से जन्मी होगी, ऐसा मैं नहीं मानती पर शर्मा जी के गले मढ़ दी गई। अब तो लोग यही जानते हैं कि उर्वशी शर्मा जी की मुझसे जन्मी बेटी है, और मैंने इस दुख भरे सत्य को स्वीकार कर लिया है।

—आपको यह सब कैसे पता चला?

—यह बूढ़ा नौकर जो रामलाल है, इस घर में उर्वशी से भी पहले से है। उसी ने यह सब कुछ बताया! क्या यह जानना चाहोगे कि मैं क्यों और कैसे, इस 'पैसिव' के साथ बाँध दी गई।

—नहीं, यह मेरे लिए निरर्थक है मालती जी, यह जानकर मैं करूँगा भी क्या? मैं तो एक बात जानना चाहता हूँ यदि बुरा न मानें तो पूछूँ?

—इस सीमा तक पहुँच जाने के बाद तुम समझते हो मैं तुम्हारी किसी बात का बुरा मानूँगी? मुस्कराते हुए श्रीकान्त, मालती शर्मा को देखता रहा तो वे उत्सुकता से बोलीं—पूछो, तुम क्या जानना चाहते हो, मैं तुम्हारी हर बात सुनने को तैयार हूँ!

—उर्वशी के लिए जब आपकी आड़ शर्मा जी ले सकते हैं तो अपनी नि:सन्तानी कोख को जननी बनाने के लिए, शर्मा जी की आड़ लेने से, आप जैसी चतुर और तेज महिला के लिए बन्दिश क्या रही है?

मालती शर्मा कुछ नहीं बोलीं, वे बेतों वाली उस आरामकुर्सी पर जैसे पीछे की ओर उठंग गईं—और दोनों पैर आगे की बेंत की मेज पर टेक दिया। गोरी पिंडलियाँ, कोमल चरण, ग्रीक गाथाओं की महिलाओं-सी तराशी हुई पंजों की बेहद खूबसूरत उँगलियाँ और दोनों पाँवों की एक-एक अँगुलियों में चमकते हुए चाँदी के बिछुओं पर श्रीकान्त की निगाहें अटक गईं। पलभर उन्हें जी भर देख लेने के बाद उसने मालती शर्मा के चेहरे पर आँखें गड़ाई और उन्हें निहारते हुए कहने लगा—और ऐसा करने के लिए शास्त्र भी अनुमति देता है मालती जी, राजा पांडु पुरुषत्वहीन थे, उनकी पत्नी से जन्मे पाँचों पुत्र पांडवों का जन्म ही नियोग पद्धति द्वारा एक ऋषि से हुआ था और वे कौरव वंश के राजा के उत्तराधिकारी हुए...श्रीकान्त चुप लगा गया तो मालती जी ने फिर टोका, तुम कुछ और कहना चाहते थे?

—मैं कहने वाला कौन होता हूँ मालती जी, मैं तो आपकी दयनीय स्थिति की

ओर संकेत कर रहा हूँ। आपकी भ्रान्तियाँ मानकर कि जो काम ब्याह के बाद ही हो जाना चाहिए था उसका एहसास यदि मैं गलत नहीं समझ रहा हूँ तो आपको अब हो रहा है, हो भी रहा है कि नहीं, यह भी सन्देहात्मक है।

—नहीं श्रीकान्त, मेरे इस दुख का एहसास तुम्हें हुआ है, यही मेरे लिए बहुत है, जीवन में पहला आदमी तुम ही हो। मुझे तुम्हारे जैसे मर्द की तलाश थी लेकिन...जिसने मेरी दुखती रग पकड़ी है कहती-कहती मालती शर्मा रुककर श्रीकान्त को देखने लगी।

—लेकिन क्या?

—ना, तुम खाली नहीं होगे, होना भी नहीं चाहिए? तुम्हारे जैसा मर्द खाली होगा?

—आपकी बातें मेरी समझ के बाहर हैं?

—तुमको जरूर किसी ने प्यार किया होगा। इतना नरम और कोमल मन वाला आदमी कभी बचा रह सकता है। हो ही नहीं सकता, सच बताओ श्रीकान्त?

—छोड़िए, इन बातों में क्या रखा है? अपनी-अपनी जिन्दगी अपना-अपना राग, मेरे षड्राग में पड़ने से आपको क्या मिलेगा?

—नहीं, मालती शर्मा के स्वर में आग्रह उभर आया, तुम बेहद अन्तर्मुखी आदमी लगते हो। जिन्दगी को बहुत करीब से देखने वाले। चोट खाकर मुस्कराने वाले। सच बोलो...मालती शर्मा ने श्रीकान्त की दोनों हथेलियाँ मिलाकर पकड़ती हुई बोलीं—अधिक बताने का मन न चाहे तो 'हाँ' या 'ना' ही कर दो!

मालती शर्मा की आँखों में ताकने के बाद श्रीकान्त बोला—मेरी जिन्दगी खुली किताब है मालती शर्मा जी...वह लड़की तो चाहती थी कि मैं उसे कहीं भगा ले चलूँ—पर मैंने ही वैसा करने से मना कर दिया। जब उसका ब्याह दूसरे से हो गया तब लगने लगा मुझे उसकी जरूरत है। लेकिन ब्याह होने के पहले ही मुझसे जन्मी हुई उसकी बेटी का मैं बाप बन चुका था। क्वाँरी माँ की बेटी का क्वाँरा बाप!

—और उस लड़की का क्या हुआ?

—पैदा होते ही वह अनाथालय में दे दी गई। मुझे मालूम हुआ तो उसे पहचान कर ले आया और अब अपने साथ रखता हूँ। उसका नाम जया है और वह लगभग पाँच साल की है, चाहता था लखनऊ या वाराणसी में मेरी पोस्टिंग हो जाती तो उसकी पढ़ाई का सिलसिला आरम्भ हो जाता।

—तुम्हारे घर के लोग जानते हैं कि वह तुम्हारी ही बेटी है?

—हाँ, भीतर-भीतर सभी जानते हैं, पर मैंने कह रखा है कि मेरा एक परिचित मरने से पहले अपनी एकमात्र सन्तान मुझे सौंप गया है पर भीतर-भीतर घर के सभी जानते हैं, मेरी बहिन तो जानती है...।

—दूसरी बार आना तो उसे लेते आना, ले आओगे न, वायदा करो।

—लखनऊ बुला लेंगी तब तो मेरे साथ आएगी ही।

—लखनऊ तो तुम्हें आना ही है...कहते-कहते मालती शर्मा चुप लगा श्रीकान्त को गौर से देखने लगीं तो श्रीकान्त ने टोका, क्या सोच रही हैं।

—मैं अपने ही दुख को बड़ा समझती थी श्रीकान्त और अनुमान भी नहीं लगा सकती थी कि तुम भी अपने भीतर दहकता हुआ अंगारा छिपाए हुए हो।

श्रीकान्त मुस्कराया, कोई भी दुख छोटा-बड़ा नहीं होता मालती जी। अपना-अपना दृष्टिकोण ही उसे छोटा-बड़ा बना देता है। जब गलती मैंने की तो सजा कौन भोगेगा?

—ब्याह करोगे?

—क्या मुझे ब्याह करना चाहिए?

—इसका निर्णायक केवल तुम हो, क्योंकि तुम अपनी परिस्थिति और जरूरत समझते हो। वैसे ब्याह कर लोगे तो इस बेटी का क्या होगा? पत्नी तुम्हारी जया को दूध की मक्खी बना देगी। पैसे तुम्हारे पास हैं। धन हो तो जिन्दगी काटने के हजार तरीके निकल आते हैं...माँ-बाप ब्याह करने को विवश करते होंगे।

—हाँ, करते हैं, उन्हें तो मना भी लूँगा पर मेरे कुल की कड़ी का क्या होगा? मेरे बाद पितरों को पिंड देने वाला कौन होगा? क्योंकि देह के सुख की एक सीमा होती है, एक स्थिति ऐसी भी आती है कि इनसान इससे ऊपर हटकर कुछ और भी देखता-सुनता है—जो बहुत ही स्वाभाविक और परम्परागत है। इसीलिए कभी-कभी जारज पुत्र का पिता बनने की बात मन में आती है। पर भविष्य की बात क्या कहूँ?

—क्या जया की माँ जानती है कि जया तुम्हारे साथ है।

—हाँ, अब जान गई है और जया की माँ के ससुर चाहते हैं कि वे अपनी बेटी से मेरा ब्याह कर दें किन्तु मेरी माँ और पिता दोनों खिलाफ हैं। बहिन और बहिन की सास भी नहीं चाहतीं और जया की माँ तो बिलकुल ही नहीं चाहती!

—और तुम?

—जया की माँ से सम्पर्क बनाए रखने की लालच में इतने विरोधों के प्रतिकूल अभी कोई भी निर्णय नहीं ले सका हूँ!

मालती शर्मा चुप लगा गईं। पलभर उस कमरे में खामोशी रही तो श्रीकान्त बोला—आप कुछ कहेंगी?

—मेरी राय का मोल करो तो कहूँ?

—किसी के आगे मैंने यह भेद पहली बार बताया है मालती जी तो आपको कुछ सोच-समझ के!

—तो सुनो श्रीकान्त, अपनी जिन्दगी और जया की माँ की जिन्दगी नरक बनाने से कहीं अच्छा है कि तुम क्वाँरे रह जाओ। और नहीं, ब्याह ही करना चाहोगे तो तुम्हें लड़कियों की कमी नहीं पड़ेगी। इसका भार यदि चाहो तो मुझ पर छोड़ दो।

श्रीकान्त चुप लगा गया तो मालती शर्मा बोलीं—अच्छा, कपड़े बदलो स्टेशन चलें। मैं भी हाथ-मुँह धो लूँ। इस पर फिर बातें करेंगे।

लगभग आधे घंटे में मालती शर्मा तैयार होकर बैठक में आ गईं। साड़ी उन्होंने बदल दी थी। गहरे पीले रंग की लाल बॉर्डर वाली खद्दर सिल्क की कीमती साड़ी।

—वाह! श्रीकान्त बेसाख्ता बोल पड़ा।

—अच्छी लगती हूँ।

गिरा अनयन, नयन बिनु बानी...चलिए।

स्टेशन पहुँचे, गाड़ी दस मिनट बाद आई—पर चीफ नहीं आए!

—लगता है कॉन्फ्रेंस खत्म नहीं हुई तब कल आएँगे।

—कैसी कॉन्फ्रेंस?

—भारत के सभी प्रान्तों के सिंचाई विभाग के चीफ इंजीनियरों की कॉन्फ्रेंस है, कल तक है। आओ चलें।

—तब कल भी कैसे आएँगे।

—हाँ, मुश्किल है।

—आपको मालूम था पर आपने मुझे बताया क्यों नहीं?

—हँसती हुई बोलीं, बता देती तो तुम भाग न जाते और नुकसान किसका होता? चलो गंज से थोड़ी मार्केटिंग करते चलें।

कार गंज पहुँची। लगभग तीन-चार दुकानों में साड़ियाँ देखने के बाद एक दुकान में श्रीकान्त की पसन्द से नौ-नौ सौ की दो साड़ियाँ और शर्मा जी के लिए हजार रुपयों का सफारी सूट का कपड़ा खरीदकर मालती शर्मा बाहर निकलीं तो उस समय शाम के सात बज रहे थे। अवध की शाम अपनी शबाब पर थी बत्तियाँ जल गई थीं। नीली, हरी, लाल-पीली बत्तियाँ और उसके प्रकाश में सजा-धजा लखनऊ का क्रीम, तरह-तरह के रंगीन कपड़ों में फुटपाथ पर खड़े हो श्रीकान्त धीरे-धीरे दाएँ-बाएँ और सामने निगाहें दौड़ाने लगा। तब तक कपड़े का बंडल मालती जी कार में रख के पास आ बोलीं—क्यों?

—थोड़ी देर घूमना पसन्द करेंगी?

—अरे वाह, तुमने तो मन की बात कही। यही तो मैं कहना चाहती थी। आओ चलें। अगल-बगल में फेयर की ओर बढ़ती हुई मालती जी बोलीं—आज मैं अपने को बेहद मुक्त महसूस कर रही हूँ कि रोज की पिटी-पिटाई जिन्दगी से एकदम अलग!

—बन्धन में तो आप कभी नहीं रहीं, आज क्या बात है?

—न जाने क्यों श्रीकान्त, हजरतगंज की आज की शाम मुझे बेहद रंगीन और खुशनुमा लग रही है, भीतर से मुझमें प्रफुल्लता और उत्साह है। दरअसल, जिन्दगी का सुख अकेले नहीं भोगा जा सकता!

—आपको अभाव किस चीज का है मालती जी! किन्तु मन के उस उत्साह और प्रफुल्लता के लिए बधाई स्वीकार करते हुए मुझे एक गिलास पानी पी लेने दीजिए, मेरा गला सूख रहा है!

—चलो तुम्हें आइसक्रीम खिलाऊँ—गला घर पर तर कर लेना।

—गला सूख यहाँ रहा है तर घर पर करूँगा? और बगल में ठंडा पानी बेचने वाली गाड़ी से एक गिलास पानी ले वह गट-गट पी गया! आप भी पिएँगी?

—मुझे प्यास नहीं लगती?

—श्रीकान्त ने दूसरा गिलास मालती शर्मा की ओर बढ़ा दिया।

—अब चलो आइसक्रीम खाएँ?

—हाँ, पर भीतर नहीं बैठेंगे आइए सॉफ्टी खाएँ खड़े-खड़े इसका भी सुख लीजिए। मुस्कराती हुई मालती शर्मा सॉफ्टी की दुकान पर बढ़ गईं। सॉफ्टी खा आठ बजे तक टहलते रहे।

—अब तो थक गई।

—चलिए, घर चलें।

घर लौटे तो सवा आठ बज रहे थे। तुम कपड़े बदलो तब तक मैं किचन की ओर से हो लूँ। दोनों दीवारों की खिड़कियाँ खोल श्रीकान्त सिगरेट सुलगाकर बैठ गया। थक गया था, सिगरेट राहत दे रही थी, पन्द्रह मिनट के बाद मालती जी आईं—यहीं बैठोगे, नहीं, मेरे साथ आओ।

श्रीकान्त सिगरेट लिये हुए ही उठ गया। मालती जी के कमरे से लगा हुआ एक और दस फिट लम्बा, दस फिट चौड़ा दूसरा कमरा था, वैसे ही साफ और हवादार, कूलर चल रहा था। घुसते ही उसने कूलर बन्द किया और देखा कि बेंत की गोल हरे रंग से रँगी मेज पर सोडा वाटर की भरी बोतलें, छोटे से डोंगे में फ्रिज से निकाले बर्फ के टुकड़े, प्लेट में तले हुए नमकीन, काजू और दो खाली गिलासों के साथ व्हाइट हार्स व्हिस्की एक बड़ी बोतल रखी हुई थी। एक बार गम्भीर मुद्रा से उसने मालती जी की ओर देखा, बैठो!

श्रीकान्त कुर्सी पर बैठते हुए बोला—इसकी लत आपको कैसे पड़ गई?

—लत नहीं है यार, यह तो रात में नींद आने के लिए थोड़ा ले लेती हूँ।

—इसी उम्र में नींद न आने की शिकायत!

—मेरी इस उम्र की कौन-कौन सी शिकायत तुम सुनोगे श्रीकान्त? मेरी तो जिन्दगी ही तल्खियों से भरी हुई है!

—उन तल्खियों को क्या मदिरा की घूँट दूर करती है?

—नहीं, थोड़ी देर को कम हो जाती है।

—यह तो आप दूसरी गलतफहमी में हैं। खैर, अपने गिलास में शराब ढालकर जब दूसरे गिलास में ढालने चली तो श्रीकान्त ने उस पर अपना हाथ रख दिया।

—यह क्या? विस्मय में मालती जी ने श्रीकान्त की ओर देखा!

—मैं शराब नहीं पीता?

—और क्या नहीं करते।

—वेतन के अलावा दस्तूरी नहीं लेता।

—गुड़ खाए गुलगुले से परहेज? जंगल में नौकरी करते हो और शराब नहीं पीते! दस्तूरी नहीं लेते! अचरज है।

—हाँ, यदि शराब पीता रहता तो वहाँ से यहाँ आने के लिए आपसे निवेदन करने नहीं आता।

—इस विभाग में दोनों बातें असम्भव हैं!

—असम्भव नाम तो संसार में कुछ भी नहीं होता, यदि आदमी उसकी कीमत अदा करने के लिए तैयार हो?

—लेकिन यह तो तुम्हारे लिए बहुत महँगा पड़ेगा?

—हाँ, मैं जानता हूँ, किन्तु यह नहीं जानता था कि आपके आतिथ्य का प्रतिफल अन्त में मुझे आपका कोपभाजन बनकर ही लौटना पड़ेगा? क्या आप यही चाहेंगी कि आज की रात मैं आपके लिए अपने उन सिद्धान्तों को तोड़ दूँ ज़िनके लिए आज तक मैं लड़ता आया हूँ? मालती शर्मा ने श्रीकान्त की ओर देखते हुए हाथ की बोतल मेज पर रख के उस पर ढक्कन लगाते हुए कहा पर मेरा साथ कैसे दोगे?

—अपने फ्रिज से दो-चार कैम्पा कोला की बोतल मँगा दीजिए—मैं साथ देता रहूँगा।

—अकेले इसका क्या सुख! फिर धीरे से बोलीं—तुम्हें घूस से परहेज है, मदिरा से परहेज है, औरत से! कमरे में जैसे एकाएक सन्नाटा छा गया किन्तु श्रीकान्त सँभल सा गया, मालती शर्मा की आँखों में आँखें डाल धीरे-धीरे बोला, औरत से किसे परहेज हो सकता है मालती जी औरत तो मर्द की आवश्यक खुराक है। संसार में अपना औचित्य कायम रखने को अनिवार्य साधन आप मुझे गलत मत समझिए।

—बिना शराब के औरत का सुख क्या?

—यदि औरत केवल सुख भोगने के लिए है तो औरत का सुख लेने वाले संसार के सभी लोग क्या शराब ही पीते हैं?

मालती शर्मा चुपचाप श्रीकान्त की ओर ताकती रहीं तो उसने उसी रव में कहना शुरू किया—चीफ से ब्याही जाने के पहले भी आप शराब पीती थीं?

—नहीं?

—उसके पहले आपने मर्द का सुख भोगा है या नहीं? सत्य को स्वीकारने की हिम्मत है तो सच बोलिए, आप कहती हैं कि तुम-सा कोई मर्द नहीं मिला यदि आपने मुझे इतना विश्वास दिया तो निर्मल मन से सामने आइए। मुझे हाथ का खिलौना मत समझिए। मैं आपका कोपभाजन बनने को तैयार हूँ। श्रीकान्त चुपचाप

उन्हें देखता रहा। थोड़ी देर तक श्रीकान्त को निहारने के बाद, दोनों हाथों से आँखें ढक मालती शर्मा एकाएक फफक पड़ी। श्रीकान्त ने उनके गिलास में सोडा मिलाया बर्फ का टुकड़ा डाला और कुर्सी उनकी बगल में खींचकर उनको अपनी बाँहों पर टिकाते हुए, उनका हाथ उठा गिलास उनके मुँह से लगा दिया।

—यह क्या?

—आपको आदत है, अपने से आपको तकलीफ नहीं देना चाहता।

—नहीं, मैं भी नहीं पिऊँगी।

मुस्कराते हुए श्रीकान्त बोला, गले से लगकर जो कोई पिलाए तो उस वक्त इनकार करना बुरा है...।

एक बार खास अन्दाज से श्रीकान्त को निहारकर श्रीकान्त के हाथ से गिलास की दो घूँट शराब पीकर, उठती हुई बोली, अभी आई। और सीधे किचन में जाकर नौकर को आदेश दे आईं कि खाना वह मेज पर ढककर रख दें आज देर से खाएँगी। वापसी में फ्रिज से कैम्पा कोला की दो बोतलें ले डाइनिंग हॉल में खुलने वाले अपने कमरे का द्वार भीतर से बन्द करके चुपचाप बैठ गईं। बोतल खोलकर उसका गिलास कैम्पा कोला से भरके बोलीं—तो पियो, अब तो खुश हो।

—अपने बॉस से नाखुशी कैसी? दरअसल खुशी तो तब होगी, जब आप एकदम से छोड़ दें।

—मैं रोज नहीं पीती!

—आज क्या हो गया?

—तुम्हारे सत्कार के लिए, सोचा, तुम थके-माँदे आए हो! थकन दूर हो जाएगी।

—मेरा सत्कार तो बगैर शराब के भी हो सकता था, और मेरी थकन, शराब से नहीं, आपके सान्निध्य से दूर होगी। बशर्ते आप होश-हवास में रहें।

—तब थोड़ा और पी लेने दो...!

मालती शर्मा के खाली गिलास में श्रीकान्त ने दो पैग और डाल दिया। सोडे से बोतल उन्होंने खुद भर ली। श्रीकान्त कैम्पा कोला, मालती जी व्हिस्की सिप करने लगीं उन्होंने भी सिगरेट सुलगा ली थी जब उनकी आँखों में डोरे खिंचने लगे तो गिलास की बची हुई लगभग आधी व्हिस्की एक बार में ही पी ली किन्तु उठने की कोशिश में हल्का सा लड़खड़ाईं।

श्रीकान्त ने उन्हें सहारा दिया। श्रीकान्त को धीरे-धीरे अपने बेड की ओर खींच ले गईं। श्रीकान्त उन्हें बिस्तर पर लिटा खड़ा हुआ तो अपने दोनों हाथ पकड़ के उसे अपने ऊपर खींचती हुई बोलीं—जिन्दगी में पहली बार आज किसी मर्द से हार रही हूँ...!

नियमित रूप से भोर में चार बजे बिस्तर छोड़ देने वाली मालती शर्मा आज श्रीकान्त की बाँहों में सात बजे तक बेखबर सोती रहीं। नींद खुली, उठना चाहा तो

लगा देह के जोड़-जोड़ टूट गए हैं, नस-नस छितरा गई है...एक बार सोते हुए श्रीकान्त को उन्होंने देखा, प्यार भरी आँखों से तृप्त मन से फिर उसे बाँहों में भरके लेट गईं... !

दूसरे दिन भी चीफ इंजीनियर शर्मा नहीं आए। श्रीकान्त को हर हालत में अगले दिन बरवाडीह पहुँच जाना था। मालती शर्मा के आग्रह से वह एक रात और रुक गया। बेहद कृतज्ञ मन से दूसरे दिन मालती शर्मा खुद बड़े भोर में श्रीकान्त को कार में बिठाकर ट्रेन में चढ़ा आईं। ट्रेन छूटने से पहले बोलीं—चिन्ता मत करना, बहुत जल्दी तुम्हें प्रमोट कराके लखनऊ बुलाऊँगी, मुझे तुम्हारी जरूरत है...। ट्रेन सरकी हाथ हिलाकर मालती शर्मा ने श्रीकान्त को विदा दी। श्रीकान्त बरवाडीह के लिए चल पड़ा !

16

डैम का काम बहुत तेजी से चल रहा था। श्रीकान्त उसमें तन-मन से जुटा हुआ था। ऑफिस के लोग श्रीकान्त से भीतर-भीतर ही रुष्ट थे, क्योंकि उनकी आमदनी घट गई थी। ठेकेदार निश्चित दस्तूरी ऑफिस में नहीं दे पा रहा था क्योंकि उसकी बचत में बहुत कमी हो गई थी। श्रीकान्त अपने रवैये में सख्त और सतर्क था। अनुबन्ध किए गए तरीके से काम हो रहा था। बिल्लू ठेकेदार एक बार निवेदन करने और दूसरी बार मुँहमाँगी राशि देंने को तैयार होकर आया। श्रीकान्त के कमरे में बैठकर चाय पीने के बाद उसने हाथ जोड़कर निवेदन करते हुए नोटों से भरा ब्रीफकेस श्रीकान्त के आगे खोलकर रख दिया। पचास-पचास और सौ-सौ की सिली हुई एकदम ताजे नोटों की गड्डियाँ देख हँसते हुए श्रीकान्त बोला—बिल्लू बाबू अधिक से अधिक साल-दो साल मुझे और रहना है, मेरे डेपुटेशन की अवधि बीत जाए, मैं यहाँ से वापस चला जाऊँगा। शादी मेरी हुई नहीं, ये रुपये लेकर मैं क्या करूँगा ? मरने से मैं डरता नहीं ! क्योंकि मेरे आगे-पीछे कोई है नहीं, पर अभी मरना नहीं चाहता।

ठेकेदार ने श्रीकान्त के पाँव पकड़ते हुए कहा—मेरी बात का विश्वास करिए श्रीकान्त बाबू—आप ब्राह्मण हैं, मैं कायस्थ हूँ। यह झगड़े-फसाद की सभी कार्यवाही आपके जे.ई. पांडेय की थी। आपने उसकी मेजरमेंट बुक में जो लिख दिया था उसके आधार पर सरकार का तो बहुत बड़ा नुकसान हुआ। आप जानते ही हैं, दोनों जे.ई. मुअत्तल हैं ! और मेरा भी कम नुकसान नहीं हुआ था। सारा काम तुड़वाना पड़ा, तीन पिलरों को गिरवाना पड़ा।

—तो आप मेरे पास क्यों आए हैं ?

—क्योंकि मैं भी जानता हूँ कि आपको अधिक से अधिक साल भर यहाँ रहना है—तो यदि आप थोड़ी अपनी आँख मूँद लें तो मैं इस बीच अपना घाटा पूरा कर

लूँगा। और जो हो रहा है, वह तो राज-काज है, आप कहाँ तक उसमें सुधार करेंगे? हम-आप तो इस सागर में नमक के पुतले हैं! इस डैम में तीन ठेकेदार हैं, आप जाकर उनके काम भी तो देखिए कि कैसा और किस तरह से मैटिरियल लग रहा है? स्पेसिफिकेशन के अनुसार कितना काम हो रहा है?

—यह अपने-अपने विचार की बात है बिल्लू बाबू, आपके कहने का तो यही अर्थ होता है कि मैं दूसरे के घर के अन्धकार को देखूँ और अपने घर में चिराग न जलाऊँ?

—नहीं-नहीं, श्रीकान्त बाबू, ऐसा मैं क्यों चाहूँगा। मैं तो यह चाहूँगा कि आपके घर में हर रात दीवाली हो, इसीलिए मैं हाजिर हुआ हूँ।

श्रीकान्त मुस्कराया, कैसी दीवाली? जैसी कि आपके घर में मनती है या डैम पर काम करने वाले मजदूरों के घर में?

—नहीं, उन मजदूरों से और मुझसे आप भिन्न हैं, आपकी स्थिति अलग है।

—आज की इस आर्थिक विषमताओं में समाज की ये दो ही स्थितियाँ हैं, पूँजीपति जिसके प्रतिनिधि आप हैं और दूसरी, मजदूर वर्ग, तीसरी तो कोई स्थिति है ही नहीं। मजदूरों के सिवाय मेरी तो और कोई स्थिति आती ही नहीं। थोड़ा रुककर बोला—आप जैसे दो-चार अफसर मुझे मिल जाएँ, फिर मेरा तो बंटाधार ही हो जाए।

मेरी मुसीबत समझने की कोशिश करिए श्रीकान्त बाबू! ऑफिस में पग-पग पर मेरी गाड़ी अटक रही है, मेरे बिलों का समय से भुगतान नहीं होता। क्योंकि लोगों को पैसे नहीं मिलते। और पैसे इसलिए नहीं मिलते कि मेरी आमदनी घट गई है। मैं उन्हें पैसे दूँ तो कहाँ से?

—जो पैसा आप यहाँ मुझे देने को ले आए हैं, उसी को ऑफिस में क्यों नहीं बाँट देते?

—वह तो सही है पर इसे खत्म होते देर कितनी लगेगी। आगे आमदनी होगी नहीं तो यह कब तक चलेगा? मुझे ऊपर वाले लोगों का भी तो ध्यान रखना पड़ता है।

—कुछ माह तो आपको चलाना ही होगा। ऑफिस के खास लोगों को प्रसन्न रखिए। अगर कहीं मुझे रुकना ही पड़ गया, तब तो आपसे मेरी भेंट होगी ही। श्रीकान्त ने ब्रीफकेस का ढक्कन धीरे से गिरा दिया। फिलहाल इसे ले जाइए। एक चाय और बनवाऊँ?

—नहीं, अब चलने दीजिए।

—मुझे खेद है बिल्लू बाबू कि मैं आपकी कोई सेवा नहीं कर सका।

ब्रीफकेस का हैंडिल पकड़ उठते हुए ठेकेदार बोला—जिन्दगी में मैंने आज तक हार नहीं मानी थी श्रीकान्त बाबू। जो चाहा वह हासिल किया, लेकिन आपसे हार गया। आपका दृढ़ निश्चय ही विजयी रहा। इस उम्र में ऐसा हठधर्मी मैंने नहीं देखा था किन्तु मैं आपसे खुश हूँ। पर इतना जरूर कहूँगा, इस व्यवस्था को बदलना आपके वश की बात नहीं है। अकेला चना भाड़ नहीं फोड़ता, आपके कारण मेरा

नुकसान हो रहा है। हाँ, ये आपने कुछ हद तक सही कहा, लेकिन आज मैं अकेला हूँ, कल दो हो सकता हूँ, परसों चार-पाँच, दस-बीस हो सकते हैं बिल्लू बाबू। आप बहुत अच्छी तरह से समझ लीजिए, यह शोषण की स्थिति समाज में अधिक दिनों तक टिकनी नहीं है। मजदूर जाग गया है, वह अपना हक माँग रहा है। यह देश-विदेश की स्थिति को देखकर समझने की कोशिश करिए, आँखों पर की पट्टी हटाइए। इस निर्जन वन में भूख से मरते मजदूरों की मजबूरी का फायदा आप ले रहे हैं, थोड़ा बाहर जाइए, शहरों में देखिए तब आप समझेंगे कि मजदूरों की क्या स्थिति है। अपने हक-पद की लड़ाई सर्वत्र मजदूर लड़ रहे हैं?

—किससे? बिल्लू ठेकेदार बोले।

—इस पूँजीपति व्यवस्था से, शोषक वर्ग से। यह हो नहीं सकता कि हजार-हजार मजदूरों की कमाई मुट्ठी भर लोगों के हाथों में रहे। आप मुर्गा खाएँ, शराब पिएँ, कार-हवाई जहाज पर चलें, महलों में रहें, और बाकी लोगों को दो जून की रोटी न मिले, तन ढकने को कपड़ा न हो, सिर पर रहने की छाँव न हो।

—आप अपने को सर्वगुण-सम्पन्न समझते हैं? ठेकेदार बोला।

—बिलकुल नहीं! मैं तो एक साधारण हाड़-मांस का आदमी हूँ। कई दुर्गुणों से भरपूर, सिवा शराब पीने और घूस लेने के।

—लेकिन पानी में रहके आप मगर से बैर नहीं कर सकते श्रीकान्त बाबू?

—यह बैर नहीं है बिल्लू बाबू—यह अपना हक माँगना है। पेट की लड़ाई है, सिद्धान्त की लड़ाई है, आपकी आँखों पर अभी पट्टी बँधी है। जब तक वह हटेगी नहीं, मौजूदा सिक्के के दूसरे महत्त्वपूर्ण पहलू को न आप देख सकते हैं न समझ सकते हैं। जिस दिन आप समझ जाएँगे, उस दिन मुँह के पान की गिलौरियाँ, हीरे-जवाहरातों भरी अँगूठियाँ, गले में सोने की चेन और देह पर ये कीमती कपड़े और यह कार हट जाएँगी!

—तब मैं महात्मा गांधी हो जाऊँगा? बिल्लू ठेकेदार बोला।

श्रीकान्त ठठाकर हँस पड़ा, आज भारत को महात्मा गांधी की जरूरत नहीं है बिल्लू बाबू, एक ईमानदार, मेहनती मजदूर की जरूरत है!

—उन्हें राह कौन दिखाएगा?

—राह दिखाने वाले उसी में पैदा होते रहते हैं। मार्क्स-लेनिन का नाम सुना है कभी आपने?

—आप कम्युनिस्ट हैं क्या? ठेकेदार उठते हुए बोला।

—चलिए आपको जीप तक पहुँचा आऊँ। मुझे समझना आपके वश की बात नहीं!

दिन के लगभग तीन बजे, कुत्तों को साथ ले श्रीकान्त नदी के किनारे-किनारे कुछ दूर लगभग एक किलोमीटर घर से आगे टहलने निकल गया। आज उसकी छुट्टी थी। काले अल्सेशियन कुत्ते आगे-पीछे चल रहे थे। नदी के तीर पर एक छोटे

से शिलाखंड पर वह बैठ गया। उस पार घना जंगल था, ऊँचे-चौड़े पत्तों वाले जंगली पेड़ थे, जो लगभग चार-पाँच एकड़ भूमि को आच्छादित किए हुए थे। तीर की एक छोटी सी शिला पर तीन बगुले बैठे हुए थे। कुत्ते उनकी तरफ लपके तो वे उड़ गए। नदी का धवल जल इस जगह अपेक्षाकृत शान्त था, क्योंकि नदी का जल थोड़ा ऊँचा था। इस ऊँचाई के आगे बहाव तेज था। पास पड़ी हुई बजरियों को एक-एक करके वह जल में फेंकने लगा। मन में भीतर से एक उल्लास भरा हुआ था। मालती शर्मा की कोमल गुदगुदी देह याद आ रही थी। रात्रि-सुख की याद ही दिल-दिमाग दोनों में ताजगी भर रही थी। मन बार-बार उन्हीं पर अटक रहा था। जीवन का यह एक नायाब अनुभव था। जब बरवाडीह आया था तो यहाँ के हरे-भरे जंगलों में मन रम गया था। हारिल, पड़की और सुग्गों की बोलियों, मन को अपार सुख दिया था, लेकिन आज, आज तो मालती शर्मा उसे बार-बार अपने पास बुला रही थीं लखनऊ के महानगर में, फूलबसी बगिया से घिरे हुए, आधुनिक सुख और विलास की सुविधाओं से, वैभव से भरे हुए उस खूबसूरत आवास पुष्पांजलि में। अंजलि में पुष्प लेकर, उस पर चढ़ाने को खड़ी हुई मालती शर्मा देह-मन सभी कुछ न्योछावर करने वाली। एकाएक छोटकी बबुनी की याद आई। काशी का लालघाट याद आया। बहिना याद आई। उसकी सास याद आई, माँ याद आई, बाबू याद आए। देह पर जोगिया रंग का खद्दर का कुर्ता, सिर पर गांधी टोपी, धोती-कुर्ता, जूता और हाथ में बेंत वाली छड़ी। वनप्रान्तर से मन उचट गया। आखिर, कब उसे अपने लोगों के बीच रहने को मिलेगा? उसका क्या होगा? आगे क्या होगा? छोटकी बबुनी का क्या होगा? जया बड़ी हो रही है, लड़की और नदी की बाढ़—अकेले जया को वह कब तक पालेगा? तभी कुत्तों ने एक-दो बार भौंका और घर की ओर दौड़े। श्रीकान्त का ध्यान टूटा। देखा, कलसी चली आ रही है कुत्ते उसके पास रुककर पूँछ हिलाने लगे। श्रीकान्त ने घड़ी देखी, पाँच बजने वाले थे। एकदम साँझ हो आई थी। कितनी आसानी से दो घंटे बीत गए, पता ही नहीं चला।

—क्यों रे?

—सरकार साँझ हो चली। आपने सुबह कुछ खाया नहीं! अब घर चलिए।

—हाँ, चलो, उजली रात है, डरती क्यों है?

—अपने लिए नहीं सरकार, आपके लिए डरती हूँ। रात को इस जंगल का क्या भरोसा? उजाला हो या अँधेरा। अपने से भी तो बहुत देर तक अकेले रहा नहीं जाता। यह कैसे कहूँ सरकार?

श्रीकान्त के भीतर कहीं छू गया था। हँसते हुए बोला—इतनी दूर से घर-बार छोड़कर मैं यहाँ अकेला आया हूँ, तू यहीं की होकर, अकेलेपन से घबराती है?

कलसी ने श्रीकान्त को एक बार देखकर कहा—जब कोई पास हो सकता हो तब अकेले नहीं रहा जाता सरकार! मन किसी को खोजने लगता है?

—मैं किसे खोजूँ रे? श्रीकान्त ने हँसते-हँसते कह दिया।

—चलिए, श्रीकान्त के पीछे चलती हुई कलसी बोली, आप किसी को क्यों खोजेंगे—जब आपको खोजने वालों की भीड़ लगी है!

—इस भीड़ में मेरा कोई भी अपना नहीं है कलसी!

—पहचान के अपना बना लेने की बात है सरकार, जया है, जया की माँ है...।

श्रीकान्त ने मुड़कर देखा, कलसी क्या कह गई? किन्तु वह खामोश हो गया...। घर आ गया था।

कलसी ने चाय सामने रखी, नमकीन-मीठे बिस्कुटों के डिब्बे और एक गिलास पानी। कलसी ने कुत्तों को बाँधा, उनके आगे उबला हुआ मांस और दूध रखा। कुत्ते खाने लगे श्रीकान्त चाय पीते हुए उन्हें देखता रहा। कलसी गिलास में अलग बैठकर चाय पी रही थी। बत्तियाँ जल गई थीं। बराज और इस बस्ती में जैसे दीपावली हो रही थी। रात का खाना खाया, एकाएक ब्रेक डाउन हो गया, बिजली चली गई। रेडियो बन्द हो गया। गजल अधूरी रह गई। कुत्तों को खोलकर श्रीकान्त रोज की तरह भीतरी बरामदे में सो गया।

उस रात एक घटना घटी। एक खास तरह की आवाज पर रात के लगभग दो बजे श्रीकान्त की नींद खुली। भौं-भौं की आवाज। फिर कुत्तों के भौंकने की आवाज। श्रीकान्त ने सिरहाने रखा टॉर्च जलाकर आँगन में देखा तो स्तब्ध हो गया। दो नौजवान आँगन की दीवार से खड़े हुए थे, जिनके दोनों कन्धों पर अपनी दोनों टाँगें रखे और जबड़े में उनकी गर्दन दबाए, दोनों कुत्ते दो टाँग पर खड़े हुए गुर्रा रहे थे।

श्रीकान्त ने कलसी को आवाज दी, बत्ती जलाई, बगल में बिस्तर के नीचे दबी बन्दूक निकाली। कलसी चोर-चोर चिल्लाने लगी। सोई हुई बस्ती जाग गई। घर के बाहर भीड़ लग गई। तब श्रीकान्त ने फाटक खोला, भीतर का दृश्य देख, आँगन में दाखिल होने की किसी की हिम्मत नहीं हुई। ए.ई. सक्सेना आए। पलक झपकते बोला—गोली मार दो सालों को, श्रीकान्त जी। साले घर में कूदकर जान लेने आए थे।

श्रीकान्त ने पहले तलाशी ली उनकी जेब से चाकू और तमंचे निकाले, कुत्तों को पकड़कर अलग हटाया—दोनों बदमाश उसके पैरों पर गिर पड़े।

तुम लोग कौन हो और आँगन में क्यों कूदे हो? सक्सेना ने डाँट के पूछा।

किसी के भेजे हुए हैं सरकार! साहब की जान लेने के लिए।

—देखिए श्रीकान्त जी, मैंने क्या कहा था आपसे। जान बचाई इन कुत्तों ने! इनका पालना सफल हो गया।

फिर भीड़ ने पिटाई शुरू की। पूरी तरह पिट जाने के बाद, वे रस्से में बाँध दिए गए। सुबह पुलिस आई और दोनों को पकड़कर ले गई।

श्रीकान्त अब विशेष सतर्क रहने लगा। किन्तु दूसरे दिन ही उसने, इस घटना का हवाला देते हुए मालती शर्मा को एक पत्र लिखा। बहुत सीधा, साफ-सुथरा—आदर और विनय भरा पत्र—कि आज से ठीक पन्द्रह दिनों के बाद तनखाह लेकर चीफ से मिलने वह लखनऊ आएगा। यदि उनके दौरे का कार्यक्रम न हो तो मुझे थोड़ा समय देने की कृपा करें।

उस तारीख के आसपास चीफ इंजीनियर शर्मा दौरे पर जाने वाले थे। किन्तु मालती जी ने श्रीकान्त का पत्र उनके आगे रख दिया तो उन्होंने अपना कार्यक्रम बदल दिया।

आगे के लम्बे-चौड़े लॉन के चारों ओर गुलाब की अनगिनत किस्मों में बड़े-बड़े फूल खिल गए थे।

जगह-जगह छोटे पेड़ के बड़े फूल देने वाले गेंदा के पौधे भी पूरी तरह फूलों से लद गए थे।

श्रीकान्त आया तो मालती शर्मा माली के साथ क्यारियों में काम कर रही थीं। काही रंग की साड़ी-ब्लाउज। आँचल को दोनों छातियों के बीच से बाएँ कन्धे से होते हुए कमर में लपेटे एक पतली क्यारी में छिटपुट लगी घास निकाल रही थीं। बरामदे में चीफ अंग्रेजी की कोई चित्रमयी विदेशी पत्रिका उलट रहे थे, जिसमें नंगे मर्द-औरतें किसी फुलवारी में जाड़े में धूप स्नान कर रहे थे।

श्रीकान्त पहुँचा तो उस समय शाम के चार बज रहे थे। पास खड़े हो ब्रीफकेस रख नमस्कार किया तो चीफ का ध्यान भंग हुआ—अरे, श्रीकान्त, आओ बैठो। चीफ हाथ की पत्रिका आगे की मेज पर रखते हुए बोले।

आवाज सुन मालती शर्मा भी मुस्कराती हुई पास आ गईं।

—कहो हजरत, कहाँ थे?

—जहाँ आप लोगों ने भेज रखा है।

—वहाँ कब तक रहने का इरादा है?

—जब तक आप रखना चाहें!

बीच में चीफ बोले—तुम्हारा सगा-सम्बन्धी कोई नेता-वेता तो नहीं है।

—जी नहीं, मैं तो नितान्त अकेला आदमी हूँ जो आप लोगों के सहारे आगे सरक रहा हूँ।

फिर तुम्हारी प्रोन्नति में मुख्यमंत्री कैसे रुचि ले रहे हैं? कल दूसरी बार उनके सचिव का टेलीफोन यह जानने के लिए आया था कि तुम्हारे प्रमोशन की स्थिति क्या है?

—बनारस में मेरी बहिन के ससुर, मुख्यमंत्री के गुरु रहे हैं। वे एम.एल.सी. भी हैं, हो सकता है उन्होंने उनसे जिक्र कर दिया हो, क्योंकि वे मेरी स्थिति जानते हैं!

—लेकिन मैं तो आप पर आश्रित हूँ।

—वह तो और बात है। किन्तु दूसरी बार मुख्यमंत्री के सचिव ने पूछा कि तुम्हारे प्रमोशन का क्या हुआ तो मैंने कह दिया कि इसी हफ्ते हो जाएगा। मैंने आदेश कर दिया। अब यहाँ से सूचना का आदेश तुम्हारे बिहार के चीफ एस.ई. को और तुमको जा रहा है अपनी प्रति, आए हो तो चलो हाथों-हाथ ले लो, बरवाडीह से रिलीज होकर यहाँ आ जाओ, मैं तुम्हें अपने डायरेक्ट चार्ज में रखना चाहता हूँ। तुम्हें कोई आपत्ति तो नहीं, हो तो स्वतंत्र डिवीजन में ही पोस्ट कर दूँ।

—नहीं, मैं आपके साथ ही रहना चाहता हूँ। चीफ खुश हो गए। वैसे तुमने अपने ब्याह के बारे में क्या तय किया?

—आपको मेरे ब्याह में भी रुचि है?

—अधिक।

—यह तो मेरे लिए सौभाग्य की बात है किन्तु आज पहली बार आपके मुँह से सुनकर विस्मय ही हो रहा है।

—क्यों?

—क्योंकि मैं एक बेहद साधारण परिवार का लड़का हूँ, मेरे पिता एक साधारण किसान और प्राइमरी स्कूल के अध्यापक हैं। मेरा स्तर आप समझ सकते हैं।

—तुम एक राजपत्रित कर्मचारी हो। किसी भी लड़की वाले को अब और क्या चाहिए? तुम अपनी बात कहो।

—मैं तो जब तक व्यवस्थित नहीं हो जाता कुछ भी कहने की स्थिति में नहीं हूँ सर! इसके अलावा मेरे पिता ही इसमें सर्वोपरि हैं।

—होना भी चाहिए, ऐसी बातें तुमसे सुनकर मैं बेहद खुश हूँ, तुम्हारी इच्छा वही होनी चाहिए जो तुम्हारे पिताजी की हो। पर ऐसा भी नहीं होता कि बाप अपने बेटे की पसन्द-नापसन्दगी का ध्यान न रखे, शायद इसीलिए तुम्हारा ब्याह अब तक टलता आया है।

—जी हाँ, सच्चाई तो यही है।

—उर्वशी को कभी इस निगाह से नहीं देखा?

—नहीं, कभी नहीं! एक तो मेरे चीफ की बेटी—दूसरे, हमारे-आपके परिवार में जमीन-आसमान का अन्तर, वैसा सोचना तो मेरे लिए हिमाकत ही होती सर!

—बनारस में उससे कभी भेंट हुई थी?

—जी हाँ, एकाध बार भेंट हो गई थी।

—कभी इस तरह का सवाल तुम दोनों के बीच में नहीं आया।

—मैंने इस निगाह से उन्हें कभी देखा ही नहीं, क्योंकि मैं अपने को उनके लायक कतई नहीं समझता हूँ। वैसे सर, क्या आपने उर्वशी से इस बारे में कभी राय ली है?

—नहीं!

—लेकिन लेना तो चाहिए, बेटी की रुचि-अरुचि का ध्यान रखना आपका

फर्ज है। आप पूछिए तो सही, वे क्या मुझे अपने योग्य समझती हैं? और मैं चाहता हूँ कि यह काम हम सभी की मौजूदगी में हो, जिससे किसी पर कोई जोर-दबाव न पड़े, कोई गलतफहमी न रहे।

—हाँ, यह तुम उचित कहते हो, तुम दूसरी बार आओ और चार्ज ले लो, फिर ये बातें भी तय कर लेंगे। मेरी तो इच्छा है, उर्वशी की भी होनी ही चाहिए। फिर भी उससे एक बार पूछ लेना जरूरी है।

—आप लोग चाय यहीं पिएँगे या भीतर चलेंगे?

—यहीं मँगाइए? चीफ बोले।

—मालती जी ने हाथ से इशारा किया और नौकर चाय-जलपान लेकर आ गया।

—दिल्ली में, बिहार के चीफ और एस.ई. दोनों से तुम्हारी चर्चा आई थी, दोनों तुम्हारी मेहनत, ईमानदारी और सूझ-बूझ की चर्चा कर रहे थे कि ऐसे अफसर हमारे यहाँ यदि दो-चार और होते तो बिहार का भाग्य जग जाता। मैंने कहा, प्रमोट करके अपने यहाँ एब्जार्व कर लीजिए। मेरे यहाँ उसका प्रमोशन होने वाला है। मान लो तुम्हें वहाँ प्रमोशन मिल जाए तो वहाँ टिक जाओगे?

—किसी कीमत पर नहीं?

—अब कहिए? मालती हँसती हुई बोलीं, आप कैसे अफसर हैं, आपसे अधिक मैं जानती हूँ, मैंने कहा क्या था?

—आपको मैं मुफ्त में सलाह दे देती हूँ?

—मेरा अपना है क्या मालती जी? सभी कुछ तो आपका है, आपके बगैर...!

—अब आपका प्रोग्राम?

—मैं आज क्लब जाऊँगा? और आप डॉक्टर के पास जाने वाली थीं?

—हाँ!

—तो ठीक है आप लोग जाइए—श्रीकान्त, मैं थोड़ा देर से आऊँगा, खाने पर मेरा इन्तजार मत करना।

चीफ कपड़े बदल जीप ले चले गए तो मालती जी ने कहा, मैं भी कपड़े बदल लूँ तो गंज चलते हैं।

—लेकिन डॉक्टर के पास क्यों, आपको हुआ क्या है?

—ये नहीं जानती क्या हुआ है? मालती मुस्कराती हुई बोलीं।

—आज शायर हो रही हैं, बहुत खुश नजर आ रही हैं, बात क्या है?

—तुमको देखे से जो चेहरे पर है आई रौनक...!

—वाह, ये दूसरा रद्द, अब जरा मेहरबानी करके आप तैयार हो लें।

—और तुम कपड़े नहीं बदलोगे क्या?

—मेरे पास केवल एक सेट फालतू है जो कल ऑफिस पहनकर जाऊँगा।

—तुम कपड़े अधिक लेकर क्यों नहीं चलते?

—एक तो इस ब्रीफकेस में तौलिया-बनियान के बाद, एक सेट के अलावा दूसरा आता ही नहीं। वैसे कपड़े भी मेरे पास कम ही हैं क्योंकि अधिक बनवा ही नहीं पाता। मेरे जिम्मे खर्चा बहुत है अट नहीं पाता।

—शराब पीते नहीं तो खर्च कैसे?

—कैसे बताऊँ क्यों? आप कपड़े बदलें।

मालती शर्मा ने एक बार श्रीकान्त को ऊपर से नीचे तक देखा और फिर थोड़ा रोब में बोलीं—ब्रीफकेस से दूसरा सेट निकालिए और मुझ पर रहम करके पहन लीजिए।

चलते-चलते मालती शर्मा के कमरे में पहुँच श्रीकान्त बोला—आपका चपरासी मुझसे अच्छे कपड़े पहनता है?

—चपरासी और तुम बराबर हो गए! श्रीकान्त के कन्धे पकड़ अपनी ओर घुमाती हुई मालती शर्मा बोलीं।

मुस्कराते हुए श्रीकान्त बोला, सेवक तो मैं भी हूँ आपका?

—भीतर की सारी लाज मालती शर्मा के चेहरे और आँखों में उभर आई—हाँ, सेवक तो हो तुम, और ऐसा सेवक जो देह की नस-नस तोड़ के रख देता है।

—और उसी सेवा का ये इनाम मिल रहा है कि आप मुझे हेडक्वार्टर पर और चीफ के डायरेक्ट चार्ज में रखवा रही हैं।

—हाँ, तुमसे बहुत दिनों तक मैं अलग रह भी तो नहीं सकती। करीब रहोगे तो मुझे तकलीफ न होगी। पाँच-सात दिन बीतते ही भीतर का कुछ तुम्हें खोजने लगता है। देह के साथ मन भी परेशान होने लगता है तो समझ नहीं पाती कि क्या करूँ? तुम्हें कहाँ, कैसे पाऊँ?

—क्या लखनऊ में या आसपास मुझे कोई स्वतंत्र डिवीजन का चार्ज नहीं मिल सकता जिससे दोनों काम हो जाते?

—मिल तो सकता है पर तब तुम डायरेक्ट एस.ई. के चार्ज में आ जाओगे। तुम्हारा करेक्टर रोल (चरित्र पंजिका) वह लिखेगा। और तुमको शायद यह नहीं मालूम है कि तुम किस कदर यहाँ ऑफिस के लोगों की निगाह में गड़े हुए हो? इसलिए चीफ के डायरेक्ट चार्ज में रहकर दो-तीन बढ़िया प्रविष्टियाँ अपने सी.आर. में लेकर कन्फर्म हो जाओ, ताकि एस.ई. होने की कतार में लग जाओ। दस्तूरी लेते नहीं तो चाहे जहाँ रहो! हर्ज क्या है?

—हाँ, ये हुई बात कायदे की?

—इन मामलों में तुम मेरे सामने बच्चे हो, ये बात और है कि इस देह को रौंदते हो!

—श्रीकान्त मालती शर्मा के कानों के पास मुँह सटाकर एकदम धीमे से बोला—तब आप गाय का दूध क्यों पिलाती हैं?

—हट, मालती जी ने उसे अलग ढकेलते हुए कहा। श्रीकान्त हँसते हुए अपने कमरे की ओर बढ़ते हुए बोला—फ्रेश होकर नहाऊँगा भी, आपको भी तो तैयार होने में वक्त लगेगा।

लगभग बीस मिनट बाद मालती शर्मा कमरे में दाखिल हुईं। क्रीम कलर की जमीन पर, हल्के कत्थई रंग की बूटेदार छपाई वाली साड़ी, बिना आस्तीन का नाभि के ऊपर तक का चुस्त देह से चिपका हुआ ब्लाउज, जिसमें उनके तने हुए उरोज स्पष्ट उभर रहे थे। रूखे, चमकदार घने केशों को सँवारकर जूड़ा, मांग में गहरे लाल रंग का ईंगुर और उसी का बड़ा गोल टीका, गोरी-गोरी सुघर-सलोनी स्वस्थ कान्तिमय देह को भव्यता प्रदान कर रही थी। पाँवों में लखनऊ की काली नक्काशीदार जूतियाँ और दोनों गोरी कलाइयों में सोने की दो-दो चूड़ियाँ। दाएँ हाथ में लगभग बालिश्त भर लम्बा, चार इंच चौड़ा खूबसूरत फोम का सादा पर्स लिये आकर श्रीकान्त के कमरे में खड़ी हो जोर से बोलीं—कितना नहाओगे?

लुंगी और सैंडो बनियान पहने, कन्धे पर तौलिया रखे, कंघा करके श्रीकान्त परदा हटा बाथरूम के बाहर आया तो मालती शर्मा को देखते ही ठिठक गया।

पलभर दोनों की आँखें मिलीं। मालती शर्मा मुस्कराईं—क्या देखते हो? फिर बढ़कर उन्होंने श्रीकान्त के हाथ से तौलिया ले लिया और उसके कान के नीचे का साबुन पोंछते हुए बोलीं—ऐसी देह पाए हो तो इसकी कदर भी किया करो। तुम्हें फौज का कप्तान होना चाहिए था...अब पैंट-वैंट पहनो, मैं आती हूँ और चलते-चलते श्रीकान्त की लुंगी पकड़ के खींचती हुई आगे बढ़ गईं। लुंगी खुल के घुटनों तक पहुँच गई, कुर्ता से लुंगी सँभाल उसने मालती शर्मा का पहुँचा पकड़कर अपनी ओर खींच के बाँहों में भर लिया।

उनकी देह से निकलने वाली सुवासित इत्र की भीनी गन्ध देह-मन में भरने लगी। पलभर, काजल रची बड़ी-बड़ी आँखों में निहारकर, उसने मालती शर्मा को चूमना शुरू किया। उत्तरोत्तर बढ़ती हुई उत्तेजना में देह की शिराएँ तन गईं। देह पर कसाव बढ़ा तो बोलीं—यह क्या? गंज नहीं चलना है क्या? किन्तु श्रीकान्त को इस समय गंज कहाँ याद था। युग-युग की आदि प्यास उभर आई थी। आज पहली बार उसने अपने मन से किसी औरत की देह पकड़ी थी। मालती शर्मा की नरम, मांसलदार, गुदगुदी सुगन्ध भरी देह, पाँव और गर्दन के पीछे दोनों हाथ डाल गोद में टाँग लिया और उस मोटे फोम के गद्दे वाले पलंग पर बड़े जतन से लिटाकर ब्लाउज का बटन खोलने लगा।

जंगल में रह के एकदम जंगली हो गए हो। सारा मेकअप खराब कर दिया। मालती शर्मा नीचे से कृत्रिम क्रोध में बोलीं।

जंगली से दोस्ती करने का फल होगा क्या, जानती नहीं थीं! और उसने उनका पेटीकोट, साड़ी समेत ऊपर हटा दिया।

थोड़ी देर तक मालती शर्मा, श्रीकान्त की सारी हरकतों के उत्तर-प्रत्युत्तर में लगी रहीं। फिर श्रीकान्त को पकड़ के पूरी तरह अपने ऊपर खींच लिया। देह का स्पन्दन, हृदय की धड़कनें तेज होने लगीं, जंगल का शेर एकदम वहशी हो गया था। शिकार को चीर-फाड़कर उसकी देह के रक्त का एक-एक बूँद को चूस जाने की प्रक्रिया में लीन। जोरदार भरपूर आघातों की पुनरावृत्तियों में जुटा श्रीकान्त अपनी पूरी गति में था। और मालती शर्मा प्रत्येक आघात में हर बार जैसे एक नया सुख पा रही थीं। रेत की मछली सागर के जल में पहुँचकर रह-रह के सिहरने लगी, पंख लगी परी के समान आकाश में उड़ने लगीं। दैहिक सुख की घाटी में उतरने लगीं. गहरे और गहरे। परम, अवर्चनीय सुख के सागर में गोते लगाने लगीं। आत्मविभोर होने लगीं। देशकाल की सीमा को भूलकर, लाज-संकोच, मर्यादा की सीमा लाँघकर श्रीकान्त को अपनी बाँहों में कसे, जैसे उसकी पूरी देह को अपने में समाहित कर लेने की कोशिश में वे अपने हाथ और पाँवों की पूरी ताकत लगाती हुई कभी-कभी मछली की तरह छटपटाती हुई बीच की देह ऊपर उठा देती थीं। यह प्रक्रिया बढ़ी, उनकी देह की गति तेज होने लगी और वे एकदम आत्मकेन्द्रित हो गईं। सागर की गहराई बढ़ने लगी और एक स्थिति आई जब उन्हें लगा कि काल खंड ठहर गया।

एक बार श्रीकान्त को भरपूर शक्ति से कसा, नीचे से मछली की तरह उछल के छटपटाईं और एकाएक शिथिल पड़ गईं। शिरा-शिरा से छितराकर रोम-रोम से सिंचकर उनके पोर-पोर की जकड़न खुल गई।

सारी देह स्पन्दनहीन और निर्जीव हो गई। और तब उसके बाद श्रीकान्त निढाल हुआ। उसका शरीर एकदम श्लथ हो गया और मालती शर्मा की देह पर थोड़ी देर वैसे ही पड़ा रहा। और मालती शर्मा श्रीकान्त के भार से मुक्त होने के बाद भी आँखें मूँदे चुपचाप चित लेटी रहीं। बगल में करवट लेट, श्रीकान्त ने मालती शर्मा को अपनी ओर घुमाया तो वे उसकी छाती में मुँह छिपा दुबक गईं। लगभग पैंतालीस मिनट तक वैसे ही पड़ी रहने के बाद मालती शर्मा उठने लगीं तो श्रीकान्त बोला—मुझे भूख लगी है, घड़ी देखी साढ़े नौ बज रहे थे—खाना तैयार हो गया होगा वे धीमे से बोलीं, देखती हूँ। बाथरूम से हाथ-मुँह पोंछ साड़ी ठीक करती हुई श्रीकान्त के पास आईं।

—साड़ी तो खराब हो गई? श्रीकान्त ने कहा।

—इसी के कारण, मुझे आज वह सुख मिला जो आज तक कभी जिन्दगी में नहीं मिला था। आज ही तो इस साड़ी का सही उपयोग हुआ है फिर श्रीकान्त का मुँह चूमती हुई बोलीं—आज तुमने मेरा मन पहचाना है। जो चाहती थी वह तुमने पूरा किया है। वे अपने कमरे में गईं साड़ी बदलकर मैक्सी पहना, अस्त-व्यस्त बालों को ठीक किया, ललाट का टीका काफी पुँछ गया था उसे साफ किया, और फिर गीली तौलिया से श्रीकान्त के चेहरे पर टीके के लगे लाल-लाल धब्बों को साफ करके तब भीतर से द्वार खोल—किचन की ओर बढ़ गईं।

भोजन करके जब गिलास का दूध पी रहा था उस समय टेलीफोन की घंटी बजी, बगल में बैठी हुई मालती शर्मा उठीं और बैठक में रखे टेलीफोन का रिसीवर उठाया। बातें करके वे श्रीकान्त के पास आकर बोलीं—श्रीकान्त कपड़े पहनो, मेरे साथ बाहर चलना है!

—इसी समय?

—हाँ, चलो तैयार हो जाओ।

दस मिनट में कार एक मकान के सामने रुकी, घंटी बजाई। द्वार खुला। कमरे में दाखिल हुए तो देखा चीफ लुंगी पहन के एक पलंग पर औंधे लेटे हैं—पैंट और बुश्शर्ट सिरहाने रखा है।

कमरा खोलने वाले लगभग तीस साल के नौजवान की मदद से श्रीकान्त ने चीफ को कार में लिटाया। कार मालती शर्मा ड्राइव करने लगीं। श्रीकान्त चीफ की जीप। घर नौकर की मदद से उनको पलंग पर लिटाकर श्रीकान्त अपने कमरे में आ गया। बरामदे की ओर खुलने वाली दोनों खिड़कियाँ, दरवाजा और अहाते की दीवार की ओर खुलने वाली खिड़की भी उसने पूरी तरह खोल दी। कमरे में साफ-शीतल गन्ध भरी हवा भर गई। वह बाहर बरामदे में निकल आया? और एक खम्भे से हाथ टेक खिली हुई चाँदनी में बगिया के खिले हुए सैकड़ों गुलाब के फूलों को देखने लगा। बड़े-बड़े गमलों में बोगनबेलिया के खिले हुए लाल-पीले-सफेद गुच्छे उस शीतल चाँदनी में मन को प्रलोभित कर रहे थे। श्रीकान्त बगिया में निकलकर क्यारियों में टहलने लगा, नरगिस के सफेद फूल, रतन मंजरी के, रतन माला के लाल-पीले फूल वसन्त की चाँदनी को पी रहे थे। नागकेसर और चम्पा के पीले-सफेद फूलों के पास वह जाकर ठहर गया। चम्पा की सुगन्ध मन-प्राणों में समा गई। लॉन की मखमली हरी दूब पर ओस की छोटी-छोटी बूँदें चमक रही थीं। यहाँ अपेक्षाकृत ठंडक थी, देह में सिहरन-सी लगी तभी किसी ने पीछे से देह पर ऊनी शॉल डाल दिया।

—आप भी आ गईं?

—तुम्हें खोजती हुई!

—खिली हुई चाँदनी में इस फुलवारी को देखकर तबीयत बहक गई।

—किन्तु यह नहीं सोचा कि खिली हुई चाँदनी में, इन सिंची हुई क्यारियों के पास आजकल टहलना शीतदायक हो सकता है, ठंड लग सकती है?

—हाँ, सिहरन आरम्भ ही हुई थी कि आपने गरमाई दे दी! इस फुलवारी की शोभा तो रात में ही उजागर हो रही है!

—क्योंकि फूलों की भीनी गन्ध रात में ही अधिक फैलती है। किन्तु रात-रानी की महक तो इन सारे फूलों की गन्ध को रात में दबा देती है। तुम्हें मेरी फुलवारी पसन्द आई?

—आपकी इसी पसन्द की तो मन-ही-मन सराहना कर रहा था कि केवल अच्छा माली रखने से ही काम नहीं बनता। अपनी रुचि भी परिष्कृत होनी चाहिए!

अपनी प्रशंसा पर मालती शर्मा खिलखिला उठीं तो श्रीकान्त बोल उठा—एक फूल और खिल गया।

—कविता करने लगे! माली को दो सौ रुपये महीने देती हूँ और दिन में केवल दो घंटे काम करता है, वैसे उसके साथ मैं भी खुरपी लेकर जुट जाती हूँ।

—वह तो आते समय भी मैंने देखा था।

—तो अब चलो भीतर कमरे में बैठकर बातें करें यहाँ सिहरन है, शीत है!

—आओ चलो।

मालती शर्मा के साथ श्रीकान्त आकर कमरे में पलंग के सिरहाने खड़ी तकिया पर पीठ कर दोनों पाँव फैलाकर बैठ गया। मालती शर्मा द्वार बन्द करने लगीं तो उसने मना कर दिया। बेंत की कुर्सी खींच उसके एकदम करीब बैठती हुई बोलीं—आज मूड में हो?

—मन हो रहा है इस चाँदनी में इन फूलों को निहारता ही रहूँ, तबीयत नहीं भरी, साहब सो गए?

—हाँ, उन्हीं को खिलाने में तो देर हो गई!

—कह के गए थे क्लब जा रहा हूँ, मिले किसी के घर औंधे मुँह लुंगी-बनियान में, बात समझ में नहीं आई?

मालती शर्मा एकदम सहज हो गईं। मानव-देह की करतबों का अनुमान लगाना बहुत आसान नहीं होता श्रीकान्त! लेकिन जो सत्य है उसे छिपाया भी तो नहीं जा सकता! फिर तुमसे! कभी मौका खोजकर बताती आज प्रसंग अपने आप ही आ गया। इस बूढ़े को समलैंगिक मैथुन की आदत है अपनी देह पर दूसरे मर्द को चढ़वाने की। जिसने मकान खोला—वह एक जे.ई. है। उसी को चीफ ने आजकल फाँस रखा है, ऐसा, दो-तीन हफ्तों में एक बार अक्सर हो जाता है।

—विस्मयकारी है!

—तुम कह सकते हो, पर मेरे लिए कुछ भी विस्मयकारी नहीं है श्रीकान्त! यह सब कुछ मेरे लिए अब एकदम सहज हो गया है।

—और उसी सहजता में तुम्हारी जिन्दगी का प्रवाह सुखद है मालती शर्मा!

—तुम अपने मन में जो कुछ चाहे मान लो—मेरे आगे कोई विकल्प भी तो नहीं है।

स्मृतियों का दंश कभी-कभी मन के भीतर होता है तो यह सब कुछ—यानी इस अपार सम्पदा की एकमात्र स्वामिनी होती हुई भी वह पीड़ा असहनीय हो जाती है। अब कभी-कभी सोचती हूँ कि क्या इस देह के लिए तुम पारस पत्थर हो सकते हो? कि अतीत की मेरी सारी स्मृति मिट जाए? धुल-पुँछ जाए?...फिर

अपने आप एक उत्तर मिल जाता है कि आखिर कब तक? तुम्हारी अपनी जिन्दगी है। अपने सुख-स्वास्थ्य के लिए तुम्हें बाँधने की कोशिश मेरे लिए बेमानी है। किन्तु एक ही सवाल का जवाब मुझे नहीं मिलता, पर उसे इस समय क्यों कहूँ वे वक्त की शहनाई...।

—लेकिन, तुम यदि गर्भवती हो गई तो?

—तो! युग-युग से इस अभागी देह की साध पूरी हो जाएगी श्रीकान्त! मेरी भूख मिट जाएगी, मेरे अनुत्तरित सवाल का जवाब मिल जाएगा। बीसों लाख की चीफ की जिन्दगी भर की कमाई और इतने बड़े बँगले की एकमात्र स्वामिनी की सारी चिन्ता दूर हो जाएगी। मुझे इसका एक उत्तराधिकारी मिल जाएगा।

—और उर्वशी?

—उसके नाम केवल चार-पाँच लाख रुपये हैं। उसकी मुझे कोई चिन्ता नहीं है।

—लेकिन, यदि ऐसा नहीं हुआ तो? श्रीकान्त ने पूछा।

—फिलहाल महत्त्वपूर्ण बात यही है श्रीकान्त, अगर एक बात मानो तो कहूँ?

—बिना सुने हाँ कैसे कहूँ?

—तुम जया को मुझे दे दो, तब तुम हर तरह से मेरे पास रहोगे! अगर तुमसे मुझे कोई सन्तान हुई तो तुम्हारे दोनों बच्चों की माँ बनूँगी, न हुई तो जया ही मेरे लिए सब कुछ होकर रहेगी, मैं गोद ले विधिवत् उसे अपना लूँगी।

कमरे में एक गहरी खामोशी भर गई। मालती शर्मा श्रीकान्त से उत्तर पाने के लिए उत्सुक हो गईं। उन्होंने उसकी देह हिलाते हुए कहा—कुछ बोलो!

मालती शर्मा की आँखों में घूरते हुए श्रीकान्त बोला—जन्म देने के एक माह बाद उसकी माँ ने उसे अलग किया, करना पड़ा। सिर पर साया देने वाली माँ की सप्तवर्णी की छाँह हट गई। अपराधी तो मैं भी था, अब जिस बेटी को सिरमाथे बिठा, जंगल-जंगल, घूम-भटक रहा हूँ उसे आपको सौंप, फिर दूसरा अपराध करूँ? उसकी माँ मेरे सामने पड़ती है तो मन में एक हाहाकार प्रतिध्वनित होने लगता है, भीतर का सब कुछ सूखकर बालू का टीला बन जाता है...। ना, यह नहीं होगा—मालती जी यह नहीं होगा—आपकी अपार सम्पदा आपको रास आए। आप आजीवन उसमें फूलें-फलें। मेरी बेटी मेरी कमाई पर पलेगी। मेहनत और ईमानदारी से कमाए हुए पैसों पर। मेरे सामने एक सवाल दूसरा आ खड़ा हुआ है कि अभी पहले जया की माँ के सवाल का निपटारा नहीं हुआ, मैं आपसे भी जुड़ गया—इस देह के सम्बन्ध को क्या करूँ? इस देह की भूख-प्यास ने मुझे कहाँ से कहाँ लाकर पटक दिया?

—जानती हूँ श्रीकान्त कि मेरी सम्पदा, पद, मर्यादा तुम्हें प्रलोभन नहीं दे सकती। मेरे पैसों का तुम्हारी निगाह में कोई मूल्य नहीं है। मैं तो खुद ही तुमसे हार के तुम्हारे आगे बिछ गई हूँ। जीते तो तुम हो। किन्तु तुमको यह नहीं मालूम कि एक

औरत की देह और मन जीतने की कीमत क्या होती है?...तुमसे इस देह-मन को जो भी मिला है उसकी कीमत यदि मैं चुका पाऊँगी तो अपनी जिन्दगी सार्थक समझूँगी...। इसलिए सपने में भी यह मत सोचना कि अब तुम मुझसे अलग रह पाओगे। जो मैंने चाहा, जिन्दगी में हासिल किया है। पहली बार जब तुम इस बँगले में अपने डेपुटेशन के लिए साहब से मिलने आए थे, उसी समय तुम मेरी निगाहों में बस गए थे, समय का इन्तजार कर रही थी। पिपरी मैंने ही तुम्हें बुलवाया था। किन्तु, उस रात मेरे भरे दूध के गिलास में मक्खी बन के उर्वशी आ गिरी थी। किन्तु अब, जो कुछ हुआ या हो रहा है—या आगे भी होगा, मेरी इच्छा का नियोजित अंश होगा। तुम्हें अपना बनाकर रखने के लिए अपनी सारी सम्पत्ति दाँव पर लगा दूँगी। तुम मुझे प्यार नहीं कर सकते! करना भी नहीं चाहिए, लेकिन जिसे तुमने प्यार किया यदि तुम्हें सुलभ नहीं है, जैसा कि तुम कहते हो, तो मुझे भी लगता है कि वह सुलभ हो भी नहीं सकती, तो मुझसे कम-से-कम प्यार का दिखावा करने में तुम्हारा लगता क्या है श्रीकान्त? क्या, देह-मन दोनों से तुम्हारे लिए मैं हेय हूँ! श्रीकान्त का हाथ पकड़ती हुई मालती शर्मा बोलीं—तुम्हें तुम्हारी जया की सौगन्ध है श्रीकान्त कि आज मेरे भीतर के इस तूफान को शान्त कर दो।

—यह तुम क्या कह रही हो मालती शर्मा! सारी बातें समझती हुई भी तुम अब क्या चाहती हो?

—बस, तुम इतना ही सही मन से कह दो कि तुम मुझे छोड़ोगे नहीं, हाँ, ब्याह कर लोगे तो तुम्हारी राह में मैं कतई नहीं आ सकती किन्तु तुमसे सहारा पाने की भीख माँगने के लिए सदा तुम्हारे आगे यह आँचल फैलाऊँगी?

—तुम्हें छोड़ देने का सवाल अब मेरे आगे नहीं है मालती शर्मा। सवाल है तुमसे सम्बन्ध बनाए रखने का। देह को जो सुख मिला है—मेरे लिए एक सुखद अनुभव है। ऐसा सुख पत्नी से भी मिलेगा ही इसकी क्या गारंटी है? कल क्या होगा, इसे आज कौन जानता है? वक्त के अनुयायी तो हम-तुम दोनों हैं।

—बस, तुम मेरी ओर देखोगे तो मैं सब कर लूँगी। स्थितियों को अपने माफिक बनाना मैं जानती हूँ। जिन्दगी का बहुत कुछ गँवाकर यही तो सीखा है। यह सब, तुम मुझ पर छोड़ दो—तुम मेरे उपवन के हिरन नहीं हो, कहीं से आ गए हो, भा गए हो फिर भी तुम्हें मैं बाँधकर नहीं रखूँगी अन्यत्र विचरने के लिए तुम एकदम मुक्त और स्वतंत्र हो...।

दीवार पर लगी घड़ी देखते हुए श्रीकान्त बोला—आधी रात बीत गई!

—बत्ती बुझा दो।

सिरहाने लगे स्विच उसने ऑफ कर दिए। कमरे में बाहर खिली चाँदनी की आभा भर गई। लगभग 1200 वर्ग गज के अहाते के भीतर बने उस बड़े बँगले के चारों ओर फैलने वाले आधी रात का सन्नाटा उभरने लगा। पहरा देने वालों की

सीटियों की अनुगूँज रह-रह कर कानों में गूँजने लगी। मालती शर्मा को एक बार बाँहों में पूरी तरह कस लेने के बाद थोड़ी देर तक श्रीकान्त चुपचाप पड़ा रहा।

दूसरे दिन भी चीफ काफी देर तक सोते रहे तो मालती शर्मा समझ गईं कि वे ऑफिस नहीं जाएँगे। उन्होंने उनके पी.ए. को टेलीफोन कर दिया कि आज की जरूरी डाक और ए.ई. के प्रमोशन वाली फाइल टाइपिस्ट के द्वारा बँगले पर ही भेज दें।

दिन के लगभग दस बजे चीफ नहा-धोकर अपने बँगले के ऑफिस में बैठे ही थे कि सारे कागजात और टाइपराइटर के साथ टाइपिस्ट जीप से आ गया।

शर्मा जी ने प्रमोशन वाली फाइल देखी फिर स्टेनो को डिक्टेशन दिया—दो वरीयता और एक मेरिट से ए.ई. से ई.ई. में पदोन्नति जिसमें तीसरा नाम श्रीकान्त का था। आदेश, आज की तिथि से लागू और प्रतिलिपि उत्तर प्रदेश के अधीक्षण अभियन्ता, अपने मातहत सभी अभियन्ताओं तथा बिहार के मुख्य अभियन्ता और अधीक्षण अभियन्ता को सूचनार्थ तथा आवश्यक कार्यवाही के लिए प्रेषित प्रतिलिपि श्रीकान्त मिश्र को सूचनार्थ। जो उसे वहीं हाथों-हाथ मिल गई। बिहार के अधीक्षण अभियंता की प्रति भी उसने स्वयं ले ली। मुख्य अभियन्ता को रजिस्टर्ड डाक से भेज दी गई।

आदेश लेकर, श्रीकान्त ने बहुत आदर से शर्मा को झुककर नमस्ते किया। चीफ मुस्कराए। बगल में खड़ी हुई मालती शर्मा ने तिरछी चितवन से एक बार चीफ को, फिर दूसरी बार श्रीकान्त को देख श्रीकान्त के हाथ से आदेश ले पढ़ती हुई भीतर चली गईं। उनके पीछे-पीछे कमरे में पहुँचा तो बोलीं—

—आज किस गाड़ी से जाओगे?

—आज ही वापस कर दीजिएगा?

—क्यों, अब यहाँ क्या धरा है, जिसके लिए आए थे वह मिल गया अब तो जाना ही बाकी है?

मालती शर्मा को बाँहों में बाँधते हुए श्रीकान्त बोला—ऐसे ही कहोगी, तुम्हें भी यही लगता है कि मैं बस इसी के लिए आया था? आज की रात रे, उफ आज की रात...मालती शर्मा मुस्करा दीं, पदोन्नति का आदेश श्रीकान्त की जेब में रखती हुई बोलीं—अगर आज जाने का नाम लेते तो यह आदेश मैं फाड़ देती।

—मुझे मिठाई खिलाइए!

—चलो फिलहाल खाना खा लो फिर गंज चलेंगे वहीं मिठाई खिलाऊँगी।

खाना खा श्रीकान्त को लेकर, कार से मालती शर्मा गंज चली गईं। वह छह बुशर्ट और छह पैंट के कपड़े श्रीकान्त की पसन्द से खरीद दर्जी के पास श्रीकान्त का नाप दे सिलने को डाल आईं!

चुपचाप नाप दे जब बाहर निकला तो उसने मालती शर्मा से पूछा, यह तुमने क्या किया?

—चुपचाप रहो, अपना सिद्धान्त अपने तक रखो। मुझ पर मत थोपें, तुम्हें अब लखनऊ में मेरे पास रहना है, चीफ इंजीनियर के साथ अभियन्ता बन के। चलो अब तुम्हें मिठाई खिलाऊँ। तुम समझ नहीं सकते श्रीकान्त कि आज मैं कितना खुश हूँ। मैंने मुख्य अभियंता के निजी सचिव को भी टेलीफोन करवा दिया। कल बरवाडीह पहुँचो और जल्दी वहाँ से मुक्त होकर लखनऊ आ जाओ...और हाँ, जया को जरूर लाना...!

—जो हुकुम सरकार, श्रीकान्त धीमे से बोला!

—घिस रहे हो बच्चू। घर चलो बताऊँगी...!

अब भाग के जा भी कहाँ सकता हूँ मालती शर्मा ! जंगल के शेर को तो तुमने पिंजरे में डाल ही दिया...!

मालती शर्मा खिलखिला के हँस पड़ीं!

वापसी में मालती शर्मा ने पूछा—यहाँ से कहाँ जाओगे, बरवाडीह या वाराणसी?

—वाराणसी जाऊँगा, बहिना और उनके सास-ससुर का पैर छूने।

—हाँ, वापसी में सीधे यहीं आ जाना, तुम्हारा कमरा तुम्हारा इन्तजार कर रहा होगा!

—मुझे कब तक अपने पास रखोगी?

—अधिक दिन नहीं—क्योंकि अब स्थिति दूसरी हो गई, दिखाने के लिए तुम्हें अलग मकान लेना होगा, मिल भी जाएगा मैं जानती हूँ जहाँ आने-जाने में मुझे असुविधा न हो! पर लौटकर आओ तब यह तय करेंगे।

उसी साँझ वाराणसी से उर्वशी आ गई। श्रीकान्त को देखते ही जैसे सकते में आ गई। शर्मा जी बेहद खुश हुए और बेटी को आशीर्वाद देते हुए उन्होंने ही सूचना दी कि श्रीकान्त की आज अभियन्ता के पद पर प्रोन्नति हो गई। उर्वशी ने पैंतरा बदला, बड़ी खुशी से उठकर उसने श्रीकान्त को बधाई देते हुए हाथ मिलाया। फिर बैठती हुई बोली—एक-दो बार के बाद तो आप कभी वाराणसी में दिखे ही नहीं! असल में आप शहर की एक छोर पर हैं बनारस में आपसे आखिरी भेंट के बाद मैं दो बार आपके हॉस्टल गया। पर जब-जब गया आप बाहर थीं। शहर से बाहर मेरे पास वक्त ही कितना रहता है और आपसे आखिरी भेंट के बाद मैं फिर उधर जा ही न सका।

नहीं, असल में मैंने रिसर्च का विषय ही ऐसा ले लिया है जिसमें मुझे बराबर भाग-दौड़ करनी पड़ती है, सोशियोलॉजी का विषय ही बड़ा वाइड है। उसी रिसर्च के सिलसिले में मुझको एक बार आगरा और कानपुर जाना पड़ा समाज के कुछ विशेष वर्ग के व्यक्तियों से पूछताछ करने। सम्भव है मुझे निकट भविष्य में विदेश जाना पड़े। तभी मेरी थीसिस ढंग की हो सकेगी। मेरे गाइड का भी यही कहना है। उनका एक और छात्र विदेश जा रहा है। शायद हम दोनों साथ ही जाएँ। पापा से इसी विषय पर तो बातें करने आई हूँ, वरना काम की व्यस्तता इतनी है कि यहाँ तक आने का वक्त मेरे पास नहीं है। निःसंकोच उर्वशी बोली।

—ये सब बातें अलग हैं उर्वशी। मेरे सामने पहले तुम्हारे ब्याह की समस्या है। उस बारे में मैं तुमसे तुम्हारी राय जानना चाहता हूँ संयोग से श्रीकान्त भी मौजूद हैं।

—मेरे ब्याह की बात इस समय तो सार्थक नहीं लगती पापा? क्यों? उसने मालती जी की ओर देखते हुए कहा, आप लोगों ने कुछ तय कर लिया है क्या?

—तुमसे बिना पूछे हम लोग तय करने वाले कौन होते हैं। फिर इस बारे में मेरी राय का क्या महत्त्व है, तुम जानो तुम्हारे पापा जानें!

—क्यों पापा, आपकी क्या राय है?

—मैंने तो अपनी राय जाहिर कर दी?

—अगर ब्याह ही करना था तो आपने मुझे रिसर्च क्यों ज्वायन कराया।

—उससे फर्क क्या पड़ेगा?

फर्क तो मैं समझती हूँ। शादी के बारे में तो आपसे मैंने पहले ही कह दिया था कि जब तक रिसर्च पूरी नहीं हो जाती ब्याह नहीं करूँगी?

—किसी खास लड़के में रुचि रखती हो?

—बिलकुल नहीं पापा, आज की जिन्दगी में शादी का महत्त्व मेरे लिए अपने काम के आगे गौण है, काम पूरा हो जाने के बाद ही मैं इस पर सोचूँगी।

—लेकिन जो लड़का मैंने देख रखा है, तुम्हारे लिए बैठा तो नहीं रहेगा!

—मैं ऐसा कब कहती हूँ, मैं तो व्यक्ति की स्वतंत्रता में विश्वास करती हूँ सबको अपनी मनपसन्द जीभ पर चलने की छूट है आप तो मेरी आदत जानते हैं शादी करके मुझे परबस क्यों करना चाहते हैं? आपके लिए लड़कों की कमी होगी! अभी यह सवाल मत उठाइए, क्यों श्रीकान्त जी?

श्रीकान्त कोई कंट्रैक्टर नहीं है, आपके पापा का मातहत है उर्वशी जी, यह क्यों भूल जाती हैं श्रीकान्त ने तो आपसे बड़ी उम्मीदें लगा रखी थीं? श्रीकान्त बोला।

—और उन उम्मीदों पर एकदम पानी फिर गया—क्यों, उर्वशी खिलखिला पड़ी।

—अभी इसमें कोई सन्देह है? इसीलिए मैं साहब से और आपकी मम्मी जी से बराबर कहता रहा हूँ कि आपके लायक मैं न था, न हूँ, न ही होऊँगा। आपसे ब्याह करने की बात सोचना मेरे लिए बौने का चाँद पकड़ने की कोशिश सरीखा होगा...। इसलिए इस समय आप, इस बारे में अपने पापा तक ही सीमित रहें—बीच में मुझे न घसीटें तो आपके अपने हित में होगा।

इस कड़े उत्तर पर उर्वशी सहम गई, मालती भीतर से प्रसन्न हुई।

—फिलहाल मेरा यही निर्णय है पापा। उम्मीद है आप मुझे किसी लाचारी में नहीं डालेंगे।

—लाचारी की बात नहीं बेटी—तुम अभी सोओ और फाइनल उत्तर कल तक दो।

—जो मैंने कहा वह फाइनल है पापा। उर्वशी उठ गई।

रात में नौ बजे भोजन पर सभी लोग मिले। उस समय चीफ ने पूछा—तो कल चले जाओगे श्रीकान्त?

—जी हाँ, तभी तो एस.ई. के दफ्तर में आपके आदेश की पूर्ति जल्दी से पहुँचेगी मुझे वाराणसी होते हुए जाना है वहाँ भी एक रात रुकना पड़ सकता है।

—तुम कब लौटोगी उर्वशी?

—मैं तो दो-एक दिन रहूँगी।

—तुम्हारी गाड़ी तो सुबह भोर में छह बजे जाती है?

—जी हाँ!

—तो इन्हें पहुँचाने का प्रबन्ध कर दीजिएगा, मालती जी ड्राइवर से कह दीजिएगा सुबह जल्दी आ जाए।

—ड्राइवर तो दो दिनों से छुट्टी पर है।

—ओह! तब?

—उसका इन्तजाम हो जाएगा। मालती शर्मा ने धीरे से कहा, उर्वशी ही स्टेशन छोड़ आएगी।

—हाँ, वेरी गुड—गुड आइडिया। उर्वशी को जल्दी जगने की आदत भी है।

—मैं जल्दी कहाँ जगती हूँ पापा?

—कल मेरे लिए जाग नहीं सकती? श्रीकान्त ने चुटकी ली।

चीफ और मालती शर्मा दोनों खुश हुए। उर्वशी ने तुरन्त उत्तर दिया, अभी आपके लिए जल्दी जगने का वक्त मेरे पास नहीं है।

—आगे हो सकता है! श्रीकान्त ने वही रुख रखा?

—मुझे तो नहीं लगता।

—सम्भावना हो तो इन्तजार करूँ?

—कल में नहीं, मैं आज में जीती हूँ मि. श्रीकान्त!

—तुम लोग अभी से लड़ने लगे। चीफ ने टोका।

—नहीं, मैं अपनी स्थिति समझना चाहता था सर!

—किसी समस्या के समाधान के लिए थोड़ा वक्त तो देना ही पड़ता है श्रीकान्त, हम तो आज हैं कल नहीं रहेंगे यह क्यों भूल जाते हो। तुम्हारे लिए बन्धन क्या है बेटा, समाज पुरुष प्रधान है।

—किन्तु मेरे लिए आपका रुतबा कुछ और ही है सर!

वह मैं समझता हूँ श्रीकान्त तुम्हारा बड़प्पन है मैं तुम्हारे लिए जो कुछ भी हो सकेगा करता रहूँगा। मैं चाहता हूँ कि एस.ई. बनने की कतार में तुम आ जाओ मेरी नौकरी के अभी चार साल हैं...। अच्छा अब मैं सोने चल रहा हूँ सुबह तुमसे भेंट न हो सकेगी देर से उठता हूँ। श्रीकान्त ने खड़े होकर नमस्कार किया।

उर्वशी भी चीफ के साथ उन्हीं के कमरे में सोने चली गई। मालती शर्मा और श्रीकान्त बातें करते हुए काफी देर तक जगे रहे।

पौने पाँच बजे मालती शर्मा ने ही श्रीकान्त को जगाया और साढ़े पाँच बजे सुबह कार में बिठाकर स्टेशन छोड़ने चली। फर्स्ट क्लास का टिकट खुद कटाया और ट्रेन में बिठाकर बोली—मैं तुम्हारा लोहा मानती हूँ श्रीकान्त ? तुमने उसे ठीक किया बात साफ कर दी !

—उर्वशी बहुत आगे बढ़ गई है, आप लोगों के कब्जे के बाहर। अगर विदेश गई तो यह लौटेगी नहीं।

—मुझे तो खुशी ही होगी ? पर तुम कब लौटोगे ?

—बरवाडीह से रिलीव होकर, गाँव जाऊँगा, फिर यहाँ आऊँगा।

—अबकी जया को जरूर ले आना वाराणसी में मत छोड़ देना।

—कोशिश यही करूँगा।

ट्रेन ने सीटी दी। श्रीकान्त ने हाथ जोड़ दिए मालती जी ने अपने दोनों हाथ जोड़ प्रत्युत्तर दिया, मालती जी ने अपने दोनों हाथ आगे बढ़ा दिए जिन्हें अपने दोनों हाथ से थाम सहला के श्रीकान्त गाड़ी में बैठ गया। ट्रेन सरकी मालती शर्मा खड़ी हो मुस्कराती रहीं...।

17

श्रीकान्त वाराणसी पहुँचा। बहिना और सास के पाँव छुए। तभी चौके से निकलकर कूदती हुई जया मृदुला के आगे दौड़कर आई पिताजी। श्रीकान्त का मिठाइयों का डिब्बा, लखनऊ में खरीदे हुए चार फ्राक, एक मर्दानी धोती, साड़ियाँ, एक बहिना की सास, एक बहिना, तीसरी छोटकी बबुनी के लिए। बहिना की सास के आगे रख दिया।

—यह क्या ? मधुर, चिरपरिचित मुस्कान से सास ने पूछा।

—मैं इंजीनियर हो गया !

—वाह ! शंकर जी ने कृपा कर दी, फलो-फूलो बेटा, भोगो, भगवान तुम्हें और बढ़ोतरी दे। कल ही तुम्हारी चर्चा पंडित जी कर रहे थे। जाओ पाठशाला में—आजकल बिगड़े हुए हैं—चार दिन से खाना खाने घर नहीं आते, वहीं बनाते हैं।

—क्यों ?

—तुम जाओ—अपने बकेंगे ? धोती लाए हो तो पाँव पूज देना। वो एक रुपया भी रख देना, लेकिन पहले जलपान कर लो। मृदुला ने कटोरी में मिठाई, लोटा-गिलास में पानी लाकर आगे रख दिया।

श्रीकान्त घाट पर पाठशाला में गया। पंडित जी अपने कमरे में चौकी पर बैठ

कुछ लिख रहे थे। नीचे धरती पर उनका पढ़ाया हुआ प्रिय शिष्य रामकृष्ण गुजराती बैठा था। वह भी अब वहीं अध्यापन करने लगा था। श्रीकान्त ने कटौती के साथ पाँच रुपये आचार्य के पाँवों पर रख दिया, चश्मा हटा श्रीकान्त को देखा आशीष दिया—यह क्या? फिर हालचाल पूछा कि तुम्हारी प्रोन्नति का क्या हुआ? मैंने पिछले हफ्ते फिर मुख्यमंत्री से पूछा था।

—कल आदेश हो गया, वहीं से आ रहा हूँ—मुख्य अभियन्ता पूछ रहे थे कि तुम्हारी प्रोन्नति में मुख्यमंत्री की रुचि कैसे है? मैंने आपके बारे में थोड़ा बता दिया।

—पंडित जी मुस्करा के बोले—ठीक ही किया अब उन्हें मैं धन्यवाद दूँगा, परसों फिर लखनऊ जाना है अच्छा हुआ जो तुमने बता दिया। अब बरवाडीह जाओगे। वहीं रुकोगे, या उत्तर प्रदेश लौटना होगा।

—लौटना होगा शीघ्र से शीघ्र। कल जाऊँगा।

—कल गया तिवारी आए थे। आज शायद फिर आएँ उन्हें कुछ उत्तर दे दो। भेंट होने दीजिए? पर आपका हाथ कैसे जल गया?

—भोजन आजकल स्वयं बना रहा हूँ?

—कष्ट क्या है?

बात ये है कि मैं वहाँ भोजन करने जाना नहीं चाहता?

कारण?

—कारण क्या बताऊँ, तुम्हारी बहिन की सास की बात मुझसे सहन नहीं होती।

—वे आपसे बोलती कहाँ हैं?

—यही तो बात है, न बोलकर के ही मुझे बेध देती हैं। बोल देती तब तो बात साफ हो जाती? मैं समझ तो जाता।

—साथ-साथ इतना लम्बा जीवन जी लेने के बाद भी आप उन्हें अब तक नहीं समझ पाए यह तो नितान्त विस्मयकारी है। किन्तु लगता है, दोष उन्हीं का होगा?

—इसमें भी तुम्हें सन्देह है। उन्हीं का पक्ष ले रहे हो।

—जबकि आपका लेना चाहिए।

—उचित-अनुचित का विवेक तो तुम्हें होना ही चाहिए अब एक मर्यादापूर्ण राजपत्रित कर्मचारी हो!

—इस राजपत्रित कर्मचारी को आप इस पाठशाला में भोजन दे सकते हैं?

—नहीं!

—तब आपका पक्ष कैसे लूँ।

—मैं जानता हूँ तुम सभी एक ही चट्टे-बट्टे के हो।

—खैर, आज की स्थिति क्या रहेगी?

—आज तो खिचड़ी बनाऊँगा।

—मैं बनाऊँ?

—तुम तो जानते हो कि मैं तुम्हारी बहिन और उनकी सास के अलावा दूसरे किसी का बनाया नहीं खाता।

—और लखनऊ में!

—वहाँ स्वयं बनाता हूँ। एक विद्यार्थी साथ रखता हूँ ऊपर का काम वह कर देता है।

—तो एक मुट्ठी चावल मेरे लिए भी बढ़ा दीजिएगा।

—तुम घर पर खाओ जी!

—चाहता था आपके हाथ का प्रसाद! पर आपकी इच्छा नहीं है तो बाहर ही खा लूँगा।

—बाहर क्यों?

—घर पर आप क्यों नहीं?

आचार्य मौन हो गए थोड़ी देर बाद बोले—सिखा-पढ़ाकर तुमको सबों ने भेजा है तर्क का कोई अन्त होता है—तो मैं चलूँ!

—हाँ। गुजराती बीच ही में बोल पड़ा लेकिन तुम क्यों गुरुजी पर जोर डाल रहे हो। श्रीकान्त ने एकाएक आँखें तरेरकर उसे डाँटा—आप चुप रहिए यह पाठशाला की नहीं मेरे परिवार की बातें हैं।

गुजराती सिटपिटा गया। आप कितनी देर में भोजन करने आएँगे।

—एक घंटा में!

श्रीकान्त लौट आया बहिना से बोला—खाना कितनी देर में तैयार होगा।

—एक घंटा में, भूख लगी हो तो छोटकी बबुनी पराँठे सेंक देंगी।

—और पंडित जी?

—वे आएँगे क्या? बहिना बोली!

—हाँ!

—आएँगे कहाँ? बहिना की सास बोलीं, कभी-कभी बौरा जाते हैं। चार-पाँच दिनों के बाद दिमाग ठीक हो जाता है। यह सब उस गुजरतिया के कारण होता है। नमक-मिर्च मिलाकर उन्हें पढ़ाता रहता है। अबकी बड़ी जल्दी राह पर आ गए!

—बबुआ ने लकड़ी सुँघाई होगी!

—मैंने गुजराती को डाँटा। बीच में बोलने लगा।

—वही हरामी तो जड़ है।

बहिना और छोटकी बबुनी खाना बनाने में जुटीं। श्रीकान्त स्नानादि में। ठीक एक घंटा बाद मकान के निचले हिस्से में पंडित जी की चरण पादुका (खड़ाऊँ) की आवाज उभरी। बहिना की सास फुर्ती से उठीं। भारी देह सधे कदमों से बड़े कमरे से चौके में आईं। और थोड़ा सा ललाट साड़ी से ढककर लम्बे बेंट वाला ताड़ का

पंखा ले पलथी मारकर बैठ गईं। बहिना ने निश्चित स्थान पर, चौके के कोने में पीढ़ा-पानी रख दिया। खट-खट-खट सीढ़ियाँ चढ़ते हुए पीताम्बर पहने दाहिने हाथ में ठाकुर जी का चाँदी का सिंहासन सँभाले। ऊपर के बरामदे में खड़ाऊँ निकाल—चौके में आकर, रखे हुए चौड़े पीढ़े पर बैठ गए। ठाकुर जी का सिंहासन दाहिनी ओर के उनके छोटे से पीढ़े पर रखा। बहिना ने परसी हुई थाली आगे रखी, भोग लगा, पंडित जी भोजन करने लगे। भोजन तक घर में एकदम खामोशी रही। सास थाली पर पंखा झलती रहीं कोने में चुपचाप बैठा रहा। भोजनोपरान्त बहिना ने तीनों साड़ियाँ लाकर, सास की गोद में रखती हुई बोली—प्रोन्नति की खुशी में बबुआ साड़ियाँ लाया है।

—ये तो तीन हैं?

—हाँ, हम तीनों के लिए एक-एक! मूल्यवान साड़ियाँ लगती हैं। यही देखने तो मुझे भी घर आना पड़ा।

—घर से आपको क्या मतलब? बहिना की सास बोलीं, चार दिनों से घर में चूल्हा जला कि नहीं यह देखने-जानने की जरूरत तो आपने नहीं समझी!

—कमी किस चीज की है? आचार्य बोले।

—घर में आज कोई दूसरा मर्द होता तो आपको बताता चार-चार दिन बाहर बनाकर खाने वाले मालिक के घर में कमी किस चीज की होती है।

—सुन लो श्रीकान्त? पंडित जी ने श्रीकान्त की ओर ताका।

—बात की सत्यता से आप इनकार भी तो नहीं कर सकते? आज बहनोई होते तो? पंडित जी उठते हुए बोले—श्रीकान्त आता है तो तुम लोगों का वेग बढ़ जाता है। पंडिताइन जी घूँघट के भीतर हँसीं।

—आज रहोगे न।

—नहीं, आज रात को बरवाडीह चला जाऊँगा जाने के पहले मिल के जाना।

—अच्छी बात है!

दाहिने हाथ में सिंहासन उठा आचार्य वैसे ही चरण पादुका पहन—सीढ़ियों के नीचे उतर गए।

जाते ही घर में एक अजीब सी खुशी भर गई। चार दिनों के बाद पति की जूठी थाली मिली थी। सास ने पति की थाली खींच ली। बहिना ने उसी में, उनके लिए भोजन परस दिया। श्रीकान्त भी वहीं बैठकर जया के साथ खाने लगा। सास को बहिना पंखा झलने लगी। श्रीकान्त को छोटकी बबुनी। मन-प्राणों से हुलस-हुलस कर, भीतर से प्रसन्नता के सागर में आकंठ डूबी हुई, भोजन करते हुए, मन-प्राणों के स्वामी श्रीकान्त को निहारती हुई।

मुगलसराय से बरवाडीह की गाड़ी रात में दस बजे छूटती थी, उसे पकड़ने के लिए रात में काशी से नौ बजे गाड़ी मिलती थी। दिन में भोजन के बाद—सास आके

कमरे में विश्राम करने चली गईं। बहिना जानबूझकर वहाँ से हट गई। उस बड़े हॉल में रह गए, श्रीकान्त, छोटकी बबुनी और जया।

—कब तक लौटोगे?

—दो-तीन हफ्ते तो लग ही जाएँगे थोड़ा अधिक भी लग सकता है।

—अब कहाँ रहना होगा?

—अभी तो लखनऊ में ही रहना होगा।

—अकेले जाओगे या जया को भी ले जाओगे?

—अभी तो अकेले ही जाऊँगा मकान वगैरह मिल जाने पर इन्हें ले जाऊँगा लेकिन जब तुम हो तो इन्हें ले जाकर क्या करूँगा?

—हाँ, इन्हें यहीं छोड़ दो। अब पढ़ने-लिखने लगी है। स्कूल आना-जाना शुरू हो गया, यहाँ सब लोगों के साथ हिल-मिल गई है।

—तुम्हारी ससुराल वालों का क्या समाचार है, दमयन्ती का ब्याह कहीं तय हुआ?

—क्या उससे ब्याह करना चाहते हो?

—तुम्हारे लिए कभी चाहा था परन्तु तुमने मना कर दिया तो विचार त्याग दिया। बी.ए. की परीक्षा का क्या हुआ?

—परिणाम की प्रतीक्षा है शायद दो-चार दिनों में आ जाए। भौजी कह रही थीं कि तुम्हारे चीफ अपनी बेटी तुमसे ब्याहना चाहते हैं।

—चाहते तो हैं, पर मैं ही नहीं चाहता!

—क्यों? अच्छी नहीं है।

—किसी भी माने में नहीं। उसकी भी राय नहीं है। हो भी तो मैं नहीं चाहूँगा हालाँकि उसके पिता और माँ? मेरे पीछे पड़े हैं।

—माँ की स्थिति थोड़ी भिन्न है, वे लोग जरूरत से ज्यादा आधुनिक हैं। वह बहुत तेज औरत है क्योंकि दूसरी पत्नी है।

—उन्हें कोई लड़का नहीं है!

—नहीं, बस एक बेटी है, वह यहीं बनारस में पढ़ती है।

—लखनऊ जाकर कहाँ रहोगे?

—फिलहाल कोई कमरा ले लूँगा दो-चार रोज तो ऑफिस में ही ठहर सकता हूँ हालाँकि चीफ अपने यहाँ ही रखना चाहेंगे। उनकी पत्नी तो जया को माँग रही है कि उसे मेरे पास रख दो।

—अरे, वे जया को कैसे जानती हैं? विस्मय में भरकर मृदुला ने पूछा!

—उनकी बेटी से ब्याह न करने की दलीलों में मैंने जया की भी बात रख दी थी।

—किस रूप में?

—अपनी माँ से बिछुड़ी हुई एक बेटी है जिसे मैंने गोद ले लिया है!

मृदुला पल भर खामोश हो गई।

—क्या सोचने लगी?

—मुझे ले चल सकते हो?

—तुम चल सकती हो?

—मैंने तो तब भी कहा था, आज भी कह रही हूँ सब कुछ तुम्हीं पर निर्भर रहा है तब भी, अब भी!

—तब और अब में बहुत फर्क आ गया है छोटकी बबुनी। तब तुम क्वाँरी थीं आज तुम ब्याहता हो। आज तुम कानून से मेरी तब तक नहीं हो सकती जब तक तुम लोगों के बीच तलाक न हो जाए। मैंने तो आचार्य जी से शुरू में ही कहा था कि मृदुला नहीं जाना चाहती और दारोगा रखना भी नहीं चाहता तो आप अदालत से कानूनी कार्यवाही करके तलाक ले लीजिए। पर वे राजी नहीं हुए। अपने पद-मर्यादा और सामाजिक मान्यताओं के डर से।

—चाहे भले किसी की जान जाए? मृदुला तेजी में बोली—यह कार्यवाही तुम नहीं कर सकते?

श्रीकान्त सकते में आ गया—मैं किस हैसियत से कर सकता हूँ?

—जिस हैसियत से तुम मुझे अब रखने की बात सोच सकते हो?

—हाँ, यह कहना तुम्हारा उचित है—पर मुझे थोड़ा सोचने का समय दो—क्योंकि वैसा करना आचार्य जी की इच्छा के प्रतिकूल होगा। उनकी नाराजगी लेनी होगी। खुलेआम उनका विरोध करना होगा। मैं सरकारी नौकर हूँ। मेरी नौकरी से जुड़े हुए हैं एम.एल.सी. हैं। मुख्यमंत्री के गुरु हैं।...फिर भी मैं इस प्रयास में हूँ कि यह काम उन्हीं के द्वारा हो। केवल समय और मौके का इन्तजार है...!

—मेरी समझ में जो आता रहा है, कह दिया। करना-धरना तुम्हें है। होगा क्या, राम जाने पर मैं अपने दोष से मुक्त हुई अब कभी तुम मुझे दोष मत देना।

श्रीकान्त भीतर से डर गया—कोई अनुचित काम तो नहीं करोगी?

—उस रात जो तुम्हारे साथ किया, क्या वह उचित था? और उस रात के बाद जो कुछ मेरे साथ होता आया है क्या वह उचित है एक मौका वह था, दूसरा मौका अब है। इसीलिए तुमसे पूछ लेना, कह देना, मैंने उचित समझा!

—इस मौके की शुरुआत तो अब हुई है मृदुला, अवधि खत्म नहीं हो गई पर उचित अवसर पर ही किया गया काम ठीक होता है। थोड़ा और धीरज रखो मुझ पर विश्वास करो जया को साथ लेकर मैं जिस तरह से जूझ रहा हूँ उसे देखते हुए तुम्हें मुझ पर दया नहीं आती?

—पहले तुम्हारे कारण अब जया के कारण ही तो मैं दीन-दुनिया भूल चुकी हूँ। पर धीरज मेरे पास अब नहीं है। यह दुर्गति अब सही नहीं जाती। देह पर काँटे जमने ही तो बाकी हैं? अन्यथा बाकी रहा क्या?

श्रीकान्त निरुत्तर हो गया उसने दोनों हाथों से ललाट पकड़कर आँखें मूँद ली।

—कोने में खेलती हुई जया ने बाप को ऐसे देखा तो खुद दौड़कर करीब आ श्रीकान्त के दोनों हाथ पकड़ के बोली—पिताजी क्या हुआ? सिर दुख रहा है?

श्रीकान्त ने आँखें खोल दीं, बेटी को गोद में उठा लिया—कुछ नहीं हुआ बेटी—कुछ नहीं! मृदुला उठी और चौके के पास वाले बरामदे से एक गिलास पानी ला श्रीकान्त को पकड़ा दिया प्यास से कंठ सूख रहा था। गट-गट करके वह पानी पी गया।

तभी एक विद्यार्थी पाठशाला से आया।

—आपको बड़े गुरुजी बुला रहे हैं।

—चलो।

श्रीकान्त उठ गया।

18

बिहार में एस.ई. के दफ्तर में, श्रीकान्त प्रोन्नति की चिट्ठी जो वह खुद लाया था, मिलते ही एक सनसनी-सी फैल गई। दफ्तर के बाबू जिन्हें दस्तूरी मिलती थी वे सुनकर खुश थे कि श्रीकान्त मिश्र अब वापस जा रहे हैं। किन्तु एस.ई. ने श्रीकान्त को बुलवाया।

—कल मेरी चीफ इंजीनियर से बातें हुईं मिस्टर श्रीकान्त, वे चाहते हैं कि तुम बिहार में ही रुक जाओ। प्रमोशन तो तुम्हारा हो ही गया, हम तुम्हें तुम्हारे नए वेतनमान में दो अग्रिम वार्षिक बढ़ोतरी भी दे देंगे। चीफ तुम्हारे काम से खुश हैं। तुम्हारी ईमानदारी के वे कायल हैं।

—लेकिन मैं तो यहाँ अपने को बहुत अधिक असुरक्षित महसूस कर रहा हूँ सर! आपने सुना ही होगा कि रुपयों के प्रलोभन में मैं नहीं फँसा तो मेरी जान लेने के लिए दो बदमाश मेरे घर में रात को कुदाए। वे तो कुत्ते थे जिनके कारण मेरी जान बच गई, वरना...यूँ मरने से मैं नहीं डरता। मरना तो एक बार ही होगा। फिर भी, मेरे भीतर भी तो कमजोरियाँ हो सकती हैं। अपने जिले से, अपने सगे-सम्बन्धियों से इतनी दूर हूँ कि मौके पर मैं उनके बीच उपस्थित नहीं हो पाता अब बहुत अकेलापन खलने लगा है।

—ब्याह क्यों नहीं कर लेते?

—ब्याह करके नई लड़की को इस जंगल में किसके सहारे रखूँ? मेरी जान ही साँसत में पड़ी है तो एक भार और ले लूँ। घूस मैं ले नहीं सकता! अपने प्रान्त में, अपने जिले के पास रहूँगा घर आसानी से आना-जाना होगा, माँ-बाप का अकेला बेटा हूँ—बड़ी उम्मीद से वे लोग मुझे पढ़ाए हैं, अब आप कृपया मुझे यहाँ से मुक्त कर दीजिए!

थोड़ी देर सोचकर एस.ई. बोले, मैं जानता था कि तुम रुकोगे नहीं, मैंने चीफ से यह कहा भी था पर उनकी इच्छा थी कि एक बार मैं तुमसे कह के तो देखूँ। वैसे श्रीकान्त, हवा का रुख पहचानना चाहिए। आज की व्यवस्था ही ऐसी है अकेले तुम, कहाँ तक लड़ सकोगे ?

—चीफ साहब को मेरी ओर से धन्यवाद दें और कहें कि खेद है कि मैं उनकी इच्छा पूरी करने में अपने को नितान्त असमर्थ पाता हूँ। सोच के बिहार आया था कि कुछ काम करूँगा। आप लोगों से कुछ सीखूँगा पर वह इच्छा पूरी नहीं हुई। यहाँ का माहौल इतना गन्दा है कि यहाँ ईमानदार आदमी की कोई जगह नहीं है। सूचनार्थ निवेदन है कि मुझे जल्दी से मुक्त कराएँ।

—हो तो जाओगे ही, रुकना न चाहोगे तो तुम्हें रोकेगा कौन ? फिर भी अभी एक हफ्ता तो लग ही जाएगा—फिलहाल काम करते रहो।

—असल में काम करने में मेरा मन नहीं लगता। यहाँ से मन उचट गया। आप लोग मेरी सहायता नहीं करते तो अकेले वास्तव में मैं क्या करूँगा ? यहाँ आने का मेरा सपना गलत था। रहना है तो अपनों के बीच में ही रहूँगा। एस.ई. हँसे—समझता हूँ, समझता हूँ श्रीकान्त जी खैर, देखो मैं भी कोशिश करूँगा।

श्रीकान्त चला आया।

उसी दिन बहिना की चिट्ठी मिली।

लालघाट

प्रिय बबुआ,

तुम्हारे जाने के पाँचवें दिन ही गया तिवारी आए थे। उन लोगों को भी तुम्हारे प्रोन्नति की सूचना न जाने कैसे मिल गई है। अब तो वह बहुत भाग-दौड़ मचाए हैं। परसों वह दिन तय करके छोटकी बबुनी को लिवा ले गए। दारोगा अभी बाहर है। गया तिवारी दारोगा से नाराज हैं। बाप-बेटा की शायद इसी बात के कारण बोलचाल बन्द है। खैर, बबुनी गई, देखें आगे क्या होता है, बबुनी जाना नहीं चाहती थी वह बहुत रोई थी। जया तो उनको छोड़ ही नहीं रही थी हम सभी ने अपने मर्जी के खिलाफ ही भेजा है पर बाबू जी की इच्छा यही है तो हम क्या करें ?

अम्मा जी की तबीयत तभी से खराब ही चल रही है कुछ पचता ही नहीं, जैसे अतिसार हो गया हो, कमजोर हो गई हैं, तुम्हें देखना चाहती हैं। चिट्ठी इसलिए लिख रही हूँ कि बरवाडीह से सीधे लखनऊ न जाकर वाराणसी होते जाना। तुम्हीं तो कह रहे थे कि बरवाडीह से मुक्त होने पर तुम्हें कम से कम आठ-दस दिनों की छुट्टी मिलेगी !

तुम्हारी
—बहिना

चिट्ठी पढ़ के श्रीकान्त के मन की बेचैनी बढ़ गई। सामान उसके पास सीमित था, सवाल कुत्तों का था उनका क्या करें? किसे दें? उसने सक्सेना से बात की। वह लेने को तैयार हो गया।

रिलीव होने में छह दिन लग गए। सारे कागजात तैयार हो गए आवश्यक कागज श्रीकान्त को दे दिए गए। हल्के से विदाई समारोह के साथ श्रीकान्त मुक्त हो गया। सातवें दिन उसने कुत्तों को सक्सेना को दे दिया भरे मन से, भरी आँखों से। सक्सेना के बरामदे में बाँधे जाते समय कुत्ते श्रीकान्त को ताकते हुए उछलते रहे। किन्तु जंजीर से बँधे हुए परबस जानवर! चलते समय दोनों कुत्तों के सिर पर प्यार से हाथ फेर बाल सहला, पीठ थपथपा, श्रीकान्त क्वार्टर से चला आया था।

डेहरी-आन-सोन की रेलगाड़ी रात में नौ बजे चलती थी।

अन्तिम रात को कलसी खूब रोई थी, हिचक-हिचक के और श्रीकान्त ने उसे बेहद प्यार से बार-बार समझाया था। उसी दिन कलसी खुल के मुखरित हुई थी, एक वह था जो छोड़कर चला गया हरवा, बहुत नेह-छोह लगाया था उससे सरकार। बहुत दुख हुआ था उसके जाने का, लेकिन न जाने क्यों आपको देखकर, मन में कहीं से ढाढ़स भी हुआ था। आगे चलकर आप ही में मन लग गया था, वह सब कुछ मन से भूल-बिसर गया था। क्या कहूँ इस नसीब को, जनम से जंगली मैं, राम ने मन दे दिया दूसरी तरह का। जल में पुरइन के पात की तरह आपको रहते हुए देखकर कभी-कभी तो एकदम अचरज होने लगता था, पर आप धन्य हैं सरकार कि कभी-कभी इस देह-मन की कमजोरी समझते-बूझते हुए भी जहाँ के तहाँ, बने रहे। जानती थी कि एक न एक दिन आपको जाना ही है। और बाँध का काम जैसे-जैसे पूरा हो रहा था मेरे मन की बेचैनी बढ़ती ही गई कि आपकी भरपूर सेवा न कर सकी—

—अब क्या करती सेवा, जो कुछ तुमने किया वह क्या कम था? पल भर खामोश रह कलसी बोली—कल सवेरे आप भी चले जाएँगे, मैं तो अकेली की अकेली ही रह जाऊँगी। आपकी कोई निशानी मेरे पास नहीं रही।

कलसी की बात की गहराई समझ के, हल्के विस्मय में भरकर श्रीकान्त बोला—लेकिन तुझे मैं नहीं भूलूँगा कलसी। किसी को निशानी देना आसान बात नहीं होती, अपने वश में भी नहीं होता। यह तो कुछ अपने-अपने भाग्य की बात होती है। तेरे साथ इतने दिनों तक रहने का मेरा संयोग था, वह खत्म हुआ। हर शुरू हुए रास्ते का अन्त तो आता ही है। तूने अपना काम किया, मैंने अपना। सच पूछ तो मन का यह नेह-छोह दुख के अलावा सुख कभी नहीं देता, कभी नहीं रे! हरवा इसीलिए एक माने में कहीं मुझे अच्छा ही लगता है कि उसके मन में तेरी जैसी औरत के साथ भी नहीं बँध सका, मन में लगाव नहीं पाला तो उसे कम से

कम, नेह-छोह के कारण दुख नहीं होगा! उसका मन कभी किसी के लिए उदास नहीं होगा—जहाँ साँझ वहीं सवेरा, दीवार से पीठ टेककर, पीढ़े पर बैठी हुई कलसी ने तुरन्त सवाल किया—तब इस जल को, सागर में बाँध बना के क्यों बाँध दिया?

—बाँधा नहीं है कलसी, एक जगह अधिक जल बटोरा है इसी से बिजली पैदा होगी और तब वह बराज की दूसरी ओर से निकल जाएगा, निकलता रहेगा बिजली पैदा होती रहेगी, दुनिया की ठहरी हुई, हर चीज बेकार होती है कलसी इसी से तो हर नदी का जल निर्मल होता है क्योंकि वह बहता है, उसमें धारा होती है...।

उस समय रात के दो बज रहे थे। पहाड़ी प्रान्त के मई की उस रात में भी सर्दी पड़ने लगी थी। श्रीकान्त कम्बल ओढ़ते हुए बोला—अब जा सो जा, सवेरे जल्दी उठ के खाना बनाना होगा नौ बजे की गाड़ी पकड़ने के लिए यहाँ से आठ बजे चल देना होगा, शायद लोग विदा देने आएँ।

—आप सो लें सरकार, मेरी आँखों में नींद नहीं, इतने दिनों तक सोती ही तो रही। अब सोचती हूँ कल से सोने के लिए कौन सी छाँह मिले!

जानबूझकर चारपाई पर देह को सीधा तान करके श्रीकान्त फैल गया। बैठी देह को आराम मिला, उसने आँखें मूँदकर सुस्ताना चाहा, तभी उसे नींद आ गई। भोर में ठीक पाँच बजे कलसी ने जगाया।

उठा—प्रात: क्रिया-कर्म से मुक्त हुआ। स्नान किया। बिस्तर बाँधा, बक्सा ठीक किया, जलपान बना के चाय पिला कलसी ने सभी बर्तन ले आकर, श्रीकान्त के आगे धर दिए, क्रॉकरी, शीशे के बर्तन, अल्युमीनियम की दे गई। परात, कलछुल, भगोना, सड़सी—सभी कुछ क्रॉकरी और शीशे के बर्तन स्टील की थाली श्रीकान्त ने अलग लकड़ी के बक्से में रख लिया, बाकी के लिए कलसी से बोला, ये सभी कुछ तेरे लिए है कलसी, सारे बर्तन, बचा हुआ गल्ला तेरे अकेले के लिए कम से कम एक महीना चलेगा सभी कुछ, ये दोनों खाटें, नई खरीदकर लाई हुई बक्से में से एक साड़ी निकालकर देते हुए बोला—और ये साड़ी, फिर पचास रुपयों की एक नोट देते हुए बोला—यह तुझे जया की सेवा के बदले।

मन का बोझ आदमी रुपयों-पैसों से ही हल्का करता है सरकार? खम्भे से सिर टेक, कलसी फफक के रो पड़ी। प्यार से सिर पर हाथ फेरते हुए श्रीकान्त ने उसे समझाया, मुँह अपनी ओर घुमा के कहा—और तेरे लिए अब क्या करूँ रे? मैं तो ऐसे भवसागर के जंजाल में घिरा हुआ हूँ कि कुछ कहते ही नहीं बनता। कभी-कभी मन होता था कि बस इसी तरह किसी जंगल के कोने में चुपचाप पड़ा रहूँ, दिन बीत ही जाते, लेकिन जया का क्या करूँ? अब इनकी पढ़ाई-लिखाई इस जंगल में तो नहीं हो सकती, इस जगह मन भी नहीं लगता क्योंकि मन लायक यहाँ का काम नहीं होता। नीचे से ऊपर तक सभी घूसखोर...।

कलसी श्रीकान्त का मुँह ताकने लगी तो उसने चुपचाप उसके हाथों में नोट

पकड़ा दिया। कलसी ने साड़ी की छोर से उसे बाँध लिया तो श्रीकान्त बोला—दो-तीन दिनों के भीतर यह क्वार्टर खाली कर देना।

नहीं, कल सुबह ही बाबू के पास डाक बँगले चली जाऊँगी अब तो यहाँ एक घड़ी भी मुझसे रहा नहीं जाएगा। अब यहाँ किसके आने की राह ताकूँगी?

आदमी सामान, जीप पर रखने को ले जाने के लिए आ गए थे। सामान भेजकर श्रीकान्त ने आखिरी बार कलसी के सिर पर हाथ फेरा, अच्छा कलसी अब चलता हूँ मुझसे कुछ भी भूल-चूक हुई हो तो माफ करना। मूक कलसी की आँखों से गंगा-जमुना की धार बहती रही, उसने झुककर श्रीकान्त के पाँव छुए। हाथ को ललाट पर लगाया और फाटक पर खड़ी हो चुपचाप श्रीकान्त का जाना देखती रही...!

वहाँ एकत्र हुए लोगों से विदा लेते हुए श्रीकान्त आगे बढ़ गया और ऊपर जा जीप पर बैठने से पहले उसने एक बार, अपने क्वार्टर के फाटक पर खड़ी कलसी को देखा, फिर उस बाँध को मन-ही-मन प्रणाम कर जीप पर बैठ गया।

जीप स्टेशन के लिए चल पड़ी। इस डैम से विदा, कोयल नदी से विदा और इस सप्तपर्णी घने वन से विदा, स्पाइडर, लिली खिलने वाले इन छोटे-छोटे कुंडों से विदा, रक्त-पलाश के जंगल से विदा, बरवाडीह की इस सुरम्य अंचल से उठने वाली हवा से विदा...!

और स्टेशन पर विदाई देने आए—अपने साथ कन्धा से कन्धा मिलाकर काम करनेवाले आए हुए बीसों मेठ, चार-पाँच ठेकेदार! सिंचाई विभाग के लगभग दस कर्मचारी सबसे विदा। ट्रेन आई, श्रीकान्त बैठा। सामने की पहाड़ी पर बने भगवती के छोटे से मन्दिर को उसने सिर झुका के प्रणाम किया। ट्रेन ने सीटी दी—गाड़ी चली, फाटक पर खड़ा हो श्रीकान्त सबको हाथ हिलाता रहा...!

19

काशी लगभग नौ बजे सुबह पहुँचा। लालघाट पहुँचते-पहुँचते दस बज गए। श्रीकान्त की आवाज हुई, ऊपर का द्वार खुला—श्रीकान्त ने सिर उठाकर देखा, मृदुला द्वार पर खड़ी हो नीचे देख रही थी। मुँह पर अपार हर्ष भरी स्मित रेखाएँ बिखरी हुई थीं, ललाट पर बड़ा सा ईंगुर का गोल टीका, चेहरे को उजागर कर रहा था। जिसकी दोनों आँखों में सामने का सब कुछ आत्मसात् और समाहित कर लेने का अपार उत्साह झाँक रहा था।

आखिरी सीढ़ी पर पहुँचकर, उसने जया को गोद ले लिया।

—तुम कब आई?

—आज ही सवेरे! कल चाची की तबीयत अचानक अधिक खराब हो गई। बड़े हॉल में नजर दौड़ाई तो देखा, तख्त पर मृदुला की ननद भी बैठी हुई है।

जूते उतार उसने बहिना और उसकी सास के पैर छुए।

—अम्मा जी को क्या हो गया। उधर तो ठीक चल रही थीं?

—पेट में गड़बड़ी थी, भोजन आसानी से पचता नहीं था, इसीलिए पेट में दर्द रहता था कभी-कभी बुखार भी हो जाता था। बीच में ठीक हो गया था। परसों फिर एकांएक तबीयत गड़बड़ा गई। तूने देर क्यों की?

—छुट्टी नहीं मिल पा रही थी अब तो मुक्त हो के आ गया।

—और हालचाल कैसा है? और मृदुला तुम्हारी ससुराल में तो सब ठीक है?

—क्या ठीक है, बहिना बोली, परसों एक विद्यार्थी भेजा था। मृदुला को लिवा आने के लिए कि अम्मा जी ने देखने को बुलवाया है, यह दारोगा ने लट्ठमार उत्तर दे दिया कि कोई मरे चाहे जिए, यहाँ से कोई नहीं जाएगा! कल रात में दारोगा कानपुर गया है सो आज सुबह, सास से पूछकर चुपके से ननद के साथ अम्मा जी को देखने यहाँ आ गई। साँझ को चली जाएगी!

—लेकिन इस कड़ाई का कारण? श्रीकान्त मुस्कराते हुए बोला।

—यह तो कोई दारोगा से पूछे?...उठ नहा ले, पानी तो चला गया होगा, गंगाजी से नहा आ ये भी नहाएगी?

—ये तो बिना नहाए खाती नहीं।

—पर मैं गंगा जी नहीं जाऊँगी मैं यहीं नहाऊँगी टंकी के पानी से...मौसी नहला देगी।

नहा-खा—बातें करने बैठे तो पाँच बज गए। श्रीकान्त उठा तो मृदुला ने पूछा—कहाँ?

—तुम चाय बनाओ, मैं पन्द्रह मिनट में आता हूँ कुछ नमकीन खाने को मन हो रहा है, चटक।

थैला ले श्रीकान्त उतर गया और लगभग आधा घंटे में एक किलो बढ़िया दालमोठ, समोसे और बढ़िया केले लेकर लौटा तो जया खुश हो ताली बजाने लगी।

श्रीकान्त ने झोला मृदुला को पकड़ा दिया। मृदुला ने भौजाई के आगे रखते हुए उसमें से दो केले जया को पकड़ा दिए।

—दमयन्ती को भी तो दो—लो दमयन्ती, फिर हँसती हुई बोली—या मेरे भाई के ही हाथ से लोगी?

—बक, दमयन्ती शरमाकर चौके में चाय बनाने चली गई। सात बजे तो मृदुला ने कहा—चाची अब जा रही हूँ, गोदौलिया पहुँचते-पहुँचते घंटा भर लग जाता है।

—क्यों, विसेसरगंज से रिक्शा कर लेना—श्रीकान्त पहुँचा आएगा।

—जल्दी वहाँ से शाम को रिक्शे नहीं मिलते। फिर चौक की ओर जाने में रिक्शे वाले कतराते हैं। मैदागिनी से ही चढ़ान पड़ती है—उतर के खींचना पड़ता है। हम लोग तो चौखम्भा होते हुए चौक पहुँच जाएँगे।

बहिना सास के सिन्दूरदान में से बबुनी की मांग भरने चली तो श्रीकान्त ने हँसी की मैं भर दूँ।

बहिना मुस्कराई तो बबुनी बोली—जब भरने का समय था, तब कहाँ थे बच्चू?

श्रीकान्त खड़ा हो मुस्कराता रहा—अच्छा जाओ, बहिना की सास ने इशारा किया। बहिना ने मृदुला की सिन्दूर से मांग भरी। आँचल की गाँठ में अक्षत-हल्दी और पाँच रुपये का नोट बाँधा। श्रीकान्त चुपचाप देखता रहा। फिर चलते समय चाची के पाँव छुए—भौजाई से गले मिली—और रोती हुई जया को गोद में ले, बरामदे वाली सीढ़ियों के नीचे उतरने लगी।

घर के बाहर निकली तो दमयन्ती को आगे किया, और आज जया को गोद में लिये श्रीकान्त की बगल में चलने लगी एकदम सटकर।

—जया को उतार दो पैदल चलेगी—थक जाओगी।

—थक जाऊँगी तो उतार दूँगी—इनको लखनऊ मत ले जाना अब तो स्कूल जाने लायक हो गई। पढ़ाई तो शुरू होनी ही चाहिए। दमयन्ती थोड़ा आगे बढ़ गई क्योंकि जानबूझकर मृदुला ने चाल धीमी कर दी थी।

—दारोगा का रुख कैसा चल रहा है?

—उस कसाई की बात मत पूछो—जब चाहा हाथ छोड़ दिया। जी ऊब गया है, वहाँ तो नरक की जिन्दगी है लेकिन क्या करूँ—तुमने भी यही चाहा तो सोचा, होनी तो होके रहेगी। तुम्हारा मन न टूटे—भगवान ने तुम्हें नहीं दिया तो तुम्हारा कहा करने से क्यों चूकूँ!

—ऐसा मत सोचो मृदुला—जो होता है, अच्छे के लिए ही होता है कम-से-कम तुम तो समाज की आँखों में दोषी नहीं रहोगी—निकाल दे, चली आना—फिर मैं तो हूँ ही सारी मूली खाकर जड़ की कड़वाहट से अब क्या डरना। एक राह बन्द होती है तो ईश्वर दूसरी राह खोलता है...। तुम अधीर मत होना।

—अधीर होके ही मैं क्या करूँगी। शहर है, गाँव नहीं है कि पास-पड़ोस के लोग बेमौके काम आएँ। कोई किसी से वास्ता नहीं रखता। घर में चीख-चिल्ला के प्राण तज दो—पर कोई सुनने वाला शहर में नहीं होता। जिस घर में रहती हूँ, पास-पड़ोस के लोग दारोगा के दुर्व्यवहार से बेहद रुष्ट हैं...!

चौखम्भा की मिठाई की दुकानें आ गई थीं—कुछ तुम लोगों के लिए मीठा खरीद दें?

—मिठाई क्या होगी घर पर तो खा ही लिया!

श्रीकान्त ने हँसी की—ससुराल से मैके खाली हाथ जाओगी?

—बक!

—रुको तो!

—नहीं-नहीं, मिठाई नहीं चाहिए?

—फिर **क्या चाहिए**?

—कृत्रिम गुस्से से बोली—आप अजीब आदमी हैं।

—मान लिया, लेकिन कुछ कहो तो।

—मुझे कुछ नहीं कहना है, मुझे कुछ नहीं चाहिए।

—बड़ी जल्दी-जल्दी बोल रही हो! कुछ मेरी भी सुनोगी?

—कहिए! दमयन्ती ने श्रीकान्त की ओर कुछ अलग ढंग से देखा।

—अब रास्ते पर आई हो! दरअसल मैं यह बात अपनी ओर से नहीं कह रहा। बहिना ने मुझे रुपये दिए थे मिठाई खरीदने को। आज मुझसे न लोगी तो बहिना की दी हुई चीज तो लोगी ही। कौन जाने, कल मुझसे ही लेन-देन शुरू हो जाए!

दमयन्ती ने लजा के मुँह फेर लिया।

श्रीकान्त ने खरीदकर दमयन्ती को पकड़ाते हुए कहा, मिठाई खाकर, मुझे भी याद करना।

दमयन्ती मुस्कराने लगी।

चौक में आ श्रीकान्त ने रिक्शा करना चाहा तो दमयन्ती ने कहा, भाभी यहाँ तक आए हैं, तो दस कदम पर ही तो विश्वनाथ जी का मन्दिर है।

—दर्शन करोगी?

—चलो न!

मृदुला ने श्रीकान्त की ओर देख के चलने की इच्छा व्यक्त की।

—अरे चलो, इसमें संकोच क्या? श्रीकान्त ने जया को गोद में ले लिया। विश्वनाथ मन्दिर पहुँचे कुछ भीड़ थी दर्शन करके गली से बाहर सड़क पर निकलते-निकलते नौ बज गए। देर हो रही है अब तुम लोग जल्दी चलो। या घर तक पहुँचा दूँ?

—नहीं, हम लोग चली जाएँगी रिक्शा कर दो।

रिक्शा तो गोदौलिया चौराहे पर मिला। दमयन्ती के साथ जया रिक्शे पर बैठ गई—मृदुला जरा-सा हटकर खड़ी थी—श्रीकान्त नजदीक गया तो धीमे से बोली—अब कब?

—कैसे कहूँ कब! श्रीकान्त की आँखों में जैसे अतीत उतर आया—अब तो जब, जहाँ खोजोगी, पाओगी, इतना ही तो मेरे वश में है। चलो रिक्शे पर बैठो, उदास मत होना। श्रीकान्त ने रिक्शे वाले को पैसे दे दिए।

सड़क पर खड़ी हुई मृदुला ने झुककर श्रीकान्त के पाँव छुए और रिक्शे पर बैठ गई। जया को प्यार किया—चूमा, बाप की गोद में सजल नयनों से बेटी को पकड़ा दिया।

रिक्शे पर बैठी मुड़कर ताकने वाली मृदुला को जया और श्रीकान्त दोनों ताकते रहे, जब तक रिक्शा भीड़ में आँख से ओझल न हो गया।

आठ बजे ही यद्यपि दुकानें बन्द होने लगी थीं फिर भी सड़क पर आने-जाने

वालों की हल्की-फुल्की भीड़ थी। शिवाला पहुँचते-पहुँचते रास्ता काफी साफ हो गया। आने-जाने वाले बहुत कम हो गए। भदैनी से थोड़ा पहले ही इन लोगों के पीछे चलने वाला एक रिक्शा और हो गया जिस पर तीन नौजवान बैठे हुए थे—देखने से ही बदमाश किस्म के। भदैनी के पास सड़क थोड़ी चौड़ी मिली। पीछे वाला यह रिक्शा एकाएक बगल से आगे हो गया और मृदुला के रिक्शे के आगे थोड़ा चलकर, हाथ उठा के अपना रिक्शा रोक दिया, तो मृदुला का रिक्शा वाला भी रुक गया। रिक्शा रुकते ही तीनों नौजवान कूदकर सड़क पर आए और रिक्शा वाले को दो झापड़ दिया—फिर चाकू निकाल उसकी पीठ से लगाते हुए एक बोला—साले वापस मोड़ रिक्शा! गोदौलिया की ओर!

भयभीत होती हुई भी मृदुला ने धीरज से काम लिया—क्या बात है, आप लोग रिक्शा वापस क्यों करा रहे हैं?

एक बोला—तुम उस बदमाश दारोगा की बीवी हो जिसने मेरी बीवी की इज्जत लूटी है। मैं बदले में उसकी बीवी और बहिन दोनों की पूजा करूँगा। तीन महीनों की मेहनत के बाद आज तुम लोग मिली हो।

—ओह! ये बात है, मृदुला मुस्कराई, लेकिन तुम लोग मर्द मालूम पड़ते हो मेरी एक बात सुनोगे।

—कहो?

—उस बदमाश दारोगा की बीवी मैं हूँ मुझे ले चलो मेरे साथ तुम लोगों का जो मन चाहे करो—क्योंकि शादी हो जाने के बाद औरत तो जूठी हो जाती है, लेकिन यह क्वाँरी लड़की है, तुम लोगों की भी बहिन हो सकती है—इसकी जिन्दगी तुम बर्बाद मत करो, बड़ी मुश्किल से इसका ब्याह तय हुआ है इसे छोड़ दो। आप लोग आपस में राय कर लें—मैं तो खुद ही उस हरामजादे से ऊब गई हूँ। तीनों ने एक-दूसरे की ओर देखा—आँखों-आँखों में बातें कीं। फिर एक ने दूसरे को इशारा किया—अच्छा, बिटिया तुम जाओ! ले जा बे रिक्शे वाले। मृदुला उतरकर उनके खाली रिक्शा पर बैठ गई। उसके साथ उनका सरगना बैठा। बाकी दोनों ने दूसरा रिक्शा पकड़ा। रिक्शा वापस गोदौलिया की ओर मुड़ा। मृदुला एकदम सहज हो गई। शिवाला बीता। जंगम बाड़ी पहुँचते-पहुँचते, सड़क एकदम सूनी हो गई। एक पान की दुकान के पास से जैसे ही रिक्शा गुजरा कि मृदुला मुस्करा के बोली—गुरू दो बीड़े पान खिला देते तो गला तर हो जाता, प्यास लग रही है। दाहिने हाथ पान की दुकान थी।

—रोक बे। गुंडा बोला। पान की दुकान पर ले चल। रिक्शा पान की दुकान की ओर सड़क लाँघकर बढ़ा। रिक्शा पर बैठे-बैठे गुंडे ने आठ पान लगाने को कहा। पान वाला एक बार देखकर, पान लगाने चला तो मृदुला ने कहा—बोल दो, पत्ती।

—पत्ती लगाना पहलवान। गुंडे ने आवाज दिया—शौकीन लगती हो! इस बार उसके मुँह से शराब की हल्की दुर्गन्ध आई।

—भेंट तो तुमसे आज हुई है।

तभी एक खुली जीप आकर अचानक पान की दुकान पर रुकी। जीप में पीछे लगभग साठ वर्ष का भव्य आकृति वाला आदमी बैठा हुआ था। सिर पर रेशमी पगड़ी, ललाट पर रोली का बड़ा सा लाल टीका। गोरे चेहरे पर मुँह में पान दबा हुआ था। बगल में उसी उम्र की एक महिला बैठी हुई थी और आगे ड्राइवर की बगल में दो बन्दूकधारी बैठे हुए थे। पल भर में मृदुला ने यह सब देख-समझ लिया और एकाएक चिल्ला पड़ी, बचाओ!

ड्राइवर पान लगवाने के लिए नीचे उतरा था। मृदुला की चिल्लाहट पर दोनों बन्दूकधारी कूद पड़े। इधर गुंडे रिक्शे पर से कूदकर भागे। वह वृद्ध पुरुष भी जीप से उतरा और मृदुला के पास आया।

—क्या बात है बेटी?

—मृदुला ने अपना परिचय देते हुए सारी कथा सुना दी।

—अरे, आओ बैठो, तुम आचार्य जी की बेटी हो मैं तो उन्हें खूब जानता हूँ—आओ मैं तुम्हें लालघाट पहुँचा देता हूँ!

—लालघाट नहीं, मुझे मेरी ससुराल पहुँचा दीजिए, स्थिति बिगड़ जाएगी, मैं आपके हाथ जोड़ती हूँ।

—कोई बात नहीं वहीं चलो।

पान खा, मृदुला को लेकर जीप मुड़ी। दस मिनट में द्वार खटखटाया, निकला दारोगा।

—यही तुम्हारे पति हैं दारोगा जी?

—जी हाँ।

तब उस पुरुष ने सारी कथा दारोगा से बता दी। बेहद हिम्मत वाली लड़की है बेटा। आचार्य जी मेरे पूर्व परिचित हैं। मैं तो इसे लालघाट ले जा रहा था पर इसने मना किया कि नहीं, मुझे मेरे घर पहुँचा दीजिए। सुनो बेटे, जीप में बैठी महिला, महारानी हैं। मैं इनका राज ज्योतिषी हूँ, हम लोगों की लाज रखना निर्मल पत्नी को आप भीतर करें।

—बहुत धन्यवाद आप लोगों का। दारोगा ने हाथ जोड़ते हुए कहा, मैं कृतज्ञ हूँ आप लोगों का। आप लोग जाएँ। जीप आगे बढ़ी, दारोगा ने एकाएक रुख बदला, मिल आई भतार से, बुलाया था यार को, बहाना बनाया चाची की बीमारी का, हरामजादी, कुलटा, रंडी।

—ख़बरदार, जबान सँभालकर बातें करो!

उत्तर में भरपूर झापड़ मृदुला के गाल पर पड़ा—मारो, पापी मारो, जान से मार डालो।

—किससे पूछकर गई थी हरामजादी?

—तुम्हारी माँ से, जिसने तुम्हारी बहिन को साथ लगाया था। वह बच गई न, अब मेरी जान लो, मुझे चिन्ता नहीं।

झोंटा पकड़कर दारोगा ने मृदुला को जमीन पर पटक दिया और लात-घूँसे बरसाने लगा। बहिन तमाशा देखती रही पर किसी ने बीच-बचाव करने की भी कोशिश नहीं की। अत्यधिक मार पड़ने से मृदुला बेहोश हो गई तो दारोगा ने उसे खींचकर बाहर बरामदे में कर दिया और किवाड़ भीतर से बन्द कर लिया।

घर पहुँचते ही राज ज्योतिषी ने लालघाट आचार्य को फोन किया, रात के ग्यारह बजे सारी कथा बताते हुए उन्होंने यह भी कहा कि लड़की के पति का बर्ताव और नीयत मुझे ठीक नहीं लगी। आप इसकी जानकारी करें। आचार्य चिन्तित हुए। पर जाड़े की उस सर्द रात में जब सब अपने घरों में सो रहे थे, वे करते भी क्या। स्वत: वे पाठशाला से निकलकर महिला आवास वाले मकान में जा भी नहीं सकते थे। क्योंकि अपने पाठशाला का बड़ा मुख्य द्वार खुलवाना—फिर घर पहुँचकर आवाज लगाना। सुबह होने की प्रतीक्षा में वे सो गए।

बेहोश महिला धरती पर दो घंटे पड़ी रही। होश आया तो बड़ी प्यास लगी थी पर उस समय पानी कहाँ था। रात के ढाई बज रहे थे। वह बरामदे में पड़ी तख्त पर लेट गई और बेखबर पड़ी रही।

भोर में ठीक चार बजे द्वार खुला। दारोगा फिर निकला। मृदुला का झोंटा पकड़कर सिर तख्त पर पटकते हुए बोला—हरामजादी छिनार, अभी यहीं पड़ी है, निकल यहाँ से। उसने मृदुला का झोंटा पकड़ अहाते के बाहर निकाल, फाटक बन्द कर दिया।

मृदुला का अंग-अंग चोट से दुख रहा था। चलने की जरा भी शक्ति नहीं थी। किसी तरह लड़खड़ाती हुई वह उठी—सड़क तक आ रिक्शा किया और दशाश्वमेध घाट के लिए रिक्शा पर बैठ गई।

घाट पर रिक्शा पहुँचा तो पूरी तरह से आसमान साफ नहीं हुआ था। पर कार्तिक नहाने वाले घरों से निकलने लगे थे।

ब्लाउज में छोटा सा पर्स फँसा रह गया था। घाट पहुँच रिक्शा वाले को दो रुपये दिए और घाट की चौड़ी-चौड़ी सीढ़ियाँ, सुस्ता-सुस्ता के उतरती हुई गंगा तट तक पहुँची। दाहिनी वाली मढ़ी पर खड़ी हो, एक बार चारों ओर देखा और नावों से खाली अतल जल में छलाँग लगा दी।

यह सब कुछ एक मल्लाह देख रहा था। सन्देह में भरा हुआ यह सब कुछ समझने में उसे देर नहीं हुई। एक दूसरे मल्लाह को आगाह कर नदी में कूदा। फिर दो मल्लाह और कूदे। आधा घंटा की मेहनत के बाद बेहोश मृदुला पकड़ में आ गई, तीर पर लाई गई, पेट से बहुत पानी निकाला मल्लाहों ने। फिर भी होश में मृदुला नहीं आई तो चार-पाँच मल्लाह मारवाड़ी अस्पताल ले के चले ही थे कि वहाँ लल्ली बुआ अपनी डोलची लिये आ गईं, नहाने आई थीं—जिज्ञासावश पास आईं और मृदुला को

पहचान चीख पड़ीं। साथ अस्पताल आईं और सबसे पहले लालघाट आचार्य जी को फोन किया। वे सूचना देने घर जा ही रहे थे कि टेलीफोन से यह नई सूचना पा घबरा उठे। दो-चार विद्यार्थियों को लिया, घर से श्रीकान्त को लिया और अस्पताल पहुँचे।

मृदुला को होश तो आ गया था पर रह-रह के वह बेहोश हो जाती थी। पलंग के पास आचार्य के साथ चार-पाँच पाठशाला के सयाने विद्यार्थी, श्रीकान्त, बहिना के साथ खड़े थे। तीन-तीन डॉक्टर उपचार कर रहे थे। एक डॉक्टर ने धीरे से पुलिस को इसकी सूचना दे दी। देखते-देखते, दशाश्वमेध घाट पुलिस स्टेशन से पुलिस आ गई। पुलिस को देखते ही आचार्य सतर्क हुए। उन्होंने मुख्यमंत्री से टेलीफोन पर लखनऊ से सम्पर्क स्थापित किया। सारी बातें बताते हुए उन्होंने मृदुला के विपरीत कोई कार्यवाही होने देने से बचाने की प्रार्थना करते हुए कहा कि इसके पति को अवश्य दंडित किया जाए। मुख्यमंत्री ने इन्हें आश्वस्त किया।

दो घंटे के अथक परिश्रम के बाद मृदुला पूरी तरह होश में आ गई। पर पुलिस मृदुला के पास पहरे पर डटी रही।

मृदुला के ससुराल पुलिस पहुँची। दारोगा बाहर आए। पुलिस देख भीतर से सिटपिटाया। चाय-वाय पिलाने के बाद उसने पूछा, आप लोग आए कैसे?

—आपके नाम गिरफ्तारी का वारंट है!

—कैसे, क्यों?

—आपने अपनी पत्नी मृदुला देवी को रात बहुत मारा-पीटा और एकदम भोर में दशाश्वमेध घाट नहलाने के बहाने ले जा उसे गंगा जी में ढकेल दिया कि वह मर जाए।

—यह झूठ है।

—झूठ-सच का फैसला तो अदालत करेगी फिलहाल आप हम लोगों के साथ मारवाड़ी अस्पताल चलिए और शिनाख्त करिए कि अस्पताल में दाखिल औरत जो गंगा जी में से निकाली गई है, आपकी पत्नी मृदुला देवी हैं या नहीं? और यह गैर जमानती वारंट है इसलिए आप पूरी तरह से तैयार होकर चलिए, इतनी छूट फिलहाल हम लोग आपको दे रहे हैं।

किन्तु मृदुला का पति भीतर भी नहीं गया, उसने दमयन्ती से केवल कुछ रुपये मँगवाए और पुलिस के साथ जीप में अस्पताल चल पड़ा।

अस्पताल में राज ज्योतिषी भी आ गए थे, मजिस्ट्रेट मौजूद था जो मृदुला का बयान लेने आया था। गिरफ्तार दारोगा अस्पताल पहुँचा, मृदुला की पहचान की। मजिस्ट्रेट ने पूछा—आपने इन्हें रात क्यों मारा-पीटा?

—मैंने नहीं मारा!

—तब बदन पर, मुँह पर, पीठ पर ये चोट के निशान कैसे हैं?

—जी हाँ, है।

—आपके पास ज्योतिषी जी रात में आपकी पत्नी को पहुँचाने गए थे और कहा था कि आपकी पत्नी गुंडों के चंगुल से बचकर आ रही है—बहादुर, चतुर औरत की तारीफ करिए, इसे भीतर ले जाइए।

—हाँ, कहा था।

—फिर भी आपने कहा नहीं माना! फिलहाल आप जेल जाइए। दारोगा जेल भेज दिया गया।

चूँकि मृदुला स्वस्थ हो रही थी, इसलिए मजिस्ट्रेट ने उसका बयान नहीं लिया।

20

तीसरे दिन मृदुला (बबुनी) को अस्पताल से मुक्ति मिल गई। वे लालघाट आ गईं। श्रीकान्त ही उन्हें लालघाट ले आया। पीठ, दाहिनी बाँह, नितम्ब और दोनों पाँवों के तलुओं में विशेष चोटें लगी थीं। बेंत के निशानों से पीठ और बाँहें काली पड़ गई थीं। उचित सेवा और दवा तथा पौष्टिक भोजन पर बल दिया, बहिना के साथ श्रीकान्त ने, खुले, उन्मुक्त मन से। श्रीकान्त के मन में एक नया उत्साह और लगन भर गई थी। उसके सोचने की दिशा बदल गई थी, वह पूरी तरह छोटकी बबुनी पर केन्द्रित हो गया था।

दूसरे दिन सुबह, ठीक नौ बजे आचार्य ने श्रीकान्त को पाठशाला में बुलवाया। यह श्रीकान्त के लिए थोड़ा सा विस्मयकारी था, क्योंकि प्रातः गंगा स्नान और पूजन के बाद ठीक नौ बजे आचार्य पाठशाला में विद्यार्थियों को पढ़ाने के लिए बैठ जाते थे। श्रीकान्त पहुँचा तो आचार्य ललाट पर भस्म लगाए, शिखा बाँधे, एकदम सफेद कीमती ऊनी चादर ओढ़े, अपनी दूध-धुली चादर बिछी चौकी पर देव पुरुष की तरह पलथी मारकर बैठे थे। पहुँचते ही श्रीकान्त ने उनके पाँव छुए और धरती पर बिछी चटाई पर बैठने लगा तो उन्होंने हाथ के इशारे से द्वार बन्द कर, तख्त पर ही बैठने को कहा। श्रीकान्त ऊपर बैठते हुए बोला—किन्तु यह तो आपके अध्यापन का समय है?

—हाँ, पर तुम शाम को या कल चले जाने की बात कह रहे थे तो सोचा, तुमसे कुछ आवश्यक मंत्रणा कर लूँ। इसलिए, आज अवकाश ले लिया, कुछ अस्वस्थ भी हूँ...वैसे लखनऊ तुम्हें कब पहुँचना है।

पहुँचने की तो बात और है, पर आज से तीन दिनों बाद ही वहाँ का कार्यभार लेना है, यूँ तो जल्दी से जल्दी कार्यालय में उपस्थित हो जाना ही लाभदायक रहता है क्योंकि वरीयता का शुभारम्भ तभी होता है। दो-तीन दिनों में बबुनी के स्वास्थ्य लाभ का सही अनुमान भी लग जाएगा, तो मैं चिन्तामुक्त होकर लखनऊ में रह सकूँगा। वैसे चाहता था कि आज रात में गाँव चला जाऊँ। अम्मा, बाबू को देखे बहुत दिन हो गए, एक दिन गाँव रहकर लौट आता, फिर लखनऊ चला जाता।

—गाँव के लिए गाड़ी तो रात में बारह बजे मिलेगी।

—जी हाँ?

—तो ठीक है चले जाना, जाना भी चाहिए। वैसे नियुक्ति तुम्हारी लखनऊ में ही होगी या कहीं अन्यत्र?

—तत्काल तो लखनऊ में ही होगी चार-छह महीनों में यदि कोई अच्छा डिवीजन खाली हुआ तो वहाँ नियुक्ति हो सकती है, किन्तु उस समय भी वह डिवीजन पाने के लिए मुख्य अभियन्ता का निर्णय ही अन्तिम होगा।

—क्या तुम भी चाहते हो लखनऊ में रहना।

—फिलहाल, आवश्यक भी है। मुख्य अभियन्ता के चार्ज में रहना होगा। अच्छा भी है। इससे कार्यालय के वातावरण की जानकारी तो हो जाएगी। जो मेरे लिए लाभदायक ही सिद्ध हो सकती है। मुख्य अभियन्ता की भी अभी यही इच्छा है।

—नहीं, यदि तुम अन्यत्र चाहो तो मैं मुख्यमंत्री से कहकर करा लूँ।

—हाँ, मैं बनारस ही चाहूँगा पर अभी मुझे साल भर या छह महीने लखनऊ में ही रहना है।

आचार्य थोड़ा रुककर सोचते हुए बोले—अब मृदुला का क्या होगा?

—यह तो आपको सोचना है?

—किन्तु, तुम उससे अब अलग कहाँ हो?

—पर मुख्य भूमिका तो आपकी ही होगी। आगे तो आपको ही चलना होगा।

—मैं अब कहाँ, कैसे चलूँ, इसी सुझाव के लिए तो तुम्हें बुलाया है।

श्रीकान्त थोड़ा चुप हो बोला, बबुनी की इच्छा के विरुद्ध मैंने उन्हें ससुराल भेजने की आपकी इच्छा के साथ अपनी सहमति दी थी। उसका फल मेरे सामने आ गया, बबुनी स्पष्ट रूप से सारा दोष मुझी पर मढ़ रही है कि चाचा की इच्छा नहीं थी, यह तुमने, मेरी ननद से ब्याह करने की लालच में मुझे बलि का बकरा बना दिया। इसलिए अब, अपनी ओर से मैं कुछ भी कहना उचित नहीं समझता। यदि आप कोई कार्यवाही या कदम उठाने की बात सोची हो तो मैं उस पर विचार कर सकता हूँ।

आचार्य गम्भीर हो गए—स्पष्ट रूप से कुछ भी सामने आ नहीं पाया है। पर इस दुर्घटना के बाद मुझे ऐसा लगता है कि समय में बहुत बड़ा परिवर्तन हो गया है और अब समय के साथ ही चलना पड़ेगा।

—यह तो मैंने आपसे शुरू में ही कहा था कि परम्परा के दोष से अपने को मुक्त करना होगा। समय के साथ चलना तो अब अनिवार्य है।

—इसीलिए तो मुझे तुम्हारी अनिवार्यता लग रही है कि तुम बबुनी के अधिक निकट हो उसकी आयु वृत्त में हो, समकक्ष हो, उगता हुआ सूरज हो, मैं तो ढलान पर हूँ—जीवन के एकदम अन्तिम चरण में। इसीलिए तुमने भी बबुनी के लिए कुछ सोचा ही होगा कि तुम क्या करना चाहते हो?

श्रीकान्त चुप हो जँगले के पार गंगा के पावन प्रवाह को देखता रहा। आचार्य उससे उत्तर पाने के लिए उसका मुँह निहारते रहे। थोड़ी देर के मौन के बाद वह बोला—स्थिति अनुसार मेरा सर्वदा यही प्रयास रहा है कि बबुनी सुखी हो, किन्तु तब और अब में बहुत बड़ा अन्तर आ गया है अब मेरे द्वारा कुछ भी किए जाने का अर्थ ही भिन्न होगा। मैं कोई देवता नहीं हूँ। अब तो मेरा कुछ भी करना, तभी उचित होगा जब उसकी सार्थकता हो और मैं करने का अधिकारी होऊँ। किन्तु जब तक आप अपने संस्कारों के घेरे से बाहर नहीं निकलेंगे तब तक तो कुछ भी नहीं हो सकता, न मैं आपसे कुछ कहने का साहस कर सकता हूँ।

—नहीं, तुम खुलकर कहो, मैं हर तरह से तैयार हूँ। पहले उन्हें कानून के घेरे से मुक्त करिए, जिससे वे अपने राक्षस पति से छुटकारा पा सकें—फिर बबुनी के लिए चिन्तामुक्त होकर हम सोच सकें। और इसके लिए यही एकदम उचित समय है जबकि आपको कार्यवाही आरम्भ कर देनी चाहिए। अपने वर्तमान पद का लाभ कम से कम इतना ही तो लीजिए कि आपका बहुमूल्य समय इस चिन्ता में नष्ट न हो। समाज के दकियानूसी तर्कों को तजिए, खुलकर सामने आइए, अपने लिए नहीं, बबुनी के लिए, ताकि ये कहने वाला न रहे कि आपके कुल में एक अभागी लड़की थी। इस बात पर आप चाहें तो बबुनी से भी पूछ लीजिए।

—मुझे बबुनी से कुछ भी पूछना नहीं है श्रीकान्त, पूछना केवल तुमसे था। मैंने निर्णय ले लिया है अब आज शाम को तुम मेरे साथ वकील के पास चलो। उसकी सलाह ले के उचित कार्यवाही आरम्भ हो जाए। इस काम से निपटने के बाद दायित्व तुम्हारा होगा।

—मैंने मान लिया।

—मैं रात्रि में सात बजे चलूँगा। वकील को टेलीफोन करके मैं उनसे समय ले चुका हूँ। तुम साढ़े छह बजे मेरे पास आ जाना। वहाँ से लौटकर भोजनोपरान्त तुम रात्रि की गाड़ी से गाँव जाना।

गाँव में माँ और बाबू दोनों बेटे को पाकर बेहद प्रसन्न हुए—यह जानकर माँ और भी प्रसन्न हुई कि बेटा उन्नति करके इंजीनियर हो गया, बहिना का हालचाल पूछती रही। श्रीकान्त ने विधिवत् बहिना का हाल माँ और बाप दोनों को सुना दिया।

माँ ने उसी शाम पच्चीस रुपये की मिठाई मँगा प्रसाद चढ़ा, अगल-बगल के घरों में बँटवा दिया। रात में भोजन के बाद माँ ने बाप के सामने, बेटे से ब्याह का सवाल उठाया—आखिर, तूने सोचा क्या है? अब ब्याह कब करेगा? तेरा अफसर ही अपनी बेटी से ब्याह करना चाहता था, उसका क्या हुआ?

—वह बात तो समाप्त हो गई माँ, पहले भी वह लड़की मुझे पसन्द नहीं थी, अब तो बात साफ हो गई, उसके बाप के आगे कि उसका ब्याह, मुझसे नहीं होना है?

—तब तेरा ब्याह कब, किससे और कहाँ होना है?

—यह तो बाबू जानें?

—रजाई को अपने चारों ओर अच्छी तरह ओढ़ लेने के बाद, श्रीकान्त के पिता बोले, हम लोगों के लिए बेटा इस गाँव की जिन्दगी है, दिन का सूरज है, रात में तापने को आग और इस खपरैल के घर में टँगी हुई इस जलती लालटेन की रोशनी है। तुम्हारे लिए, इस समय और आने वाली बाकी जिन्दगी में पक्का मकान और बिजली की रोशनी होगी। आज की ऐसी सुविधाओं में पली हुई पढ़ी-लिखी लड़की ही तुम्हारे माफिक पड़ेगी और तुम्हारे उस चुनाव में बेटा, मैं कहीं से भी बाधक नहीं हूँ। मेरा सवाल लड़की की जाति और वंशावली तक ही सीमित रहेगा यदि मुझसे पूछोगे तब?

—अपने मन से मैं ब्याह कर लूँगा, यह विचार आपके मन में कैसे आया?

—नहीं बेटा, यह धारणा तो मेरे मन में अभी तक नहीं है लेकिन, उस घर की बेटी ले आने की मेरी इच्छा कतई नहीं है। लेकिन, अपनी लड़की के बारे में जितनी बातें, वह बता गया। उसके साथ उसने यह भी कहा कि लड़की तुमने देख ली है और पसन्द भी कर ली है, बाकी बातें तय करने-कराने के लिए मैं आपके पास आया हूँ।

—आपने उससे कुछ तय किया क्या?

—नहीं, सवाल ही नहीं उठता था, मैंने तो उससे स्पष्ट कह दिया कि जब तक मैं आपसे कुछ भी कह नहीं सकता वह तो खुद अपनी पत्नी त्यागे हुए है, उस घर में सम्बन्ध करना कोई कैसे चाहेगा?

—हाँ, आपकी ही सोचने की दिशा में मेरी भी है बहिना की ननद मृदुला से उसके बेटे दारोगा का ब्याह हुआ था। मृदुला की अब तक की कथा जो आप जानते हैं, वह अपनी जगह पर है इधर काशी में मेरा आना-जाना कुछ अधिक हुआ तो गया तिवारी, बहिना के ससुर आचार्य जी के पास दौड़ने लगा। संयोगवश एक दिन मेरा भी सामना आचार्य जी के पास, गया तिवारी से हो गया। उन दिनों आचार्य जी मृदुला को ससुराल भेजने के लिए परेशान थे। गया तिवारी उस दिन अपनी बेटी को भी लेता आया था। पाठशाला में जब यह सवाल मेरे सामने रखा गया तो पहला प्रश्न मैंने उससे किया कि आप अपनी बहू तो त्यागे हुए हैं, और लड़की के ब्याह के चक्कर में हैं, आपके यहाँ कौन ब्याह करेगा? गया तिवारी ने कहा कि बहू को तो मैं ले जाने के चक्कर में हूँ। मैंने कहा, वह चक्कर आप पहले पूरा कर लीजिए, फिर इस बारे में मेरे बाप के पास जाइए। बोला—लड़की तो तुमने देख ली? मैंने कहा—लड़की देखने से क्या हुआ? आप घर में ले आए, मैंने देख ली, लड़की दिखाने की बात मैंने कभी तो आप से की ही नहीं, फिर मैंने भी मृदुला के पति से कहा कि वह पत्नी ले जाए। किसी तरह मृदुला गई। पर एक दिन रखके, उसे मारपीट के लांछित

कर घर से निकाल दिया, मृदुला गंगा में डूबने को कूद गई। पर किसी तरह बचा ली गई, दारोगा जेल में है और अब आचार्य मृदुला को कानूनी मुक्ति दिलाने की कार्यवाही कर रहे हैं।

—यह सब तो हम लोगों को कुछ भी मालूम नहीं है?

—यह तो अभी कल की बात है, आचार्य के साथ मैं कल रात वकील के पास सभी कुछ तय करा के आ रहा हूँ एक दिन का मौका मिला, मैं यहाँ चला आया। यहाँ से लखनऊ चला जाऊँगा।

पिता थोड़ी देर चुप रहने के बाद बोले, वह लड़की जिसे तुमने गोद लिया था, वह कहाँ है?

—वह बहिना के पास लालघाट ही है। बहिना अधिकतर उसे अपने पास ही रखती है...। थोड़ा चुप रहकर श्रीकान्त बोला—यही एक समस्या बहुत बड़ी मेरे सामने है बाबू कि जया को मैं किसी भी कीमत पर अपने से अलग नहीं कर सकता। अगर मैं ब्याह कर लेता हूँ तो इस जया का क्या होगा?

—इस जया को तुमने क्यों ले लिया?

—इसका जवाब, इस समय तो मेरे पास कुछ भी नहीं है बाबू। ले लिया, अच्छा किया या बुरा, अब यह सोच के भी होगा क्या? अब तो उसके फलाफल की बात सोचनी है, कम से कम अब आगे तो कोई ऐसा काम मुझसे नहीं हो जो मुझे और जया दोनों के लिए दुखदाई साबित हो।

लालटेन की मद्धिम रोशनी में बेटे पर आँखें गड़ाए साठ वर्ष का वह पुरुष, अन्तर्मन के न जाने किस कोने में डूब गया था, फिर कुछ सोचता हुआ धीरे-धीरे बोला—तुम्हारे ब्याह न करने से मुझे कोई फिलहाल अधिक परेशानी नहीं है, तुम्हारी माँ ही अधिक परेशान है। अपने मन से तुम जो भी उचित लगे, करोगे मेरी वही खुशी होनी चाहिए, तुम्हारी खुशी मेरी खुशी—मैं तो पका आम हूँ...।

—नहीं-नहीं, बाबू, ऐसा आप भूलकर भी न सोचें, मैं अपने मन से कुछ भी नहीं करूँगा। होगा वही जो आप दोनों चाहेंगे। नितान्त प्रसन्न मन से जो चाहेंगे वही होगा।

आप जब, जहाँ, जिससे कहेंगे—मैं उसी से ब्याह करूँगा। आप लोगों के ऋण से मैं उऋण कभी नहीं हो सकता, इसलिए अब ऐसा कोई काम नहीं करूँगा जिससे आप लोगों के मन को तनिक भी ठेस पहुँचे।

उस समय रात के दस बज रहे थे। जाड़े की उस रात में आगे-पीछे, चारों ओर एकदम सन्नाटा फैला हुआ था। उसी सन्नाटे में अब तक चुप श्रीकान्त की माँ बोली—हम ऐसा कभी भी कुछ नहीं चाहेंगे बेटा, जो तेरे मन के अनुकूल न हो, बात केवल कुल-खानदान की मर्यादा की होती है।

—इंजीनियर के साथ बँगले में रहने वाली लड़की इस ठेठ देहात में तुम्हारे कुल

की मर्यादा निबाहने नहीं आएगी, श्रीकान्त की माँ! मन चंगा तो कठौती में गंगा, बेटा जिसमें खुश हो, अब हमें भी वही करना होगा। चेतना ही होगा युग बदल गया, जमाना बदल गया।

—क्या जमाना बदल गया? माँ बोली!

—तुम्हारे पड़ोस के मिसिर, चम्पारन से लड़की खरीदकर ले आए और इस झुकी कमर की हालत में विवाह किया। किस जाति की लड़की थी, किसी ने पूछा, सब लोगों ने भोज-भात खाया? उत्तर टोले के तिवारी बंगालिन लड़की ले आए उसकी जाति किसने पूछा? सभी भोज में शामिल हुए। दोनों घरों में वंश जनमे किस पर कौन रोक लगी—श्रीकान्त की माँ मौन हो गई तो पिता बोले—बेटी को देखे ही बहुत दिन हो गए।

—हाँ, बहिना भी यही कह रही थी श्रीकान्त बोला, लेकिन उसे तो एक दिन के लिए भी वहाँ से हटने की फुर्सत नहीं है। दो-एक रोज के लिए आप लोग ही क्यों नहीं मौका निकाल चले जाते? काशी का आना-जाना क्या? गंगा स्नान और शिव का दर्शन भी।

—हाँ, हम भी यही सोच रहे हैं कि होली के बाद एक दिन काशी हो आवें—आचार्य जी से भी बहुत दिन हुए देखा-देखी नहीं हुई। अच्छा अब सोओ बहुत रात बीत गई।

श्रीकान्त रजाई तान करवट लेट गया!

21

गाँव दो रात रहकर श्रीकान्त काशी लौट आया। बबुनी की तबीयत तेजी से सुधर रही थी। वे अब चलने-फिरने लगी थीं। जया के कारण अधिक उनके मन और देह में फुर्ती आने लगी थी। ऐसी हालत में भी वह, बबुनी के साथ ही सोती थी। बबुनी के पास बैठने में श्रीकान्त को अब एक दूसरे तरह की सुखद अनुभूति होने लगी थी। किन्तु अस्पताल से लौटकर आने के बाद से अब तक श्रीकान्त ने एक बार भी यह नहीं पूछा कि तुम गंगा में क्यों कूद गईं? बबुनी भी नहीं चाहती थी कि श्रीकान्त यह सवाल उनसे पूछे! यद्यपि श्रीकान्त को उत्तर देने के लिए बबुनी ने मन-ही-मन अपने को पूरी तरह तैयार कर लिया था।

सुबह श्रीकान्त को लखनऊ जाना था। रात में उसने बबुनी को अच्छी तरह समझाया और हाथ में तीन सौ रुपये रख दिए। दो-एक बार विरोध करने के बावजूद श्रीकान्त की खामोशी पर उन्होंने रुपये रखते हुए पूछा, अब कब आओगे?

—दस-पन्द्रह दिनों बाद, क्योंकि वहाँ जाकर रहने की व्यवस्था करनी होगी। मकान खोजना होगा। होटल में कितने दिन चलेगा?

—नहीं, एक ऐसे कमरे की तलाश करना, जहाँ खाना बनाने की सुविधा हो। होटल के खाने से पेट खराब हो जाएगा!

—और ये पढ़े-लिखेगी नहीं?

—पढ़ेगी?

—तो इनके पढ़ने की यहाँ कौन सी सुविधा है? यहाँ किसकी देखरेख में पढ़ाई होगी? इनको किसी अच्छे स्कूल में भरती कराना होगा। अब इन्तजार करने का वक्त नहीं है।

—नहीं, लेकिन यह तो अगली जुलाई से ही होगा।

—जब से हो, पर बिना तुम्हारी देखरेख के कुछ भी न होगा। इनको भी तुम्हें अपने साथ ही रखना होगा।

—हाँ, यह भी समय से तय हो जाएगा। बरवाडीह में तो जैसे-तैसे कट गई, पर लखनऊ की बात और है। दिन भर दफ्तर में रहूँगा तो घर में इनकी देखरेख कौन करेगा?

—बरवाडीह में तो सहायक थे, तब नौकर मिल जाते थे अब तो पूरे इंजीनियर हो गए, वहाँ चपरासी-नौकर नहीं मिलेंगे?

—नहीं, चपरासी अभी नहीं मिलेगा—नौकर तनखाह दे के मिल जाएगा, खैर, जरूरत पर वह भी किया जाएगा। नूनू (चाचा) कुछ कह रहे थे?

—नहीं, अस्पताल से आने के बाद, अभी उनके सामने गई कहाँ? मैं चारपाई पर अब तक पड़ी थी। वे केवल दोपहर और रात में भोजन करने तो घर आते हैं। उनके सामने जाने का साहस भी नहीं होता?

—जब इतना बड़ा काम करने का साहस आ गया तो अब बाप-चाचा के सामने जाने में साहस की कमी क्या? बबुनी पल भर को खामोश हो गई। फिर श्रीकान्त के मुँह की ओर ध्यान से देखती हुई बोली—तो जो कुछ मैंने किया, वह तुम्हारी निगाह में बुरा ही किया?

श्रीकान्त चुप लगा गया तो बबुनी ने टोका, चुप क्यों लगा गए, उत्तर दो!

—उत्तर सुनने की शक्ति तुममें है नहीं!

—जब तक इस देह में प्रान है, तब तक तुम्हारा सब कुछ सुनने और सहने की शक्ति मुझमें रहेगी। एक बार राम ने मुझे मौत के मुँह से खींच लिया तो उसका अर्थ केवल यही है कि अभी तुमसे बहुत कुछ सुनना और सहना है, जिसको यह तन-मन सौंप दिया तो उसकी नहीं सहूँगी तो सहूँगी किसकी?

—यह बात नहीं है बबुनी!

—जो है, कहते क्यों नहीं?

—तुमने हमेशा मुझको गलत समझा है, गाँव की उस रात के बाद से लेकर आज तक!

—मैंने क्या गलत किया, तुम्हीं बता दो!

—दारोगा ने तुम्हें मारा, घर से निकाल दिया, कहो हाँ?

—हाँ!

—तो उसके बाद तुम यहाँ वापस क्यों नहीं लौट आई, गंगा की गोद में क्यों चली गई? मेरे रहते तुम्हें प्राण तजने की बात ही क्या उचित लगी! तुम्हें जया की, मेरी याद क्यों नहीं आई?

—बात अपने आत्मसम्मान की थी। मैंने बार-बार तुमसे कहा कि मैं अब फिर उस कसाई के पास नहीं जाना चाहती लेकिन तुमने मेरी एक न सुनी और चाचा की हाँ में हाँ मिलाकर, अन्ततोगत्वा मुझे यहाँ से विदा ही कर दिया। वहाँ जो मेरी दुर्गति हुई उसे मैं ही जानती हूँ। मेरी यहाँ से विदाई के बारे में यदि तुम बीच में न होते, तो शायद मैं यहाँ वापस आ जाती पर यह केवल तुम्हारे कारण, मैंने यही उचित समझा कि अब मेरे लिए इस संसार में कोई दूसरी जगह नहीं है और मेरे जीवित रहने का कोई प्रयोजन नहीं है!

—जया के लिए भी नहीं!

—जया को अपने पास रखने का न मुझे अधिकार है, न बल है?

—क्यों?

—कल तुम्हारा ब्याह होगा, तुम्हारी पत्नी आएगी। जया को ले के चले जाओगे, और मैं निर्बल, बेसहारा, टुकुर-टुकुर ताकती रह जाऊँगी।

—लेकिन जया की जननी हो?

—और तुम पिता हो?

—हाँ?

—किन्तु इसे हम और तुम जानते हैं, केवल मन से, पर हम दोनों के पास कोई लौकिक आधार नहीं है। तुम मर्द हो तुम्हारी बाँह पकड़ने वाला कौन है? फिर संसार में न माँ भली, न बाप भला। होता है, खिलाने वाला, पालनहार। उस जया के लिए, जिसके लिए मैं कुछ कर नहीं सकती तो जीवित रहने का क्या मोल?

—अब इन बीती बातों में क्या रखा है, कल मैं चला जाऊँगा। सुना है तुम्हारे नूनू (चाचा) आचार्य जी तुम्हारे लिए कुछ अदालती कार्यवाही करने जा रहे हैं।

—अब फिर किसी दूसरे भवसागर में डालना चाहते हो?

—तुम्हें कोई आपत्ति है?

—आपत्ति! नूनू की शरण में जिन्दगी काटनी है तो उनके किसी भी काम में मैं आपत्तियाँ करूँगी?

—जिसमें तुम्हें सन्तोष हो।

—मेरे सन्तोष की बात नहीं है, तुम्हारी जानकारी की है, तुम्हें बताना ही मेरा उद्देश्य था।

—तुम्हारे किसी भी उद्‌देश्य में क्या मैं आज तक कभी बाधक रही हूँ?

—इस समय तुमसे बातें करना उचित नहीं लगता?

—क्यों?

—क्योंकि तुम क्रोध में हो, कमजोरी की हालत में क्रोधी हो जाना स्वाभाविक है। अब तुम सो जाओ, मुझे भी सुबह लखनऊ के लिए साढ़े सात बजे वाली गाड़ी पकड़नी है।

—असली बात क्यों नहीं कहते, ठीक है सो जाओ! सो जाओ बच्चू, मैं तो तुम्हारे हाथ में वह दीया हूँ कि जब चाहा जला दिया, जब चाहा बुझा दिया।

रिक्शा पहुँचा तो स्टेशन की घड़ी सवा सात बजा रही थी। साढ़े सात बजे ट्रेन छूट जाती थी रिक्शे वाले को पर्स से दो रुपये दे, कुली के सिर पर सामान दे खुद ब्रीफकेस ले तेजी से जैसे ही आगे बढ़ा कि पीछे से आवाज आई, श्रीकान्त जी!

श्रीकान्त ने मुड़कर देखा, पेंसिल हील सैंडिल, स्टोन-वाश जीन्स की पैंट और हाई नेक की आस्तीनदार गर्म फुल ओवर पहने। रेक्शीन का खूबसूरत सफेद-हरा बैग कन्धे से लटका, हाथ में ब्रीफकेस लिये कोई महिला खड़ी है।

पहचानने में भ्रम हुआ, एक बार चारों ओर जल्दी से देख श्रीकान्त जैसे आगे बढ़ा तो फिर आवाज आई—अरे मैं ही बुला रही हूँ श्रीकान्त जी, मैं उर्वशी!

—उर्वशी—वेरी सॉरी—मैं तो पहचान ही नहीं सका आओ चलो, ट्रेन पकड़नी है न!

—हाँ, पहले पाँच रुपये दीजिए रिक्शे वाले को देने हैं मेरे पास सौ का नोट है।

पाँच रुपये का नोट रिक्शे वाले को देते हुए बोला, सौ का नोट लेकर रिक्शे पर बैठने चली है? दस मिनट में ट्रेन छूटने को है।

दबी मुस्कान से तेजी से टिकटघर की ओर बढ़ती हुई बरामदे में पहुँच, बैग और ब्रीफकेस श्रीकान्त के हवाले करती हुई बोली—खड़े रहिए यहीं मैं टिकट ले आती हूँ।

काउंटर की भीड़ देख रही हो कितनी लम्बी क्यू है।

बिना उत्तर दिए उर्वशी आगे बढ़ गई और क्यू की बगल खड़ी एक महिला के पीछे से हाथ बढ़ा दो टिकट ले फौरन आकर बोली—चलिए, कहिए मैं आ गई, वरना आप इस लम्बी क्यू में आज टिकट पा जाते!

—बिल्ली के बहाने छींका तो टूटा—आपके दर्शन तो हो गए।

—आगे चलिए आगे, बीच और पीछे के डिब्बे में भीड़ है।

आगे-आगे तेज चलती हुई उर्वशी के कसे हुए नितम्बों में एक आकर्षक गति थी। पुलओवर के कारण उरोजों के उभार जरूरत से अधिक थे। फुर्ती से एक डिब्बे में घुस खिड़की के पास खाली आमने-सामने के दोनों बर्थों पर जगह ले ली

गई। कुली ने होल्डाल ऊपर रख दिया। जान बची तो लाखों पाए, अब लगता है लखनऊ पहुँच जाएँगे। बैठिए, आपको चाय पिलाती हूँ। आज ठंड बढ़ी हुई है। खिड़की पर खड़ी हो चाय वाले से दो कुल्हड़ चाय ले, एक श्रीकान्त को पकड़ा, दूसरा खुद पीने लगी।

—आपसे खूब भेंट हुई—कब से आए हैं?

—पाँच-छह दिन हो गए!

—एक शाम मुझे खोजने की तकलीफ क्यों करते?

—हाँ, व्यस्तता ही इतनी थी कि तुम्हारी ओर ध्यान ही नहीं गया। बीच में तुम्हारी ओर से कभी इनकरिजिंग रिस्पांस भी तो नहीं मिला।

—हाँ, असल बात यही है, डॉ. गुप्ता की क्लीनिक में उस रात आपका मूड देखकर मैंने यही अनुमान लगाया कि जिन्दगी को आप बहुत कस के पकड़े हुए हैं। जरूरत से ज्यादा किसी बात की अहमियत देने वाले आप जैसे इनसान से बहुत कुछ उम्मीद भी तो नहीं लगाई जा सकती?

—लगता है तुम्हारे लिए उस दुर्घटना का, हमारे-तुम्हारे सम्बन्धों के सन्दर्भ में कोई महत्त्व नहीं है!

—होना भी नहीं चाहिए—क्योंकि मैं एक विशेष तरह की जिन्दगी जीने की अभ्यस्त हो गई हूँ, बहुत साधारण तरह से, टेक द लाइफ, एज इट कम्स। क्योंकि इस जिन्दगी से मैं बहुत कुछ उम्मीद नहीं करती श्रीकान्त जी। जिसको हो जानो, दिल अजीज उसकी गली में जाए क्यों?

एकाएक उर्वशी ठठाकर हँस पड़ी, बेसाख्ता। बगल के बैठे हुए लोगों की परवाह किए बगैर!

—कमाल है! श्रीकान्त बोला।

—कमाल—कमाल की बात नहीं है श्रीकान्त जी। अपने-अपने नजरिये की बात है। हाड़-मांस के इस कॉम्बीनेशन की गतिशीलता का ही नाम तो जिन्दगी है...!

ट्रेन अपनी पूरी रफ्तार पर थी, खिड़की से आने वाली सर्द हवा के कारण श्रीकान्त की बगल में बैठा हुआ साठ साल का एक व्यक्ति परेशानी महसूस कर रहा है, श्रीकान्त ने भाँप कर अपने और उर्वशी दोनों के बगल की खिड़कियों के शटर गिरा दिए। वयस्क व्यक्ति ने आश्वस्त और प्रसन्न मन से आँखों से ही अपनी कृतज्ञता, श्रीकान्त से प्रकट कर दी।

—किन्तु, श्रीकान्त कहने लगा, तुम्हारी मम्मी-पापा तुमसे कुछ उम्मीद करते हैं।

—पापा-मम्मी को समझने में अभी आपको थोड़ा वक्त लगेगा श्रीकान्त जी। इसमें कोई शक नहीं कि अब तक जितने भी मम्मी-पापा की निगाहों में चढ़े हैं, उन सबमें आप व्यावहारिक और दूरदर्शी हैं। आपकी सूझ-बूझ गहरी और चतुराई से भरी है। ईश्वर ने आपको एक बहुत ही लुभावना व्यक्तित्व भी दिया है पर...!

—पर क्या?

—पर किसी को लिफ्ट देने, किसी से मेल-जोल बढ़ाने में मम्मी के अपने निश्चित उद्देश्य हैं, पूरा करना वे खूब जानती हैं। उनकी खुशी पाना जितना कठिन है, उतना ही आसान, उनकी नाराजगी देखना। और तनिक सी नाराजगी पर वे किसी को भी दूध की मक्खी की तरह निकाल फेंकती हैं। और यही कारण है कि पापा का सारा एडमिनिस्ट्रेशन मम्मी ही चलाती हैं, चाहे वह पॉलिसी मैटर की बात हो, या ऊपर हाई सर्किल में अपनी धाक बनाए रखने की बात हो। इसमें उनको मात खाते हुए मैंने आज तक नहीं देखा!...आपका प्रमोशन तो हो गया न!

—हाँ, यह तो लखनऊ में तुम्हारे ब्याह की बात चली थी उसी दिन तुम्हारी मम्मी ने तुम्हें बता दिया था!

—मुझे ध्यान नहीं रहा। क्योंकि उनकी बातें मैं अधिक-से-अधिक एवायड करती हूँ। चार्ज ले लिया?

—नहीं, वही लेने तो लखनऊ चल रहा हूँ।

—चलिए, यह एक खुशी की बात है वरना इसी तरह मेरे ब्याह के सिलसिले में दो-तीन ए.ई. थे, जिसमें दो तो डिमोट हो गए, एक अभी वैसे ही पड़े हैं, लेकिन आपने बाजी मार दी, अब अपनी स्थिति सँभालने के लिए थोड़ी दूरी मेनटेन करिएगा यह बतौर सिगनल मैं आपसे बताए देती हूँ कि आपके मुझ पर कई एहसान हैं उन्हें भूलती नहीं। आपको भी भूली नहीं, आपकी याद आती है, कभी-कभी अकेले में। यद्यपि जिन्दगी में बँधकर रहना मैंने कभी सीखा ही नहीं, अब अच्छा भी नहीं लगता। मैं जानती हूँ, मुझको लेकर आपके मन में कोई गलतफहमी नहीं है, पर अपने सदा प्रवाहमय, पानी से बहने वाले मन को लेकर करूँ क्या?

—यह तुम्हारी अपनी बात है। किन्तु माँ-बाप के प्रति मन में एक अलग लगाव होता है उर्वशी, इस खून के रिश्ते की यही तासीर होती है!

उर्वशी खामोश हो गई तो श्रीकान्त ने ही टोका—क्यों, कोई अप्रिय बात तो मैंने नहीं कही?

सामने वाली बर्थ पर श्रीकान्त की दोनों जंघों के बीच अपने पाँव के दोनों पंजे टेक, पीठ दीवार से टेककर बैठी हुई उर्वशी अब नीचे पाँव लटकाकर सीधे बैठती हुई बोली—छोड़िए, इन बातों में क्या रखा है। आपने जिस चतुराई से यह सवाल किया है उसकी दाद देती हूँ। आपकी समझ की मैं कायल हूँ। पिपरी की उस रात बराज पर आपके संग टहलती हुई मैंने यह अच्छी तरह समझ लिया कि आप संस्कार और मर्यादा के भीतर रहने वाले मर्द हैं। और सुबह आपने भी यह समझ लिया होगा कि मैं लक्ष्मण रेखा के बाहर निकल चुकी औरत हूँ।

—किन्तु इतनी आसानी से तुमने मुझे अपने दायरे से बाहर कर दिया, इसकी भी तो उम्मीद नहीं थी?

—दायरे से बाहर मैंने आपको नहीं किया श्रीकान्त जी, मैं खुद-ब-खुद बाहर हट गई?

—आखिर क्यों? मुझमें कुछ कमी थी?

मुस्कराती हुई उर्वशी ने सिर हिलाया, नहीं, बिलकुल नहीं, आपको उस तरह से फिर पाना मेरे लिए एक नायाब सुख था। जिसमें एक अजीब सा थ्रिल था। आपके साथ सदा-सदा के लिए बँध जाना होता तो और बात थी। वैसा भी नहीं हो सका। महज एक ही कारण था और वह कारण मम्मी की हरकतों को देखकर मेरे दिमाग में एकदम साफ हो गया कि इस एक म्यान में दो तलवारें नहीं रह सकतीं!

उर्वशी चुप हो गई। श्रीकान्त, एकदम अनभिज्ञ-सा मुँह बनाकर उर्वशी को देखते हुए कुछ सोचकर बोला—लेकिन तुम्हारी आखिरी बात मेरे पल्ले नहीं पड़ी उर्वशी, मेरी समझ के बाहर है।

उर्वशी फिर मुस्कराई, उसकी हँसी में एक कठोर व्यंग्य था। सुनिए श्रीकान्त जी, आपकी समझ इतनी कम है या आपको तथ्यों की जानकारी नहीं है, यह मैं सपने में भी नहीं मान सकती। शायद आपको अनुमान न हो कि मेरे परिवार पर आपकी पकड़ कितनी गहरी है, यह मैं किस हद तक जानती हूँ। यह सभी कुछ आप जानते हैं, बस उस सत्य को स्वीकार करने का नैतिक साहस ही आपमें कम लगता है।

—मेरे साहस की कमी की बात तब सार्थक होती कि तुमने मुझसे इस बारे में कुछ पूछा होता और मैंने छिपाया होता। किन्तु इसका तो कोई प्रसंग ही नहीं आया, यह तो तुम अपने से ही तथ्यों को उजागर करती जा रही हो!

—ये बातें क्या मेरे पूछने की हैं श्रीकान्त जी? जिस खून के रिश्ते की बात आपने कही, क्या वह आपमें कम है? उर्वशी का मूड एकदम बदल गया, खून का रिश्ता हो या नहीं पर उस घर की मैं कानूनी बेटी तो हूँ ही!

—मुझे तो किसी पर भी सन्देह नहीं रहा। मेरा तात्पर्य तो मात्र इतना था कि जिस किसी को भी तुम वरण कर लोगी, वह तुम्हारे पिता की इस विशाल सम्पदा का उत्तराधिकारी होगा। यह लालच मुझे नहीं लगी तो और किसी को नहीं लगेगी, यह भला कौन मानेगा? तुम जैसी रूपसी को पाना जिन्दगी की एक उपलब्धि होगी।

—ऑल दैट ग्लिटर्स इज नॉट गोल्ड श्रीकान्त जी?

—यह तुम किस-किस से कहती फिरोगी?

उर्वशी हँसी—मेरी हरकतें, मेरी आदतें, कह देती हैं सच कहिए। आपने मुझे डॉ. गुप्ता के क्लीनिक में उस रात, वैसे न पकड़ा होता तो क्या इतनी आसानी से आप मेरी ओर से विमुख हो जाते?

—मैं तो अब भी तुम्हारी ओर से विमुख नहीं हूँ। उर्वशी ठठाकर हँस पड़ी—यू कैन बी माई वेरी गुड फ्रेंड, बट नॉट माई हसबैंड। आइए दोस्ती का हाथ मिलाइए। उर्वशी ने अपना दाहिना हाथ श्रीकान्त के आगे बढ़ा दिया। यू हैव द टेकनीक ऑफ

बूइंग द विमेन! आज से मैं आपकी पहरुआ हूँ। आई बिल सी दैट, यू आर ए गेनर! अब आपका कोई बाल बाँका नहीं कर सकता। फिर झुककर श्रीकान्त के कानों में धीरे से बोली—लेकिन मम्मी से बेहद सावधान रहना होगा यह मेरी चेतावनी है। और कभी तकलीफ में पड़ ही गए, तो मुझे याद करिएगा।

—अरे, वेरी-वेरी गुड! श्रीकान्त दोनों हाथों से उर्वशी की नरम हथेली दबाते हुए बोला—लेट मी, लुक इन टू योर आइज ओ स्ट्रेंज गर्ल! उर्वशी ने आगे पूरा किया—एंड लेट मी जुक अन टू दाई फेस ओ एडम!

प्रतापगढ़ आ गया था—आइए कुछ खाएँ, भूख लग रही है। ट्रेन रुकते ही दोनों प्लेटफॉर्म पर उतर गए।

पकौड़े खा, चाय पी दोनों अपनी जगहों पर लौटे तो उर्वशी बोली—आपके साथ वक्त का तो पता ही नहीं चलता?

—क्यों?

—आप हैं आदमी मजेदार। आपके साथ वास्तव में आनन्द मिलता है!

—जैसे पिपरी की उस रात में मिला था।

—हाँ, बेहद साधारण ढंग से उर्वशी बोली—एंड आई, वांटेड टू गेट यू मोर! लेकिन संयोग ही उसके बाद से नहीं बना और जब दूसरी बार भेंट हुई तो डॉ. गुप्ता के क्लीनिक में। वैसी भेंट के बाद एक कंजरवेटिव आदमी की निगाहों में मेरी जरूरत नहीं रहती या घट जाती है।

—और लिबरल आदमी के लिए!

—लिबरल की निगाहें तो एडजस्ट करना जानती हैं। जिन्दगी का अधिक से अधिक फायदा उठाने के लिए! यह एक कटु सत्य है श्रीकान्त जी, इसे आप चाहे स्वीकार करें या न करें। आज की दुनिया में किसी से बहुत उम्मीद लगाना बेमानी है, अपना दिल दुखाना है। जो सामने आए, खाओ-पियो, मगन रहो। उसके बाद आप मुझसे मिले होते, थोड़ा मुझे एकमोडेट किए होते, लिफ्ट दिए होते, तो आपकी बनारस की यात्रा के सुख में कुछ घटता नहीं, इजाफा ही होता रहता। बनारस मन बहलाने बहिन के यहाँ आते हैं, उसके लिए मैं कोई बहुत बुरी साधन नहीं थी श्रीकान्त जी। पर आपकी नजरों से मैं गिर गई। थोड़ी गलती मुझसे भी हो गई थी कि जरूरत से ज्यादा पी गई थी गलत लोगों की संगति में पड़कर। काश! तब आपका रुख दिखावे के लिए भी थोड़ी देर को उदार हो गया होता—तब शायद मुझे सही माने में बदला हुआ पाते!

—असल में उर्वशी, पजेसन की भावना जब जानवरों तक में होती है तो आदमी से यह उम्मीद कैसे न लगाई जाए? तुम्हें देखता ही था मैं अपनी होने वाली पत्नी के रूप में। उसके बाद फिर तुम्हें खोजने की गुंजाइश कहाँ रह जाती है, जिन्दगी भर हम दरवाजे ही खटखटाते रह जाएँ तो क्या वक्त हमारे लिए ठहरा रहेगा। फिर वहाँ, जहाँ मेरा इतना

बड़ा स्वार्थ अटका हो! तुम विश्वास करो, तुम्हारे पापा और मम्मी के आगे, अभी तक मैं हमेशा यही पोज करता रहा कि मैं तुमसे ब्याह करना चाहता हूँ, यद्यपि हमारे-तुम्हारे बीच की खाई कितनी चौड़ी और गहरी थी इसे केवल हम और तुम जानते हैं।

—किन्तु अपने और आपके सम्बन्धों को जानते हुए मैं सोचती थी कि मम्मी आप पर विशेष मेहरबान हैं!

—क्यों? एकदम भोला चेहरा बनाकर श्रीकान्त बोला, अपने होने वाले दामाद के लिए तुम्हारी मम्मी ने तो कुछ भी नहीं किया?

—आपको प्रमोशन दिलवाया ये कम है?

—तुम्हें अभी कुछ भी नहीं मालूम है, मुझे प्रमोशन दिया है तुम्हारे पापा ने जो मेरे काम से खुश हैं, दूसरे मुख्यमंत्री ने दिलवाया है, समझी, मेरी बहन के ससुर एम.एल.सी. हैं, जानती हो?

—नहीं?

—और वे मुख्यमंत्री के गुरु हैं, मुख्यमंत्री को पढ़ा चुके हैं।

—अरे बाप रे!

—आँखें खुल गईं आपकी? मैं आपकी मम्मी और पापा की दया पर निर्भर कभी नहीं रहा हूँ। यह तुम्हें इसलिए बताया कि तुम किसी भी गलतफहमी में न रहना। मुझे तुमसे सुख या दुख मिला है, चिन्ता मुझे हमेशा तुम्हारी रही है। यह सब मुझे इसीलिए कहना पड़ा कि तुम अपनी मम्मी के बारे में न जाने क्या-क्या सोच रही हो? मुझे तो ऐसा लगता है, जैसे तुम उनकी बेटी नहीं हो।

—कौन कहता है, मैं उनकी बेटी हूँ। मैं तीन साल की थी तब से इस घर में आई थी। पापा ने मेरे कारण दूसरा ब्याह किया और इस औरत ने धीरे-धीरे पापा की सारी कमाई हड़प ली, अपने नाम करा ली। दिन-रात सिगरेट-शराब में डूबी रहने वाली औरत कैसी होगी, आप अन्दाज लगाइए।

—मुझे उससे क्या लेना-देना उर्वशी। मैं तो एक मामूली आदमी हूँ। नौकरी करने आया हूँ। अपने बॉस की निजी जिन्दगी से मुझे क्या लेना-देना? वैसे तुम्हें अपनी मम्मी की याद है?

—क्यों नहीं?

—तुम्हारा ननिहाल कहाँ है? नाना-मामा तो होंगे।

—ये सब मैं कुछ नहीं जानती, उर्वशी सकपकाई।

—छोड़ो इन बातों को। लखनऊ में कितने दिन रहोगी?

—आप जितने दिन रखना चाहेंगे?

—लखनऊ का घर पिपरी का डाक बँगला नहीं है। उर्वशी हँसी, उसे डाक बँगले में परिवर्तित कर देना मेरे बाएँ हाथ का खेल है, मैं अपनी राह बनाना जानती हूँ। —क्यों?

—अब यहाँ मैं पोस्टेड हूँ, तब अतिथि था। क्या मुझे अब भी वहाँ रुकना चाहिए? उर्वशी थोड़ा आश्वस्त होकर बोली, आप रुकना चाहें तो कोई बात भी नहीं है। सभी आपका स्वागत करेंगे। न रुकना चाहें तो आप जहाँ रुकेंगे मैं आ जाऊँगी, मैं आपको खोज लूँगी। लेकिन जाते ही आपको मकान कहाँ मिल जाएगा?

—होटल तो है!

उर्वशी चुप लगा गई। फिर दीवार से पीठ टेक वह उठंग गई। थक जाने से नींद आ गई। श्रीकान्त ने जगाया तब, जब चारबाग आ गया ट्रेन प्लेटफार्म पर रुकी।

बाहर निकले तो श्रीकान्त बोला—स्कूटर रिक्शा ले लें या फोन करके गाड़ी मँगवाओगी।

—आइए, साइकिल रिक्शा पर चलें। आपके साथ करीब बैठकर बातें करने का सुख ही दूसरा है। फिर जल्दी भी क्या है साढ़े दस बजे हैं, बारह के पहले तो ऑफिस पहुँच ही जाएँगे!

आओ चलें। पास खड़े एक रिक्शा पर दोनों बैठकर विधान भवन के लिए चल पड़े। विधान भवन के पास, सिंचाई विभाग के मुख्य अभियन्ता कार्यालय मुड़ने के पहले उर्वशी रिक्शा रुकवाकर बोली—श्रीकान्त जी, आप यहीं उतरकर दूसरा रिक्शा ले लें, मुझे वहाँ जाकर अधिक चक्कर लगाना पड़ेगा। आपकी अटैची और बिस्तर मैं साथ लिये जा रही हूँ, दोपहर में पापा के साथ लंच करने घर चले आइएगा। फिर आगे बातें तय होंगी।

—तुम सचमुच विश्वसनीय लड़की नहीं हो! श्रीकान्त नाराजगी में बोला!

उर्वशी शरारतन मुस्कराती हुई बोली—मैं अब आपको पूरी तरह से समझ गई हूँ। रास्ता नापिए।

—लेकिन, मेरे लिए तुम हर बार नए अनुभव की स्थिति में रहती हो।

22

शर्मा जी अपने ऑफिस में ही थे। श्रीकान्त ने खबर भिजवाई, तुरन्त बुलाहट हुई। नमस्कार कर सामने की कुर्सी पर श्रीकान्त को बिठा शर्मा जी ने हालचाल पूछा, चले आ रहे हो?

—जी हाँ, पर अकेले नहीं, उर्वशी भी आई है।

—उर्वशी।

—जी हाँ।

—तुम घर से आ रहे हो या स्टेशन से?

—मैं तो स्टेशन से आ रहा हूँ, मुझे उतारकर वह घर चली गई। शर्मा जी ने टेलीफोन उठाया तो श्रीकान्त ने टोका, अभी तो वह राह में ही होगी।

वे रुक गए। अच्छा, ज्वायनिंग रिपोर्ट लिखो।

श्रीकान्त ने ज्वायनिंग रिपोर्ट लिखी। और शर्मा जी के आगे बढ़ा दी। उन्होंने उस पर हस्ताक्षर करके तारीख और समय डाल, पी.ए. को बुलाकर देते हुए कहा—श्रीकान्त, ये मि. अचल बिहारी वर्मा हैं, डिवीजन में इंडिपेंडेंट चार्ज लेने जा रहे हैं। यहाँ का चार्ज वे तुम्हें देंगे। चार्ज की लेन-देन दो बजे के बाद होगी पर इनसे अभी काम-धाम समझ लो। खास गोपनीय फाइलें और बांड्स को, सूची से मिलान करके अलमारी की चाभी ले लो। मि. वर्मा, करेंट फाइलों की सूची इन्हें दे दीजिए। केसेज और फाइलों का ब्योरा समझा दीजिए। और जो भी अर्जेंट मैटर हो इन्हें बता दीजिए। दोपहर बाद आप आज रिलीव हो जाएँगे। क्यों, खुश हैं न?

—आपकी मेहरबानी रहेगी तो खुश ही रहूँगा सर!

यह सब कुछ समझने-बूझने में लगभग ढाई घंटा लग गए। ठीक एक बजे चपरासी आया कि साहब बुला रहे हैं। सारी अलमारियाँ बन्द कर, चाभी ले श्रीकान्त शर्मा जी के पास पहुँचा तो बोले—चलो खाना खा आएँ।

—चलिए।

श्रीकान्त, शर्मा जी के साथ जीप में बैठ गया। घर पहुँचे। श्रीकान्त की आशंका के विपरीत वातावरण था। मालती शर्मा बेहद प्रसन्नता से श्रीकान्त का इन्तजार कर रही थीं—और मेरी मिठाई?

—मिठाई आप खिलाएँगी या मैं!

—प्रमोशन तुम्हें मिली है या मुझे?

—जीत मेरी हुई है या आपकी! श्रीकान्त बोला।

—देखो भई, बहस की बात नहीं—दोनों की ओर से मिठाई मैं मँगा देता हूँ।

—अरे पापा! आपकी यही समन्वयवादी नीति से मुझे सख्त चिढ़ है। मम्मी का स्टैंड एकदम वाजिब है। आप खामोश रहिए—शाम को गंज में कसर निकलेगी।

—सुनो, शर्मा, बोले—आज से श्रीकान्त इंजीनियर है, चीफ का पी.ए., इससे अब ढंग से बातें करना।

—चलिए-चलिए, ऐसे-ऐसे इंजीनियर न जाने कितने देखे और देखूँगी।

—इसमें दो राय कहाँ है? श्रीकान्त गम्भीरता से बोला—लेकिन जो बात पापा कह रहे हैं उसका अर्थ शायद अभी तुम्हारी समझ में नहीं आया। श्रीकान्त ने शर्मा जी की ओर देखा—दोनों मुस्करा दिए।

—अभी बच्ची है। शर्मा जी बोले।

—सो तो आपके लिए सदा रहेंगी—लेकिन, फिलहाल मुझे भूख लग रही है। सभी ठठाकर हँस पड़े।

—चलिए, खाना लग चुका है।

खाते-पीते दो बज गए। श्रीकान्त, शर्मा जी के साथ ही वापस दफ्तर चला आया।

लगन, निष्ठा और सावधानी के साथ कार्यालय का सारा काम, श्रीकान्त ने समझ लिया। अपने स्टेनो, टाइपिस्ट और दो चपरासियों से बातें कर ली। शर्मा जी की बगल में उनसे लगा हुआ श्रीकान्त का कमरा था। उसी के कमरे से लगा हुआ एक छोटा सा कमरा और था जिसमें स्टेनो-टाइपिस्ट बैठता था। इस कमरे का रास्ता श्रीकान्त के कमरे से ही था। यद्यपि, इसमें बाहर के बरामदे में खुलने वाला एक द्वार था। पर गोपनीयता के कारण उसमें भीतर से ताला पड़ा रहता था। श्रीकान्त का कमरा बारह गुणे बारह का था, खूब सजा हुआ। उसकी मेज के तीनों ओर कुर्सियाँ पड़ी हुई थीं। आधुनिक सुविधाओं से युक्त, बाथरूम साथ में लगा हुआ। बाथरूम की सफाई, सफेद टाइल्स की चमक देखकर तबीयत खुश हो गई। आज श्रीकान्त को अफसर होने और चीफ के पी.ए. होने का अर्थ समझ में आ गया।

चार्ज देने के बाद लगभग चालीस साल का वर्मा बोला—

—आप बड़े मौके से आए मि. श्रीकान्त?

—क्यों?

—कहते हैं न, दाने-दाने पर लिखा है खाने वाले का नाम।

—आपकी बातें समझ में नहीं आईं।

—इसीलिए तो आपको समझाने की नीयत से ही खास तौर से कह रहा हूँ क्योंकि आपके बारे में मैं काफी सुन चुका हूँ कि आपकी बरवाडीह में क्यों नहीं पटी। और तीन एडवांस इन्क्रीमेंट भी ठुकराकर आप उत्तर प्रदेश चले आए...।

आगे सुनने के लिए श्रीकान्त, वर्मा का मुँह निहारता रह गया तो वर्मा बोला—मैं आपके स्वभाव की तारीफ करता हूँ और आपकी ही नीतियों का कायल हूँ। मैं किसी से कोई उम्मीद नहीं रखता, किसी के आगे हाथ नहीं फैलाता। पाने के लिए किसी की राह में रोड़े नहीं बनता, लेकिन जो अपने से कोई दे तो उसका क्या करूँ? वह तो उसे देना ही है वह खर्च करना ही है, आप नहीं लेंगे तो दूसरा ले लेगा। आप किसी तरह से अपने को उस लेन-देन से असम्बद्ध कह नहीं सकते। यह कहने-सुनने की बात भी नहीं है। न कोई आपसे पूछने जाएगा न आपको किसी के प्रति उत्तरदायी होना है। कमल में पुरइन के पत्ते की बात ही मैं कहता हूँ, पुरइन के पत्ते पर पानी नहीं ठहरता, क्यों?

—आप सही फरमा रहे हैं।

—किन्तु, पुरइन के पत्ते को खुलकर फैलने, अपना आकार पाने के लिए पानी की सतह भी अनिवार्य है।

—मैं आपसे यहाँ तक सहमत हूँ मि. वर्मा! पत्ता सदा पानी के ऊपर ही रहता है।

—तब हमारे-आपके बीच में कोई मतभेद नहीं है। अब मैं साफ उदाहरण देकर आप से चलते-चलते एक बात कहे जाता हूँ कि लकीर का फकीर बन के इस संसार में रहना कठिन है। फिर उसने एक फाइल खोली—और उसमें से एक चौड़ा सा

कागज श्रीकान्त के आगे फैलाते हुए बोला—देखिए, यह एक बहुत बड़े होने वाले काम, जो इस फाइल पर लिखा है, का कम्परेटिव स्टेटमेंट है। टेंडर देने वाले इसमें पाँच ठेकेदार हैं। पाँचों ठेकेदारों की हिस्ट्री और परिचय दफ्तर के 'हू इज हू' में मिल जाएगी। इसी काम के लिए ठेका देने का फाइनलाइजेशन होने वाला है, शायद कल ही हो।

—कौन-सा ठेकेदार हॉटलाइन में है?

श्रीकान्त की ओर देखकर वर्मा जी मुस्कराए—आपकी सूझ-बूझ की मैं दाद देता हूँ। आप तो एकदम अपटूडेट हैं। हॉटलाइन पर नम्बर तीन का ठेकेदार है, आप ठेकेदारों की पिछली हिस्ट्री पढ़िएगा तो समझ जाइएगा। अपने पिछले काम की कुशलता के कारण भी तीन नम्बर वाला हकदार है। दूसरे, इसमें मिसेज मालती शर्मा की रुचि है, पूरा काम पैंतीस लाख का है। ठेकेदार की ओर से साढ़े तीन लाख का ऑफर है, दो चीफ, एक एस.ई., पच्चीस हजार आपके लिए, पच्चीस जिसके डिवीजन में काम होगा उस इंजीनियर के लिए। यह बात आपको बताना जरूरी था। मैंने थोड़ा अधिक बात करने की छूट इसलिए ले ली कि कहीं भरे दूध के गिलास में मक्खी न गिर पड़े। मेरी बात पर यकीन न करके आप जैसे भी चाहें, सीमाओं के भीतर, बातें समझ लीजिएगा। दूसरा, मुझे कल अपना मकान भी खाली कर देना चाहिए। तीन कमरों का फ्लैट है, आपके लिए रिजर्व है, आप चाहें तो आज ही साथ चलकर देख भी लें। पर अकेले जाकर मैं परसों अपने डिवीजन का चार्ज ले लूँगा। बच्चे, हो सकता है—दस-पाँच दिन और रहें, लेकिन आपकी अनुमति पाकर ही ऐसा मैं सोचूँगा।

—अरे, कैसी बातें करते हैं मि. वर्मा? आप जब तक चाहें उन्हें रहने दें।

—जब तक नहीं, अधिक से अधिक दस दिन। आप रहना चाहें तो बाहर वाला बड़ा कमरा ले लीजिए, बाथ अटैच्ड है। मेरे साथ चलकर देखें—समझ लीजिए। मेरी राय है कि आप मेरे यहाँ कल ही चले आइए।

—अगर इतना हो जाए तो मुझे अधिक खुशी होगी।

—मैं चलने लगूँगा तो आपको लेता चलूँगा और...?

—और क्या?

—और आपने मेरी किसी बात का बुरा तो नहीं माना? थोड़ा अनधिकार बोल गया हूँ, अपना समझ के। खास अभिप्राय से यह भी कभी बाद में बता दूँगा।

—मिसेज शर्मा ने अभी आपसे कुछ बातचीत की है क्या? श्रीकान्त ने पूछा!

—ठगा-सा वर्मा श्रीकान्त की ओर देखता ही रह गया। फाइलें समेटते हुए बोला—आपकी पीठ पर कोई धूल नहीं लगा सकता?

—मैं अब आश्वस्त हो गया। मुझे खुशी है। वैसे यह बता देना असामयिक भी नहीं है कि इससे बड़े-बड़े तीन और कंट्रैक्ट हफ्ते, दस दिनों के भीतर फाइनल करने

हैं। यहाँ बड़ा काम है, सोच-समझ के शर्मा जी आपको यहाँ पोस्ट किया है। तो हम घर चार बजे चलेंगे। ठीक एक घंटा बाद। साहब से बता दीजिएगा। मैं आपको वहाँ से बँगले पर पहुँचा दूँगा।...थोड़ा रुककर वर्मा बोले—लेकिन मेरी बात का आपने कोई जवाब नहीं दिया मि. श्रीकान्त!

—जवाब देना जरूरी है वर्मा जी?

—जरूरी तो दुनिया में कुछ भी नहीं होता श्रीकान्त! किन्तु समय और स्थान के हिसाब से हर चीजों के मूल्य बदला करते हैं। मेरी छोटी समझ में जो आया, सो अर्ज कर दिया, यदि हो सके तो इस पर विचार करिएगा।

—करना ही पड़ेगा वर्मा जी, आश्वस्त होके जाइए।

—मुझे दरअसल खुशी है। जितना निभ सके निभाना ही चाहिए, पर देश-काल के अनुसार आप कहेंगे, मैं एक ही बात को दोहरा रहा हूँ।

चार बजे वर्मा, श्रीकान्त के साथ चीफ से विदा माँगने गया तो चीफ बोले—अरे वर्मा, यार तुमसे एक बात बताना तो भूल ही गया। आज साढ़े चार बजे मेरे घर पर तुम्हारी चाय है, अभी मालती जी ने टेलीफोन से याद दिलाई और मैं दुबारा भूल गया। तुम लोग कहीं जाओ नहीं। तुम अपने घर टेलीफोन कर दो। साढ़े चार बजे चलेंगे कुछ दस्तखती कागज हैं, निपटा दूँ। आधा घंटा बाद चलेंगे यहीं आना—लाचारी में, विस्मय में भरा वर्मा रुक गया।

शाम को चाय पर मालती शर्मा, उर्वशी, चीफ, वर्मा, श्रीकान्त के अलावा एस.ई. और दो इंजीनियर और थे। चाय की तैयारी और लक-दक देखकर, श्रीकान्त हैरत में पड़ गया। मिठाइयाँ, नमकीन, काजू और सेब-केले, बढ़िया केक और पेस्ट्री से मेज भर गई थी—मालती शर्मा और उर्वशी की वेश-विन्यास और चहल-पहल और नौकरों की चुस्ती देखते ही बनती थी। वहीं एस.ई. तथा दूसरे दो इंजीनियरों से भी श्रीकान्त का परिचय कराया गया। तभी बाहर दो कारें और आकर रुकीं। नौकर ने लाकर कार्ड दिया, कार्ड देख चीफ ने दोनों को बुलवा लिया।

मेज के पास पहुँचते ही दोनों बोले—हम लोग भाग्यवान हैं, जो इस मौके पर आए। उन्होंने सबको नमस्ते किया।

—आइए, बैठिए आप लोग। इनमें से एक सरदार था। दोनों की उम्र लगभग पचपन-साठ की होगी। दोनों बहुत कीमती गर्म सूट पहने हुए थे। दोनों के हाथ में वी.आई.पी. के ब्रीफकेस थे। जमीन पर रख के बैठ गए। नौकर ने इन लोगों के आगे चाय रखी।

—चाय पीजिए! कैसे तकलीफ की आप लोगों ने।

—हम लोग दफ्तर गए थे, पता चला कि अभी-अभी आप घर चले गए। सोचा कि यहाँ तक आकर, आपको बगैर सलाम किए चले जाना मुनासिब न होगा। खुशकिस्मती ऐसी कि यहाँ सामने चाय की मेज, खाने वाले सामानों से भरी मिली।

—खाली करिए! एस.ई. त्रिपाठी बोला।

—क्या बताएँ त्रिपाठी जी, मालिक ने सुभीता दिया तो कुछ छीन भी लिया। मीठी चीज से एकदम परहेज।

—नमकीन है, फल है, फिर एक-दो पीस तक कोई हर्ज नहीं है सरदार जी! मालती शर्मा बोलीं।

—हाँ, आज तो कोई परहेज नहीं, चाय पीते हुए सरदार बोला—और लोगों से तो वाकिफ हूँ। बस, एक चेहरा नया लगता है!

—हाँ, ये मि. श्रीकान्त मिश्र हैं हमारे नए पी.ए.। वर्मा जी की जगह पर आए हैं। तुरन्त खड़े होकर, सरदार ने तपाक से हाथ श्रीकान्त की ओर बढ़ा दिया।

श्रीकान्त ने हाथ जोड़ते हुए कहा—सरदार जी मेरा हाथ जूठा है। हाथ न मिलाने की बेअदबी माफ करेंगे!

—आहा! कोई बात नहीं बादशाह! जिसमें आपकी खुशी। वैसे आज की तंग जिन्दगी में कुछ भी जूठा नहीं है। वह सभी साफ है...जिससे पेट भर सकें।

—आप लोगों की तारीफ?

—ये सुरजीत सिंह कॉन्ट्रैक्टर और ये ठाकुर पी.एन. सिंह इनके पार्टनर! ऊँचे किस्म के ठेकेदार हैं ये लोग। इतना काफी था, श्रीकान्त चाय पीने लगा।

—आप कहाँ रुके हैं? सरदार ने सवाल किया।

—आज तो यहीं हूँ, कल कहाँ रहूँगा—कल ही बताएगा। श्रीकान्त बोला।

मालती शर्मा ने खास अन्दाज से सरदार को देखा। सरदार खामोश हो गया। चाय छह बजे समाप्त हुई।

श्रीकान्त को लेकर, वर्मा अपने क्वार्टर चला गया। घर पहुँच, अपने परिवार से परिचय कराया। पत्नी, चार बच्चे। घर दिखाया। आवास देख, उसकी समस्या सुलझ गई। वह खुश हो गया।

लौटते समय, जब श्रीकान्त जीप की स्टीयरिंग पर बैठ गया तो वर्मा बोला—आपको, अब तक जितना समझ सका हूँ उस आधार पर मैं आश्वस्त हूँ श्रीकान्त जी, कि आप सब कुछ सँभाल लेंगे!

—तो इन ठेकेदारों से परिचय कराने के लिए आपकी चाय-पार्टी की तैयारी थी? श्रीकान्त बोला—और क्या, ठेकेदारों का आना बिलकुल आकस्मिक नहीं था, यह एकदम प्रीअरेंज्ड—पूरी तरह पहले से निर्धारित, मालती शर्मा द्वारा। आप तो समझ ही गए होंगे?

—आपको और भी जो कहना हो बता दीजिए मि. वर्मा यू आर माई एल्डर ब्रदर!

तब श्रीकान्त के कान के पास मुँह ले आ वर्मा बोला, हंस के बच्चे को कोई तैरना नहीं सिखाता श्रीकान्त! लेकिन केवल प्यार बस कह रहा हूँ। चीफ के पी.ए.

होने के दौरान मैंने 12 लाख मालती शर्मा को दिलवाए हैं, मुझसे आँखें नहीं मिला सकतीं लेकिन बड़ी बेरहम औरत है ये, अपने स्वार्थ के लिए, यह कुछ भी कर सकती है, आप बैचलर हैं, इससे बेहद सतर्क और सावधान होकर चलिएगा। और इसकी बेटी, वह तो विष कन्या है। दामाद बनने की झूठी गलतफहमी में मत फँस जाइएगा। और दफ्तर का भी खयाल रखिएगा क्योंकि सबकी निगाहें आप पर टिकी हुई हैं। चीफ के पी.ए. का कुछ मतलब होता है। एस.ई. को भी बहुत लिफ्ट मत देना। कल दफ्तर में भेंट होगी। कल कमरे की ताली आपको दे दूँगा। सुविधानुसार शिफ्ट कर जाइएगा।

—आपसे यह किसने कहा कि मैं बैचलर हूँ?

—सुनने में तो यही आया!

—गलत सुना है आपने, मेरी शादी हो चुकी है मेरी एक बेटी है।

—अरे, तब तो मुझे बड़ी गलतफहमी थी। तो अब आप मेरी एक नेक सलाह पर गौर करें और जल्दी से जल्दी उस पर अमल करें।

—क्या? श्रीकान्त उत्सुकता से बोला!

—आप जल्दी से जल्दी यहाँ शिफ्ट कर जाइए आप किसी भी कीमत पर, चीफ के साथ हफ्ता भर भी रुकने का अनुरोध मत मानिएगा।

—कारण!

—वह सब कहने से मैं लाचार हूँ मि. श्रीकान्त, जो कुछ मैं कह रहा हूँ आपके फायदे के लिए। वक्त से वह कारण भी आपको पता चल जाएगा, तब आप मुझे याद करिएगा।

तभी आकर एक कार रुकी और उसमें से ठेकेदार सरदार और पी.एन. सिंह उतरे।

—अरे! कहिए सरदार जी? वर्मा ने कहा।

—हम लोग इधर से गुजर रहे थे तो सोचा आपकी देहरी को सलाम करते जाएँ। चीफ साहब के यहाँ आपसे कुछ बातें न हो सकीं...आप तो हम लोगों को बीच मझधार में छोड़ गए।

—ऐसी क्या बात, श्रीकान्त जी भी आप लोगों की वैसे ही सेवा करेंगे थोड़ा सा आप लोग इन्हें समझ लें।

—इसीलिए तो हम हाजिर हो गए। पी.एन. सिंह बोला।

—दुनिया को समझाते आप हैं, आपको मैं समझाऊँ मि. पी.एन. सिंह? कबिरा खड़ा बजार में सबकी करता खैर, ना कोई से दोस्ती ना कोई से बैर। अपना घोलो, अपना पियो। खुला खेल फर्रुखाबादी। आज के बाद जो कुछ होगा, उसके जिम्मेदार, हकदार मि. श्रीकान्त। एस.ई. के यहाँ आपकी फाइल आ गई है, वे जब यहाँ भेज दें, उसकी सूचना आपको श्रीकान्त बाबू ही देंगे। इनका काम इनसे जानिए, इन्हें

किसी के साथ ब्रेकटेड मत कर दीजिएगा। और इनके साथ कभी उतावली मत दिखाएगा।

—इतना बहुत है। हम सभी समझ गए, हम लोगों से मि. श्रीकान्त को कोई शिकायत न होगी। होगी तो एक बार, आप लोगों के मुँह पर कहे देता हूँ—ये थोड़ा सख्त आदमी है। वैसा होना, आपको बहुत महँगा पड़ सकता है।

—नहीं, वर्मा जी, ऐसी गलती हमसे न होगी। पर श्रीकान्त जी से भी गुजारिश है कि आगे भी हमारा खयाल रखेंगे।

—यह तो आप लोगों के आपसी व्यवहार पर निर्भर करता है सरदार जी।

—बेशक जी, बेशक। उसे हम सँभाल लेंगे। दो-तीन दिनों में एस.ई. की दस्तखत के बाद कॉन्ट्रैक्ट बांड चीफ के पास आ जाएगा।

—उसका पता आप लोग कर ही लेंगे।

फिर श्रीकान्त से इजाजत ले पाँच मिनट तक ठेकेदारों ने वर्मा से अलग बातें की और चले गए।

—अलग आपसे वे लोग क्या कह रहे थे? श्रीकान्त ने पूछा। वह तो मैं स्वयं ही बता रहा हूँ इस ठेके को इन्हें देने में मैंने भी थोड़ा इनका फेवर किया है, उस नुस्ख पर इनको वह काम नहीं मिलता पर इसे मैं ही जानता हूँ वही ये डर रहे थे कि मेरे चले जाने के बाद, कहीं वह प्वाइंट आप न रेज कर दें? मैंने उन लोगों को अपनी ओर से आश्वस्त कर दिया और आपसे भी मेरी विनय यही है कि वह काम करने के लिए मैं इनसे पारितोषिक पा चुका हूँ, कल से डीलिंग आपके साथ।

श्रीकान्त चीफ के बँगले पर लौट आया। उर्वशी और मालती शर्मा दोनों बेसब्री से उसका इन्तजार कर रही थीं। उस समय आठ बज रहे थे।

शर्मा जी बोतल खोलकर बैठे थे, मालती शर्मा और उर्वशी दोनों साथ दे रही थीं। दोनों के आगे व्हिस्की से भरे हुए गिलास रखे थे। मालती शर्मा के हाथ में भी जलती हुई सिगरेट थी।

बिना बैठे, इजाजत ले, श्रीकान्त फ्रेश होने के लिए अपने कमरे में चला गया। इस बार वह दूसरे कमरे में टिकाया गया था जो कि दूसरी ओर एकदम किनारे था। इन लोगों के कमरों से एकदम अलग और अकेला—गेस्ट रूम।

लौटकर आया तो मालती शर्मा ने पूछा—कमरे में कोई असुविधा तो नहीं है।

—असुविधा। आप क्या कहती हैं, जंगल में रहने वाले के लिए ऐसे बँगले में असुविधा!

—आओ, थोड़ा लो।

—अरे! आप तो जानती हैं कि यह मैं नहीं लेता, मैं एक कप कॉफी पीना चाहूँगा।

मालती जी ने इशारा किया—नौकर कॉफी बनाने चला गया।

—क्या कह रहे थे मि. वर्मा! मालती जी ने पूछा।

—कह कुछ भी नहीं रहे थे, मुझे मेरा क्वार्टर दिखाने ले गए थे। और दस-पाँच दिन और अपने बच्चों को रहने देने की इजाजत माँग रहे थे। एक कमरा खाली करके चाभी मुझे दे दी। काफी बड़ा—सभी सुविधाओं से युक्त कमरा है बोले, जब चाहें आप शिफ्ट कर जाइएगा। चाभी ले मैं चला आया। कल मैं शिफ्ट कर जाऊँगा।

—क्यों? चीफ बोले—तुम्हें यहाँ रहने में दिक्कत क्या है?

श्रीकान्त बहुत कोमलता से मुस्कराते हुए बोला—तब और अब में बहुत फर्क है सर! अब मैं डायरेक्ट आपके चार्ज में हूँ, आपको मेरी इज्जत रखनी है तो मुझे अब अलग रहने दीजिए। कहीं भी रहकर आपसे मैं बाहर कहाँ हूँ? समय-असमय के लिए यह घर तो है ही। अब मुझे अपना जीवन जीने दीजिए। वहाँ रह के भी तो आना-जाना लगा ही रहेगा। खाना अभी दो-चार रोज हो सकता है यहीं खाऊँ, जब तक वहाँ कोई व्यवस्था नहीं हो जाती!

—हाँ, यह बात समझ में आ रही है। मालती शर्मा बोलीं—पर अभी तो दो-चार रोज यहीं रहते उर्वशी आई है अकेले बोर होगी।

—जो कल करना है आज क्यों नहीं! फिर उर्वशी क्या पहली बार लखनऊ आई है जो उन्हें मेरी कम्पनी चाहिए? फिर भी कम्पनी देने के लिए मैं दफ्तर के बाद यहीं आऊँगा। खाना खाकर ही जाऊँगा। कौन बड़ा दूर हूँ, यहाँ से तीन किलोमीटर दूर तो घर है!

—ठीक है, शर्मा जी बोले—हम लोगों की ओर से कोई बात नहीं।

—यह मैं जानता हूँ सर, प्रेम दूर रहकर ही पनपता रहता है।

—स्लोली, रफ्ता-रफ्ता...उर्वशी ने बात पूरी की।

सभी ठठाकर हँस पड़े।

रात में खाना खाने के बाद, उर्वशी ने रमी खेलने का प्रस्ताव रखा। लेकिन मालती शर्मा को थोड़ी चढ़ गई थी वे ज्यादा देर नहीं बैठ सकीं। अब तुम लोग खेलो, मैं तो सोने जा रही हूँ। कल जल्दी उठना है—संडे क्लब की बैठक मेरे यहाँ है।

—कैसा संडे क्लब? श्रीकान्त ने पूछा।

—कल देख लेना।

—तो मैं भी सोने जाऊँगी मम्मी। कल पापा के साथ मुझे नौ बजे कानपुर जाना है।

मालती शर्मा के साथ ही उर्वशी भी निकल गई। श्रीकान्त काफी देर तक आदत के अनुसार कुछ पढ़ता रहा पर खयालों में छोटकी बबुनी ही चढ़ी रही। फिर उसे नींद आ गई।

सुबह नहा-धोकर जब वह चाय पर आया तो उर्वशी शर्मा जी के साथ कानपुर जा चुकी थी।

चाय पीते समय सामने बैठी मालती शर्मा कहने लगीं, कल सरदार कुछ कह रहा था?

—कौन सरदार?

—वही ठेकेदार!

—हाँ, पूछ रहा था कि आप क्या चीफ के होने वाले दामाद हैं? तो मैंने कहा—नहीं तो, मैं तो शादीशुदा हूँ। मेरी एक बेटी भी है।

—यह तुमने बहुत ठीक कहा। हरामी है। कुछ लेन-देन की भी बातें कर रहा था?

—नहीं, मुझसे तो उसने इस बारे में कुछ भी नहीं कहा। कैसी लेन-देन!

—तीस लाख का कॉन्ट्रैक्ट मिलने वाला है इसको। उसमें चीफ और एस.ई. के हिस्से की बात है।

—तो मुझसे क्या लेना-देना!

—चीफ के पी.ए. के हिस्से के पचास हजार हैं। एस.ई. के यहाँ से कॉन्ट्रैक्ट आ जाए तो मुझे बिना बताए शर्मा जी के आगे पेश मत कर देना। उन्हें कुछ याद रहता नहीं, वे खट से दस्तखत कर देंगे। ऐसे सारे काम मैं ही सँभालती हूँ। तुम नए हो इसलिए एक बार बता देना जरूरी है।

—इतना बहुत है सरकार! श्रीकान्त मुस्कराया।

—सरकार कह के मेरी जान मत लो। देह को तोड़ देते हो।

—शराब क्यों नहीं छोड़ देतीं?

—पास रहोगे तो छोड़ दूँगी। रात कटती नहीं तो क्या करूँ?

—अगर रह गया तो छुड़ा ही दूँगा। ऐसे मानसिक सुख के क्षणों में दिन में मालती शर्मा, तकिए पर टूटकर चिपके हुए उर्वशी के बालों को दिखाते हुए ऐसे बोल रही थी जैसे चोर को सेंध पर पकड़ लिया हो—तब उनकी बाँहें पकड़ के खींच लेने के सिवा, उनका मुँह बन्द करने का दूसरा रास्ता क्या था?

इस लखनऊ ने सब कुछ तोड़ दिया। जिस बात के लिए वह बरवाडीह में बिल्लू ठेकेदार और अपने पूरे स्टाफ से लड़ता रहा वह लगता है कमल के नाल की तरह टूट जाएगा। देह की भूख की वृद्धि ही शायद मनोबल देती है, उसे ऊँचा रखती है, एक भरोसा, एक बल देती है। यहाँ मालती शर्मा ने उसे तोड़ दिया, जिस तरह से वह मालती शर्मा के गिरफ्त में आया है उससे बाहर निकलना सम्भव नहीं है। नख-शिख तक जहर में डूबी हुई मायावी मालती शर्मा ने उसे अपने गुंजलक में कस लिया है...!

कितना सुख और शान्ति मिलती है छोटकी बबुनी के सान्निध्य में। देह की सारी पीड़ा और थकन, उनकी नेह भरे नयनों के पुलक स्पर्श से ही मिट जाती है। अब उनका क्या होगा? वह कब तक अन्धकार में पत्थर फेंकता रहेगा? आचार्य अब न जाने क्या करें? कानूनी कार्यवाही ने क्या रूप लिया? बाबू और माँ जब यह सब सुनेंगे, जानेंगे तो जया और बबुनी का सम्बन्ध कैसे और कहाँ तक छिपेगा? फिर

बहिना के रहते! अच्छा ही है यह भेद खुल जाए—माँ और बाबू जान जाएँ कि उनका इकलौता बेटा किस सीमा तक दुख उठा रहा है और जो कुछ भोग रहा है, उसका कारण क्या है?

शाम को चार बजे संडे क्लब की सारी सदस्य आ गईं। मिसेज गर्ग, इनकम टैक्स कमिश्नर की पत्नी, श्रीमती सुधा अरोड़ा, पी.डब्ल्यू.डी. के सुपरिंटेंडेंटिंग इंजीनियर की बीवी, मिसेज एस.पी. खत्री, नगर एस.ए.पी. की पत्नी, मिसेज डिसूजा, सेल्स टैक्स कमिश्नर की पत्नी और श्रीमती लुटियाबाला, आयरन एंड केमिकल, फर्टिलाइजर के थोक विक्रेता की पत्नी। चमचमाती हुई पाँच मोटरें पोर्टिको के भीतर-बाहर खड़ी हो गईं। मालती शर्मा ने ही सबका परिचय श्रीकान्त से कराया था। सभी पैंतीस-पैंतालीस की रेंज की महिलाएँ थीं, आधुनिकतम फैशनों से युक्त।

बाहर के गेट में ताला पड़ गया। बैठक में फर्श पर बिछी सफेद चादरों पर औरतें बैठीं और मालती जी ने ताश की पाँच नई गड्डियाँ बीच में रख दीं।

—आइए मि. श्रीकान्त, इनकम टैक्स कमिश्नर की बीवी बोलीं।

—जी, मैं तो यह खेल जानता ही नहीं! श्रीकान्त झूठ बोल गया।

—कमाल है, इस जमाने का वह मर्द कैसा जो फ्लश खेलना न जाने। स्ट्रेंज—आइए, मैं सिखाती हूँ मेरी बगल में बैठिए दो-चार हाथ के बाद आप ही सीख जाइएगा—कम प्लीज, हियर!

इत्र की निकलने वाली तेज गन्ध के बीच श्रीकान्त जा बैठा। एक बार पत्ते खोलकर खेल के साधारण नियमों से अवगत कराते हुए समझाया, अब खेलिए—अपनी बुद्धि और समझ के अनुसार सात लोगों में खेल शुरू हुआ ठीक पाँच बजे और आठ बजे समाप्त हुआ। श्रीकान्त ने डेढ़ हजार जीता। मालती शर्मा नौ सौ हार गईं। कोई सात सौ की जीत, कोई-कोई चार सौ की हार। सबसे अधिक जीत, फर्टिलाइजर वाली की तीन हजार की हुई।

उसके बाद चले ड्रिंक्स के दौर। व्हाइट हार्स की तीन बड़ी बोतलें, पैग का पहला सिप लेती हुई इनकम टैक्स कमिश्नर की बीवी मालती शर्मा के कान में फुसफुसाई, नया शिकार फँसा है?

अचरज में भर के मालती शर्मा ने धीरे से कहा—होने वाला दामाद है। इनकम टैक्स कमिश्नर की बीवी ने जीभ काटी, वेरी सॉरी, पर मर्द बड़ा हैंडसम है, उर्वशी के लिए एकदम फिट।

—लेकिन अभी तो पीठ पर हाथ नहीं धरने देता।

—कहाँ जाएगा? थोड़ा सब्जबाग दिखाओ।

—कोशिश में तो हूँ, काम में बेहद होशियार, लेन-देन में बेहद सख्त, अभी शुरुआत है रास्ते पर आ जाएगा। नशा चढ़ने लगा, औरतें फूहड़पन पर उतरने लगीं और श्रीकान्त कुँवर कन्हैया बन उस माहौल का रस लेता रहा।

नशे में डूबी हुई औरतों को उनके ड्राइवर घर ले गए रात के दस बजे।

चार दिनों के लिए उर्वशी लखनऊ आई थी पर एक हफ्ते रह गई और जब तक वह रही उसने श्रीकान्त को अपने क्वार्टर जाने नहीं दिया। वह वाराणसी चली गई उसके दो दिन बाद श्रीकान्त, अपने क्वार्टर गया तब तक वर्मा का परिवार पूरा मकान ही खाली कर चला गया था। श्रीकान्त ने पूरे घर को साफ कराया और अपनी जिन्दगी शुरू की।

23

पाँचवें दिन, ऑफिस में अधीक्षक अभियन्ता शुक्ला, सरदार ठेकेदार का कॉन्ट्रैक्ट बांड 'एस्टीमेट' और उससे सम्बन्धित कागजात लेकर चीफ के पास खुद आए।

—आपने बांड और एस्टीमेट अच्छी तरह देख लिया शुक्ला जी! चीफ ने पूछा।

—हाँ साहब, इसकी दो बार चेकिंग होने के बाद ही मेरे हस्ताक्षर हुए हैं।

बगल में बैठे श्रीकान्त की ओर 'बांड', 'एस्टीमेट' इत्यादि को बढ़ाते हुए चीफ बोले—मेरे देखने के पहले मि. श्रीकान्त, इनकी टेक्निकल चेकिंग तुम भी कर लो। तुम कितना वक्त लोगे?

—कम से कम दस दिन! श्रीकान्त बोला।

—इसमें है क्या मि. श्रीकान्त! अधीक्षक अभियन्ता शुक्ला बोले, यह तो एक दिन का काम है।

—मैं एकदम नया हूँ शुक्ला जी। मुझे भी देखने-समझने का मौका चाहिए।

—ठीक है मि. श्रीकान्त 'यू हैव मोर ओनटाइम'—दस दिन नहीं, पन्द्रह दिनों में इसकी पूरी चेकिंग कर लो फिर मेरे सामने रखो। चीफ बोले—चेकअप के बाद, आई बिल रिंग यू शुक्ला जी।

शुक्ला जी चले गए।

उसी शाम चीफ को हल्का सा दिल का दौरा पड़ गया। पहली बार। वे अस्पताल में दाखिल हो गए। उर्वशी लखनऊ जाते-जाते रुक गई। मेडिकल कॉलेज और घर एक हो गया। चीफ इन्टेंसिव यूनिट केयर में भरती—मालती शर्मा अस्पताल में टँग गईं। घर पर उर्वशी रह गई जो दिन भर श्रीकान्त के साथ अस्पताल और घर एक किए थी। मालती शर्मा समय से घर आ नहा-खा जातीं। उस समय उर्वशी, श्रीकान्त अस्पताल में सँभालते, रात में मालती जी अस्पताल में रहतीं।

तीसरे दिन सुबह चाय पीते समय उर्वशी ने कहा, एक बात कहूँ श्रीकान्त?

—कहने को अभी कुछ बाकी है!

—आइ हैव चेंन्ड माई प्रीवियस डिसिजन। यानी मैंने पिछला फैसला रद्द कर दिया।

—श्रीकान्त कुछ नहीं बोला।

—कौन सा डिसिजन? ये क्यों नहीं पूछते?

—जरूरत क्या है?

—यू वाइल्ड एनीमल! देह पाते हो तो जैसे चीर-फाड़ डालोगे और मेरा फैसला जानने की तुम्हें जरूरत नहीं?

—जो चीज मैं जानता हूँ, उसे जानकर करूँगा क्या?

—क्या जानते हो? बताओ तो जानूँ?

सुबह का अखबार, उर्वशी की ओर सरकाते हुए बोला—इस पर किसी फूल का नाम लिख दो गुलाब, चम्पा, चमेली और बेला छोड़कर!

पल भर को उर्वशी ने श्रीकंान्त की ओर देखा फिर धीरे से लिखा—गेंदा!

श्रीकान्त ने फूल का नाम पढ़ा—कुछ जोड़-घटाना किया फिर बोला—बताऊँ?

—बताओ?

—सही निकला तो क्या दोगी?

—जो कहोगे?

—तुम मुझसे अब शादी करना चाहती हो!

विस्मय से उर्वशी के मुँह से एक हल्की सी चीख निकली और वह उठ के श्रीकान्त की कुर्सी के पास जा उसे बाँहों में भरती हुई बोली—ओ माई डियर, डियर श्रीकान्त!

पल भर उर्वशी का सिर सहला, पीठ थपथपा, श्रीकान्त बोला—अब अपनी कुर्सी पर बैठो।

उर्वशी अपनी कुर्सी पर बैठ गई तो बोला—देखा मेरी गणना, अब मेरी बात पूरी करो। कहूँ?

—अभी कहो—तुरन्त जो कहो, करती हूँ।

—अपने मुँह से यह बात अब कभी मत कहना कि मैं तुमसे शादी करना चाहती हूँ। उठो, अस्पताल चलें। उर्वशी ने खट से अपनी खोपड़ी आगे की मेज पर पटक दी।

खड़े हो उसे उठाते हुए श्रीकान्त बोला--उठो, ऐसे त्रियाचरित्र मैंने बहुत देखे हैं, मुझे बेवकूफ बनाने की कोशिश मत करो उर्वशी! गेट अप!

धीरे से उठकर रोती हुई उर्वशी अपने कमरे में जाकर फिर लेट गई। श्रीकान्त ने उसका इन्तजार नहीं किया। वह मालती शर्मा और चीफ के लिए जलपान लेकर नौकर के साथ अस्पताल चला गया।

हफ्ते भर की पूरी मेहनत के बाद, एस्टीमेट इत्यादि में श्रीकान्त को दो दोष मिले। महीने भर के बाद चीफ ने जब दफ्तर आना शुरू किया तो बांड के बारे में

पूछा—एस्टीमेट की रफ कैलकुलेशन अपने चार्ट के साथ चीफ के सामने रखते हुए श्रीकान्त बोला—सर, मुझे दो मेजर डिफेक्ट्स मिले—नम्बर एक, स्पेसिफिकेशन के अनुसार इसमें सात लाख रुपयों की लागत का सामान अधिक लगने को दिखाया गया है। जो प्रारूप काम का है उसके अनुसार इतना सामान लगने की कोई जरूरत नहीं है। जिस फार्मूले पर सामानों की खपत दिखाई गई है वह फार्मूला गलत है। उसका जोड़-घटाना गलत है। नम्बर दो, जिन जगहों से बाँध बनना प्रस्तावित है, उसमें एक जगह ऐसी है जो नदी के किनारे से डैंजर जोन के भीतर है यदि पानी का कटाव थोड़ा सा भी बाँध की ओर और बढ़ गया तो तीन साल के भीतर यह बाँध फट जाएगा और कटाव यदि न भी बढ़ा, तो नदी की मुख्यधारा का बहाव रोकने के लिए सरकार को स्पर्स बनाकर, उसके रख-रखाव पर लगातार खर्च करते रहना पड़ेगा जो विभाग का सिर दर्द होगा। स्पर्स तो अब भी जो हैं उन्हें रखना ही होगा, पर बाँध को तो डैंजर जोन से अलग रखना पड़ेगा।

चीफ श्रीकान्त का मुँह देखते हुए चुपचाप सुनते रहे। फिर बाँध का नक्शा देखा, जोड़-घटाव की जाँच की। दो घंटे तक कई फार्मूलों की जाँच करने के बाद उसने श्रीकान्त को बुलाकर पीठ ठोंकी।

अधीक्षक अभियन्ता के हस्ताक्षर को काटकर उस पर अस्वीकृत लिख के कहा—काल फार द एक्सप्लेनेशन ऑफ द डिविजनल इंजीनियर, डिविजनल इंजीनियर से जवाब-तलब करो, इन आपत्तियों के साथ एक चिट्ठी अभियन्ता को लिख के प्रतिलिपि अधीक्षक अभियन्ता को भी दो मेरे दस्तखत से। चीफ ने तत्काल, एस.ई. शुक्ला को फोन पर सारी बातें बता के उनसे अपनी नाराजगी जाहिर कर दी।

घर पर जब मालती शर्मा को ये बातें मालूम हुईं तो उनके होश फाख्ता हो गए। उन्होंने कहा—लेकिन मैंने सरदार से वायदा कर लिया है! साढ़े तीन लाख का ऑफर है।

तुम्हें कितना रुपया चाहिए? दो साल मेरी नौकरी के बचे हैं। भारत सरकार मुझे लोन पर माँग रही है, मुख्यमंत्री मुझे छोड़ नहीं रहे हैं। केन्द्र में मेरे काम की इज्जत है। यह तो श्रीकान्त ने बचा लिया वरना मेरे मुँह में कालिख पुत जाती। बीमारी के बाद मैं तो बांड पर हस्ताक्षर करने जा रहा था। इस बार मैं डिविजनल इंजीनियर और एस.ई. शुक्ला दोनों को शिक्षा दूँगा। सरदार! इतना बड़ा धोखेबाज—उसे ब्लैक लिस्टेड करूँगा। ए साला...!

चीफ गुस्से में काँपने लगे।

उसी दिन सुबह उर्वशी वाराणसी गई—साथ में चीफ ने श्रीकान्त को भी लगा दिया कि वह उसे पहुँचा आए। रात भर का जगा श्रीकान्त प्रतापगढ़ तक सोता रहा। प्रतापगढ़ में उर्वशी ही उतरकर चाय इत्यादि ले आई। श्रीकान्त को जगाया, चाय पकड़ाई। चाय पीती हुई बोली—मैं तुमसे अब माफी माँग रही हूँ।

—किस बात की?

—मैंने पापा से तुम्हारी शिकायत करनी चाही थी पर उन्होंने मुझे इस बुरी तरह से डाँटा कि मैं विस्मय में भर गई।

पापा का यह रूप पहली बार मेरे सामने आया है उन्होंने अन्तिम बार मुझे चेतावनी देते हुए कहा कि यदि तुम उसे मनाकर जीत सकती हो तो तुम्हारी किस्मत, वरना मेरे लिए तो इस विभाग में वह रत्न है। तुम यह समझने की भूल मत करना कि वह मेरी मर्जी पर है उसके गुण के कारण कोई उसकी पीठ पर हाथ नहीं रख सकता। वैसे भी वह मुख्यमंत्री का आदमी है। मुख्यमंत्री के गुरु का सम्बन्धी। थोड़ी देर चुप रहकर बोली—बायदबे श्रीकान्त जो लड़की भी तुम्हें पाएगी भाग्यवान होगी। जब तक ब्याह नहीं कर लेते 'आइ एम एट योर कमांड'!

श्रीकान्त कुछ नहीं बोला। वाराणसी आया। उतरे, अलग रिक्शा पर बैठने से पहले उर्वशी ने पूछा, यहाँ कब तक रहोगे?

—परसों चला जाऊँगा।

—मैं अगले माह में दो-एक दिन के लिए लखनऊ आ सकती हूँ।

—जैसी तुम्हारी खुशी आओगी तो भेंट होगी ही!

श्रीकान्त लालघाट पहुँचा तो उस समय बारह बज रहे थे। आचार्य भोजन करने आए थे निश्चित स्थान पर बैठकर वे भोजन कर रहे थे। पत्नी खिला रही थी। जया उनके पास चुपचाप बैठी हुई थी। बाप की आवाज सुनी तो हॉल की ओर दौड़ी, श्रीकान्त ने बहिना के पैर छुए। बबुनी ने श्रीकान्त के। एक बार ऊपर से नीचे तक श्रीकान्त ने स्वस्थ बबुनी को निहारा। बबुनी ने आँखें नीची कर ली। श्रीकान्त ने मिठाई का डिब्बा जया को पकड़ाया तो लेकर वह चौके की ओर भागी और बहिना की सास के हाथ में पकड़ा दिया।

—पिताजी लाए हैं?

—हाँ...! सास खुश हो बोलीं।

—सास ने डिब्बा खोला—छेने की बढ़िया मिठाइयाँ थीं। आचार्य भोजन समाप्त कर रहे थे—डिब्बा खोल दिखाती हुई बोलीं—दूँ?

आचार्य ने डिब्बे में ध्यान से देखते हुए कहा, दिखा दी। भोजन के समय वे बोलते नहीं थे।

पत्नी ने दो मिठाइयाँ थाली में डाल दीं।

मिठाइयाँ खाकर हाथ धो चुके तब पास खड़े श्रीकान्त ने उनके पाँव छुए! कुशल मंगल और रहने की व्यवस्था पूछने के बाद आचार्य बोले—कितने दिनों की छुट्टी है?

—कल-परसों दो दिन, सोमवार की सुबह चला जाऊँगा।

—कल शाम को यदि मुक्त रहो तो वकील के पास रात्रि में सात बजे चलना है। उसने बुलाया है। कुछ सलाह करनी है।

—वैसे स्थिति क्या है?

—परित्याग का मुकदमा दाखिल कर दिया गया है, दारोगा की जमानत तो हो गई है उसने न्यायालय की नोटिस ले ली है—पर उत्तर देने को एक माह की अवधि ली है। कह रहा था परित्याग बहुत आसानी से उपलब्ध हो जाएगा।

—हाँ, परिस्थितियाँ भी तो ऐसी ही हैं।

—सोमवार की सुबह मुझे भी लखनऊ चलना है साथ ही चलना। मंगल से विधान सभा का सत्र आरम्भ है। अबकी दस-बारह दिन रुकना पड़ेगा। तुम्हें फोन करूँगा। आना तो अपना क्वार्टर दिखाने ले चलना। तुम्हारे चीफ से भी कहोगे तो मिल लूँगा।

—बहुत अच्छा रहेगा।

आचार्य ठाकुर जी का सिंहासन उठा, खड़ाऊँ पहन पाठशाला जाने के लिए सीढ़ियाँ उतरने लगे, खट-खट। उधर हॉल से बहिना और बबुनी निकल के आ गईं। जया बहिना की सास की पीठ पर झूल रही थी आपने एक मिठाई जया के हाथ में थमा दी प्रसन्न हो जया खाने लगी।

—तुम्हारी बेटी बड़ी मायावी है श्रीकान्त! सास बोली।

—मायावी न होती अम्मा जी तो आप लोगों के मन में कैसे समाई! सास मुस्कराईं, आज तो तुम्हारे कारण, नहीं तो पंडित खाना खाने आते हैं तो पंखा लेकर तैयार रहती है। कभी नहीं आती तो पंडित पूछते हैं।

—गंगा जी नहाने जाएगा या बेटी के चक्कर में ही रहेगा? बहिना बोली—हम लोगों को भूख लगी है।

—एक बजने वाले हैं, इस ठंड में गंगा जी जाऊँ, एक लोटा जल दो तो हाथ-पैर धो के शुद्धि कर लूँ!

—उसकी भी क्या जरूरत है अब पीढ़े पर बैठ जाओ। बबुनी धीरे से बोली।

—लाओ बहिना, नहा ही आऊँ। श्रीकान्त ने नहाने जाने का दिखावा किया। हँसती हुई बहिना ने लोटे का जल भाई को पकड़ा दिया।

सभी भोजन करने बैठे—बहिना, सास, श्रीकान्त और जया।

—तू भी अपने को परस ले।

—नहीं चाची, तुम लोग खा लो!

—संकोच क्या है, बड़ी देर हो गई है, हम लोगों को खाने में भी कुछ देर लगेगी।

श्रीकान्त चुपचाप खाता रहा। जया उसी की थाली में खाती रही।

—परस क्यों नहीं लेती? आज तो पिताजी की थाली में पुरखिन भी बैठ गईं। नहीं तो मौसी के बगैर खाती नहीं थी, चल परस के बैठ!

—अरे चाची तुम खा लो, मैं खाऊँगी तो लोग निहारेंगे! बहिना ने मुस्करा के मुँह बिचकाया। असल बात ये है ऐसे तो लोग निहारते ही हैं खाते समय निहार के लोग मुँह में जड़े हुए हीरे-मोती भी उतार लेंगे!

भौजाई ने ननद पर बोली फेंकी।

—पक्ष तो लोगी ही भौजी?

—बहिना तू नहीं जानती, कारण मैं जानता हूँ। बबुनी क्यों नहीं साथ बैठती।

—बता?

—अभी बताता हूँ—जरा खा लेने दो! श्रीकान्त ने जल्दी-जल्दी खाना शुरू किया, बबुनी चुपचाप उसे निहारती रही। जया धीमे-धीमे खा रही थी। पाँच मिनटों में भोजन समाप्त कर उठ गया तो बबुनी ने उसी थाली में अपने लिए भोजन परस लिया। जया के साथ वह भी खाने बैठी। भात जया ढंग से खा नहीं पाती थी। गिरा देती थी। बबुनी उसे अपने हाथ से खिलाती थी। खिलाकर पानी पिला हाथ-मुँह धो दिया तो वह पास खड़े हुए श्रीकान्त के पास चली गई। उसे लेकर कमरे में जाते हुए श्रीकान्त बोला—अब साधू-सन्त का प्रसाद पाओ।

—जो तुम साधू हो, दुनिया जानती होगी। बबुनी दाल में रोटी डुबाकर मुँह में कौर डालती हुई बोली।

—मैं बैठूँ तुम लोगों को घटने-बढ़ने पर देने के लिए!

—तुम जाओ यहाँ से अपनी बेटी लेकर!

हँसते हुए श्रीकान्त चला गया।

भोजनोपरान्त सभी ऊपर छत पर धूप लेने चली गईं तो छोटकी बबुनी कमरे में आई जहाँ रजाई ओढ़ श्रीकान्त सो रहा था। नाक दबा दिया, घबराकर श्रीकान्त उठ गया।

—ये कौन सा तरीका है। भौजी, चाची ऊपर धूप में बैठकर बबुआ से बतियाने को राह ताक रही हैं और बबुआ है कि रजाई ताने हैं? चलो ऊपर!

—उँह! तुम्हारे मारे तो नाक में दम है?

—पहले नहीं सोचा था! बबुनी बोली।

श्रीकान्त कुछ नहीं बोला—उठकर बबुनी के दोनों गालों पर हाथ फेर, सबके साथ आगे-आगे ऊपर धूप में, बहिना और उसकी सास के बीच जाकर बैठ गया।

—मैंने मना किया था कि थका होगा सो लेने दे। पर यह लड़की मानी नहीं, जाकर जगा आई।

—थके क्या होंगे? बबुनी कहने लगी—लखनऊ से पैदल आए हैं क्या?

—कौन तुमको समझाए की खाली पैदल चलने से ही आदमी नहीं थकता।

—सिर पर जो अलग से बोझ पड़ गया है उसे हम लोग भी तो सुनें।

—अब शादी-वादी होगी मिसिर जी? सास बोलीं।

—हाँ अम्मा जी, अब न होगी तो कब होगी? लेकिन कोई लड़की भी तो हो, एक तो मृदुला की ननद थी वह भी हाथ से निकल गई!

—मारो गोली ससुरी को उस घर का नाम न लो। कसाई हैं सब, अच्छा हुआ जो बच गए। मेरी बेटी की जिन्दगी नरक कर दिया था, अब तो जल्दी इसे मुक्ति मिल जाए।

—वह तो होना ही है अम्मा जी! यही काम पहले हो गया होता तो बबुनी की इतनी दुर्दशा न हुई होती।

—हाँ बेटा, यह तो समय और भोग-भोगाव की बात है। मृदुला को इतना दुख भोगना लिखा था, भोगा। खैर, अब तो आगे जो होगा वो सामने आएगा। तुम्हारे पास बाबू ने कोई चिट्ठी-पत्री ब्याह के बारे में नहीं लिखी?

—कई चिट्ठियाँ लिखीं, उन्हें भ्रम था कि मेरे साहब अपनी बेटी से मेरा ब्याह करना चाहते हैं, उसी ब्याह का प्रसंग उठाकर वे बार-बार पूछते थे। मैंने उनको साफ लिख दिया कि उस लड़की से मैं ब्याह नहीं करूँगा। उससे ब्याह हो ही नहीं सकता कारण अनेक हैं आप अन्यत्र बातचीत करें।...आपकी निगाह में कोई लड़की हो तो आप लोग देखें-सुनें।

—हाँ, इसीलिए मैं पूछ रही थी कि मेरी पहचान में एक निर्धन ब्राह्मण परिवार है उसकी दो लड़कियाँ हैं—दोनों ब्याहने योग्य। माँ मर गई है। एक उसमें ज्यादा पढ़ी है। तुम दोनों को देख लो। जो लड़की पसन्द आए मैं ब्याह करा दूँगी क्योंकि तुम्हारा ब्याह केवल तुम्हारी इच्छा पर है। तुम्हारे बाबू जी की यहाँ लिखी चिट्ठियों से यही लगता है। वे तो सारा भार तुम्हारी बहिन और मुझ पर छोड़े हुए हैं। तुम आए हो तो लड़की देख लो ताकि बात आगे बढ़े। पंडित की भी यही राय है।

—अब इस बार तो नहीं अम्मा जी! लड़की देखने-दिखाने की बात तो आगे होगी।

—अच्छा तो फिर कभी।

—लेकिन, टालने में कुछ लाभ नहीं होगा। मैं तुम्हारे बाप को चिट्ठियाँ लिखवा देती हूँ।

—यह तो आपकी इच्छा की बात है, मैं आप लोगों से बाहर कहाँ हूँ।

—खूब सेवा करेगी लड़की। उसकी माँ मरते समय बेटी का हाथ मेरे हाथ में दे गई थी। फूट के अब सयानी हो गई है लड़की एकदम सुन्दर। अबकी गर्मी में ब्याह कर लो!

—कर लूँगा अम्मा जी, अब ब्याह ही तो करना है लेकिन थोड़ा सोच-समझ के।

—सोचते-समझते बूढ़ा हो जा। सास थोड़ा बिगड़ीं, हर काम समय से शोभा देता है।

बहिना एकदम खामोश रही। वह चुपचाप सास की बात सुन रही थी—तुम भी कुछ क्यों नहीं बोलती?

—आप तो बोल ही रही हैं अम्मा जी। अफसर हो गया है अफसर को मेम चाहिए। हम लोगों की बात सुनेगा? नम्बरी घाघ है। इसका मन पकड़ना आसान नहीं है। जाने क्या चाहता है। कैसी लड़की इसको चाहिए।

अबकी बाबू को यहीं बुलवाती हूँ तो अपने आप ही फैसला होगा, ये ऐसे नहीं मानेगा। इसका उपचार करना मैं जानती हूँ।

श्रीकान्त, अब तक सामने बैठी बबुनी पर आँखें टिकाए रहा फिर लेटकर आँखें बन्द कर ली।

—देखा, बहाना बना के आँखें बन्द कर रहा है। बहिना बोली।

अपनी गोद से जया को हटाती हुई बबुनी बोली—जाओ अपने पिताजी के पास, बहुत थक गए हैं सिर-पैर दबा दो।

श्रीकान्त चुपचाप मुस्कराता रहा।

—यह इसकी बचपन की आदत है अम्मा जी, जब कहीं इसके मन की नहीं होती तो वहीं लेट के आँख मूँद लेता है या वहाँ से खिसक जाता है पर इस साल बच्चू के पाँव में बेड़ियाँ तो डालनी ही हैं। हँसते हुए श्रीकान्त ने अपने दोनों हाथ हथकड़ी पहनने की भंगिमा बना बहिन की ओर बढ़ा दिए तो सास और बहिना दोनों हँसने लगीं। थोड़ी देर चुप रह बोली—सुन, अस्पताल से लौटने के बाद बबुनी के सिर में पीड़ा रहती है, तुझे मालूम है?

—मैं कोई ज्योतिषी हूँ?

—मैंने सोचा, बबुनी ने तुमसे कहा होगा। खैर, पिछले डॉक्टर ने कहा था कि इन्हें आँख के डॉक्टर को दिखाना होगा। तुम दोनों शाम को चले जाओ, तुम्हारे आने की प्रतीक्षा थी।

—ठीक है, शाम को चलेंगे।

शाम को छह बजे बबुनी और जया को लेकर आँख के डॉक्टर के पास गया। डॉक्टर को तीस रुपये फीस दिया। चोट खाने इत्यादि का सारा ब्योरा सुनकर डॉक्टर ने बबुनी का परीक्षण करके बताया कि गर्दन की कुछ नसों में चोट लग जाने के कारण सिर की नसों में अभी तनाव है उसके लिए अलग से दवा खानी पड़ेगी। और चश्मा भी लगेगा। चश्मे का पावर मैं जाँच करके लिख दूँगा एक घंटा बाद।

पचहत्तर रुपये की दवाई और चश्मे का पावर लेकर चश्मे की दुकान में चश्मा बनाने वाले को दे आया। चश्मा एक सौ पच्चीस रुपये में बनने को ऑर्डर भी दे आया जो दूसरे दिन मिलना था।

दुकान से बाहर निकलने के बाद, श्रीकान्त ने पूछा।

—तुम इतने दिन से यह कष्ट उठा रही हो, बीच में मैं दो बार आया, एक बार भी मुझसे नहीं कहा—न एक पत्र ही लिखा।

—बहुत संकोच लगती थी?

—कभी घर से बाहर घूमने-टहलने का मन नहीं होता?

—होता तो है पर निकलूँ किसके साथ, मुझे कौन ले जाने वाला है?

श्रीकान्त कुछ नहीं बोला। गोदौलिया आए तो बोला अब किधर चलूँ?

—मन्दिर चलो मुझे शंकर जी का दर्शन करा दो।

जया मचली—मौसी मुझे भूख लगी है।

—इनको कुछ खिला दो।

—मुझे भी भूख लगी है?

—तो तुम भी कुछ खा लो।

—और तुम? श्रीकान्त ने पूछा।

—मुझे भूख नहीं लगी है।

—चलो हम लोग खाएँगे तुम ताकना! श्रीकान्त गम्भीर हो बोला।

—और मेरे भाग्य में अब रह क्या गया है?

—जो तुम्हारे भाग्य में है, मैं अच्छी तरह जानता हूँ बबुनी। बस अपने मन को मत मारो। अब थोड़ा हँसा-बोला करो।

—किससे? मृदुला ने अबकी मुस्करा के कहा।

—जिससे तुम्हारा मन चाहे। श्रीकान्त ने वैसे ही जवाब दे दिया।

सभी जल जोग में घुस गए भीतर एक मेज के इर्द-गिर्द तीनों बैठे। श्रीकान्त पहले रसगुल्ले, फिर नमकीन और चाय मँगवाई। बार-बार आग्रह करके श्रीकान्त ने बबुनी को प्यार से मिठाइयाँ खिलाई—जया को बबुनी ने खिलाया। बबुनी का संकोच टूटा। आज श्रीकान्त के साथ बाहर घूमने का यह सुख, अप्रतिम था। बबुनी भीतर ही भीतर असीम प्रफुल्लता से भरी हुई थी उठने से पहले बोली—अब जया जब घर पर ढिंढोरा पीटेगी तब जवाब देना।

—उन लोगों के लिए भी दस रसगुल्ले ले लेता हूँ।

—हाँ।

बाहर निकले तो बबुनी बोली—अभी मन्दिर चलो शिव के दर्शन के बाद घर चलूँगी। मैंने मनौती मानी है।

—किस बात की मनौती मानी थी?

—इससे तुमसे क्या मतलब? तुम चलो।

दर्शन कर, प्रसाद ले रात को साढ़े आठ बजे घर पहुँचे। प्रसाद मृदुला लिये थी रसगुल्ले का कुल्हड़ बहिना की सास के आगे रखा गया। सास मुस्कराईं। बहिना ने सिर हिलाकर बबुनी से पूछा—आज मन भरा! डॉक्टर ने क्या बताया?

—पचहत्तर की दवाई और सवा सौ का चश्मा। कहा, सिर की नसों में चोट के कारण खून जम गया है। चश्मा कल मिलेगा।

—खाना परसूँ! बबुआ?

—क्या बनाया है?

—केवल आलू-गोभी की सब्जी, रोटी खाएगा या पराँठे खाएगा?

—हाँ, श्रीकान्त खिल गया पराँठे बना।

—कपड़े बदलकर छोटकी बबुनी आ गई थीं—भौजाई को हटाकर खुद चौके में बैठ गईं।

—देखा!

—बड़ा पाजी है, बहिना बोली। सास हँसने लगीं कोई गलत कहता है क्या? दूसरे दिन बबुनी का चश्मा लाया। उन्हें अच्छी तरह समझाकर, जया को दुलारकर पन्द्रह दिनों बाद फिर लौटने को कहके श्रीकान्त लखनऊ चला गया।

24

मन उदास था। भीतर एकाकीपन भरा हुआ था। दफ्तर में मन नहीं लगा। चीफ चार दिनों के लिए बाहर गए हुए थे। दैनिक काम ढीले थे। चपरासी को सहेजकर, अपने सिर में पीड़ा होने की बात बता वह घर चला आया। वाराणसी से लौटे हुए लगभग पच्चीस दिन हो गए थे।

दस दिन पहले एक दिन आचार्य आए थे। इतवार के दिन घंटे भर रहे, आवास की स्थिति देख-सुन बेहद प्रसन्न हुए थे। चलते-चलते बोले कि—अभी फिलहाल तुम यहीं रहो। वैसे मैंने मुख्यमंत्री से तुम्हारी चर्चा की थी तो बोले कि अभी श्रीकान्त को लखनऊ में ही रहने दीजिए। उसके चीफ से एक दिन भेंट हुई थी उसके ज्ञान और ईमानदारी से चीफ बेहद खुश हैं। बोले, इने-गिने सालों की मेरी नौकरी बची है, मैं ऐसे इंजीनियर को अपने से अलग नहीं करना चाहता। चाहता हूँ चलते-चलते उसे कुछ दे जाऊँ। किन्तु यदि तुम्हें यहाँ किसी तरह की असुविधा हो और अपना स्थानान्तरण वाराणसी चाहो, तो मुझसे बता देना। श्रीकान्त लेटे हुए सोच रहा था, वाराणसी की बात जया और मृदुला की बहिना, अम्मा, बाबू की बात कि तभी चपरासी दफ्तर से डाक ले आया। दस-बारह सरकारी चिट्ठियों में एक चिट्ठी वाराणसी से आई थी—लिफाफे के ऊपर कोने में केवल वाराणसी लिखा हुआ था खोला—

वाराणसी

प्रियवर,

लखनऊ से नूनू (आचार्य) लौटे तो तुम्हारी बड़ी प्रशंसा कर रहे थे कि श्रीकान्त तो बेहद प्रभावशाली अफसर हो गया है। इतने कम दिनों की नौकरी में जो इंजीनियर अपने साहब और मुख्यमंत्री की आँखों में बैठ जाए, यह अपने में एक बड़ी बात है।

सुन-सुन के भीतर से मेरा हिया जुड़ा रहा था। रेवड़ी का जो पैकेट तुमने भेजा था। उसे पाकर जया बेहद खुश थी कि मेरे पिताजी ने मेरे लिए भेजा है चाची चिढ़ा रही थी कि अकेले तुम्हारे पिताजी नहीं हैं, पहले हम लोगों के बबुआ हैं तो बोली कि तुम्हारे बबुआ हैं तो बबुआ से रसगुल्ले मँगाओ।...चाची हँसती रही।

सिर का दर्द, मेरा काफी ठीक हो गया। चश्मा पहनने से बड़ी राहत रहती है। दवाई तो खत्म हो गई फिर मँगा ली। चालीस रुपये लगे।

कभी-कभी मन व्याकुल हो जाता है। जया को गोद में लेकर, प्यार करती हूँ। चूमती हूँ, तो मन बहल जाता है, लेकिन बिना मूल को पाए, सूद से कब तक मन बहलेगा? देह तो अपनी जगह पर है उसकी बात क्या कहूँ? समझ नहीं पाती मेरा आगे क्या होना है, सागर की लहरों पर कागज की यह नाव कब तक बहेगी?

तुम कब आओगे?

तुम्हारी मृदुला

सिरहाने छोटी सी मेज पर, सरकारी डाक पड़ी थी। चिट्ठी मोड़ लिफाफे में रख तकिया के नीचे दबा लेटकर वह छत की ओर देखने लगा। तीन बज रहे थे चाय पीने की तबीयत हो रही थी नौकर लगभग पाँच बजे आता है। खुद हीटर पर पानी चढ़ाने को सोच रहा था कि कॉलबेल बजी। बैठक से होते हुए द्वार खोल बाहर निकला तो देखा, सोने के तारों की कढ़ाई वाला, लाल कीमती कश्मीरी शॉल ओढ़े धूप का चश्मा लगाए मालती शर्मा खड़ी थीं।

—अरे! विस्मय में श्रीकान्त बोला—आप! कार की आवाज भी नहीं सुन पड़ी, आइए-आइए कहाँ से आ रही हैं?

—घर से?

—घर से! आज क्या बात हो गई, मेरी सुधि कैसे आ गई?

—मालती शर्मा मुस्कराईं, मेरी सीमाएँ हैं श्रीकान्त, मैं औरत हूँ तुम मर्द हो, और यह समाज पुरुष प्रधान है।

—और उस समाज के प्रधान पुरुषों का संचालन करने की बागडोर तुम्हारे हाथ में है!

—भीतर से खुश होती हुई मालती शर्मा बोलीं—मेरी असहाय अवस्था का मजाक उड़ाते हो श्रीकान्त?

—चौदह लाख के बैंक बैलेंस की स्वामिनी अपने को यदि असहाय कहे तो हम लोगों की क्या स्थिति होगी श्रीमती मालती शर्मा?

—चाय-वाय पिलाओगे या कोड़े मारना शुरू कर दिया?

—हाँ, तबीयत अपनी भी हो रही थी। पानी चढ़ाने जा ही रहा था कि घंटी बज गई थी।

—नौकर?

—पाँच बजे के बाद आता है। बरामदे में रखी मेज पर बिजली के हीटर पर पानी चढ़ा श्रीकान्त ने चार कप चाय बनाई तब तक मालती शर्मा उसकी बगल में खड़ी हो उसकी मदद करती रहीं। अलमारी से बिस्कुट निकाल प्लेट में रखते हुए बोला—वे मेरे घर आए ख़ुदा की रहमत...कभी उनको, कभी इस घर को देखते हैं।

—वर्मा की फेमिली जब थी तो मैं इस घर में एक बार आई थी। घर मेरा देखा हुआ है लेकिन तुमने तो इसे इतना साफ करके रखा है कि क्या कहने—बस थोड़ा फर्नीचर, पसन्द करके, बँगले से मँगवा लो। वहाँ बहुत सारे व्यर्थ में पड़े हैं उनका उपयोग तो हो!

—जोरू न जाँता, तो फर्नीचर से क्या नाता? मुझे तो बस रात में सोने भर को एक कमरा चाहिए।

—क्यों?

—क्योंकि हर समय मैं अपना बिस्तर बाँधने को तैयार रहता हूँ। कल को अफसर नाखुश हो गया तो पटक देगा कहीं तराई में, यक्ष की तरह कैद हो जाऊँगा। तब उन फर्नीचरों का क्या होगा? माया-मोह कौन लगाए?

चाय की चुस्की लेती हुई मालती शर्मा बोलीं—अजीब आदमी हो—तुम्हें समझ पाना आसान नहीं है?

—जिसके पास कुछ हो उसे समझने में कठिनाई हो सकती है, जिसके पास कुछ हो ही नहीं, मेरे जैसे को क्या समझना?

—तुम ब्याह कर लोगे तो मेरी वह कठिनाई समाप्त हो जाएगी मेरा क्रम टूट जाएगा।

श्रीकान्त ठठाकर हँस पड़ा, यह बात तुमने नींव डालने वाली कही है, यदि यही सच है, तो यह भी मालूम होना चाहिए कि इस नाचीज से चूक कहाँ हुई है?

मालती शर्मा थोड़ा भीतर से सतर्क हो गईं। श्रीकान्त की आँखों में विशेष अन्दाज से ताकती हुई बोलीं—तुम घर क्यों नहीं आते?

—उस घर को अब मेरी जरूरत नहीं है!

—क्या? नाटकीय अन्दाज में चौंककर मालती शर्मा बोलीं—यह तुमने क्या कहा?

—लगभग एक माह के बाद मेरी याद कैसे आई? इस बीच कब तुमने मुझे याद किया, जो मैं नहीं आया?

—हमारे-तुम्हारे रिश्ते?

—ऐसे रिश्तों की जिन्दगी में कोई अहमियत नहीं होती मालती शर्मा। नींद न जाने ठाँव-कुठाँव, भूख न जाने जाति-कुजाति। भूख लगने पर हर कोई भोजन करता है। इस रिश्ते को शतरंज का मोहरा मत बनाओ। चौदह लाख की स्वामिनी सत्य से अलग हट के मत बातें करो। तुम्हारे लिए मैं पहला मर्द नहीं हूँ!

मालती शर्मा सहसा गम्भीर हो गईं—लगता है, जिन्दगी के ऐसे रिश्तों के प्रतिफलों से तुम पूरी तरह वाकिफ नहीं हो, श्रीकान्त? उम्र में सात साल बड़ी होने के नाते मुझे तुमसे थोड़ी अधिक जानकारी है। औरत की इस भूख को मिटाने वाले मर्द को औरत आसानी से नहीं छोड़ती। मेरे साथ लाचारी है कि मैं ब्याहता हूँ, मेरी अपनी मजबूरियाँ हैं।

—अगर क्वाँरी होतीं तो?

—फौरन तुमसे ब्याह करती?

श्रीकान्त हँस पड़ा—मालती शर्मा को तिरछी नजर से देखता हुआ बोला, तुम्हारी उर्वशी भी तो एक औरत है? मेरे और उसके बीच जो कुछ है, तुमसे छिपा भी नहीं है...मेरा, उसका ब्याह भी हो सकता है पर उसने तो कभी मुझसे ब्याह करने की इच्छा तक न जाहिर की।

—उसकी बात छोड़ो उसका अपना नजरिया है, उसे वह जाने।

—ठीक कहती हो, हर कोई अपना ही जानता है अपने सुख-सुविधा की बातें सोचता है। दूसरे को अपने सुभीते के अनुसार हर कोई दुनिया में इस्तेमाल करना चाहता है। वह तो देह का कोयला-पानी है, देह की उस सुख-सुविधा की बातें छोड़ो—उसके लिए तो जब चाहोगी तुम्हारी सेवा को प्रस्तुत हूँ—कहो तो अभी... ?

मालती शर्मा के चेहरे पर एक अजीब सी मुस्कराहट उभर आई? ललाट के ईंगुर का गोल टीका, काजल रची बड़ी-बड़ी कामुक आँखों में भरी मादकता, हीरे जड़ी नाक की कील और कान के टप्स में एक विशेष चमक दिखी। सिर हिलाते हुए बोलीं—तुम बेहद शैतान आदमी हो, वहशी!

—जो हर औरत को पसन्द है वही वहशीपन तो तुम्हारी देह के रोम-रोम को रसमय बनाता है, कहो हाँ! श्रीकान्त ने मालती शर्मा का पहुँचा पकड़ लिया।

करीब खड़े श्रीकान्त की ओर ऊपर आँखें उठाकर देखती हुई मालती शर्मा बोलीं—तुम समझते हो मुझे तुम्हारी जरूरत इतने ही तक है?

—एकदम! इसके अलावा तनिक भी इधर-उधर नहीं।

मालती शर्मा एकटक श्रीकान्त को देखती हुई बोलीं—तुम अपने से जो सोचो किन्तु फिलहाल मैं एक धर्म संकट में पड़ गई हूँ।

—वही तो तुम्हारे मुँह से सुनने का इन्तजार कर रहा था, श्रीकान्त कुर्सी पर बैठ गया।

—मैंने सरदार ठेकेदार से एक लाख एडवांस ले लिया है और उसके काम का एस्टीमेट रद्द कर दिया गया...।

श्रीकान्त ठठाकर हँस पड़ा।

—इसमें हँसने की क्या बात है?

गम्भीर हो, अपनी दोनों आँखों में बल देते हुए श्रीकान्त बोला—ऐसी स्थितियाँ

मैंने बहुत देखी हैं मालती शर्मा। ठेकेदार, वह भी सरदार, ऐसा बेवकूफ कभी नहीं हो सकता कि अपना काम होने से पहले ही एक लाख रुपया खर्च कर दे। इसलिए मुझे इस बिन्दु पर गुमराह करने की कोशिश मत करो। अगर तुमने लेन-देन की है तो यह तुम्हारे और ठेकेदार के बीच की बात है। उसमें मैं कहाँ आता हूँ—रद्द करने का आदेश साहब का है तुम्हारे पति का।

—उसमें तकनीकी दोष तो तुम्हीं ने निकाला है।

—वह साहब का आदेश था?

—यह आदेश तो तुम्हारी जगह से गए—वर्मा के लिए भी था?

—इसका उत्तर तुम मुझसे क्यों माँगती हो? साहब से कहो।

—साहब कैसे काम करते हैं मैं जानती हूँ? मालती शर्मा की आवाज में छिपी हुई तल्खी उभरी।

—लेकिन यह तो तुम्हारे और उनके बीच की बात है—वही तो मैं तुम्हें बताने आई हूँ।

—मुझे बताने की आपको कोई जरूरत ही नहीं है—आप साहब से कहिए कि श्रीकान्त से ऐसे काम लो!

—मेरा कहना काफी नहीं है?

—तुम अगर ऐसा समझती हो मालती शर्मा, तो यह तुम्हारी गलतफहमी है। मालती शर्मा का चेहरा तमतमा आया। यह भूल गए कि तुम्हें प्रमोशन मैंने दिलवाया है।

—यह तुम दूसरी गलतफहमी में हो!

—क्रोध की चरम सीमा में भरकर मालती शर्मा बोलीं—तुम्हें चीफ का पी.ए. रखवाने के पीछे मेरा एक निश्चित उद्देश्य है?

—यह हो सकता है किन्तु यदि उस उद्देश्य की पूर्ति में मैं बाधक हूँ तो तुम मुझे यहाँ से हटवा दो, लेकिन जब तक मैं इस कुर्सी पर हूँ मेरा अफसर मुझसे जो कुछ कहेगा मैं वही करूँगा!

—अफसर, हर बात अपने पी.ए. से कहता नहीं है, यह तो पी.ए. की योग्यता पर निर्भर करता है कि अपने अफसर को अपनी मुट्ठी में कैसे रखे!

—किस बल पर मालती शर्मा?

—तुम्हारे सामने बैठी हुई इस औरत के बल पर!

—जो एकदम नामुमकिन है, मैं आँखें मूँदकर, कागजों पर दस्तखत नहीं करता मालती शर्मा—मैं अपनी जिम्मेदारी जानता हूँ और जिस ढंग से तुम मुझसे कह रही हो उसी ढंग से मैं यह बात तुम्हारे सामने चीफ से पूछूँगा।

—तब तो बिला वजह बर्रे के छत्तों में हाथ लगाना होगा?

—तुम यही चाहती हो तो दूसरी राह भी क्या है?

—मैं तुमसे लड़ाई मोल लेकर, यहाँ नहीं रहना चाहता बातें साफ हो ही जानी चाहिए!

—यार को यारी से मतलब? तुम्हें अपने हक से मतलब है वह मेरी जिम्मेदारी है।

—एकदम नासमझी की बातें कर रही हो! जो भी बांड एस्टीमेट मेरे द्वारा चीफ के पास जाएगा उस पर मेरा हस्ताक्षर होगा। और बिना उसे जाँचे-समझे मैं उस पर हस्ताक्षर नहीं करूँगा। तुम चीफ से कहो कि इस सरकारी काम की पद्धति में परिवर्तन कर दें।

मालती शर्मा कुछ सोचकर बोलीं—तुम मेरी बात मानने-समझने को तैयार नहीं हो।

—कतई नहीं।

—तो तुम अपना हानि-लाभ समझ लो।

—सुनो मालती शर्मा, शर्मा जी तुम्हारे हाथ के खिलौने हो सकते हैं, मैं नहीं! शर्मा जी को तुमने अभियन्ता से अधिशासी अभियन्ता बनवाया, अपने बल पर, तुम्हारे रूप और यौवन का वह सारा इतिहास मैं जानता हूँ। पर वे दिन अब भूल जाओ जब खलील मियाँ फाख्ते उड़ाया करते थे। सरकार मुझे नौकरी में तो रखेगी, यहाँ नहीं, कहीं और सही। और जाने के लिए तो मेरा बिस्तर हर समय बँधा है।

—लेकिन एक बात है?

—क्या? मालती शर्मा उत्सुक हुईं।

—हमबिस्तर होकर तुम अपनी जरूरत पूरी कर चुकी हो। अब मुझी को दूध की मक्खी बनाने की कोशिश मत करो?

—तुम उलटा समझ रहे हो श्रीकान्त, मैं पूरी तरह तुम्हें अपना लेना चाहती हूँ।

—पूरी तरह तुम अपने पति को नहीं पा सकीं तो मुझे क्या पाओगी? मैं कभी भी तुम्हारा नहीं था, न हूँ, न रहूँगा। जिन्दगी के बहाव में यह सब क्षणिक है, तुम जो कल थीं, आज नहीं हो। जो आज हो, कल नहीं रहोगी। काल का इतिहास हमें यही सीख देता है।

—काल का इतिहास जानने तुम्हारे पास नहीं आई हूँ। मैं तुमसे यह जानने आई हूँ कि सरदार के काम का एस्टीमेट संशोधित होकर फिर तुम्हारे पास आ रहा है उसे तुम्हें स्वीकार करना होगा!

—उसका अधिकार आपके पति को है।

—किन्तु तुम्हें उसको जैसा का तैसा साहब के आगे हस्ताक्षर करके रख देना है।

—मैं यह भी नहीं करूँगा मालती शर्मा।

—अभी बछड़े हो सीख जाओगे।

—बिस्तर पर हार जाने के बाद, बाहर मुझसे जोर-आजमाइश करने से तुम्हें कोई लाभ न होगा मालती शर्मा। पता नहीं कौन हारे, कौन जीते? श्रीकान्त मुस्कराते

हुए बोला—जो आदमी मरने से नहीं डरता, वह नौकरी से क्या डरेगा? जब तुमने मुझे नौकरी दी नहीं तो तुम्हारी सीमाओं को मैं जानता हूँ।

मालती शर्मा तमतमा के उठ खड़ी हुईं, मेरी सीमाएँ तुम्हें आने वाला वक्त बताएगा। वे बाहर निकलीं, बेहद तेजी से जाकर कार में बैठ गईं और फाटक बेहद जल्दी में बन्द कर स्टीयरिंग पर हाथ लगाया तो झुककर फाटक पर कुहनी टेककर बेहद शान्त मुद्रा में श्रीकान्त बोला—एक बात सुनती जाओ—इस जोर-परीक्षण के दौरान, कहीं ऐसा न हो कि इस चौदह लाख के बैंक बैलेंस और बैंक के लॉकरों में कैद तुम्हारी सम्पदा का हिसाब-किताब तुम्हें अदालत में देना पड़ जाए! तुम्हारा एकाउंट नम्बर, लॉकर कोडवर्ड दूसरे भी जानते हैं यह मत भूल जाना...!

—गाड़ी स्टार्ट करती हुई मालती शर्मा एकाएक रुक गईं। उनका चेहरा एकाएक पीला पड़ गया।

पल भर ठहरकर बोला—अब आप जा सकती हैं!

—मुझे एक गिलास पानी पिला सकते हो?

—हाँ, बैठी रहो—ले आता हूँ।

लेकिन मालती शर्मा चुपचाप कार से उतर गईं और श्रीकान्त के पीछे-पीछे उसके घर में दाखिल हो गईं...! मेज पर से गिलास उठा—नल से खुद पानी ले पीकर बोलीं—तुमने मुझे कहीं का न रखा श्रीकान्त!

अपनी उसी गम्भीर मुद्रा में श्रीकान्त बोला—बकवास बन्द करो और घर जाओ। पल भर को श्रीकान्त को ताक कर वे मुड़ गईं। बाहर निकलने वाले फाटक के पास जा खड़ी हो उसे भीतर से बन्द कर, श्रीकान्त के पास फिर आ खड़ी हो गईं।

—बस! आ गईं असलियत पर!

श्रीकान्त की छाती में मुँह छिपा मालती शर्मा फफक के रो पड़ीं।

श्रीकान्त ने मालती शर्मा को अलग किया। मुँह पोंछ वे कमरे में आ बिस्तर पर बैठ गईं। तभी कॉलबेल बजी श्रीकान्त ने फाटक खोला—नौकर आ गया था—पाँच-सात मिनट बैठी रहने के बाद वे उठीं। कार तक श्रीकान्त गया।

—आज घर आओगे?

—नहीं, अब घर तब आऊँगा जब साहब बुलावा भेजेंगे। आप मेरे अफसर की पत्नी हैं आपने बहुत लिफ्ट दे दिया था आपको उसे समेटना होगा। नमस्ते। श्रीकान्त वापस मुड़ गया।

25

मृदुला के पत्र के उत्तर में श्रीकान्त ने बहिना के नाम पत्र भेज दिया था। बहिना की सास और बहिना को चरण स्पर्श के बाद, मृदुला और जया के लिए

बहुत-बहुत प्यार था, और बबुनी से निवेदन था कि वह जया का विशेष ध्यान रखेंगी। क्योंकि अगले पखवाड़े में भी उसके आने की उम्मीद नहीं है।

दफ्तर के काम में श्रीकान्त बेहद सतर्क रहने लगा था। चीफ बेहद खुश थे। बँगले पर जाना उसने रोक-सा दिया था। इसी से मालती शर्मा थोड़ा परेशान थीं। दो-एक बार गया जरूर पर चीफ की बुलाहट पर। जिस दिन शर्मा दफ्तर नहीं आए तो टेलीफोन करके श्रीकान्त को घर ही बुला लिया। तीन-चार घंटों में दफ्तर का काम उनके साथ बँगले पर ही निपटाकर, वह वापस लौट आया था। मालती शर्मा द्वारा रोके जाने की इच्छा के बावजूद वह रुका नहीं। दोनों के बीच हल्के-फुल्के तनाव की सी स्थिति थी। चीफ की पत्नी होने के नाते मालती शर्मा अपने पद और अधिकार की गलतफहमी में डूबी रहती थीं। किन्तु श्रीकान्त के आगे उनका वह गरूर, वह अहं एकदम निष्क्रिय हो जाता था। यद्यपि श्रीकान्त ने कभी भी उनकी प्रत्यक्ष उपेक्षा नहीं की। दूसरे के आगे उनकी पत्नी को जो सम्मान मिलना चाहिए था, वह बराबर देता रहा। किन्तु दोनों के बीच एक निश्चित दूरी का निर्वाह करते हुए। मालती शर्मा का मुँह बन्द था। ठेकेदार ही नहीं, अधिशासी अभियन्ता तथा अन्य खंडों के स्वतंत्र वरिष्ठ अभियन्ता भी इस बात को जानने लगे थे कि चीफ अपने पी.ए. श्रीकान्त पर पूरी तरह निर्भर हैं और श्रीकान्त से कोई भी गलत काम कराना सम्भव नहीं है। इसलिए, ऊपर से नीचे तक की मशीनरी श्रीकान्त के कारण, चीफ के कसाव में आ गई थी अन्य किसी भी नेता का दबाव या जोर, चीफ पर पड़ता नहीं था। क्योंकि चीफ पर मुख्यमंत्री का वरद हाथ था। चीफ के कामों के वे बेहद प्रशंसक हो गए थे।

ऐसी स्थिति में मालती शर्मा अपने को असहाय और लाचार स्थिति में पाने लगी थीं। उनकी आमदनी का जरिया कट गया था। वे श्रीकान्त से बेहद डरने लगी थीं। जब चीफ ने उन्हें यह बता दिया कि श्रीकान्त मुख्यमंत्री के गुरु का सम्बन्धी भी है इसलिए उससे छेड़छाड़ करने का अर्थ अपना नुकसान उठाना है। जबकि नौकरी के कुल डेढ़ साल बाकी हैं।

चीफ की पत्नी होने के कारण वर्षों से मनमाना लाभ लेती रहने की स्थिति में एकाएक रुकावट आ गई तो मालती शर्मा कसमसा के रह गईं। श्रीकान्त से उनको देह की मिलने वाली सुविधाओं में एकाएक ब्रेक लग जाने के कारण, उनकी भीतरी उलझन बढ़ने लगी। वे अप्रत्यक्ष निराशा और कुंठा से भरने लगीं। फलस्वरूप उन्होंने शराब पीना बढ़ा दिया। शराब-सिगरेट और फ्लश के खेल में मालती शर्मा अपने को अत्यधिक व्यस्त रखने लगीं। फिर भी श्रीकान्त को पाने की उसकी भीतरी छटपटाहट किसी भी प्रकार से कम नहीं हुई। वह हरसम्भव प्रयास में लगी रही लेकिन श्रीकान्त ने उनको अपनी पीठ पर हाथ नहीं धरने दिया। धीरे-धीरे श्रीकान्त के लिए मालती शर्मा के मन में सुलगने वाली आग पर राख की पर्त पड़ने लगी।

आचार्य से लखनऊ में श्रीकान्त की दो-तीन बार भेंट हुई। कभी-कभी वे

टेलीफोन करके श्रीकान्त को बुलवा लेते थे। उन्हीं से बबुनी के मुकदमे की स्थिति का पता चलता रहता था। अदालत में बबुनी का बयान हो चुका था। वकील की सिखाई हुई राय के अनुसार उन्होंने बयान भी दे दिया था कि वे किसी भी कीमत पर अब इस व्यक्ति के साथ रहने को तैयार नहीं हैं। अब फैसले की तिथि निश्चित है जिसमें लगभग दो सप्ताह बाकी हैं।

फैसले की तिथि पर श्रीकान्त चाहकर भी वाराणसी नहीं जा पाया। आचार्य भी नहीं जा सके थे। क्योंकि विधान सभा का सत्र चल रहा था। फैसला हो गया, बबुनी को तलाक मिल गया। वे मुक्त हो गईं। वह वाराणसी से लखनऊ में आचार्य के पास टेलीफोन से सन्देश आया और उन्होंने टेलीफोन से ही श्रीकान्त को सूचित भी कर दिया था।

श्रीकान्त उनके आवास दारुलशफा में जाकर शाम को मिल आया था। बहुत देर तक वे बातें नहीं कर सके। क्योंकि उनको लेने के लिए मुख्यमंत्री का आदमी आ गया था। कपड़े पहन वे चले गए।

एक दिन दफ्तर में वाराणसी से आचार्य का टेलीफोन आया कि तुम्हारी बहिन की तबीयत खराब चल रही थी स्थिति थोड़ी गम्भीर हो गई थी क्योंकि बड़ी माता निकल आई थीं, और माता का आक्रमण गम्भीर होने के कारण तुम्हारे गाँव आदमी भेजा था, तुम्हारे बाबू और माता जी भी आ गई हैं। तुम्हारी माता जी के आ जाने से, उनकी पूजा और प्रार्थना के कारण भगवती थोड़ी कृपालु होने लगीं। ज्वर काफी कम हो गया। इसलिए देह की दाह में भी कमी हो गई। चिन्ता की कोई बात नहीं, एक-दो दिन की छुट्टी मिल सके तो आ जाओ। पूजा हो चुकी है। पिताजी तुमसे मिलने को रुके हैं पर माता जी अभी और रुकेंगी।

चीफ अपनी कुर्सी पर दफ्तर में ही बैठे हुए थे। सारी बातें सुनकर बोले, कम से कम तीन दिनों की छुट्टी लेकर चले जाओ। जरूरत पड़े तो फोन कर देना। कल इतवार ही है, मुझे भी कल दिल्ली जाना है सात-आठ दिनों के बाद लौटूँगा तब शायद, हम-तुम दोनों को मद्रास चलना पड़े।

श्रीकान्त साँझ की गाड़ी से ही चलकर वाराणसी रात में लगभग साढ़े दस बजे पहुँच गया। विद्यार्थियों के बर्तन साफ करने को नीचे रहने वाला नौकर सहादुर जगा था। उसी ने द्वार खोला। श्रीकान्त ऊपर गया। जया सो रही थी। बबुनी ने द्वार खोला, श्रीकान्त का पैर छुआ।

—सो रही थीं क्या?

—नहीं, अभी तो खाना खाया है?

—अम्मा, बहिना कहाँ हैं? भंडारघर के बगल वाले कमरे में। चाची, भंडारघर में सोती हैं—

—चलो!

—पर उस घर में कैसे जाओगे? हालाँकि पूजा हो चुकी, किन्तु अभी बचाव है। बिना स्नान किए और हाथ-पाँव धोए कोई भी भीतर नहीं जाने पाता। हाथ-पाँव धोके चलो, देहरी के बाहर से ही प्रणाम करना होगा।

श्रीकान्त ने जूते उतारे, बबुनी से लोटे का जल ले हाथ-पाँव धोया और तब आँगन, चौका से होते हुए उस कमरे के सामने जा दोनों भिड़े हुए द्वार के पलड़ों को खोलकर भीतर झाँका। भीतर बत्ती जल रही थी और माँ, बहिना की खाट के पैताने एक छोटी खाट पर लेटी हुई थीं श्रीकान्त ने हाथ जोड़ा। बहिना ने हाथ उठाकर आशीष दिया उसका चेहरा खुशी से खिल गया, बोली—खाना खा ले। पीछे मृदुला खड़ी थी—बबुआ को गरम रोटी सेंक दो तरकारी न हो तो ताजी बना लेना।

—तरकारी तो बनी हुई काफी बची है, दूध भी रखा है, बाबू ने दूध नहीं पिया।

—बाबू कहाँ हैं? श्रीकान्त ने पूछा।

—वे सोने के लिए पाठशाला में ही गए हैं, नूनू के साथ भोजन करके चले गए थे।

जाओ बेटा, खाना खा लो, मुझसे अब सवेरे भेंट होगी। श्रीकान्त से माँ बोलीं।

श्रीकान्त वहाँ से बहिना की सास के पास गया, वे जगी थीं—पैर छुआ। सास ने आशीष दिया। खाट पर बड़े प्यार से बिठाया, तुम्हारे लिए बहिना छटपटा रही थी। बड़ी भयंकर चढ़ाई थी—भगवती की। लेकिन जब से तुम्हारी माताजी ने नहा-धो के उन्हें गोद में लिया कि गोटियाँ दबने लगीं—देह का ताप घटने लगा। अब तो बहुत ठीक हैं। माता—माता की ही पूजा माँगती हैं, इसीलिए गाँव आदमी भेज दिया। तुम कैसे हो?

—एकदम ठीक हूँ।

—जाओ कपड़े बदलो। मृदुला रोटियाँ सेंक दो। तरकारी है ही—दूध दे देना।

भंडारघर से सटे चौके में पीढ़े पर बैठकर श्रीकान्त भोजन कर रहा था। लकड़ी के कोयले की अँगीठी पर, श्रीकान्त की पसन्द के छोटे-छोटे खरे फुल्के बबुनी एक-एक करके सेंकती हुई थाली में डालती जाती थी। श्रीकान्त खाने लगता तो बबुनी उसका मुँह निहारती। बबुनी रोटी बेल-सेंकने लगती तो श्रीकान्त की आँखें उसके चेहरे पर जम जातीं शान्त, सौम्य चेहरे में एक अजीब सी करुणा भर आई थी। आँखों में अपार गहराई और सिर के काले-घने-चमकदार केशों के बीच सूनी और सफेद मांग, साफ-साफ उजागर हो रही थी।

—क्या देखते हो? बबुनी ने टोक दिया।

—कि बस, यह आखिरी रोटी है!

—बस?

—हाँ, पेट भर गया।

—बबुआ को दूध गरम करके दे देना मृदुला, भीतर से बहिना की सास ने आवाज लगाई।

—अरे बाप रे! अभी दूध पीना है, श्रीकान्त बोला।

—बबुआ, आकर अरगनी पर से रजाई-गद्दा उतार लो। सास बोलीं!

—बिस्तर ले आया हूँ, वही बिछा लूँगा। तुम दूध गर्म करके वहीं लेती आना। दूध पी, रजाई ओढ़ श्रीकान्त तख्त पर बैठ गया। बबुनी ऊनी चादर ओढ़ बगल की कुर्सी पर बैठकर बतियाने लगी। दूसरी दीवार से सटी एक खाट पर जया सो रही थी, उसी पर बबुनी को सोना था।

श्रीकान्त, जया, बबुनी के मुकदमे तथा तबीयत का हाल—सिर के दर्द के बारे में सभी कुछ पूछ गया। रात में चश्मा क्यों उतार दिया?

—सोने जा रही थी तभी तुम आ गए सिरहाने रखा है। अम्मा के आ जाने से बड़ा लाभ हुआ है, गोटियाँ एकदम दबने लगीं। परसों अन्तिम पूजा होगी तब तक रहोगे न?

—हाँ, बुध तक रहूँगा।

मृदुला का चेहरा खिल गया—तब तो बहुत अच्छा। जया तंग तो नहीं करती?

—हाँ, कभी-कभी पिताजी-पिताजी की रट लगाने लगती है, पिताजी को बुलाओ! बस! बाकी सब ठीक है लिख-पढ़ भी रही है।...लखनऊ में मकान तो मिल गया पर खाने की स्थिति क्या है?

—नौकर है बना देता है, मैं भी उसकी सहायता करता हूँ।

—वहाँ कब तक रहना होगा?

—लगता है बहुत दिनों नहीं टिक पाऊँगा क्योंकि चीफ की पत्नी से लड़ाई शुरू हो गई है। चीफ के नाम पर घूस लेती है, मैं उसमें बाधक हूँ, इसलिए मुझसे वह नाराज रहती है।

—तब तो तुम्हारे चीफ भी नाराज होंगे?

—नहीं, वे तो मेरे काम के कारण मुझसे खुश हैं और इसलिए अधिक खुश हैं कि उनकी मनमानी स्वभाव वाली निरंकुश पत्नी पर मैंने अंकुश लगा दिया है। उसकी गलत आमदनी बन्द हो गई है, उन लोगों को यह भी मालूम हो गया है कि मैं मुख्यमंत्री के गुरु का सम्बन्धी हूँ, इसलिए वे डरते भी हैं।

—जब तुम्हारे अफसर खुश हैं तो औरत क्या करेगी?

—ऐसी औरत का क्या भरोसा, जो पति पर हावी है दूसरी औरत है, पहली से एक लड़की है।

—उसी से तो तुम्हारे ब्याह की बातचीत चल रही थी, क्या हुआ?

—ऐसी स्वतंत्र लड़की से मैं ब्याह करूँगा जो न बाप के कब्जे में है न माँ के। खैर, माँ तो है ही नहीं, यहीं विश्वविद्यालय में तो पढ़ती है जरूरत से ज्यादा खुली तबीयत की लड़की है मेरे लायक तो कतई नहीं है!

—कब तक क्वाँरे रहोगे?

—जब तक भगवान की मर्जी होगी।

—खाने-पीने की तो बहुत तकलीफ होती होगी!

—तुम चलोगी?

मृदुला पल भर को श्रीकान्त का मुँह निहार बोली—क्वाँरी थी तब तो तुम ले नहीं गए, मैं तो जूठी औरत हूँ अब मुझमें क्या बचा है?

—तुममें मुझे क्या कुछ खोजना भी है बबुनी?

—खोजने की बात नहीं, बस इतना ही है कि एक डाल से लगी खिली हुई कोरी कली और एक तोड़कर सूँघा हुआ फूल। तुम तो बाहर-भीतर घूमते रहते हो।

—क्या इसी खोज में बाहर-भीतर घूम रहा हूँ? और जया का क्या होगा? उसे कौन सँभालेगा?

—तो मैं कहाँ भाग रही हूँ वह तो तुम्हारी पसन्द की बात कर रही थी।

—नए सिरे से मेरी पसन्द जानने की तुम्हें जरूरत कैसे पड़ गई।

बबुनी ने आँखें मूँद ली और देखते-देखते आँखों से टप-टप आँसू गिरने लगे।

—यह क्या? मुझसे क्या चूक हो गई?

बबुनी ने हाथ बढ़ाकर श्रीकान्त का पाँव पकड़ लिया। किन्तु तुम्हें इस रोने का कारण बताना होगा?

—अपनी असहाय स्थिति का बोध हो आया था। यही समझ में नहीं आता कि अभी कितनी दूर ऐसे ही चलना होगा?

—हाँ, यह बात समझ में आ रही है। वह तो समय की बात है। लेकिन, तुम अपने को असहाय क्यों समझती हो—अच्छा जाओ, सो जाओ। एक बजने वाले हैं।

—तुम्हारे पाँव दाब दूँ।

—नहीं, मैं लखनऊ से पैदल नहीं आया हूँ। तुम अपनी खाट पर जाओ तब मुझे नींद आएगी। श्रीकान्त ने बबुनी का कन्धा पकड़ के दबाकर ठेलते हुए कहा। बबुनी चली गई बत्ती बुझा दी। तब श्रीकान्त करवट घूमकर सोने की कोशिश करने लगा। लेकिन बहुत देर तक नींद नहीं आई। बाहर गली के लैम्प पोस्ट से आती हुई रोशनी से कमरे में एकदम मद्धिम रोशनी बनी रहती थी। घंटा-भर करवट लेटने के बाद उसने बबुनी की खाट की ओर देखा तो लगा कि वह भी जैसे जगी हुई थी। बड़ी देर तक वह आँखें खोले मृदुला की खाट की ओर ताकता रहा। तभी जया जगी और उसने पानी माँगा। बबुनी ने सिरहाने रखे गिलास से पानी पिला गोद में ले, आँचल से ढक लिया वह फिर सो गई। उसके बाद पता नहीं कब, श्रीकान्त को भी नींद आ गई।

सहसा आँगन में उतरने वाली सीढ़ी के द्वार में आवाज हुई, श्रीकान्त उठकर बैठ गया देखा, माँ, बहिना की सास और मृदुला गंगा स्नान कर लौट आई थीं। मृदुला के ललाट पर चन्दन लगा हुआ था नीले सिर पर गीले बाल खुले हुए थे और सबके भीगे कपड़े वह लिये हुए कमरे में प्रवेश कर रही थी। आते ही बोली—अभी तक

सो रहे हो थोड़ी देर में पाठशाला से बाबू जलपान करने आ जाएँगे। आगे बहिना की सास, पीछे माँ कमरे में दाखिल हुईं, श्रीकान्त उठा, उसने माँ के दोनों पाँव छू बहिना की सास के पाँव छुआ, सास बेहद प्रसन्न हुईं। रात देर से नींद आई थी?

—हाँ!

—अब जाओ हाथ-मुँह धो लो, मन करे तो गंगा जी में नहा आओ। मिसिर जी भी आते ही होंगे।

तभी जया जगी उसने घूमकर देखा, तेजी से दौड़कर श्रीकान्त के पास पाँवों से लिपट गई—पिताजी।

श्रीकान्त ने गोद में उठा लिया मुँह चूमा, प्यार किया, सिर और पीठ पर हाथ फेरा—बोली—तुम कब आए?

—रात में जब तुम सो गई थी।

—मेरे लिए रेवड़ी लाए हो?

—लाया हूँ। अटैची में है अभी नहाके आता हूँ तो देता हूँ। तुम उतरो और मौसी के पास जाओ।

नित्य-कर्म से निवृत्त हो, गंगा स्नान कर श्रीकान्त लगभग पैंतालीस मिनट में वापस लौटा तो देखा, तख्त पर बाबू बैठे हैं और उनकी गोद में जया बैठी है। हल्का सा घूँघट निकाले पूजा वाली अलमारी के पास कम्बल पर पलथी मार बहिना की सास बैठी हैं, बगल में माँ बैठी हैं और माँ की बगल में बहिना बैठी है। कमरे के दोनों जँगले पूरी तरह खुले हुए हैं।

हाथ के गीले कपड़े मृदुला ने ले लिये। श्रीकान्त ने बाप के पाँव बेहद श्रद्धा और नेह से छूकर हाथ छाती से लगाया। बड़े स्नेह से बेटे के सिर पर हाथ फेरते हुए आशीष दिया। कपड़े पहन बाप की बगल में तख्त पर जब बैठ गया तो तश्तरी में हलुआ और गिलास में पानी—बाप-बेटा दोनों के आगे मृदुला ने रखा।

—अब तुम मेरे पास आओ और बाबा को खाने दो।

—मेरी रेवड़ी?

श्रीकान्त हँसा और तख्त के नीचे अटैची में से आधे-आधे किलो के दो पैकेट निकाल के जया के हाथों में थमा दिए। एक पैकेट बहिना की सास को दे दूसरा बहिना को बढ़ाया तो बोली और ईया। दादी को?

—तो यही ईया (दादी) को?

चेहरे पर विवशता का भाव ला बोली—अब तो है नहीं।

बुआ की ओर बढ़ा हुआ हाथ, दादी की ओर बढ़ गया!

—जिसका खाया, उसका गाया। मुझे क्या पहचानती हैं?

—लो मृदुला, माँ ने रेवड़ी का पैकेट पास खड़ी मृदुला की ओर बढ़ा के कहा, इसमें से खोल के इसे दो।

मृदुला ने प्लास्टिक की थैली काटकर, पैकेट फिर वापस करते हुए कहा—इसे आप ही अपने हाथ से दें।

माँ मुस्कराईं, पैकेट ले जया के दोनों हाथों में रेवड़ी भर दी फिर श्रीकान्त को दी तब पति की कटोरी में थोड़ी रेवड़ियाँ डाल दीं।

—मिसिर जी से टूटेंगी? बहिना की सास ने हँसी की।

—सूखे हुए चने चबा जाते हैं, पंडिताइन जी! रेवड़ी में क्या रखा है?

रेवड़ी खाते हुए श्रीकान्त के पिताजी मुस्करा रहे थे। जया बाप की गोद में जा बैठी। श्रीकान्त उसे हलुआ खिलाने लगा। माँ देखती रही। थोड़ी देर देख के बोली—अपने भी खाएगा, या उसी को खिलाएगा?

—खाता हूँ अम्मा। श्रीकान्त माँ का मनोविज्ञान समझ गया। वह उसी चम्मच से अपने भी खाने लगा यह भी उसकी माँ ने गौर किया।

—पिताजी, बाबा तुम्हारे कौन हैं? जया ने पूछा।

—वे मेरे पिताजी हैं!

—और ईया तुम्हारी कौन हैं?

—वे मेरी माँ हैं।

—ये लोग कहाँ रहते हैं?

—ये लोग हमारे गाँव रहते हैं।

—गाँव तुम क्यों नहीं चलते?

—अब चलूँगा, तो तुम्हें भी ले चलूँगा।

—कब चलोगे?

—छुट्टी मिलेगी तो चलूँगा।

माँ ध्यान से सब बातें सुन रही थीं मुस्कराती हुई पूछा—तुमने अपने पिताजी को कहाँ पाया?

—खरीदा है। जया बोली।

—कितने में?

—दो रुपये में?

—कहाँ?

—बाजार में। जया टन-टन उत्तर दे रही थी। मृदुला को छोड़कर सभी मुस्करा रहे थे।

—और तुम्हारी माँ कहाँ हैं?

—पिताजी कहते हैं, वह मेले में खो गई हैं, खोज रहे हैं मिल जाने पर घर ले आएँगे?

पथराई हुई आँखों से यह सभी कुछ सुनती-देखती हुई मृदुला चुपचाप खड़ी रही। लोगों के आगे से जूठे बर्तन मृदुला उठा ले गई। फिर चाची और श्रीकान्त की

माँ, बहिना तीनों के पास जा झुककर धीरे से पूछा—आप लोगों के लिए भी यहीं लाऊँ या चौके में चलेंगी।

—अभी चलते हैं। सास बोलीं।

सभी के पीछे दीवार से सटकर मृदुला बैठ गई।

—इस लड़की की भी दुर्गति हो गई—श्रीकान्त के पिता मास्टर साहब बोले!

—हाँ, लेकिन अपने भाग्य को कौन मेट सकता है। बहना की सास बोलीं—पता नहीं इनके नसीब में लिखा क्या है? हम लोग बूढ़े हो चले, इनके माँ-बाप रहे नहीं। हम लोगों के बाद इनका क्या होगा कभी-कभी मन में जब यह आता है तो कोई दूसरी राह भी नहीं सूझती। पंडिताइन जी बोलीं।

—यही बात तो आपकी बहू के साथ भी है पंडिताइन जी?

—हाँ, है तो मास्टर साहब, पर आपकी बेटी और मेरी बेटी की उम्र में बहुत अन्तर है। आपकी बेटी तो आधी से अधिक उम्र पार कर गई। खतरे भरी जिन्दगी तो निकल गई। लेकिन...मृदुला तो अभी बाँस की कच्ची छड़ी है। ससुराल का सुख क्या मिला। जीते ही जैसे विधवा हो गई। इस उम्र की बहुत सारी लड़कियाँ अभी क्वाँरी हैं। इसे भी देख के कौन कह सकता है कि इस लड़की का ब्याह हो चुका है...जिस नरक की जिन्दगी में यह पड़ गई थी। जिस राक्षस आदमी से बाँध दी गई थी, वह तो जान ही ले चुका था। पर भगवान की कृपा कि यह बच गई और अदालत से भी इसे मुक्ति मिल गई। हालाँकि, बबुआ श्रीकान्त ने इनके ससुराल में रसने-बसने के लिए क्या नहीं किया? हम लोगों की इच्छा के खिलाफ उस दुष्ट गया तिवारी की बेटी से ब्याह करने तक को राजी हो गया था। पर वह भी बात पूरी न हो सकी। अन्त दाँव पंडित ने अपनी इच्छा के विरुद्ध अदालत में मुकदमा किया और छुटकारा मिला।

—हाँ, वह सारी कथा तो पंडित जी ने मुझे बता दी है मुझे बलिया में ही यह बात मालूम हो गई थी।

एकाएक आँगन वाली सीढ़ी से आचार्य ऊपर आ गए। कपड़े-लत्ते पहने, हाथ में चाँदी वाली मूठ की छड़ी लिये। जूते उन्होंने कमरे के भीतर ही दरवाजे के पास उतारे। घर के सभी सावधान हो गए। आज इस समय पंडित जी कैसे आ गए।

बाप के साथ श्रीकान्त भी खड़ा हो गया आचार्य चौकी पर।

—जलपान ले आऊँ नूनू? मृदुला ने आकर पूछा।

—हाँ, ले आ। आज मैंने अभी जलपान नहीं किया।

—आसन किधर जा रहा है? श्रीकान्त के पिताजी ने पूछा।

—गोदौलिया तक जाना था पर अब नहीं जाऊँगा। सोचा आप लोगों से कुछ बातें हो जाएँ। श्रीकान्त की माताजी से तो मेरी इस बार कोई बात ही नहीं हुई? पंडित जी थोड़ा मुस्कराए।

—कोई प्रतिबन्ध था क्या? समधिन तो कई दिनों से आई हैं श्रीकान्त के पिताजी बोले।

—वे खाली कहाँ थीं? दुलहिन की बीमारी के कारण तो घर का वातावरण ही बदल गया था अब शान्ति मिली है। मेरी चर्चा किस सन्दर्भ में आई थी?

—अभी मृदुला के मुकदमे की बातें हो रही थीं। पंडिताइन जी कह रही थीं कि मेरी बेटी का अब क्या होगा? मैं कह रहा था कि यदि पंडित जी को कोई आपत्ति न हो तो कोई लड़का देख-सुन कर मृदुला का ब्याह कर देना चाहिए।

पंडित जी थोड़ा सोचकर बोले—आपत्ति तो मुझे इस सम्बन्ध-विच्छेद के मुकदमे से ही था लेकिन वह हुआ, अब आगे भी यदि कोई उचित बात होगी तो मुझे आपत्ति क्यों होगी।

—उसी उचित-अनुचित का विचार तो आपको करना होगा पंडित जी। क्योंकि आप लोग समाज के महत्त्वपूर्ण व्यक्ति हैं। ब्राह्मण समाज के पंडित, परम्पराएँ और मान्यताएँ और आचार संहिताएँ स्थापित करने वाले। आप ही लोग हैं अब यहाँ, निजी निर्णय के लिए आपके ही राय की प्रधानता होगी।

—नहीं मास्टर साहब, अब मैं ऐसा नहीं मानता। अब तो मैंने भी अपने मन को मना लिया है कि समय के साथ आदमी को चलना ही चाहिए। स्थापित मान्यताएँ, आचार संहिताएँ और परम्पराएँ अब टूट रही हैं—आदमी को जो अच्छा लग रहा है वही कर रहा है तो अपनी पुरानी मान्यताओं का ढोल पीटना और उसके पीछे चलना और दुख सहना बुद्धिमानी नहीं है। बहुत अच्छी तरह सोचने के बाद मैंने यह निर्णय लिया है कि मृदुला का फिर से ब्याह कर दिया जाए। मुकदमा करने के पहले ही मैंने ऐसा सोच लिया था। लेकिन इसमें कठिनाई बाहर की है मिसिर जी! काजल की कोठरी से निकली हुई इस लड़की से, हम ब्राह्मणों में ब्याह कर लेने को जल्दी कौन राजी होगा?

—हाँ, यह एक बात है जरूर। समाज के नियम-कानून बनाने वाले आप जैसे व्यक्ति यदि आगे आएँगे तो इस भले काम में आपको कोई कठिनाई नहीं पड़ेगी। मृदुला का प्रसंग छिपाकर नहीं, बताकर ही इसमें कामयाबी हासिल होगी। इस लड़की में दोष क्या है? पाँच-सात दिनों से इसका स्वभाव, रहन-सहन देखकर मन खुश हो गया है। दारोगा अभागा था जिसने ऐसी पत्नी खो दी।

पंडिताइन जी के पीछे सिर गड़ाए मृदुला चुपचाप सुनती रही। श्रीकान्त के पिता जब चुप हुए तो वे कहने लगीं—भाग्य की बात है मिसिर जी, नहीं तो मेरे जेठ आपके पास ही गए थे श्रीकान्त के लिए! लेकिन दुलहिन के ब्याह में उन लोगों ने जो दुर्गति आपकी की थी कि उन लोगों को साहस ही नहीं हुआ मुँह खोलने का!

—हाँ, लोग गए थे, पर तब परिस्थिति भी दूसरी थी पंडिताइन जी, एक तो जिस घर में बेटी दी उसी घर से बेटी ले आएँ—यह हमारी परम्परा के प्रतिकूल था। दूसरे,

बबुआ (श्रीकान्त) तब पढ़ रहे थे—मेरी आर्थिक हालत जर्जर थी। खेत बन्धक रख तो बबुआ को पढ़ा रहा था।

—मृदुला के लिए श्रीकान्त ने जो कुछ किया वह मैं देख रहा हूँ। फिर भी हम दोनों को सफलता प्राप्त नहीं हुई। मेरी इच्छानुसार ही श्रीकान्त आगे-आगे चलता रहा। पर फल सभी कुछ दुर्भाग्यपूर्ण ही मिलते रहे। मृदुला से जया के सम्बन्ध का आभास मुझे पहले ही हो गया था। मैं तो धन्य कहता हूँ श्रीकान्त को जो इस आग में आगे कूद पड़ा और अपना दायित्व अपने ऊपर ले लिया अन्यथा आज की दुनिया में कौन किसका कान पकड़ सकता है? पकड़े भी कैसे? दोषी तो मर्द-औरत दोनों होते हैं। यदि श्रीकान्त को कोई आपत्ति न हो तो अब मेरा निवेदन आपसे है कि मेरा उद्धार करें। आचार्य ने अपने दोनों हाथ श्रीकान्त के पिता की ओर उठाके जोड़ दिए!

लपककर मास्टर साहब ने उनके हाथ पकड़ लिये—ऐसा न करिए, श्रीकान्त पर आपका भी हक उतना ही है जितना मेरा है। लेकिन, आज तो आप अपनी समधिन से बातें करने आए हैं उनसे भी कहिए, बेटे पर पहला हक तो उन्हीं का है।

—मेरा निवेदन तो उनसे भी है—सुन ही रही हैं। आचार्य बोले। बीच में ही पंडिताइन जी कहने लगीं—साध-से गा-बजा कर बहू उतारने की इनकी साध पूरी तो न होगी। लेकिन बिना गाए-बजाए ही यदि ऐसी बहू मिल जाए तो इस पर विचार कर लेना चाहिए। क्यों मिसिराइन जी?

—अब मुझसे क्या कहना है पंडिताइन जी। बेटा मेरा तो बाजी हार चुका है, जिसका फल, सिर पर लादे—जंगल-पहाड़ों में घूम रहा है, यह मुझसे छिपा कहाँ है! मेरी बेटी ने मुझसे सब बता दिया है, अब तो बेटे का मुँह देखना है, उससे पूछना है, अब तो वही होगा जो बबुआ चाहेगा।

—माने यह लड़की...? मास्टर साहब बोले।

—तुम्हारी पोती है बाबू! बहिना बोल पड़ी।

—क्यों बेटा? बाप ने श्रीकान्त की ओर देखा।

—हाँ बाबू, जिन्दगी की मेरी पहली भूल यही है।

—तो तुम मृदुला से ब्याह करोगे?

—मेरे आगे दूसरी कोई राह भी नहीं है बाबू—लेकिन आप लोगों की अनुमति के बगैर तो कुछ भी नहीं होगा। मैं क्वाँरा भी रह सकता हूँ।

—अरे बेटा! इस जरा सी बात के लिए तू मन में ज्वालामुखी छिपाए है, खेलने-खाने के दिनों में यह दुख। नहीं-नहीं, वही होगा, जो तू चाहेगा। फिर पंडित जी की ओर ताक के बोले—अब सभी कुछ कर भी लीजिए। लगन के दिन हैं। हम काशी आए हैं तो यह शुभ काम भी करते जाएँ। ब्राह्मण बुलवाइए, दिन तय करके ब्याह हो जाए। बबुआ अपनी बहू लेकर लखनऊ जाए।

पंडिताइन जी बोलीं—उठो मृदुला—सास-ससुर के पाँव छुओ।

श्रीकान्त की माँ के पैर पर मृदुला झुकी तो उन्होंने अपने गले की जंजीर, मृदुला के गले में पहिना दी। फिर मास्टर साहब के पैरों पर झुकी तो बोले—पर मैं क्या दूँ जया को गोद में उठा, मृदुला को देते हुए बोले, लो बेटी, मेरी ओर से अब इसे सँभालो! एकाएक श्रीकान्त की माँ के कंठ से ब्याह का गीत फूट पड़ा जो उस बड़े हॉल में भरने लगा। उन्हीं का साथ देने के लिए बहिना की सास भी एकाएक लय में बोल पड़ीं—

गाओ गाओ रे सुहागिन मंगलचार,
आजु घर आए राजा राम भरतार।

चार विषयों के आचार्य महामहोपाध्याय मुस्कराते हुए पत्नी की ओर प्रसन्न मुद्रा से देखते रहे।

परिशिष्ट

कगार पर से ही दिख गए थे। गंगा में तैरने के बाद वे जल से बाहर निकले थे। छह फुट की भरी-पूरी स्वस्थ, सुडौल मांसलदार देह पर, जल की बूँदें मोती सी चमक रही थीं। अँगोछे से रगड़-रगड़ के सिर, दाढ़ी के घने, बड़े-बड़े धवल, घुँघराले केश पोंछने के बाद देह पोंछी। कमर की गीली लँगोट बदली ऊपर से लुंगी पहनी, बिखरे बालों पर कंघी किया, गीले अँगोछे को चार तह कर सिर पर रखा, कमंडल गंगाजल से भरा और तब दोनों हाथ जोड़ आँखें मूँद, झुककर, एक बार गंगा को नमन कर ऊपर चढ़ने के लिए मुड़ गए। गंगाजल से भरा हुआ, चमचमाता ताँबे का कलश, कन्धे पर रखे, पीछे-पीछे सेवक जगेसर चल रहा था। ऊपर जैसे ही पहुँचे कि प्रतीक्षा में खड़े, स्थानीय दुबे छपरा डिग्री कॉलेज के प्रिंसिपल रामेश्वर जी, आगे राह रोककर खड़े हो पहचान लेने की खुशी में, किन्तु विस्मय भरे स्वर में हाथ जोड़ बोले—श्रीकान्त जी? एक बार ऊपर से नीचे तक रामेश्वर जी को निहारकर श्रीकान्त जी बोले—आहा! रामेश्वर जी, नारायण, नारायण, दर्शन हो ही गया आपका। एक दिन ग्राम प्रधान जी आपकी चर्चा कर रहे थे।

—दो-चार दिनों के लिए गाँव आए हो, ऐसा तो नहीं लगता?

—यही समझ लीजिए रामेश्वर जी, श्रीकान्त जी की बड़ी-बड़ी आम की फाँक सी आँखों में मुस्कान उभर आई।

—प्रदेश के होने वाले मुख्य अभियन्ता के सिर पर यह जटा-जूट, गले में रुद्राक्ष की माला कमर में लुंगी-लँगोट, हाथ में कमंडल और यह गरिमायुक्त चाल तो कुछ और ही संकेत कर रही है?

चेहरे पर रुचने वाली बड़ी-बड़ी मूँछें और दाढ़ी के बालों से ढके हुए मुँह में, स्वच्छ, कसे हुए धवल दाँतों की कतार दिखी—यह सब नारायण की इच्छा है रामेश्वर जी! रामेश्वर जी ने थोड़ा रुक के पूछा—तो संन्यास ले लिया क्या श्रीकान्त जी?

—नहीं-नहीं, रामेश्वर जी, एकदम नहीं, संन्यास लेना आसान नहीं है। भोजन के लिए जब गृहस्थ के आगे हाथ फैलाना ही पड़ा, तो उस संन्यास से क्या लाभ? तनिक सी चूक हो जाने पर, पाखंडी की ही संज्ञा मिलती है, मैंने संन्यास नहीं लिया, केवल कर्मभूमि छोड़कर, जन्मभूमि में आ गया हूँ। अपने गाँव की धरती के लगाव से उबर नहीं पाया, जिस धरती पर जीवन मिला, आँखें खोली, उसी धरती पर मरण भी मिले आँखें भी मूँदें, यही इच्छा है, मातृ और पितृ पक्ष, दोनों से उऋण होने की मुझे एकमात्र यही राह सूझी।

रामेश्वर जी अत्यन्त जिज्ञासु भाव से देखते हुए बोले—कभी अखबार में आपके मुख्य अभियन्ता होने की चर्चा थी... ?

—थी तो, पर हो नहीं पाया, बीच में कुछ ऐसी विभागीय बाधा आ गई कि मेरा सहज अधिकार मुझे मिल नहीं पाया। मेरे ऊपर के मुख्य अभियन्ता तथा कुछ अफसर, एक काम से सम्बन्धित एक बहुत बड़े ठेकेदार के दबाव के कारण चाहते थे कि मैं उन मूल्यों से समझौता कर लूँ, जिनके लिए जीवन भर लड़ता रहा हूँ। अस्वीकार कर देने पर तीन वर्ष पहले रिटायरमेंट ले लिया।

—यह तो विस्मयकारी है।

—क्यों? मैंने माँगी, सरकार ने मुक्ति दे दी।

—इतना बड़ा कुशल इंजीनियर, जिसे बड़े-बड़े डैम और खतरनाक नदियों पर पुल और बाँध बनाने का गौरव प्राप्त हो, उसे इतनी आसानी से सरकार मुक्त कर दे, यह विस्मयकारी नहीं तो और क्या है? आपका नाम देश के इने-गिने इंजीनियरों में लिया जाता है, श्रीकान्त जी!

श्रीकान्त जी ठठाकर हँस पड़े—समय का प्रवाह किसी के लिए रुकता नहीं रामेश्वर जी, यह संसार भी एक धारा, एक अनवरत प्रवाह है। इसमें मुझसे भी कुशल न जाने कितने इंजीनियर आए और गए, आएँगे और जाएँगे, मेरी क्या बिसात!

—बड़ी भारी आर्थिक क्षति हुई!

—हानि-लाभ जीवन-मरण यश-अपयश विधि हाथ।

—वह सब तो ठीक है श्रीकान्त जी, पर संसार में रहकर अपने हक को छोड़ देना...। कुछ सोचकर श्रीकान्त जी बोले—

प्रसादे सर्वदु:खानां हानिरस्योपजायते।
प्रसन्नचेतसो ह्याशु बुद्धिः पर्यवतिष्ठते॥

'निर्मलता के होने पर सम्पूर्ण दुखों का अभाव हो जाता है और उस प्रसन्नचित्त

वाले पुरुष की बुद्धि शीघ्र ही अच्छी प्रकार स्थिर हो जाती है।' थोड़ा सा मन को मना लेने पर इस हानि-लाभ का बोध भी कोई अर्थ नहीं रखता।

आप तो मेरे सहपाठी रहे हैं—शिक्षा देते हैं, यह खींचतान, यह उखाड़-पछाड़ सांसारिक कर्मक्षेत्र के किस अंग में नहीं है! परिवार में, बाहर गाँव में, शिक्षा संस्थानों में, कॉलेज-विश्वविद्यालयों में, सरकार में, अपने आगे निकल जाने की होड़ ही हमें, आपको डसती रहती है! इसमें अपने को समेटना ही सुखकर है। रामेश्वर जी थोड़ा शान्त हुए, एक बार आपसे ट्रेन में भेंट हुई थी आपके साथ, पाँच-छह साल की एक बेटी थी जिसे आप अनाथालय से लाए थे। विनोदवश बेटी से मैंने पूछ लिया था कि तुम्हारी माँ कहाँ है? तो बेटी ने उत्तर दिया था कि मेरी माँ मेले में खो गई है, पिताजी खोज रहे हैं, उस बेटी का क्या हुआ? वह कहाँ और कैसे है?

इस प्रश्न पर श्रीकान्त जी थोड़ा शान्त हो गए, उसी प्यारी मुस्कान से बोले—वह बेटी पढ़-लिख कर बड़ी हो गई। उसका ब्याह भी कर दिया। अपने इंजीनियर पति के साथ आजकल जर्मनी गई है।

—और उसकी माँ मिली?

तिरछे नेत्रों से श्रीकान्त जी ने रामेश्वर जी को देखा—हाँ, मिली!

—कहाँ मिली, कैसे मिली?

—जहाँ थी, मैं जानता था उसे पाने में ही मुझे बड़ा श्रम करना पड़ा। धीरज धरना पड़ा। अपनी बेटी की उसी माँ से मैंने ब्याह भी कर लिया—अपने पिताश्री की उपस्थिति में सामाजिक परम्पराओं के तहत...।

रामेश्वर जी, श्रीकान्त जी का मुँह ताकने लगे—यह बात तो समझने की है?

—हाँ, किन्तु कभी फुर्सत से।

—तो ब्याह के बाद और बाल-बच्चे?

—एक पुत्र हुआ, आजकल इंजीनियर है। लखनऊ के अपने मकान में है। पत्नी का देहावसान हो गया, सेवामुक्त होने से तीन वर्ष पहले ही।

—तब गाँव में अकेले मन कैसे लगता है? आज का हर गाँव रणनीति का अखाड़ा हो गया है, उखाड़-पछाड़ करने वाला, जानलेवा। आप जैसे पुरुष को यहाँ का वातावरण पचा नहीं पाएगा!

—किन्तु मैं सतत प्रयास में हूँ कि गाँव मुझे पचा ले, आत्मसात् कर ले।

—सुना है, आपके गाँव के मठ में कोई परम पुरुष आया है, श्रीकान्त जी। गंगाजल में, मुफ्त अचूक दवा देता है। उस बेचारे की पुस्तकें और सामान गाँव के दुष्टों ने चोरी करा दी, जिसे गाँव की नीति से कुछ भी लेना-देना नहीं था। सायंकाल के उसके नियमित व्याख्यान की बड़ी चर्चा है। बड़ी लगन से हरिचर्चा करता है, एक दिन उसके दर्शन को आना है।

—अवश्य पधारें रामेश्वर जी, यह तो आपकी महती कृपा होगी।

—मकान तो पिताजी बनवा गए थे?

—हाँ!

—पेंशन भी आपको काफी मिलती होगी, गाँव में आपके खेत भी काफी हैं, कोई कष्ट तो न होगा?

—खेत तो मैंने गाँव के स्कूल और मठ को दान कर दिया। एक सेवक है, जिसे आप देख ही रहे हैं, इन्हीं पर निर्भर करता हूँ।

—किन्तु गाँव वालों से बचने का प्रयास करिएगा।

—असम्भव है रामेश्वर जी, गुड़ खाएँ गुलगुले से परहेज! कैसे होगा? आरम्भ में तो बड़ी बाधाएँ आई थीं। बहुत कचरा तो छान के फेंक दिया, फिर भी अभी कुछ अवरोध है। शहर में तो निभ जाता है, कोई किसी के व्यक्तित्व पर हावी नहीं होता, पर गाँव में यह सर्वथा असम्भव है! अपने ढंग से रहा ही नहीं जा सकता। गाँव के जल में पुरइन के पात की तरह रहना पड़ता है। आरम्भ में मुझ पर बड़ा दबाव पड़ा था कि मैं भी किसी गोल का पक्षधर हो जाऊँ। ग्राम प्रधान तक खुलेआम दौड़ते रहे। पर अन्त में दबाव डालने वाले ही हार गए। थोड़ा रुककर बोले—संसार में ऐसा कुछ भी नहीं है कि मनुष्य चाहे और हासिल न कर सके। किसी दूसरे के लिए करना हो तो राह थोड़ी आसान हो जाती है, क्योंकि स्वार्थ नहीं रहता, कर्म की उस प्रक्रिया में दुख की अनुभूति नहीं होती। वैसे गाँव की जिन्दगी बड़ी गन्दी हो गई है। मरते-मारते देर नहीं लगती। गाँव में आज जो आपका मित्र है, कल भी आपका मित्र बना रहेगा, यह एकदम अनिश्चित है। आज का प्रत्येक गाँव आज वैसा नहीं है जैसा उसे आपने कल देखा था। अपराध बढ़ते जा रहे हैं। आप किसी पर भी भरोसा नहीं कर सकते। मैं तो एक ही लालच से टिका हूँ—पहले आपको बता दिया है साथ में कुछ और है, गाँव से तीन किलोमीटर पर इस सलिला माता का नियमित दर्शन, स्नान, पूजन...चना, चबेना, गंगाजल, सुना है न आपने!

—बेटा नहीं खींचता अपने पास, उसकी याद नहीं आती?

—खींचता तो है रामेश्वर जी, और उस स्त्री से जन्मा है जिसने मेरे लिए अपना जीवन होम कर दिया। मुझे पाने के लिए उसने कौन सा दुख नहीं उठाया? बस, उसकी देह पर काँटे नहीं उगे।...मैं उस जिन्दगी को भूल जाना चाहता हूँ, बेटे का मुँह देखता हूँ तो अतीत याद आने लगता है। मन में पीड़ा होने लगती है। इसी से सभी कुछ छोड़-छाड़ कर यहाँ आ गया हूँ।

रामेश्वर जी चुपचाप नारायण स्वामी की बातें सुनते रहे। उनके चुप लगाते ही बोल पड़े—आपके उस मुख्य अभियन्ता शर्मा का क्या हुआ? आपने उनके बारे में तो कुछ बताया ही नहीं। लखनऊ में मैं उनसे एक बार मिल चुका हूँ।

—वे अब संसार में नहीं रहे। श्रीकान्त ने धीरे से गम्भीर स्वर से कहा। सेवा मुक्त होने के छह माह पहले ही वे एक दिन हृदय गति रुक जाने से चल बसे।

—उनका एक पुत्र भी तो था।

—हाँ, संयोग की बात है कि उन दिनों वह अमेरिका से आया हुआ था। बम्बई के किसी फर्म में उसे बहुत अच्छी नौकरी मिल गई थी। आजकल वहीं है।

—और शर्मा की पत्नी?

—उसका अन्त बेहद दारुण रहा। लखनऊ के बँगले में एक सुबह वह मरी पाई गई। उसकी मौत के रहस्य का पता नहीं लगा। किन्तु लोगों का अनुमान था कि अत्यधिक शराब पीने के कारण उसकी भी हृदय गति रुक गई थी। मुझे इतना ही मालूम है क्योंकि उन दिनों मैं मध्य प्रदेश में था। शर्मा की बेटी के बारे में भी आपको बता दूँ?

—हाँ, शायद उर्वशी नाम था।

—हाँ, आपको सब याद है, उसने एक अमेरिकन से शादी कर ली और अमेरिका चली गई।

नारायण स्वामी मुस्कराए, तो अब आज्ञा दें।

—अरे! मैं आज्ञा देने वाला कौन हूँ श्रीकान्त जी, आप गाँव रहेंगे तो एक दिन आऊँगा!

—देखना है टिक पाता हूँ या नहीं, नहीं टिक पाया तो नैमिषारण्य चला जाऊँगा।

—आप जैसे नए पुरुष को कौन भगा सकता है श्रीकान्त जी? जीवन में आपने बहुत कुछ पा लिया, उपलब्धियाँ ही तो हैं आपके सामने। सेवा मुक्ति के बाद इस आयु में यह स्वस्थ काया! धन्य हैं आप!

उत्तर में अपार करुणा भर आई—नहीं रामेश्वर जी, पाया कम, गँवाया अधिक है। पाँव में चक्र हैं, जो अब तक भटकाते ही रहे हैं, यहाँ-वहाँ, इस जंगल से उस जंगल, नदी-नाले, पहाड़ और पत्थरों के बीच इस प्रान्त से उस प्रान्त, घूमता ही रहा हूँ, परिक्रमा ही करता रहा हूँ, जो कुछ अपने पास था, इस परिक्रमा में चुकता गया, रिक्त होता गया। उसका चुकना भी अनिवार्य था, अन्यथा रिक्ति कैसे होती? उस रिक्ति को अब दूसरी तरह से भरने के प्रयास में लगा हूँ, शायद कुछ पा सकूँ। इसी से यहाँ, माता की शरण में आया हूँ, वह रिक्ति भर सके, मेरी प्यास बुझ सके, बस इतना ही कामना है।...तो अब चलूँ, आज्ञा दें, भास्कर ऊपर उठ रहे हैं जून की तपन बहुत तेज हो जाती है। बहुत लोग दवा की प्रतीक्षा में बैठे होंगे!

—दवा! रामेश्वर जी चौंके।

—हाँ, श्रीकान्त जी मुस्कराए।

—घर पर आप दवा भी बाँटते हैं?

—घर पर नहीं, गाँव वाले मठ पर, वहीं रहता भी हूँ घर में तो ताला बन्द है।

—अरे! तो क्या आप ही वह नारायण स्वामी हैं! वह परम पुरुष!

एक बेहद प्यारी, वत्सल मुस्कान चेहरे पर फैल गई। बोले—नारायण स्वामी तो हूँ किन्तु 'परम पुरुष' नहीं! वह तो एक बेहद असाधारण स्थिति है रामेश्वर जी।

—किन्तु मठ तो गँजेड़ियों का अड्डा है। वहाँ चिलमें सुलगती हैं। सारे दुष्कर्मों की रूपरेखा वहीं तैयार होती है। वहाँ आपका रहना कैसे होता है?

—उसकी कीमत चुकाई है रामेश्वर जी। जिस नीम के पेड़ तले पहले चिलमें सुलगती थीं, उसी की छाया में बैठकर अब मैं सुबह दवा बाँटता हूँ, साँझ को हरिचर्चा करता हूँ। थोड़ा श्रम करना पड़ा।

दोनों हाथ जोड़ फिर बोले, अब अनुमति दें।

—नहीं-नहीं, श्रीकान्त जी, आप बहुत ऊपर हैं, यह दिव्य काया! अब आप हाथ न जोड़ें, परसों आपका दर्शन करूँगा साँझ को।

—कृपा होगी, अनुग्रह करें। नारायण स्वामी बोले।

रामेश्वर जी ने दोनों हाथ जोड़ सिर झुका दिया। और जब वे नीचे तीर की ओर उतरने लगे तो नारायण स्वामी ने गंगा की ओर मुँह घुमाया और दोनों हाथ जोड़ असीम श्रद्धा से एक बार फिर पयस्विनी को सिर झुका, सुबह की उस चढ़ती वेला में बाएँ हाथ से सिर पर रखे तह किए गीले अँगोछे को व्यवस्थित कर, दाहिने हाथ में कमंडल लिये साध-साध के कदम रखते हुए जीवन में तपा हुआ वह बलिष्ठ देह वाला कान्तिवान, परम-पुरुष, एकदम मंथर गति से गाँव की ओर बढ़ चला।

❂❂❂